【劉再復文集】①〔文學理論部〕

性格組合論

劉再復 著

題贈知己摯友再復兄

古今中外，洞察人文。
睿智明澈，神思飛揚。

——高行健，著名作家，諾貝爾文學獎獲得者。

煌煌大著，燦若星辰。
光耀海南，特此祝賀。

——李澤厚，著名哲學家、思想家。

一枝巨筆，兩度人生。
三十大卷，四海長存。

——劉劍梅，劉再復長女，香港科技大學人文學部教授。

出版說明

劉再復

香港天地圖書有限公司即將出版我的文集，二零二二年出齊三十卷，這是何等見識、何等作為、何等氣魄呵！天地出「文集」，此乃是香港文化史上的盛舉，當然也是我個人的幸事、大事，我為此感到衷心的喜悅。

我要特別感謝天地圖書有限公司。「天地」對我一貫友善，我對天地圖書也一貫信賴，我曾為天地圖書的傳統題詞：「天地遼闊，所向單純，向真，向善，向美。圖書紛繁，索求簡明，求質，求精，求好。」天地圖書的前董事長陳松齡先生和執行董事劉文良先生都是我的好友。和我情同手足的文良好兄弟雖然英年早逝，但他的夫人林青茹女士承繼先生遺願，繼續大力支持我的事業。此文集啟動之初，她就聲明：由她主持的印刷廠將全力支持文集的出版。三四十年來，「天地」歷經多次風雲變幻，對我始終不離不棄，不僅出版我的《漂流手記》十卷和《潔白的燈芯草》、《尋找的悲歌》等，還印發了《放逐諸神》和八版的《告別革命》，影響深遠。現在又着手出版我的文集，實在是情深意篤。此次文集的策劃和啟動乃是北京三聯前總編李昕（現為商務顧問）和天地圖書的董事長曾協泰二兄，他們怎麼動起出版文集的念頭我不知道，但我知道他們都是性情中人，都是出版界老將，眼光如炬，深知文集的價值。協泰兄和李昕兄商定之後，請我到天地圖書和他們聚會，決定了此事。讓我特別高興的是協泰兄拍板之後，天地圖書的全部脊樑人物，全都支持此事。天地圖書總經理陳儉雯小姐（陳松齡的女兒）直接代表天地掌管此事，編輯主任陳幹持小姐擔任責任編輯。其他參與「文集」編製工作的「天地」同仁經驗豐富，有責任感且好學深思，具體負責收集書籍、資料和編輯、打字、印刷、出版等事宜，讓我特別放心。天地圖書全部精英投入此事，保證了「文集」成功問世，在此我要鄭重地對他們說一聲謝謝。

閱讀天地圖書初編的文集三十卷的目錄之後，我的摯友、榮獲諾貝爾文學獎的著名作家高行健特寫了「題贈知己摯友再復兄：古今中外，洞察人文。睿智明澈，神思飛揚。」十六字評價，一言九鼎，讓我高興得好久。爾後，著名哲學家李澤厚先生又致賀，他在「微信」上寫道：「煌煌大著，燦若星辰。光耀海南，特此祝賀。」我的長女劉劍梅（香港科技大學人文學部教授）也發來賀詞：「一枝巨筆，兩度人生。三十大卷，四海長存。」我則想到四五十年來，數十卷書籍，至今之所以不會過時，多年不衰，值得天地圖書出版，乃是因為三十卷文集都是純粹的學術探索與文學創作，而非政治與時務。政治以權力角逐和利益平衡為基本性質，即使民主政治也改變不了政治的這一基本性質。我的所有著述，所有作品都不涉足政治，也不涉足時務，所以站得住腳，贏得相對的長久性。

我個人雖然在三十年前選擇了漂流之路，但我一再說，我不是反抗性的政治流亡，而是自然性的美學流亡。所謂美學流亡，就是贏得時間，創造美的價值。今天我對自己感到滿意的就是這一選擇沒有錯。追求真理，追求價值理性，追求真善美，乃是我永遠的嚮往。我對此無愧無悔。我的文集分兩大部份，一部份是學術著述，一部份是散文創作。無論是人文學術還是文學創作，我都追求同一個目標，持守價值中立，崇尚中道智慧，既不媚左，也不媚右；既不媚上，也不媚下；既不媚俗，也不媚雅；既不媚東，也不媚西；既不媚古，也不媚今。所謂中道，其實是正道，是直道，是大道。

最後，我還想說明三點：一是本「文集」，原稱為「劉再復全集」，後來覺得此名不符合實際，因為收錄的文章不全。尤其是非專著類的文章與訪談錄。出國之前，特別是上世紀七十年代末與八十年代初的文字，因為查閱困難，幾乎沒有收錄集子之中。所以還是稱為「文集」較好，可留有餘地。待日後有條件時再作「全集」。二是因為「文集」篇幅浩瀚，所以成立了一個編委會，我們不請學術權威加入，只重實際貢獻。這編委會包括李昕、林崗、潘耀明、陳松齡、曾協泰、陳儉雯、梅子、陳幹持、林青茹、林榮城、劉賢賢、孫立川、李以建、葉鴻基、劉劍梅、劉蓮。「文集」啟動前後，編委們從各自的角度對「文集」提出許多很好的意見，所有的意見都非常珍貴。謝謝編委們！第三，本集子所有的封面書名，全由屠新時先生一人書寫完成。屠先生是《美中郵報》總編。他是很有才華的追求美感的書法家。他的作品曾獲國內書法比賽中的金獎。

「文集」出版之際，僅此說明。

於美國科羅拉多州波德
二零一九年十二月三日

總序：劉再復思想學術略評

林崗

最合適的比喻就是歌德筆下的浮士德了，劉再復為了遍閱人間追求文學的真理而永不停息地上下求索，在思想和學術的道路上拼搏前行，奮筆疾書，進行思想學術創造。他的人生、思想和學術就是一個浮士德式的隱喻。劉再復一九六三年廈門大學中文系畢業至今，包括散文創作在內出版原創著述五十多種，已經編好的《劉再復文集》有三十卷。超過半個世紀，他既有登高疾呼，站在中國思想學術的前沿吶喊呼號，以其新銳的見解衝破蘇式教條的「羅網」，披靡所向，喚醒同時代的感同身受者；又有退守於自己營造的「象牙之塔」，守住不為一切外力的誘惑與入侵，進行深沉的文學和思想的思索，哪怕世人不理解也一意孤行。他自題的座右銘——「山頂獨立，海底自行」，最能體現他精神求索的氣質。由於眾所周知的原因，劉再復一九八九年去國遠赴他鄉，度過時間不短的漂流日子，最終落腳於美國落基山下波德鎮。以去國為界，他的人生分為二段。他將前段稱為「第一人生」，後段稱為「第二人生」。兩者截然有別並影響到他學術思考的方向。「第二人生」至今三十年，其中也略有差異。前十五年他較多集中於回顧、思考與清理國內時期留下來的問題，雖然身居海外，學術的思考還是面向國內的。去國日久，情形有所變化，後十五年他將自己歸屬「世界公民」，站在普遍性的視野思考文學。他的學術關注已經不是一時一事、一土一國，而是有長久普遍價值的問題。

劉再復在《我的寫作史》中將自己超過半個世紀的學術思考和著述歸納為五個維度：一是文學研究。這方面的著作有《性格組合論》、《論文學主體性》、《魯迅美學思想論稿》、《論中國文學》、《現代文學諸子論》、《文學常識二十二講》、《文學慧悟十八點》等，包括他與我合著的《罪與文學》在內，還有文學批評著作如《高行健論》、《莫言了不起》等也屬於文學研究的範圍。二是經典闡釋。如《紅樓夢悟》、《共悟紅樓》、《紅樓人三十種解讀》、《紅樓哲學筆記》與《賈寶玉論》，還有《雙典批判》。三是人文探索。這方面的著述有他與我合著的《傳統與中國人》、《思想者十八題》、《教育論語》，以及他與李澤厚的對談集《告別革命》等。四是思想講述，如《人論二十五種》，劉再復還寫了二千多條悟語，接近於隨想錄。五是散文創作。國內時期他出版有《潔白的燈芯草》、《太陽 土地 人》、《尋找的悲歌》；去國以後則有《漂流手記》十卷，其後編為《劉再復散文精粹》十卷由三聯書店出版。[1] 除散文不討論外，我覺得五個維度中第三和第四可以合併。因為思想也屬於人文的範疇，可以簡潔一些。如果做一個粗疏的概括，五十多年來劉再復的思想學術集中在文學研究、經典闡釋和人文探索三個方面。其中經典闡釋是「第二人生」時期的工作，而文學研究和人文探索這兩個維度則跨越了國內時期和海外時期，前後期的觀點雖然有所變化，但致力的方向是他恒久不懈的追求。由於劉再復在思想學術領域的奮發拼搏和他驚人豐沛的創造能力，集成為一個巨大的精

1 劉再復：《我的寫作史》，第二四一二九頁，香港三聯書店，二零一七年版。

神存在，並非輕易能夠把握好。筆者深感功力有所未逮，只能做一二嘗試，勾勒一個大致的輪廓，以為後來者的研究略作鋪墊。所幸劉再復著有《五史自傳》，將自己思想學術的來龍去脈講得非常清晰。我按照他的線索略加連綴並兼及一些淺見，故以之為簡略的述評。

一

劉再復的學術起步於魯迅研究。這有時代的原因，也有他自身的眼光。文革期間的中國，可光明正大地讀的文學書不多，可讀的而又有思想的就只有魯迅了。劉再復天生愛思想，而喜愛文學的背後是酷愛思想。這樣魯迅就成為首先關注的研究對象。他的第一本專著《魯迅與自然科學》是他和自然科學史所的朋友金秋鵬、汪子春共同完成的，寫於文革後期。從選題看，回避了當時流行的對魯迅的大論述，另闢蹊徑。雖然他多年以後回憶覺得它很「幼稚」，但也可以看出劉再復不跟從時流的眼光。書出版於一九七六年底，四人幫剛被打倒，學壇一片荒疏。書送到魯迅研究的權威李何林手中，得到了他「開拓了魯迅研究的新領域」的高度評價。

劉再復的第二本魯迅研究專著《魯迅美學思想論稿》則比第一本上了一個大台階。用他的話說就是從「我注魯迅」跨越到「魯迅注我」。文革結束，思想解放的氛圍正在形成，全國各條戰線各個領域得風氣之先的先覺者都在反思過去，力求衝破教條。劉再復將魯迅的美學思想總括為求真求善和求美。文學藝術當以真善美為準繩，作家當追求真的善的和美的藝術，這是沒有錯的，但劉再復以此來闡釋魯迅的美學思想，卻是存了一個突破沿用多年「政治標準第一，藝術標準第二」的批評教條的用心，以真善美來代替沿襲多年的批評教條。因為所謂「政治標準」落實在批評實踐中，其實就是應時的文件政策或者領導人的講話，它們代表了實在生活中的政治。作家的創作一旦被批定為違反了這些「政治標準」，那就見天無日了。作品不但不能面世，連作家的創作生命都提前結束。「政治標準」如同緊箍咒套在作家的頭上，劉再復意圖通過自己的學術研究去掉作家頭上的這個緊箍咒。魯迅的權威那時還無人敢挑戰，劉再復用權威的影響力，以學術開闢一條文學事業的新路，正所謂「魯迅助我開生面」。從這一點可見劉再復學術眼光的敏銳。他不是一個書齋型的學者，而是一個思想型的學者。這部著作奠定了他思考中國文壇面臨迫切問題的基礎。書中關於文藝批評真善美標準的部份由《中國社會科學》一九八零年第六期發表，受到老一輩學者季羨林、周振甫、王瑤、郭預衡、金維諾的高度讚揚，並獲得該雜誌「青年學術論文獎」。這說明劉再復的學術關注確實以與時代社會息息相關為其風格和特點。

魯迅研究對劉再復思考迫切問題的最大幫助當然不會是魯迅關於文學批評標準的論述，而是魯迅論《紅樓夢》寫人物的筆法，魯迅數十年前獨到的眼光啟發了劉再復突破建國後文藝教條的具體路徑。魯迅在《中國小說的歷史變遷》講到《紅樓夢》在中國小說中「實在不可多得」，它將「傳統的思想和寫法都打破了」。又說，「其要點在敢於如實描寫，並無諱飾，和從前的小說敘好人完全是好，壞人完全是壞的，大不相同，所以其中所敘的人物，都是真的人物。」劉再復多年後談到自己這一時期的學術發現：魯迅的話「從根本上啟迪了我。『敘好人完全是好，敍壞人完全是壞』，這種單一化、畸形化的傳統格局，不正是當下中國文學創作界的格局嗎？甚麼『高、大、全』，甚麼『三突出』，甚麼『典型環境中的典型性格』，不正是傳統格局的極端化與病態化嗎？這種格局便是『扁平性格』的格局，偽型性格的格局，必須打破這種格局，中國當代文學才有出路。我當時強烈地意識到，當代小說所塑造的英雄，全都帶着假面具，全都是假人假性格。真的人物包括真的英雄，一定會有人的弱點，其性格一定是豐富複雜的，其性格運動一定是『雙向逆反運動』。」[1]

由魯迅的話而聯想到中國文學創作的當下局面和存在問題，觸發了劉再復的學術創造熱情，他迎來了思想學術創造的爆發期。這就是《文學評論》一九八四年第三期發表的《關於人物性格的二重組合原理》以及一九八六年初出版的《性格組合論》。書一出版就產生了「轟動效應」，當年上海文藝出版社發行了三十萬冊，成為該年度十大暢銷書，獲「金鑰匙獎」。正是這本風行的文藝理論著作奠定了劉再復思想學術界登高吶喊者的形象。從文學實踐的角度看，人物性格的二重組合並不是新問題，在世界文學的範圍內也很難說它具有普遍性，尤其針對現代主義文學。況且人物性格的二重組合說來並不難解，就是魯迅所說，寫人物不是好人完全好，壞人完全壞。人天生善惡兼備，文學當然應該將這善惡兼備的性格面貌寫出來。中外對人性見解深刻的作家寫人多是如此，曹雪芹是這樣，莎士比亞也是這樣；陀思妥耶夫斯基是這樣，托爾斯泰也是這樣；雨果是這樣，狄更斯也是這樣。但為甚麼這樣一個話題經劉再復的闡

1　劉再復：《我的寫作史》，第五八頁，香港三聯書店，二零一七年版。

述就獲得當時文學思想界那樣強烈的反應呢？這就必須回到中國現當代文學史，回到思想學術與時代社會氛圍的互動才能理解，才能看出一個理論命題的價值和意義。

中國現代新文學產生於國難當頭的啟蒙與救亡時刻，現實主義文學是絕大多數作家的選擇，因為現實主義文學最能夠承擔喚起民眾激勵前行的情懷與使命。然而隨着蘇式文藝理念的傳入和形勢的變化，現實主義的前面被加上了「社會主義」的限定詞，這就為揭示生活的真實帶來限制，或者說對甚麼是生活真實的理解被灌注入蘇式文藝理念的內容。例如寫現實生活必須以「階級論」為定準，寫人物必須遵循「典型論」的路徑，寫正面人物必須突出其「高大全」性質。於是原本含義豐富的現實主義退化為徒有其表的狀物寫人的手法。建國後的文藝，除了少數優秀作家有局部的突破之外，絕大部份創作都顯得千部一腔千人一面。就是說，作家被理論教條束縛住了，不是作家缺乏創作才華，不是缺少生活素材，純粹是理論教條和組織框框的浮雲遮蔽了作家的望眼。這既是解放區文藝和建國以來文藝的問題，更是文革十年形成的創作禁錮。《性格組合論》從人心人性的角度，旁徵博引古今中外優秀作家的寫作實踐和他們的文學理念，力證人物性格的本來面目和作家應當如何表現，重新論述人物性格的真實到底是甚麼。劉再復的激情文字啟發追求理論創新的青年文學批評家，更啟發和喚起走在創作一線的作家和無數熱心文學的文藝青年。他也因自己的敏銳和才華成為一個時代理論創新的偶像。

從《魯迅與自然科學》，經《魯迅美學思想論稿》到《性格組合論》，劉再復實現了學術的三級跳。選擇一個豐富而深刻的研究對象，不僅得到學術的提升，而且也在此過程中豐富和發展自己對社會人生的見解。劉再復之研究魯迅的自然科學思想，進入探討的角度雖然離真問題尚有距離，但經此學術的第一役，畢竟熟悉了魯迅的美學理念，熟悉了魯迅的文學批評思想，這便構成他下一個突破的開始。當劉再復將時代社會的感受和問題引入到學術思考中來的時候，他真正找到了對症的藥方。《魯迅美學思想論稿》是用魯迅的藥來治時代社會的病症。如果說批評標準的僵化尚是小病症的話，那《性格組合論》所針對的便是更大的時代社會病症。當然這個更大的病症也不算是根本的病症，對中國文學思想在過去時代形成的根本病症的思考要等到他的下一部學術著作《文學主體論》來探究。但由此我們看到他思想學術的基本輪廓已經形成，一方面是思想資源源源不斷地補充，澆灌自己的思考和判斷，另一面是捕捉時代社會的緊迫理論問題以形成學術的問題意識。就這三部撰述而言，是不是「我注魯迅」或者「魯迅注我」可能都不足以說明問題，總之是一種我中有對象，對象中有我的流露撰述者鮮明個性和品格的著述。

整個八十年代，劉再復在學術上一步一個腳印，踏實前行。他還寫了許多文章，引領文壇，鼓勵創新突破。他的言行舉動成了全國文壇的風向標，他是突破教條，衝鋒陷陣的先鋒。這個時期的文章收在《文學的反思》一書，其中《文學研究思維空間的拓展》，暢論近年文學研究領域中新出現的重要發展動態，推動文學研究新方法、新觀念的運用。八十年代初出現了將自然科學、心理學的方法運用到文學研究中的現象。如今看來有所不足，但那時不但突破教條，而且一新耳目。劉再復的文章加以介紹推廣，給當時新銳批評家很大的鼓舞。《文學研究應以人為思維中心》一文，更是他日後主體論的先聲。劉再復高屋建瓴，將當時文學科學的變革歸納為兩個基本內容：「以社會主義人道主義的觀念代替『以階級鬥爭為綱』的觀念」；「以科學的方法論代替獨斷論和機械論決定論」。[1] 這兩個替代的核心是主體的人居先於客體的物，可見劉再復的思考越來越接近思想理論問題的核心所在。

二

《性格組合論》的一紙風行更激勵了那時充滿激情和鬥志的劉再復，他將文學理論的思考推到極限的邊緣。這便是他一九八五年在《文學評論》第六期和次年同刊第一期發表的《論文學的主體性》。他致力於構建一個與既有文學理論框架完全不同的理論大廈，而《論文學的主體性》是這座大廈的基礎和棟樑。這樣的根本性思考剛發表便掀起軒然大波，成為一樁影響深遠的思想理論界的學案。

理解文學主體論不能離開大背景和小背景。大背景是政治主導的思想解放的社會氛圍，小背景是先知先覺的學者對中國現當代史沉痛而深刻的反思。兩者有契合也存在距離。整個八十年代「文學研究思維空間的拓展」潮流是在文革結束後中國共產黨內反思兩個「凡是」樹立實事求是思想解放路線的大背景下出現的。黨內的反思既是思想性的，也是政治性的。思想性的那一面，有利於開拓空間讓文學和批評理論踏足以往未曾踏足的命題和領域；而政治性的一面，則制約和決定着思想解放的程度。中國當代史這個節點的出現，與中國歷史上禮崩樂壞王

1 劉再復：《文學的反思》，第四零頁，人民文學出版社，一九八六年版。

綱解體情形下的百家爭鳴有根本的不同，它本質上是檢討文革極端路線、重新確立治國的再出發方向下探索期的產物。當這個探索期結束，思想解放也就告一個段落。從政治的一面說，思想解放是為了改革開放政治路線的確立，可見連思想運動都要從屬於這個最大的政治，文學乃至理論批評當然也只能是托庇於這個大背景之下，是這個大背景下的小細流。政治大背景的走向決定着思想理論探索的走向，當政治大背景的走向在八十年代末期戛然而止的時候，思想的探索也戛然而止了。

與大背景的政治反思兩個「凡是」不同，先知先覺學者有鑒於建國後以《聯共布黨史簡明教程》代表的蘇式斯大林主義教條的籠罩，將反思推進到哲學根本觀念和思想方法。早在一九七九年李澤厚便出版了《批判哲學的批判》，初時哲學圈的反響是一新耳目。到一九八四年出修訂本，主體哲學的思路遍漫出哲學圈而波及理論思想和文學圈子。劉再復得風氣之先，由此得到對於文學的啟發：「按照康德的說法，人是『目的王國』的成員而非『工具王國』的成員。把這一觀念引入文學領域，那就是說，作家是文學目的王國的成員，而不是政治工具王國的成員。而我國的文學藝術，其根本問題恰恰是作家變成了政治工具，作品變成政治意識形態的號筒。」[1] 正如周知的那樣，建國初期就請來當時蘇聯二流的文學理論家畢達可夫，他的授課筆記結集成《文藝學引論》，由此開始建構新中國的文學理論，它的落成形式可以葉以群主編的《文學的基本原理》為代表。如今，劉再復決意拆解這座舊的文藝理論大廈，建設主體

1 劉再復：《我的寫作史》，第七二頁，香港三聯書店，二零一七年版。

論為基礎的新大廈。

劉再復決意從事的這項建構存在重大的理論挑戰，他將理論基礎直接建立在與既有理論不同的哲學認知上。他不是修補，而是重建；他不是局部單挑，而是根本拆解。舊理論的哲學基礎是唯物論的反映論，一切對文藝基本原理的理解都是從這個前提推導出來的。既然前提是經濟基礎決定上層建築和意識形態，文藝就被定位為替經濟基礎服務的意識形態，由此論證了文藝為政治服務的合理性。既然前提是存在決定意識，意識反映存在，文藝就被定性為反映存在的藝術形式，由此便派生出作家深入生活改造思想的命題。要是作家寫出來的作品不符合那時的社會政治氣氛，那就是錯誤地反映了存在。如果問文學又是怎樣反映的呢？回答必然是典型環境裏的典型形象。因此作家刻劃出典型環境的典型人物，就能夠正確反映社會存在。怎樣寫出典型環境的典型人物呢？那就要遵循「三突出」的創作原則。很明顯，哲學基礎是這理論的前提；典型論是第二層，針對着文學的訴諸感性的特徵；「三突出」原則就是寫作的技巧論。這套理論是高度成熟的，既可以批評，又可以用於創作。一句人物形象不典型，不能正確反映社會關係或階級關係，小則被戴上唯心主義的帽子，大則上綱上線，這是建國後近三十年文學批評和創作的常見生態。這套文學觀念及其理論大廈，説嚴密夠嚴密，然而從創作實踐的角度看完全失敗，對文學傷害甚大。

劉再復的主體論也從哲學前提出發，他的哲學前提是康德「人是目的」的主體觀念。反映論的重心在物，主體論的重心在人；反映論的重心在對象，主體論的重心在主體。由以物、以對象為重心轉移至由人、由主體為重心論文學，這是一個根本立足點的轉移。劉再復認為「我們的文學研究應當把人作為主人翁來思考，或者說，把人的主體性作為中心來思考。」《論文學的主體性》開宗明義，設想「構築一個以人為思維中心的文學理論與文學史研究系統」。劉再復的這個理論雄心，要比五十年代錢谷融「文學是人學」的說法高遠很多。雖然「文學是人學」論也是針對文學反映論的。錢谷融明確說到，文學是寫人的，不是反映社會生活的。然而在不同於五十年代的社會條件下，文學是人學的命題需要深化，需要放在牢固的哲學基礎上進行再論述。而劉再復文學主體性的理論可以看作是文學是人學論題的深化，劉再復自己也是這樣看的。畢竟有康德的批判哲學做基礎，它給主體性概念在文學領域的展開提供思想的保障。康德哲學的出現恰當歐洲哲學思考以神為中心轉移到以人為中心之際，而八十年代中國社會則處於由機械唯物論和僵化反映論以物為中心到思想解放多方探索以主體為中心的關鍵時刻，主體論的思考方式出現可謂恰當其時。它在哲學領域出現，經由劉再復的論述伸延至文學領域，構成思想與文學兩個領域的相互呼應。主體論不但哲學基礎牢固而可資借鑒，而且有極強的針對性和可延展性。從這個根本概念出發可推衍出包含廣泛的命題。

文學主體性理論有三個構成部份，或者說它朝三個方向伸延論述。「即：（一）作為創造主體的作家；（二）作為文學對象主體的人物形象；（三）作為接受主體的讀者和批評家。」筆者覺得，這三個伸延論述最有創意和針對性的是前面兩個。它們包含了對重大理論問題的思考，這些思考達到了「正統」所能容許的極限。在對象主體性的部份，劉再復實際探討的，簡言之即人是甚麼？理解文學而回到這個最初的原點似乎「倒退」太多，但數十年來胡風所稱公式教條主義大行其道，弊端固然出在文學，但思想的根子卻不是文學而是哲學。劉再復敏銳看到這一點，這才是他回到原點的原因。以往理解人的出發點是馬克思那句著名的話，「人是一切社會關係的總和」，並奉之為圭臬，於是社會關係就定義了人。對作家表現的人來說，寫出種種表徵「社會關係」的事物，如社會力量的對比、階級關係、階級衝突等，就算是寫好了人。落實在寫作上，則將人分類定格，如「正面人物」、「反面人物」、「英雄人物」、「落後人物」、「中間人物」等等。所有這些貼標籤的幼稚做法，劉再復將之總括為「主體性的失落現象」。其根本缺陷是取消了「以人為本」，轉而「以物為本」。人的豐富性、自主性、自由等都在馬克思主義的旗號下統統被抽空了，人的所存，僅剩空名，人轉義而為物。劉再復認為，這一切的原因是教條式地理解了馬克思，選擇性地忘記了馬克思關於人是「自為的存在」，「有意識的存在物」的思想。在當時的條件下爭論實際上是圍繞着一個死結進行的：究竟甚麼是馬克思的真義？劉再復用現實主體與文學主體將主體問題安置於不同層面。作為現實主體，他認同人可以被工具化，可以扮演「世俗角色」；但作為文學主體人不能被工具化，作家必須當好「超越角色」，因為文學是將人作為目的的王國。然而無論劉再復怎樣分辨，一旦涉及甚麼是某種「教義」的準確含義，就不是思想論述本身所能單獨決定的，它必然牽涉到解釋權。於是我們看到，劉再復倡導的文學主體性理論，其實是將自身置於進退兩難的不利處境。他明明知道，他挑戰的不僅是思想觀念，而且也是「教義」。他做到了當時能做到的極限。正是在這個複雜的局面裏，我們看到劉再復的道德勇氣。因為關於解釋權，他實際沒有勝算。解釋權是被更大的政治氛圍和政治選擇決定的。這道橫梗他不可能不知道，正因為知曉而擔當，這就是人在一定歷史條件下本於道德勇氣而對社會進程的推動。所以對於文學主體性理論的價值，不能糾纏細節的論述：比如究竟怎樣解釋人才符合馬克思的原意；「以人為本」是不是太欠缺現代性；既然講主體，主體間性放在甚麼位置等等。筆者以為，看一個思想命題的價值，還是要看它對思想的釋放作用，還是要看它對當時社會發展的推動作用，不必糾纏於枝節。

反映論最初作為認識論用在解釋文學作品的內容，確乎有幾分道理。但隨着革命力量的壯大，反映論用於文學實踐，帶來了嚴重問題。這就是劉再復指出過的，「我們不能因為反映論哲學觀的歷史合理性和理論合理性，便把建立在其上的現實主義文學理論凝固化和片面化。」[1]反映論凝固化和片面化最主要的表徵是人從心物二元對立中消失了。反映論的基礎是心物二元對立論，而作為實踐命題的人在這二元對立的圖式中被取消了。正如劉再復說的，反映論「始終無法真正認識人在世界上的位置」。反映論也承認人的主觀能動性，但這種能動性也是在認識的範疇內起作用的。離開認識論範疇，主觀能動性不起作用。對於文革過後的百廢待興，認識倒在其次，實踐是更攸關的。也許由於這種原因，主體論在哲學領域處於只聽樓梯響不見人下來的狀態，而在文學理論批評領域則異軍突起，影響所及比之哲學更為廣泛，就是因為它在文學領域更有針對性，更為適合文學訴諸感性的特點。文學的對象本來就是人，人所具有的豐富性，包括其實踐主體和精神主體的地位、心靈世界的廣度和深度，能否在文學作品裏呈現是創作成敗攸關之所在。以往文學實踐的挫敗根源上是對人的理解的挫敗。劉再復將左翼文藝運動以來，特別是建國乃至文革以來文學實踐的失敗歸結為「主體性的失落」是十分恰當的。失

1　劉再復：《論文學的主體性》（續），刊《文學評論》，一九八六年第一期。

去了人的豐富性的文學，只剩下階級、敵我的標籤，這樣的文學只是標籤的文學。

主體論伸延出來的創作主體論或稱作家主體論本質上是思辨的創作論，這是劉再復提出文學主體性的一個大特色。劉再復沒有太多探討作家拿手稱雄的「能事」，即創作的構思、技術問題等，這部份內容他歸之為「實踐主體性」。他重點討論的是「作家內在精神世界的能動性，也就是作家實踐主體獲得的內在機制，如作家的創作動機，作家在創作過程中的情感活動等等」劉再復稱為「精神主體性」[1]。這個思路很顯然區別於胡風的主觀論。胡風批評理論的精華即集中在論述作家與所寫題材人物的關係，指出作家需要與之「肉搏」、「燃燒」、「融合」，很像劉再復輕輕放過的「實踐主體性」。我覺得，劉再復所說的作家精神主體性，更像是論述作家應該有甚麼樣的人格精神的境界，是一種在新的歷史環境裏的作家人格精神的境界論。他的人格精神境界論最為強調的是作家主體精神的超越性。

在具體展開論述的過程，劉再復借用了馬斯洛的「需求理論」。馬斯洛將人生需求的最高層次定為「自我實現」，所以劉再復也就予以借用了。實際上不借用也行，要是不借用，就可以不着可有可無的個性主義的痕跡。因為講到底，作家的人格境界可以是純粹個性主義的，也可以是將個性主義包涵在內但非純粹個性主義的。僅僅將作家主體性的實現定義為「自我實現」，似乎語辭不能盡道其所包含的豐富意蘊。從這個角度看，劉再復的補充論述，認為創作實踐應當追求超常性、超前性和超我性，就十分必要而且合理，體現了理論家的敏銳和洞察。劉再復

1 劉再復：《論文學的主體性》，刊《文學評論》，一九八五年第六期。

認為，作家要想讓創作次第昇華，邁向更高的境界，首先要「超越世俗的觀念、生活的常規、傳統的習慣偏見的束縛。」其次要追求「巨大的歷史透視力，能超越世俗世界的時空界限」；然後當追求超我性。在這裏劉再復對來自馬斯洛的詞彙「自我實現」進行了重新定義。超我性意義上的自我實現不是將一切歸於自我，「自我實現是為了實現自己的理想力量、智慧力量、道德力量和意志力量。為了實現自己這些主體力量，作家不承認外界的偶像，包括不承認自我的偶像」[1]。掙脫了自我偶像的超我性，被劉再復最終理解為「超越封閉性自我的大愛」。他在文中使用「使命意識」和「憂患意識」來形容詩人作家的超我性，認為這才是「古今中外優秀作家最核心的主體意識」。聯想到哲學家馮友蘭用「天地境界」來命名人格修養的終極澄明，劉再復此處所探討的作家精神主體性，已經與此有異曲同工之妙了。

現代文論自王國維之後，創作者的精神性內涵，已經久不討論了。它作為一個命題，在文學理論領域漸次消失。自左翼文學興起，在現代革命大潮的背景之下，它蛻變為作家的世界觀問題。然而經此蛻變，其含義完全顛覆。轉義為不是在人格精神境界的脈絡下探討其內涵，而是在世界觀改造的脈絡下如何讓作家轉變立場。可以説命題和含義都完全南轅北轍。在這種精神氛圍之下，作家的人格越來越萎縮、卑微，乃至失去其精神靈魂。建國後能突破這個框架的作家鳳毛麟角，更多的作家剩下的是為「政治」服務的「技巧」，成為文學領域的「匠人」。作家在當代的「匠化」現象，是當代文學最嚴重的失敗，也成為當代文學史上的嚴重問題。劉

1 劉再復：《論文學的主體性》，刊《文學評論》，一九八五年第六期。

再復的文學主體論少談作家的「能事」，多論作家的人格精神境界，其實是有很強針對性的，很有必要。期待結束這個「匠化」現象，是他感受的社會時代的使命。他關於作家精神主體的論述是當代重拾源遠流長的作家人格境界論命題的第一人，其深度、廣度和針對性在同時代都無人出其右。

《論文學的主體性》發表之後，隨即引起激烈的論爭。論爭沿着從思想的論辯向政治意味濃厚的方向演變。到了一九八九年社會氣氛已經變得不再適宜做類似理論探討了，倒是劉再復本人心有戚戚。他在海外寫了長文《再論文學主體性》，回答了別人對他的責備，解釋了他的理論用心，並且補充了他後來認為不夠完備的若干論述。因為將主體問題引入文學，作為一個批評的立足點是一回事，作為建構新的文學理論大廈是另一回事。劉再復當初致力的，應該是後者。但是這樣做會產生新的問題：主體這個概念究竟能不能達到如此高的提綱挈領的程度，產生出統率性的效果？疑問歸疑問，劉再復本人卻是一如往昔地努力，我們可以看到他鍥而不捨的頑強精神。他通過擴展主體的概念，讓它產生更大的普適性，以涵蓋文學領域更多的問題。例如他在「創造主體性」部份論述了「藝術主體對現實主體的反抗與超越」問題；他在「技巧的追求」部份，提出了「詩與小說文本中顯主體和隱主體的反差與變幻」問題。[1] 這些理論的努力都看得出他將主體概念伸延進入更具體的文學藝術特殊性的用心，以按照主體的邏輯完善新的理論大廈。不過文學主體性的探討意外遭遇一個更大的理論背景：即歐洲後現代主義思

1 劉再復：《再論文學主體性》，見《文學十八題》，劉再復著，沈志佳編，中信出版社，二零一一年版。

潮戰後興起而在八十年代重開國門時傳播進來。於是後現代理論思潮所針對的歐洲啟蒙時代所建立的理性大廈，在中國毫無差別地被當成針對包括主體論在內所有正面的理性建樹觀點的質疑、責備乃至嘲諷的思想資源，應該說這也是導致主體論未能突進，文學主體性理論最終處於「未完成」狀態的背景原因。後現代思潮以解構標榜，「只破壞不建設」。它在中國棄舊圖新的時候風頭更健，轉移了人們的注意力。因時空的錯位而對中國亟需的理論探索和建設產生了消極解構作用，這是思想的不幸。

如果不是政治局面的突然變化，以劉再復的性格和思路，主體論將會探討下去，直到理論的全面完成。因為論爭中除了那些有意上綱上線的不良用心之外，還有很多善意的批評和補充。康德畢竟是將近兩個世紀之前的哲學家了，尤其是後現代思潮的出現，至少提出了很多當代性的問題。即使沿着主體論的思路，也要回應這些當代性的問題。劉再復是有這個思想準備的，他在《我的寫作史》寫道，「《論文學主體性》引發了全國性的討論之後，我仍然繼續思考。一九八八年，我開始收集關於『主體間性』（也稱『主體際性』）的各派觀念，準備再寫一篇『論文學的主體間性』。」[1]人作為主體的內在黑暗性也將會進入探究的範圍。康德的主體是啟蒙時代的主體、理性的主體，康德幾乎沒有涉及主體的陰暗。西方現代理論從弗洛伊德開始，在這方面諸多闡述，也有重大建樹。文學主體論補充這方面的內容，會豐富很多。時代的殘酷就是這樣，它不會等你完成好擬議中的構思，它經常毫不容情地中斷個體的思想創造活動。劉再

1 劉再復：《我的寫作史》，第七九頁，香港三聯書店，二零一七年版。

復對此有深刻的體驗：「到了海外之後，我才發現，離開中國的語境，繼續講述文學主體性沒有多少人關注，除了校園裏極少數文學理論研究者之外，根本沒有別的人關注。在美國校園語境中，沒有論敵，沒有聽眾，沒有回響。」[1]究其實，為時代社會所傾注的思想理論是需要實在的社會土壤的，身處其中可能渾然不覺，一旦脱離，這種依賴性便一目瞭然。主體論的命運也是一個極好的例證。

三

劉再復去國後他的書將近二十年沒有在大陸出版，以至更年輕的一代都不知道當年大陸學術界這位風雲人物了。直到二零零九年才打破僵局，他的海外時期散文選集《遠遊歲月》首先出版。自一九八九年風雲突變之後，劉再復也經歷了一回從高峰跌落下地的體驗。其實他從離開大陸之後更加拼搏，著述量更大，至少兩倍於國內時期。這個時期的前段，他經歷了艱難而痛苦的「舊我」的蜕變。他在散文中用「轉世投胎」來形容，因為漂流斬斷了與故國鄉土的「臍帶」，經歷種種人生和精神的陣痛，彷彿要重生一次。到了海外，他的名祿不是被褫奪就是自動消失，他頭上的光環也隨之褪去。從前社科院文學所所長、《文學評論》雜誌主編、國務院文學學科召集人等頭銜，統統失去了意義。一切都是重新打拼，一切都要重新開始。這就是他

1 劉再復：《我的寫作史》，第八零頁，香港三聯書店，二零一七年版。

所形容的「第一人生」和「第二人生」的來由。當這個精神蛻變進行和完成之後，他覺得自己彷彿睜開了「天眼」，他的思想比之前更加開闊，學術的觸角也伸展到多個前所未觸及的方向。劉再復海外時期的前段，大致是八九之後至零四、零五年之前，有三部著作刻下了他這時期很深的思想學術的痕跡。這就是《罪與文學》、《雙典批判》和《告別革命》，分別代表他「文學研究」、「經典闡釋」和「人文探索」三個方向。

除了《魯迅與自然科學》是劉再復思想學術的初啼之外，他國內時期和海外時期的前段都有非常強烈的反思特徵，或者是理論原理的反思，或者是文化傳統和歷史教訓的反思。隨着《性格組合論》和《論文學的主體性》的寫作，劉再復對教條理論指揮下的中國當代文學的缺陷認識越來越清晰。造成這個局面不單是教條框框的問題，而且也是作家的文化背景和認知結構問題。這萌發了他從懺悔意識的角度看當代文學的初想。他的《我的寫作史》談到這一點：「一九八六年我在『新時期文學十年』全國研討會上作主題報告時，就提出一個觀點：新時期文學的精神弱點乃是『批判有餘，懺悔不足』，即審判時代的作品很多，但缺少審判自我的作品。」[1] 八十年代老作家巴金卻是個例外，他從再次拿起筆之後，以驚人的毅力和勇氣寫他的《真話集》，懺悔過往歲月錯失和傷害，與當時創作界的一般情形形成鮮明的反差。一九九零年我訪學芝加哥大學與劉再復重逢的時候，我們多次談論到作家懺悔意識的缺失，尤其是放在世界文學的大範圍觀察，這個缺失尤為明顯。文學史上多種現象如只寫人生的表層，缺乏深刻

1　劉再復：《我的寫作史》，第九四頁，香港三聯書店，二零一七年版。

的內心世界刻劃；作家容易服膺世俗之見，受政治潮流一時的風動，難得獨特的風格和個性等等，都與此種缺失有關。於是我們萌生了以懺悔意識為觀察點，反思古代文學特別是現代文學史傳統的強烈衝動。十年之後，當初的想法終於結撰告成，《罪與文學》二零零零年由香港牛津大學出版社出版問世。

關於這部我們沉潛精心寫成的著作，劉再復《五史自傳》有簡明扼要的總括。他說：「此書的寫作，我稱作『十年磨一劍』，即從一九九零年開始思考、寫作到二零零零年完成，整整十載。我之所以比較滿意，一是因為寫得很認真，學術性的確較強；二是因為我們借助這一題目，實際上對中國文學與西方文學作了一次宏觀性的比較，發現中國自古到今的文學，只有『鄉村情懷』，缺少『靈魂呼告』。這與中國大文化裏『上帝缺席』的狀態相關。第三點是我們從懺悔意識（良知責任與靈魂維度）的視角對我國的現代文學和當代文學作了一次別開生面的總結。這不是一般化的總結，而是以世界文學為參照系的總結。第四，我們在此書中提出一些具有原創性的概念，例如『共犯結構』、『共同犯罪』、『無罪之罪』、『超越視角』、『靈魂維度』等等。如果是在八十年代，這些概念與論述，一定會引起極大的爭論。儘管此書尚未得到充份的注意，但林崗和我都確信，二、三十年後，《罪與文學》將會被廣泛關注和研究。」[1] 中國文學較多表現「鄉村情懷」，缺少「靈魂呼告」；中國作家缺失「懺悔意識」，難以刻劃出淵深磅礴的內心世界，歸根到底是中國文化思想傳統的問題。《罪與文學》對此現象的反思檢討，

1 劉再復：《我的寫作史》，第九八頁，香港三聯書店，二零一七年版。

既是對中國文學的認知，又是對中國當代文壇和創作的根本性批評。當然我們也深知，「上帝缺席」並不是把一個「上帝」請來就能解決問題，我們也沒有這種意思。「靈魂維度」也同樣不是一蹴而就的，思想理念、價值觀的揚棄和更新要經歷漫長的交流和融合。幸好當代世界是一個中國和西方日益交流緊密的世界，我們期望中國當代文學能趁中西思想文化交匯融合的大潮流，棄舊圖新，別開生面。

二零零九年劉再復出版了《雙典批判》，此書發軔於二零零二年他在香港城市大學的授課，課名即叫「雙典批判」。所謂「雙典」指《三國演義》和《水滸傳》。這是兩部流傳最為廣泛的古代小說，遠出其他名著之上。正是因為它們影響廣泛，劉再復才選擇對兩著進行文化批判。劉再復的治學存在明顯的文化反思和批判的思路，早在上世紀八十年代他和我合寫《傳統與中國人》就是這種思路的表現。其實八十年代「文化熱」存在兩種截然不同的文化立場取向：一種是弘揚傳統的，另一種是反思批判的。很多人沒有細別「文化熱」中這種不同的立場。弘揚傳統的取向後來一路壯大，發展成九十年代的「國學熱」，而反思批判的取向由於一九八九年政治氛圍的風雲變幻和後來中國經濟的高歌猛進，其聲音戛然而止了。然而《雙典批判》的寫作表明，劉再復對反思批判的思想學術路向並沒有放棄，至少在海外時期的前段還是一如往昔的。

三國水滸膾炙人口更兼深入人心，要冒犯它們還是要有很大勇氣的。劉再復以一人之力與之抗衡，大有「雖千萬人吾往矣」的氣概。他提出的基本論點是具有震撼性的，對「三國迷」和「水滸迷」無異於當頭棒喝：「五百年來，危害中國世道人心最大最廣泛的文學作品，就是這兩部經典。可怕的是，不僅過去，而且現在仍然在影響和破壞中國的人心。並化作中國人的潛意識。現在到處是『三國中人』和『水滸中人』，即到處是具有三國文化心理和水滸文化心理的人。可以說，這兩部小說，正是中國人的地獄之門。」[1]他認為，中國讀者從這兩部小說走進去的是心靈的地獄，他對這兩部小說的思索就是在地獄門前的思索。他借斯賓格勒《西方的沒落》「偽形文化」的概念，認為「雙典」所代表的正是中國的「偽形文化」。所謂「偽形」是指一種文化的價值觀念在歷史演變進化中沒有向好的、善的方向進化，反而日益墮落為與善相反的「偽形」。劉再復認為，中國文化的「偽形化」不是由於外部文化力量的融入滲透，而是由於「民族內部的滄桑苦難，尤其是戰爭的苦難和政治的變動」原因。這確實是一個對歷史有銳見的觀察。

劉再復之所以直指「雙典」的「偽形文化」是有感於古代和當代中國歷史的沉痛。「偽形文化」的核心是崇拜權力，崇拜暴力和崇拜權術，而中國歷史從古至今此種色彩愈演愈烈。從先秦諸子開始講「術」講「勢」，教導人主如何使用「詭道」，以四兩撥千斤。同時，更重要的是大一統局面開創了巨大無比的官場舞台，供各式人主、人臣於其間長袖善舞。歷經兵燹人禍，朝代更迭，權力舞台如走馬燈來來去去，你方唱罷我登場。其間的殘忍苛刻、陰謀詭計不計其數，這種反覆進行的逆向淘汰，終於在元明之際結晶為它的「偽形」表述——敘述一場場勾心鬥角故事的文學文本，成就了一本中國人生的通俗教科書。任何一個有觀察能力的人，都

1 劉再復：《雙典批判》，第五頁，北京三聯書店，二零一零年版。

不能否認小說三國與這種歷史和文化的聯繫，而這部小說之所以受到那麼多國人的追捧，亦只有從這種歷史和文化中才得到說明。至於當代史劉再復就更是過來人和見證人，他有沉痛的體驗。劉再復在《雙典批判》中提到通行於文革中的所謂「政治鬥爭三原則」：第一「政治鬥爭無誠實可言」；第二「結成死黨」；第三「抹黑對手」。這個流行總結，比之《三國演義》更畫龍點睛，也更有「現代性」。但是這種「現代性」不是使一個國家的政治邁向文明和人道的現代性，而是邁向萬劫不復深淵的「現代性」，也就是中國歷史文化演變數千年而沉澱下來的「偽形」。這是綿延不斷的「惡的進化」，這是講究權謀術數的渣滓。

提到這個時期劉再復的思想學術，不能不講他和李澤厚兩人的對談集《告別革命》。可能是震於「告別革命」四字的衝擊力，這本其實涉及中國當代文化廣泛領域的思想性著作受到了善意和不善意的誤解，被個別論者斥為「歷史虛無主義」，用著者自己的話，是「兩邊不討好」。但我要說這確實是一個誤解，論者將著者要告別的「革命」與現代史上聲勢浩大而導致新國家建立的社會運動意義上的「革命」簡單地等同起來，不辨別著者的用心而深文周納，以致使它成為「禁忌」。然而此著在香港已經發行了八版，至少說明它廣受讀者的接受。

《告別革命》是嚴肅的反思之作，它針對中國當代史特別的歷史階段而提出「告別革命」的思想。「告別革命」中的「革命」，其實是類同於「文化大革命」人為階級鬥爭的同義語。進入上世紀六十年代，主要由於毛澤東的「三分錯誤」，更兼「四人幫」推波助瀾，將人為的階級鬥爭發展為「繼續革命」理論，文革中為禍非淺，給國家造成深重的災難。這條思想路線用當時的話說，就是以「階級鬥爭為綱」的思想路線。李澤厚、劉再復要告別的是這種「革命」，換言之他們要告別的是一切「以階級鬥爭為綱」的做法及其意識形態。其實，觸發中國學者思考這個大是大非問題的，恰好是七十年代末八十年代初思想解放的大氛圍。七八年末召開的中國共產黨十一屆三中全會明確宣佈，停止使用「以階級鬥爭為綱」的錯誤口號，號召全黨工作重點「轉移到社會主義現代化建設上來」。國家戰略和路線方針的轉移與學者的思考處在相同大脈絡，兩者的精神是相通的。有行之者在前，方有言之者在後。一九八一年中共中央《關於建國以來若干歷史問題的決議》判文革為「不是也不可能是任何意義上的革命」。如果這種將階級鬥爭擴大化到所有人而貼上革命名號的所謂「革命」都不能告別，那不僅理論上荒唐，而且也不可能有後來經濟建設的成就。國家路線的改變是「終審定讞」，思想界不爭論。這是可以理解的。但學者的探討卻要釐清脈絡、源流。《告別革命》正是在這樣思慮基礎上產生的。這是兩位作者為國家進步，出自一片至誠和苦心，無論如何都不應該構成他們被戴上各種帽子的理由。

在回溯當代史挫折的深層原因時，李澤厚和劉再復認為這與中國現代革命過程中形成和固定化的兩極對立的思維和階級鬥爭的理念有深刻的關聯。然而即使達到這種認識，兩位作者也沒有一刀切否定作為精神力量的革命。比如他們認為「長征精神和延安精神」，「在戰爭時期很寶貴，是取得革命勝利的重要因素。」[1] 簡而言之，《告別革命》對革命是抱着歷史的、理智的、具體分析的態度，既非全盤肯定，也非全盤否定。他們因應社會歷史階段的改變，因應從革命到建設的轉變，肯定該肯定的，揚棄該揚棄的。他們所否定的是和平建設時期人為開展

1 李澤厚、劉再復：《告別革命》，第九八頁，香港天地圖書，二零一一年版。

急風驟雨式的階級鬥爭。他們要告別的是這種革命，即有濃厚人為色彩的階級鬥爭式的革命。這才是「告別革命」的核心意義。

劉再復與李澤厚相識於文革後期，後來兩人同在落基山下成為近鄰。兩人面對當代中國有很多切磋交流，兩位傑出的學者相互激發，他們許多富有啟發性的議論都寫在了《告別革命》裏面。劉再復後來還寫有《李澤厚美學概論》，他高度評價了李澤厚對中國美學和美學原理的原創性貢獻。對於這位以原創而深刻首屈一指的當代中國的哲學家和美學家的美學思想的闡釋，劉再復全面和見解獨到至今都無人能及。

四

海外時期的前段，劉再復的著述都有一個隱在的對象，那就是太平洋西岸的中國。如《告別諸神》、《共鑒五四》等，前者涉及的是神化魯迅的現象，後者則針對「國學熱」而非難五四和「孔子還鄉」的中國學界現象。然而情形慢慢起了變化，這固然是居海外日久，易生山川阻隔，但也是他慢慢地將中國放下了，適應了從更廣博的視野看事物看學術的環境變化。這就是他說的「世界公民」和「天眼」的意思。當他遠離以一國一鄉的習慣觀察事物的時候，他獲得了驚人的思想學術的發現和成就。他創造了自己的原生話題，他發現了更有普遍性的真理，因此他海外時期後段的思想學術更有個性。他這個時期思想學術的個性不是從有限對象中昇華起來的，而是從廣袤無際的普遍對象中升騰起來的。這種從根本上說是孤獨而空寂的思想學術創造是很難被時流所認識的，但我相信他這個時期的著述是經得起時間的磨礪和檢驗的。它們像涓涓細流，不會湧起大波大浪，但會隨風入夜，長久地滋潤人心和世界。他海外時期後段思想學術面貌的改變頗似「衰年變法」，這時的劉再復與上世紀八十年代的劉再復確實大有不同了，他越來越純粹，越來越形而上學，甚至越來越唯心，然而他思想學術的鋒芒猶在，只是不一樣的鋒芒而已。這時期的著述有兩種非常值得細讀和關注，一是「紅樓四書」，一是《文學慧悟十八點》。前者是關於重釋《紅樓夢》的四種著作，以《紅樓夢悟》和《紅樓夢哲學筆記》最能代表其風格和特色，後者是他文學理論思考數十年的「晚年定案」。

劉再復傾注心力於古典名著《紅樓夢》當與一九八九年發生的人生大變故密切相關。二零零八年《紅樓夢悟》準備出版的時候，他在「小引」寫道：「十幾年前一個薄霧籠罩的清晨，我離開北京。匆忙中抓住兩本最心愛的書籍放在挎包裏，一本是《紅樓夢》，一本是聶紺弩的《散宜生詩》。」[1]《紅樓夢哲學筆記》載「輯外輯：白雲天筆記」五十則，他自注「寫於漂流途中」。他自離開北京之後，用力最多而百讀不厭的書當屬《紅樓夢》，論熟悉的程度他比之前代任何紅學家並無愧色，雖然他從不自視為紅學家。因為他閱讀深思《紅樓夢》不是學術式的閱讀，而是生命的閱讀，是生命的自覺需求，它有生命的自覺而無學術的動機。從這個角度看，他海外時期思想學術前後段的分別只是模糊的區分，中間存在重疊的模糊地帶。他思想學術對自我生命體悟和對宇宙人生的大哉問源自甚早，只不過表現於著述是在新的世紀到來之後。

1　劉再復：《紅樓夢悟》，第三頁，北京三聯書店，二零零九年版。

因為他生命需求的閱讀，他無意中獨自開闢了前代紅學無有的悟證紅樓的蹊徑，實現了言說紅樓的方法論創新。劉再復詳細談到過他對方法論的思考和悟證紅樓的前後因緣：「在城市大學任教時，我每天都泡在圖書館裏，這期間我閱讀了上百種國內外的《紅樓夢》研究書籍，從那時起，我就意識到《紅樓夢》研究著作太多，可謂汗牛充棟，再增加一本評述書籍恐怕沒有甚麼意義，倘若要贏得意義，那只能從方法論上先給予突破，……以往的《紅樓夢》研究，其基本方法只有兩種，一是考證，二是論證，均屬實證。我認為，《紅樓夢》的內涵，既有『實在』（真事），也有『虛在』（夢幻與虛構）。《金瓶梅》不同於《紅樓夢》，也是經典性作品，但它只寫實在，即只用現實主義方法如實地書寫社會與人性。它不寫虛在，沒有《紅樓夢》似的夢幻仙境和形而上品格。《紅樓夢》中的『實在』部份可以考證、論證，但前人已下了一兩百年功夫，我沒有突破的能力。而對於『虛在』，我有許多領會。我覺得，對於這一部份，很難實證，只能悟證。即曹雪芹自己所說的，『唯心會而不可言傳，可神通而不可語達。』（第四回）因此，我決定使用悟證方法（心會神通之法）寫作。」[1] 紅學的門派有多種，例如評點、索隱、考據、論說等，將它們的方法大別為考證與論證也無不可。劉再復別出心裁從悟解閱讀中發展出來的悟證方法，是專門就《紅樓夢》中涉及的大命題大解會而言的，其中雖有強烈的主觀色彩，但與前代紅學在小處望文猜測存在根本的不同。劉再復的紅學專就大處領會，專就根本處感悟，專就紅樓的哲學意蘊闡幽發微，成為紅學曠古無人道及的第一等悟證。禪心歸

1 劉再復：《我的寫作史》，第一六九—一七零頁，香港三聯書店，二零一七年版。

處，一片澄明。主觀性並不是弱點，反而是劉再復的過人之處。這過人之處是上天所賜，是他從千艱萬難大苦大悲大起大落的歷練中得來，從歷盡滄桑漂流四海不改赤子初心得來。由此遍歷，他得與曹雪芹的色空之悟神通心會而成此第一等文字。從來的大文學、大哲學都是要講心通神會的，劉再復悟證的方法剛好就是通達此等境界的不二法門。茲引《紅樓夢哲學筆記》第六十二則如下：

> 賈寶玉離家出走之前，自豪地對襲人說：「我有心了，還要那個玉做甚麼？」賈寶玉經歷了滄桑顛簸，最後甚麼都丟失或放下，卻贏得天地間最重要的東西，這就是「心」。
>
> 此「心」，不是人體內的那顆具有血液循環功能的心臟，不是物質機體的一部份。此心，是宇宙鍾靈毓秀凝聚成的生命質點，是慧根、善根等根性的總和。「為天地立心」，立的便是這種心。賈寶玉銜玉而降人間，讀者容易誤以為玉是天人之際的橋樑，其實，惟有此心此覺，才是天地中介，霄壤大橋。寶玉心覺之後，便成了可作逍遙遊的大鵬甚至是連大鵬相也沒有的無相至人了。此心遊於物之初，遊於太極之初，其「至樂」只有他自己能感受。寶玉如果活在二十世紀，可能要對人類說：你們忘了「心」，所以天地萬物要成為機器的原料了。[1]

遠在國內時期劉再復治學就形成了融通思想與學術的特點，到了海外更錘煉得爐火純青。既有

1 劉再復：《紅樓夢哲學筆記》，第三九頁，北京三聯書店，二零零九年版。

哲學的沉思、思想的領會和人生的體驗，又有在文本上下功夫的學理思致，然後以行雲流水的美文將之表達出來。他的所寫，叫做思想可以，叫做學術可以，叫做文學也可以。「紅樓四書」是劉再復將思、識、詩匯通融合的上乘紅學文字。

劉再復的思想學術佔據最大份量的是他關於文學理論的思考，時間長度跨越半個世紀，用力最多，具有廣泛的學術影響。與國內時期風靡一時不同，近年出版的《文學常識二十二講》（下稱《文學常識》）和《文學慧悟十八點》（下稱《文學慧悟》）可能沒有像《性格組合論》和《論文學的主體性》那麼風行，但是論到見地的純粹、思考的精深，達到了爐火純青的程度。尤其是《文學慧悟》他將之前，也包括《文學常識》的文學理論思考重要之點簡明化、綜合化，再加上近些年的文學慧悟，用直指人心的方法作明心見性之談。他國內時期的理論，多循演繹的方法，根據對人性或哲學的一般原理推衍到文學領域進行論證。這種方法有成體系的長處，但也存在一般原理不周延導致推論不能周密的短處；有邏輯力量的同時，也不得不縫罅補漏。二零一三年和二零一六年，劉再復應邀到香港科技大學講學，他趁講授的機緣，將自己的文學觀系統整理一番，前者集成為《文學常識》，後者集成為《文學慧悟》。《文學常識》尚有文學概論的一絲遺痕，《文學慧悟》就完全洗盡鉛華，無障無礙，以真面目示人。這是一個對文學充滿激情和熱愛的人數十年思考的結晶，我將它看作是劉再復文學觀的「晚年定案」。

《文學慧悟》裏的十八點，既是十八要點的意思，也是點到為止的點的意思。它們需要讀者慧心感悟，著者鋪陳講述不多，但觀點明斷清晰，了悟徹底。如劉再復認為文學開始於「有感而發」，有感則有文學，無感則無文學。這是文學的「起點」。文學一定要起始於個體性、心靈性的感受和感悟，才是真文學。劉再復的看法回應了中國古代美學裏的「物感説」，與之一脈相承。由此他認為，「文學作為一種心靈的事業，它實際上是自由心靈的一種審美存在形式。」[1] 感受和感悟因為是個體的、心靈的，它就不能遵命和奉命，一遵命奉命，就離開真感而成為偽感。所有遵命而作和奉命而作，是追求「有用而發」，「有利而發」，歸根究底是「有求而發」，文學應當「有感而發」。劉再復的這個講法，語言變了，論證的落腳點變了，然而對文學的基本認知自八十年代以來一直沒有改變，只不過八十年代的説法有更強的現實針對性和目的性，如今離棄了多餘的面目，唯求真相。劉再復的文學觀念告別了古代和過去一個多世紀流行於中國的要文學承擔各種使命的説法，如曹丕「經國之大業，不朽之盛事」，梁啟超沒有新小説就沒有新國家，甚至魯迅以雜文為「投槍和匕首」等等。他當然也不認同文學為政治服務，或政治為文學服務的觀念。劉再復對文學的感悟親切而到位，如他在「文學的特點」中比較文學與哲學、宗教和歷史，認為文學代表廣度，歷史代表深度，哲學代表高度。他説，「文學情懷與宗教情懷相近，都是大慈悲、大悲憫，對敵人也有同情和悲憫。文學不能簡單設置審判好人、壞人的道德法庭。」[2] 他又説，「直到今天，還有很多人以為作家應該當『包公』，寫作就是判斷是非黑白，除惡揚善。可是文學並非這麼簡單，好作家應該既悲憫秦香蓮，也悲憫陳世美，應當寫出陳世美內心深處的掙扎、靈魂的掙扎。惟有寫出陳世美的生存困境、人性

1 劉再復：《文學常識二十二講》第三頁，東方出版社，二零一六年版。
2 劉再復：《文學慧悟十八點》第二六頁，北京商務印書館，二零一八年版。

困境、心靈困境才能呈現文學性。」[1] 劉再復的這些話，已經沒有「戰鬥性」了，但我相信它們依然是思進取的中國作家的苦口良藥。

劉再復的文學觀念建立在人性論的基礎之上，並以人性論為中心構築。他在「文學的基點」一講中說：「文學的基點即立足點是甚麼？如果用一個詞概說，那就是『人性』。一是見證人性的真實；二是見證人類生存處境的真實。」[2] 因為文學對人性的真實境況只能見證，改造不了。人性千古不易，生活是一個過程，無始無終，文學能夠做到的是原樣呈現，不偏不倚地作見證。至於怎樣才能見證人性的真實，寫出好的文學，劉再復將之概括成文學三要素：「我認為，文學由三個要素組成，一是心靈，二是想像力，三是審美形式。心靈是前提，是基石。我理解的人性也就是心靈。動物無心，人與動物的區別就在於心靈。不過，在寫作中，我講述人性這一概念時包含着更多的『慾望』，而講心靈時則涵蓋更多的『精神』。我認定，未能切入心靈的作品，絕不是一流的好作品。」[3]《文學常識》和《文學慧悟》兩著都有對三要素的很好發揮，尤其是《文學慧悟》關於「文學的戒點」、「文學的盲點」、「文學的衰亡點」、「文學的交合點」等，充滿了對文學的智慧感悟。它是文學思想的寶庫，人或以為不能實用，但會心者必從中得到極大的啟發和思考的養份。

1 劉再復：《文學慧悟十八點》，第二九—三零頁，北京商務印書館，二零一八年版。
2 同上，第六六頁。
3 劉再復：《我的寫作史》，第二零零—二零一頁，香港三聯書店，二零一七年版。

結語

古代中國存在漫長而綿綿不絕的人文創造傳統，太史公司馬遷將之取名為「聖賢發憤」。文化的創造者皆因「意有所鬱結，不得通其道」而發憤創造，「述往事，思來者」。他在《太史公自序》裏提到文王、孔子、屈原、左丘明等。若是仿照司馬遷的筆法接龍，這一長串的名單幾將彪炳史冊的華夏文化創造大家一網打盡。文學史上不朽的大文學家屈原之外，陶、李、杜、蘇、曹，莫不如此；緊步其後的詩人如韓、柳、元、白、辛、陸、關，亦復如是。一部中國古代文學史簡直就是流放者、貶謫者、失意者書寫的歷史。原本以為現代中國會結束這個傳統，但是看劉再復的人生、思想和學術，其實並沒有，至少他的海外時期可以作如是觀。劉再復是「聖賢發憤」這一中國人文創造傳統的現代傳人。我曾經在一篇短文中說劉再復是文學的守護人。這一說法遠未窮盡所有，劉再復數十年來，感悟文學、思考文學、捍衛文學、辨析文學又娓娓道文學，他對文學的熱愛、忠誠和激情是罕見的，他的人生是文學的人生。他成就了文學，文學也滋潤了他。劉再復和文學，文學和劉再復，已經難分彼此，乃至融合為一體。他的著述是一筆文學的寶貴財富。

目錄

自序

五年前，好像也是這樣的一個初春的、安寧的靜夜，好像也是這樣的一種柔和的、自由的空氣，我寫完了《魯迅美學思想論稿》的後記，面對着輝煌的夜天，想起了魯迅，想起了這位偉大而深邃的求索者的許多星光一樣閃爍的思想，頓然，有一種奇異的東西在我身上顫動，奔突，呼喚，我意識到這是一種繼續創造的欲求在我胸中燃燒。

這時我想，我們身外是這麼一個神秘的浩茫無際的宇宙，而我們身內不也有一個難以認識窮盡的、充滿着血的蒸氣的第二宇宙嗎？俄國傑出的思想家赫爾岑曾以衷心的敬佩，讚揚莎士比亞天才地描述了這個宇宙。他說：「莎士比亞是兩個世界的人。他結束了藝術的浪漫主義時代，開闢了新時代。天才地揭示了人的主觀因素的全部深度、全部豐富內容、全部熱情及其無窮性；大膽地探索生活直至它最隱秘的禁區，並揭露業已發現的東西，這已經不是浪漫主義，而是超越了浪漫主義。……對莎士比亞來說，人的內心世界就是宇宙，他用天才而有力的畫筆描繪出了這個宇宙。」[1] 人的內心世界確實是一個神

1 赫爾岑：《科學中的不求甚解》，見楊周翰編選：《莎士比亞評論彙編》，上冊，第四六零頁，中國社會科學出版社，一九八一年版。

奇的宇宙。今天，人可以在遙深的第一宇宙中去探求奧秘，不也可以在自身的第二宇宙中探求更多的未知數嗎？於是，我想起魯迅的一個美學觀念，文學創作不應當把好人寫得完全好，把壞人寫得完全壞。人，具有靈性與創造性的人，並不這麼簡單。作家、藝術家超常的智慧，恐怕正表現在他們並不把人理解得很簡單。這個像星光一閃的思想，儘管我在《魯迅美學思想論稿》中已闡述了一章，可這個時候，我突然又有許多新的領悟，並升起一個念頭：如果能把這一思想進一步昇華到理論的境界上，那是多麼好啊。在一段歷史時期中，我們的土地上發生了種種奇異的精神現象，其中有一種就是竟然把天底下最複雜、最瑰麗的現象——人，看得那麼簡單，英雄像天界中的神明那麼高大完美，「壞蛋」像地獄中的幽靈那樣陰森可怖。這種人為地把人自身貧乏化，導致了文學的貧困化，也導致了民族精神世界的僵化。想到這裏，我感到心裏難以安寧。這段心靈的歷程，正是我最初寫作《性格組合論》的動因。

魯迅在評價《紅樓夢》時，認為《紅樓夢》的可貴之處在於它突破了我國小說人物塑造中「敍好人完全是好，壞人完全是壞」的傳統格局，也正是在這個意義上，《紅樓夢》比《三國演義》的形象具有更高的審美價值。以往中外許多作家都談論過這個問題，但是，一般都是直觀的、經驗性的描述，魯迅也是直觀地描述這一觀點。中國的思想家大半都有這種特點。他們雖然沒有構築理論體系，但能敏鋭地領悟到某種非常深刻的真理。瞬間的領悟，正是他們長期知識積累、感情積累的一種迸射。從傳統的思維方法這個角度似乎可以説，德國是一個思辨的民族，日本是一個實證的民族，而我國是一個直觀的民族，或者説，是一個領悟的民族。我覺得，我們可以在保留自身的長處之外，吸收德國和日本的長處。我在這部專著中更注意思辨和理論的昇華。於是，從那時候起，我一直在思考着性格塑造的問題，並逐步積累些思想纖維和有關素材。這樣，在一九八三年初，我開始動筆寫這部著作。

一九八四年五月，我在《文學評論》上發表的《論人物性格的二重組合原理》，就是這部書的一部份。「二重組合原理」，是這部書的中心概念。我在這部書中試圖避免過去我國社會科學研究中常常存在的弱點，即缺乏自己所創造的範疇和概念系統。因此，我在本書的各章節中，都有自己的論述的中心範疇和中心概念。文章發表後，有些同志發表了一些商榷文章，他們為了真理而發表自己的見解和批評，是完全正常的，我本來就這樣期待着。但使我獲得勇氣，推動我深化這一課題的研究並寫成這部書的，是一些激勵我進行理論探索的同志和朋友。我收到了許多激勵我的來信，這些信箋使我相信天底下真有那麼多熱烈的、正直的文心，詩心——未被歲月的風波磨成圓滑、虛偽的心。更使我高興的是，不少同志常常準確地道破我的文章的主旨，也可以說是我這本書的主旨。這裏我想舉兩封信，一是我熟悉的朋友蔣和森同志，一是我素不相識的遠方的浙江大學的劉錫光同志。蔣和森同志在深夜兩點讀完我的文章後給我來信說：「也許由於我過去也在常想那些問題，所以讀起來更感親切吧。作為一個文學工作者，我覺得無論是搞理論的還是搞行政的，應當研究『人』——這個我們天天都接觸而又似乎顯得複雜奧秘的『人』。我曾說，在中國文學史上，是曹雪芹第一次把『人』帶進文學的領域，可就有人說它是『人性論』了。我很慚愧，其實我對『人』是了解得多麼膚淺啊，哪裏還談得上論。」蔣和森同志從我的文章想到「應當研究人」，這確實使我產生了一種知音之感。

而浙江大學的副教授劉錫光同志，雖然我們素不相識，但是他寫了這樣熱情而有見解的文字給我：「……你的人的二重性觀點給我鼓舞，似有知音之感。粉碎『四人幫』後，我着手研究『人』。我既不同意抽象的舊人性論，也不同意目前的無人哲學，認為大量的社會現象必須從人類自身的運動中得到答案。人是被說明的對象，但又是說明的根據。舊人性論的貢獻在於否定了神道主義的外因論，肯定了內因論，從人自身尋找原因和答案，但他們不知道人類活動的特殊運動形態——社會，陷入唯心主義。馬克思的貢獻在於補充了舊說，給內因論以科學的基礎。後來，人們把馬克思主義引向另一極端，人與社會分離，社會似乎是人之外的東西，人成了僅被說明的對象，又走向外因論，不能說不是一種倒退。」從劉錫光同志的來信中，我才知道他曾為了研究「人」付出了很高的代價。他的研究很扎實，而且從人類發生史的角度來說明人的本質及人的兩重性。從人類發生學的角度來說明人物性格的二重組合，我在書中也有所涉及，說明了人在自然面前既是主體又是客體，既有支配自然的偉大性又有被自然所支配的渺小性，但是，由於我是人類發生學的門外漢，因此無法深入。現在知道劉錫光同志在深入研究，自然感到欣喜。劉錫光同志已把「人的研究」作為一門學科來對待，這對於我國人文學科的發展是非常必要的，我祝願他成功。我的這部書，也是「人的研究」的一種形式，不過，我除了研究現實世界的人外，更注意研究審美世界中的人，即文學作品中的人物形象。我讀了蔣和森、劉錫光同志的信，所以會感到一種內心的激動，並不僅僅因為他們所道破的對人的研究，確實是我這部書所注重的中心和支撐點（甚至可以說是我的真正的出發點），而且我預感到研究人的課題即將提到重要的日程上，我國的人文科學將會在這方面走向過去未曾走到的廣闊天地。

也有些同志擔憂，這個文學原理會造成新的公式化創作。但我想，這是不會的。因為任何原理、原則都不應當成為創作的出發點，包括二重組合原理。我們的社會科學工作，我們的科學抽象不可能去代替作家的感受。任何藝術創造，都帶有一次性的特點，即不可重複的特點。文學理論中所概括出來的任何一個帶普遍性的原則，都不可能代替作家的藝術發現。但是，我們把創作經驗加以總結與抽象之後，又帶有普遍的意義。一個符合藝術規律的原則原理，如果化為作家的靈與肉，化為作家的內在本性，它就會幫助作家去感受生活，去理解人，去發現人的內心奧秘。總之，可以在創作中起一種潛在的作用。

不過，應當承認，任何原理都不是萬能的，它不可能囊括一切文學現象。恩格斯說：「概念和現象的統一是一個本質上無止境的過程，這種統一無論在這個場合還是在其他一切場合都是如此。」又說：「自然科學中通用的概念，因為它們決不是永遠和現實相符合，就都是虛構嗎？從我們接受了進化論的時刻起，我們關於有機體的生命的一切概念都只是近似地和現實相符合。否則就不會有任何變化；哪一天有機界的概念和現實絕對符合了，發展的終結也就到來了。」[1] 恩格斯的這段話值得注意。文學原理總是從文學現實抽象出來的，它反映了文學的某種普遍性現象，但是，它也不可能與一切文學現象絕對相符，而只能和大部份現象相符，而且可使作家借助它創造新的偉大的文學現實。

不過，此時我應當承認，當我進入這個課題的研究角色之後，我才意識到這個課題的艱難，意識到這個問題的解決，不僅需要文學的知識，而且需要非文學的知識，即哲學、心理學、自然科學、人類學的一些知識。就文學知識來說，自己也覺得非常欠缺。自己希望能多分析西方當代文學作品中成功的人物形象，但是，由於自己的準備不足，分析得仍然很有限。通過這本書的寫作，才更加深信世界的難知。「已知」的東西擴大一寸，「未知」的範圍就增加一尺。現在書稿雖然寫成了，但仍然感到不滿足。這種不滿足，使我感到痛苦。但我知道，這種痛苦，是一定要伴隨自己一生的，並將成為自己前進的心理動力。

一九八四年四月二十六日於文學研究所

1 《致康・施米特》，見《馬克思恩格斯選集》，第二版，第四卷，第七四六―七四七頁，人民出版社，一九九五年版。

第一章

導論：關於人與文學的思考

第一節　關於人的反思

大自然以幾億年的時間孕育、創造出人這個最偉大的作品，但是它在創造人、改造人的同時又不斷被人所創造、所改造。人類作為大自然的對立物，從它誕生的那天起，就是以大自然的主人的姿態站立起來的。它用神奇的大腦和靈巧的雙手進行創造性勞動，一方面把大自然變為自己無機的身體，另一方面又把大自然當成自己心靈的象徵，在它上面欣賞自己的崇高和神聖。而人為了自己的生存和發展，用了幾十萬年的時間強化了社會力量，但同時也強化了社會對自身的束縛。無所不在的辯證法注定了人類要經歷漫長的苦難歷程。人類無可奈何地要以沉重的代價換取人類自身的發展。在幾千年的階級社會中，人在痛苦地尋找着自己的位置，一部人類文明史，就是人類在尋找自己位置和價值的歷史。幾千年的磨難使人類的自我意識逐漸甦醒過來，使它通過勞動、創造、改革等實踐活動而不斷地復歸到自身。

藝術的發展與人的發展是同步的，從它誕生的那天起，它就是作為人的心聲，作為人類憧憬、追求、苦悶的靈魂的律動而出現的，但是，歷史老人仍然把它逼上痛苦的歷程，使它常常不得不背棄自己的本性。那些偉大的藝術家總是在尋找藝術的地位和價值。從本體意義上説，藝術的發展史，就是一部藝術本性的失落與復歸激烈鬥爭的歷史。人們終於找到這樣的結論：「文學是人學。」今天，藝術正在人類主宰世界的光輝燦爛的天幕上逐步找到自己的位置，它將作為人類偉大、神聖的靈魂的投影而顯示自己巨大的價值。

我寫這部書，正是以微弱的聲音呼喚文學的靈魂，尋找文學的軌跡，探求人的真實世界。我以我的努力，為恢復人在文學中的主體性地位而努力。

所謂主體，在文學藝術中，包括作為創造主體的作家，作為對象主體的人物，作為接受主體的讀者。所謂主體性，就是人之所以成為人的那種特性，它既包括人的主觀需求，也包括人通過實踐活動對客觀世界的理解和把握。在這本書中，我所研究的是人物形象。我相信，作為作家筆下的人物，只有當它獲得主體性的地位時，它才是活生生的充滿着血肉的形象。應當把人當成人，不應當把人降低為物，降低為工具和傀儡，這種物本主義只會造成人物的枯死。也不應當把人變成神，這實際上又把人變成理念的化身，這種神本主義必然剝奪人的豐富性。我相信，物本主義和神本主義只能把文學藝術引向末路。

對於作家來說，真正的英雄式的觀念，是不屈服自己心靈之外的各種壓力，敢於面對人，面對人的真實、複雜的世界，把人按照人的特點表現出來，把人之所以成為人的那些價值表現出來。席勒在給歌德的信中稱讚歌德說：「你從單純的機體一步一步走向較複雜的結構，最後走到一切之中最複雜的『人』，你用整個自然的材料進一步地創造了他。」並說：「因為你好像是照着自然的創造再創造着『人』，所以你切望窺入它奧妙的機構。這是一個偉大的真正英雄式的觀念，足以證明你的精神是如何地將它全部豐富的思想組成一個美麗的整體。」[1] 席勒把作家具備「人」的觀念和「創造人」的觀念，看成英雄式的觀念並不過份。因為，對於任何作家來說，他的創造性的勞動的第一要義就是「人」。人就是他們創造的對象和根據，創造的源泉和出發點。車爾尼雪夫斯基說：「對人的心靈有着真知灼

1 席勒：《席勒給歌德的信》，見宗白華：《宗白華美學文學譯文選》，第一一頁，北京大學出版社，一九八二年版。

見，而且善於為我們揭示它的奧秘——這是我們評論寫出了讓我們驚奇作品的那些作家時所說的第一句話。」[1] 我國著名作家茅盾在回顧他的創作歷程時，也認為對「人」的研究確實是他所說的「第一句話」——第一目標。他說：「最近七八年來，我在沒有職業的狀態下把寫小說作為一種自由職業了。這一個『行業』，沒有一點『研究』好像是難以繼續幹下去的，因而我不能不有一個『研究』的對象。這對象就是『人』！……我於是帶了『要寫小說』的目的去研究『人』。……『人』——是我寫小說時的第一目標。我以為總得先有了『人』，然後一篇小說有處下手。」[2]

我國文學在接受歷史唯物主義世界觀的指導之後，我們的作家更深刻地看到人的本質，更深切地了解人與動物的區別，了解人不僅是自然的人，而且是社會的人，而社會是階級的社會，因此，社會人的本質乃是階級本質。這種觀念影響到文學，我們的作家就有了「社會人」的觀念，但是，在這種觀念建立之後，我們卻忽視、甚至忘記了「人的社會」這一觀念，即社會是以人為主體，以人為中心的，反而以「社會」為中心，而人成了只是被社會所支配的沒有力量的消極被動的附屬品。這樣，結果便是本末倒置，即見物不見人——人服役於物，而不是物服役於人。

解放後一個時期，人們又把社會現實僅僅規定為階級和階級鬥爭的現實，這樣，社會現實在很大程度上就變成一種被縮小的片面的現實。以階級和階級鬥爭為綱來規定文學活動，就要求文學只能反映階級矛盾和階級鬥爭的現實，認為文學的價值就在反映和認識這個現實。按照這種理論，所有的對象主體

---

1 《列·尼·托爾斯泰伯爵的〈童年〉、〈少年〉和戰爭小說》，見伍蠡甫主編：《西方文論選》，下卷，第四二八頁，上海譯文出版社，一九七九年版。

2 茅盾：《談我的研究》，見《茅盾論創作》，第二四頁，上海文藝出版社，一九八零年版。

（人），都被規定為階級觀念的符號，被規定為階級機器上的螺絲釘。這種理論要求人完全適應階級鬥爭，服從階級鬥爭，一切個性消融於階級和階級鬥爭之中。這樣，就發生一種奇特的現象：人完全喪失主體性，喪失人之所以成為人的東西。機械的階級論在某種程度上是一種畫地為牢的辦法，把人都納入各種固定模式，而這種模式又成為一種思維模式：人與人的關係是階級關係，甚麼階級的人說甚麼話，處在甚麼階級地位就表現甚麼階級的具體形態。人只能依照這樣一個公式或定律去感覺、感受、思考、生活，人的言行舉止、視聽言動無不以這個公式或定律為依歸，這個公式或定律是至上的，是「絕對精神」，而人是算不了甚麼的，人不過是為了證明這個公式或定律而獲得存在意義的。我國封建社會中要求人「非禮勿視，非禮勿聽，非禮勿言，非禮勿動」，也是把「禮」當成一種絕對精神，絕對規範，一切以禮為依歸，為定律，人被全部納入「禮」的固定模式中，因此，人的個性也全部消融於這個模式之中。魯迅先生曾說：「在中國，沒有俄國的基督。在中國，君臨的是『禮』，不是神。」[1] 在西方宗教家的腦子中，人是上帝絕對理念的附屬物，在我國古代的某些道德家眼中，人是「禮」的絕對理念的附屬物，而在當代某些中國的理論家眼中，人則是階級理念的附屬物。我們就這樣不知不覺地創造出一種新的絕對觀念，即人的一切行為和心理都是階級鬥爭所派生的，一個人說甚麼，做甚麼，早已被規定好了。於是，人不再是人，而是物，而是階級觀念的抽象符號。人本主義蛻變為物本主義，文學也不再是人學。

馬克思曾經批評舊唯物主義和唯心主義兩種偏向。他指出：「從前的一切唯物主義——包括費爾巴

1《陀思妥夫斯基的事》，見《魯迅全集》，第一版，第六卷，第四一二頁，人民文學出版社，一九八一年版。

哈的唯物主義——的主要缺點是：對對象、現實、感性，只是從客體的或者直觀的形式去理解，而不是把它們當作人的感性活動，當作實踐去理解，不是從主觀方面去理解。因此，結果竟是這樣，和唯物主義相反，唯心主義卻發展了能動的方面，但只是抽象地發展了，因為唯心主義當然是不知道現實的、感性的活動本身的。」[1] 我們的文學研究堅持了唯物主義，但是卻奇怪地帶上許多舊唯物主義的主要缺點，往往只是從客觀或直觀形式去理解文學，這樣，就不能把文學現象看成是人的感性活動，當然也不能從實踐方面、主觀方面去理解文學的活動。這樣，在文學過程中，人便變成是十分被動的，消極的，被客體所支配的東西。我覺得，馬克思所指出的這種偏向，是到了終結的時候了。

第二節　世界文學中人的觀念的變遷

隨着社會的往前推進，人的發展有一種趨向，我們可以稱之為複雜趨向。這就是說，隨着社會知識爆炸現象的出現，湧入人類中的符號信息的大量增加，空間距離的縮小，思想文化交流的頻繁，人的頭腦也愈來愈複雜了。這就像個人從童年到成年一樣，愈來愈成熟但也愈來愈複雜。

與之相應的是人對自身的認識也愈來愈複雜，愈來愈深邃。這種自我認識也有一種複雜趨向和深邃趨向。人在觀照自然的時候，也不斷地觀照自身。人在觀照外在自然時，開始用十位數，現在用微積分，開始時用肉眼，現在用望遠鏡與顯微鏡，在自然科學範圍內，人用愈來愈先進的工具探索自然，也

1《關於費爾巴哈的提綱》，見《馬克思恩格斯選集》，第二版，第一卷，第五八頁，人民出版社，一九九五年版。

用愈來愈先進的認識工具探索自身，於是，發現了人的基因、染色體這些自然結構。而在精神現象領域，人對自身的認識就更加困難，而且正處在從外到內不斷深化的認識進程中。哲學、歷史學、社會學，都在認識人自身，文學也是如此。在西方的文學史上，對人自身的認識簡直成了文學變遷的基本動因。在古希臘時期，人開始向文明社會挺進，但是，他們對自身充滿着困惑。他們一方面朦朧地感到自己已在大自然面前站起來，他們是偉大的，但是他們又感到一種自然力在繼續支配着他們，使他們感到自己身外有一種強大的、異己的、可怕的力量。他們似乎朦朧地意識到自身的幼稚和世界的陌生，意識到身外這種力量神秘而難以抗拒。《俄狄浦斯王》就深刻地反映了人類在童年時期認識到自身半是偉大半是渺小的悲愴感。在這個驚心動魄的悲劇中，處於童年時代的人類連自己的母親都不認識。但人類是不屈的，他們忍受或反抗外在異己力量的重壓，決不被痛苦的命運所擊倒。普羅米修斯就是這種反抗精神的象徵。特別是歐里庇德斯筆下的美狄亞，她對強加於她身上的命運更是毫不妥協，為了向惡——她的寡情主義的丈夫復仇，竟用惡的手段殺死自己親生的兒子，她本身就是一個尖銳的矛盾體。不管是普羅米修斯還是美狄亞，都表現了人的不可征服的尊嚴。古希臘悲劇作家筆下的人物，儘管還帶有許多神的外殼，但是，他們都不是抽象的寓言品，而是一個生氣勃勃的性格整體。

到了中世紀，人對人的認識完全倒退了。當時上帝主宰了一切，人失去了自身，走到上帝之奴的可憐的地位，人僅有的一點權利，就是向上帝進行無窮的懺悔，在懺悔中無情地踐踏自己的尊嚴和價值。一切人的權利，連為了生存繁衍而進行生育，也被當成罪惡，人性在一種非常莊嚴的形式下墮落到最卑下的塵土之中。反映這個時期人的觀念的著作，可以以奧古斯丁的《懺悔錄》為典型，在奧古斯丁看來，上帝是無限偉大的，而人卻無限渺小。他的懺悔一開篇就引了《舊約》的詩：「主，你是偉大的，你應受一切讚美；你有無上的能力、無限的智慧。」然後他說：「一個人，受造物中渺小的一分子，願意讚頌你；這人遍體帶着死亡，遍體帶着罪惡的證據，遍體證明『你拒絕驕傲的人』。」又說：「我的天主，假如你不在我身，我便不存在，絕對不存在。而且『一切來自你，一切通過你，一切在你之中』，是否更可以說，我除非在你之中，否則就不能存在？主，確然如此，確然如此。」[1] 在他看來，至高、至美、至能、至仁、至義、至隱、無往而不在的天主，總持萬機，一無所需，卻能負荷一切，主持一切，維護一切，創造一切，養育一切，改進一切。奧古斯丁既然把上帝看得這樣至高無上和無所不能，而人又是那麼渺小，因此，人的一切權利特別是人的情慾就成為痛心懺悔的內容，他曾有過的情慾要求和內心矛盾都被自己視為罪惡，他呼籲：「主啊，請你不斷增加你的恩賜，使我的靈魂擺脫情慾的沾染，隨我到你身邊，不再自相矛盾，即使在夢寐之中，非但不惑溺於穢影的沾惹，造成肉體的衝動，而且能拒而起之。」[2] 他雖然自身有過罪惡，但決不允許善惡並存，他祈求天主給那些主張善惡並存的人以懲罰，他說：「我的天主，有人以意志的兩面性為藉口，主張我們有兩個靈魂，一善一惡，同時並存。讓這些人和一切信口雌黃、妖言惑眾的人、一起在你面前毀滅。」[3] 但他又承認自己也被靈與肉的「心疾」折磨着，「永遠的真福在上提攜我們，而塵世的享受在下控引我們，一個靈魂具有二者的愛好，但二者都不能佔有整個意志，因此靈魂被重大的憂苦所割裂：真理使它更愛前者，而習慣又使它捨不下後者。」他承認自己「被這種心疾折磨着」[4]，因此，它請求天主嚴肅的慈愛用恐懼、悔恨的鞭子鞭打他。我們可

1 奧古斯丁：《懺悔錄》，第三—四頁，商務印書館，一九六三年版。
2 同上，第二一一—二一二頁。
3 同上，第一五三頁。
4 同上，第一五五頁。

以看到，人的尊嚴感在神面前已完全喪失，在神聖的詞句下，人的形象被無限地縮小，人的真實世界被有意地掩蓋。

文藝復興，在中世紀的黑夜中重新升起了人的太陽。這個時代最偉大的發現，就是發現了人，就是把人從上帝的牢籠中解放出來，放到他在宇宙中本來應有的偉大位置上。瑞士的雅各布．布克哈特非常精闢地描述了這種人的位置的根本變化，他說：「在中世紀，人類意識的兩方面——內心自省和外界觀察都一樣——一直是在一層共同的紗幕之下，處於睡眠或者半醒狀態。這層紗幕是由信仰、幻想和幼稚的偏見織成的，透過它向外看，世界和歷史都罩上了一層奇怪的色彩。人類只是作為一個種族、民族、黨派、家族或社團的一員——只是通過某些一般的範疇，而意識到自己。在意大利，這層紗幕最先煙消雲散；對於國家和這個世界上的一切事物做客觀的處理和考慮成為可能的了。同時，主觀方面也相應地強調表現了它自己；人成了精神的個體，並且也這樣來認識自己。希臘人曾同樣地把他自己與野蠻人區別開來，而在其他亞洲人只是意識到自己是一個種族的成員時，阿拉伯人已經感到自己是一個個人了。不難表明，這種結果主要是由於意大利的政治情況產生的。」[1] 這是古希臘時期關於人的朦朧的觀念的明朗化、理論化。當時的思想家和文學藝術家，與奧古斯丁相反，不是把人無限地縮小，而是把人無限地放大，把對至真、至善、至美的上帝的所有讚詞都讓給了人。這是一個「人」在宇宙間的神聖位置上站立起來的偉大時代。因此，當時的精神界的勇士們對人自身的認識帶有很明顯的理想色彩。例如，意大利哲學家皮科．德拉．米朗多拉在他的著作《論人的價值》中提出了一系列動人的觀念，他把人看成

1 布克哈特：《意大利文藝復興時期的文化》，第一四三頁，商務印書館，一九七九年版。

是一個無限美麗的大千世界，他用當時還不得不用的舊的概念闡述人的輝煌的世界，他說：

上帝在創造世界的最後一天創造了人，是為了讓他認識這一大千世界的規律，學會熱愛這一大千世界的美，讚嘆它的瑰麗壯闊。造物主對亞當說，我不把你束縛在一個限定的地方，不強制你必須從事規定的事業，不用必然性捆住你的手腳，目的是讓你自己根據自己的心願去選擇自己樂意的地方、事業和目標，並且支配這一切。其餘的生物都具有狹隘的天性，因此自身內部就受到我所確立的那些規律的限制；只有你一個不為任何狹窄的範圍所鉗制，可以在我交到你手裏的那一自然界中隨心所欲地立標定界。我把你安置在世界中央，使你能更容易洞察周圍的一切。我把你創造成不是天上的生物，然而又不純粹是地上的生物，不是必然會死的生物，然而又不是不朽的生物，目的是使你超越束縛，自身成為創造者，親手塑就自己最終的形象。你有可能淪入動物界，但也有可能僅靠你內心的意志而昇華為像神一般的生物。[1]

他把人看成具有無窮創造力的帶有無限活潑性的大千世界，把這個世界看成處於神界與動物界之間的奇蹟。人帶有這兩界的特徵，可以在這兩界中自由馳騁。它不再是受上帝支配的可憐的生物，而是不受任何必然性困住手腳的支配一切的偉大創造者。人不再是不幸的，而是至高無上的美的傑作，莎士比亞就在《哈姆雷特》中說出當時人文主義者關於人的最精闢的見解：「人類是一件多麼了不得的傑作！

1 阿尼克斯特：《莎士比亞傳》，第三四頁，中國戲劇出版社，一九八四年版。

多麼高貴的理性！多麼偉大的力量！多麼優美的儀表！多麼文雅的舉動！在行為上多麼像一個天使！在智慧上多麼像一個天神！宇宙的精華！萬物的靈長！」[1]

對於在天界與地界之間站立着的人，浪漫主義者更多地嚮往天界，他們的自我實現往往追求在天界上的實現。但是天界其實是不存在的，所以他們的希望常常很快地轉入絕望，狂熱的詩情常常碰碎在冷峻的現實的地上。而批判現實主義則更多地注意到地界，更多地注意到現實中那些最大量的、最普通的、充滿着矛盾的人。福樓拜的包法利夫人，司湯達的德·瑞那夫人，托爾斯泰的安娜·卡列尼娜都是立在地上的真實的、充滿着情慾的人，在她們的情慾中都有歷史、時代、社會的巨大投影，她們的內心充滿着人的激情，但是，這種激情又都充滿着痛苦，充滿着靈與肉的矛盾。她們已不像莎士比亞筆下的苔絲德蒙娜、朱麗葉這些至真至善的女性，也比莪菲莉亞、麥克白夫人、克莉奧特佩拉這些矛盾痛苦的女性更有現實感，更逼真，離讀者更近。文學的接受者們大約都可以從自己身上找到這些人物的影子。老舍對現實主義有一段非常準確的描述。他說：

> 這一派的主動人物是法國的巴爾扎克（Balzac, 1779-1850）與福祿貝（Flaubert, 1821-1880）等。巴爾扎克創立寫實主義，他最注重的是真實，他的作品便取材於日常生活及普通的情感。他的人物是——與浪漫作品不同——現代的男女活動於現代的世界，他的天才叫他描寫不美與惡劣的人物事實比好的與鮮明的更為得力。福祿貝是個大寫實者，同時也是個浪漫的寫家，但

1 阿尼克斯特：《莎士比亞傳》，第三四—三五頁。

> 是，他的寫實作品影響於法國的文藝極大，他的《包娃荔夫人》（*Madame Bovary*）是寫實的傑作，佐拉（Zola）、都德（Daudet）、莫泊桑（Maupassant）等都是他的信徒。他們這些人的作品都毫無顧忌地寫實，寫日常生活，不替貴族偉人吹噓；寫社會的罪惡，不論怎樣的黑暗醜惡。我們在他們的作品中看出，人們好像機器，受着命運支配，無論怎樣也逃不出那天然律。他們的好人與惡人不是一種代表人物，而是真的人；那就是說，好人也有壞處，壞人也有好處。[1]

托爾斯泰所以對莎士比亞不滿，就是他從嚴格的批判現實主義的美學觀苛求莎士比亞，這裏有苛求之處，但也透露了批判現實主義時代比文藝復興時代對人的認識深化了一層，他們認為善惡並存是平常的、正常的現象，是非常自然的。而在文藝復興時代，作家則把人性中的惡看得不夠正常，因此，莎士比亞雖然天才地寫了真實而具有豐富性格的人，但總是給人一種感覺，即這些人身上產生的惡，是他們不應有的性格上的缺陷，這種缺陷造成他們的罪惡，造成他們慘重的悲劇。托爾斯泰認為奧賽羅「仍不失為一個性格」，而伊阿古這些「反面人物」，托爾斯泰就更不滿意了。他說：「莎士比亞劇中的伊阿古，是徹頭徹尾的惡棍……他真絲毫都不像活人。」這位文學巨人對另一位文學巨人的非難和攻擊是我們無法贊同的，托爾斯泰沒有看到莎士比亞塑造人物性格的偉大成功之處，例如麥克白，就完全不是托爾斯泰所說的純粹的壞蛋和惡棍。但是，托爾斯泰的這些論述，也帶有合理的地方，如對伊阿古的分析。莎士比亞確實把他寫得絕對壞，這是不夠真實的。從這裏，我們也可以看到現實主義對人的認識是

1 舒舍予：《文學概論講義》，第一一八—一一九頁，北京出版社，一九八四年版。

相當堅定的，它要求文學藝術中的人物性格應當深化，決不應當把好人寫得完全好，壞人寫得完全壞。它要求把人的性格表現得更真實更豐滿。而托爾斯泰自己的創作，特別是《安娜．卡列尼娜》確實達到了現實主義的高峰。安娜這個形象比《復活》，甚至比《戰爭與和平》中的女性形象更加豐滿。她的性格世界更加深邃，感情世界更加全面。這是因為安娜在更大的程度上已經擺脱理念的束縛（《復活》），擺脱「史詩」結構的束縛（《戰爭與和平》），她真正成為作品的中心，最有力地表現出文學的本質意義。因此她更富有人性的光彩和魅力。在整個世界文學史上，像安娜那樣具有全面人性的完整的人物形象是不多的。這標誌着現實主義作家對人的審美把握已達到非常純熟的程度。儘管我們這樣評價安娜的形象，卻不願意像托爾斯泰那樣去貶低莎士比亞。因為一個時代有一個時代的文學高峰，這些高峰可以是並列的，我們姑且稱之並列高峰。例如荷馬、但丁、莎士比亞、盧梭、雨果、巴爾扎克、歌德等都是高峰，這些高峰都不必以否定前一個高峰而作為存在的理由。這與科學領域中，新的一個時代的科學家往往必須在觀念上推倒前一個時代的科學家不同，它們都帶着超越時間與超越不同藝術見解的長久性的價值。關於這點，雨果在論莎士比亞的論文中曾指出過。

現實主義走向自己的高峰之後，陀思妥耶夫斯基又把現實主義推向另一個領域，這就是魯迅所説的「靈魂之深」的領域。這位奇特的作家默默地向人的靈魂深處挺進，把人靈魂深處的痛苦作為自己的鑒賞對象，殘酷地對自己筆下的人物進行靈魂的審判，硬拷問出善中所包藏的惡，惡中所包藏的善。也就是説，到了陀思妥耶夫斯基，作家對人自身的認識又深化了一層，即看到人性深層中的矛盾性、複雜性。弗洛伊德認為世界文學有三大豐碑，一是《俄狄浦斯王》，二是《哈姆雷特》，三是《卡拉馬佐夫兄弟》，把陀思妥耶夫斯基推上很高的地位。我們完全不贊成這種對世界文學史的描述，但陀思妥耶夫斯基確實是一個重要的碑石。他成為後來描寫人的「靈魂之深」的先驅，是世界現代主義文學的一位先覺者。

現代主義對人的認識，又在前人的基礎上，把人看得更為複雜。在古希臘的悲劇作家眼中，人被身外的一種異己力量所束縛，人就在與這種力量的抗爭中實現了自己的尊嚴，而現代主義作家發現人並不是被自然的異己力量，而是被人自身創造的力量所束縛，人在創造更美好的世界的同時也創造了自己的牢籠，天堂與地獄同時誕生，因此，這些敏感的作家陷入了更深的痛苦，更大的困惑。他們發現自己為自己的創造物所佔有，發現自己在不知不覺中被社會所變形，人的社會到處是矛盾，人的內心世界更是一種複雜萬分的矛盾世界。因此，現代主義便有種種形態，有的對人自身的矛盾進行殘酷的嘲笑，有的把自身的痛苦進行殘酷的展示，有的則把他人描寫成自身的地獄，有的則不知所措地等待一種似有似無的希望，有的則在自己的潛意識中找到一個原始的上帝。這是一個對人的認識捉摸不定的時代。

於是，人，又一次在現代派文學中陷入危機。這個曾經通過和身外異己力量的抗爭而站立在古希臘悲劇中的人，這個在文藝復興後的文學中主宰了理性王國的人，好像突然失去了生活的信念、熱情和力量。這個人，在批判現實主義的巨著中還不曾倒下，他在托爾斯泰的面前，心中「精神的人」和「獸性的人」搏鬥着，通過聶赫留道夫式的贖罪，彼埃爾式的信仰，列文式的懷疑與思考而拯救了自己，自我完成。而他在羅曼．羅蘭的面前，則有一條約翰．克利斯朵夫式的漫長的奮鬥之路要走。但是這個人，竟在現代主義文學中日漸沉落而不能自拔。為甚麼？也許是兩次世界大戰的戰火，已經動搖了歐洲文明的精神支柱。也許還有更複雜的原因。一個卓有成就的非現代主義的作家斯蒂芬．茨威格自殺的悲劇和「絕命書」，最真實不過地透露了這一消息：「與我操同一語言的世界對我來說業已沉淪，我的精神故鄉歐洲也已自我毀滅。」[1]可能是由於同樣沉重的危機感，西方現代派文學才這樣強烈地表現人喪失自我的悲哀和重新尋找自我的痛苦的歷程。這裏，英國現代派作家勞倫斯的代表作《騎馬出走的女人》可使我們窺見西方現代文學的一斑。小說的主角「她」，一位美國現代女性，「精神的發展在她婚後神秘地中止了，完全被抑制住了。」為了擺脫四周一片死氣沉沉的壓抑，她騎馬出走，離開家庭和子女，到荒遠的一個印第安人部落中去，「看看他們的家園，了解他們的神明」。她對部落的酋長說：「我對白種人的上帝厭倦了。」她表示「願意侍奉奇爾朱人的神」。對現代文明的厭倦，使她狂熱地嚮往大自然的力，原始的野性和古老的宗教崇拜。她甘願做他們獻給太陽神的祭品。因為「印第安男人要得到太陽，得到掌握世界的力量」。在獻身前的宗教迷狂中，在整個部落原始歌舞祭儀的高潮中，她的靈魂在飛升——「她的感官便被釋放出去，進入一種高亢、神秘的敏銳狀態，產生一種她彷彿美妙地擴散出去、與萬物和諧地合為一體的感覺。到了後來，這種感覺便成為她唯一真正的意識狀態了。這是一種滲入萬物的更加崇高的美與和諧之中的絕妙的感覺。在這種狀態中，她真的聽到了空中巨大的星球的聲音。她透過她的房門，能夠看到這些星星。她聽見它們在移動中銀光閃閃地說話，那番話完全是說給宇宙聽的。」她的靈魂進入了與萬物同一的宇宙境界。最後的祭獻大禮更是令人驚心動魄。時間是一年中太陽最短的一天，祭壇設在深谷懸崖上的岩洞口，整個部落的男女，以熱烈的歌舞儀式，遊行到這裏，一齊跪在山谷裏。所有的印第安人的漆黑的眼睛都急切、敬畏、渴望地望着那輪將沉落的太陽。那個年邁的酋長，出神的眼睛裏有一種力量。這種力量抽象、玄奧到了極點，然而卻又無比地深邃，一直深入到地球的中

1 斯・茨威格：《斯・茨威格小說選・中譯本序言》，外國文學出版社，一九八二年版。

心，一直深入到太陽的中心。他手中拿着一把刀。在太陽西沉的那一刻，她就要被殺死在祭壇上。印第安人由此得到了他們在法西斯匪徒的槍口下失去的東西。看來，西方現代派文學正在為人招魂呵！但願他的靈魂得救。但願他找到他失落在今天的自我、找到他存在的傳統的依據，並找到他重建明天的信念和力量。

對人的肯定，在文學中把人的情感看作自己的本質，充份地發現人的內心世界，這可以看作文學的正題。而用理性或客觀現實對人實行規範，使人的情感服從理性和現實，可以看做文學的反題。文學史上的後一個反題都是對前一個反題的深化。那麼，我們可以歸納一下，整個世界文學史過程，關於人的變遷正好是一個正反不斷交替的歷史，這個歷史可用下圖表示：

正題（古希臘悲劇）→反題（中世紀文學）→正題（文藝復興時期文學）→反題（古典主義文學）→正題（浪漫主義文學）→反題（批判現實主義文學）→正題（現代文學，非理性主義）

由此，可以預料，今後世界的文學，還可能再出現大規模的帶有思潮性的反題。

從以上的文學歷史發展輪廓，我們可以看到，文學發展的歷史，在很大的程度上，是人的觀念變遷的歷史。如果我們的文學研究能注意以人為思維中心，我們便會更深刻地把握這一歷史。同時，我們也看到，無論甚麼時代的代表性作家，他們都在研究人，都有自己關於人的宏觀性認識。世界性的文學思潮的分歧，其內核是對於人的觀念見解的分歧。世界文學發展的歷史告訴我們，研究人是多麼重要。不研究人，我們既不可能理解已有的文學歷史，也很難創造前人未曾創造過的偉大的文學歷史。

第三節　中國現代文學史上對人的三次發現

忽視人的研究，在中國是有很深刻的原因的。中國人民長期處於封建專制統治之下。我國的封建社會是一個最完善的、最穩定的結構。英國哲學家葛德文說封建社會是「憑借政治制度的干預而使人類的不平等更加固定和更加明顯的一種結構」[1]。按照馬克思的觀點，封建社會並不是真正的人的社會，而是精神的動物世界。他說：「人類就像分裂成許多不同種的動物群，決定他們之間的關係的不是平等，而是法律所固定的不平等。……封建制度就其最廣的意義來說，是精神的動物世界，是被分裂的人類世界，它和下面這種人類世界相反。」「在封建制度下也是這樣，一種人靠另一種人為生，後者就像水螅一樣附在地上成長，他只有許多隻手，為上等人攀摘果實，而自身卻靠塵土為生；因為，在自然動物界中，工蜂殺死雄蜂，而在精神動物界中則恰恰相反，是雄蜂殺死工蜂——用工作把它們折磨死。」[2]

在中國漫長的封建專制下，人的價值被蔑視，被踐踏，因此，人的觀念始終沒有形成。在中國文學中，對人的研究特別薄弱。人只是在封建倫理的範圍內，才得到承認，但這種「人」，是被納入封建政治倫理規範的人，是被封建「倫常」所允許存在的人。按黑格爾在《歷史哲學》中的說法，中國人從來都「把自己看作是最卑賤的，自信生下來是專給皇帝拉車的」。人根本談不上個性。赫士列特說得好：「在專制的國家裏，人類天性還沒有重要到需要人去研究和描寫的程度。」他又說：「但是在現在談到

1　葛德文：《政治正義論》，第二、三卷，第三八一頁，商務印書館，一九八零年版。
2　沈真編：《馬克思恩格斯早期哲學思想研究》，第二七二頁，中國社會科學出版社，一九八二年版。

的我們的這個歷史時期，已經有了對人身與財產的保障和言論的自由，這就使每個人感到他本身有某種重要性，而他們也就變為他的鄰人們某種好奇心的對象。」[1] 這就是說，只有當人到了一定的歷史條件下，例如到了資本主義社會條件下，人才發現了自身，感到自身的重要性，才可能把人作為自己的研究對象和描寫對象。就我國的情況來說，直到「五四」時期才出現這種歷史條件。魯迅也說，專制使人變成死相。由於長期的封建專制，中國人民的精神受到極大的壓制和摧殘，在很大的程度上喪失了人的活力和無窮的創造性。在這種專制社會中，對人性、對人的個性不可能有真正的研究和描寫。「五四」之前直到明清之際，我國的進步思想家如王夫之、戴震等才發出了人的呼喚。針對宋明理學的「存天理滅人欲」的唯心之論，戴震提出「理學殺人」的抗議。但在古老的封建社會，他們的呼聲不過如曇花一現，並沒有發生廣泛而深刻的影響。直到五四運動，在思想文化上才形成一股肯定人的價值的思想潮流，魯迅當時發出「仁義道德吃人」「救救孩子」的呼籲，就是時代的最強音。五四運動以來，我國現代文學直至當代文學不斷有新的思潮出現，如果我們從思潮的中心內容來考察，就可以發現這段思潮的變遷史，大體上是人的觀念的變遷史，更具體地說，是人在文學中的地位的變遷史。

這段歷史變遷，最中心的思潮，是三次具有不同內涵的「人的發現」。第一次人的發現，是「五四」新文化運動。這個運動首先是發現我國封建專制社會是非人的社會，我國的傳統文學很大的一部份是非人的文學。茅盾在概括這段文學思潮時說：「人的發現，即發展個性，即個人主義，成為『五四』期新文學運動的主要目標；當時的文學批評和創作都是有意識的或下意識的向着這個目標。個人主義（它的

1 古典文藝理論譯叢編輯委員會編：《古典文藝理論譯叢》，第四冊，第二零四頁，人民文學出版社，一九六一—一九六六年版。

較悅耳的代名詞，就是人的發現，或發展個性），原是資產階級的重要的意識形態之一，故在新興資產階級的意識形態對封建思想開始鬥爭的『五四』期而言，個人主義成為文藝創作的主要態度和過程，正是理所必然。而『五四』新文學運動的歷史的意義，亦即在此。」[1]發現了人，就是發現了中國人在封建社會中的非人的地位，發現了自己的本質未被自己所佔有，而被封建關係所佔有，即被龐大的封建政治體系和思想體系所束縛，因此，人變成了非人。人必須回復到人的自身，這就是人的解放要求，人性的解放要求。魯迅在回憶五四運動的本質時說，當時「文學革命者的要求是人性的解放」[2]。

構成這股文學思潮的比較明顯的標誌，一是以魯迅為代表的文學創造實踐上的革新；二是以周作人為代表的文學理論的革新，直接提出「人的文學」的觀念。魯迅先生在《狂人日記》中，指出幾千年來在中國封建價值體系中被視為最神聖的「仁義道德」正是最不道德的「吃人」的東西。他自己也很重視這一發現。他給友人許壽裳先生的信中說，他發現了中國這個民族乃是食人的民族，可惜「應者寥寥」。《狂人日記》所發出的「救救孩子」的呼聲，正是對人的尊嚴和人的價值最強烈的呼喚。「五四」時期出現的一些思潮，例如「表現自我」的思潮，「表現愛」的思潮，都是「人的發現」這個總思潮的一部份。在這股總思潮中，魯迅是當之無愧的代表，這是因為，魯迅不僅具有無可比擬的創作實績，而且形成了一個全新的反封建的價值觀念系統，與中國封建主義的反人道的價值觀念體系相抗衡，他在思想、創作上對封建的吃人的道德進行最全面、最有力的批判，旗幟最鮮明，影響最深廣。除了《狂人日記》和其他小說之外，他所作的《我們現在怎樣做父親》、《我之節烈觀》、《燈下漫筆》等雜文，都是人的觀

1 茅盾：《關於創作》，見《茅盾文藝雜論集》，上集，第二九八頁，上海文藝出版社，一九八一年版。
2 《〈草鞋腳〉小引》，見《魯迅全集》，第一版，第六卷，第二零頁。

念的最直接的表述。

我國現代新文學藝術的偉大代表魯迅先生，在他選擇了文學道路之後，就以青年思想家的慧眼，敏銳地看到文學的主要表現對象應當是人，文學藝術的特殊功能在於提高人的思想境界，改變人的精神，因此，他成為精神界的戰士。他還非常明確地把文學與經濟、政治分開，他看到社會改革包括三個層次：一是生產工具、科學技術的變革，二是政治制度的變革，三是人的價值觀念和精神狀態的變革。他認為第三者是社會變革的根本，立國必須先立人。於是，他批評洋務派，說他們只抓「枝葉」，不抓「根柢」，人的精神才是「根柢」。儘管當時魯迅還未能把三者的互相聯繫說清楚，但他已把文學藝術作為與政治不同的一個獨立的精神實體，而且肯定它在整個民族前進中的特殊作用。總之，「五四」時期，魯迅是從改變人的地位、喚醒人的意識、揭示人的價值出發，對中國的整個傳統價值體系進行反思和衝擊的。他對這個體系吃人的本質提出最勇敢的抗議。他不像其他一些民主派抽象地談論民主，而是坦率地提出，中國的民主最迫切的、最起碼的首先是把人當成人，承認人有人的價值。中國人從來沒經歷過做人的時代，只有「做穩奴隸」的時代和「連奴隸也做不得」的時代，現在應當創造一個第三時代，即人的時代。他用自己的天才的筆觸，寫了一群被中國封建專制壓彎了的靈魂，一群在地獄中痛苦掙扎的帶着死相的活人。魯迅的小說，從內容上說，其中心思想就是「人性的解放」。因此，他的小說主題，有對舊社會摧殘人性行為的揭露，有中國人民在封建的黑暗地獄中的呻吟和掙扎，有覺醒了而無路可走的知識分子的深刻的悲哀，有在封建重壓下人性的變態，有革命者的理想被舊人性的汪洋大海所吞沒的悲劇，有中國國民性中最消極的部份（奴性）的心理現實，這種種內容構成一幅驚人的人性毀滅的圖景，使讀者分明看到中國社會實在是一個「吃人」的社會，如果不加以抗爭，人的尊嚴和人的價值就會被埋入古老的「墳」中。

在「五四」新文學運動中，第一次提出「人的文學」的口號的是周作人，他發表的《人的文學》，主張以人道主義為本，對於人生諸問題，加以記錄研究，而排斥非人的文學。周作人對中國文學傳統作了徹底的否定。他認為在中國文學總體中，屬於人的文學極少，倒是充斥着非人的文學，這種非人文學共有十類：（1）色情狂的淫書類；（2）迷信的鬼神書籍（《封神傳》、《西遊記》等）；（3）神仙書類（《綠野仙蹤》等）；（4）妖怪書類（《聊齋志異》、《子不語》等）；（5）奴隸書籍（甲種主題是皇帝狀元宰相，乙種主題是神聖的父與夫）；（6）強盜書籍（《水滸傳》、《七俠五義》、《施公案》等）；（7）才子佳人書類（《三笑姻緣》等）；（8）下等諧謔書類（《笑林廣記》等）；（9）黑幕類；（10）以上各種思想和結晶的舊戲。周作人認為，這幾類書籍全是妨礙人性的生長、破壞人類的和平的東西，都應該加以排斥。這種一概加以排斥的論點，確實陷入了形式主義、虛無主義，如把我國優秀的小說《水滸傳》與《施公案》相提並論，把《聊齋志異》、《西遊記》這種帶着神魔妖怪外殼而實質也寫了人的願望的作品，籠統地視為反人道主義文學是不妥當的。但是，他看到中國文學在很大程度上屬於非人的文學，妨礙正常人性的健康發展，在當時，不失為一種文學觀念的突破。由於周作人自覺地提倡人的文學，因此他開始注意到人的二重性。他說，人是「從動物進化的人類」，而這個命題包括兩個要點：（1）從「動物」進化的；（2）從動物「進化」的。既然人是從動物來的，就保留着動物的某些自然屬性，但人又已經進化並且超越了動物的自然屬性，而具有社會屬性，並成為人的根本屬性。因此，人性就有了以社會性為主要特徵的自然性與社會性的雙重內涵。因此，他認為靈與肉不是二元的，而是一元的，正常的人，應當是靈肉一致的人。他針對古人的靈肉二元觀發表這樣的意見：「古人的思想，以為人性有靈肉二元，同時並存，永相衝突。肉的一面，是獸性的遺傳。靈的一面，是神性的發端。人生的目的，便偏重於在發展這種神性。其手段便在於滅了體質以救靈魂。所以古來宗教，大都厲行禁慾主義，有種種苦行，抵制人類的本能；一方面卻有不顧靈魂的快樂派，只願『死便埋我』。其實兩者都是趨於極端，不能說是人的正當生活。到了近世，才有人看出這靈肉本是一物的兩面，並非對抗的二元。獸性與神性，合起來便只是人性。」[1] 對於周作人提出來的「人的文學」觀念，胡適、傅斯年等都熱烈地響應。

第二次人的發現，發生在「五四」以後的二十年代到三四十年代。這是更高層次的人的發現。這是我國一部份先進的文學藝術家，他們發現了「救救孩子」的呼聲未免太空洞，也就是說，只喊封建社會「吃人」太空泛。他們發現了現實的人分為兩部份，一部份是壓迫者、吃人者，另一部份是被壓迫者，被損害、被奴役、被污辱的人。他們覺悟到，人的解放，首先應當是被壓迫者的解放。一九三二年，魯迅在談到俄國文學時，就說他從俄國文學裏面，「看見了被壓迫者的善良的靈魂，的酸辛，的掙扎；還和四十年代的作品一同燒起希望，和六十年代的作品一同感到悲哀。我們豈不知道那時的大俄羅斯帝國也正在侵略中國，然而從文學裏明白了一件大事，是世界上有兩種人：壓迫者和被壓迫者！」[2] 魯迅還認為，知道人分為壓迫者和被壓迫者，這是一個重大的發現，其意義「不亞於古人的發見了火的可以照暗夜，煮東西」[3]。這一思潮，隨着馬克思主義的傳播，就更加科學化了。因此，當時發現了人的價值

1 周作人：《人的文學》，見趙家璧主編：《中國新文學大系．建設理論集》，第一九四頁，上海良友圖書印刷公司，一九三五年版。
2 《祝中俄文字之交》，見《魯迅全集》，第一版，第四卷，第四六零頁，人民文學出版社，一九八一年版。
3 同上。

的文學藝術家，就在更深的層次上發現了人類整體中的主幹部份——被壓迫的工農大眾的價值，把人的解放具體地從「個人主義」式的解放發展為被壓迫者整個階級的解放。在文學上出現了「革命文學」「左翼文學」，到了《在延安文藝座談會上的講話》又發展為工農兵文學。這種人的更深層次的發現，毫無疑問，是一種歷史進步。但由於這種思潮在自己的形成期就受到國際上「左」傾文化思潮（如蘇聯的拉普派）的影響，因此，在幼年時代就表現出過「左」的傾向，如忽視文學本身的規律，用政治宣傳來代替文學藝術，用臉譜化方法來塑造工農形象等。關於這點，瞿秋白早就意識到了，他當時對此作了非常嚴厲的批評。這個時期在小說中獲得很大成功的是茅盾的《子夜》，老舍的《駱駝祥子》，巴金的《家》、《春》、《秋》，戲劇有曹禺的《雷雨》、《日出》等，這些作品都明確或朦朧地意識到人分為兩個互相對抗的部份，人的解放首先是被壓迫者的解放。這些作品至今還有藝術魅力，是因為他們所塑造的人物性格是豐富的，在很大程度上已打破了性格單一化的格局。這一思潮發展到延安時期，更加明確化，《在延安文藝座談會上的講話》把表現人明確地規定為表現工農兵。在這一思潮中出現的傑出作家是趙樹理。關於趙樹理，我和樓肇明在一九八零年七月發表的《趙樹理創作流派的歷史貢獻和時代局限》一文中曾經作了這樣的評價：「他不僅第一個成功地描寫了中國新民主主義革命的主力軍——農民的覺醒和鬥爭，塑造出眾多個性鮮明的農民群眾的新人形象，而且以中國農民群眾喜聞樂見的中國作風和中國氣派寫出他們的覺醒和鬥爭，從而使新文學完完全全地大踏步走進了茅屋村舍。這是趙樹理及其創作流派在新民主主義革命時期的一個巨大的歷史貢獻。」另一方面，我們也指出他的時代局限：「我們以為中國古典文學絕少展開人物的心理活動，而只在人物的行動中加以少許點綴和體現，其實並不值得我們今天的文藝理論家去唱讚美歌，揭穿了無非是那個社會對人的價值的冷漠在文學表現上的一種反映。陰謀、權術、偽善常常表現在假面的告白之中，而絕少作為內心的抒情獨白袒露在光天化日之下。中華民族的含蓄、自我克制這樣一些美德和與此有連帶關係的麻木、忍受這樣一些缺點，也何嘗不與沉重的壓迫有關。更何況隨着社會生活的翻天覆地的變化，人的心理活動、內心世界，是絕不會日漸貧乏，而只能越加豐富和複雜的。株守以人物行動刻劃人物心理和人物性格的辦法，是注定要落伍於時代的。趙樹理在自己的作品中堅守這一祖傳的美學秘方是合理的也是卓有成效的，但在今天看來就未必不是一種需要加以變革或揚棄的時代局限了。」趙樹理的傳統在新中國成立後得到發展，但是，由於極「左」思潮的氾濫，連趙樹理也難以生存，他在新中國成立後注意了現實主義的深化、典型的深化，但是都被視為邪路。因此，他經歷了很痛苦的升降浮沉。由於階級意識的不斷強化，極端的階級觀念的不斷發展，第二次「人的發現」到了「文化大革命」期間不幸地走向絕境。此時文學只能表現一種人，一切手段都要服從於這種人，這就是「高大完美」的所謂無產階級英雄形象。他們的「高大完美」，實際上只是一些英雄觀念的抽象集合，他們的完美形象只不過是在更完備的階級理念模式中的產品，他們沒有人的真實情懷，倒是處處體現一種固定不變的絕對觀念，因此，他們的一舉手、一投足都是被規定好的。他們是機器，但由於這種機器又是支配一切的樞紐，因此，他們又是神。不管是機器還是神，都不是人。此時，人在一種神聖的虛幻的靈光中消失了，豐富的人性乾涸了。文學上人的觀念發展到這個地步，最深廣的人又變成了最狹窄的人，人變成非人，而與這種觀念有距離的作家文學家皆被視為異端，這個時候，「五四」開始形成的「人的文學」思潮和三四十年代形成的工農主體文學思潮又走入了死胡同。中國文學藝術處於一種深重的災難之中，人們的精神感到極端貧困，整個文化藝術處於呻吟與垂死之中。文學中人的觀念沉淪了，偶爾出現的零星的關於人性的呼籲，無一不被暴風雨般的政治運動所審判。

這種極端，是中國整個民族性災難的一部份。因此，隨着這種災難的結束，中國土地上又出現一個新的文學思潮，這一思潮是對第二次文學主潮畸形極端化的否定，它主要表現為三個特點：一是對歷史的反思，二是人的重新發現，三是對文學形式的新的探求。而中心思潮是對人的重新發現，因為對歷史的反思也是對「文化大革命」中人的異化的抗爭。這一層次的人的發現，在某些內容上是五四運動人的發現的重複，但這又是在新的層次上的人的發現。在這時期的文學作品中，我們看到廣大的知識分子發現了自己被排斥於工農之外，而為工農利益進行過艱苦奮鬥的絕大多數的中國共產黨人也發現自己被置於工農的對立面，甚至工農自身也不在工農之列。應有的多數，變成為極少數，應有的少數變成絕大多數。在整個大民族中，除了極少數的「左派」之外，其他所有的人，竟統統處於被打擊或被打倒之列。於是，他們發現，階級論被歪曲成人的毀滅論，文學被變為神學和庸俗的階級學，因此，他們重新提出人的尊嚴、人的價值等問題。與這個文學新思潮同時出現的，在文學理論上，也重新出現了人，重新論證人既不是高大完美也不是一無是處，既非神也非鬼，人就是人，人應回復到人自身，於是，人的主體論、人的價值論重新甦醒。人又從天上回到地下，從地獄升入人間。有良心的作家堅決地唾棄非人的神話與鬼話，使人獲得人的特性，使文學恢復本來的面目。人重新佔有人的本質，文學也重新佔有文學的本質。謝惠敏形象的出現，意味着謝惠敏的時代已經結束。人重新在他的美好愛情中，在他的辛勤勞動中，在他的神聖崗位中找到他自身的位置。所有被遺忘的人的價值，重新被記起，即使處在最偏遠的角落裏的被遺忘的愛情也重新被記起。文學的蝴蝶在現實與非現實的土地上與天空中又一次自由地飛翔，即使帶着沉重的翅膀，也執意要飛翔。歌唱心靈之春的歌聲像春潮湧來，作家、藝術家的心境變了，眼光深邃了，他們對社會人生看得更加透徹了。他們發現社會是立體交叉橋式的網絡結構，人的內心世界也有無窮的差異性和複雜性，於是，他們筆下的人，不再那麼簡單了。作家發現自己比別人聰明，就在於他們不那麼簡單地看人。後來，新時期的作家又進一步把人深化，把人物性格深化。我們看到的人的內在性格世界，比起「五四」時期那些作家筆下的人物，更加複雜了，也更有現代人的意識了。他們的文化心理結構積澱了更多現代人的情感，他們的內心衝突，不像「五四」時期那樣，主要是新舊倫理觀念的衝突，而更多的是文明與野蠻的衝突，是趨向現代化的性格因素與趨向保守化的性格因素的衝突。總之，人的雜色，人在深層世界中的雜色被發現了。

新時期文學對人的發現，與「五四」時期新文學對人的發現比較，其內涵還有一個更顯著的區別，就是「五四」時期對人的肯定，是求諸「社會」，要求社會改變吃人的歷史，要求社會肯定人的價值，包括肯定小人物的價值。當時下層被奴役的中國人，沒有起碼的做人的地位，只有「做穩奴隸」和「連奴隸也做不得」的地位。像孔乙己、祥林嫂這樣一些人物，都是一些被污辱的弱者，他們是經不起流言的打擊，經不起命運的打擊的。因此，富有同情心的帶有強烈人道主義色彩的作家們就起來呼籲社會「救救孩子」，呼籲社會救救這些被奴役的弱者。他們呼籲的對象是「社會」，他們希望出現一個「人的社會」，以實現對人的本質的佔有。而新時期文學，他們則主要不是求諸社會，求諸他人，而是求諸「己」，求諸自我。我們看到一些詩人和作家，他們主要的目標是謀求自我肯定，自我解放，他們不再是弱者，而是強者，他們再也不是像祥林嫂這種經不起命運打擊的人，而是在命運的面前堅強地站立着、自主意識很強的人。他們也不是像子君那樣，僅僅在個人範圍裏謀求解放，而是在歷史範圍裏謀求對歷史命運的選擇和對未來歷史的設計，他們是一些具有歷史使命感的新人。他們通過對自我的肯定，不僅贏得個人心靈的安寧和尊嚴，贏得自我的實現，而且贏得人的本質的實現，即通過對自我的肯定達到對人的本質的佔有。因此，可以說，「五四」時期人的發現，是對人的弱者本質的發現，而新時期的文學則是對強者本質的發現。

總之，上述三次人的發現過程，是一個從非人到人（肯定）、從人到非人（否定）、從非人到人（否定之否定）的過程。

第二章

小説歷史進化的一般輪廓

第一節　生活故事化的展示階段

小說演進的歷史是非常有趣的。偉大生物學家海克爾曾經發現一條生物進化的規律，他指出，任何生物的個體發生發展過程，實際上是種系發生發展過程的重複（或者說縮影）。他用這個理論研究種系發展過程，發現了一切生物，都起源於一個簡單的原始生物，通過不斷進化，才發展到人類，而人類也是不斷地發展的。人的個體從幼稚的孩子發展到成熟的中年又發展到深邃的晚年，而整個人類也是不斷地從幼稚發展到成熟，又從成熟發展到深邃。人在童年時代很愛聽故事，到了青年、中年時期卻對人的本體和人的實踐感興趣，逐步認識成熟，到了晚年，對人的認識又進一步深化。小說發展的過程，也正是這樣一個過程，這個過程可以說是一步步向人自身挺進的過程，一步步地深化對人的本體和人的實踐的認識和感受的過程。

如果對小說發展的歷史進行整體直觀，我們就會發現，無論中國還是世界，都經歷了三個大的階段。這三個階段大體上可以作這樣的概括：（1）生活故事化的展示階段；（2）人物性格化的展示階段；（3）以人物內心世界審美化為主要特徵的多元化展示階段。這是小說進化的大體趨向，它只說明小說的主導方向，並不是說，這三個階段是割裂的。因為一部小說，即使主要在於展示內心世界，它也離不開廣義的故事和廣義的性格。

第一個階段是生活故事化的展示階段。在這個階段中，小說作品的重心是動作性很強的故事情節，作品中雖然也有人物，但這些人物還只是展開故事情節的工具，或者說，人物只是故事的載體。總之，人物處於為故事服務的被支配地位。因此，整個作品發展的動力是故事情節。這個時期的作品也刻劃了一些人物的性格，但這些性格多數都帶有神奇性和傳奇性的特點，都不是社會生活中平常的、普通的、真實的人，他們只是生活中的特例。對我國小說發展的歷史，魯迅先生曾作這樣一個論斷，他說：「小說到了唐時，卻起了一個大變遷。……六朝時之志怪與志人底文章，都很簡短，而且當作記事實；及到唐時，則為有意識的作小說，這在小說史上可算是一大進步。」[1]到了唐代，中國開始有意識地作小說，準確意義上的小說文體才形成。在這之前，嚴格地說，只是小說的史前時期，即小說的胚胎期。這個時期中，我國所產生的上古神話及傳說（如《山海經》、《穆天子傳》等），春秋戰國時期諸子百家典籍中的寓言故事，現在可以見到的名為漢人所作、實是後人偽作的小說（如稱東方朔所撰的《神異經》、《十洲記》），以及魏晉南北朝三百年間所出現的表現神怪的「志怪」書（如干寶的《搜神記》）和記載名人軼事的「志人」書籍（如劉義慶的《世說新語》），都只能稱為「胚胎性小說」，還不是嚴格意義上的小說。這些作品的重心以至整體都是「故事」。到了唐代，小說文體形成了，這就是「唐代傳奇」。這些小說儘管「敍述宛轉、文辭華艷」，文學性得到加強，但是仍「不離於搜奇記逸」（魯迅語）。這些小說被稱作「傳奇」，是名副其實的。因為作品的重心是傳奇性的故事，作品中的人物是傳奇性的人物。唐代小說的代表作中也有刻劃人物的，如《李娃傳》（白行簡）中的李娃，但她的傳奇色彩很濃，仍然不是生活中真的人物，因此還不是一種真實的性格。在唐代傳奇中，性格最鮮明的人物，恐怕得推元稹《鶯鶯傳》中的主人公鶯鶯。這位外表溫婉嫻雅而內心剛強果敢的女性，是一種

1《中國小說的歷史的變遷》，見《魯迅全集》，第一版，第九卷，第三一三頁，人民文學出版社，一九八一年版。

陽剛與陰柔組合起來的性格（也可以說是崇高性格特徵與秀美性格特徵融合起來的形象）。但是，這在傳奇中是個特例，而且畢竟還有傳奇色彩。宋代的白話小說（話本）是唐代傳奇的延續。它的重心也是講故事，而且說話人以講故事為謀生手段。當時宋代的「說話」有「講史」（歷史故事及名人傳記）、「說經渾經」（以俗話演說佛經）、「合生」（先念含混的兩句詩，隨後再解釋幾句，以諷刺時人）、「小說」等四科。這四科中與後來的小說有關的是講史和小說。魯迅先生指出，宋代說話中的「小說」就是「短篇小說」的意思，並不是現在廣義的小說，可以說，是宋代的「說話」開創了中國短篇小說的先河。按其內容，「小說」中有煙粉、靈怪、傳奇、公案、搏刀、趕捧等。儘管較優秀的話本，也描寫人物的性格、心理，如《錯斬崔寧》和《志誠張主管》兩篇，但是，由於說話人為營業着想，所以仍然以故事為作品的楨桿。他們講故事逢到一個緊張場面時，暫作結束，以賣一個「關子」。那時只有以故事為重心，才不會失去吸引力。

這個階段的小說特點，即以動作性很強的故事情節為重心的特點，在我國小說史上一直佔主導地位，直到十九世紀歐洲批判現實主義文學走向高峰之時，我國的大部份小說仍然是這種特點，我國小說與西方小說還存在着相當的差別。我國近代小說研究者蘇曼殊指出：「泰西之小說，書中之人物常少，中國之小說，書中之人物常多；泰西之小說，所敍者為一二人之歷史，中國之小說，所敍者多為一社會之歷史。」[1] 如果把近代的西方小說與我國小說相比較，我們就會覺得蘇曼殊這種看法是正確的。西方小說特別是十九世紀的批判現實主義小說，都是以人為表現中心，但我國小說大多數還是以社會歷史事

---

1 蘇曼殊：《小說叢話》，見阿英編：《晚清文學叢鈔．小說戲曲研究卷》，中華書局，一九六零年版。

件為表現中心。以寫人為中心的小說，還是很少的。

當然，西方以寫人為重心的小說，也經歷過前面說到的故事情節第一、性格第二的階段。儘管希臘出現了荷馬史詩，出現了傑出的悲劇作品，在這些作品中出現了奧德修斯、阿喀琉斯這樣的英雄性格（這是中國早期小說所未達到的成就），但是，這些作品與歐洲以後出現的莎士比亞的悲劇以及十九世紀的批判現實主義小說相比，重心還是放在故事情節上，而人物性格還帶有神性和傳奇性。反映這個時代的文學觀念的亞里士多德的《詩學》，在分析悲劇藝術六大要素（情節、性格、言詞、思想、形象、歌曲）的位置時說：「六大成份裏，最重要的是情節，即事件的安排；因為悲劇所摹仿的不是人，而是人的行動、生活、幸福（幸福與不幸繫於行動）；劇中人物的品質是由他們的『性格』決定的，而他們的幸福與不幸，則取決於他們的行動。他們不是為了表現『性格』而行動，而是在行動的時候附帶表現『性格』。因此悲劇藝術的目的在於組織情節（亦即佈局），在一切事物中，目的是最關重要的。」亞里士多德甚至下了這樣的判斷：「悲劇中沒有行動，則不成為悲劇，但沒有『性格』，仍然不失為悲劇。」[1]很明顯，亞里士多德把故事情節，即人的外部行為看成是作品的真正重心和決定性因素，而人的性格只是附帶性因素，因此，在他看來，只要有故事情節就有悲劇，沒有性格也是悲劇。亞里士多德這種美學見解說明，儘管西方的小說觀念與中國的小說觀念有很多差異，但也經歷了一個非常類似的逐步成熟的過程。

1 亞里士多德：《詩學·詩藝》，第二二頁，人民文學出版社，一九六二年版。

第二節　人物性格化的展示階段

小說發展進入「美的歷程」的第二個階段，作品的重點開始移向人本身，人成為小說藝術的表現中心。這個時期，小說家把自己的智慧放在人物形象的塑造上，把人物性格的發展作為情節發展的基本動力，原來人物為故事服務的地位被顛倒過來，故事變成為塑造人物性格服務的手段，變成了性格的載體。到了這時，一部作品的情節，在某種意義上甚至可以說是主要人物的性格發展史。作品的藝術價值，主要表現在人物性格的塑造是否成功，故事情節退居次要地位。正如茅盾所說的：「……要一篇小說出色，專在情節佈局上着想是難得成功的，應該在人物與背景上着想。『情節』的方式是有限的，凡戀愛的悲劇無非是一男一女或數男數女戀愛終之以悲或歡：這是無往而不如此的。兩篇好的戀愛小說所以各有其面目，各能動人，就因為它們中間的人物的個性是不同的，背景的空氣是不同的；讀者所欣賞於他們的，是靈魂的搏戰與人格的發展，決不是忽離忽合像做夢似的『情節』。」[1] 老舍也說：「……憑空給世界增加了幾個不朽的人物，如武松、黛玉等，才叫作創造。因此，小說的成敗，是以人物為準，不仗着事實。世事萬千，都轉眼即逝，一時新穎，不久即歸陳腐；只有人物足垂不朽。此所以十續《施公案》，反不如一個武松的價值也。」[2]

這個階段的小說，除了把人的性格提到中心地位之外，還有一個特徵，就是主要人物形象，一般都

---

1 茅盾：《雜談》，見《茅盾文藝雜論集》，上集，第一三八頁。

2 老舍：《人物的描寫》，見《老舍論創作》，第八三頁，上海文藝出版社，一九八零年版。

不帶傳奇性，他們是現實生活中真實的人。這個時候，小說才進入文學的深處，才是人學，小說家也才有了真正的藝術發現，即在最平常的人身上發現其不平常的東西。這個階段的小說走進了人的世界，特別是走進了人的深層的情感世界。

從西方的文學整體着眼，第一個輝煌地進入第二階段的標誌是莎士比亞的戲劇。在莎士比亞的戲劇中，固然故事情節曲折動人，文采斐然，但是，毫無疑問，它們最重要的價值還是人的旗幟真正飛揚起來了，人作為宇宙的精英、萬物的靈長，佔據了文學的軸心地位，人的性格無可爭議地成為文學作品的決定因素。無奈，他不是小說家，而且他的人物還帶有某種超越常人的非凡性。因此，在嚴格意義上，只有十九世紀的現實主義大師們才在自己的小說中真正把人物性格化的小說推向高峰，並創造了人類歷史上最真實的人物形象體系。

小說進入這個階段才跨入成熟的階段，才獲得巨大的審美價值。人類的文學，到了這些小說大師手中，獲得了令人驚嘆的成就。他們已不再像人類童年或幼年時期那樣愛講故事，而是進入人自身。這些以人為中心的小說，在美感上，已不再像第一階段的小說那樣只限於滿足人們的好奇心，給人以離奇的刺激性的低級審美感受，它已能給人一種高級的審美感受，即滿足人們的情感需要。它使小說的讀者在作品的人物身上發現了自己，聯想到自己真實的生活、真實的靈魂，從而和作品的人物共悲歡，共命運。讀者不再是純粹的旁觀者、欣賞者，他還參與作品人物的內心活動，由於這種參與，讀者的心靈便與作品中人物的心靈產生強烈的共鳴。因此，這個階段的小說，進入了人類文化更高的層次。這個階段一直延續到今天，而且還將延續下去。

這個階段，小說家追求的美學目標是塑造典型性格。典型性格有四種模式。最早的第一種模式是單一型模式，性格結構只有一極，它表現出來的只有單一的性格特徵。例如「白衣秀士」王倫，他的性格只是單一的「褊狹」性格。第二種模式是向心型模式，這是指各種不同的性格特徵不是互相對抗，而是構成一種合力，圍繞着性格核心運轉，例如武松具有其他眾多英雄的英雄特徵，是其他英雄特徵的集成體。我國當代文學有一個時期出現的人物形象，多數是這種類型。第三種模式是層遞型模式。這種模式的典型性格，其特徵是有一個性格發展史，這種發展史可分為若干層次，由於前後不同，性格層次具有不同的特徵，因此，也使性格具備單一性格所沒有的豐富性（這與單一化性格那種起點與終點性格同一的情況不同）。第四種模式是對立型模式，就是性格內部具有深刻矛盾性的典型，也就是二重組合型。單一型、向心型、層遞型、矛盾型這幾種不同模式處於不同的審美價值層次，性格二重組合的矛盾型人物形象，顯然處於較高的審美價值層次。

為了認識不同性格類型的審美價值，我們可借用系統論中的「黑箱」概念來說明。所謂「黑箱」，是指當人們對具有共同特徵的一類現實系統的內部的結構和機制缺乏透徹的了解時，這個系統就如同裝在一個既不透明又嚴加封閉的箱中，人們只能在系統之外進行研究，一時無法進行直接觀測。在某一歷史時期，進行性格塑造的作家（包括某一些性格類型的研究家）了解的「性格」，往往只是一種黑箱式的性格。這種黑箱式的性格，有的實際上還處於故事化的階段，性格只是故事的載體，主題觀念的工具，有的雖然進入性格化的階段，但由於這種性格只是單一化的性格，好人寫得完全地好，壞人寫得完全地壞，因此，它也往往僅是某種類型人物的共同特徵。向心型、層遞型性格處於單一型性格與二重組合型性格之間，但也往往停留在表現性格外部特徵的階段，未打開黑箱的蓋子。二重組合型性格的根本優點，就在於它進入嚴加封閉的「性格黑箱」，不再滑動於性格的外部表象世界，而展示性格內部的結構和機制。我們所說的性格二重組合，就是對性格運動的內在機制——性格內部的對立統一運動的描述，力求深化對性格的認識。這個時候，高明的作家不再去創造「性格黑箱」，滿足於在人的表面上飛翔，而是努力去表現「性格張力場」，即展示性格內部的矛盾內容。魯迅先生說《紅樓夢》打破了傳統的格局，也可以說，就是進入性格的「黑箱」，把人的性格內部二極因素的對立統一運動表現出來。我所提出的「人物性格的二重組合原理」，目的就在於打破封閉的「黑箱」，讓作家進一步去探索人的內心世界。

第三節　內心世界審美化的展示階段

人類社會的不斷進步，特別是現代科學技術的飛速發展，對人類的精神生活產生了很深刻的影響。特別是電影、電視藝術的發展，電視進入每一個家庭，因此，展示在藝術中的人的外部面貌和外部行為給人類很大的滿足，這就對小說構成一種挑戰，即小說中由作家直接出面的訴諸筆墨的外部環境描述、人物動作描繪，反不如在影視屏幕上展示的形象生動。這樣，一些敏銳的作家，就努力發展文學可以表現人的內心世界的優點，並進一步由外到內，讓作品中的人物直接表露自己的內心圖景，表露自己的感覺、想像、幻覺、閃念、情感拼搏、意識流動等等。柏格森生前苦心地探求的「內心電影」，也正是這種內心圖景。當小說作品的重心轉入描繪這種內心圖景，小說便進入「內心世界審美化」階段。在世界範圍內，二十世紀頭幾個十年，小說開始顯示出這個新的歷史階段的大趨向。

小說進入「內心世界審美化」的歷史階段，這個階段不是突然出現的。在「人物性格化」的歷史階段中，一些以性格描繪為重心的作品，已開始深入性格內部進行探索，努力展示人的內心世界。因此，我們所講的「內心世界審美化」的小說，實際上包括兩種形式，一種是未從傳統敍述體小說的母體中獨立出來的形式，一種是從傳統敍述體小說的母體中完全擺脱出來的形式，即意識流小說。前一種形式，處於傳統敍述體小說的範圍內，但在塑造人物形象，特別是在塑造審美價值很高的典型性格時，已向內心世界發展，發掘人物性格深層結構中的矛盾內容，寫出「靈魂的深」，把人物內在世界作為自己的審美對象和表現對象。他們所展示的內心世界，是一個不安、騷動、拼搏的世界，但又是一個詩意化了的生氣勃勃的世界。例如被魯迅先生稱為發掘「靈魂的深」的陀思妥耶夫斯基的小說，就是典型的例子。這種小說準確地說，是「人物性格化」階段和「內心世界審美化」階段的交叉形式。首先，它的重心仍然放在塑造典型性格上，它的各種手段，都圍繞這個重心，因此它可以說是屬於人物性格化展示階段的歷史範疇。但是，它又把性格深化到人的內心世界，並充份地展示人物內心的感覺、幻覺、衝突、痛苦等等，因此，它又步入內心世界審美化的階段。處於這個階段的作家，例如契訶夫，他的某些小說，在這方面有時達到非常驚人的成就。例如他的《沒意思的故事》就非常深刻。它通過一個老科學家的自我敍述、自我解剖，使人看到這個人物靈魂的深度。在他的靈魂中，有非常崇高的、超越世俗的一面，他不能容忍社會那些虛假、邪惡、爭名奪利的勾當，不能容忍那種毫無創造性的、毫無作為而又自命不凡的庸俗作風，憎惡那些權術重於學術的偽君子；另一方面他又無法擺脱這種環境，他從家庭到社會，都被一種僵死的惰性氣流阻塞着，因此他懦弱、遷就，只有發發牢騷而已，因而他也憎惡自己。這篇小說以「一個老人的札記」的形式出現，作家完全不以評論員的身份介入，卻把這個老人內心發生的意識活動——老人對家庭、事業、社會人生的感受和心理活動充份展示出來。在這個心理活動過程中，記憶與期待，正常與不正常，渾然雜陳，表現得淋漓盡致。例如，他一早看見他的妻子走進他的房間，他不僅通過獨白向人們介紹他的妻子的外貌、公式化的生活，而且把自己對妻子的感受展示出來：「……我瞧見我的妻子，跟孩子一樣地驚奇。我納悶地問我自己：這個很胖的、笨拙的老太婆，被瑣碎的小煩惱和區區麵包方面的擔驚害怕弄成一副蠢相，經常為債務和貧窮操心而變得眼光遲鈍，只會談家中開支，一定要東西落價才見笑容——難道這樣一個女人就是當初我因為她頭腦聰明，靈魂純潔，面貌美麗，並且如同奧賽羅愛苔絲德蒙娜那樣，還因為她『同情』我的學問，而熱烈地愛上的那個苗條的瓦麗雅嗎？難道這個女人就是當初給我生下一個兒子的那個瓦麗雅嗎？……我注意地瞧着這個皮肉鬆弛、笨手笨腳的老太婆的臉，想在她身上找到我的瓦麗雅，可是從她過去只剩下來一個為我的身體操心、把我的薪水叫做『我們的』薪水、把我的帽子叫做『我們的』帽子的老太婆罷了。我瞧見她，心裏很難過；為了多少給她一點安慰，我總是隨她愛說甚麼就說甚麼，遇到她不公道地批評別人，或者怪我不私人行醫或者出版教科書的時候，我甚至一聲不響。」契訶夫這篇小說的「內心獨白」，比他自己其他小說中的「內心獨白」以及其他傳統小說的「內心獨白」有很大的發展。傳統小說中早已有內心獨白，但是這種獨白只是作品中的一個小插曲，而且是由作家用直接反映的手段來剖析一個人的內心生活。而契訶夫這篇小說卻把「內心獨白」深化了，它不是一個插曲，而是整整一個中篇小說的獨白，而且作者沒有插手其間。魯迅筆下的《傷逝》也是這樣的作品，魯迅讓男主人公涓生進行長篇的獨白，他和戀人子君在個性解放的時代潮流中，衝破了傳統觀念的枷鎖，建立了自己的家，但是，一方面是他們的家庭沒有物質力量的支撐，愛情無所附麗；另一方面是他們自身的弱點，因此造成了深刻的悲劇。涓生在家庭面臨困境時，靈魂深處那些自私卑劣的意識膨脹起來，這些意識支配他背離子君，要求子君離開他。他想以此來贏得新的自由的生活。但是，當子君離開他並走向墳墓之後，他又陷入更痛苦的境地，背負着更沉重的精神重擔。因為他的良知並沒有死滅，他深深地懺悔，並在自己所設置的心靈法庭中審判着自己的罪惡，譴責着自己的背叛。死了的妻子，活着的良知，對自由天堂的嚮往，對現實地獄的憎惡，使他的內心充滿着無窮盡的痛楚。魯迅先生正是把他內心這種痛楚詩意地再現出來，使人看到處於黑暗地獄中生死搏鬥的人類之心怎樣覺醒，怎樣掙扎，怎樣在醒後無路可走，怎樣在無路的地上徬徨、墮落，轉而又復活、悲哀，從而展示了五四運動後一些覺醒了的青年無路可走的內心大苦悶。

我們看到魯迅筆下涓生的內心世界，是一種散文詩化了的內心世界：「……我願意真有所謂鬼魂，真有所謂地獄，那麼，即使在孽風怒吼之中，我也將尋覓子君，當面說出我的悔恨和悲哀，祈求她的饒恕；否則，地獄的毒焰將圍繞我，猛烈地燒盡我的悔恨和悲哀。我將在孽風和毒焰中擁抱子君，乞她寬容，或者使她快意……我要向着新的生路跨進第一步去，我要將真實深深地藏在心的創傷中，默默地前行，用遺忘和說謊做我的前導……」[1]

這種形式是傳統敘述體小說的變化，它已開始把人物的內心世界審美化了。但是，它還是屬於傳統敘述體小說，這是因為：（1）它還有傳統的作家着意安排的敘事方式；（2）它還有清楚明白的故事情節；（3）它還是以塑造典型性格為中心。

人物內心世界審美化更重要的另一種形式，即非傳統形式，是二十世紀二十年代以來開始成熟的意識流小說形式。儘管「意識流」的概念在一八八四年就在詹姆斯心理學論文中提出（當時他用這個概念

1 《魯迅全集》，第一版，第二卷，第一二九—一三零頁，人民文學出版社，一九八一年版。

規範了那種徘徊在無意識邊緣上的思路），但是，這個觀念廣泛地運用到文學上，則是二十世紀的事。所謂「意識流」小說，就其本質來說，就是人的內心世界的審美化，更具體地說，就是作家以自己所創造的人物的內在意識（不僅是意識層次，還包括下意識、潛意識層次）為展開情節的線索，順着小河似的意識流動而再現一個人的內心生活、感受和思想的過程，並把這個過程作為自己的審美對象和表現對象而加以詩化或散文化。這種形式的小說，其重心完全放在人物內心世界的探索上，它盡可能全面地展示人物的內心圖景，把人的靈魂各個層次中的圖像顯示出來。它與上述我們所講的《沒意思的故事》、《傷逝》有明顯的區別：（1）它展示人物內心世界時，已沒有清楚明白的情節，傳統的講故事的方式進一步解體，在這種小說中，過去、現在、未來的各種情節渾然雜陳，時空的邏輯被心理意識流動的邏輯所代替。（2）傳統的敍述方式已被打破，如對話已不再單列，對話的人物也不必標明，各種連接的詞語和中介性的文句幾乎全部消失。（3）在一部份作品中作家的形象已全部隱沒，在一部份未完全隱沒的作品中，也可看到作家與作品中的人物渾而為一，同心共感。（4）作品所涉及的人類心理活動的深廣度進一步擴展到意識的各個層次，特別是下意識、潛意識的層次，從而更全面地反映了人的感情世界。（5）作品由於以意識活動為基本動力，省略了在傳統小說中一些由作家出面介紹和敍述的外部環境、行為、動作等，因此，整個作品的節奏更加迅速，文字更加簡要，內容更富有濃縮性。但是，因為這種展示內心世界的文學創作實踐時間不長，再加上作家認識上的偏頗，西方的「意識流」小說並非都很成功。例如，由於「意識流」小說作家一般都接受弗洛伊德的心理學說和其他非理性的現代心理學的影響，因此，在進行內心世界審美化的過程中，往往過份強調以本能為主導的心理活動的複雜性和神秘性，以致常常割裂主觀與客觀、個人與社會、內心與外界的關係，他們自覺不自覺地摒棄前一階段一些偉大作家在展示內心世界時的優點，未能把內心圖景看成是歷史的投影、時代的投影、現實生活的投影。由於這種割裂，他們筆下人物的內心活動往往是封閉式的活動，因此，對這種活動本身的描繪也往往不夠真實。但是，像海明威的《乞力馬扎羅山的雪》，就避免了現代主義小說的這種弱點，這是因為他筆下人物的內心苦悶與外界的惡劣環境完全相通，它所展示的心理狀況令人感到真實可信。《十月》雜誌在一九八零年第四期發表了《乞力馬扎羅山的雪》的中譯稿，並同時發表了我國作家李陀關於這篇小說的欣賞感受。李陀在這篇題為《現實主義和「意識流」》的論文中，準確地指出《乞力馬扎羅山的雪》與第二階段傳統文學的心理描寫的界限。他指出，在傳統小說中，作者在介紹人物、鋪陳情節、描寫環境的時候，是站在客觀的第三者立場上加以敍述的，這些敍述和作者對主人公的心理描寫之間，界限是很清楚的。然而，在《乞力馬扎羅山的雪》中，小說裏的所有敍述和描寫，都有主人公哈里的感情色彩，都似乎是哈里的主觀感受，都經常與哈里的意識活動相混合。這種敍述方法，已擺脫了傳統文學的那種由作者出面去介紹、描寫、評論，即從外部描寫人物性格的辦法，而直接去表現人物的自我意識，通過表現自我意識的流動、自我意識的矛盾來展示人物的感情和思想。因此，它們常常時序顛倒，過去和現在，現實和夢幻，意識和存在，都互相滲透，互相交錯，故而章法變化突兀，形成一種在空間、時間上多層次的結構。李陀同志這些分析是非常確切的。我們如果把它與契訶夫《沒意思的故事》加以比較，就會發現，海明威用了更大的篇幅寫了主人公哈里下意識的苦悶。哈里所以總是處於一種被死神俘虜的恐怖和苦悶中，除了他自覺意識到的內容，還有一些他自己無法意識到的內容，特別是他處於半昏睡狀態時，這些潛意識，更是把他帶到一個虛幻的世界裏，那個世界儘管色彩繽紛，令人嚮往，但是仍然無法排除哈里的苦悶，這種在幻想世界裏也無法得到暫時靜止的苦悶才是更深刻的苦悶。

除了「內心獨白」之外，「意識流小說」的另一種技巧是內心分析和感覺印象。關於「內心獨白」與這兩種技巧的區別，美國學者M．弗里德曼在他的論文《「意識流」概述》中說得十分清楚。他說：「內心獨白是在產生思想或印象的過程中，並且從頭至尾都處於活躍狀態的心靈的直接引述。它可以涉及全部意識的領域（不僅僅是語言的領域），也可以涉及意識的任何部份。它一般是一段內心的敘述，並且可以作一個完整的單元而獨立存在。內心分析只涉及意識的一小部份，即語言領域。由於作家的介入，它成了間接的敘述性的——作者絕不會被提煉到完全消失的地步。但他的興趣完全放在小說人物的內心世界上，永遠有一意識中心來保證他在探討中保持心理的純潔性。一部作品通篇都可以利用這種手法，其結果就構成大段的敘述。同樣，感官印象也只是和一小部份意識有關，但它是距離注意力中心最遠的一部份。感官印象與內心獨白同內心分析不一樣，它幾乎經常是片段的，據我所知，它從來還沒有在通篇作品中使用過。」[1]

我國當代文學中所出現的小量的意識流小說，如王蒙的《布禮》、《蝴蝶》，就是屬於「內心分析」的類型。這是因為王蒙在這些小說中還是自己介入作品中的情境，他在作品中的「我」沒有消失，《布禮》的人物鍾亦成的印象匯總在作者的敘述之內，沒有脫離直接的思想和理性的控制的範圍。由於我國當代文學還處於艱辛的嘗試階段，因此，作家在創造中採取這種審慎的態度是可以理解的，這樣做，可以避免讓作品背離人們久已習慣的現實主義傳統。李陀分析王蒙這篇小說時，指出王蒙小說中的「意識流」技巧帶有一種我們可以接受的中國作風和中國氣派，如果就其意識的內涵來說，這種評價是完全正

1　M．弗里德曼：《「意識流」概述》，載《文藝理論譯叢》，一九八四年第一期。

確的，如果從敘述方法來說，這是否可視為區別於世界上意識流小說的中國特色，似乎還值得討論，因為這種有作家本人介入而產生的同心共感的「內心分析」，也是「意識流」小說的一種普遍性技巧。不過，應當指出，雖有作者的介入，但它與傳統的小說仍然不同，它的興趣完全放在小說人物的內心世界上，永遠有一意識中心來保證他的探討集中在心理方面，也就是說，小說通篇的重心是放在人物內心的意識活動，意識活動是作品的軸心和情節進展的動力。

意識流中的「感官印象」技巧，則是作家記錄純粹感覺和意象的最徹底的做法，它類似內心獨白，但內心獨白包括全部意識，而感官印象所輻射的範圍則是那種距離注意力的焦點最遠的、在腦海中最不易消化的印象片段。這些印象片段同詩中的意象一樣，通過美感表達出來。無論是內心獨白、內心分析還是感官印象，它們都是以意識為重心，把人的內心圖景一層一層地剝開給人們看。這種內心圖景不是給人以好奇心的滿足，也不是使人一般地發現自己，而是使人在更深的層次上發現自己，使欣賞者產生心理對位效應，並在靈魂深處產生共鳴。

第四節　性格描繪與性格探索

從以上的分析中，我們可以了解到，小說進入「內心世界審美化」階段之後，對這階段的作品的美學評價是看其人物內心圖景展現的深廣度，而不是像第二階段那樣考察其性格的典型化程度，那麼，這就發生一個問題，第三階段小說中的人物形象是否也有性格呢？有些作家認為，與傳統小說相比，現代的西方小說，也就是我們所說的第三階段的許多小說，其特點恰恰在於沒有性格。福格納就是這樣看的。他認為現在的小說寫到各種事物，卻獨獨不寫人的性格。福格納這種說法，如果按傳統的、狹義的關於人物性格的規定（即把性格看成是一個人較穩定的對現實的態度和與之相應的習慣化的行為方式），確實，人物性格已經瓦解了。但是，如果從廣義來理解性格，即把性格看成是人的自然欲求和精神欲求的追求體系，看成不僅僅是行為方式而是包括心理方式、感情方式的總和，那麼我們仍然可以從一個人的內心圖景中，從人的情緒中感受到人的性格。因此，在廣義上，第三階段的人物形象仍然是有性格的。而且，比起第二階段的性格來，第三階段的性格進一步深化了，並主要表現在人物的內心活動的方式上，即形成行為的內在機制上。因此，從性格這個角度來看，如果第二階段的重心在於「性格描繪」，那麼第三階段的重心則在於「性格探索」，即對形成性格的各種機制的探索。更具體地說，第二階段主要是綜合描繪人物各種思想、情感、行為、精神習慣，第三階段則主要是探索和分析形成這些思想、情感、行為、精神習慣過程的心理機制和意識活動。認識到這種區別，並首先用「性格描繪」和「性格探索」這兩個概念清楚明白地表述這種區別的是英國的戲劇理論家威廉．阿契爾。他在《劇作法》第二十二章中說：性格描寫是對人類本性的表現，是從一般對人類本性所共同認識、理解和接受的方面來表現人類本性。心理分析似乎是人物性格的探索，把從未探索過的特點置於我們的認識和理解範圍之內。我覺得阿契爾用「性格描寫」與「性格探索」來表述兩個階段的小說的不同重心是相當準確的。因此，小說進入「內心世界審美化」的階段之後，在深層的意義上，性格二重組合原理仍然是適用的。因為作家在表現人物內心世界時更注意兩種心理因素的碰撞、聯繫、轉化和組合。

同樣是進入內心世界審美化階段，往往表現出兩種不同的美學見解：一種見解是把內心生活看成是一種靜態生活，一種純然的美的世界；另一種見解則是把內心世界看成是一種動態生活，一種充滿着矛盾的動盪的世界。

關於前一種見解，比利時的文學家莫．梅特林克可作為一個代表，在他的《卑微者的財富》一書中，有一節闡述他關於「內心的美」的看法，他說：「世界上沒有甚麼東西比美更兼收並蓄，世界上沒有甚麼東西比心靈更容易變美。世界上沒有甚麼東西更嚴格地服從人們給它下達的單純而崇高的命令。世界上沒有甚麼東西更馴順地接受一種更高明的思想的控制。同樣，世界上很少有人能抗拒變得完美的心靈的控制。」他認為，心靈的生活是最根本的生活，心靈與心靈之間自然的和原始的關係就是美的關係。心靈中甚麼也不會消失，最微小的東西也會有一刻發出光彩。即使最不幸、最貧困的人在心靈深處也自然而然地擁有一個美的寶庫，埋藏日常生活中的一切。因此，當我們遠離存在於我們身內的神靈時，我們是醜的；隨着我們發現了這些神靈，我們就變得美麗。他呼籲：「讓天穹打開一個幾乎看不見的裂隙，讓天上之水滲進人的心靈。所有的酒杯都伸向這不可知的源泉；我們所在的世界，人們只渴望着美。倘若人們得以詢問天使，我們的心靈在冥冥之中做些甚麼，我相信，經過常年不斷的觀察，透過心靈在我們的眼睛中流露出來的意向，天使會這樣回答：心靈將人給予它們的小東西都變幻為美。」梅特林克的這些話，我們可以看做是小說進入內心世界審美化階段的一種宣言。他把自己敏銳的目光轉向人的內心世界，轉向這個聚積在人們心底的描繪不盡的美的寶庫。但是，他把人的內心生活看成是「靜態生活」，把表現這種內容的戲劇看做是「靜態戲劇」，把人的內心看成天生的純然閃爍着純潔之光的美的寶庫，仍不能說是真正深刻地理解人的內心世界的。這種見解，強調人的心靈的高貴，還是從文藝復興初期的思想傳統發展下來的。

後一種見解，則是從希臘喜劇中那種強調人的矛盾的觀念發展下來的（十七世紀文藝復興末期又重新注意這種觀念）。到了二十世紀，這種觀念成為大群作家的基本觀念。他們把人的內心世界看成是充滿矛盾、充滿着動盪的生氣勃勃的世界。這個內心世界並不是像梅特林克所描繪的一種純然的美的寶庫，純然的只放射着天使的靈光的單一色彩的世界。在這個世界中，有天使的光輝，也有魔鬼的暗影，有人的高貴，也有人的鄙俗，當這個世界敞開它的窗戶時，不僅接受着上天聖潔的甘霖，同時也承受着地下污濁的水流。總之，這個內心世界也是二重組合的。在這些作家看來，惟有這種內心世界，才是生氣勃勃的活人的內心世界，才有感人的力量。內心世界審美化的過程，就是真實地、藝術地再現這種充滿着矛盾的人的內在自然的過程。

應當說，後一種美學見解，是更加深邃的見解。內心世界的審美化，並不是要求作家表現人物的內心世界時都是至真至善至美的。我們要求文學作品，應當有一個廣泛的真善美的標準。任何一件好的作品，都應當是真實與真誠的，都應當有益於提高人類的精神境界、有益於社會前進，都應當給人以審美的享受。但這並不是說，作品不能反映假惡醜，不能反映人的內心世界卑劣與醜惡的東西。如果這樣簡單化地理解，把人的內心世界變成純粹的十全十美的世界，那就是一種虛假的審美化。真實的內心世界的審美化，是讓文學作品的接受者看到真實的人的感情，真實的人的內心世界，看到人的內心世界中善與惡、美與醜兩種心理能量的互相碰擊、互相轉化，即看到任何一個人的內心活動都是一種矛盾狀態，它的活動形式，都是一種雙向逆反運動，都是一種活生生的不斷變化着的二重組合運動。不論是傳統敍述體小說中寫出來的深邃的靈魂，還是現代優秀小說作家筆下所顯示的人物的靈魂，其所以有較高的審美價值，恰恰不是在於他所展示的是一種單一化的、刻板化的人的靈魂，絕對化的善的化身或絕對化的惡的化身，而是展示人的各種內在的性格元素、心理元素所組合的複雜圖景。在這種複雜圖景中，我們可看到人的靈魂深處，善與惡，美與醜，悲與喜，崇高與滑稽，聖潔與鄙俗，偉大與渺小，天使與魔鬼，光明與黑暗等的激烈拼搏。這種拼搏使小說中的人物的內心世界不是一潭死水，而是波瀾起伏的江河，它不斷地動盪，不斷地突破平衡態，又不斷地回歸到平衡態，這種二重因素互相拼搏、互相轉化，便成為人物性格多樣性和複雜性的內在機制。

綜觀小說進化的歷史輪廓，我們可以看到人類一部份最優秀的子孫——小說作家，總是不肯滿足，總是在向前追求，這種追求的趨向是愈來愈深地接近人的本體，即愈來愈深化對人的內心世界的認識。著名的英國當代小說家佛斯特在他的《小說面面觀》中（這本書曾被西方譽為二十世紀分析小說藝術的經典之作），從自己所設立的理論範疇出發，描述過小說的這種發展趨向。他在書中指出，人類的生活包括三個方面的生活，即時間、空間以及價值生活。小說藝術也反映着人的這三種生活。他認為，講故事只反映了人的時間生活。他給故事下了一個定義，認為故事是一些按時間順序排列的事件的敍述，它把一件件按時間次序的敍述變成小說的目的。他正確地指出：「有些人除故事之外一概不要——完完全全是原始性的好奇心使然——結果使我們其他的文學品味變得滑稽可笑。」[1] 因此當小說處於生活故事化的展示階段時，它還屬於較幼稚的階段。故事是原始社會就有的，可回溯到閱讀尚未開始之時，它直接訴諸我們心中的原始本能。所以佛斯特反對把小說變成逗引好奇心的原始工具，主張應當從時間生活的掌握中超越出來，而進入空間生活尤其是價值生活。所謂空間生活，就是小說必須具有空間感，佛斯特認為托爾斯泰的小說《戰爭與和平》那些偉大的篇章，之所以能夠演奏出來，絕非起因於故事，而

1　曼・摩・佛斯特：《小說面面觀》，第二二頁，花城出版社，一九八一年版。

是它出色地展示了俄羅斯的空間——林林總總，包括橋樑、冰封的河流、森林、道路、花園及田野，當我們游目而過，我們就會炫目於其雄偉，震耳於其洪亮。這樣，小說就富有立體感。而小說提高水平的根本之路，還應當依靠價值生活的充實。所謂價值生活，就是人的心靈生活，就是顯示人的生存意義及人的價值觀念的生活。他認為，「小說家的功能就在表現內心最深處的生活」。他十分佩服法國批評家阿倫關於人的內在生活的解釋，常引用他的觀念來給價值生活作註釋。阿倫說，他發現每個人都有兩個面：「相當於歷史及小說。在某人身上所能觀察到的——他的外在活動及可從其外在生活推論而出的內在精神狀態——屬於歷史範圍。另外一面則包括『一些純粹之熱情，如夢想、喜樂、悲傷和一些不便出口或羞於出口的內省生活』；表達此一浪漫或神秘的人物面是小說的主要功能之一。『小說中的虛構部份，不在故事，而在於使觀念思想發展成外在活動的方法，這種方法在日常生活之中永不會發生……歷史，由於只着重外現的來龍去脈，局面有限。小說則不然，一切以人性為本，而其主宰感情是將一切事物的動機意願表明出來，甚至熱情、罪惡、悲慘都是如此。』」[1]

佛斯特和阿倫顯然看到，小說進化的趨勢，是小說將不斷地往人的價值生活的深處發展，向人的內心世界的深處發展。

我們描畫了小說發展的基本輪廓，並說明現在世界上的小說已向「內心世界審美化」的目標挺進，這並不是說，屬於前兩個歷史範疇的小說將退出文學舞台。可以預料，今後的文學世界，將是一個多元的世界，小說藝術也將多元地發展，屬於上述三個歷史範疇的小說將不斷變化自己的形式去爭取自己的

1　曼·摩·佛斯特：《小說面面觀》，第三七頁，花城出版社，一九八一年版。

讀者以及自身的生存和發展。以故事為重心的通俗小說，例如傳奇性小說、推理小說、驚險小說、科幻小說將仍然擁有大量的讀者，但這些讀者將是處於文化層次較低的讀者。以塑造典型性格為重心的小說，將繼續發展壯大，並將努力吸收第三歷史階段的小說的優點。在我國，今後的一段歷史時期中，它將還是小說的主流，它將會創造出更輝煌的成就。而以展示內心世界審美化為重心的小說，今後將進一步發展，將會有更多勇於探索、勇於創造的作家進行這方面的嘗試。但這種小說，與我國傳統的審美心理，還有相當大的距離，許多人，包括一些文學評論家都不太習慣。不過它將首先得到一些喜歡思考的文化素養較高的青年的歡迎，因為這類作品，確實可以給藝術接受者更多補充、想像、聯想的餘地，它給讀者審美再創造的空間比前兩個階段的小說更加廣闊，逼使人們再度思考的藝術力量也更大。因此，隨着我們整個民族文化心理結構的變化，隨着更多的知識分子和青年進入更深邃的精神生活，回復到自身，要求通過這種小說以發現自己、提高自己的讀者將會愈來愈多。應當支持作家在這方面進行創造性的探索。

看到小說發展的基本輪廓，又看到今後將是一個文學多元化發展的時代，我們就不會發生兩種片面性，一種是把傳統敍述性小說看成小說唯一可行的道路，把傳統敍述體小說已創造出來的業績看成文學永遠不可企及的高峰，把傳統的現實主義創作方法看成唯一合法的創作方法，把十九世紀批判現實主義文學看成唯一的審美理想，從而完全排斥小說進入內心審美化的嘗試。那種以為傳統敍事方法夠用幾輩子而不准變化的思想，不利於我國文學的發展。另一種片面性，則是忽略我國的具體實際。我國幾十年來在自己的土地上發生了世界上任何一個國家都難以比擬的歷史變革，這些極其深刻的變革，這些偉大的歷史圖景，只要有現實主義的膽魄和藝術才能，就一定能創造出帶有偉大性和世界性的作品。而且，目前我國大多數人的文學審美水平還是處在第二個階段上，因此，描寫人物性格的文學將在一定的時期內擁有相當數量的讀者。在這種條件下，在追求新的創作方法時輕易地宣佈現實主義已經過時，也是不妥當的。總之，我們應當有一種綜合性的審美理想。無論對待傳統的方法還是對待新的方法，無論對待第一、第二歷史階段的東西，還是對待第三歷史階段的東西，都應當有一種開放性的眼光，一種寬厚的態度，一種棄其糟粕取其精華的態度。那種以小生產的眼光和以形式邏輯排中律來對待小說創作的人，是不會給小說鋪築康莊大道的。

第三章

人物性格的二重組合原理

第一節　性格與性格的兩極性特徵

萊辛説：「一切與性格無關的東西，作家都可以置之不顧。對於作家來説，只有性格是神聖的，加強性格，鮮明地表現性格，是作家在表現人物特徵的過程中最當着力用筆之處。」[1] 萊辛把人物性格的塑造放在文學創作整個過程中的一個非常突出的位置上，以致認為它是文學創作真正的重心，其他一切與性格無關的東西都應當讓路。萊辛這種論斷，對於以塑造人物形象為主體的文學藝術類型，例如小説、戲劇文學、電影文學、敍事詩、報告文學、史詩等，都是能夠成立的。人物性格的塑造，確實是文學創作真正的難點，是文學藝術某些門類中的價值所在。因此，在文學理論的研究中，性格塑造的研究也顯得特別重要。

對於性格塑造的研究，早已成為我國社會主義文學理論探索中的一個重要課題。但是，我們在探索這個問題時，一般都從塑造典型這個角度來進行思考。甚麼是典型環境中的典型性格，怎樣塑造典型環境中的典型性格，當然是思考性格塑造的一個根本角度，我仍然不放棄這個角度；但是，我想着重從性格結構及其性格組合這個角度來探索一下這個古老的課題。通過這個角度，我們同樣可以達到把握典型性格的目的。

1　萊辛：《漢堡劇評》，第一二五頁，上海譯文出版社，一九八一年版。

關於性格的本質，至今仍然有多種説法。如果較樸素地表述，所謂性格，就是人的個性心理特徵的重要方面。恩格斯説：「刻劃一個人物不僅應表現他做甚麼，而且應表現他怎樣做。」[1] 這就是説，性格表現包括兩方面的內容：一是行為的現實，一是行為的動機和方式。而行為的方式，包括思維方式、情感方式、實踐活動的方式，等等。這兩方面的內容都表現出人物的心理特徵，這種心理特徵在類似的情境中不斷出現，有一定的穩定性，以至習慣化，便形成獨特的性格。

人的行為方式千變萬化，心理特徵也千差萬別，因此，人的性格本身是一個很複雜的系統。每個人的性格，就是一個構造獨特的世界，都自成一個有機的系統，形成這個系統的各種元素都有自己的排列方式和組合方式。但是，任何一個人，不管性格多麼複雜，都是相反兩極所構成的。這種正反的兩極，從生物的進化角度看，有保留動物原始需求的動物性一極，有超越動物性特徵的社會性一極，從而構成所謂「靈與肉」的矛盾；從個人與人類社會總體的關係來看，有適於社會前進要求的肯定性的一極，又有不適應社會前進要求的否定性的一極；從人的倫理角度來看，有善的一極，也有惡的一極；從人的社會實踐角度來看，有真的一極，也有假的一極；從人的審美角度來看，有美的一極，也有醜的一極。此外，還可以從其他角度展示悲與喜、剛與柔、粗與細、崇高與滑稽等等的性格兩極的矛盾運動。任何性格，任何心理狀態，都是上述兩極內容按照一定的結構方式進行組合的表現。性格的二重組合，就是性格兩極的排列組合。或者説，是性格世界中正反兩大脈絡對立統一的聯繫。但是性格的這二重內容並不是抽象的。它是由具體的、活生生的各種性格元素構成的。這些性格元素又分別形成一組組對立統一的

1 《致斐·拉薩爾》，見《馬克思恩格斯選集》，第二版，第四卷，第五五八頁。

聯繫，即形成各種不同比重、不同形式的二重組合結構。一個較簡單的性格世界，可能只是由一組性格元素構成的，一個豐富的性格世界，則是許多組性格元素合成的複雜網絡結構，在這種結構中各組性格元素互相依存、互相交織、互相滲透、互相轉化並形成自己的結構層次，使性格呈現出複雜而有序的運動狀態。例如，巴爾扎克無須別人解剖就坦率地承認自己性格系統中那種互相矛盾的兩大脈絡。他在致阿柏朗台斯公爵夫人的信中，真實地描繪自己。他説：「就我所知，我的性格最最特別。我觀察自己，如同觀察別人一樣；我這五尺二寸的身軀，包含一切可能有的分歧和矛盾。有些人認為我高傲、浪漫、頑固、輕浮、思考散漫、狂妄、疏忽、懶惰、懈怠、冒失、毫無恆心、愛説話、不周到、欠禮教、無禮貌、乖戾、好使性子，另一些人卻説我節儉、謙虛、勇敢、頑強、剛毅、不修邊幅、用功、有恆、不愛説話、心細、有禮貌、經常快活，其實都有道理。説我膽小如鼠的人，不見得就比説我勇敢過人的人更沒有道理，再如説我博學或者無知，能幹或者愚蠢，也是如此。沒有甚麼使我大驚小怪的。」[1]巴爾扎克在這裏剖析了性格的二重內容（正反兩大系列），而每一系列中又有多種性格元素，這種種性格元素，例如高傲與謙虛、懶惰與用功、疏忽與心細等，又可分別形成一組組的對立統一體，從而形成複雜的性格系統。巴爾扎克的性格就存在於這種二重組合之中。由於性格元素具有無數種組合的可能性，因此，性格的二重組合，外觀上又表現為性格的多重組合。

世界上許多文學藝術家，特別是現實主義的作家和評論家，早已注意這個問題。在我國，金聖歎、脂硯齋等古代文學批評家已對此有所論述；現代作家中，自覺地從理論上説明這個問題的極其重要性，

1 段寶林編：《西方古典作家談文藝創作》，第三四零頁，春風文藝出版社，一九八零年版。

並從美學上加以概括的是魯迅。他指出，把我國文學成就推向巔峰的《紅樓夢》，其美學價值，最重要的就表現在它打破了我國古代小說文學「敍好人完全是好，壞人完全是壞」[1]的性格單一化的傳統格局，表現了「美惡並舉」[2]性格的豐富性。所謂「美惡並舉」，就是性格構成的二重組合。這種性格的二重組合，是《紅樓夢》以及世界上許多偉大文學作品創造具有高級審美意義的典型時取得成功的美學基礎。這是一個理論性和實踐性都極強的美學原理，我們可稱之為「人物性格構成的二重組合原理」。切實地掌握這一美學原理，對於總結我國當代文學的歷史經驗，對於思考我國文學的現在和未來，都有很大的意義。

人物性格的二重組合，作為文學創作的一種美學原理，它首先是承認「文學是人學」這樣一個經典性的命題。

文學，以人為自己的審美客體和表現對象，把提高人作為自己的目的。離開人，文學便失去它的本性。文學不僅一般地表現人，而且重在表現人的內心世界。所謂現實主義的深入，正是深入到人的內心世界，努力地表現出歷史、時代、社會在人的心靈中的巨大投影。作家、藝術家應當比任何人都更了解人的內心世界和人的性格運動規律。性格的二重組合原理，其實質就是打開人的內心世界，揭示性格運動的內在機制，以促使作家、藝術家更深刻地反映人的性格的內在豐富性和複雜性，更全面地展示人的情感世界，達到深化典型的目的。

1 《中國小說的歷史的變遷》，見《魯迅全集》，第一版，第九卷，第三三八頁，人民文學出版社，一九八一年版。

2 魯迅：《小說史大略》，見《中國現代文藝資料叢刊》，第四輯。

作為社會的人，其心靈世界是極其複雜、極其豐富的。人不可能是單一色的。高爾基曾說：「人們是形形色色的，沒有整個是黑的，也沒有整個是白的。好的和壞的在他們身上攪在一起了——這是必須知道和記住的。」[1]之後，他又說：「小說需要人物，需要具有其心理底一切錯綜的人。」而不應當把人描寫成「一些惡行或者僅僅是一些善行的容器」。這是因為，「善與惡的因素，或者更正確些說，個人和社會的因素，是交織在我們的心理之中的」[2]。托爾斯泰也說過同樣意思的話，他說：「我們寫我們的小說，雖說已不像以往那樣笨拙了：大惡棍便是大惡棍，大好人便是大好人。但是，終究還是笨拙得可怕，只會用一色調。」又說：「所有的人，正像我一樣，都是黑白相間的花斑馬——好壞相間，好好壞壞，亦好亦壞。好的方面絕不可能像我希望別人看待我的那樣，壞的方面也絕不可能在我生氣或者被人欺負時看待別人的那樣。」[3]我國美學家朱光潛說：「世間事物最複雜因而最難懂的莫過於人，懂得人就會懂得你自己。希臘人把『懂得你自己』看作人的最高智慧。……人不像木石只有物質，而且有意識，有情感，有意志，總而言之，有心靈。西方還有一句古諺：『人有一半是魔鬼，一半是仙子』。魔鬼固然詭詐多端，仙子也渺茫難測。」[4]我國具有很高文學素養的翻譯家傅雷在他的家書中，也這樣說：「了解人是一門最高深的藝術，便是最偉大的哲人、詩人、宗教家、小說家、政治家、醫生、律師，都只能掌握一些原則，不能說對某些具體的實例——個人——有徹底的了解。人真是矛盾百出，複雜萬

1 高爾基：《給馬・加・西瓦齊夫的信》，見《文學書簡》，第二一九頁，人民文學出版社，一九六二年版。
2 高爾基：《俄國文學史・序言》，第二—三頁，上海譯文出版社，一九七九年版。
3 托爾斯泰：《托爾斯泰論創作》，第八二頁，灕江出版社，一九八二年版。
4 朱光潛：《談美書簡》，第二三頁，上海文藝出版社，一九八零年版。

分，神秘到極點的動物。」[1] 朱光潛、傅雷的話並非經典，但卻是真理。

不管是外國的高爾基、托爾斯泰，還是我國的朱光潛、傅雷，他們對人的這種見解，都還是直觀的靜態性的表述，也是對二重組合原理最通俗的表述。他們所說的黑白相間以及一半天使、一半魔鬼，都只是說明人的非單一性質。魯迅先生所說的不要把好人寫得完全地好，壞人寫得完全地壞，也是這個意思。他們對人都有很深的了解，但還沒有從理論上系統地加以說明（我們也不應當這樣要求），因此他們的這些表述也容易使人發生誤解，例如誤認為人物性格的塑造，就是把人的好的一面和壞的一面相加、湊合或混合，或誤認為人等於天使加上魔鬼。其實，他們並不是這個意思，他們很了解人絕不會這樣簡單。他們所說的一半魔鬼、一半天使，當然是指兩者融合成的一個活生生的生命有機整體，他們所理解的人的性格運動，當然是一個充滿着生命辯證法的運動過程。他們作些形象的表述，是要告訴那些把人理解為單一色的人們，人是很複雜、很矛盾的，在感情中有理性的沉積物，在理性中也有感性的沉積物。純粹的天使和純粹的魔鬼都不是人。人既然處於天界與地界之間，就兼有兩界的某種特性，就必然是一種合而為一的特殊的生命體。

偉大的作家都是真誠的人。他們對人的認識，在很大的程度上是從自我認識開始的。他們自身就不是單一性的。他們描繪着人物性格，而本身的性格就是極其豐富、極其複雜的，他們的性格系統也有相反的兩極。人們所熟知的恩格斯對歌德的評說和列寧對托爾斯泰的評說就是典型的例證。恩格斯生動地描繪歌德：「在他心中經常進行着天才詩人和法蘭克福市議員的謹慎的兒子、可敬的魏瑪的樞密顧問之

1 傅雷：《傅雷家書》，第一九四頁，三聯書店，一九八一年版。

間的鬥爭；前者厭惡周圍環境的鄙俗氣，而後者卻不得不對這種鄙俗氣妥協、遷就。因此，歌德有時非常偉大，有時極為渺小；有時是叛逆的、愛嘲笑的、鄙視世界的天才，有時則是謹小慎微、事事知足、胸襟狹隘的庸人。」[1]

關於歌德的性格，寫作過《歌德傳》的歌德研究家、德國學者比學斯基作了非常精彩的描述。比學斯基認為，歌德的性格是一種奇異的圓滿的人性的組合，表現出許多矛盾。有時他像一個物理學家觀察光色的曲折，有時他像一個解剖家研究骨骼和肌肉，有時他像個法學家討論破產法。他以熱烈的情感嚮往世界像浮士德，但不久又用毀滅的譏誚推開世界像糜非斯陀。比學斯基更具體地描摹歌德的性格：

> 歌德像一棵植物，而常感受風雨氣候的影響，但有時又能對之毫不關心。他心愛他的生命如一個美麗友愛的習慣，但又跑進槍林彈雨中去嘗試「炮火的熱病」。他，這個最忠實最純潔最肯犧牲的朋友，這個最熱狂最傾心的情人，可以在感情沸騰時傷害他朋友與情人的心。他，這個像赫爾德所說：在他每一步生活的進程中是一個男子，拉發陀與克乃勃爾稱他是個英雄，鐵石心腸的拿破崙也不得不喊出：「這是一個人！」但他竟有時不能制止他心的要求與慾望，隨波逐流，自失其舵，軟得如席勒所稱的「女性情感」（少年維特所表現）。他，有如一個仙靈解脫了一切塵土的重濁，高蹈於超越的境界，但同時又腳踏實地地站在地球上欣賞任何細微的感官的快樂，哪怕是他女友瑪麗亞娜從家鄉寄來的梅子。……他，這個處處尋求清明，透入

1 《詩歌和散文中的德國社會主義》，見《馬克思恩格斯全集》，中文第一版，第四卷，第二五六頁，人民出版社，一九五八年版。

清明的，但也愛飄搖於神秘的幻想中，相信世界秩序裏有神魔的存在，靈魂的輪回，常輕輕地受着預感預言預兆等迷信的支配，這個人，平常非常溫柔忍耐的，竟有時憤怒至於咬牙跺腳。他能閒靜，又能活潑，愉快時猶如登天，苦悶時如墮地獄。他有堅強的自信，他又常有自苦的懷疑；他能自覺為超人，去毀滅一個世界，但又覺懦弱無能，不能移動道途中一塊小石。[1]

儘管性格如此矛盾，但他性格的總和卻是非常好的。所以比學斯基說，歌德內心儘管充滿矛盾衝突，但在他的每一種心態中總是積極的、善的，於世於己有益的部份佔着優勢，故他在一切奮鬥中從不損害及自己與世界而永為勝利的前進者與造福者。所以與歌德同時代的克乃勃爾說：「我很知道，他不是時時可愛的。他很有些令人不快的方面，我也曾領略過。但他這人全體的總和是無限好的。」[2]

列寧在評價托爾斯泰時，則指出：

> 托爾斯泰的作品、觀點、學說、學派中的矛盾的確是顯著的。一方面，是一個天才的藝術家，不僅創作了無與倫比的俄國生活的圖畫，而且創作了世界文學中第一流的作品；另一方面，是一個發狂地篤信基督的地主。一方面，他對社會上的撒謊和虛偽作了非常有力的、直率的、真誠的抗議；另一方面，是一個「托爾斯泰主義者」，即是一個頹唐的、歇斯底里的可憐蟲，所謂俄國的知識分子，這種人當眾捶着自己的胸膛說：「我卑鄙，我下流，可是我在進行

1 比學斯基：《歌德論》，見宗白華：《宗白華美學文學譯文選》，第六八頁。
2 同上，第六九頁。

道德上的自我修身；我再也不吃肉了，我現在只吃米粉餅子。」一方面，無情地批判了資本主義的剝削，揭露了政府的暴虐以及法庭和國家管理機關的滑稽劇，暴露了財富的增加和文明的成就同工人群眾的窮困、野蠻和痛苦的加劇之間極其深刻的矛盾；另一方面，瘋狂地鼓吹「不用」暴力「抵抗邪惡」。一方面，是最清醒的現實主義，撕下了一切假面具；另一方面，鼓吹世界上最卑鄙齷齪的東西之一，即宗教，力求讓有道德信念的神父代替有官職的神父，這就是說，培養一種最精巧的因而是特別惡劣的僧侶主義。[1]

歌德、托爾斯泰這種性格既「特別」，又不特別。所謂特別，是他們的性格有獨特的組成狀態，並不是每個人的性格矛盾都像他們這樣尖銳。所謂不特別，是這種互相矛盾的二重結構是人的性格的普遍性結構（只是這種結構的正、反兩種因素的比重和組合方式帶有無窮的差別性）。因此，儘管每個人的性格組合成份和組合方式有巨大的差別，但是，他們卻有一個共同點，這就是他們的性格世界都是一個張力場。也就是說，都是存在着正與反、肯定與否定、積極與消極、善與惡、美與醜等兩種性格力量互相對立、互相滲透、互相制約的張力場。兩種力的相互衝突、因依、聯結、轉化，便形成人的真實性格。

馬克思主義指出：任何個人，都是「處於既有的歷史條件和關係範圍之內的自己，而不是玄想家們所理解的『純粹的』個人」[2]，因此，「人的本質不是單個人所固有的抽象物，在其現實性上，它是一

1 《列夫·托爾斯泰是俄國革命的鏡子》，見《列寧選集》，第三版，第二卷，第二四二頁，人民出版社，一九九五年版。

2 《費爾巴哈》，見《馬克思恩格斯選集》，第二版，第一卷，第一一九頁，人民出版社，一九九五年版。

切社會關係的總和」。[1] 人既然是社會關係的總和，那麼，人的性格世界就不可能僅僅是某種單一的社會生活內容的反映。正如社會是充滿矛盾的，人的性格也是充滿矛盾的。任何一個社會人，都一定處於社會關係網中的某一點上，都反映着社會關係兩極的對立和衝突，都一定要在矛盾的一端與另一端之間產生某些搖擺性（哲學意義上的搖擺性），只是這種搖擺的幅度因人而異。辯證法否認在世界上存在任何純粹的單方面的因果關係、善惡關係、美醜關係，連頭腦最簡單的人也都帶有二分性，也都可以看到二重關係的相互作用。社會關係正是一個具有無窮層次的、多方面矛盾的編織物。因此，世界上找不到絕對純一的、只反映社會關係一極的抽象的、孤立的人。

在馬克思主義出現之前，唯心主義的哲學家黑格爾未能把人的本質看成社會關係的總和，他只把人看成是自我意識的人，看成是自我意識的特定形式，把人變成自我意識的純粹規定性，唯一的無所不包的實在，而不是把自我意識看成現實的人，即生活在現實的實物世界中並受這一世界制約的自我意識。這種把世界頭足倒置的唯心主義觀點當然是錯誤的。但是，黑格爾卻看到人的意識的辯證內容，看到它的雙重性。看到人的意識的自我分化和自我克服，即人的意識世界中的矛盾對立統一關係。[2] 對於黑格爾所揭示的人的自我世界的雙重性原理，美國哲學家、黑格爾研究者魯一士作了相當精闢的論述。他認為：人的生活並不是孤獨的，純粹內在的自我是沒有的，有的只是多數自我組成的世界。這是因為每個人都是生活在與他人的和合中。自始至終，意識生活的法則乃是這種矛盾而又真實的自我分化，在這種自我分化中，我，即所謂內在的自我，徹頭徹尾是眾多自我中間的一個。所以唯一的心靈乃是「多數互

1 《關於費爾巴哈的提綱》，見《馬克思恩格斯選集》，第二版，第一卷，第五六頁，人民出版社，一九九五年版。

2 黑格爾：《精神現象學》，上卷，第一二二頁，商務印書館，一九七九年版。

相聯結的心靈組成的世界」。根據這一基本觀點，魯一士說明了「單一的我」是不可能存在的。他說：「如果我要成為我，『成為我所想的那個我』，那我就必須不止是單純的我。我之成為我自己，必須放棄孤立，投身於人群之中。我的自我佔有，隨時隨地都是對我的各種聯繫的自我投降。」既然人是矛盾的，自我沒有「純粹的我」和「單純的我」，那麼，絕對「聖潔」，即「精神絕對純一」的人是不存在的。他說：

絕無俗念，莊嚴肅穆，寧靜不擾，精神絕對純一，毫無半點瑕疵，——這當然要被認為高尚了，是不是？可是請想一想，假如一個人之所以超乎凡俗，正在於絕無世間俗念，那麼混沌未鑿、天真淳樸、不識不知的人又將如何？要是那樣說，一個天真爛漫的嬰兒，剛剛呱呱墜地，根本不知道塵世為何物，就當然要被認為超凡入聖了。可是這樣的聖潔，難道是那些確有非凡之力的人的百戰百勝的聖潔嗎？我如果根本不知道塵世為何物，當然不會眷戀塵世。可是那只是由於我的無知。而各種各樣的東西，不管是嬰兒還是小老虎，是幼年的拿破崙還是幼年的猶大，全都可以同樣地不識不知。連那些設阱陷人的魔鬼也可以在方生之際對宇宙不識不知，如果無知即是聖潔，那他們就應當都是聖潔的了。……但是，這樣的聖潔不是我們這些道德主體的理想。[1]

魯一士根據黑格爾的學說指出，真正的聖潔就是與「惡」鬥爭的頂點，它的本質完全是一種矛盾。

---

1 洪謙主編：《西方現代資產階級哲學論著選輯》，第一一四——一一六頁，商務印書館，一九六四年版。

聖潔之得以存在要依靠它的反面，也就是說，必須意識到罪惡並意識到戰勝罪惡。只有在受到引誘並戰勝引誘的時候他們才是聖潔的。就像勇氣的存在要靠戰勝恐怖，在一個無恐怖的世界裏，根本就沒有勇氣可言；所謂強勁，就在於排除障礙；甚至於惟有通過折磨，才能顯示愛情。「在意識生活中，無論何處，意識總歸是各種互相衝突的目標、心意、思想、激動的一個聯合，一種有機組合。」魯一士認為，這種人的意識自我分化和自我克服的有機組合，就是「生活的鐵律，精神世界的命脈」[1]。魯一士把人的性格二重組合的哲學基礎說得非常清楚。這些哲學的說明，能夠幫助我們認識到，人的性格是不可能絕對純一的。它總是分化為一種互相對立的力量，而性格運動又恰恰是克服這種對立、不斷取得勝利的過程，這種勝利，也就是統一。所謂性格的二重組合，正是這種自我分化、自我克服、自我統一的運動過程。

認識到人的性格的矛盾性，對於作家、藝術家來說是異常重要的。一個只知道勇敢和強勁為「純粹勇敢」和「純粹強勁」的作家，並不真正認識和把握勇敢性格和強勁性格，他還只了解勇敢與強勁的抽象形式。只有當他知道勇敢與強勁的內在矛盾，即勇敢在於戰勝恐怖，強勁在於排除障礙，他才真正理解勇敢和強勁，才能寫出生氣勃勃的、有血有肉的勇敢和強勁，也才真正把握到勇敢和強勁的真實內容，即勇敢性格與強勁性格核心中所蘊藏的「物」，也才使性格形象具有豐富的審美價值。福樓拜在一八七六年一月十二日給喬治．桑的信中說：「（你）書裏的人物個個好，但是沒有差異，沒有弱點，讀者同樣會丟開了的；他看出這一樣不合乎人性。我相信藝術，這種敘述故事的特殊藝術，只由於性格

1 洪謙主編：《西方現代資產階級哲學論著選輯》，第一一七頁，商務印書館。

對立而有價值；但是在鬥爭中間，我願意看見善良勝利……」福樓拜這裏所說的性格對立，顯然是指性格的內在對立，就是那種與「沒有差異、沒有弱點」的單一性格結構相對立的二重性格結構。他認為只有這種性格對立，塑造性格的藝術才有更高的價值，這無疑是正確的。人的性格正因為具備這種豐富的矛盾內容，才成其為人。一個人，當他被排除一切缺點及弱點時，便成了神；而當他被排除一切「善」的時候，便成了魔。所謂神性與魔性，乃是人的性格一極的畸形化——性格單一化的極端化。文學藝術一旦墮入這種極端化，就會變質，從人學蛻化成神學或魔學，從而喪失文學的本性。這當然談不上甚麼文學藝術的價值了。

我國當代文學藝術在一個相當長的歷史時期中，在文學理論上未能充份重視性格構成的二重組合，而是用政治學原理來要求文學作品，用政治的價值觀念來代替藝術的審美價值觀念，從而放棄性格豐富性的價值尺度，造成人物形象性格的貧血症。

第二節　二重組合對形式邏輯排中律的反撥

性格二重組合，有兩種最普通的狀況，為了理論上的方便，我們借用魯迅的話來概括，一是「美惡並舉」；一是「美醜泯絕」。「美惡並舉」這一觀念，是在《小說史大略》（新發掘的書稿）上表述的。魯迅在這部講稿中對《紅樓夢》作了這樣的評價，他說：「書中故事，為親見聞，為說真實，為於諸女子無譏貶，說真實，故於文則脫離舊套，於人則並陳美惡，美惡並舉而無褒貶，有自愧，則作者蓋知人性之深，得忠恕之道。此《紅樓夢》在說部中所以為巨製也。」這種「並陳美惡」「美惡並舉」的觀念，在他的《中國小說的歷史的變遷》中又用更通俗的語言再次表述，他說：「說到《紅樓夢》的價值，可是在中國底小說中實在是不可多得的。其要點在敢於如實描寫，並無諱飾，和從前的小說敘好人完全是好，壞人完全是壞的，大不相同，所以其中所敘的人物，都是真的人物。總之自有《紅樓夢》出來以後，傳統的思想和寫法都打破了。」[1] 而「美醜泯絕」這一觀念則見於《〈幸福〉譯者附記》。《幸福》是俄國作家阿爾志跋綏夫的短篇小說，魯迅對這一篇小說評價甚高，認為它是「出色的純藝術」，他說：「這一篇，寫雪地上淪落的妓女和色情狂的僕人，幾乎美醜泯絕，如看羅丹（Rodin）的雕刻；便以事實而論，也描盡了『不惟所謂幸福者終生胡鬧，便是不幸者，也在別一方面各糟蹋他們自己的生涯』。」[2] 從字面上說，「美惡並舉」是指正反兩重成份以鮮明的對立狀況並存於同一性格中，表現性格的肯定性因素與否定性因素，由此及彼，推移交換，在不同的時間程序上發生。而「美醜泯絕」則是正反性格因素互相滲透、互相交織以至彼此消融，即同一時間、同一空間、同一行為中既包含着善，也包含着惡，美中有醜，醜中有美，同一性格元素在不同的視角下呈現出雙重意義或多重意義，於是，從某種角度上看，善惡、美醜界限已經消失。前者表現為一個人的性格史上時而發生肯定性的性格行為，時而發生否定性的性格行為。例如《史記》中的項羽，有時表現得「仁而愛人」，有時表現得十分殘暴；《紅樓夢》中的薛蟠，時而表現得粗俗、野蠻，時而表現得很講義氣，有同情心。這種組合形態比較容易理解，有些作品把二重組合當做優點與缺點的機械相加，正是對這種組合形態的庸俗化理解。而後一種則是更帶藝術性、更加高級的組合形態。

1 《魯迅全集》，第一版，第九卷，第三三八頁，人民文學出版社，一九八一年版。

2 同上，第十卷，第一七三頁。

但這只是為了表述的方便，我們才把「美惡並舉」與「美醜泯絕」分開進行解釋，而事實上，兩者是不能分開的。「美惡並舉」側重於從對立的意義上說，而它必定要走向「美醜泯絕」。而「美醜泯絕」側重於從統一（融合）的意義上說，它必定是在矛盾（美惡並舉）的基礎上的「泯絕」。真實的性格運動，就是從「美惡並舉」到「美醜泯絕」的對立統一運動。因此，性格豐富的人物形象，我們說它既有善（好）的一面，又有惡（壞）的一面，既有美的一面，又有醜的一面，只是把對象（人）假設為靜態的存在物，對它作靜態的分析而形成的說法。而在實際上，人是動態的存在物，他身上的善與惡不是湊合相加在一起的，而是在運動中不斷融合，不斷轉化，它的善惡美醜界限被消融在過程中，因此，往往是說不得善，說不得惡，善與美中積澱着惡與醜，惡與醜中積澱着善與美。一個人物的長處常常正是他的弱點，而一個人的弱點又恰恰包含着他的長處；一個人的可愛之處，往往就是它的不可愛之處，而它的不可愛之處，恰恰又是它的可愛之處。性格世界中這種相反兩極性格因素的交織融化，便形成性格的真實、豐富與深邃。

海涅在分析莎士比亞筆下婦女形象時，說埃及女王克莉奧佩特拉和她的情人、羅馬英雄安東尼兩人性格的真實達到了「迷人」的程度。安東尼作為一個所向無敵的英雄，他征服了無數的土地，傲視一切。正如他自己所說的，羅馬的衾枕不曾把他留住，多少名媛淑女未被他放在眼裏，結果後來倒被一個賣弄風情的女人——埃及女王所欺騙。克莉奧佩特拉——被安東尼稱為「那條古老的尼羅河畔的花蛇」，她熱烈地愛着安東尼，但是在海上大戰的緊要關頭，卻突然在戰場上帶走她參戰的艦隊，打破了將帥安東尼的整個戰爭部署，使他陷入了可恥的敗局。然而，在叛逆行為發生後，她卻仍然熱烈地愛着安東尼。海涅指出：「她，埃及花蛇，同樣是多麼愛她的羅馬狼呵！她的叛逆行徑不過是蛇性騷動的外部反映，它同時出自先天或後天的頑劣放肆而更不自覺地冒出……然而在她心靈深處卻懷着對安東尼始終不渝的愛；她沒有想到，這個愛竟這般強烈；她常以為，她能夠驅除它，甚至可以將它當做逢場作戲的玩意兒；她迷誤，直到她永遠失去了她心愛的男人時，她才從迷誤中清醒……這位克莉奧佩特拉是個女人。她愛着同時又叛逆着……她令我想起萊辛的一句名言：『上帝創造女人，用了過份柔軟的黏土。』她那過於柔軟的材料無力適應生命的要求。這個創造物對於世界太好也太壞了。最可愛的長處，恰恰成為最可惡的短處的根由。」[1] 在克莉奧佩特拉身上，分化為「愛着」與「叛逆着」的兩重性格元素，互相滲透，她的「可愛」之處恰恰在於她的「可惡」之處，她的「可惡」之處又恰恰是她的「可愛」之處，使人難以分清她的叛逆行為是美還是醜，即達到了「美醜泯絕」的地步。正是這些「可愛」與「可惡」的交織，形成了克莉奧佩特拉性格的「迷人的真實性」。

像克莉奧佩特拉這種迷人的真實性格，在我國文學中也很多。曹禺《雷雨》中的蘩漪就是一個。曹禺在《雷雨》序言中說：「有一個朋友告訴我：他迷上蘩漪，他說她的可愛不在她的『可愛』處，而在她的『不可愛』處。」曹禺的這位朋友可以說是真正理解蘩漪的性格和曹禺塑造這個典型的美學真諦的。正如曹禺在這篇序中和其他場合談《雷雨》時所說的，蘩漪這個人物有不能令人容忍的地方，也有值得同情的地方，「她的生命交織着最殘酷的愛和最不忍的恨，她擁有行為上許多的矛盾」。蘩漪那些在世俗的眼光中的「不可愛」之處，那些「罪大惡極」的事情——拋棄了神聖的母親的天職的事，恰恰又是她的「可愛」之處，蘩漪正是在這些「罪大惡極」的行為中，表現出她的內心那種燃燒不息的生命的烈

1 海涅：《莎士比亞筆下的女角》，第三三—三四頁，上海譯文出版社，一九八一年版。

火，那種酷愛自由和大膽爭取自由的天性，和那顆敢於衝破一切桎梏、做一次困獸猶鬥的強悍的心。在虀漪性格中，可怖與可愛，熱烈與冰冷，陰暗與明朗，愛情與仇恨，乖戾與自然，歡樂與抑鬱，勇敢與怯懦，殘酷與善良，高尚與渺小，靈與肉，動人地交織在一起，成為一個非常「真切」、非常有魅力的性格。

前面已經說到，魯迅認為《紅樓夢》的美學價值在於打破「敍好人完全是好，壞人完全是壞」的傳統格局。而在人物性格的塑造中，最重大的成就是對主人公寶、黛的塑造。曹雪芹寫賈寶玉身上的「癡」「呆」「傻」，這也可以說是寶玉的「可笑」之處，但正是這種可笑之處卻充份地表現了賈寶玉的「可愛」之處。正如脂硯齋所說的，《紅樓夢》恰恰在寫到寶玉、黛玉的「癡」「呆」時，顯得特別動人。他說，《紅樓夢》寫「寶玉之發言，每每令人不解，寶玉之生性，件件令人可笑。……合目思之，卻如真見一寶玉，真聞此言者，移之第二人萬不可，亦不成文學矣。余閱《石頭記》中至奇至妙之文，全在寶玉、顰兒至癡至呆囫圇不解之語中。」[1] 又說：「聽其囫圇不解之言，察其幽微感觸之心，審其癡妄委婉之意，皆今古未見之人亦是未見之文字，說不得賢，說不得愚，說不得不肖，說不得善，說不得惡，說不得正大光明，說不得混賬惡賴……說不得聰明才俊，說不得好色好淫，說不得情癡情種，恰恰只有一顰兒可對，令他人徒加評論，皆未摸着他二人是何等脱胎，何等骨肉。」[2] 脂硯齋這裏講的「說不得善，說不得惡」等，正是美醜互相滲透以至達到「美醜泯絕」的性格自然境界，這正是性格二重組合達到完全和諧的最高境界，也就是嚴羽在《滄浪詩話》中所說的「羚羊掛角，無跡可求」的境界。對於這種渾

1 脂本《紅樓夢》第十九回批語。
2 同上。

然一體的藝術境界，邏輯上很難規範，彷彿「不可言傳，不可理喻」，所以脂硯齋才有那麼多的「說不得」。寶玉、黛玉不管人們如何評論，都說不盡他們性格中的無限內涵，就像哈姆雷特一樣，任人評論，也說不盡他的性格之謎，真是「言不盡意」。這是性格創造的偉大成功。這種在有限的形象裏展示無限的性格內涵的藝術，才是真正了不起的藝術。賈寶玉的性格，與其他文學形象沒有任何重複，是獨一無二的性格，確實是「古今未有之一人」（脂硯齋語）。而賈寶玉性格塑造的成功，就在於突破了描寫人物「惡則無往不惡，美則無往不美」[1]的傳統手法，自然入化地進行性格的二重組合。

克莉奧佩特拉、蘩漪、賈寶玉性格二重因素的互相交織、互相滲透，不可愛處也成了「可愛」處，如果從政治的眼光來看，是很難理解的。但從審美的眼光來看，卻很有道理。這是因為形象的內涵本來就是矛盾的，而人的情感態度也常常是矛盾的。正因為藝術形象的二重豐富內容和美感的二重性特點，才使審美領域具有無窮的生動性和寬泛性，藝術也正是因此才具有感染性。關於這點，李澤厚同志做過這樣的論述，他說：「對同一事物的不同甚至相反的情感反應和聯繫，正是使審美和藝術領域無限寬廣、千變萬化的原因之一。邏輯思維裏對同一對象不能同時既肯定又否定，形象思維對同一對象卻可以同時既愛又恨，既同情又氣憤，既『哀其不幸』，又『怒其不爭』……表現出種種矛盾複雜的現實情況和情感態度來。所以，一個人物典型、一種藝術意境，它所包含的豐富內容和情感意義，經常不是僅用好人壞人、肯定否定兩種邏輯判斷所能窮盡無遺，形式邏輯的排中律（非此即彼）在這裏有時會失去效用。並且，形象思維中的肯定判斷有時表示出來的，恰好是情感上否定意義，否定語句則表現出肯定意義。

1 脂本《紅樓夢》第三十四回批語。

親愛者偏稱『死鬼』，『你這個好人』是反話……在日常生活中便多見，更不用說集中反映在藝術中了。」[1]「可愛」與「不可愛」的交織，正是審美和藝術領域的一種正常狀況。

形式邏輯的排中律認為，一個事物內部兩相對立的方面「非彼即此」，沒有中立。但這並沒有真實地描述事物的真實面貌，事實上，無論是在人的主觀世界之中，還是在人的主體世界之外的客觀世界，並不存在一種知性所固執認為的那種「非此即彼」的抽象事物。任何一種存在的東西，必定是具體的。事物自身肯定性的規定中同時包括着否定性的規定，只有在他方中堅持自己並把矛盾包含在自身之內，這個事物才是活生生的有機體。因此，一個活生生的生命體內，兩相對立的方面不是「非此即彼」，而是「亦此亦彼」，既是A，又不是A，既是這一點，又不是這一點。托爾斯泰所注意的生命的辯證法，實際上正是用這種非形式邏輯的辯證邏輯去把握對象，把握複雜的人。

如果從哲學的角度來觀照我國過去流行的文藝思想，我們就會發現一個根本問題，這就是要求作家、藝術家按照形式邏輯的思維規律去把握人，就會把世界上最複雜的有機統一的生命體分解成許多孤立的、靜止的片面，而無法從其聯繫、發展和矛盾統一中來把握它。因此，出現在這些作家筆下的人，就只是觀念的抽象品，並不是具體的、實在的活人。具體的、真實的活人，總是一個許多方面相互聯繫的總和，是一個複雜的、變動不居的、多樣化的有機統一整體。而要真實地反映這個整體，把握具體的人，就只有通過辯證思維，作家的聰明才智也恰恰在這點上表現出來。作家之所以比一般人更聰明，就是他不把人看得那麼簡單，或者說，他不是用簡單的形式邏輯眼光來看人，而是用辯證邏輯的眼光來看

1 李澤厚：《形象思維續談》，見《美學論集》，第二八零頁，上海文藝出版社，一九八零年版。

人，因此，他能從相互聯繫的整體中，從有機統一的整體中把握人，並反映人的全部豐富性和複雜性。這樣，他筆下的人物就會顯現出一種奇妙的可愛與不可愛的轉換與交織。

最常見的是用政治邏輯的排中律要求塑造人物性格：要麼是好人，要麼就是壞人；要麼是階級英雄，要麼是階級敵人。這種非此即彼的觀點，從認識結構的層次來説，還只是停留在知性的層次，即只是用知性（知解力）來看待人的性格世界。王元化同志的《論知性的分析方法》一文，把知性概念引進我國的文學批評中並批評了文藝評論和文藝創作中的知性分析方法，特別是批評了性格觀照中所流行的把知性的抽象普遍性當作認識終點的錯誤。他指出：「知性堅持着形式的同一性，對於對立的雙方執非此即彼的觀點，並把它作為最後的範疇。它認為對立的一方有其本身的獨立自在性，或者認為對立統一的某一方面，在其孤立狀態下有其本質性與真實性。」[1] 用政治邏輯的排中律來認識人的性格，就是這種「非此即彼」的知性分析法。這種方法否認人的自我性格世界的矛盾性，而誤認為人的性格的某一方面有其自身獨立的自在性，並在其孤立狀態下有其本質性與真實性，而不把性格的內在衝突和統一，看成是性格的本質。這就不能對人的性格世界達到理性認識，即不能認識到具體的、矛盾的、豐富的、全面的人。

第三節　美醜融合與藝術的「完美」病

性格的「不可愛」處，是性格的「缺陷」。這種性格的缺陷，反映着人的局限性。真實的人性既具

1　王元化：《文學沉思錄》，第二二頁，上海文藝出版社，一九八三年版。

有人的創造性、能動性，又具有人的局限性。具有創造性、能動性，人才區別於動物；具有局限性，人才區別於神。美學中的所謂「缺陷美」，往往能有力地表現出人性美。「完美」與「美」並不相等，「缺陷」與「醜」也不相等。由於人世間純粹「完美」與純粹「缺陷」的性格並不存在，因此，真實的性格，美而有魅力的性格，常常是在美醜、善惡矛盾統一的關係之中。「美惡並舉」是矛盾狀況，「美醜泯絕」是統一狀態。「高大全」性格的追求在美學上的錯誤，就是不了解「缺陷」在藝術環境中也可以作為美的構成成份，不了解絕對「完美」並非真正的美的境界。

了解「美」與「完美」的區別，了解規定高大「完美」的目標並非追求人物形象美的正確美學道路，是很重要的。只有當我們了解「完美」的理想並非審美理想的時候，只有當我們了解應當從美醜矛盾中去創造形象美的時候，我們才能獲得人物形象塑造真正的成功。

關於「完美」並不等於美、缺陷正是美的有機構成成份的思想，車爾尼雪夫斯基作了很精闢的說明。他說：「人的實際生活卻分明告訴我們，人只尋求近似的完美，那嚴格講來是不應該叫做完美的。人們只尋求好的而不是完美的。只有純粹數學要求完美；甚至應用數學都以近似計算為滿足。在生活的任何領域尋求完美，都不過是抽象的、病態的或無聊的幻想而已。我們希望呼吸清潔的空氣；但是我們注意到，絕對清潔的空氣是任何地方、任何時候都沒有的。我們希望飲清潔的水，但也不是絕對清潔的水：絕對清潔的水（蒸餾水）甚至是不可口的。」[1] 基於這種看法，他認為：「在現實生活的美的領域中，我們能找到很好的東西也就滿足了，並不要找數學式地完美的、毫無瑕疵的東西。假若有一處風景，只

1　車爾尼雪夫斯基：《車爾尼雪夫斯基選集》，上卷，第四六—四七頁，三聯書店，一九五八—一九五九年版。

因為在它的某一處地方長了三叢灌木——假如是長了兩叢或四叢就更好些，——難道會有人想說那處風景不美嗎？」車爾尼雪夫斯基還指出，因為一個事物有缺陷就覺得不美是完全錯誤的。他以大海為例，說：「大約沒有一個愛海的人會有這種想法，覺得海還可以比它現在的樣子更好看一些。可是，倘若真用數學式的嚴格眼光去看海的話，那麼海實在有許多缺點，第一個缺點就是海面不平，向上凸起。」[1]

車爾尼雪夫斯基特別指出，那些活的事物，更是不可避免地有缺陷，一張死的照片可以找不到缺陷，但一個活的面貌就一定會找出缺陷。他反對那種把活的面貌不算美，畫像或照片上的同一面貌就反而美的審美眼光，指出活的面孔中總是不可避免地有生活過程留下的物質痕跡，如果在顯微鏡下來看活的面孔，總是可以看到滿臉的汗漬。因此，他認為人只有近似「完人」，但沒有絕對的「完人」，要求人必須「完美」的見解是危害藝術的。美對性格的要求，並非要求性格的「完美」。他說：「人必須『完美』這種見解，是一種怪誕的見解，假如我們把『完美』了解成為這樣一種事物的形態：它融合了一切可能的長處，而毫無缺點，那只有內心冷淡或厭倦了的人由於無所事事，憑了幻想才可能發見的。」[2]而這種「性格完美」必將造成藝術價值的喪失，他說：「『美要求性格的完美』——於是，代替活生生的，各種具有典型性的人，藝術給予了我們不動的塑像。『藝術作品中的美要求對話的完美』——於是，代替活生生的語言，人物的談話是矯揉造作的，談話者不管願意不願意都要在談話中表現出他們的性格來。這一切的結果是詩歌作品的單調：人物是一個類型，事件照一定的方向發展，從最初幾頁，人就可

1 車爾尼雪夫斯基：《車爾尼雪夫斯基選集》，上卷，第四六—四七頁，三聯書店，一九五八—一九五九年版。
2 同上，第三七—三八頁。

以看出往後會發生甚麼。並且不但會發生甚麼，甚至連怎樣發生都可以看出來。」[1]車爾尼雪夫斯基這些精闢的論述說明一點，人物性格所具有的審美價值絕不能用是否「完美」來估量，要求純粹的「完美」，不僅不是美，反而是抽象的、病態的、無聊的幻想，反而會導向「醜」。而人物性格一旦追求完美，拋開性格內部的矛盾運動，不僅不能贏得性格美，反而使性格類型化、公式化，從而喪失性格的審美價值。因為所謂的「完美」在現實中是不存在的，在活生生的生命中，特別是在活生生的、複雜萬分的人身上是不存在的。「完美」，只存在於神學的觀念中，只存在於人的玄學思辨中。人為的「完美」的最高審美標準，總是帶有虛幻性。人創造了「完美」的概念，但是，人永遠無法產生與這一概念完全相等的人。因此，任何事物，包括人，當我們說它是完美的時候，事實上這一事物，這一個人已是抽象化了的東西，一旦把它具體化，就會發覺它的不完美，它的缺陷。就像一個圓，當它是抽象的圓時，它是完美的，但當它是具體的圓時，總是有毛病的，絕不可能是純粹的圓。人也是如此，實際存在着的「完美」的人只有一個，這就是人自己塑造出來的並不存在的「神」。因此，在文學藝術中，固執地追求高大完美的時候，創造出來的「完美」形象就必然是觀念的化身，必然是缺乏人的生氣的寓言品，千篇一律的人造圖式。

我們說，絕對「完美」的人只存在於神學的觀念中，而不存在於人的現實中，是有根據的。因為在神學觀念中，人是上帝完美的創造物，人應當是完美的，是沒有內心的矛盾的。為了說明這一點，我們不妨重溫一下十八世紀在法國發生的一件事。一七五三年，第戎科學院發表了《人類不平等的起源》徵

1　車爾尼雪夫斯基：《車爾尼雪夫斯基選集》，上卷，第九三頁，三聯書店，一九五八—一九五九年版。

文啟事，盧梭被這個題目所激動，開始思考這個題目。最後，他得出結論，一切痛苦都是來自人自身，來自人自身並不完善。他這樣敍述自己的思考：「我無情地駁斥了人間的無聊的謊言；我大膽地把人們因時間和事物的進展而變了樣的天性赤裸裸地揭露出來；並把『人所形成的人』和自然人加以比較，從所謂『人的完善化』中，指出人類苦難的真正根源。我的靈魂，被這些卓絕的默想所激發，上升到神的境界。在那境界中，我看到我的同類在他們因固執成見而走入的迷途上，還繼續朝着錯誤、災難和罪惡的方向前進。我於是用一種他們所不能聽見的微弱聲音，向他們喊道：『你們都是毫無道理的人，你們不斷地埋怨自然，要知道你們的一切痛苦，都來自你們自己』。」[1] 但是，盧梭的觀念無法被當時的歐洲所理解，他沒有獲得獎金。第戎科學院把獎金授予了一篇與盧梭持相反觀念的論文，這是無名的達爾拜爾神父所寫的。這位神父與奧古斯丁關於人的觀念是相通的，他不承認人的內心世界有矛盾，而固執地認為人是絕對完善的。他在論文中這樣說：「我們應當這樣假想：從創造者的手出來的人的本性，可以比作得了清潔的露水和溫暖的陽光而開放的花朵，它的清新、燦爛和芬芳，同樣使人迷戀……人本是為了認識一切而生的，他會毫無錯誤地認識一切。他無須害怕黑暗，也無須害怕騙人的光明。他所看到的都是美好的、正確的東西；他的心靈和他的精神絕不發生矛盾。」[2] 達爾拜爾神父這種人的觀念說明：關於人的完善化的觀念、人的單一化觀念正是神的觀念。

這種把人看成絕對完善的神的觀念，在現實中是站不住腳的。如果人為地把人塑造成絕對完美的人，便會造成文學藝術的一種病態。車爾尼雪夫斯基就把要求完美看成是文學創作中的「病態」表現，

1 盧梭：《論人類不平等的起源和基礎》，第二九頁，商務印書館，一九七九年版。
2 同上，第三零頁。

魯迅先生也把這種現象視為病態現象，他稱這種現象為「十景病」——盲目的、人為地追求十全十美的病。他說，我國有一種普遍的精神現象，就是追求「十全十美」，不夠十，也要湊成十。所以點心要有十樣錦，菜要有十碗，音樂要有十番，閻羅要有十殿，藥要有十全大補。對風景也是如此，只要看一下縣志，一個縣本來並沒有十景，也硬湊成十景。魯迅把這種人為地追求「完美」的病態看成是藝術的敵人，這種病不除，絕不會有悲喜劇藝術。他說：「悲壯滑稽，卻都是十景病的仇敵，因為都有破壞性，雖然所破壞的方面各不同。中國如十景病尚存，則不但盧梭他們似的瘋子絕不產生，並且也絕不產生一個悲劇作家或喜劇作家或諷刺詩人。所有的，只是喜劇底人物或非喜劇非悲劇底人物，在互相模造的十景中生存，一面各各帶了十景病。」[1] 人物性格一旦染上十景病，其命運也只有在「互相模造」的病態中生存，只有一律的抽象模式，絕不會有豐富的個性。

十景病患者，竭力掩蓋「缺陷」，以為這就可以達到美，他們不知道，這恰恰造成虛假，造成醜惡。這種病態，是因為他們不懂得美醜的辯證法，不懂得產生美的內在機制。其實，只有美和醜的對立統一才能產生美的效應。美醜總是互相依存，互相轉化，互相映襯的。「醜就在美的旁邊，畸形靠近着優美，醜怪藏在崇高的背後，善與惡並存，光明與黑暗相共」，這是雨果著名的話，也確實是美的規律。另一個提出美學概念的德國美學家鮑姆加登說：「醜的事物，單就它本身來說，可以用美的方式去想；較美的事物也可以用一種醜的方式去想。」[2] 我國古代有些思想家不承認「缺陷之美」，例如荀子就認為「君

1《再論雷峰塔的倒掉》，見《魯迅全集》，第一版，第一卷，第一九三頁。

2 北京大學哲學系美學教研室編：《西方美學家論美和美感》，第一四四頁，商務印書館，一九八零年版。

子知夫不全不粹之不足以為美也」，「天見其明，地見其光，君子貴其全也」[1]。但是，另外有一些思想家則有很豐富的美醜組合的辯證思想，他們論述了美與醜、善與惡都不是絕對的，而是相反相成、互相依存的。老子說的「曲則全，枉則直」「物或損之有益，或益之而損」「禍兮福所倚，福兮禍所伏」「正復為奇，善復為妖」等，都是我們所熟知的。葛洪（抱朴子）他已意識到完美的東西不一定都美，美中也有醜。而有缺陷、有弱點的東西，不一定就是醜，醜中也必含有美的分子，一件東西中如果美多於醜，便是美的，而醜多於美，則為醜的事物，而且美的東西必定表現為多樣的形態，表現為美醜並舉的形態。他說：「能言莫褒堯，而堯政不必皆得也；舉世莫不貶桀，而桀事不必盡失也。故一條之枯，不損繁林之蓊藹；蒿麥冬生，無解畢發之肅殺；西施有所惡而不能減其美者，美多也，嫫母有所善而不能救其醜者，醜篤也。」[2]又說：「銳鋒產乎鈍石，明火熾乎暗木，貴珠出乎賤蚌，美玉出乎醜璞。」[3]葛洪指出美的事物其實是美醜多種關係的總和，因此，「有所惡」，也不能減其美。

最值得重視的是清代的文學理論家葉燮，可以說，他是我國美學領域中第一個以較完整的理論形態來說明美醜的二重組合關係的。他說：「凡物之義不孤行，必有其偶為對待。棄者，取之對待也。」又說：「夫道本無有可棄，本無有可取，道之常也。有棄有取，道之變也。有棄斯有取，有取斯有棄，道之變而常也。故物之棄有萬，吾以二統之；物之取亦有萬，吾以二攝之……」[4]葉燮認為事物儘管千變萬化，但都是對立兩極的互相依存，互相聯結，互相轉化。這種「對待」之義無時不有，無處不有。他在

1 《荀子．勸學篇》。
2 《博喻》，見《諸子集成．抱朴子》。
3 同上。
4 葉燮：《二取亭記》，見《己畦文集》卷六。

《原詩·外篇上》中又説：「陳熟、生新，二者於義為對待。對待之義，自太極生兩儀以後，無事無物不然：日月、寒暑、晝夜，以及人事之萬有——生死、貴賤、貧富、高卑、上下、長短、遠近、新舊、大小、香臭、深淺、明暗，種種兩端，不可枚舉。」又説：「大約對待之兩端，各有美有惡，非美惡有所偏於一者也。其間惟生死、貴賤、貧富、香臭，人皆美生而惡死，美香而惡臭，美富貴而惡貧賤。然逢比之盡忠，死何嘗不美?!江總之白首，生何嘗不惡?!幽蘭得糞而肥，臭以成美。海木生香則萎，香反為惡。」

懂得這種美醜辯證法的人，在塑造美的形象時，決不迴避缺陷，而且要通過表現缺陷美而顯示出更迷人的美。關於這點，英國的美學家博克曾作了一段很辯證的論述：「就感覺對象或感性事物來說，完善本身絕不是美的原因，在女性方面，最高的美往往帶有脆弱和不完善的意味，女人們很體會到這一點，因此她們學着咬舌頭説話，走起路來搖搖欲墜，裝弱不禁風甚至裝病。她們在這些姿態上都在學自然天性的指導，最動人的美是在多愁中的美，其次是含羞紅臉。謙虛是對不完善或有缺點的默認，它一般被認為是一種可愛的品質，而且也確實有加強其他可愛品質的效果。常言道，『應該愛完善』，我看這句話就足以證明完善並不一定惹人愛，誰聽説過我們應該愛一個漂亮女人呢？甚至於應該愛一個美的動物呢？在愛美的問題上，你受到感動，並不需要意志點頭贊同。」[1]

魯迅翻譯介紹的廚川白村的《出了象牙之塔》，有一節《缺陷之美》，説明了缺陷美就像美人臉上帶上小小的黑痣，雖是缺陷，但反而「惹人的眼睛」，顯得更美，所以有許多民族美麗的女子故意在自己的臉上畫上黑點。這個黑痣，只要放在恰當的部位，只要是人物個性中的有機物，它就會表現出美的

1 北京大學哲學系美學教研室編：《西方美學家論美和美感》，第一二零頁。

特性。廚川白村在這節文章中說：「『渾然如玉』這類的話，是有的，其實是無論看怎樣的人物，在那性格上，甚麼地方一定有些缺點。於是假想出，或者理想化出一個全無缺點的人格來，名之曰神，然而所謂神這東西，似乎在人類一夥兒裏是沒有的。」廚川白村先指出「完美」的人物只存在於神界中，在現實的地上是不存在的。在現實中則是另一種情況：「看起各人的境遇來，也一定總有些甚麼缺陷。有錢，卻生病；身體很好，然而窮。一面賺着錢，則一面在賠本。剛以為這樣做就好了，而還沒有好的事立刻跟着一件一件地出來。人類所做的事，無瑕的事是沒有的，比如即使極其愉快的旅行，在長路中，一定要帶一兩件失策，或者甚麼苦惱，不舒服的事。於是人類就假想了毫無這樣缺陷的圓滿具足的境，試造出天國或極樂世界來，但是這樣的東西，在這地上，是沒有的。」[1] 既然性格上、境遇上、社會上，都有各樣的缺陷。缺陷所在的處所，一定現出不相容的兩種力的糾葛和衝突來。將這糾葛，這衝突，從縱、從橫、從上、從下描寫出來，就是戲曲，就是小說。

廚川白村把人正確地看成總是有缺陷的永久的未成品，因此，人才有生氣，才能不斷前進。一個人的性格中善惡並舉，惡就是缺陷，克服缺陷，善的性格才是活的性格。所以他說：「善和惡是相對的話，因為有惡，所以有善的。因為有缺陷，所以有發達；惟其有惡，而善這才可貴。倘沒有善和惡的衝突，又怎麼會有進化，怎麼會有向上呢？……因為有黑暗，故有光明，有夜，故有晝，惟其有惡，這才有善，沒有破壞，也就沒有建設的。現在的缺陷和不完全，在這樣的意義上，確是人生的光榮。」[2] 廚川白村的這些見解是深刻而雄辯的。

---

1 《魯迅全集》（二十卷本），第十三卷，第一七三頁，人民文學出版社，一九七三年版。

2 同上，第一七六—一七七頁。

關於世上沒有「十全十美」之人的道理，《湯姆．瓊斯》作者菲爾丁也作了一段很精闢的説明。他説：「我的可敬的朋友，我們必須警告你（也許你的心地比頭腦更好些），不要因為某某人物並非十全十美，便罵他是壞人。例如你喜歡十全十美的標準人物，有的是能夠滿足你這種嗜好的書，但是在我們一生交際之中從未遇到這樣的人，因此我們就沒有決定要在本書裏寫這種人。説實話，我有點懷疑，人不過是個人，怎能達到那樣完美的地步呢？正如世界不可能存在玉外納（羅馬諷刺詩人）所描寫的那種怪物：純是罪惡，毫無半點美德。」

「高大完美」而毫無「缺陷」的人，只能存在於人的理想中。藝術美儘管應該高於現實美，應當比現實美更帶理想性，但它仍然是一種立足於現實的理想性，而不是人為的「理想」。魯迅説過，人工製造理想人物，她的降生就等於她的死亡，這是難以抗拒的藝術規律。作為理想中的人，他們的性格是單一的，而人在現實中的性格都是雙重的，都一定是有缺陷的。這種雙重性才顯現出美。

正因為現實生活中的人物與理想中的人物並不相同，因而，尊重現實的偉大的現實主義作家，他們寧可把自己心愛的人物，從理想的王國中拖到地面上來。托爾斯泰就是一個例證。他寧可把他心愛的娜塔莎從完善的王國中拉下來。蘇聯的托爾斯泰研究家斯特拉霍夫在他的《論〈戰爭與和平〉》中説：「他（托）是一位極為傑出的現實主義者。可以認為，他不僅以絕對忠於現實的態度來描繪人物，而且彷彿是故意把他們從理想的高度上拉下來，而我們按照人類本性的永恆屬性，常常是如此容易熱衷於把人物和事件安排在這種理想的高度上。列．尼．托爾斯泰伯爵毫不憐憫、毫不留情地暴露他的主人公的一切弱點；他決不隱瞞、毫無顧忌，以致引起關於人的不完善的擔心和憂愁。比如，許多多情善感的心靈不能忍受娜塔莎迷戀上庫拉金這一思想；如果沒有這一點，她將會是一個描繪得驚人真實的優美形象；但是現實主義藝術家是無情的。」[1]

事實上，一個人的性格有某些缺陷，並不損害人物形象的美。例如奧賽羅的天性是高貴、勇敢、溫和、大方的，但他的妒忌心和復仇心一旦燃燒起來，竟是那樣無法控制。他上了野心家埃伊古的當，殺死了無比純潔的妻子苔絲德蒙娜，然而，當他一旦發現自己的罪惡時，又無限地悔恨，毫不推卸自己的責任，最後毅然地毀滅自己，以生命來補償不可寬恕的過失。莎士比亞真實地描繪了奧賽羅性格上的缺陷，但在這種缺陷的性格中我們仍感到奧賽羅天性的高貴。他不允許自己的妻子玷污一點不潔白的東西，也不允許自己身上有任何不潔白的東西，因此，當他發現妻子潔白而自己並不潔白的時候，他不能容忍自己的錯誤，對自己進行了最嚴厲的懲罰。在自我懲罰中，奧賽羅的性格得到了昇華。這樣，就他本身而言，他的性格雖然不完美，但在藝術欣賞者的審美眼光中，他的性格是很美的，他的性格缺陷也是很美的。他與苔絲德蒙娜之間有着偉大的愛，他毀滅她，因為他太愛她了，他毀滅了自己，同樣也是愛的明證。他毀滅妻子的行為，是惡，又是善。如果奧賽羅是一個明察秋毫的英雄，當埃伊古誣蔑他的妻子時，他馬上察覺到而且懲罰了壞蛋，這樣，奧賽羅的性格固然完美而沒有缺陷，但是，這種神似的單一的性格，便失去了性格的魅力，也根本不存在充滿着人性的、生氣勃勃的奧賽羅了。

肯定性格二重組合的美學意義和承認美感的二重特性，與馬克思所提出的「莎士比亞化」是一致的。莎士比亞筆下人物性格的特點就在於它的豐富的二重組合。雨果在論莎士比亞的天才時說：「天才與紅寶石同樣都具有雙重的反光或雙重的折射」「這種雙重反光的現象把修辭學家稱之為對稱法的那種東西

1 倪蕊琴編：《俄國作家批評家論列夫·托爾斯泰》，第一零七頁，中國社會科學出版社，一九八二年版。

提升到最高境界，也就是說，成為從正反兩方面去觀察一切事物的那種至高無上的才能」[1]。莎士比亞觀察和表現人物確實是從正反兩方面去把握的。黑格爾說他「縱使寫的是些壞人物，他們單在形式方面也是偉大而堅定的」[2]。普希金認為莎士比亞的美學傾向與古典主義美學傾向的區別也正在於此。後來馬克思在給拉薩爾的信中所強調的「莎士比亞化」與「席勒化」的區別，也類似莎士比亞與莫里哀的區別。在馬克思看來，「席勒化」就是把人物變成了「時代精神的單純的傳聲筒」，缺乏性格的豐富性。恩格斯在給敏·考茨基的信中，對她塑造的人物形象阿爾諾德進行批評，說「這個人確實太完美無缺了」，而這種理想化的毛病將使人物喪失個性，所以恩格斯又說：「在阿爾諾德身上，個性就更多地消融到原則裏去了。」[3] 馬克思和恩格斯深刻地了解藝術規律，提出了「莎士比亞化」這個根本性的意見。這個意見的偉大真理性已被愈來愈多的文學實踐所證明。

必須說明，儘管席勒的某些作品的確有把自己的人物變成單純政治傳聲筒的弊病，但並不是他的所有的作品和人物都是如此的。特別是他作為一個美學家，也是反對性格的單一化的。他曾說過一句非常精彩的話：「任何人，即使是最壞的人，他們身上都會或多或少地反映出上帝的影子來。」他還說：「如果我也企圖寫一個完全的活生生的人物的話，我就不能不把一個最壞的人物也不能全然缺少的優點寫出來。當我勸告人們在一隻老虎面前要懷着戒心的時候，我不能不把老虎的美麗發亮的斑紋也指出來，否則人們就遇見老虎而不知道是老虎了。論人也是如此，如果全然邪惡，就絕對不能構成藝術的對象，也

1 雨果：《雨果論文學》，第一五四頁，人民文學出版社，一九八零年版。
2 黑格爾：《美學》，第一卷，第三零二頁，商務印書館，一九八一年版。
3 《馬克思恩格斯選集》，第二版，第四卷，第六七三頁。

不能抓住讀者的注意力，結果反而會使人避之唯恐不及，他們會把書裏這樣的人發的甚麼言論跳過不看的。」[1]可見，尊重藝術規律的席勒也是意識到性格的二重組合規律是無可非議的。

第四節　性格的空間差異性與時間變異性

我們分析性格的二重結構，揭示這種結構中相反兩極的各種元素，只是暫時把性格假設為靜止的性格，然後對組成性格的各種因素進行靜態的分析。這是借助知性的分析方法掌握性格的構成成份。知性不能認識世界的總體，不懂得一切事物都在不斷地運動變化，不斷地產生、發展和死亡。然而，當我們要認識一個事物的結構時，卻不得不憑藉知性分析法去區分性能，把分析對象從自然的整體和歷史的整體中抽出來，一個一個地加以解剖研究，以了解它們的特殊形態以及它們的特殊原因與結果。

然而，性格處於不斷運動中，作家在創作時，絕不能把性格固定化、僵死化、孤立化。作家在表現人物性格時，關鍵是表現性格的運動過程即性格的歷史。低級的二重組合卻有意無意地把性格固定化，即把構成性格的各種元素以及它們之間的關係固定化，把性格的平衡變成僵死的平衡，而不是運動中的平衡。性格運動與整個世界的運動規律是相同的。恩格斯曾概括馬克思的「一個偉大的基本思想，即認為世界不是既成事物的集合體，而是過程的集合體」[2]。性格也是一個相互聯繫的過程的集合體。作品中的人物性格固然有剛出現時就基本定型的（自始至終其基本性格不變），但即使是這種性格，也不是

1　山東師範學院中文系文藝理論教研室編：《外國作家談創作經驗》，第一一五、一一六頁，山東人民出版社，一九八零年版。

2　《路德維希．費爾巴哈和德國古典哲學的終結》，見《馬克思恩格斯選集》，第二版，第四卷，第二四四頁。

完全凝固的死物。它在不變中也有變。因此，從整體上說，性格的二重組合，乃是一種千變萬化、極其複雜的動態過程，這個過程包括空間的差異性和時間的變異性。

關於人的性格運動，列夫．托爾斯泰曾作過一段精彩的分析：

> 有一種極為常見而且流傳很廣的迷信，認為每一個人都有他獨特的和確定的品性，認為人有善良的，有兇惡的，有聰明的，有愚蠢的，有精力充沛的，有冷漠疲沓的，等等，其實人不是這樣。我們談到一個人，可以說他善良的時候多於兇惡的時候，聰明的時候多於愚蠢的時候，精力充沛的時候多於冷漠疲沓的時候，或者相反。至於我們談到一個人，說他善良或者聰明，又談到另一個人，說他兇惡或者愚蠢，那就不對了。然而我們總是這樣把人分類。這是不合實情的。人好比河：所有的河裏的水都一樣，到處都是同一個樣子，可是每一條河都是有的地方河身狹窄，有的地方水流湍急，有的地方河身寬闊，有的地方水流緩慢，有的地方河水清澄，有的地方河水冰涼，有的地方河水混濁，有的地方河水暖和，人也是這樣。每一個人身上都有一切人性的胚胎，有的時候表現這一些人性，有的時候又表現那一些人性。他常常變得完全不像他自己，同時卻又始終是他自己。（《復活》）

托爾斯泰在這裏所講的潛在的「人性胚胎」在不同條件中呈現出不同性格的可能性，只是講了性格流動性的生理基礎，他還未能從人是「社會關係的總和」這個最科學的角度來加以說明。事實上，人處在社會這個巨大的母系統中，而這個母系統又是由無數子系統構成的。一個人處在不同的社會系統中，就帶着所屬的不同系統的系統質。人不可能只固定在社會大系統中的某一小系統裏，他總是不斷地變化着自己的生存空間和生活環境。因此，作家在塑造典型性格時，就不能不與他所處的典型環境聯繫起來，而且必須注意到，人物所處的典型環境也是動態性質的環境，也是在不斷地發生變異的。典型環境並不是單一性的環境。從宏觀角度看，每個人都處於一個時代的大典型環境之中，但任何一個宏觀狀態，都是由許許多多的微觀狀態組成的。一個典型環境的宏觀性質，實際上是大量微觀狀態的典型環境綜合表現的平均性質。時代環境當然包括階級鬥爭環境，但它也不是單一的階級鬥爭的環境，還有非階級鬥爭的各種環境。因此，作家在塑造性格時，應當充份注意性格在環境發生變異時的差異性並多角度、多側面地展示性格的組合。

不同的環境條件會使性格發生差異，這就是空間的差異性，這是指性格隨着主體所處環境的移動而不斷發生變動。司馬遷說：「勇怯，勢也；強弱，形也。」（《報任少卿書》）就是說勇敢與怯懦的性格會因勢而變，因空間差異而變異。茅盾說：「一個『人』他在臥室裏對待他的夫人是一種面目，在客廳裏接見他的朋友親戚又是一種面目，在寫字間裏見他的上司或下屬又另有一種面目，他獨自關在一間房裏盤算心事的時候更有別人不大見到的一種面目。」[1] 茅盾所說的臥室、客廳、寫字間都是不同的空間位置，在不同的位置中性格風貌會顯出差異。例如賈寶玉，他在大觀園女兒國裏是一種性格風貌，在家族尊長範圍裏又是一種性格風貌。在女兒國的系統中，他在彼此具有真正愛情的林黛玉面前，顯得很嚴肅，很規矩，表現出一種性格特徵；在不受真正愛情制約的其他女子面前，則顯得放蕩不羈，表現

1 茅盾：《談我的研究》，見《茅盾論創作》，第二四頁。

出另一種性格特徵。而在家長的系統中，在嚴酷的父親與慈愛的祖母面前以及在他母親面前，又表現出各種心理差別。由於不同環境促使性格發生轉化，性格才顯得真實而多彩。再以英雄性格來說，英雄在這一種空間系統中可能是個凡人，而在另一種系統中則可能是一個豪傑。作為一個豪傑，可能在科學的系統中是個巨人，而在政治系統中則可能是個呆子。也可能在藝術系統中是個騎士，而在家庭系統中則是個懦夫；也可能在戰爭環境中是個無所畏懼的戰士，而在愛情領域上卻是一個優柔寡斷的稚子；也可能在平常的空間環境中十分凶猛，而在非常的空間環境中則變得膽怯。以最後這種情況而言，《史記》中那個和荊軻一起去刺秦王的秦舞陽，在平常的空間環境中，是凶猛的，「年十三，殺人，人不敢忤視」。但是，在非常的空間環境中，性格就發生變異。他在肅穆的宮廷和威嚴的秦王之前，就頓然產生恐懼，變得怯懦：「荊軻奉樊於期頭函，而秦舞陽奉地圖匣，以次進。至陛，秦舞陽色變振恐，群臣怪之。荊軻顧笑舞陽，前謝曰：『北蕃蠻夷之鄙人，未嘗見天子，故振慴。願大王少假借之，使得畢使於前！』……」（《史記．刺客列傳》）《史記》被魯迅稱為「史家之絕唱，無韻之離騷」，它的文學性確實極強，人物的性格栩栩如生，即使秦舞陽這樣一個不重要的人物，也寫出他的性格的二重流動性。可見，一個高明的作家是不能不注意社會環境對性格變化所產生的強大作用力的。

時間的變異性，是指人物性格隨着時間向前推移而不斷地變更。這主要是「舊我」與「新我」不斷地交織發展，「新我」不斷地揚棄「舊我」、改變「舊我」，「我」不斷地經受自我克服、自我投降、自我勝利，也可以說是不斷地經受自我否定和自我的「否定之否定」的過程。例如王熙鳳的前期和後期，性格上就有很大的變異。她的後期就否定了前期潑辣幹練、驕橫跋扈、縱橫捭闔、不可一世的性格狀態，而變成心灰意懶、畏葸不前、多疑敏感的性格狀態。文學中所塑造的成功的性格，一般都有性格發展的歷史。《水滸傳》中的林沖，之所以寫得比其他人物好，就因為寫出了這個人物的複雜的心理變化史和性格發展史。他在火燒草料場前後可劃為兩大性格階段，而在前後兩段中他的性格都在向前推移。魯智深的性格也經歷了時間變異。金聖歎在第五十七回有一段批語：「自第七回寫魯達後，遙遙直隔四十九回而復寫魯達，乃吾讀其文，不惟聲情魯達也，蓋其神理悉魯達也。尤可怪者，四十九回之前，寫魯達以酒為命，乃四十九回之後，寫魯達涓滴不飲，然而聲情神理，無一非魯達者，夫而後知今日之魯達涓滴不飲，與昔日之魯達以酒為命，正是一副事也。」魯智深從「以酒為命」到「涓滴不飲」，這是很能顯示英雄性格的變化的。但是這種性格的差異，前後性格的二重顯現，並未影響主性格的一貫性，魯智深的聲情神態仍然一以貫之，這也正是以一貫馭萬殊。性格的歷史因素與性格的現實因素的二重組合，使性格更富有立體感，也更有深度。

我們為了分析的需要，把時間與空間加以分開，而實際上時空是分不開的。沒有一種沒有時間的空間，也沒有一種沒有空間的時間。時間的變異性和空間的差異性總是互相交織而造成性格運動的可能性和複雜性。例如，林沖的性格不斷地在時間的變異中發生變異，而時間差異中又包含着空間差異，他發配到滄州，是空間的大變遷，而這空間大變遷又是與時間的變動融合為一的。林沖的性格隨着時間的推移，反抗的性格元素已積澱到相當的程度，而加上空間變遷後非常事件的發生，他的反抗性格就完全形成了。

車爾尼雪夫斯基在評論托爾斯泰早期的創作時說：「托爾斯泰伯爵最感興趣的，卻是心理過程本身，是這過程的形態和規律，用一個特定的術語來表達，就是心靈的辯證法。」[1] 這種心靈的辯證法，也正

1 車爾尼雪夫斯基：《列·尼·托爾斯泰伯爵的〈童年〉、〈少年〉和戰爭小說》，見伍蠡甫主編：《西方文論選》，下卷，第四二六頁。

是性格的辯證法。托爾斯泰筆下的人物，都顯示了性格運動的辯證過程。他所塑造的娜塔莎、彼埃爾、瑪絲洛娃、聶赫留朵夫等等，其變異的程度，甚至可劃分為第一天性與第二天性的大階段。像娜塔莎，她的第一天性是那樣天真、活潑、熾熱，那樣充滿着少女青春的活力，但是經歷了和安德烈的愛情、和浪蕩公子庫拉金私奔以及和彼埃爾的結合之後，便形成了第二天性，這就是失卻內心青春火焰的妻子的賢良，母親的沉靜，厭棄一切打扮的婦人的成熟。

托爾斯泰在《戰爭與和平》第四卷中真實地描寫了娜塔莎的變化：「娜塔莎在一八一三年初春出嫁，一八二零年她已經有了三個女兒和一個兒子，兒子是她所巴望的，現在由她親自餵養。她長胖了，身子也粗了，因此很難認得出這個強壯的母親就是從前那個身材瘦削、舉止靈活的娜塔莎。她的臉型確定了，具有安靜、溫和、明朗的表情。她臉上從前那種不斷燃燒着、成為她的魅力的青春煥發的火焰不見了。現在所能看見的只有她的臉和身體，她的心靈完全不見了。呈現在大家面前的是一個強壯、美麗、多子女的母親。她身上從前的火焰現在很少燃燒了。……所有在娜塔莎婚前認識她的人，對她發生的這種變化，好像對一件異乎尋常的事情一樣感到驚奇。」[1] 娜塔莎與庫拉金私奔的行為，曾使很多人接受不了。但，正是這一次決定其命運、又決定其後來性格的自我分化，才使她成為真的活的人物。她使我們感到：她的感情火焰燃燒得太熱烈了，以致無法自我控制感情的波濤而衝垮了道德的堤岸，誤入了錯誤的河道，而且，通過這一行動，她的性格成長了。她在自我分化與自我克服的過程中，產生了性格的新因素，整個性格世界發生了新的組合。如果沒有這一次自我分化，她的性格就不可能具有如此奪人心魄的光彩。

1 托爾斯泰：《戰爭與和平》，第四卷，第一六三一、一六三二頁。

彼埃爾的性格也是流動的。他由一個幻想家變成了實際家，他揚棄了懦弱和沉湎於幻想的第一天性，在嚴酷的生活激流中進行了動人的自我戰勝，形成了主動、積極、能夠思考、接近生活、敢於反抗的第二天性。當他經歷了被囚禁的生活之後，顯然成熟了，「從前當他忘記了他面前的事情或者他所聽到的話時，他便痛苦地皺着眉頭，好像是試圖而又不能看清離他很遠的東西。現在他同樣地忘記他所聽到的話，和他面前的東西，但是現在他帶着幾乎察覺不出的、好像是嘲諷的笑容注視着他面前的東西，傾聽他所聽到的話……從前他說話很多，當他說話時，他便激動，並且很少聽人說話。現在他很少說話不停，並且善於聽人說話，所以人們樂意向他說出內心的秘密。」[1] 在他與娜塔莎結婚七年之後，他又「快樂地、堅決地感覺到他不是一個壞人，他感覺到這一點，因為他在妻子的身上看到自己的反映。他覺得在他自己身上，好和壞互相混雜，互相掩映。但在妻子身上，只反映了他的真正好的地方。一切不是十分好的地方都被拋棄了。」[2]

不帶流動性質的組合，便是機械的相加，這就失去性格組合千姿百態的豐富性，就沒有性格組合的辯證法。西方古典主義的美學理論，其實並不一般地反對性格的機械式的二重結構，例如布瓦洛，他倒是反對絕對完美的、沒有任何弱點的理想人物，而主張寫英雄也應寫他的弱點。他說：「我們不像小說寫英雄渺小可憐，不過偉大的心靈也要有一些弱點。」在這方面，他與現實主義的美學要求是一致的。但是，他卻不承認性格是一種流動物，他把性格固定化，主張人物性格在情節發展中保持原狀，靜止不變。他認為「寫阿伽門農應把他寫成驕橫自私，寫伊尼阿斯要顯出他敬畏神祇寫每個人都要拖着他的本

1 托爾斯泰：《戰爭與和平》，第四卷，第一五五九—一五六零頁。
2 同上，第一六三六頁。

性不離」。這種要求，就是要人物性格以人性中普遍永恆的東西為標準而固定化，從而形成一種不可變更的凝固性格。因此，他們所說的寫英雄的弱點，也只是抽象地規定出來的人類永恆本性的弱點，是天性所賦予的、人物一出現就已經具備並且沒有變動自由的弱點。這種主觀規定的、凝固化的「弱點」，當然不會使人物性格個性化。托爾斯泰有一個非常正確的見解，他說：「大家在描寫人的弱點和人們可笑的一面時，都把它們轉嫁到虛構的個性上去，這有時也會得手，看作家的才華如何，但大部份是矯揉造作的。」這是為甚麼呢？他認為：「因為某種弱點只適合於某種個性。」[1]像古典主義這樣把某種弱點變成一種抽象的普遍適用的弱點，而且不承認它在不同的環境層次中所產生的轉化，那麼，這種弱點就必然游離於人性之外，變成死的弱點，不可能成為活生生的性格二重組合的一個有機成份。有些作者以為寫了優點加缺點，就可表現人物性格的複雜性，其實，離有機組合相去還很遠。

關於性格的流動性的說法，並非所有的人都贊成。認為人的先天性格不可變更的哲學家和文學家，就是性格流動性觀念的反對者。

在這些反對者中，叔本華也是一個。他的性格不可變更的理論，達到了非常悲觀的程度，他勸人們不要徒勞地想通過後天的努力來改變性格。

叔本華把人的性格分為三個層次，即悟知性格、驗知性格和獲知性格。所謂悟知性格，就是人生來就具有的先天性格，是人的最內在的本質，人自己所選定的「神明」，也就是意志。但是，人的內在本質要由他的行為的有連貫的系列才能得到完全的表現，驗知性格就是這種表現，即意志的表現，意志的

1 山東師範學院中文系文藝理論教研室編：《外國作家談創作經驗》，下冊，第四六五頁，山東人民出版社，一九八零年版。

客體化。簡言之，悟知性格，就是人的內在天性，驗知性格就是這種內在意志的表象。他認為，整個世界就是意志的客體化或意志的寫照，驗知性格也正是悟知性格的寫照。悟知性格與驗知性格的概念本來是康德提出來的。叔本華認為，提出悟知性格與驗知性格之間的區分，是康德的重大貢獻，而他完全接受這種區分。他解釋兩者的界限說：「悟知性格在一定程度上出現於一定個體中時，就是作為自在之物的意志的；而驗知性格，當它既在行為方式中而從時間上、又在形體化中而從空間上呈現的時候，就是這兒出現的現象它自己。」[1] 他進一步解釋說，「悟知性格是超時間的，不可分的、不可變更的意志活動，而驗知性格就是這種意志活動在時間、空間和根據律的一切形態中展開了的、分散了的現象。在一個人的全部行為方式中和一生的過程中隨經驗而呈現的就是這種驗知性格。就像一棵樹只是同一衝動在不斷重複着的現象（這一衝動在纖維裏表現得最為簡單，在纖維組合中則重複為葉、莖、枝、幹），人的一切行事也是他的悟知性格不斷重複着的，在形式上有着變化的表現。我們從這些表現的總和所產生的歸納中就可得到他的驗知性格。」叔本華認為，悟知性格就是人的整個性格的決定點。人的全部行為都是悟知性格所派生的。悟知性格是第一性的，而且是最原始的，它以人的欲求為自己的本質基底；而認識、行為都是第二性的，來自於悟知性格。他認為，這種原始的欲求是不可變更的，儘管人的行為方式可以有顯著的變化，但不能由此推斷人的性格也有所變化。因為凡是人從根本上所欲求的，也就是他最內在的本質的企向和他按此企向而趨赴的目標，絕不是加以外來的影響，加之於教導便可以使他改變的，否則，我們就能夠重新再製造一個人了。任何行為的變化，只是從悟知性格和動機的融合中產生

1　本節所引叔本華語，均見叔本華：《作為意志和表象的世界》第四篇，商務印書館，一九八二年版。

的一種必然性。這就是說，不僅悟知性格具有不變性，而且驗知性格也具有不變性。總之，在叔本華看來，性格就是這樣一種特性：它是超乎時間的，也是不可分的，不變的意志活動在時間上的開展或悟知性格在時間上的開展，而一切本質的東西，亦即我們生活行事的倫理含義又不可移易地被決定於悟知性格，且隨之而必然要表現於悟知性格的現象中，表現於驗知性格中。既然，悟知性格與驗知性格都是先天決定的、命中注定的，那麼，人只有任憑命運的宰割了。叔本華為了補救這個漏洞，又提出了「獲知性格」的概念。這種「獲知性格」，與其說是性格，不如說是對性格的自我認知。正如他自己所說的：「具有獲知性格就不是別的而是最大限度完整地認識到自己的個性。這是對於自己驗知性格的不變屬性，又是對於自己精神肉體各種力量的限度和方向，也就是對於自己個性全部優點和弱點的抽象認識，所以也是對於這些東西的明確認識。這就使我們現在能夠通過冷靜的思考而有方法地扮演自己一經承擔而不再變更的，前此只是沒規則地（揣摩）使之同化於自己的那一角色；又使我們能夠在固定概念的引導之下填補自己在演出任務中由於任性或軟弱所造成的空隙。這樣我們就把那由於我們個人的天性本來便是必然的行為方式提升為明白意識到的，常在我們心目中的最高典型了。」這就是說，「獲知性格」乃是對悟知性格和驗知性格「不變屬性」的承認，並在世界上選擇一種最適合於自己天性的角色的那種性能。這種性格的決定點，還是先天的悟知性格，還是承認悟知性格的決定作用。在叔本華看來，天賦的性格本質是根本無法改變的，性格不具有任何可塑性，任何改變自己性格的企圖都是徒勞的，注定要失敗的。如果不了解性格沒有可塑性這個道理，就會幼稚地相信可以用合理的表象，用請求和祈禱，用榜樣和高貴的品質隨意使一個人背棄自己所屬的類型，改變他的行為方式，脫離他的思想路線，甚至「增益其所不能」。這個時候，我們還未具有「獲知性格」，只有認識到性格的無可塑性，認識到自己欲求的是甚麼和能夠做的是甚麼，不違背自己的天性，不對自己的性格施加壓力去碰外界的硬釘子的時候，才算具備「獲知性格」。叔本華這種觀點，其實是極端悲觀的性格論。這就是說，人的性格只可認識，不可變更，只可了解，不可塑造。人應當承認自己先天的不足，默默地忍受上帝為自己塑造好的形象和安排好的命運，默默地扮演自己所擔任的人生舞台的角色，哪怕是最倒霉的角色，不要相信「教導」，不要相信偉大榜樣的力量，不要企圖去做天賦稟性所不允許的事，不要讓自己被一時的情緒或外來的挑動所誤，這樣，我們就會減少人生的許多痛苦，而進入人生的最高境界。叔本華所鼓吹的這種「獲知性格」，其實是把性格的不變性提高到理性認識的階段，這比悟知性格和驗知性格的不變性帶有更頑固的力量。叔本華既然要求人都屈服於先天形成的性格的必然性，不承認任何性格的可塑性，這樣，他就與我們的性格的流動性的命題相對立。這種對立的實質是，叔本華根本不承認環境對性格的作用力，不承認時空的變異可以改變性格。這種理論並不符合人的性格發展的事實。任何人的性格都是可變更的。如果不可變更，世界上的一切教育都將成為多餘。一對雙胞胎，如果其中一個在動物的環境中長大，變成狼孩，另一個在人類的環境中長大，是正常的兒童，兩個人的性格便絕不可能是一樣的。難道狼孩的行為，只是他的先天的悟知性格的表象嗎？

第五節　政治法庭與審美法庭

用政治代替藝術，用政治的眼光觀照人物性格，便把審美評價變成了政治法庭。按照政治的價值觀念，一個人物的身上愈是集中地體現本階級的階級特性和政治利益，就愈符合政治理想，就愈有價值。

但政治理想並不等於審美理想，政治價值觀念也並非就是藝術的審美價值觀念。例如賈寶玉並非我們今天的政治理想，但作為藝術典型形象，他依然是一種帶有審美理想意義的藝術典範。我們從這個形象中可以感受到巨大的悲劇美，可以通過這個有限的形象感受到無限的社會內容和藝術內容，從而得到極大的審美滿足。

用政治價值觀念代替審美價值觀念，最後導致要求人物性格的政治理想化，這正是許多人物形象性格不能感人的美學原因。如果混淆政治理想與審美理想的界限，那就永遠無法理解性格的二重組合原理。

由於政治理想與審美理想體現不同的價值觀念，因此，按照政治理想的要求，在文學藝術中，愈突出某一階級的代表，愈突出某一階級或政治集團的英雄，愈集中某一階級或政治集團的願望，就愈合政治理想，也就愈有價值。如果一個藝術形象成為一個階級或一個政治集團毫無缺陷的象徵，那就具有最高的價值。而審美理想卻不這樣要求。在文學藝術領域中，某一形象，儘管並非藝術鑒賞者的政治代表，甚至是藝術鑒賞者敵對階級營壘中的人物，也可能獲得很高的審美價值。例如莎士比亞筆下的麥克白，從政治角度來加以觀照，他是一個野心家，不能肯定他的政治價值，但是，作為一種藝術形象，在審美範圍內，麥克白卻有很高的審美價值。

由於政治價值觀念與審美價值觀念很不相同，因此，藝術王國中便產生了許多在政治王國中看來是不可思議的現象。例如，唐明皇這個風流皇帝，無論如何，他是不會成為白居易的政治理想的，當然更不可能成為我們今天的審美理想。但是，白居易在《長恨歌》中，卻不僅把唐明皇和楊玉環作為自己的審美對象，而且把他們的愛情加以昇華，加以典型化，寫出了動人心弦的千古名篇。「天長地久有時盡，此恨綿綿無絕期」，這些詩句不知道撥動過多少有情人的心弦。這個時候，白居易不是從封建的或反封建的政治利害來考慮君王的愛情，而是從人類普遍情感的審美角度來處理這一題材，這就從世俗境界昇華到了審美境界。

儘管這首詩裏也有政治內容、歷史內容，但這些內容都已審美化，都只是為了表現一種忠貞的愛情，不僅僅是帝王才有的感情，因此，無數非帝王的平民百姓在這首詩中同樣能找到自己的心靈對應點，產生深深的共鳴。這首詩中所表現出來的思戀之情，獲得了普遍形式，成為人們的一種審美理想。人們厭惡、唾棄政治上的唐明皇，卻喜歡、同情白居易筆下經過審美化了的唐明皇，並從藝術王國中的唐明皇身上得到了審美滿足。如果我們不是從審美價值觀念來衡量《長恨歌》，而是用政治價值觀念來衡量，那就會認為白居易在歌頌帝王將相，從而輕率地否認這部作品。

有些人物形象，例如阿Q，恐怕任何階級都不願意承認它是自己的政治理想的象徵。但是，《阿Q正傳》作為藝術作品，它具有多種價值，包括具有巨大的社會批判價值（包括政治價值）、社會認識價值和巨大的審美價值，卻是毋庸置疑的。阿Q這個人物形象本身，談不上甚麼政治價值，然而，作為一個典型形象，它具有高度的審美價值。人們可以從阿Q身上感受到無窮無盡的悲劇美和喜劇美，甚至可以對阿Q形象不斷地進行審美觀照和審美再創造。人們為甚麼在政治上厭惡阿Q主義，不承認阿Q與自己政治理想有任何聯繫，而喜歡阿Q這個典型形象呢？這就因為，在實際上，人們是把政治理想與審美理想分開的。阿Q，這個頭上長着癩瘡疤的未莊農民，經過魯迅生花之筆的描繪，已成了一種具有高度審美價值的審美對象。

與阿Q的情況相反。有些人物形象，後來發展成人們的政治理想。例如《三國演義》中的劉備，發展成人們的施行仁政的賢君理想，諸葛亮發展成人們的施行仁政的賢相的理想，而關羽則發展成忠於君主、忠義仁勇兼而有之的賢臣的理想。這三個人物形象都有一定的審美價值，但是後人喜歡他們，主要的還不是他們身上體現了人們的審美理想，而是因為他們體現了某些政治理想。關羽在《三國演義》中開始還是人（英雄的人），還帶有人的局限性，例如他和張飛、劉備三人一起戰呂布還是無法取勝，後來就變成神了，他在戰場上一出現，幾乎無須打仗，就可以取下敵人的頭顱。但是，劉備、諸葛亮、關羽，都不能算是藝術審美理想，這幾個典型，也不能說是具備最高美學意義的典型。所以，魯迅說劉備長厚得「近偽」，而諸葛亮神機妙算得「近妖」。魯迅不是從政治理想的角度，而是從審美理想的角度去觀察這些人物形象的。我所尊敬的聶紺弩老先生在分析關羽與諸葛亮的形象時，就把美學理想與道德理想、政治理想視為同一的東西，我與他的想法不同。聶紺弩老先生承認《三國演義》把關羽寫成「神」，把諸葛亮寫成「近妖」，但認為好就好在這裏。對於關羽，他說：「關羽不是人，是神。而且歷代加封，直封到『立地成佛』，成為人與神的極致。他降漢不降曹、秉燭達旦、千里走單騎、過五關斬六將、古城斬蔡陽，後來又在華容道義釋曹操。他忠於故主，因戰敗降敵而效好，一知故主消息，便不辭千里萬里往投。這是忠的一種新形式。這和原來放走曹操是『義』的一種新形式一樣，都是以奇特的方式完成的。」關羽不僅忠、義達到極致，而且他還不怕疼，刮骨療毒時還在下棋。他本來三戰呂布不下，後來卻在斬顏良、文丑時變得天下無敵。聶紺弩老先生在談到諸葛亮時，這樣分析：「諸葛亮本是一生唯謹慎，是鞠躬盡瘁的人物。這不能滿足作者的要求，除此之外，作者還需要一個祭東風、草船借箭、三氣周瑜、智料華容道、巧擺八陣圖、識魏延反骨、智取成都、罵死王朗、空城計、七星燈、死了還以木偶退兵、錦囊殺魏延的諸葛亮。它也就是把他寫成這樣了。魯迅先生《中國小說史略》說：『《三國演義》狀諸葛多智近妖』正是如此。不是有人謂使徒宣傳耶穌一個餅可以吃飽多少人為妄嗎？如果這使徒是去宣傳科學，他如是說，當然是妄。但他是宣傳宗教、宣傳教主的神通，那就愈妄愈好，吃飽的人愈多愈好。愈多聽的人愈信，因為聽者心裏早就希望有這樣一個教主。不是餓嗎？不是沒有東西吃、吃也不容易吃飽麼？現在有人能用一個餅吃飽許多人，這世界將有甚麼改變呵？趕快收拾鋪蓋跟他走吧！像甄士隱、柳湘蓮跟一僧一道那樣去吧！我覺得《三國演義》寫諸葛近妖，不算失敗，或者反算成功。魯迅先生本來就未言其成敗。」[1] 聶紺弩在這裏精彩講述的關羽、諸葛亮，都是一種理想範式。關羽是「忠」和「義」的理想範式，諸葛亮是「智」的理想範式，其理想範式又發展到極端，即「神」的範式。這種理想範式作為讀者的道德理想範式、智慧理想範式，是無可非議的。這種道德理想和智慧理想發展到絕對完善、絕對完美的程度，便接近信仰，接近上帝，所以我國有些地方把關羽奉到「神」的地位，稱為「關帝爺」，世世代代加以膜拜。信仰是高度理性的東西，它具有單一而偉大的品格，但不具備感性的豐富的內容，也不帶人的真實情感。它是至高無上的。因此，神、上帝不能成為人的審美理想。魯迅說諸葛亮近妖，是帶貶義的，因為魯迅是從審美的角度來看諸葛亮這個人物形象的。在我國，非文學領域中的孔子也可以成為一種道德範式。關羽、諸葛亮，絕對地合道德目的，合理智目的，是功利關係的直接表現，他們都帶有很高的倫理價值，但我們不能把他們視為審美理想，就像不能把孔子視為審美理想一樣。

政治價值與審美價值還有一個重大區別，即政治價值帶有更直接的現實功利性。因此，它很容易隨着時代的變動而發生正負價值的轉移。在這一時代階段中具有政治正價值的人物，在另一時代階段中就可能變成負價值的人物。而審美價值，儘管也包含有功利因素，但這是一種廣闊的、間接的、潛在的功

1 聶紺弩：《且說〈三國演義〉》，載《文史知識》，一九八四年第三期。

利因素，它具有更高的自身獨立價值，特別是藝術形象的形式和這種形式所包含的象徵意味，往往能超越時代、階級的界限而帶有長久性，獲得永久的價值。政治內容很容易隨着時代、社會、階級的變遷而發生巨大的變異。舊時代最神聖的政治觀念到了新時代可能會變成最腐朽的觀念，本來被樹碑立傳的階級代表會變成後來的統治階級最不齒的人物。而文學藝術的內容儘管也有政治內容，但是，由於這些政治內容在藝術中是被作家的審美心理結構改造過的內容，這些內容已經上升為人類情感的普遍形式（內形式），上升為一種具有象徵意味的情感形式，因此，它能超越階級、時代。例如，古希臘的神話傳說、史詩就具有永久的藝術魅力。人們欣賞這些作品中的英雄，並不是因為他們代表了自己的政治理想，而是這些英雄體現了人類處在自己童年時期的命運和力量，人類永遠為自己的童年時代而自豪，為自己從動物界分化出來並能表現出這種偉大的力量而自豪。這種自豪的情感形式是永遠不會消失的。又如文天祥的「人生自古誰無死，留取丹心照汗青」這兩句詩，在當時，政治傾向是非常明顯的，它表明了自己在宋元政治大交替時忠於宋王朝的堅貞不屈的政治態度。但是，這兩句詩至今仍然被各個不同階級的知識分子和政治代表所引用。今天在引用這句詩時，人們已不是繼承詩的政治內容，而是藉以表達自己在政治上、事業上的堅貞態度。現在這兩句詩，又成為一種威武不能屈的人格象徵，這種象徵意蘊，不管是哪一個時代、哪一個階級、處於哪一種社會形態下的中國人都可以借用它來表明自己的一種堅貞不屈的人格。這就是說，這兩句詩原來所包含的政治內涵（反元忠宋）已經消失，它只具有暫時性的歷史功能，而作為詩，它的象徵意蘊，即它所抽象化了的心理結構內形式，卻是永存的，因為它已成為整個人類社會的一種共同的心理感覺。

何其芳同志在論述典型現象時，把是否能夠產生「共名」現象作為衡量典型的基本尺度。這種共名現象，是一種超越時代、超越階級的現象，它實際上是人類心理結構中帶共同性的內形式，很多人都可以從這個形象身上找到心理對應點。這個對應點帶有很大的普遍性。典型既是小我，又是大我，只有當他是「小我」的時候，它才是具體的，有血肉的，具有感性的光輝的，而只有當它是「大我」時，它才是普遍的。共名，就是「大我」的共同名字。典型形象，有時可以成為「大我」的共同名字，它體現着「大我」共同的心理內在形式。梁宗岱先生說：「大我和小我——一切有生命的作品所必具的兩極端：寫大我須有小我底親切；寫小我須有大我底普遍。」[1]

有些作家，在自己成功的作品中，把重心放在鞭撻社會的醜惡人物上，也設置一兩個象徵自己政治理想的人物，例如，吳敬梓在《儒林外史》的開篇，就寫了王冕這個人物。這個人物一是可與自己所鞭撻的人物形成高潔與惡濁的對照，二則可作為自己政治理想的象徵。但是，如果從審美理想的參照系統來觀察，王冕這個藝術形象卻很不理想，他太抽象、太單薄，缺少血肉，我們感到，他只是吳敬梓單純的精神傳聲筒。他的審美價值遠沒有《儒林外史》中那些不被歌吟的人物來得高。人工地製造的理想人物，一降生就等於死亡，因為這種理想人物，儘管合政治理想，卻不合審美理想。性格理想是審美理想的一部份，性格理想當然也不能變成政治理想的化身。黑格爾在規定「理想性格」時，確定三個內涵，其中要求性格的豐富性，就是要求符合美的規律性。

我們說不能用政治領域中的符號來代替審美符號，不能以政治價值觀念代替審美價值觀念，並不是說，文學藝術注定要脫離政治，文學藝術注定不能反映政治生活的內容，更不是說，文學藝術不可能發

1　梁宗岱：《詩與真・詩與真二集》，第二零四頁，外國文學出版社，一九八四年版。

揮對現實的改造作用和對政治的積極作用。完全不是這樣。如果這樣，我們就會把藝術降低為一種僅供娛樂的單純的消遣工具，從而陷入另一種片面性。我們只是說，政治領域的符號和審美符號有區別，政治符號轉化為審美符號時，必須經過一個「翻譯」的過程，即必須把現實符號、政治符號轉換為審美符號，藝術的現實功利目的必須建立在審美目的基礎之上，只有通過審美作用才能實現文學藝術的社會功利作用，而不能簡單地把「政治法庭」與「審美法庭」混同起來。

在我國的文學藝術傳統中和世界許多著名的文學作品中，都廣泛地利用美醜強烈對照的原則。我國傳統戲劇中的臉譜化，就是強化美醜對陣的手段。許多作品，包括《三國演義》這種優秀的作品，忠奸對照、美醜對陣也極為強烈。作家心目中美的形象和醜的形象的對立，近乎於神的形象和魔的形象的截然對立。解放後，我國的新文學在一個時期中，曾畸形發展了這種美醜對陣的手法，特別是在「突出政治」、把階級鬥爭內容規定為唯一的文學內容之後，這種美醜對照強烈的程度達到了頂點，但也滑向簡單化的極端。（文學本來應當比現實生活更理想，但不是理想的圖解。）各種人物形象都成了階級的代表、路線的代表、政治的象徵。於是，正面人物，特別是英雄人物，便成了政治理想的範式，盡可能集中本階級的政治要求，堆積本階級的抽象特徵。反面人物也盡可能地集中反動階級的醜惡特徵，匯集反動階級可能有的惡。雙方都集中了階級的抽象普遍性。有一些作品，在運用這種美醜對照的原則時還加上浪漫主義手法，漫無邊際地加以誇張，把美與醜的形象的性格特徵誇大到極不合理的程度。於是，「三突出」、「高、大、全」的畸形思潮便統治了文壇，文學藝術舞台也成了政治舞台，人與人的鬥爭，變成了神與魔的鬥爭，性格失去真實性，活生生的多樣化的有機整體喪失其豐富的內容和生動的個性，而變成概念的化身、片面的抽象、單一的階級鬥爭的「容器」，而在這個時候，文學形象也完全喪失其美學價值。

第四章

性格二重組合的整體性

第一節　性格二重組合的一元化

人物性格的二重結構，是一個有機的整體。它既不是單一結構、凝固結構，也不是分裂結構。性格二重組合原理，一方面要求作家應當表現人物性格的豐富性、複雜性，另一方面又要求性格的整體性，即在性格的二重組合中保持一種統治的定性，一種決定性格運動方向的主導因素。更細緻地說，在空間角度上，性格運動一方面表現出異向性，但另一方面又表現為定向性。在時間角度上，性格運動在不同的時間階段，發生前後性格的二重組合，顯示出歷史差異性，但是，在這種變動中又保存着某種穩定的東西，因此，性格運動又呈現出一種相對穩定性和一貫性。這種性格的相對定向性、穩定性、一貫性，就是性格的一元化。我們所說的性格的二重組合，是一元化的二重組合。文學中的人物性格，只有當它是一元二重流動結構時，才是一種豐富而且完整的有機生命體。我們通常所說的性格基本特徵，也就是性格的定向性、一貫性。歌德曾說：「人是一個整體，一個多方面的內在聯繫着的各種能力的統一體。藝術作品必須向人這個整體說話，必須適應人的這種豐富的統一體，這種單一的雜多。」[1] 我們所說的二重組合，正是這種整體性的二重組合。作家只有當他不僅意識到性格的二重組合而且意識到二重組合是一元化的二重組合時，才完整地把握了二重組合的美學原理，也才能達到性格美的和諧。

高爾基說：「劇作家從這些品質中選取了任何一種之後，有權把它加深和擴大，使它變得更尖銳而

1 朱光潛：《談美書簡》，第三三頁，上海文藝出版社，一九八二年版。

鮮明，使它成為某一劇中人物的性格的主要的東西。這就是創造性格的工作。」[1] 黑格爾在他關於理想性格的規定中，不僅認為理想性格應當具備豐富性，而且應當具有堅定的整一性。他說：「人物性格必須把它的特殊性和它的主體性融會在一起，它必須是一個得到定性的形象，而在這種具有定性的狀況裏必須具有一種一貫忠實於它自己的情致所顯現的力量和堅定性。如果一個人不是這樣本身整一的，他的複雜性格的種種不同的方面就會是一盤散沙，毫無意義。」[2] 黑格爾和高爾基的見解是一致的。他們都認為作家在進行性格的塑造時必須注意性格的定向性和整一性。

關於生命「多樣歸一」、「不二」歸「一」、「雜多的統一」規律，我國古代美學家已作了許多精彩的論述。我國當代美學界在前人的基礎上又作了許多深入的研究，以至產生像王朝聞同志《論鳳姐》這樣的長篇專著詳盡地論證這種規律。後來，又有同志把系統學、信息學的科學範疇運用到美學領域，並作出值得注意的解釋。例如，高爾泰在他的論文《美是自由的象徵》中，就作了這樣的解釋。他認為，變化、差異和多樣性都必須導致統一。生命，是偶然地從第一性的物質中得到的無限眾多的組合形式中的一個特殊的組合形式。現代科學是用「平衡態」這樣的概念來描述這種形式的。它們說生命是「遠離平衡態的非平衡態」，這種描述來自十九世紀後半葉的兩個偉大發現：一個是進化論，一個是熱力學定律。進化論指出，生物的進化總是朝着增加信息和秩序的方向，由簡單到複雜、由低級到高級不斷發展的；而熱力學定律則指出，物質的演化總是朝着消滅信息、瓦解秩序的方向，逐漸由複雜到簡單，由高級到低級不斷退化的。退化的極限，就是無序的平衡態，即熵最大狀態，一種無為的死寂狀態。熵最大

1 高爾基：《論劇本》，見《文學論文選》，第二四九頁，人民文學出版社，一九五八年版。
2 黑格爾：《美學》，第一卷，第三零七頁。

是無序平衡態，生命則是非平衡態。生物愈是進化，生命系統組織結構有序程度也就愈是提高，自我調節、自我再生的能力愈是增加，遺傳變異機制以及同外間世界進行的能量、物質交換與信息傳遞愈是增多和擴大，從而也就愈是遠離熵最大的平衡態。所以說，生命是遠離平衡態的非平衡態。

性格的一元化，就是性格美的和諧。可是，性格美的和諧，並不是性格的單一化，而是性格的變化、差異、豐富性、複雜性的對立統一，它不是單一的無序的平衡態，也不是複雜的無序平衡態，而是複雜的處於運動中的非平衡態。因此，性格二重組合過程，是不斷地離開單一的無序平衡態（從「一」到「多」）而向多種多樣有序的非平衡態（從「多」到「一」）進化的過程。

因此，一種具有美學價值的性格，不是單一的無序平衡態，而是「一」包含在其中的有序的非平衡態。性格所體現出來的審美價值不是單一的價值，而是一種立體的、複雜的價值。黑格爾所說的美的性格應當是多種性格生氣勃勃的「總和」，這個總和，是一個整體概念。就是說，從這個總和中，我們要看到一個有機整體的人，而不是多種性格元素機械相加的人。系統論的整體原則告訴我們，整體並不等於個體或各個局部相加之和。在整體中，單獨看起來是醜人醜物，而聯繫起來卻可能是美的，就像我們所說的虀潵的「不可愛」之處，聯繫起來看卻是美的。反之，在整體中，單獨看起來的美的事物，聯繫起來看卻可能是醜的，例如魯迅所說，戰士的憂國之情是美的，但是如果他在吃西瓜的時候，也想到領土被瓜分，卻會給人不快之感。這裏的關鍵是，美、醜都要放在適當的部位。把性格的二重組合機械地理解為優點和缺點之和，其所以錯誤，就是因為未能把「總和」看成是一個整體，也就是未能讓「差異」回歸到「整一」上來。

對雜多統一的規律，清代文學理論家劉熙載曾作過很好的闡述。他的基本美學觀點就是主張「一」

與「不一」的統一。「一」就是我們所說的一元化，「不一」就是我們所講的二重性及其無限衍化。他說：「《易．繫辭》：『物相雜，故曰文。』《國語》：『物一無文。』徐鍇《說文通論》：『強弱相成，剛柔相形，故於文：人乂為文。』朱子《語錄》：『兩物相對待，故有文，若相離去，便不成文矣』。為文者盍思文之所生乎？」又曰：「《國語》言『物一無文』，後人更當知物無一則無文。蓋一乃文之真宰；必有一在其中，斯能用夫不一者也。」[1] 錢鍾書先生對劉熙載這種美學觀念評價甚高，他說：「劉氏標一與不一相輔成文，其理殊精：一則雜而不亂，雜則一而能多。古希臘人談藝，舉『一貫寓於萬殊』為第一義諦，後之論者至定為金科玉律，正劉氏之言『一在其中，用夫不一』也。」[2] 性格的組合也正是這「一」與「不一」的對立統一。「物一無文」，性格的單一化使性格失去生氣，因此，性格美的追求，應當反對性格單一化的傾向。但是「必有一在其中」，就是性格的豐富性中必有一種主導性格，這就是性格的一元化。有這主導性格，性格的各種現象就繁而不亂，也正如劉熙載所說的：「主腦既得，則制動以靜，治繁以簡，一成到底，萬變不離其宗。如兵非將不御，射非鵠不可。」[3]

作家表現性格的多樣性不容易，而實現多樣性在複雜運動中的統一更不容易。因為按照事物自發進行的趨向，它總是向混亂的方向前進，一旦混亂之後，繼續發展只能是愈來愈混亂，熵就是混亂達到最高狀態的標誌。這就是說，事物趨向混亂的可能性遠遠大於自動排列整齊的可能性，混亂狀態的可能性有很多，但整一組合的可能性卻很少。因此，人的性格狀態自動排列整齊的幾率極小，而混亂排列的

1 錢鍾書：《管錐編》，第一冊，第五二頁，中華書局，一九八六年版。
2 同上。
3 劉熙載：《藝概》，第一七二－一七三頁，上海古籍出版社，一九七八年版。

幾率卻很大。人物性格的創造，要把人物從無序性的性格自然狀態組合成有序性的性格運動，而且要力爭實現一種最優的組合狀態，但這種最優的組合狀態在實現過程中的幾率很小，而不符合組合最優狀態的幾率卻有無數個。因此，作家為了創造一個最優狀態的組合，使性格運動既多樣而統一，既複雜而深邃，既「萬殊」而「一貫」，就必須花費很大的工夫。而具有高級美學意義的典型，正寓於這種「不一」與「一」的最好組合狀態中，作家的偉大才能，也正是在這裏得到最充份的表現。

以阿Q為例。像阿Q這樣的形象，其性格的社會內涵、哲理內涵、心理內涵都是極其豐富複雜的，我國現代文學形象的性格，其複雜性都沒有超過阿Q。阿Q的性格系統也有正負兩大系列，而且隨着時間的推移而不斷變異、流動，他有時表現出農民的質樸，有時又表現出遊手之徒的狡猾；他時而自尊，時而自卑，時而自負，時而自輕；時而不滿權勢者對他的凌辱，時而又愚弄比他更弱的弱者；他擁護「男女之大防」，卻又向吳媽求愛；他鄙薄城裏人，卻又竊笑未莊人沒見過城裏人的煎魚；他曾經很保守，凡是不合未莊傳統習慣的，都被他視為異端，然而辛亥革命的浪潮捲進他的村莊時，他也起來「造反」「革這夥媽媽的命」。儘管這一系列的性格，都是充滿矛盾、錯綜複雜的，但仍然使人感到雜而不亂，這就因為阿Q性格中有一個穩定的、一貫的、定向發展的基本性格，這就是阿Q的「精神勝利法」。而且這種基本性格在不同時間中所表現出來的不同形態又不是孤立的，而是在當時的具體歷史環境（辛亥革命前後）和社會關係中發生的，每一次變動都以充份的外在條件為根據，因此，阿Q性格的種種雙向運動，不會使人感到這是偶然的湊合，而是使人感到這是一種必然的性格發展邏輯。這樣，阿Q的性格世界就實現了最好的組合狀態，成了一個多樣複雜而且排列有序的世界。假如阿Q性格失去「精神勝利」這一定性，阿Q的其他性格特徵，就會成為一盤散沙，阿Q的性格狀態，就會是一種無序的混亂狀態。

魯迅正是在千萬次混亂的可能性中掌握了整一組合的可能性，表現出高度的性格塑造才能。

岡察洛夫所塑造的奧勃洛莫夫的性格，也和阿Q一樣，是多樣歸一的典型性格。他溫柔、正直、善良，很重友情，沒有貪慾，但是，他被致命的懶惰性格所支配。杜勃羅留波夫在他的著名的《甚麼是奧勃洛莫夫的性格》的論文中，指出奧勃洛莫夫是一個「心地善良的懶人」。「善良」和「懶」、「溫柔」和「膽怯」、貴族的「老爺性格」與奴隸的「屈從性格」，在他身上互相衝突，互相滲透，而且互為條件，他的溫柔和安靜的性格因素，和懶惰性格因素交織在一起，使他的溫柔既是「美」的，又是醜的，那是一種「讓自己的背脊給別人爬的溫柔」[1]。杜勃羅留波夫指出：「奧勃洛莫夫並不是一個渾渾噩噩的冷淡的典型，而是一個在其生活中也在摸索着甚麼東西的、也在思索着甚麼東西的人。然而那種令人嫌惡的習慣……卻在他的心裏發展了一種冷淡的、蟄伏不動的性格，使他陷在道德上屈從的可憐的境地裏。這一種屈從是這樣密切地和奧勃洛莫夫的貴族性格互相糾纏起來，是這樣互相滲透着，是這樣交互為條件，以至要從它們中間尋出一個界限來，簡直沒有一點可能。」[2]既不冷淡，又冷淡，既在探索，又蟄伏不動，既是貴族，又不是貴族，奧勃洛莫夫性格中的矛盾因素互相滲透得沒有一點痕跡，可以說是達到了二重組合的很高境界。

奧勃洛莫夫的性格儘管也是二重結構，但他的性格運動方向卻很清楚。在貴族的老爺性格與奴隸的屈從性格中，貴族的老爺性格被屈從的奴隸性格所壓倒了。杜勃羅留波夫分析說：「這個老爺的整個生活，卻被另一種東西所毀壞了：他始終做着別人意志底奴隸，從來不肯把自己提高到這種水平：能夠多

1 杜勃羅留波夫：《杜勃羅留波夫選集》，第一卷，第一九六頁，上海譯文出版社，一九八三年版。
2 同上，第一九七—一九八頁。

少發揮一點自己的獨立見解。他是每一個女人的奴隸，每一個碰到的人的奴隸，每一個企圖操縱他的騙子的奴隸。他又是自己的農奴查哈爾的奴隸，他們之間，誰更有權力支配誰，簡直很難決定。」奧勃洛莫夫「甚麼都不能幹，不會幹」，這種「甚麼都不能幹，不會幹」便決定了他的性格運動的主要方向。因此，杜勃羅留波夫說：「奧勃洛莫夫性格的主要特徵，在於甚麼呢？是在於一種徹頭徹尾的惰性，這種惰性是由於對一切世界上所進行的東西，都表示冷淡而發生的。」[1] 奧勃洛莫夫身上一切善的東西，惡的東西，都與他的主要性格因素相聯繫。他的懶惰本身是一種「人性惡」，但他身上的善又與這種惡交織在一起。杜勃羅留波夫說：「在奧勃洛莫夫的身上，的確，有一種好的成份：這就是，他從不打算去欺騙別人，但是這也是他的懶惰性格的一種表現。……他並不向邪惡的偶像叩頭！但這是為甚麼呢？這是因為他懶得從沙發上站起來。」[2] 在奧勃洛莫夫身上，既有老爺性格與奴隸性格互相交叉的雙向性，又有惰性性格的定向性，既有性格的豐富性，又有性格的整一性，這就使奧勃洛莫夫的性格成為一元化的完整的性格世界。

羅曼．羅蘭的《約翰．克利斯朵夫》所寫的主人公也是一個性格非常豐富複雜的人，內心充滿着矛盾，他不是甚麼了不起的英雄，也不是心靈全被利己主義佔領的人。一九一二年十月，羅曼．羅蘭在《約翰．克利斯朵夫》十卷本初版序中說：「我毫不隱蔽地暴露了他的缺陷與德行，他的沉重的悲哀，他的渾渾沌沌的驕傲，他的英勇的努力和為了重新締造一個世界、一種道德、一種美學、一種信仰、一個新的人類而感到的沮喪。」主人公約翰．克利斯朵夫的性格，是德行和缺陷組合得非常好的悲劇性格，他的

1 杜勃羅留波夫：《杜勃羅留波夫選集》，第一卷，第一九一頁。
2 同上，第二三四頁。

靈魂是一個極不安靜的靈魂，他的思想是一個矛盾動盪的活潑的思想，他從一個精力旺盛、毫不妥協的「英雄」變成一個銳氣全無、心平氣和的神秘主義的聖徒，一生經歷了種種矛盾。羅曼．羅蘭的偉大成就，正是他在世界文庫裏增添了一個性格極其複雜豐富的資產階級知識分子的形象。這個複雜豐富的性格，是很難用語言加以概括的，但他追求的精神卻始終如一。約翰．克利斯朵夫到巴黎後，羅曼．羅蘭對他的心理作了這樣的描寫：「他和巴黎的格格不入，對他的個性有種刺激的作用，使他的力量增加了好幾倍。在胸中氾濫的熱情非表現出來不可。各式各種的熱情都同樣迫切地要求發洩。他得鍛鍊一些作品，把充塞心頭的愛與恨一齊灌注在內；還有意志，還有捨棄，一切在他內心相擊相撞而具有同等生存權利的妖魔，都得給它們一條出路。他寫好一件作品把某一股熱情蘇解（有時他竟沒有耐性完成作品），又立刻被另外一股相反的熱情捲了去。但這矛盾不過是表面的：雖然他時時刻刻在變化，精神始終如一。他所有的作品都是走向同一目標的不同的路。他的靈魂好比一座山，他取着所有的山道爬上去；有的是濃蔭掩蔽，迂迴曲折的；有的是烈日當空，陡峭險峻的；結果都走向那高踞山巔的神明。愛、憎、意志、捨棄，人類一切的力興奮到了極點之後，就和『永恆』接近了，交融了。」[1] 約翰．克利斯朵夫，儘管「時時刻刻在變化，但精神始終如一」，他走着各種不同的崎嶇的路，這就是「多」，而各種路都通向「高踞山巔的神明」，這就是「一」。約翰．克利斯朵夫的性格結構正是藝術典型的理想性格結構，即多樣歸一的結構。

我們反對性格的單一性，是反對那種絕對的單純，那種「超凡入聖」式的絕對的純一。這種單一性

1 羅曼．羅蘭：《約翰．克利斯朵夫》，第一一八頁，人民文學出版社，一九八零年版。

否定性格的二重組合，把性格的某一方面誇大為性格的整體面貌。但我們並不反對相對的單純，這種相對的單純性，是肯定性格的二重結構，既承認性格的矛盾，又保持性格的整一性和性格的質的規定性，達到「不一」與「一」的統一，多樣的統一。雨果在稱讚莎士比亞的那種「永恆的正反」性格結構時，說莎士比亞的高明之處，就在於不僅寫出人的性格的複雜性，又寫出人的性格的單純性。他說：「莎士比亞的單純，就是偉大的單純」，而不是「渺小的單純」[1]。而性格二重組合中的質的規定性，多樣的整一性，便是一種「偉大方式下的單純」，豐富的單純。我們所說的一元二重組合，正是要使性格成為複雜與單純的統一物。

這種複雜中的單純，我們從《紅樓夢》裏一系列的人物性格中可以看得很清楚。《紅樓夢》的主要人物的性格都是二重結構的，而且每個人物又都有自己的性格重心，因此，他們的性格運動總是複雜而有序，有很多曲線，但又都沿着一根中軸線前進。一貫主張性格多樣統一的王朝聞同志，在他的長篇美學專著《論鳳姐》中，用了五十萬字、四十章（二百八十節）的篇幅，從各個角度生動地論述了王熙鳳性格的豐富性和複雜性，令人信服地說明她是一個「可惡而又頗有魅力」的典型人物，使人感到《紅樓夢》描繪人物形象手段的高明。王朝聞同志說：「由於曹雪芹認識客觀事物的觀點的矛盾，由於客觀事物本身的多面性，由於這部小說的創作方法是現實主義的，這一切使鳳姐這個人物的形象具有複雜性。但是，不論鳳姐這一形象多麼複雜，《紅樓夢》前八十回的具體內容，以及脂評關於後三十回的有關鳳姐的結局的預示，都使我覺得，與其說作者曹雪芹對人物鳳姐所持的態度是『愛而知其惡』的，不如說

1 雨果：《雨果論文學》，第一六三頁。

曹雪芹雖也欣賞鳳姐的某些特點，但對她的為人基本上是否定的。因為作者對鳳姐的評價是體現在形象之中，而不是在形象之外硬加上去的，不像某些作品寫壞人那樣地把她簡單化的，這就難免引起讀者判斷的複雜性，但形象更加確切地體現了曹雪芹對鳳姐那種並不簡單的傾向性。」[1] 王熙鳳性格的複雜性和性格基本傾向的單純性確實是統一着的。王朝聞同志正是感到這種統一給我們提供了非常重要的借鑒作用，所以他才不惜篇幅「解剖這隻烏鴉」。曹雪芹確有大藝術家的風度，他並不把自己的價值觀念和道德評價明顯地表現出來，而是把自己的價值觀念冷峻地沉澱在人物形象的客觀描繪中，把自己的善惡態度隱蔽起來。即使對王熙鳳這樣一個人物，也是站在一種很「客觀」的立場來同情她，愛她。但是，他確實也「愛而知其惡」，因此，又把她內心的惡淋漓盡致地顯示給人們看，使人感到她可愛而又可惡，又感到她雖然並不令人討厭，但狠毒畢竟是她的性格的基本特徵。她美麗，但畢竟是「蛇」，所以何其芳稱她是「美麗的蛇」；她是很風趣而有魅力的人物，但畢竟是心懷屠刀的人物，所以王朝聞同志稱她為「山魈般的人物」。曹雪芹在人物性格的二重組合中貫徹一元化的原則，使王熙鳳的性格既複雜又單純，確實值得藝術家借鑒。

作家在進行二重組合時，要做到複雜與單純的統一，必須把握組合中量與質的比重。相對而言，量是繁多的，質是單純的。性格的複雜性是多種量的繁複呈現，而性格的穩定性、統一性則是質的單純表現。性格複雜多變，但萬變不離其宗，這個「宗」就是質的規定性。所以多種量的排列組合，不應當改變人物性格的基本質。戰士畢竟是戰士，有缺點的戰士還是戰士，蒼蠅畢竟是蒼蠅，完美的蒼蠅還是蒼

1 王朝聞：《論鳳姐》，第二三三頁，百花文藝出版社，一九八零年版。

蠅，質不能變。質儘管與量相比較具有單純的品格，但是，人們仍然可以從多角度來觀察質，因此，一種質仍然可以呈現出多種意義，即具有多義性。作家在掌握量與質的比重中，必須注意兩者之間的臨界點和分寸。但人的性格臨界點帶有模糊性，不能機械地劃出明確的邊界線。這要靠作家獨特的感覺能力去把握，而且這種把握往往帶有非自覺性。從某種意義上說，性格塑造的藝術，就是作家巧妙地把握性格二重組合臨界點的藝術。

以塑造英雄人物為例，英雄也是人，因此在英雄性格的二重組合中，在量上可以如實地表現他的世人的弱點，他的多方面性格，這才是真的人。但是，英雄既是英雄，他就一定還有超世人的一面（超世人的超常性，而不是超人的神性），這就是英雄的質，這種質必定包含着某種偉大性。而表現英雄人物的難點，就在於把握英雄性格的偉大性和真實性（平常性）的臨界線，把兩種特性都表現出來。英雄的偉大性如果孤立地按單一化的方向發展，不斷突出，以致排斥平常性，就會變得虛假，從而失去英雄的美感效應。而真實性（平常性）如果不適當地強調，以致排斥英雄的某種超常性，就會變得庸俗和渺小，也同樣會失去英雄的美感效應。「偉大的暗疾是虛假，真實的暗疾是渺小」，確實是大作家的經驗之談。而要避免這種暗疾，就應當把英雄性格的二重內容和作為英雄定性的基本性格內容結合起來。例如，假設我們即將用藝術的手段來表現像魯迅這樣偉大的空前的民族英雄的性格，那麼，我們仍然不能不考慮魯迅在量上的性格豐富性和複雜性，即他有輝煌的創造生活，也有不幸的婚姻生活，他有莊嚴的勞動場面，也有愉快的愛情場面，特別是，作為戰士，他有進行英勇戰鬥的一面，也有非常寂寞的一面。李白曾說：「古來聖賢皆寂寞」，大約英雄都是如此。以最後這一方面而言，惟其描寫戰鬥，才有戰士的偉大性，但也只有描寫寂寞，才有戰士性格的真實性和豐富性。英勇戰鬥的一面，較為單純，而寂寞的一面，則較為複雜。魯迅的寂寞，具有極其深刻的社會內涵和心理內涵，這包括他的深刻的見解未能引起社會的共鳴，缺乏戰友；包括他酷愛戰鬥而難以戰鬥的苦惱；包括敵陣中缺乏獅虎鷹鷲一類的英雄，而太多癩皮狗式的無聊文人；也包括他曾經有過的無所不愛而無所可愛的悲哀。在這種寂寞裏，有戰士的真實性也有戰士的偉大性。而表現英雄人物要獲得成功，就必須把英雄性格的偉大性和真實性都表現出來，把英雄的巨人性格和常人性格合情合理地組合成一個有機體。雨果認為莎士比亞的本領就在於他出色地進行了這種組合。雨果說，莎士比亞「具有一種本領，而這種本領形成他天才的至高無上的頂點，那就是他能夠在作品中把真實和偉大這兩種特性調和、匯集、結合起來……在他所有創作的中心，都能發現偉大和真實的交切點，就正是在那裏，偉大的東西和真實的東西參差交錯，藝術達到了完美的境界。……他創造出高於我們但又和我們一同生活的人物。例如哈姆雷特，他像我們每個人一樣真實，但又要比我們偉大。他是一個巨人，卻又是一個真實的人。因為哈姆雷特不是你，也不是我，而是我們大家。」[1] 莎士比亞能走上藝術的高峰，確實在於他有一種特殊的才能，這就是能夠不斷地進行「藝術發現」，而這種發現，就是發現偉大與真實的交切點，既寫出英雄的超常性，又寫出英雄的平常性。

在社會主義文學史上，很多成功的英雄性格，例如母親符拉索娃（高爾基《母親》主角）、保爾·柯察金（《鋼鐵是怎樣煉成的》主角）、萊奮生（《毀滅》主角）、郭如鶴（《鐵流》主角）等，他們都是既偉大又真實的。他們在無產階級奪取勝利的異常艱難的戰鬥事業中，表現出足以引為自豪的偉大行為和品格，但是他們所有的鋼鐵般的剛強、勇敢等英雄性格都是在克服障礙，包括克服自身的弱點中

1 段寶林編：《西方古典作家談文藝創作》，第三七四—三七五頁。

贏得的。無產階級「鋼鐵」的煉成，包括要排除自身的雜質。符拉索娃曾經是被宗教迷信束縛的普通婦女，保爾·柯察金想過要自殺，郭如鶴曾產生過虛榮心，萊奮生差一點把隊伍帶向全部毀滅，但他們靈魂深處都隱藏着偉大的東西。作家要寫出「靈魂的深」，包括要寫出他們在弱點掩蓋下的崇高特性。惟其如此，這些英雄才真實而偉大，才充滿着大寫的人的生氣。

第二節　常態的二重性與病態的二重性

我們所說的性格的二重結構，是性格的常態，是經過自我分化和自我克服而有機組合成的一個完整人格，即整一性的全人格，因此，它是一元的。但另外還有所謂的「二重人格」，卻是性格的精神病態，它只能自我分裂，卻不能自我克服和自我聯結，無法組合成一個完整人格，因此，它是二元的。

分清常態的二重組合與病態的二重人格是很要緊的。我們所說的人物性格的二重組合是性格的正常狀態，而分裂性的二重人格則是精神病的徵象，二者不可混淆。常態的二重組合能夠自我控制、自我調節，即可以受意識支配。這種「二重」，為善為惡，操之在我，統一於我。所以「我」是完整的有機構成，不存在分裂問題。而且，這種統一，可能是同一層次兩種力量對立鬥爭的統一，也可能是不同層次的兩種力量對立鬥爭的統一（如意識與潛意識），因此，所謂二重，實際是二維的（是橫向的，也是縱向的）。而二重人格則分裂為兩個「自我」，這兩個自我互不相關，互不統屬，「老死不相往來」。這當然構不成矛盾，不存在對立統一的關係。從心理學上看，這兩個自我或兩重人格均屬潛意識活動，受潛意識支配，是意識完全喪失的狀態，實際上根本談不到「二重」，即談不到兩種力量的互相鬥爭、互相消長、互相轉化，談不到意識與潛意識的矛盾。總之，按我們的理解，只有常態，才存在真正的二重，即可以構成矛盾，而且可以實現統一，可以互相聯繫、互相轉化。而這種統一是由意識來統一的，因此，它知道自己的分裂，當它背離自己之後，又能回到自己的位置上。而精神病態的人格分裂則沒有這種對立統一的二重意義，它不構成矛盾。甲與乙，這方與那方，雙方都是封閉的，孤立的，誰也不了解誰，人格分裂者不知道自己的分裂，背離自己之後就回不到自己的位置上來。因此，它的二重，實際上是另一種意義的二重，即兩個互不相關的自我，而不是我們所說的一個自我中兩重對立統一的內容。

關於精神病徵象的、純生理性的「二重人格」，朱光潛先生曾在他的《變態心理學》中，介紹了法國的耶勒、美國的普林斯、英國的麥獨孤等變態心理學家關於二重人格及多重人格的觀點。儘管他們的學說之間有差異，但有一點大約是符合事實的，即二重人格是一種心理病態，一種喪失自我調節、自我綜合能力的意識分裂。具體地說，人的意識所感受的經驗原來是一盤散沙，因為「自我」把它們綜合起來，它們才連貫成一個完整的人格。而二重人格者卻喪失這種自我調節能力和綜合能力。調節作用和綜合作用需要心力去維持，如果先天心力虧弱或者後天因情感撼動而疲竭，綜合作用便會削弱或喪失，意識便會呈現出分裂現象。原來的整一性的精神有機體就變成病態性的斷裂體。[1]

耶勒、普林斯、麥獨孤他們講的二重人格，都是精神病態，而且都是純生理性的精神病態，這種純生理性病態的二重人格，精神的斷裂體，嚴格地說，不能構成文學藝術的表現對象，不能構成審美客

1 朱光潛：《朱光潛美學文集》，第一卷，第三七六—三八四頁，上海文藝出版社，一九八二年版。

體。正如黑格爾所說的：「為着要造成衝突或是要引起興趣，而就用精神病來代替健全的性格，這種辦法總是永遠不能成功的。所以在藝術裏寫精神病態必須極端謹慎。」[1] 那種處於絕對生理性病態的瘋子和性格完全破碎的「無賴」，很難有審美意義。

在文學作品中，如果不能嚴格地、自覺地分清一元二重整體結構與二元二重分裂結構的界限，就容易使自己的筆下人物，在不同程度上染上二重人格的分裂症。例如有的作家在追求二重組合的性格複雜性時（這種美學追求本來是非常可貴的），就把這個人物時而寫得比誰都壞，時而又寫得比誰都好，時而由抽象的善跳到抽象的惡，時而又從抽象的惡跳到抽象的善，變化無常，跳躍無常，人變成了「怪」。這就失去了性格常態。在追求人的「雜色」時卻去追求人物的「怪」色，這在一定程度上，也是一種性格病態。這種性格其實並沒有真正的內在衝突，也缺乏合乎生活邏輯的自我克服的過程，只是自我心靈無秩序的左衝右撞，一會兒往善的方向上「怪」，一會兒往惡的方向上「怪」，但是突變中缺乏內在根據與外在根據（環境），令人眼花繚亂，從而使性格呈現出一種失去運動方向的無序狀態，實際上也就是分裂狀態。作者本意在追求性格的複雜性，其結果卻造成性格的虛假性。

這種乖戾的性格，黑格爾稱作人物性格的不堅定性。他曾經對此作了非常精彩的批判。他說：「沒有人能同情這種乖戾心情，因為一個真正的人物性格必具有勇氣和力量，去對現實起意志，去掌握現實。這種永遠只把眼睛朝自己看的主體性所引起的興趣只是一種空洞的興趣，儘管這種人自以為是高人一等的真純的人物，自以為有些神聖的東西藏在他的心靈最深處，而其實所謂神聖的東西一經揭露出

1 黑格爾：《美學》，第一卷，第三一零頁。

來，只是穿便衣戴便帽，最平凡不過的東西。」[1]

黑格爾還痛斥過這種乖戾「怪」性格的惡性發展，這就是頹廢性格。他批判德國頹廢派文學的始祖霍夫曼的作品和反動浪漫派詩人、劇作家克萊斯特的《洪堡親王》，他說：「性格缺乏內在的實體堅實性，還表現於另一種方式：就是把上述那種奇怪的所謂較高尚的心情的幽美轉化為實體，把它了解為獨立自足的力量。描寫魔術、磁性催眠術、『通天眼』、睡行症等等的作品就屬於這一類。在這種作品裏活人被認為與這些幽暗玄妙的力量有關係，這些力量一方面就附在他身上，另一方面對於他的內心世界卻又是一種外在的另一世界，他要受它的決定和支配。這種不可知的力量裏好像有一種深不可測的神奇的真理，是凡人所不能掌握和理解的。但是這種幽暗的力量一到藝術的領域就會馬上被趕出，因為在藝術領域裏沒有甚麼是幽暗的，一切都是清晰透明的，而這種不可知的力量只能是精神病的表現。」[2]

黑格爾針對人格分裂的現象，曾把矛頭指向德國的某些浪漫派作家，他批評當時德國的劇作家考茨布（寫過二百多部生動而膚淺的劇作）所寫的人物看起來頂高尚、偉大、卓越，而內心卻是軟弱下賤的。而亨利．封．克萊斯特所塑造的性格也不比考茨布高明。黑格爾說：「亨利．封．克萊斯特所寫的克欽姑娘和洪堡親王兩個人物性格都違反始終一致的清醒心理狀態，把催眠狀態、夢遊症和睡行病看作最高尚最卓越的心理狀態。洪堡親王是一個可憐的將軍，在下令指示戰事部署時發了瘋，命令寫得很壞，他頭天夜裏生病失眠，第二天早晨上戰場，就幹出一些糊塗事。這些作家寫出這些雙重人格的、人格分裂的、內部失調的人物性格，就自以為在追蹤莎士比亞。他們不知道自己和莎士比亞有天淵之別，因為莎

1 黑格爾：《美學》，第一卷，第三零九頁。

2 同上。

士比亞所寫的人物都是首尾融貫一致的，始終忠實於自己和自己的情慾的；他們是甚麼樣的人，有甚麼樣的遭遇，都是由他們自己憑自己的堅定性格來決定的。」[1] 黑格爾這裏所批評的現象，正是把催眠狀態、夢遊症和睡行病這些純生理性的性格分裂病態作為藝術的審美對象，甚至看作是最高最卓越的心理狀態。這種純生理性的「雙重人格」的精神病態，與正常人物性格的二重組合有着「天淵之別」。

這種現象一般是由於美學觀點上的失誤造成的，如果對性格二重組合有了正確的理解，並不難糾正。而另一種追求「二重人格」的現象，卻是惡性病態藝術的表現。這一類作品藉口描寫人的複雜個性，用欣賞的筆觸津津有味地描寫人的「獸性」、極其骯髒的流氓行為，把人性降低為動物性，把流氓式的「性反常」當作「思想解放」來加以宣揚，推銷一種自我分裂的病態個人主義者形象。這種形象的所謂「複雜性」，是喪失靈魂支撐點的極端支離破碎的混亂性，是精神貧乏、渺小而又冒充豐富的虛假性。這正是喪失自我綜合能力的二重人格。這不是個性的豐富，而是個性的毀滅。它與我們所說的一元化的性格二重組合，是風馬牛不相及的。高爾基在《個性的毀滅》一文中，曾對二十世紀初流行在俄國的頹廢墮落的文學傾向，特別是在這種傾向中所出現的病態個人主義者形象，進行過尖銳的批判。他指出，這些「像蚊虻一樣煩擾別人」的、帶有「流氓作風」的性格，乃是「個人的精神物理上的蛻化的結果」，「因缺乏社會思想的營養而引起的大腦皮層的慢性病，是感覺器官的病態」。這種病態性格，完全喪失理性的組織能力，是屬於反常型的。高爾基說：「這種個性不僅是支離破碎的，而且經常地在自行分裂——意識成份與本能成份差不多永遠不會在他心中匯合成一個『我』。他的個人經驗之少得可憐，他的理性組

1 黑格爾：《美學》，第一卷，第三四六頁。

織能力之如此脆弱」，而這種脆弱「便產生了流氓的性反常、情慾狂、性虐狂等傾向」[1]。社會主義文學，在不斷豐富自己的個性形象時，當然必須與種種冒充性格複雜性的混亂性與惡劣的個性劃清界限。

我們在分清二重組合與純生理性的「二重人格」之後，還應當分清精神常態範圍內的性格變態現象與精神病態範圍內的性格變態現象。我們不應當籠統地反對作家、藝術家去表現人在常態範圍裏的種種變態心理、變態感情、變態性格。這種精神常態範圍裏的變態性格現象是隨時都可以發生的。人在情感發展到最深摯的時候，往往要發生心理變態，以致把醜的視為美的，「情人眼中出西施」正是這個意思。人苦惱到極點時，就會出現「對牛彈琴」這種變態行為，契訶夫的小說《苦惱》就是寫一個因兒子死亡而苦惱寂寞到極點的馬車夫，對着自己的馬，訴說自己的苦惱。此時馬車夫的心理發生了變態，把非人當成人，物我不分，人畜不分。但這不是純生理性的精神病態，而是精神常態範疇內的變態。這個心理變態的特點，就是人在某個瞬間發生變態之後，他還會回到常態之中，即從幻覺、幻想、幻聽的狀態中回到現實的狀態中。換句話說，他的暫時的性格分裂經過自我調整而融合為一。在人的感情領域，往往會在清醒中做出不清醒的事，在某一剎那間發生心理變態，作家、藝術家如果善於捕捉人的感情變化和這種變態心理，把人的性格活生生地表現出來，不僅不會陷入「性格分裂」的陷阱，反而會出色地描寫出人的性格。而精神病態範圍內的變態，就不可能在變態之後回到常態，回到現實，他將一直處於迷狂中。也就是說，他不能對自己的變態進行自我調節，把自己從變態的幻境中拉回來，因此，他的性格一直處於分裂狀態中，不可能把暫時分裂的兩極通過一定的中介融合為一。如果我們不分清精神常態的性

1 高爾基：《俄國文學史》，第五二二頁。

格變態和精神病態的性格變態，就會陷入簡單化，籠統地反對描寫性格變態，這樣，就不能解釋一些描寫性格變態而獲得巨大成功的作品，如魯迅的《狂人日記》、《阿Q正傳》、《白光》等以及狄德羅的《拉摩的侄兒》等。

以《拉摩的侄兒》為例，這部作品中的主人公，那位宮廷音樂家的形象，完全是一個性格變態的人物。狄德羅描寫他時說：「使我驚訝的是，這樣的精明和這樣的卑鄙在一起；這樣正確的思想和這樣的謬誤交替着；這樣邪惡的感情，這樣極端的墮落，卻又有這樣罕見的坦白。」在他身上，瘋狂與清醒，卑鄙與耿直，高雅與庸俗，才智與愚蠢，完全混為一體。他「陷於精神錯亂和一種近乎瘋狂的激情中，簡直使人懷疑他是否還能清醒過來；是否要讓他立刻坐上馬車，把他一直送到瘋人院裏。」而問題的關鍵恰恰在於，他「還能清醒過來」。能清醒過來，就屬於精神常態的變態；不能清醒過來，就屬於精神病態的變態，即精神病。德國的大思想家，從黑格爾到馬克思都肯定這部作品，原因就在拉摩的侄兒並不是一個簡單的瘋子。一八六九年四月十五日馬克思在給恩格斯的信中，高度地評價《拉摩的侄兒》，稱讚他是「無與倫比的作品」，恩格斯在第二天的覆信中「非常感謝」馬克思給他推薦這部書，並說「它定會給我很大的享受」。幾年之後，恩格斯在《反杜林論》中，正式地評價這本書，認為它是與盧梭的《論人類不平等的起源》並列的兩部「辯證法的傑作」。

為甚麼馬克思和恩格斯會認為《拉摩的侄兒》是「辯證法的傑作」，而不去譴責拉摩的性格分裂呢？馬克思在給恩格斯的信中引述了黑格爾的一段話，黑格爾在評價拉摩的意識分裂時指出：「對自己的分裂性既有清晰認識又在明白表現着的意識分裂，乃是對於特定存在、對於整體的混亂（狀態）以及對於自己本身的一番譏諷嘲笑；同時也是正在消逝的這整個混亂狀態的一縷尚能聽到的殘響餘音。——關於一切現實和一切確實概念的這種自己能夠感覺到的虛光浮影，乃是在世界對其自己本身的雙重反映：一方面是在意識的這個自我亦即個別性中的反映，另一方面是在意識的純粹普遍性亦即思維中的反映。」[1]拉摩一方面確實具有分裂性的性格變態，但另一方面又對自己的分裂性有着「清晰的認識」，也就是對分裂具有清醒的自我意識。而且，由於「清晰的認識」，拉摩又對自己荒唐的一面進行譏諷嘲笑，這說明拉摩並未喪失自我綜合能力和自我調整能力，這種能力又使拉摩超越分裂，填補分裂。拉摩有時會用非常刻薄的語言來對自己進行譏諷嘲笑，罵自己「不識羞恥」「懶惰」「可憐蟲」「一個極端的無賴、一個騙子、一個貪食者」，他並不像那種真無賴和騙子一樣，認為自己的生活是正當與合理的，他決不希望他所心愛的孩子像他那樣，他說：「我讓他自然地長成起來。我在觀察他。他已經是貪食者，諂媚者，詐騙者，懶漢，説謊者。我很害怕他將是同他的祖先一模一樣。」這說明他是很清醒的，黑格爾在《精神現象學》中的《教化的虛假性》一節中，對拉摩的性格作了這樣的分析：拉摩「『曾把三十種各式各樣風格的歌曲，意大利的，法蘭西的，悲劇的，喜劇的，都雜拌在一起，混合起來；他忽而使用一種深沉的低音，一直低沉到鬼神難辨，忽而又捏住嗓子以一種尖鋭的假音怪叫得驚天動地，忽而狂暴，忽而安詳，忽而裝腔作勢，忽而嬉笑怒罵。』——對於沉靜的意識、即對於那真心誠意地以聲音的諧和亦即以韻調的純一為真與善的旋律的那種意識看來，這樣的話語簡直是『明智和愚蠢的一種狂誕的混雜，是既高雅又庸俗、既有正確思想又有錯誤觀念、既是完全情感錯亂和醜惡猥褻，而又是極其光明磊落和真誠坦率的一種混合物。寧靜的意識將不能不跟隨着這一切高低音調為之抑揚上下，將不得不遍歷一切等

1 黑格爾：《精神現象學》，下卷，第六九頁。

級的情感，下至最大尖刻的蔑視和鄙棄，上至最高誠摯的欽佩和崇拜；在後一心情中，將浸透着一種滑稽可笑的情調，敗壞着它們的本性，使之不成其為崇敬的情感』；在前一心情中（即在蔑視和鄙棄時），它們的直言不諱包含着一種和解的氣氛，它們的尖酸刻薄也將使精神不失其莊嚴的風度」。[1]也就是說：「這個自我乃是使自己本身跟一切關係歸於分裂的那種自然本性，乃是對一切關係的有意識的分裂（作用）；但只有當它是反叛的自我意識時它才知道它自己的分裂性，並且當它知道自己的分裂性時它已經把自己高舉於分裂性之上，超越了分裂狀態。」[2]拉摩的侄兒的性格，是在人性異化的社會中的分裂狀態，因為社會是病態的，所以他的分裂正是病態社會的常態。在這個意義上，黑格爾說分裂性仍是他的自然本性。拉摩的侄兒不是純生理上的精神病人，不是無法意識到自身分裂的精神分裂症患者；他是一個健康的人，他能意識到自己的分裂性，能知道自身無法逃脫人性異化的社會帶給他的靈魂的裂痕，在這一意義上，他又與自身的分裂性拉開了距離，超越了分裂狀態，把相反的兩極，融合為一，既一分為二而又合二為一。

我們在理論上分清正常狀態的性格變態和反常狀態的性格變態，似乎不太難，但在實際上，並不容易分清。現實生活中的人，是極其複雜的，他們的性格現象常常處於常態與病態之間的模糊地帶。例如同樣把幻覺當成現實，物我不分，有的情況屬於精神分裂的病態，有的則是屬於感情發展到極端狀態後而產生出來的一種變形。後一種情況，不僅不是病態，而且是一種情感的高峰體驗。這種心理變態也能反映性格。上述這兩種情況很不相同。而有些帶有病態性的心理變態，如阿Q的精神勝利，這既不是病

1 黑格爾：《精神現象學》，下卷，第六六—六七頁。
2 同上，第七零頁。

理學範圍裏的精神病理現象，也不是高峰情感的特別狀態，而是一種介乎兩者之間的狀態，即既是社會常態又是心理病態，作家在表現這種性格狀態時特別需要有高明的手段。

阿Q的精神勝利現象，所以説它是社會常態，是因為在半封建半殖民地的舊中國病態社會中，尋找精神逃路的現象是常見的，是我們民族的「集體無意識」，因此可以説是病態社會中的社會常態。病態的人反映着病態的社會；病態的阿Q，反映着病態的舊中國。換句話説，在病態的舊中國社會中，產生着大量的阿Q式病態，這樣，阿Q式的病態便帶有普遍性，因此，在這一意義上，阿Q的病態在病態的中國社會中又是常態。正因為這樣，性格病態與性格常態又是相對的，而且又常常出現互相交織、互相轉化的複雜狀態。這就產生了一個作家如何來準確地把握社會和把握這種種異常的精神現象和性格現象的問題。被世俗眼光（反映病態社會的病態眼光）視為病態的，在作家眼中可能被視為常態，在世俗眼光中被視為常態的（習以為常的現象），在作家眼中，可能被視為可怕的病態，而作家的藝術發現往往從這裏發生。例如《故鄉》中閏土的麻木狀態，在魯迅看來是病態的，而在世俗眼光中則是常態；《藥》中的夏瑜，在世俗的眼光中是病態（他的革命行為被視為「可憐」），在作家的眼光中，則是常態，而那些視夏瑜為「可憐」的人才真正是可憐可悲可嘆的，他們才是真正的病態。《狂人日記》中的狂人，在世俗的眼光中，他竟認為神聖的、從來如此的仁義道德是吃人的道德，這是瘋狂的病態；而在作家魯迅的眼光中，這種「狂」才是應有的常態，狂人所揭露的仁義道德的「吃人」才是驚人的病態，在中國，應當療治的不是被世俗眼光視為病態的「狂人」，而是被世俗的眼光視為至高無上的封建道德觀念和代表這種道德的人。因此，文學作品能否反映社會精神病態，包括性格病態，倒不是問題的關鍵，而作家、藝術家如何看待這些病態和描寫這些病態才是關鍵。

第三節　作家、藝術家的理性調節

盧卡契在《健康的藝術還是病態的藝術》一文中指出：「從主要特徵上來觀察，即健康的是在進步的這一方面，病態的是在反動的那一方面，這絕不意味着，甚至作為藝術作品中心的病態的表現，就是形象塑造的病態性。」[1]他認為，藝術的病態性主要是表現在描寫病態的作家、藝術家自身，即他們對描寫對象採取一種錯誤的態度，或者說，這種態度本身就是病態的。這種「錯誤的態度使他對社會充滿着仇恨和厭惡；這個社會又同時使他與所處時代的巨大的、孕育着未來的社會潮流相隔絕。但這種個人的與世隔絕，同時也意味着他的肉體上和道德上的變形。」這樣，「崇高的精神力量、悟性和理智同社會性一道都失去了它們的意義，並讓位於本能；軀體愈來愈支配頭腦。」[2]描寫病態的二重人格，不能剝奪人心理上和道德上最起碼的規定性，把人降低為一堆不成形的生物，以致「渺小被當成偉大，歪曲竟成了和諧，病態的被當做正常，垂死的和死亡的被作為生命的法則。這樣一來，藝術最重要的精神和道德基礎就喪失了。想精確地知道每個被表現對象的真實面目就不可能了。……這種歪曲不局限於藝術實踐。它吞沒了論及藝術和藝術家的全部觀點。對生活的反常態度通過頹廢的美學也被典範化了。」[3]這樣文學就完全喪失了它的精神價值和感情價值，喪失了作家醫治病態社會現象的使命，而與被描繪的

1　盧卡契：《盧卡契文學論文集》，第一冊，第四四七頁，中國社會科學出版社，一九八零年版。
2　同上，第四四九頁。
3　同上，第四五一頁。

病態對象一起陷入病態，陷入理智和道德的崩潰。

既然善惡美醜的二重組合，不等於善惡美醜彼此不分，更不等於善惡美醜的顛倒。那麼，這裏的關鍵就是作家在描寫二重人格和其他複雜心理的時候，應當有一個清醒的頭腦，換句話說，就是變態性格的後面，應該閃爍着作家的充份常態的眼光。正如契訶夫在致蘇沃陵的信中所說，如果作者寫一個精神病人，不等於他自己也有病。作家必須對筆下的人物性格、人物心理進行理性的調節和情感的補充，而不能讓自己首先陷入心理自然主義，然後讓筆下的人物也陷入心理自然主義。就是說，問題不在於能不能描寫性格變態和其他複雜的性格，而在於作家是否能對二重人格和其他複雜的性格進行理性調節。有社會責任感的作家，應當與心理自然主義者的立場不同，敢於干預筆下人物的性格，干預筆下人物的靈魂，當然，干預時，不能違反生活的邏輯和人物性格發展的邏輯。但是，在不違反性格邏輯的同時，作家有權利挖掘人物靈魂深處的潛在性格因素，選擇人物性格的運動方向，調節性格發展過程中所呈現出來的複雜現象，使人們了解他筆下的人物性格是按照何種精神道德規範和美學規範前進。

我國當代作家高曉聲不贊成「干預政治」的口號，而喜歡「干預靈魂」的口號。所謂干預靈魂，就是在不違反生活和性格發展邏輯的前提下，作家要掌握人物的心理變化，摒棄其中混亂的東西，駕馭二重組合中的各種複雜的構成因素。他說：「講到干預靈魂，我是有這麼個意思：我們寫人物所走的道路和命運，應該是把人物特有的性格及其精神因素表現出來。一個人總是沿着自己的軌道向前走，也總要走到岔道口。一到這個岔道口，人物性格的二重性就會出現，表現為兩種不同思想的鬥爭，表現出一種特殊的精神狀態，這是決定他走哪一條路，將會有怎樣命運的關鍵時刻，這時候，作者應該從這個人物的性格出發，給予盡可能的干預，假如你滿心喜歡你的人物，那麼在他遇到困難無法克服想自殺的時候，你就應該根據這個人物的經歷去開掘出他精神上積極的因素，讓他終於有力量活下去。他失望了，你要幫他找到信心；他缺乏勇氣了，你要幫他找到前進的力量；他消極了，你要幫他找到積極起來的緣由。作家的見解要高於筆下的人物，作家的精神力量要大於筆下的人物，這樣就能夠在岔道口把人物要走的道路扳正，盡到扳道夫的責任。但這決不是搞主觀隨意性……一定要根據這個人物的經歷去開掘出他固有的因素，不可能強加給他。」[1] 這裏的固有因素，也就是本來潛伏在性格深層結構中的二重因素。高曉聲同志認為，作家有權利而且有責任在人物性格某一因素畸形發展以至破壞靈魂的常態時，可以而且應該去干預人物的靈魂，用理性去調節固有的性格元素的比重，幫助筆下人物的性格在多向運動中選擇一種方向，而不是讓筆下的人物完全自然主義地發展。例如魯迅所處的中國社會，是一種半封建半殖民地的社會，這種社會本身帶有極大的病態性。因此，魯迅筆下的許多重要形象，如狂人、阿Q、孔乙己、陳士成等都是帶有病態性的，但是，由於魯迅站在更高的思想觀察點和審美觀察點來審視他們，對這些人物的病態現象進行調節整理和審美創造，因此，他們都帶有很高的典型意義。以阿Q的精神勝利法而言，這種病態不僅是阿Q個人的病態，而且是民族病態的典型化，是一種社會病集中的、普遍的、強烈的反映。這一思想，我們如果換一種說法，即病態性格，這不是生來固有的，不是抽象人性的毒瘤，而是社會的產物，那麼，描寫這種毒瘤，就會對社會形成一種有力的抗議。

又如《祝福》中的祥林嫂，她是勤勞、善良的中國農村的勞動婦女。她原是健康的，從精神到肌體都十分健康，但是，當她受到社會的無情打擊後，她的性格變態了。她失去了兒子之後，逢人就說「我

1 高曉聲：《創作談》，第七七頁，花城出版社，一九八一年版。

真傻」，這就是耶勒所說的精神失常的特徵，即不假思索而不斷重複的病態現象，這說明自己無法意識到自己。耶勒說，精神病人因為心力疲竭，沒有勇氣去解脫環境的困難，不得已只能將已嘗試而失敗的動作，再重新嘗試一遍。他好比撲燈的蛾子，無論如何失敗，總是依舊向火光亂撲。這種屢經失敗而不肯放手的動作久而久之便成為習慣動作，不假思索而自動進行，不復受意識制裁，不復與其他日常行為相融貫，不復同化於完全人格。這就是說，它成為「固定觀念」或「受傷記憶」，常機械地驅遣病人做奇怪的動作。[1] 祥林嫂正是受「受傷記憶」的支配，自己無法意識到自己，因此，總是機械地重複着「我真傻」。魯迅描寫這種變態性格，正是對造成這種變態的罪惡社會提出有力的控訴。這種不正常的變態性格，是不正常社會的必然的產物。祥林嫂不是一出現就是一個性格分裂的精神變態者的，如果她生來就是這樣一個不受自我意識制裁的精神分裂者，從娘胎裏就帶來了性格分裂症，那麼，祥林嫂這個形象就沒有任何意義，即使有社會批判意義，也沒有美學意義。祥林嫂原是一個美的勞動婦女的形象，她的精神病態只是作為美的毀滅的表現，或者說是社會毀滅美的一種惡果。魯迅不是把病態作為美本身來欣賞，而是把病態作為對社會的一種強烈的抗議。

魯迅的《白光》也是描寫變態心理很成功的作品。主人公陳士成在應考失敗之後，心理變態到非常淒慘、非常瘋狂的地步。他把幻覺當作現實，在幻覺中一切都變形，七個念書的學童化作「七個頭拖着小辮子在眼前晃，晃得滿房，黑圈子也夾着跳舞」。在落第的打擊下，在一次追求破滅之後，他又進行另一次超現實的追求，於是，在幻覺中又見到銀子的「白光如一柄白團扇，搖搖擺擺地閃起在他房裏」，

1 朱光潛：《變態心理學》，見《朱光潛美學文集》，第一卷。

於是他抖動着心挖地，最後竟挖出死人的爛骨頭，當他悟到這是下巴骨的時候，下巴骨又在他的「手裏索索地動彈起來，而且笑吟吟地顯出笑影」，他逃回房裏，下巴骨又在嘲笑他，直至幻覺中的白光，把他引向荒山，引向死亡。魯迅寫這種變態的心理、病態的人格分裂，是很合理的。這種合理性表現在三個方面：（1）陳士成的病態心理是發生在病態的社會中，在「反常」的科舉制度的黑暗環境中，一些被科舉制度所殘害的知識分子的心理變態是一種心理常態，也就是說，這種變態心理在特定典型環境中是帶有典型性的。（2）主人公陳士成既在幻覺中，又在現實中，他對自己的瘋狂行為，隨時都能察覺，隨時都能對自己進行無情的嘲笑，也就是自己又「超越了分裂」之上。（3）最重要的是，在不清醒的人物後面站着一個極清醒的作家。這位作家對自己筆下人物的幻覺，混亂心理，進行了理性的調節。只有像魯迅這樣，描寫病態心理才能獲得其社會意義和審美意義。

在描寫病態的二重人格時，作家自身應當是非病態的。他應當有一個清醒的頭腦，一切病態的現象、分裂的現象，在他的頭腦中應當是統一的、完整的。但作家在激情洶湧時，並不完全受自己的理智所支配，在創作過程中往往處於非自覺狀態，原先預備對付人物的一套觀念有時會完全忘卻，但這時仍有理性在起作用，不過，這是潛意識層次中的理性。我們所說的「理性調節」，便包括這一層次的理性。因此，同一個作家在描寫人物性格的二重組合和病態的二重人格時，有時會獲得成功，有時則不那麼成功。例如陀思妥耶夫斯基，就發生過這種情況。他是一個描摹病態性格的大作家，他描寫「靈魂的深」，就是描寫性格深層結構中的二重組合，揭示「窮人們」在罪惡掩蓋下的「潔白」。他的一些最成功的作品，既提供了這種發現，又提供了這種發現的充份根據，使人感到他塑造的性格是個完整的有機體，這是因為他對自己的人物進行了理性的調節和情感的補充。而他的有些描述二重人格的作品，卻失去這種調節和補充，使得性格呈現出一種雜多而不能歸「一」的混亂無序狀態，從而產生出一些「莫名其妙的、好像在夢中輾轉不安的傀儡」（謝德林語）。杜勃羅留波夫在批評這種現象時，闡述了一個很重要的道理，他說：「藝術家用他那富於創造力的感情補足他所抓住的一剎那底不連貫，在自己的心靈之中，把一些局部的現象概括起來，根據散見的特徵創造一個渾然的整體，在看來是不相連續的現象之間找到活的聯繫和一貫性，把活生生的現實中的紛紜不同而且矛盾的方面融合而且改造在他的世界觀的整體中。因此，一個真正的藝術家在寫作他的作品時，在他的靈魂裏總是包容着它的完全統一的方面，包括它的開始與終結，包括它的常常是邏輯思維所不能了解，但卻是藝術家靈悟的眼光所能發現的秘密的動力和秘密的結果。」[1] 蘇聯的陀思妥耶夫斯基著名的研究者巴赫金在《陀思妥耶夫斯基的複調小說和評論界對它的闡述》[2] 一文中對陀氏小說的複調性質作了相當精闢的論述。該文說陀氏在旁人看見一種思想的地方，他會找到另一種思想；在旁人看見一種品格的地方，他能挖掘出另一種相反的品格。這種能力，使陀思妥耶夫斯基的作品具有許多獨特的藝術發現。他在別的作家看不到的地方，發現了隱藏在文學對象中更深層次的東西。有了這種發現，藝術就會給世界作出新的貢獻。然而，陀思妥耶夫斯基藝術才能的最有力之處，也正是他的最軟弱之處。這種軟弱最明顯的表現，就是有時無法實現性格的一元化。巴赫金在這篇文章中指出：「在陀思妥耶夫斯基任何一部小說裏都沒有統一精神的辯證形成……在每一部小說裏多種意識的對立狀態並沒有通過辯證的方式被取消掉，這些意識並不融合於形成中的精神的統一，就像神靈和鬼魂在但丁的表面性的複調世界裏不相融合一樣。」又說：「統一的形成的精神，甚至

1 杜勃羅留波夫：《杜勃羅留波夫選集》，第二卷，第四五四頁。

2 巴赫金：《陀思妥耶夫斯基的複調小說和評論界對它的闡述》，載《世界文學》，一九八二(四)，本書所引巴赫金語，均見此文。

作為一種形象也是本質上和陀思妥耶夫斯基格格不入的。陀思妥耶夫斯基的世界是深刻地多元性的。如果說必須要尋找一個為這整個世界所嚮往的、合乎陀思妥耶夫斯基本人世界觀精神的形象的話，那麼，這個形象就是教堂，它作為不相融合的靈魂的媾通場所，罪孽深重之徒和德行端莊之士在那裏渾處一堂；可能也是但丁的世界的形象，在那裏多種結構成了永恆的現象，那裏有死不懺悔的和誠心懺悔的人們，有被懲罰的和得救的人們。這樣的形象才合乎陀思妥耶夫斯基本人的風格，確切些說是合乎他思想的風格，而統一精神的形象則是和他格格不入的。」

由於陀思妥耶夫斯基與統一精神常常相違，因此，他的一部份小說所描繪的性格，就是一種病態的二重人格，而且，陀思妥耶夫斯基本人對這種二重人格也並不崇拜。巴赫金在高度評價陀思妥耶夫斯基小說的「複調現象」，主張把陀思妥耶夫斯基主義和複調藝術現象加以區別（他認為盧那察爾斯基缺乏這種區別）的同時，也批評說：「盧那察爾斯基和高爾基一樣號召對『陀思妥耶夫斯基主義』進行鬥爭，這是正確的，但當然也絕不能把複調現象和『陀思妥耶夫斯基主義』混為一談。『陀思妥耶夫斯基主義』是陀思妥耶夫斯基中反動的、純粹獨白性的糟粕。它始終封閉在一個意識的範圍裏，在其中蠕動着，製造一種對孤獨隔絕的個性的兩重性的崇拜。」我們在高度評價陀思妥耶夫斯基描寫「靈魂的深」時，顯然不能忘記陀思妥耶夫斯基的這種糟粕。巴赫金認為陀思妥耶夫斯基小說中的「複調現象」，無疑是俄國和歐洲小說發展中的一大進步，但對病態的二重人格的崇拜，顯然是一個嚴重的弱點。所以，杜勃羅留波夫在肯定陀思妥耶夫斯基的功績時，也指出他另一部份作品中性格的混亂，以分裂的二重人格來代替正常性格的二重組合。特別是他的題名叫做《二重人格》的小說，主人公高略達金便是一個「完全瘋狂的人」。「自尊心和懷疑起了病態的發展，變得極度畸形，甚至達到神經錯亂的地步」，高略達金以及其他一些病態性格的描繪，「一方面暴露了作者觀察到的內容缺乏多樣性，另一方面，也直率說明他的創作是違反藝術上的完整性和一貫性」[1]。

杜勃羅留波夫在批評中，還着重對病態性格的一元化作了論述，他認為經過作家理性的調節和情感的補充，性格現象中那些不連貫的可以變成連貫的，那些孤立的可以組織成聯繫的，那些分散的可以變成整體的，那些矛盾的可以在他的世界觀中得到一元化的整體呈現。總之，現實中紛紜不同的二重或多重現象可以通過作家的理性作用，使這些現象統一在他的靈魂中。沒有這種統一，性格病態的描寫就會是混亂的。陀思妥耶夫斯基的《二重人格》等小說所表現出來的性格分裂和性格混亂，正是與陀思妥耶夫斯基自身世界觀的分裂相聯繫的。他已無法駕馭這些人物，無法對這些性格分裂現象進行清醒的分析和說明，在一定程度上，自身被這些人物所擺佈。盧那察爾斯基把作為作家的陀思妥耶夫斯基和作為人的陀思妥耶夫斯基區別開來。他說，陀思妥耶夫斯基作為一個作家，他畢竟掌握着一根指揮棒，畢竟是這一批成份複雜的人物的主人，到最後，他總能夠在這裏建立起「秩序」來的。但是作為「人」的陀思妥耶夫斯基，他卻是另一種情況，他說：「如果說作為一個作家，陀思妥耶夫斯基是自己的主人，那麼作為一個人，他是不是自己的主人呢？不，作為一個人，陀思妥耶夫斯基不是自己的主人，他的人格已經解體、分裂——對於他願意相信的思想和感情，他沒有真正的信心；他願意推翻的東西，卻是經常地、一再地激動他而且看來很像真理的東西；——因此，就他的主觀方面說，他倒很適於做他那個時代的騷亂狀態的反映者、痛苦的但是符合需要的反映者。」[2]在盧那察爾斯基看來，陀思妥耶夫斯基的作

1　杜勃羅留波夫：《杜勃羅留波夫選集》，第二卷，第四六三頁。
2　盧那察爾斯基：《盧那察爾斯基論文學》，第二零九頁，人民文學出版社，一九七八年版。

品在藝術上是統一的。但是，作為作家的陀思妥耶夫斯基與作為「人」的陀思妥耶夫斯基其實是難以完全分開的。當他作為分裂的「人」時，不能不影響他那作家頭腦中的調節器，不能不影響他筆下人物性格的狀態。很明顯，他筆下人物的性格分裂狀態，是與他自己意識的分裂緊密相關的。他既然無法成為自己的主人，他的人物也無法成為自己的主人，他的人格已經解體，他的人物性格也隨之發生解體。因此，當陀思妥耶夫斯基自己處於極端矛盾中，作為作家的他和作為人的他互相交錯，有時衝突，有時一致，他的作品有些放出天才的光芒，有些陷入「聖癡」的瘋癲。所以盧那察爾斯基認為，要理解陀思妥耶夫斯基的長篇和中篇小說，有一把鑰匙，這就是他自己意識世界中的內在分裂。這種內在分裂有時嚴重到無法自我制約，完全失去理性的制約。所以盧那察爾斯基毫不留情地指出這點，他說：「陀思妥耶夫斯基本人身上也有這種類型的小市民的習氣：攫取和虐他狂。」[1] 由於陀思妥耶夫斯基在某些時期失去理性的制約，又可怕地帶上「攫取和虐他狂」的習性，因此，他對自己筆下那些無恥之徒未能執行應有的歷史批判，從而讓這些無恥之徒橫衝直撞，絕對自由地走入瘋狂的狀態。他的《二重人格》正是這樣的。我們的社會主義文學，在借鑒陀思妥耶夫斯基挖掘「靈魂的深」時，當然不能把他在另一些作品中描繪靈魂的混亂、墮落、喪失理性的瘋狂當作楷模。

總之，現實中紛紜不同的二重或多重現象應當通過作家的理性和情感的作用，有序地統一在作家的靈魂中。沒有這種統一，就找不到性格的重心，二重人格的描寫就會是混亂的。因此，我們所講的性格二重組合原理，完整地說，乃是人物性格一元化的二重組合原理。

1 盧那察爾斯基：《盧那察爾斯基論文學》，第二零一頁。

第五章

性格二重組合的深層觀念

第一節　性格組合的表層意義與深層意義

人物性格二重組合原理，最容易使人誤解的，是僅僅將其理解為表層意義的二重組合，而沒有進一步理解到它還有一種深層的意義。

實際上，我們所講的二重組合原理包括兩種意義，一種是表層意義，另一種是深層意義，而關鍵是後一種意義。表層意義即人們通常所理解的每個人的性格表象都不可能是純一的，他既有優點，也有缺點，既有陽剛性格素質，又有陰柔性格素質，以及其他非純一的雜多表象。就像李逵既有粗暴的一面，也有「奸猾」（聰明）的一面；魯智深，既有魯莽的一面，也有精細的一面。每個人的性格都有這種二重性和雜多性，這是性格二重因素的簡單組合。這種組合所以簡單，就是它還沒有展示人物性格深層結構中的矛盾拼搏的動態內容。例如西方古典主義文學理論家布瓦洛，他的性格理論與古典主義文學的理性主義和人物性格類型化是一致的。但是，他也不反對這種表層意義的二重組合，所以他說：「偉大的心靈也要有一些弱點，阿什爾不急不躁便不能得人欣賞；我倒很愛看見他受了氣眼淚汪汪。人們在他肖像裏發現了這種微疵，便感到自然本色，轉覺其別饒風致。」[1] 要寫出真實的人，這種簡單組合也是必要的，它是深層意義的性格二重組合的前提。我們所說的層遞型、向心型的典型模式，都包含着這種表層的二重組合，即他們都在自己的性格中體現出性格表層的二重特徵。就像武松，他是向心型的典型模

1　布瓦洛：《詩的藝術》，第三八頁，人民文學出版社，一九五九年版。

式，任他身上集合着許多英雄的特徵。所以金聖歎稱他為「天人」，但他並不真正是天人，而是地上的人，他有人的局限性。金聖歎讚揚《水滸傳》描寫了他的局限性。景陽岡打虎的那一段文字，施耐庵表現武松打虎的英雄氣概，好就好在不是輕而易舉地打死老虎，而有一個一波三折的「打」的過程，而且打死老虎之後筋疲力盡，因此，當他看到偽裝成老虎的獵人，以為又見到老虎，心裏產生一陣驚慌。這就使武松的形象更為逼真動人。

這種表層意義上的二重組合很容易被庸俗化，或被變成一種簡單的公式。我國作家王蒙談論這個問題時曾說：「對於一個文學工作者來說，不論寫甚麼樣的偉人或是甚麼樣的惡人，只有確實把他們當作活的人來寫，亦即只有在他們確實像活人的時候他們才是可信的，才是能夠引起讀者的共鳴或者反感的，才能使讀者關心，使讀者熱愛，使讀者敬慕，或是使讀者輕蔑仇恨。不把人物作為人來寫，不把感情作為活人的感情來寫，不把人物的善、惡、高、低滲透在人物的飲食起居、音容笑貌、喜怒哀樂、成敗利鈍中來表現，不敢寫具體的人性，就不可避免地產生模式化、概念化，最後必然走上反文學、反藝術的死胡同。反過來，以為抽象的普遍人性就是一切，以為承認人性便是承認敵、我、無、資、忠、奸、良、莠彼此彼此，並無二致，以為只有寫英雄腳上的癬疾，漢奸頭上的光環，林妹妹與焦大戀愛，飢民愛蘭成癖才是『突破』，同樣是沒意思的矯情，並完全有可能成為圖解的另一種『新模式』。」[1] 我們所講的二重性或雜多性，是人物性格有機整體中的二重性或雜多性，是人物性格系統中的有機因素，是活人的具體人性表現。而被庸俗化了的性格表層性，則是脫離整個性格的有機系統，強加給人物的外在

1　王蒙：《漫話小說創作》，第一五五頁，上海文藝出版社，一九八三年版。

特性，「寫英雄腳上的癬疾，漢奸頭上的光環」，與我們所說的表層意義的二重組合仍然是不同的。我國過去文藝理論界，曾發生過一場討論，即可不可以寫英雄人物的缺點，主要還是在討論可不可以有表層意義的二重組合，也就是說，像布瓦洛所說的，英雄有時會眼淚汪汪這種情況允許不允許。這是爭論的焦點。至於深層意義上的二重組合是不允許爭論的，因為是否可涉足小河尚是一個問題，當然也不必討論是否可涉足大海了。

二重組合的深層意義，則是指性格內部深層結構中，即人的內心世界中的矛盾搏鬥，以及這種拼搏引起的不安、動盪、痛苦等複雜情感。這就是說，表現人的性格的時候，不僅要寫出人的性格表層靜態性質的二重因素，而且要寫出人的各種性格因素在性格內部世界中的複雜動態過程，寫出人的靈魂前進和退卻以及墮落時，受到社會關係和反映這種關係的其他心理因素的牽制而發生的矛盾交織狀態和矛盾運動歷程。這一層意義特別重要。性格二重組合的觀念之所以比性格的複雜性觀念更難被膚淺的審美眼光所接受，原因就在於此。

人們通常所講的人物性格的複雜性，還只是一種直觀把握，往往只能描述性格的複雜表象，因此，了解性格表象的「雜多」，認識性格的表象是比較容易的。但是對性格表象的直觀把握並不能代替對性格運動規律的科學抽象，不能代替我們對性格整體以及性格內部本質的科學認識。二重組合原理，就是一種科學的抽象，這可以使我們在直觀把握雜多紛繁的現象之後又透過這種現象看到它們背後的對立統一運動，不會被性格表象所迷惑，從而進入性格的深層結構之中。科學發現的任務，正是發現那些埋藏在雜多現象深處的隱蔽的運動。性格中的雜多因素都是在對立統一的運動中獲得整體性的，正是在這個意義上我們說性格是二重組合的。也就是說，從表象看，它是雜多的，從本質意義上看，它是二重組合結構。一個豐富的性格，僅僅表現在橫向上的「雜多」是不夠的，更重要的是表現在縱向上的「深邃」，即表現出性格深層結構中的矛盾內容。寫出人物性格深處的動盪、不安、痛苦、搏鬥，特別容易使性格豐滿，特別容易使人物形象富有感染力。

綜上所述，我們可以了解性格的深層觀念，有下列幾個最重要的特徵：（1）它不是雜多性格元素的外在排列，而是多種性格元素以二極性的特徵在性格內部的矛盾組合。（2）它不是靜態的善惡相加，而是一個動態的辯證運動過程。（3）它不是表象性的人的行為事實，而是深層性的互相對立的性格力量的拼搏和由此產生的情感顫動。總之，性格二重組合原理不是要求人物性格的表象湊合，而是要求反映人的內在生命，即性格深層世界中的對立統一運動。羅曼．羅蘭曾說：「人們總是寫一個人畢生經歷的故事。人們以為通過經歷的種種事實，就可以看見生命。這不過是生命的外表。生命是在內部的。」[1]我們所講的二重組合，正是性格的內在生命運動。

我國和世界文學史上一些具有較高審美意義的典型人物，例如賈寶玉、阿Q、哈姆雷特、約翰．克利斯朵夫、安娜．卡列尼娜等，好像都有一個特性，那就是「深不可測」。他們的性格不僅很難用一句話來加以概括，而且用很多語言也難以描述清楚。歌德給莎士比亞一個看來平常實則很不平常的評價，叫做「說不盡的莎士比亞」，而莎士比亞的說不盡，關鍵在於他筆下的人物哈姆雷特、奧賽羅等形象，他們性格中所蘊涵的異常豐富的內涵難以說盡。魯迅的阿Q，已經誕生近一個世紀了。自其誕生以來，關於阿Q的研究文章，其數量成百倍地超過《阿Q正傳》小說本身，但是，至今阿Q還是說不盡，而且

1　羅曼．羅蘭：《羅曼．羅蘭文鈔續編》，第五二頁，新文藝出版社，一九五八年版。

確實不斷地說出新東西。面對這種現象，我們確乎感到一種「不可言傳，不可理喻」的深奧，並會情不自禁地驚嘆偉大作家非凡的創造才華。

這些偉大作家塑造的性格，所以如此豐富，以致使人有「深不可測」之感，其中有一個根本性原因，就在於他們寫出了人的靈魂的深邃，把人的性格世界深層的東西展示出來了。

我們所說的深層意義的二重組合，也就是前面多次談到的要揭示「靈魂的深」。魯迅在《「窮人」小引》中講過一段著名的話，他稱陀思妥耶夫斯基為「人的靈魂的偉大的審問者，同時也一定是偉大的犯人，審問者在堂上舉劾着他的惡，犯人在階下陳述他自己的善；審問者在靈魂中揭發污穢，犯人在所揭發的污穢中闡明那埋藏的光耀。這樣，就顯示出靈魂的深」。[1] 在另一篇文章中他又指出，這種「深」正是因為「他把小說中的男男女女，放在萬難忍受的境遇裏，來試煉它們，不但剝去了表面的，拷問出藏在底下的罪惡，而且還要拷問出藏在那罪惡之下的真正的潔白來」[2]。魯迅所揭示的思想，高爾基也表述過。高爾基曾說：「寫作訓練分兩種：一是剝樹的內皮，二是用樹皮編東西。剝樹的內皮，指的是積累材料，善於觀察、聽聞，善於體會一切人（清廉正直的人和作惡多端的人）的心情，善於從好人身上尋找壞的東西，從壞人身上尋找好的東西，即人所固有的屬性。用樹皮編東西，指的是安排材料，使任何細節都能各守其位，恰到好處，沒有一絲多餘的感覺，一切都要使讀者的眼、耳、鼻、舌感同身受。」[3] 高爾基所說的剝樹皮要剝到樹的深層，正是要剝到靈魂的深層，與魯迅所說的潔白中的罪惡、

1 《魯迅全集》，第一版，第七卷，第一零四頁，人民文學出版社，一九八一年版。
2 《陀思妥夫斯基的事》，見《魯迅全集》，第一版，第六卷，第四一一頁，人民文學出版社，一九八一年版。
3 高爾基：《致阿．弗．雅可甫列夫》，見《論寫作技巧》，第二二頁，廣東人民出版社，一九八零年版。

罪惡中的潔白的意思相通。為了說明問題，我們以《孔乙己》為例簡單地分析一下。

孔乙己作為喜劇性的悲劇人物，他的性格不是單一的，他既有迂腐和卑瑣的一面，也有善良與正直的一面，在魯迅筆下，孔乙己身上表現出許多無價值的東西，但是，魯迅在為他佈置的精神苦刑中，也拷問出了有價值的東西。關於孔乙己竊書，魯迅描寫道：

> 孔乙己一到店，所有喝酒的人便都看着他笑，有的叫道，「孔乙己，你臉上又添上新傷疤了！」他不回答，對櫃裏說，「温兩碗酒，要一碟茴香豆。」便排出九文大錢。他們又故意的高聲嚷道，「你一定又偷了人家的東西了！」孔乙己睜大眼睛說，「你怎麼這樣憑空污人清白……」「甚麼清白？我前天親眼見你偷了何家的書，吊着打。」孔乙己便漲紅了臉，額上的青筋條條綻出，爭辯道，「竊書不能算偷……竊書！……讀書人的事，能算偷麼？」[1]

魯迅這裏間接地寫出他偷書的「罪過」，然而也寫出他的誠實：他懂得「臉紅」，在辯白中實際上又老實地承認自己的偷竊，這不也是「不清白」中的「清白」嗎？

馬克思在分析法國作家歐仁．蘇的長篇小說《巴黎的秘密》時，對這部小說的主人公妓女瑪麗花的性格作了深刻的剖析。瑪麗花原是貴族出身，年幼時因為父親出走和母親改嫁，她被賣給一個叫作「貓頭鷹」的女人做養女，八歲時因忍受不了凌辱而逃走，但終於沒有生路，以致被誣為小偷而入獄。十六

1　《魯迅全集》，第一版，第一卷，第四三五頁，人民文學出版社，一九八一年版。

歲時被迫回到「貓頭鷹」身邊當了妓女。以後，她就在酒吧間裏掙扎，有一天，一個外號叫作「刺客」的流氓來調戲她，她進行了搏鬥，就在這個時候，一個工人打扮的人來制止了流氓的作惡，這就是瑪麗花所不相識的父親魯道夫。正是他的父親和世俗的人們一樣把妓女瑪麗花看成是惡的化身，但瑪麗花在回答魯道夫時替自己辯護說：「是的，我曾經不止一次地透過河岸的欄杆凝視着塞納河，可是，過後我又轉過頭來看看花，看看太陽，並且自言自語地說：河始終會在這裏，可是我還沒有滿十七歲呵，誰會知道呢？在這一剎那間，我覺得我不應該有這樣的命運，我覺得自己身上有某些好的地方。我對自己說：我的苦是受夠了，但是至少我從來沒有害過甚麼人！」馬克思在引證了這段對話之後，接着就指出：「……她總是合乎人性地對待非人的環境」，她的天性「像太陽和花一樣純潔無瑕」，「她的境遇是不善的，因為它給她一種反常的強制，因為它不是人的本能的表露，不是她的人的願望的實現，因為它令人痛苦和毫無樂趣。她用來衡量自己的生活境遇的量度不是善的理想，而是她固有的個性、她天賦的本質」。馬克思特別指出：「這一切都證明，她在社會中的境遇只不過傷害了她本質的表皮，這種境遇大不了是一種歹遇，而她本人則既不善，也不惡，就只是有人性。」[1] 這裏馬克思把瑪麗花本質的表皮與本質的內裏分開，她作為一個妓女，過着不乾淨的生活，但這只是她性格的表層，而這個形象性格所以刻劃得成功，是作者描繪了表皮所掩蓋着的內在人性，這個內在世界中仍然隱藏着像太陽和花一樣純潔無瑕的東西。因此，瑪麗花的性格仍是一種真的活的性格，是富於人情的性格。所以馬克思這樣評價說：「瑪麗花雖然十分纖弱，但立刻就表現出她是朝氣蓬勃、精力充沛、愉快活潑、生性靈活的，只有

---

1 《馬克思恩格斯論藝術》，第三卷，第五一—五二頁，人民文學出版社，一九六三年版。

這些品質才能說明她怎樣在非人的境遇中得以合乎人性地成長。」[1]

深層意義上的性格二重組合，對於孔乙己、瑪麗花這類人物，是揭示其性格深層世界中不潔白中的潔白，而在寫另一類人物時，則應當揭示其潔白中的不潔白，但這又不能誤認為是縱向上的善惡相加，或移入性格深層結構中的機械的善惡排列，而是一個動態的矛盾複合過程，即性格深層結構中的對立統一運動。性格深層意義上的二重組合，孔乙己和瑪麗花還不能算是典型的例證。只要我們對托爾斯泰的安娜．卡列尼娜的形象有了準確的把握，就會更清楚地了解深層意義的二重組合。

《安娜．卡列尼娜》中的安娜，比瑪麗花的形象更加豐滿。她的內心充滿着動盪不安，充滿着真實的搏鬥。她是一個充滿着矛盾的迷人的女性。她不僅美麗絕倫，而且情感異常豐富，她一面不顧世俗的巨大壓力，讓自己的情慾充份燃燒起來，追求她在人世間未曾享受過的愛情，努力地實現自我；另一方面又屈從於貴族社會的道德原則和扼殺人性的宗教勢力，在追求中懷疑着，搖擺着。她在體驗到愛情時感到幸福，而在意識到貴族的道德時又感到痛苦；她許身給渥倫斯基後，一方面覺得渥倫斯基是她在世上唯一的幸福之源，另一方面又覺得渥倫斯基是造成她痛苦的罪惡之因；她在自己所尋找到的愛情中見到自由的天堂，又同時見到可怕的地獄；她熱戀着情人，又依戀着孩子，她是一個全面的女性，既有女兒性，又有情性和母性。但是，她的豐富的本性在那個缺乏人性的社會難以全面地實現。因此，當她的情性覺醒時，立即又被她的母性所牽制，同時，也受到妻性所牽制。所以她對待卡列寧也是矛盾的。她一面厭惡他的虛偽，與他決裂，另一方面又覺得他是「好人」，在他面前感到羞愧，為他的無辜和處境難

1《馬克思恩格斯論藝術》，第三卷，第四九—五零頁，人民文學出版社，一九六三年版。

過。她不愛自己的丈夫，而又酷愛與這個丈夫共同的兒子，她在情愛與母愛之間，情性與妻性之間，個性與世俗觀念之間經受着內心最深刻的矛盾和煎熬。她的情感全面湧流出來的時候，矛盾也全面暴露，但種種矛盾最後都無法解決，矛盾於是膨脹，最後竟是脹裂，終於導致她臥軌自殺。安娜在內心矛盾的搏鬥中顯示出她深層情感世界的全面內容：感性與理性，痛苦與歡樂，意識與潛意識，情性與妻性，情性與母性，此岸的愛與彼岸的愛，因此，表現出巨大的人性的魅力，美的魅力。卡列寧和渥倫斯基也不是完全好或完全壞的人物。對於卡列寧，讀者有的討厭他，有的同情他，就因為他身上確實有些值得討厭的，也有一些值得同情的因素。像渥倫斯基這個貴族子弟，也確實有值得安娜愛的所在，為了安娜，他也曾經放棄升遷的機會，為了愛情而犧牲榮譽，他並非世俗觀念的奴隸。但是，從性格深度來看，卡列寧、渥倫斯基都沒有像安娜那樣豐富和深邃。

我們還可以再看看霍桑的《紅字》中的丁梅斯代爾牧師。這位青年牧師出身於英國一個著名的大學，兼有深厚的天賦與學者的成就，他一出場就被置於一個嚴重的內心衝突之中。我們不僅看到他潔白中的罪惡，罪惡中的潔白，而且看到這兩種因素怎樣在搏鬥，在掙扎，怎樣在折磨着他自身的靈魂。因此，我們感到一個活人的靈魂在強烈地顫動着，而我們的心靈也跟着顫動。丁梅斯代爾是一個熱情的宗教徒，他不僅心中充滿着宗教的理性，而且是這種理性動人的傳播者，他在傳教時，用着天使般的語言征服着聽眾，以致使那些虔誠的信徒為他的演講而傾倒，正是這樣一個被上帝寵愛的潔白的靈魂，他出場時被置身於一個正在審訊一位女人的法庭上。這個名叫海絲特的女人因為犯了通姦罪，而胸前佩着一個紅色的A字（即英文「通姦女犯」的第一個字母），對這個女人進行審訊的州長要求丁梅斯代爾設法叫這個女人悔悟，招供出與她通姦的男人的名字，以拯救她的靈魂。但通姦的同犯，不是別人，正是丁梅斯代爾自己。這位渾身燃燒着神的理性熱情的牧師，同時也是一個人，他身上同樣燃燒着人的情慾。他被情慾征服過，褻瀆過上帝，而在這個審訊台上，他卻又要充當上帝的代表。此時，他的內心經歷着一種激烈的拼搏，兩種對抗力在折磨着他，一種是人性的力量，這種力量要他忍受着，同情着，要他分擔海絲特的痛苦與恥辱；另一種力量，是上帝的力量，這種力量又使他害怕，使他猶豫，使他屈服。在這個時候，他這樣勸說海絲特招供同犯的名字：「你總已聽到這位善良的人所講的話了，你已看見那壓在我身上的責任。如果你覺得那樣可以使你靈魂平靜，而你現在所受的懲罰更能有效地使你得到拯救，那麼我命令你供認出你共同的罪人和共同的承受者！不要因為對那個人懷有不正當的憐憫和柔情，便保持沉默；相信我的話，海絲特，因為雖然他將從崇高的地位上跌下來，將同你一起站在恥辱的刑台上，然而總比一生隱藏着一顆罪惡的心要好一些。你的沉默，除去誘引他——不，簡直是強迫他——在罪惡上面又加上虛偽以外，對於他還有甚麼好處呢？上天既然給了你一種公開的恥辱，你就該借此公開地戰勝你內心的罪惡和表面的哀愁。現在呈獻到你唇邊的那杯辛辣可是有益的苦酒，也許那個人自己沒有勇氣拿來喝下去，但是你注意，你是怎樣在阻擋他接受這杯苦酒呢？」丁梅斯代爾牧師這段既是勸說海絲特又是靈魂的自我獨白，反映着他性格深處中的巨大痛苦。他所講的話，符合宗教理性，是代表着上帝的教旨的，但他自己恰恰是違背這個教旨的罪人。他意識到罪惡，意識到自身釀成的一杯苦酒，是不應當讓海絲特獨自來承受，而自己又沒有勇氣喝下這杯苦酒。他勸海絲特給他喝下這杯苦酒的勇氣，說出這個同犯的名字，以免讓他的痛苦之中又加上虛偽，但在實際上，他又無力撕毀這虛偽，還在維持這虛偽，他勸說海絲特不要管他從崇高的地位上跌落下來，而實際上他恰恰對這個跌落感到恐懼。這種上帝的理性和人類的情感的矛盾深深地折磨着他，使他病倒了，他把自己內心的搏鬥，告訴那個偽裝的醫生——

決意打破秘密的海絲特的前夫：「用不着提出更明白的理由，我們可以說，他們所以保持沉默，就是因為他們的天性。或者我們可以這樣假設嗎？——他們雖然隱瞞着犯罪，不過仍然熱心於上帝和人類的福祉，他們畏縮不敢把自己的黑暗和污穢展現在人們的眼前；因為，這樣一來，他們就不能再有善行；而過去的惡行也無法用更良好的服務來贖償了。因此，他們忍受着自己說不出來的痛苦，出入在他們的同類之間，表面上他們像是新落的雪一樣地潔白，可是他們的心裏全是罪惡的斑痕，使他們簡直無法擺脱。」這是多麼真實的自白。他作為一個教徒，熱心於上帝和人類的福祉，是真實的，而他作為一個人，愛着海絲特，為海絲特的遭遇而痛苦也是真實的。他站在上帝的立場上，感到自己和海絲特的愛是一種罪惡，而且感到一旦承認這種罪惡，不僅自己失去尊嚴，也褻瀆了上帝，但是，作為一個人，他身上愛的力量又逼使他拋棄了上帝而決定跟海絲特帶着孩子一起逃走。在逃走的計劃失敗之後，他從禮拜堂的講壇上走下來，走到示眾台前，並攜着海絲特及女兒一起走上去。他當時已經臨近死亡，但他卻用動人的人性力量，用莊嚴的、可怕的聲音承認自己的罪行。他扯開胸前的聖箍，袒露胸膛，在場的人看見他的胸上也刻有鮮紅的A字。他終於去會見上帝，但不是帶着上帝的理性，而是帶着他的人間情感。他終於從上帝理性壓迫的大苦悶中解脱出來。他與法朗士的《泰綺思》中的巴弗奴斯不同，不是作為一個靈魂的拯救者出現，而是作為一個靈魂的犯罪者出現。他自己被置於上帝與人的雙重審判台上，上帝的審訊台叫他承認愛的罪惡，人的良知審訊台又叫他承認愛的權利。我們在丁梅斯代爾牧師的性格深層世界中，看到正反兩種心理力量真實的拼搏，看到情與理、人性與神性、誠實與虛偽兩極性格內容的衝突，而這——上帝的責任與人的責任等，正是深層意義上的二重組合。

第二節　作家在性格塑造中的深層把握

分清性格二重組合的表層意義和深層意義之後，我們就會了解，塑造人物性格的難點，是在開拓人物性格的深層意義，把人物性格深層世界中的二重組合展示出來。同時，我們還看到作家、藝術家所設置的法庭與法律家所設置的法庭是不一樣的。法律家所設置的法庭拷問着犯人的罪惡，一旦拷問出罪惡，他就完成了自己的使命；而藝術家則不僅僅要拷問出罪惡，而且要拷問出罪惡底下的潔白，即隱藏在人性深層中的東西。作家、藝術家比起政治家、法律家、科學家來，正是在這點上表現出智慧的特色、眼光的特殊性。如果作家、藝術家的眼光只停留在表層上，只看到「罪惡」（或只看到潔白），那麼，他就不會有真正的藝術發現。因此，有抱負的作家、藝術家總是想盡辦法去打開人們心靈的門扉，去開掘人們靈魂深處的世界，去發現政治家、法律家、科學家看不到的人性的奧秘。正是在這點上，文學作品產生了打動人心的力量，也正是在這點上，作家、藝術家建立了自己的功績。

關於這點，杜勃羅留波夫說得很好，他說：「藝術家的功績也就在這裏：他發現，瞎子並不完全是盲目的；他在愚笨的人身上發現一種最明白的健全思想的閃光；他在逆來順受、失魂落魄、缺乏性格的人身上，發現人的本性中一種蓬勃的、永遠不會被窒息的願望和追求，把它指給我們看，剖剜出隱藏在靈魂深處的個人對外部強制壓力的反抗，讓它引起我們的裁判和同情。」[1] 杜勃羅留波夫這一段關於藝

1　杜勃羅留波夫：《杜勃羅留波夫選集》，第二卷，第四七八頁。

術家功績的論述是很精確的，他告訴我們，藝術家創立自己的功勳，應當在性格深層中，在別人只看到一重因素的地方，發現矛盾着的二重因素。杜勃羅留波夫認為，果戈理曾經在他的一些小說中有過這種發現；陀思妥耶夫斯基的《窮人》以及其他一部份小說中也有過這種發現。巴赫金在他的《陀思妥耶夫斯基的複調小說和評論界對它的闡述》的論文中也作過精彩的闡述：「他善於在每一個聲音裏聽出兩種爭辯的聲音，善於在每一個表情裏看到沮喪和立時變成另一種相反表情的預兆；在每一個手勢裏他同時捉摸過信心和不自信；他領悟過每一種現象的兩重含義和多種理解。」[1]

可見，所謂表現靈魂的深邃，就是應當透過人物性格表層的東西而完成一種藝術發現，即發現用單一的、機械的審美眼光無法發現的、更為深刻的東西，這種東西，就是蘊藏在人的性格深層結構中的豐富複雜的辯證內容，即人的性格的矛盾內容。更具體地說，就是作為社會關係總和的人，他們的性格世界都不是純粹的單一性格因素（或絕對肯定因素，或絕對否定因素）構成的，都不可能只是單一的社會生活內容的反映，而是正反二重性格因素按照一定的聯繫方式而形成的性格結構，是正反二重因素互相對立、互相依存、互相交織、互相轉化的性格排列組合。由於組合內容的無窮差別性和組合形式的無窮變動性，便形成人的不可重複的個性，也使作家筆下的人物性格形成非常豐富、非常深廣的內容。如前文所說，善與惡、美與醜、情與理、悲劇性格因素與喜劇性格因素、崇高性格因素與滑稽性格因素、陽剛性格因素與陰柔性格因素等，都可以構成人物性格內部的二重組合。然而，一個具有高度審美意義的典型性格，往往不僅是一對矛盾組合，而是多對的矛盾組合，以致形成一種多種矛盾交叉的性格網絡結

---

1 巴赫金：《陀思妥耶夫斯基的複調小說和評論界對它的闡述》，載《世界文學》，一九八二(四)。

構。總之，人物性格的深邃正是寓於人物性格世界深層結構中的這種矛盾交織。我們說阿Q、賈寶玉、哈姆雷特這種典型的「深不可測」，就在於他們的性格深處包含着非常豐富的、多種意義的矛盾內容。

魯迅的《孤獨者》中的主人公魏連殳的靈魂也寫得非常深邃，性格也非常豐富。而所以深邃和豐富，就在於他靈魂深處的內在矛盾內容得到了充份的展示。魏連殳是一個夢醒了之後感到無路可走的幻滅者。覺醒之後而無路可走，這是人生最大的苦痛，最慘重的悲劇。「五四」後醒來了的新人物魏連殳在無路可走之後當了軍閥師長的顧問，背叛了自己先前所信奉的一切，但魯迅的深刻之處在於：他不但看到魏連殳的背叛，而且看到他對背叛的自我憎惡以及背叛後的「孤獨」和深刻的苦悶，直至最後被苦悶所埋葬。這就不僅寫出魏連殳性格中頹唐的一面，而且寫出他的不甘於頹唐的一面。他所信奉的理想喪失了，但似乎又並未喪失，他還在新的環境中作最後的掙扎，這種無望的掙扎，便形成他的大苦悶。魏連殳的孤獨感裏面，包括着非常矛盾的、非常深刻的東西。這裏有對昨天覺醒的追懷和記憶；有對往昔人生道路的顧戀、懺悔和迷茫；有失落理想的悲哀和不甘心這種失落的更大悲哀；有擺脱空虛生活的意願而又未能擺脱這種空虛的徬徨。因此，這種孤獨感正是惡中的善，正是善的掙扎，善的不甘心墮落。魯迅描寫魏連殳當了師長顧問之後，在師長那裏過着「熱鬧」的應酬生活，而在下班之後，又和小孩過着「裝狗叫」、「磕響頭」的「熱鬧」生活。而這兩種「熱鬧」生活都包含着一種死一般的空虛，死一般的孤獨。魏連殳變中有不變，他開始過着和軍閥們應酬的生活，這是變了；而他和孩子們在一起的時候，仍然保持以前的純真，這又是不變。而這種不變，與其說是保持以前的童心，不如說是為了掩飾和驅逐自己的空虛和孤獨。魯迅讓當了師長顧問後的魏連殳作了幾段令人靈魂震動的心理獨白，例如：「先前，我自以為是失敗者，現在知道那並不，現在才真是失敗者了。先前，還有人願意我活幾天，我自己也想活幾天的時候，活不下去；現在，大可以無須了，然而要活下去……」又說：「我已經躬行我先前所憎惡，所反對的一切，拒斥我先前所崇仰，所主張的一切了。我已經真的失敗——然而我勝利了。」[1]魏連殳在他的這些關於生與死、痛苦與舒服、勝利與失敗、憎惡與崇仰的獨白中，反映了他靈魂深處的一種極為複雜的情感交織，這是痛苦中的舒服，舒服中的痛苦，勝利中的失敗，失敗中的勝利，死中的生，生中的死，這種複雜的心理矛盾，這種性格世界中的正反兩極的性格因素的衝突、拼搏和相互交融、相互滲透的辯證運動過程，形成了魏連殳靈魂的深邃。

像魏連殳這樣的性格，其豐富性的源泉，固然來自他的性格的複雜性，但主要的不是來自表層性格因素的「雜多」，而是來自性格深層結構中具有二極性特徵的內在矛盾運動。

魯迅先生親自翻譯法捷耶夫的《毀滅》，而且對《毀滅》中的幾個重要人物給予很高的評價，其原因就在於法捷耶夫在這些人物身上發現了那些互相交織、互相拼搏的兩種相反的東西。例如對於美諦克這個人物，一般作者也許寫了他的忽而激昂、忽而頹廢直至最後當了逃兵就完成了。但是，法捷耶夫卻發現這個被捲入革命大潮的知識者，即使在實現逃跑之後，內心仍然是充滿着激烈的搏鬥，仍然充滿着痛苦，他並不是在慶幸自己逃跑的成功，也不是在欣賞自己的背叛，而是對自己的行動感到驚訝，對自身價值的失落感到恐怖，以致拿起手槍來想處決自己。但是，當他對自己極端厭惡的時候，他又發現自己是可愛的，連最可厭的背叛也是可愛的，他對自己審判着，又同情着，懺悔着，又辯護着，忽而是痛苦打擊着他的靈魂，忽兒又有歡欣來撫慰他的心。法捷耶夫也正是在旁人只看到一種東西的地方，看到

1 《魯迅全集》，第一版，第二卷，第一零一頁，人民文學出版社，一九八一年版。

了兩種東西，兩種互相搏鬥的東西。我們如果重溫《毀滅》中關於美諦克逃離隊伍後的那段心理描寫，就會更清楚地了解這一點。下面節選自魯迅的譯本：

> 美諦克忽然坐起，抱了頭，大聲呻吟起來。栗鼠嚇得唧唧地叫着，逃進草裏去了。美諦克的眼睛簡直好像發瘋一樣。他用那失了感覺的手指，抓住頭髮，發着哀訴似的呻吟，在地上輾轉。「我做了甚麼事了……阿——阿……我做了甚麼事了」，他用肘彎和肚子打着滾，反覆說。每一瞬息，他更加分明地，難熬地，哀傷地，悟出自己的逃走，三響的槍聲，和接着的一齊射擊的真的意義來了。「我做了甚麼事了，我怎能做出這樣的事來，——我，一個這樣好，這樣高尚，願意大家都好的腳色，——阿……阿……我怎能做出這樣的事來的呢？」
>
> 他的行為愈見得可鄙而且可憎，他就愈覺得未有這種行為以前的自己，愈是良善，潔白而且高尚。他的苦惱，也不很為了因為他的這種行為，致使相信他的幾十個人送了命，倒是為了這行為的洗不掉的討厭的斑點，和他在自己裏面所發見的一切良善和潔白相矛盾了。
>
> 他機械底拔出手槍來，懷着驚疑和恐怖，凝視了好一晌。但他也就覺得，自己是決不會自殺，決不能自殺的了，因為他在全世界上，最愛的還是自己，——他的白皙的，骯髒的，纖弱的手，他的唉聲嘆氣的聲音，他的苦惱和他的行為，連其中的最可厭惡的事。他早已用了偷兒似的悄悄的顧忌，裝作只被擦槍油的氣味熏得發了昏，自己全無所知的樣子，趕緊將手槍塞在衣袋裏了。
>
> 他現在已不呻吟，也不啼哭了。用兩手掩了臉，靜靜地伏臥着。自從他離開市鎮以來，最

近的幾個月之間所經歷的一切，又排成疲乏的，悲涼的一串，在他眼前走過去：他現在已以為愧的他那幼稚的夢想，第一回戰鬥和負傷的苦痛，——木羅式加，病院，銀髮的老畢加，死了的弗洛羅夫，有着她那大的疲勞的眼睛的華理亞，還有在這之前，一切全都失色了的泥沼的可怕的徒涉。

「我禁不起了。」美諦克用了忽然的率直和真誠，想，而且對於自己起了大大的同情。「我禁不起了，這樣低的，非人的，可怕的生活，我是不能再過下去的。」——他為了要將自己顯得更加可憐，並且將本身的裸露和卑劣，躲在自己的同情之念的光中，便又想。

他還是總在審判自己的行為，而且在懊悔，但一想到現在已經完全自由，能夠走到更無這可怕的生活之處，更沒有人知道他的行為之處去了的時候，卻又即刻禁不住了在心中蠢動的個人底希望和歡欣。「我到市鎮去就是，一到那邊，我就乾乾淨淨了。」——他一面想，一面竭力在這決定上，加上傷心的萬不得已的調子去。而且費了許多力，他這才按住了生怕這決定也許不能實現的恐怖，羞愧，和高興的感情。1

作家在塑造人物時的藝術發現，就是要剖析出隱藏在靈魂深處的個人對外部的抗爭和個人身上兩種不同力量的搏鬥和互相轉化。有了這種發現，才能寫出人物性格的特殊性和差異性，才能寫出富有個性的人物形象。

1　法捷耶夫：《毀滅》，見《魯迅譯文集》，第一版，第七卷，第四三九頁，人民文學出版社。一九五八年版。

第三節　性格深層觀念的哲學表述

上文已經説過，性格的雜多性只是性格深邃性的一個前提條件。只有當「雜多」的性格因素進入性格的深層結構，並形成性格深層世界中互相作用的兩極，表現為對立統一的運動過程，即把表層的複雜性變成深層的複雜性，性格才能真正表現出無窮的豐富性。

黑格爾把人們對矛盾的認識分為三個階段：第一階段是感性認識階段，即看到事物紛紜複雜的各種現象，這是事物的外部表象。第二階段是知性認識階段，即去掉事物的外部聯繫，深入到事物的內部矛盾，把雜多現象歸結為兩極，看到了矛盾的抽象形式。第三階段是理性階段，即認識到事物矛盾的同一，即矛盾雙方的中介，矛盾雙方的互相依存、互相交織、互相轉化，也就是矛盾的具體內容，從而掌握事物的質。在第一階段上，普通的「表象」雖然實際上到處都以矛盾為自己的內容，可是它並沒有意識到矛盾，它所看到的只是「雜多」，它把「雜多的差異」作外在的比較，把相似和不相似這兩種規定對立起來，而看不到二者之間的相互轉化，從而也看不到這種相互轉化中所包含的矛盾。第二階段是「機智的反思」，它雖然比「表象」進了一步，理解到矛盾，把矛盾表述了出來，但它只是一種主觀的往復辯難之術，缺乏真實內容，它還「沒有表現事物及其關係的概念」。第三階段是「思維的理性」，這才可以説使「雜多物的遲鈍的差別尖鋭起來，使表象的單純多樣性尖鋭起來，讓它們達到本質的差別即對立。多樣化的東西，只有當推進到矛盾的尖端，才在相互關係中成為活動的和有生命的，才在矛盾中保持否定性，此否定性乃是自我運動和生命力的內在脈搏。」列寧在摘錄了上引黑格爾的話之後寫道：「普通的表象所把握的是差別和矛盾，而不是前者向後者的轉化，可是這卻是最重要的東西。」[1]列寧顯然是肯定黑格爾深刻的辯證思想的，他的意見也是只看到表面「雜多」現象的差異，只看到矛盾的抽象形式是不夠的，這還沒有看到活生生的東西，沒有認識事物的本質，只有透過雜多現象，看到事物深層的矛盾內容，即構成事物的矛盾兩極的互相轉化、對立統一，每一方既包含有自身，又包含着對方，肯定中有肯定和否定兩因素，否定中也有否定與肯定兩因素，雙方既互相聯繫、互相轉化，又有各自的特徵，才算認識到事物的本質。總之，按照辯證法的理解，性格的表面的「雜多」現象還不算性格豐富的真正源泉。性格豐富的真正源泉以及形成性格運動充滿生命力的內在脈搏，是性格的雜多因素歸結為兩極並在性格深層世界的互相對立、互相依存和互相轉化的生動活潑的內在聯繫。性格的個性化，是深層的概念，它正是指性格深層世界中這種內在聯繫。所謂公式化、概念化，其實就是表面化，就是表面的單一化和表面的雜多化。因此，只顧表面的雜多，不注意深層的二重組合，也會與單一性格一樣，走向表面化、公式化。盧卡契曾經批評過的「色點密集表現法」，就是雜多的表面化。這種方法為雜色而雜色，以為人物性格的豐富是多種性格表象的集合和相加，只看到各種性格現象的外部聯繫，不能看到構成性格的矛盾運動，不知道性格是一個具有內在對立統一運動的有機整體。盧卡契認為這種表面的雜色人物與莎士比亞、歌德、巴爾扎克筆下的性格豐富人物不是一回事。其差別就在於，一個是表層雜多性格元素的機械集合體，一個是深層的矛盾運動的有機統一體。所以他認為：莎士比亞、歌德和巴爾扎克的人物，從他們的肉體的存在以至他們的最隱秘的思想，都是在行動中構成的統一體，而且是處在矛盾行動

1《列寧全集》，中文一版，第三十八卷，第一四九頁，人民出版社，一九五九年版。

中。因此，這些人物「站在我們之前，正如現在本身一樣的豐富，一樣是多方面的」。但是，「新文學的萬花筒般的色點密集的表現法，卻只是一種戴上假面具的貧乏；他們的人物，在我們眼中很快就變得了無生氣——我們往往能夠在一瞥一想之下，就把他們完全地徹底地包圍起來。無論是大量或小量，我們都不能用這種色點密集表現法來給我們的新的現實作真正的藝術的再現」[1]。如同對待印象派繪畫的「色點密集」一樣，我們對性格描繪的色點集合當然也應當分析。雜多的顏色總比單一的顏色具有表現藝術魅力的更大可能性。如果藝術家採用這種方法反映客觀事物的多種光色變化並反映了客觀事物內部的本質時，這種表現當然就有美學價值。但如果脫離客觀事物的內在本質，即這些色點不是事物本質的流露和反映，只是事物表面顏色的相加，那就沒有價值。盧卡契所批評的正是那種與人的靈魂、人的內心圖景脫節的、只捕住人物表象的多種色點的密集，而未能展開在雜多色點覆蓋下的各種性格元素對立統一的聯繫及其性格的辯證運動過程。因此，籠統地以為「多」比「二」好，以為表面色點密集的表現就是人的複雜性與豐富性的表現，那是一種幼稚病，那就一定無法寫出「靈魂的深」，就一定無法塑造真正深刻、豐富的性格。但是，寫性格深層世界的矛盾交織，也有危險。追求靈魂的深邃，搞不好也會掉入「靈魂的陷阱」。這種危險可能有兩個方面。第一，由於開掘心靈的深度而忘記人的複雜心理乃是複雜社會關係的投影，忘記人的心理狀況與複雜的社會環境有關，因此孤立地描寫心理，忽略對社會生活的反映。心理解剖的「殘酷的天才」陀思妥耶夫斯基在一些作品中表現了「靈魂的深」，而在另一些作品中則掉入過這個陷阱。所以巴赫金才說：他的獨特的藝術才能是「他的最有力之處，也是他的最軟

1 盧卡契：《盧卡契文學論文集》，第一卷，第二二零頁。

弱之處。這一點，使他對很多方面視而不見，聽而不聞。現實的許多方面都不能進入他的藝術視野」。第二，由於開拓心靈深處的矛盾交織而忘記作家站在岔道口調節人物靈魂發展的方向，使性格呈現出複雜性時而陷入混亂性。由於失去靈魂發展的基本趨向，正常的性格二重組合退化成病態的二重人格式的性格分裂。這樣，追求豐富的個性便走上它的反面，變成了「個性的毀滅」。因此，為了避免前一種危險，作家應該把自己所開掘的靈魂、心理，所描繪的性格放在社會生活的大系統中，充份注意社會環境對人物性格的巨大作用力。而為了避免後一種危險，作家應當在忠實於生活真實和性格真實的情況下，對自己筆下複雜性格作理性的調節和情感的補充，在性格運動千百種發展可能性中選擇一種最好的可能性，使性格複雜而統一，豐富而逼真。

第四節　我國新時期文學的性格深化

我國新時期的文學，在「四人幫」留下的精神廢墟與叢莽中頑強地生長和發展起來。這種發展的一個重要標誌，就是它從美學傾向上掃除了性格畸形單一化的低劣傾向，撕毀人物形象身上的假面具，以新的藝術氣魄表現出人物深邃的靈魂和充滿生氣的豐富性格，在很大的程度上為我國社會主義文藝擴大了思想容量和美學容量。這種美學上的勝利，在許多作家作品中都燦爛地表現出來。例如高曉聲的《陳奐生上城》、劉心武的《立體交叉橋》、路遙的《人生》以及張賢亮的《綠化樹》，都是突出的例證。

劉心武在他的長篇小說《鐘鼓樓》中，對他所塑造的人物詹麗穎作了這樣一段旁白：「對於人來說，最難以改造的確實莫過於性格。對於描寫一個人來說，最難以表現充份的也莫過於性格。誰的性格只有一種成份，呈現出只是一種狀態呢？詹麗穎性格中那些不良的因素，使她倒了大霉，然而她性格中的另一些因素——與沒心沒肺並存的豪爽，與出語粗俗並存的能夠吃苦耐勞，與任性放縱並存的不記仇不報復，與咋咋呼呼並存的樂於助人……卻也使她獲得了愛情。」劉心武的這種性格美學觀，正是性格深化的美學觀。這種美學觀，使他能努力去發現某一性格成份中包裹着的另一種性格成份以及種種對立成份互相交織、互相滲透構成的深層性格圖景。他的《立體交叉橋》中正是在這種美學觀的作用下成功地塑造了侯銳、侯勇、侯瑩兄妹形象。他們三人在一種使人性格變形的環境中，表現出性格的複雜形態。侯銳作為一個正直、本份的中學教師，他面對自己家庭中的困難和自己的無能為力，感慨地對自己說：「你啊你啊，當你思考全人類的時候，你像高尚的哲人，可是當你面對着家裏的糟心事時，你就又成了個十足的窩囊廢！」劉心武這種直接反映在作品中的美學見解，反映了新時期我國作家一種新的美學追求，而這正是我國文學進步的表現。事實說明，我國的作家已告別性格單一化的時代，也告別了只寫表層的認識性矛盾的時代，而真正向着典型深化的方向邁進了。

在本節中，我們且以路遙的《人生》和張賢亮的《綠化樹》為例，來看看我國作家正在努力的方向和已經取得的成就。

《人生》的深邃，主要是表現在小說主人公高加林靈魂的深邃上。這個人物正是處於人生岔道口的人物。當這個形象呈現在我們面前的時候，我們會感到他身上所負載的社會關係的總和是那麼沉重，他是那樣值得同情、值得謳歌，又是那樣值得憎惡、值得譴責。他的性格是那樣複雜，他既熱愛故鄉的土地，又想遠離故鄉的土地，他崇敬不畏艱辛地在田野上勞動的父老兄弟，自己又不準備承擔同樣的艱辛；他不是害怕這種「偉大的艱辛」，而是害怕這種「偉大的艱辛」不能造就他的偉大的人生。他的目光射入現實世界，鄙視現實世界中的不正之風，和不正之風保持感情上的距離，而自己又憑藉不正之風開拓前去的道路，使不正之風成為自身世界的一部份內容。他時時都在自我擴張，又時時都在自我克服，為了自我擴張，他「卑鄙」地背叛巧珍的愛情，但又真誠地詛咒自己背叛的「卑鄙」，他的靈魂不僅受到巧珍的審判，也受到自我的審判。他時而自尊，時而自卑；時而崇高，時而卑下；時而像個詩人，時而像個庸人；時而像保爾·柯察金，時而像于連·索黑爾；他的性格深層世界中總是充滿着矛盾，充滿動盪、不安、痛苦、拼搏。但是，他的靈魂的發展方向又是那麼清晰，在人生的十字路上，總有一種靈魂最深處的東西支持他往前走下去，這是他的人生的本體、性格的核心，這就是磅礴在他身上的執着的、倔強的進取精神，利他因素與利己因素互相交織着的進取精神。於是，我們終於可以斷定，高加林是一個不甘於現狀的痛苦進取者的典型，有着執着向前追求的理想、但是追求的理想總是不能實現的悲劇者的性格。他的性格是複雜的，但不是破碎的，就因為他的性格中有這種貫穿始終的進取精神，把他的各種性格元素統一起來。因此，高加林的性格儘管表現出尖銳的矛盾，但又有一個總體人生趨向，這種人生趨向是帶着巨大的積極性和開拓性的。

這樣，從他的種種行為，包括貌似偶然的行為，我們都會感到它的必然趨向。他對黃亞萍的追戀，也正是對他自己所設想的更高人生境界的追求。為了登上更高的人生境界，他不惜以「惡」作為一種動力，不惜違背自己的意願去走他所憎惡的「後門」，不惜遷就自己已感覺到的「卑鄙的意識」，甚至不惜付出最高昂的代價。但他的執着追求和進取，幾乎全盤失敗了。這種失敗有兩個原因，一是社會限制了他。社會既限制了他高尚的進取（這是一部份守舊的惰性力量），也限制他盲目的不高尚的進取（這是社會中的進步的健康的力量，包括他的親叔叔）。另一個原因是他自身的原因。社會主義土地所展示的人生道路，任何人生理想的追求，都是與道德理想的追求聯繫在一起的，當高加林背棄了生他養他的農村大地母親，當他背棄了巧珍而客觀上撕毀別人的幸福時，他受了懲罰，這種懲罰不僅使他失去了他構想的天堂，而且失去了生活奉獻給他的無價之寶，他的故鄉土地裏培養出來的人的金子——巧珍。這個用全部生命和全部感情愛着他的巧珍，這個愛他超過愛自己和自己的父母弟兄姐妹的巧珍，這個在不幸時帶給他幸福和安慰的巧珍，這個在他已經背叛了她但仍然愛着他、保護着他、支持他在人生道路走下去的巧珍，這個無條件地愛他並且是用東方大地上真善美的玉石塑造出來的巧珍。

高加林痛苦的進取精神和他的心理活動帶着時代的特徵。普列漢諾夫說，作品中「人物的心理之所以在我們心目中有那麼巨大的意義，那是因為人物的心理就是許多社會階級或者至少社會階層的心理，所以，個別人物心靈中發生的過程乃是歷史運動的反映」[1]。高加林的心理矛盾，他的心靈的苦難的歷程，正是我國當代發生的偉大歷史運動各種複雜關係的投影。他的矛盾性格正是處在變革中和迅速發展中的中國社會矛盾內容的一種折射。這樣，高加林的性格就表現出非常豐富的社會內涵、歷史內涵、心理內涵、哲學內涵和美學內涵。從社會內涵上說，他的性格反映了處於不同經濟文化層次的中國農村生活和城市生活的差異和衝突的矛盾；從歷史內涵上說，他是中國告別古老的生活方式向現代生活方式轉變時期社會關係的一面鏡子，他深刻地反映了歷史主義與倫理主義的矛盾。從心理內涵看，他的性格是中國農村知識青年心理歷程的縮影，反映了新舊文化心理結構交替時期一代青年精神裂變的巨大痛苦；從哲學內涵看，他是人生道路上勝利與失敗、寬廣與曲折、幸福與痛苦的辯證內容的形象表現；從美學

1《世界文學》，一九六一年，第十一期。

內涵看，他的性格是美與醜、愛與恨、悲劇與喜劇、崇高與鄙俗交織而成的活生生的世界。這樣，高加林的性格便具備現實感、歷史感、立體感，其有限的形象便呈現出無限深廣的生活內容，這種無限的有限呈現，正是形象無限大於思想的證明，正是我們感到「深不可測」的原因。

除了高加林之外，《人生》中其他一些人物，性格並不複雜，但靈魂也展示得非常深邃。其中寫得最可愛的是巧珍。巧珍是個文盲，這正是她的缺陷，她自己也為這個缺陷而深深地痛惜，但是，有才能的作家，就像把黑痣放在美人的恰當部位上，把這個缺陷放在巧珍身上，竟顯得那樣迷人。她是文盲，這是她的弱點，但這種弱點又包含着她的優點，她不欣賞自己是文盲，而深深地尊重有文化有知識的人，並因此而愛上有文化知識的高加林。文化成了文盲愛的一部份內容，於是文盲的性格開始閃光。而在這個文盲的思想情感世界中，人們大約會以為她是簡單的，不，出乎人意料之外，她的感情那麼豐富，她對人生的見解那麼堅定，對邪正、是非分辨得那麼清楚。正因為有自己的見解，所以，她才會迷戀有文化差距的、也許本來就不該迷戀的高加林，而且，當她開始展開愛情的時候，又愛得那麼深邃，情感那麼濃烈，濃烈到拋開任何抽象的思想形式，即不考慮她和高加林的各種差距，其實這種無意識，才是真正的愛。她又是愛得那麼徹底。當社會偏見阻撓她愛高加林的時候，她排除這些障礙而大膽地愛，當高加林背叛愛情的時候，當她的情感受到最沉重打擊的時候，她心中似乎熄滅的火焰竟奇蹟般地重新燃燒起來，繼續把愛貫徹到底——她寬恕高加林的一切，包括寬恕高加林對自己的背叛。她不像她的姐姐那樣想去報復，而是用自己殘存的愛情的火焰，照耀着高加林另一段艱辛的人生道路的起點。巧英說她菩薩心腸，是的，巧珍在作品中有點像可愛的女神，但這是有人的弱點與人的活氣的女神。

還有一個也是似乎簡單的人物德順爺爺，在非常淳樸、簡單的外表之後，作者展示了他的燦爛而輝煌的靈魂。當高加林拋棄巧珍時，他對高加林靈魂進行了拷問，當高加林絕望的時候他進行了開導，在拷問與開導中，他的那些人生哲學講得那麼親切，那麼實在，那樣無可辯駁，簡直可以讓死魂靈復甦。他的那些知心話，不僅使高加林震動，也使我們震動。他真是像一個熱血沸騰的哲學家和詩人。德順爺爺的性格，揭示了新中國社會主義時代農民靈魂的深處藏着怎樣的光輝！這已不是閏土式的麻木，而是真正大地主人的內在氣概了。他的情操，他的愛憎，他的正義感，他的對下一代的責任感，構成了一個表面簡單而內裏十分豐富的性格世界。

在我國新時期文學形象系列中，像高加林這種複雜而深邃的典型雖然不多，但表現性格豐富性的人物形象已經不少。這說明，我們的作家正在把社會主義文學推向更高的美學層次，正在向更深廣更動人的境界挺進，我們的社會主義文學不僅在今天，也必將在遙遠的明天經得住我們的後代欣賞、思考、推敲、研究，也將在他們面前呈現一個萬千風采、深不可測的精神大海！

張賢亮的小說《綠化樹》，更是一篇讓人們心靈震顫的思辨性很強的作品。主人公章永璘靈魂的深度是當代文學中少見的。這個出身於資產階級，十八歲就被打成右派的年青詩人，帶着「原罪」走進人間，一九五七年又罪上加罪，於是被送進勞改農場。這部小說描寫的是他勞改釋放後所經歷的一段茹苦含辛的生活，是他的「死魂靈」重新復活和重新崛起的艱苦歷程。他在勞改農場的歲月中，由於飢餓的煎熬和各種苦難的打擊，幾乎變成個狼孩，靈魂幾乎死亡了。但狼孩身上畢竟還帶着人的血液。於是，當他從勞改農場釋放出來的第一天，當他聽到海喜喜的憂傷的歌聲時，他湧出了人的辛酸，溢出了一滴人的淚水——最先在他身上復活的是人的辛酸。這個開始復活的靈魂，最初仍然被飢餓無情地折磨，肉的空虛與脆弱無法支撐他的沉重的靈魂，於是，他又再次經歷了一場靈與肉的矛盾。他為了肉的滿足，不顧踐踏自我人格而偷吃稗子麵，不顧製造他人的辛酸而愚弄老實的賣蘿蔔的老鄉，然而，他意識到自己在墮落，他內疚，心靈受到自譴自責的痛苦的折磨，這正是他不甘於墮落的掙扎。在這種人生的十字路口上，他遇到了馬纓花。這位善良而潑辣、偉大而平凡、聖潔而鄙俗的女性，最初以火熱的同情心，以後又以自己獨特的愛情，使他恢復了青春的活力，同時又喚醒了他的早已熄滅的人的尊嚴感，使他的靈魂得到一次真正的復活。

但是，他的靈魂新生之後又在另一個層次（更深的層次）上繼續掙扎，這是「肉」與「知」的一場衝突，是在更高階段上的靈魂的復活和崛起，這個崛起過程又是充滿着痛苦的。他決定向「情敵」海喜喜應戰，這個應戰，本身是矛盾的，這是他對已恢復的青春活力的一次肯定，而這種肯定又包含着一種可怕的否定，他決定要以付出靈魂的另一面來作代價——「甚麼文化知識，見鬼去吧」，「有了筋肉，就有本錢」。他以對「知」的否定來實現對「肉」的肯定，但他在實現這種肯定以後，又被自己否定的東西所折磨，於是，在他應戰勝利並發現自身體力的美之後，感覺到的是一種「感傷的激動」。這種激動所以是感傷性的，就因為埋藏在他靈魂深處的良知，《資本論》中的偉大真理，對勞動人民的愛，和不願意「見鬼去」的文化知識在起着潛在的作用。這種處在靈魂最深處的火種默默地在起作用。正因為有這種靈魂的火種，他的靈魂才有可能邁向理性與感性統一的更高境界。當他戰勝海喜喜之後而把對馬纓花的愛情推向高峰的階段時，他的靈魂又在更深的層次上掙扎。他第一次向馬纓花求愛而被馬纓花拒絕之後，爆發了一場靈魂的震撼，震撼得他渾身發抖，震撼得他又經歷了一次死亡。這次死亡，是對「文化見鬼去吧」的否定，是他的理性靈魂的重新覺醒。馬纓花那「你還是好好讀書」一句話，不僅撲滅了他的帶着邪氣的肉的意念，而且重新點燃了他的追求知識和真理的火焰，這是馬纓花對他靈魂的進一步拯救。可是，當埋藏在他靈魂深處的這一部份理性復活之後，他的靈魂中更深的一種東西又萌動了，他在馬纓花面前的文化優越感萌動了，這種優越感竟然使他感到拯救他靈魂的偉大女性的「粗俗」以及他們之間的距離。這是潛藏在他的靈魂深層中的、已經沉睡得很久的思想情感。這種優越感的萌動，與其說是對體力勞動者馬纓花的某種輕蔑，不如說是他的知識分子自我本質的進一步覺醒。正因為不是真正的輕蔑，因此，他的靈魂中的道義力量又終於使他回到馬纓花的身邊，使他達到理性與感性的統一。這個時候，他的靈魂度過了一大階段的苦難歷程，而實現了一次凱旋。章永璘的靈魂，就是這樣被作家一層一層地剝開，一層一層地深化，使人感到無可否認的靈魂深邃和性格內容的異常豐富。

在我國新時期文學形象系列中，像章永璘、高加林這種複雜而深邃的典型的出現以及其他作家所塑造的許多性格豐富、顯示「靈魂的深」的人物形象的出現，都說明，我們的作家正在把社會主義文學推向更高的美學層次，正在向更深廣、更動人的藝術境界挺進。

第六章

性格對照的三種方式及其在我國文學史上的命運

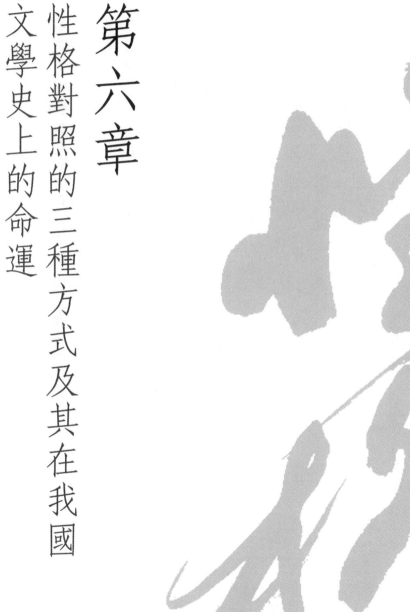

第一節　性格對照的三種方式及其外部對照的高低之分

雨果認為，天才的特點，便是一切天才都具有雙重的反光，就像紅寶石一樣，具有雙重的折射。作家、藝術家的作品，如果真正稱得上是天才的創造，那麼，就不應當是單一的色調。雨果在《莎士比亞論》一文中說：「莎士比亞就像一切真正偉大的詩人一樣，的確應該贏得『酷似創造』這樣的讚詞。甚麼是創造呢？就是善與惡、歡樂與憂傷、男人與婦女、怒吼與歌唱、雄鷹與禿鷲、閃電與光輝、蜜蜂與黃蜂、高山與深谷、愛情與仇恨、勳章與它的反面、光明與畸形、星辰與俗物、高尚與卑下。大自然，就是永恆的雙面像。」[1] 這種「雙面像」，這種相反相成的對照，滿佈在人的所有活動中；它既存在於神話和歷史中，也存在於哲學和文學裏。因此，他稱讚說：「莎士比亞的對稱，是一種普遍的對稱；無時不有，無處不有；這是一種普遍存在的對照，生與死、冷與熱、公正與偏倚、天使與魔鬼、天與地、花與雷電、音樂與和聲、靈與肉、偉大與渺小、大洋與狹隘、浪花與涎沫、風暴與口哨、自我與非我、客觀與主觀、怪事與奇蹟、典型與怪物、靈魂與陰影。正是以這種現存的不明顯的衝突，這種永無止境的反覆，這種永遠存在的正反；這種最為基本的對照，這種永恆而普遍的矛盾，倫勃朗構成他的明暗，比拉奈斯構成他的曲線。要把這種對稱從藝術中剝除，請你就先把它從大自然中剝除吧。」[2] 雨果在這裏強烈鼓動作家應當充份注意相反相成的對照現象和對照原理。而所謂「永恆的雙面像」，就是指大自

1　雨果：《雨果論文學》，第一五五頁。
2　同上，第一五六頁。

然的結構和人的結構都不是單一結構，而是二重結構。莎士比亞正是天才地感知到大自然和人都是對立統一的存在物，因此，在他的作品中，充份地利用二重對照和二重組合的文學原理，創造了文學藝術光輝燦爛的星座。

性格對照有三種最基本的方式：（1）不同人物性格之間的對照；（2）同一人物的性格表象與性格本質的對照；（3）人物性格內部中兩種對立性格因素的對照。這三種方式，我們可以稱為：性格外部對照方式；性格表裏對照方式；性格內部對照方式。有些偉大的作家在塑造典型性格時，往往同時運用三種對照方式，從而形成性格對照的三個層次。

性格的外部對照方式早已被廣泛地應用。恩格斯在評論拉薩爾的《濟金根》時曾說：「我相信，如果把各個人物用更加對立的方式彼此區別得更加鮮明些，劇本的思想內容是不會受到損害的。」[1] 恩格斯這裏所講的就是不同人物之間性格的對照，這種對照可以使彼此的性格「區別得更加鮮明」，相互起襯托作用。這種對照，在藝術容量較小的作品中，往往只能是一對人物的對照或幾個次要人物與一個主要人物的對照，而在藝術容量巨大的作品中，則往往可以形成眾多人物性格的對照系統。例如《紅樓夢》，它的性格對照就形成一個很複雜、龐大的系統。在這個系統中，各種人物的排列組合，又形成幾個子系統（對照性質的子系統），例如十二釵性格的對照系統、眾奴婢性格的對照系統、賈氏姐妹的對照系統等。每一個對照系統又包括若干對照層次，例如奴婢系統中，有賈母的奴婢層，有寶玉的奴婢層，有寶釵、黛玉的奴婢層。每個層次中奴婢的性格又形成對照，如寶玉丫鬟層中的晴雯與襲人。而不

1《馬克思恩格斯選集》，第二版，第四卷，第五五八頁。

同層次的丫鬟也形成對照，如鴛鴦與襲人。《紅樓夢》性格對照的各層次互相交錯，形成一個立體交叉的多層次結構。《紅樓夢》外部性格對照系統，作為一個整體，是以賈寶玉的性格為軸心的。以他為軸心，寶玉與賈政形成一個對照；寶玉的父輩中，賈政與賈赦又是一個對照；寶玉的母輩中，王夫人與趙姨娘是一個對照。而在寶玉的同輩中，寶玉與賈璉；寶玉的戀人中，寶釵與黛玉；寶玉的奴婢中，晴雯與襲人；寶玉的姐妹中，元春、迎春、探春、惜春；在距離寶玉遠一些的親戚中，尤氏姐妹等等，均形成性格對照。這種性格對照可使彼此性格互相襯托，互相補充。互相襯托使性格顯得鮮明，如有了襲人的主導性格（奴才性格），晴雯的主導性格（反抗性格）便顯得更加明朗；尤二姐的懦弱性格，則使尤三姐的剛烈性格顯得更為強烈。而性格的互相補充又使人物更加豐滿，例如，襲人的性格是寶釵性格的投影，晴雯的性格是黛玉性格的投影。這樣，襲人就補充了寶釵的性格，晴雯又補充了黛玉的性格。《紅樓夢》數百個人物形象形成巨大的性格比較系統，是《紅樓夢》藝術結構的一項偉大成就，它為長篇小說的藝術結構提供了光輝的範例。建築這種複雜的性格對照系統，是一項了不起的藝術系統工程。在世界文學寶庫中，像《紅樓夢》這種巨大的、複雜有序的性格對照系統工程是少見的。《紅樓夢》的人物繁多，不僅不會令人眼花繚亂，反而使人難以忘卻，難以混淆，在某種程度上正是得益於這個性格對照的系統工程。國外一些著名的長篇小說，如《戰爭與和平》，也構築了規模巨大的性格對照系統。庫圖佐夫與拿破崙形成一個比較層次（偉大與渺小的對照），莊園貴族羅斯托夫與宮廷貴族庫拉金形成一個比較層次（忠實與虛偽），貴族軍官與普通士兵又是一個比較層次（卑劣與英勇）。而在對立的營壘中又各自形成自身範圍內的性格對照，例如庫拉金一家，愛倫風騷淫蕩，阿納托爾卑鄙懦弱，依巴利特愚蠢空虛。《戰爭與和平》和《紅樓夢》都獲得了文學創作的最高成就，我們不必去褒此抑彼。但在建築外部性格對照系統這一點上，《紅樓夢》的工程顯然更加複雜一點。

性格對照的第二種方式是性格的表裏對照。這就是性格表象（性格的表面特徵）與性格本質（性格核心）的對照。它有兩種相反的形態：一是外醜與內美的對照，二是外美與內醜的對照。《戰爭與和平》中的彼埃爾與愛倫，一個其貌不揚、行為笨拙但心地正直善良，一個金玉其外而敗絮其中，他們從結合成夫妻到決裂，是兩種不同性格衝突的必然邏輯。雨果《巴黎聖母院》中的卡西莫多與菲比斯，也是極鮮明的性格表裏對照：卡西莫多外貌很醜而心地很美，菲比斯外表很美而內裏很醜。契訶夫的小說也很注意運用這種表裏對照的方式。著名的契訶夫研究家葉爾米洛夫在描述契訶夫純熟地使用這種方法時說：「彷彿故意似的，偏偏把他所同情的主人公寫得表面上很不吸引人、很不漂亮、很沉鬱，反倒給他所反對的阿鮑金們、公爵夫人們、阿莉雅德妮們一副又文雅、又詩意、又迷人的外貌。契訶夫的微妙的藝術也就表現在他這種驚人的本領上——他能夠從毫不吸引人的外表的背後，揭露出人類的真正的美，而從美麗和迷人的外表的背後，揭露出醜惡、庸俗、空虛和獸性。……」他「既讓讀者感到了阿莉雅德妮外貌上全部迷人的力量，感到了她那高傲的、震懾人心的美麗，又讓人不能不厭惡這副假面具下面隱藏着的瑣細的、凶殘的、寄生的野獸，使人對於阿莉雅德妮的嫵媚本身也感到厭惡了」[1]。契訶夫在小說《阿莉雅德妮》中讓男主角說：「看見她睡覺，吃飯，或極力裝出一副天真的神氣，我往往會納悶兒，上帝為甚麼贈給她這樣不平凡的美貌、風雅……難道只是為了叫她躺在床上睡懶覺，吃東西，說謊話，並且是沒完沒了地說謊話嗎？」這種表象與本質的對照，最初使人感到表象美，接下去使人感到這種美

1　葉爾米洛夫：《論契訶夫的戲劇創作》，第一八四頁，作家出版社，一九五七年版。

的虛假而意會到對真美的嘲弄，之後則更深地意識到這是對人的尊嚴的侮辱，從而對美所包裹的醜更加憎惡，最後產生強烈的唾棄醜的力量。

有些作品把上述兩種對照方式結合起來，如《聊齋志異·畫皮》中的女人，表面是個很美的「二八姝麗」，實際上卻是一個厲鬼，內裏總是盤算着怎樣去吞食人的心臟，這個形象的表裏形成了尖銳的對照。而這篇小說中又有一個和她形成對照的內心美、外表醜的乞者形象，這個人「鼻涕三尺，穢不可近」，但正是他，奉贈陳生一顆活蹦亂跳的心臟，使他得以復活。蒲松齡在《畫皮》的末尾慨嘆：「愚哉世人！明明妖也，而以為美。迷哉世人！明明忠也，而以為妄。」這樣，「畫皮」女人與乞者又形成性格的外部對照。但是，在某些藝術中，這兩種對照方式互不相干，如我們戲劇舞台上的某些「臉譜」形象，表面與內裏可達到高度一致，臉譜本身就是人物性格本質的符號，臉譜的對照也就是極端不同的人物性格之間的對照。

不管是性格外部對照還是性格表裏對照，都有粗細之分，高低之分。像我國戲劇中常用的「忠」與「奸」的臉譜化的性格外部對照方式，就屬於低級的對照方式，或者說，是屬於審美價值層次中低層次的對照方式。這種對照方式是單一化性格之間的對照。

關於這種低級的性格對照，狄德羅在他的《論戲劇詩》中有過很精闢的論述。他以鮮明的態度表示：「我坦白告訴你，我並不喜歡性格之間的對比。」[1] 他還說：「劇本中的性格對照跟修辭中的反襯法是一碼事。正反對照效果是顯著的，但不可濫用，而筆調高雅的人則總是避而不用。」[2] 狄德羅曾說明他

1 狄德羅：《狄德羅美學論文選》，第一七九頁，人民文學出版社，一九八四年版。

2 同上，第一八零頁。

所以反對這種性格的外部的正反對照，是因為這種對比必然會降低戲劇藝術水平，使技巧顯露，矯揉造作，同時會使主題曖昧，甚至會影響戲劇合情合理地發展，使之失去真實性。因為正反對照，是為了把其中的一個表現得更突出，這樣，對話將很單調，劇情的開展將很不自然。「如果我處心積慮地把一個劇中人和另一個劇中人拽在一起，我怎能把許多事件自然而然地連貫起來，怎能在各場之間建立恰當的聯繫？十有其九，對比要求這樣一場戲，而故事的真實性卻要求另一場戲。」[1] 而從塑造人物性格本身來說，這種外部的正反對照恰恰會導致個性的喪失。狄德羅指出，人的性格本來並不是「截然對立」的，而是「各有不同」（個性）。而正反外部對照，人為地要求「分明」，「讓第一個人說出一切與他有利的話，而把第二個人寫成是一個傻瓜或笨蛋」[2]。這樣，人物性格肯定不是「獨創」的，即肯定是沒有個性的，因此，狄德羅得出結論說：「使性格形成對比只有一個理由，而把性格表現為千差萬別卻有許多理由。」[3] 總之，狄德羅要求把人物性格表現得自然、豐富、真摯，而黑白分明的強烈對比，卻無法達到這種美學要求。

狄德羅所反對的性格的正反對比，正是我們所說的低級的外部正反性格對照，與我國戲劇中的黑白對照、忠奸對照差不多，這確實會喪失人物的性格真實和個性特點。但是，狄德羅在反對簡單的外部對比的同時，卻支持人物形象內部正反兩極情感因素和心理因素的互相對比交織，也就是我們所說的性格深層結構中正反兩種力量的對立統一運動。他說：「我樂於在史詩、抒情短詩以及其他幾種高級的詩

1 狄德羅：《狄德羅美學論文選》，第一八一頁，人民文學出版社，一九八四年版。
2 同上。
3 同上。第一八六頁。

歌體裁中看到的這種情感或形象的對比，假使有人問我這到底是甚麼，我將這樣回答：那是天才的最明顯的特性之一；那是在心靈中同時懷有極端的和相反的感覺的藝術，也可以說是從相反的方向去扣動心弦，在心靈中激起交織着痛苦和快樂、苦澀和甜蜜、溫柔和恐怖的顫動。」[1] 這就是性格深層中各種性格元素的矛盾運動而引起的顫動，而這種顫動，形成了人的性格的無限豐富性和複雜性。

從狄德羅的具體論證中，我們可以知道，他所反對的人物性格的「正反對照」，正是我們所說的性格對照的低級形式，而他所提倡的正是性格內部的二重組合。

高級的性格外部對照方式，是複雜性格之間的對照，是保持對照雙方性格豐富性的對照，雙方的性格都是一個獨立自主的、豐富的性格整體，都是獨一無二的個性，人們可以從對照中深刻地感受到雙方人物廣闊的性格內涵。對照雙方的人物性格自身都是一個生氣勃勃的世界，他們彼此互相陪襯，互相補充，任何一方都不是對方性格的工具或奴僕。他們的對照，是人與人的對照，是真實的人之間的對照，而不是人與鬼的對照，或人與神的對照，更不是鬼與神的對照。例如，林黛玉和薛寶釵所形成的性格對照方式，就是高級的性格對照方式。《終身誤》透露了這種對照：「空對着，山中高士晶瑩雪；終不忘，世外仙姝寂寞林。嘆人間，美中不足今方信；縱然是齊眉舉案，到底意難平。」以往的紅學評論家說釵黛名雖二個，人卻一身，二者合而為一。俞平伯先生在《紅樓夢辨．作者底態度》中說：「書中釵黛每每並提，若兩峰對峙，雙水分流，各極其妙，莫能上下，必如此方極情場之盛，必如此方盡文章之妙。」[2] 俞平伯先生由此引出他的「釵黛合一」說，對寶釵與黛玉性格中所包含的不同社會歷史內涵缺少具體的

1 狄德羅：《狄德羅美學論文選》，第一八四頁。
2 俞平伯：《紅樓夢辨》，第九零頁，人民文學出版社，一九七三年版。

分析，這是我們所不能贊同的。特別是把作者並寫釵黛說成是為了「極情場之盛」，我們更不能贊成。但是，俞先生所說的「每每並提，若兩峰對峙，雙水分流，各極其妙，莫能上下」，卻符合事實。曹雪芹在描寫這兩個不同的性格時，確實盡了藝術苦心，處處互相對映，而對映的雙方又各自成為很美的一峰一水，各盡其妙，彼此的性格都非常豐富動人，真正如「兩峰對峙」。雙方都有着很難說盡的性格內涵，都帶有很大程度的模糊性和多義性。這種性格對照，處於藝術環境中，讓人感到是兩種美的對照，幾乎使我們很難判定作家的審美態度。關於這兩種性格的對照，《紅樓夢》研究家蔣和森同志曾作過精彩的描繪。他指出，曹雪芹筆下的這兩個少女，留給我們一個相同印象：都長得非常美麗；但她們又在我們面前，極為清晰地呈現着各自不同的個性，不同的風采與氣質。一個重理智，內心是冷靜的，一個重感情，內心是熱烈的；一個隨分從時，崇尚實際，一個孤高自許，讚美性靈；一個是深含的，但容易流於做作，一個是率真的，但容易失之任性。自從《紅樓夢》問世以來，這兩個女性形象，便引起人們熱烈談論的興趣。為了品評這兩個人物的高下，常常由談論又轉為熱烈的爭辯。還在當時，就已經有人為此「遂相齟齬，幾揮老拳」了。兩個多世紀以來，人們的這種談論和爭辯，似乎一直沒有感到疲倦過。為甚麼會產生這種「遂相齟齬，幾揮老拳」的現象呢？蔣和森同志解釋說：「林黛玉和薛寶釵是兩種美，兩種難以調和的美。」[1] 這兩種美，都是典型性格美，都帶有難以用概念語言加以確定的無限豐富的性格內涵，因此，總叫人爭論不休。為了判明誰是真的美，只有把兩種美放在當時社會歷史的廣闊背景中來考察；離開這種背景而孤立地判定這兩種性格，的確是「莫能上下」。性格外部對照能達到這種境界，

1 蔣和森：《薛寶釵論》，見《紅樓夢論稿》，第九四頁，人民文學出版社，一九八一年版。

那就是很高的審美境界了。當然，性格對照可以有重心，在釵、黛的對照中，我們也勉強可以説，黛玉是重心。但重心必須以性格豐富為前提，如果沒有這個前提，重心就會發生傾斜，一方就會成為另一方的消極陪襯和奴僕。以往某些古典主義作品和浪漫主義作品在不同人物的性格對照中，往往發生過度傾斜現象。過度傾斜就是把性格推向極端化和片面化，人工地誇大自己設計的理想人物，人工地醜化自己設計的反面人物，使兩極人物的性格對照變成神明與魔鬼的對照。這種對立，較之於寶釵與黛玉的性格對照顯然不同，一者是人與人性格的對照，一者則是神與魔的對照。關於古典主義與浪漫主義在塑造人物方面的相通點，茅盾在《夜讀偶記》中作了很好的説明。他説：「古典主義文學（指悲劇，也有部份的喜劇）不但在塑造人物方面由於作者的理智認為『應當如此』而賦予人物以各種不同的理想的性格，並且還依照作者所認為『應當如此』而指出了理想的社會制度——理想化的資產階級社會即所謂『理性王國』。正因為古典主義者又是唯理論的信徒，所以他們認為『應當如此』的人物就不能不是理智在克制着感情的性格堅強的人，有時叫人看來是冷酷無情的人。浪漫主義文學的人物正相反，是感情熱烈奔放的人，但是，同古典主義人物一樣，浪漫主義的人物也是作者認為『應當如此』的想像中的非常之人。古典主義作品也罷，浪漫主義作品也罷，它們的主人公都是不平凡的，在現實世界獨往獨來、堅決奮鬥的超人，都不是現實生活中隨時隨地能夠遇見的人。」[1]（這裏指的浪漫主義實際是消極浪漫主義）車爾尼雪夫斯基在批評法國浪漫主義的時候説：「法國浪漫主義者是從形式主義的觀點來觀察內容本身的，他們竭力使一切都和以前相反：在偽古典主義作品裏，人物被分成英雄和壞蛋兩種，——他們的反對者卻

1 茅盾：《茅盾評論文集》，下冊，第六三—六四頁，人民文學出版社，一九七八年版。

斷定，壞蛋並非是壞蛋，而是真正的英雄；在古典主義作者筆下，熱情總被描寫得充滿做作、冷淡的內容——而浪漫主義英雄一開頭，就瘋狂地使用手，特別是舌頭，肆無忌憚地叫嚷着夢囈和昏話……」[1]按照「應當如此」主觀地進行性格外部對照，勢必給這種對照帶上明顯的人工痕跡，使一方理想化，一方漫畫化。這樣，雙方的性格似乎極端鮮明了，但這種鮮明實際上只是觀念的抽象形式，或者說，只是主題觀念的化身。這個時候，人物形象的外部世界似乎鮮明至極，而他們的內心世界反而極其模糊。這種人物形象個性泯滅，實際上只是一種精神符號。挪威的著名作家、一九二零年的諾貝爾獎金獲得者哈姆遜，在分析易卜生的「問題文學」時曾經指出：「人物形象如果太鮮明，就勢必會變成一種性格象徵，一種人物類型。」[2]我們先不論他對易卜生的評論是否公平，單就這一論點來說還是正確的。這一論點是針對那種把人物形象變成解決問題的工具，從而人為地把人物極端鮮明化的現象而發的。他說：「人們長期以來相信一種理論，這種理論認為，在每個人身上都有某些起主宰作用的能力。翻開每一部古書，我們都可以看到這種桀驁不馴的所謂主宰能力出現在各種類型的人物身上，如徹頭徹尾的無賴、完完全全的天使、地地道道的騎士與十全十美的美人……可是，這樣一來，人的主要精神境界被拉到同一水平上去了，這樣的人必然是十分簡單的，從感情到靈魂構成不同的性格類型。」[3]他認為易卜生的《羅斯莫莊》也有這個弱點。羅斯莫只是純粹的貴族，而演員也必須把他的貴族性格演得非常鮮明，鮮明到「不僅使包廂，也要使正廳的觀眾能看清」。哈姆遜認為，這種一味追求鮮明，往往產生性格的類型化。我

1 車爾尼雪夫斯基：《車爾尼雪夫斯基論文學》，上卷，第四零頁，上海譯文出版社，一九八二年版。
2 《論易卜生》，見高中甫編：《易卜生評論集》，第六三——六四頁，外國文學教學與研究出版社，一九八二年版。
3 同上。

國戲劇中的臉譜化，其根源也是求其性格的極端鮮明，也有哈姆遜所說的那種現象，即主持演出的人追求一種效果，就是把角色演得特別鮮明。在他看來，一個人物的性格如果不鮮明，演出就失敗了。魯迅先生分析我國戲劇臉譜化的原因時所發表的見解，與哈姆遜不約而同。他說，我國古時候戲台的搭法，「使看客非常散漫，表現倘不加重，他們就覺不到，看不清。這麼一來，各類人物的臉譜，就不能不誇大化，漫畫化，甚而至於到得後來，弄得希奇古怪，和實際離得很遠，好像象徵手法了」[1]。為了使觀眾看得清，人為地使人物形象極端鮮明化，反而走向誇大化、漫畫化，變成一種性格觀念的化身，一種非個性的人物類型。臉譜化的這種事與願違的藝術教訓，給我們一個啟示，就是藝術家在謀求人物性格鮮明性和確定性的意識如果太強，結果反而會失去人物的個性，而審美主體（人）對這種絕對鮮明的審美客體，不可能喚起任何豐富的聯想，也不可能具有太大的審美再創造的空間。這樣，人物形象便會失去藝術的魅力。

我國古代一些對藝術規律具有真知灼見的文學理論家，特別注意藝術形象「隱」與「顯」之間的辯證法。隱就是帶有某種模糊性、間接性，「顯」就是鮮明性、直接性。成功的藝術形象應當是「隱」與「顯」的和諧統一。該顯則顯，該隱則隱，如果人為地追求「顯」，主觀地調動各種手段「突出」藝術形象，使其「顯」得過度，反而含糊了個性。《白雨齋詞話》中說：「意在筆先，神餘言外……若隱若見，欲露不露，反覆纏綿，終不許一語道破」，講的正是隱與顯的辯證法。而「若隱若見」「欲露不露」，正是模糊性。正因為這樣，我們很難對它作精確的定量分析，不可能用「一語」加以規範。在對典型作

1 《臉譜臆測》，見《魯迅全集》，第一版，第六卷，第一三四頁。

本質規定時，認為可用「一語」加以概括和規範的形象便是典型，並不完全確切。因為許多典型形象，都具有極其豐富的性格內涵，有的可以用「一語」加以概括，有的則用許多語言也難以概括，有的甚至「深不可測」，讓人們「說不盡」，這就是因為典型本身總是帶有大量「隱」的東西。因此，任何一個具有藝術魅力的典型性格，都是性格明確性（顯）與性格模糊性（隱）的辯證統一。典型性格的二重組合過程，也正是各種性格元素通過一定的中介而圍繞性格核心的模糊集合過程。

我們批評人物性格外部美醜對照的極端化，並不否認人物性格外部美醜對照的藝術方式，但是，從文學歷史的經驗中，我們獲得了這樣一個認識，這就是：帶有較高審美意義的人物性格的外部對照，應當是《紅樓夢》式的對照，對照的雙方都應當具備豐富的性格內涵。只有這種對照，才是高級的對照方式。

那麼，這種高級的性格外部對照方式怎樣才能實現呢？這裏的關鍵是必須以性格對照的第三種方式為基礎，即必須依賴性格內部的美醜對照和美醜的二重組合。這種性格的二重組合，乃是人物性格豐富的內在源泉。它不僅可以使不同性格的人物以豐富多彩的形式互相對映，而且是塑造人物形象獲得成功的最根本的美學基礎和最重要的美學方式。

同一人物性格內部的正反兩極的對照和二重組合，有很多形態。人物形象的個性就寓於這種差別之中。第三章中我們已經說過，每個人的性格都是一個具有獨特構造的世界，都自成一個有機系統，形成這個系統的各種元素都有自己的排列方式和組合方式。但是，任何一個人，不管性格多麼複雜，都是相反的兩極所構成的。作家在塑造人物性格時，可以充份發揮自己的創造性，在每一種組合形態中發揮自己獨特的藝術才能，賦予某種組合形態以新的內容和形式。例如同樣是悲劇性格因素與喜劇性格因素的二重組合，契訶夫的小公務員、魯迅的阿Q、高曉聲的陳奐生就有很不相同的性格內涵和象徵意蘊。

典型性格內部的對照，很少只是單純的一組對照關係，它往往形成多組對照關係，並形成性格內部的對照系統。在這個對照系統中，「雜多」的性格元素，通過一定的中介，分別形成一組一組的對立統一聯繫，這就是性格整體中的二重組合單元。這些二重組合單元，在性格內部積極運動，互相交叉，互相滲透，互相轉化，形成豐富複雜的性格。具有較高審美價值的性格結構，總是以兩極的對立統一為內在機制的性格網絡結構。以項羽為例，他的性格就是一個複雜的對照系統。司馬遷以他的天才的藝術筆觸和罕有的文章氣勢，創造了項羽這個錯綜複雜的典型性格。過去有人在分析項羽時，常以「虞兮」之歌為例，說明項羽兼有風雲之氣和兒女之情，但這只是項羽性格整體中的一個性格組合單元，而且是性格表層的組合單元，並非項羽性格的整體結構。項羽性格整體中還有很多互相交叉的性格組合單元。錢鍾書先生匯集《史記》中其他人物對項羽的評價，找出項羽多種性格元素的兩極對照。他說：「『言語嘔嘔』與『喑惡叱吒』，『恭敬慈愛』與『僄悍滑賊』，『愛人禮士』與『妒賢嫉能』，『婦人之仁』與『屠阬殘滅』，『分食推飲』與『玩印不予』，皆若相反相違；而既具在羽一人之身，有似兩手分書、一喉異曲，則又莫不同條共貫，科以心學性理，犁然有當。《史記》寫人物性格，無復綜如此者。談士每以『虞兮』之歌，謂羽風雲之氣而兼兒女之情，尚粗淺乎言之也。」[1] 項羽身上的「婦人之仁」「屠阬殘滅」等性格元素，不是線性的善惡排列，而是有似「兩手分書、一喉異曲」地形成一組一組的「相反相違」的對立統一關係，而這一組一組的性格元素又圍繞項羽的性格核心不斷發生交叉組合，從而形成項羽複雜而有序的性格系統。這個性格系統包括善與惡、美與醜、殘暴與仁愛、陽剛與陰柔、崇高與鄙

1 錢鍾書：《管錐編》，第一卷，第二七五頁。

俗等多種性格二重組合單元，而由於兩極對照中又有心理中介與感情中介的聯繫，因而形成犁然有當的性格運動。

在成功的文學作品中，不僅主要人物可以形成自己的性格對照系統，次要人物也可以形成自己的性格對照系統，例如《紅樓夢》中的主要人物賈寶玉具有自己複雜的性格對照系統，而次要人物像晴雯、襲人等，也都有自己的性格對照系統。以襲人為例，她既恪守奴才的本份，全心全意地盡奴僕之職，但也流露出對自己「奴才命」的不滿。她對主子極其溫順，似有勢利之心，但她又同情劉姥姥，惜老愛貧，似無勢利之心；她比一般丫頭更加得寵，有其特殊的地位，但當她和丫頭婆子發生口角時，卻採取忍讓的態度，顯得相當寬厚。她處世行事顯得圓通甚至可以說是圓滑，但對鴛鴦的慘死，卻真摯地同情；她在奴才中表現得最為規矩、正派，時時告誡着寶玉，但正是她，第一個與寶玉「同領警幻所訓之事」。她對寶玉既有「從」，也有「愛」，既有奴僕對主子卑微的恭順，也有青春少女對戀人真實的癡情。襲人性格中包含着美醜、善惡的對照，這種對照是由很多二重組合單元互相交叉構成的，因此，襲人的性格也成為一個獨立的系統。襲人的性格塑造與晴雯的性格塑造，都是非常成功的。她們兩人形成一種外部性格對照，讓人感到她們的性格是鮮明的，但又不是一覽無餘，沒有人為的對照的痕跡。這就因為她們自身的性格是豐富的，自身性格內部也有對照，也有聯結，也有統一，自身性格深層結構中蘊涵着許多一時難以名狀的內容。這些內容既確定又不確定，既複雜又深邃。這樣，她們的性格外部對照，由於自身性格的豐富，而獲得較高的審美價值。因此，形成一部作品的形象體系，儘管作家可採取多種對照手段，但具有決定性意義的，是人物形象性格內部的兩極對照和組合。

第二節　對於我國文學傳統的反省

我們以《史記》、《紅樓夢》為例，說明同一人物性格內部對立性格因素的對照和組合，並不是說這就是我國古代文學整體的長處，或者說我國古代文學的整體很重視人的研究，很重視表現人。不是的，我國古代作家和古代文學理論家對人的本體的研究，特別是對人的內心世界的研究是比較薄弱的。對於這個弱點，一些文論史的專著尚未從宏觀的角度給予說明。我覺得，我們不必隱諱文學祖先們的弱點。這裏，我想從性格對照三種方式這個特殊的角度，來觀察一下古代文學創作和文學理論中的某些弱點。

說明這種弱點，並非抹殺我國一些成功地表現人物性格的作品。我國漫長的文學史，如果包括現代文學史，那麼可以說，曾經出現過三個表現人的創作高峰：一是《史記》，二是《紅樓夢》，三是以魯迅為旗幟的包括郭沫若、茅盾、巴金、老舍、曹禺等現代作家群。這一作家群在創作思想上已自覺地表現真實而豐富的人，描寫人物性格內部的矛盾內容。先不涉及現代文學史，僅以我國古代文學來說，被魯迅先生稱為無韻之離騷的《史記》，是一個帶有史學與文學雙重性質的偉大作品。這部著作以天才的史學家筆觸和天才的文學家筆觸，非常成功地塑造了項羽、劉邦、韓信等人物形象，這些人物被稱為典型人物，是受之無愧的。尤其可貴的（正如我們在上文已經說明過的），司馬遷寫出了他們性格內部對立因素的二重組合。

由於司馬遷尊重歷史的真實，尊重歷史人物本來的面貌，因此，他不是用政治眼光來觀察人，也不是按照帝王的意志把賢者寫得神聖至極，把「惡」者寫得醜陋不堪。最典型的例子，是他對劉邦、項羽性格的描繪。過去有人認為司馬遷對劉邦與項羽的描繪有褒項貶劉的傾向，其實，這是難以成立的。司馬遷的藝術成就，是在寫出歷史人物的真實性，對這兩人都是褒貶並舉的。他寫劉邦，真實地寫出劉邦具有帝王的氣魄，不僅「隆準而龍顏，美鬚髯，左股有七十二黑子」[1]，而且有「仁而愛人」的帝王大度，能夠廣泛地網羅人才，採納善言，禮賢下士，他自己說：「夫運籌策帷帳之中，決勝於千里之外，吾不如子房。鎮國家，撫百姓，給饋餉，不絕糧道，吾不如蕭何。連百萬之軍，戰必勝，攻必取，吾不如韓信。此三者，皆人傑也，吾能用之，此吾所以取天下也。項羽有一范增而不能用，此其所以為我所擒也。」陳平在去楚歸漢時也曾說過：「項王不能信人，其所任愛，非諸項即妻之昆弟，雖有奇士不能用，平乃去楚。聞漢王之能用人，故歸大王。」

劉邦先於諸侯入關，馬上安撫百姓，召諸縣父老，約法三章：「父老苦秦苛法久矣，誹謗者族，偶語者棄市。吾與諸侯約，先入關者王之，吾當王關中。與父老約，法三章耳：殺人者死，傷人及盜抵罪。余悉除去秦法。諸吏人皆案堵如故。凡吾所以來，為父老除害，非有所侵暴，無恐！且吾所以還軍霸上，待諸侯至而定約束耳。」劉邦最後戰勝項羽建立漢朝之後，又平定淮南王黥布之反，功成之後路過沛地，又召故人父老飲酒，酒酣之後擊筑而歌：「大風起兮雲飛揚，威加海內兮歸故鄉，安得猛士兮守四方！」慷慨悲歌之後，還對故鄉父老們說：「遊子悲故鄉。吾雖都關中，萬歲後吾魂魄猶樂思沛。且朕自沛公以誅暴逆，遂有天下，其以沛為朕湯沐邑，復其民，世世無有所與。」此時劉邦內心的情感是真摯的，沒有市儈的勢利，更沒有政客不講情誼的氣味。但是，司馬遷在如實地描繪他這偉大的一面

1 本節引《史記》文，均為中華書局一九五九年版。

的同時，並不放棄對他性格另一面的描繪，特別是他在成功之前的「無賴相」，也刻劃得入木三分。他為泗水亭長時，「好酒及色」。有一次呂公（呂后之父）在沛令家做客，沛中豪傑都前去慶賀，蕭何主持招待客人的禮儀，卻先向諸大夫索錢：「進不滿千錢，坐之堂下」，而劉邦「賀錢萬」而「實不持一錢」。在楚漢戰爭中，劉邦的父親太公被項羽捉拿在軍中，項羽在攻打廣武城而未能攻下時，對劉邦喊話：「今不急下，吾烹太公」，而劉邦卻用一種無賴的口吻說：「吾與項羽俱北面受命懷王，曰『約為兄弟』，吾翁即若翁，必欲烹而翁，則幸分我一杯羹。」

司馬遷對項羽的性格刻劃得更為成功。他的英雄性格遠不是「力拔山兮」的勇武所能概括的。他是一個智勇雙全的軍事家，仁而愛人、胸懷坦蕩的政治家。他在巨鹿攻秦救趙的戰役中，表現出一種驚天動地的「破釜沉舟」精神：「項羽乃悉引兵渡河，皆沉船，破釜甑，燒廬舍，持三日糧，以示士卒必死，無一還心。於是至則圍王離，與秦軍遇，九戰，絕其甬道，大破之，殺蘇角，虜王離。涉閒不降楚，自燒殺。當是時，楚兵冠諸侯。」他在艱難曲折的征戰中，總是毫不猶疑，臨危不懼，即使在四面楚歌的時候，也仍然鎮靜自若，與虞姬飲於帳中，而且慷慨悲歌。後來他在漢軍的重圍中，又一馬當先，斬將搴旗，使漢軍為之震驚，退避數里。最後到了烏江渡口，烏江亭長早已駕船在岸邊等待他，但他卻不肯過江，他說：「且籍與江東子弟八千渡江而西，今無一人還，縱江東父兄憐而王我，我何面目見之？縱彼不言，籍獨不愧於心乎？」說完將自己的戰馬送給烏江亭長，然後自刎而死。項羽的英雄性格，在不同的環境中表現出不同的感人內容。他這樣英勇果敢，但在鴻門宴上，聽了劉邦的話語之後，竟然不忍下手，放走了自己的最大敵手。鴻門宴之後，他「引兵西屠咸陽，殺秦降王子嬰，燒秦宮室，火三月不滅；收其貨寶婦女而東。人或說項王曰：『關中阻山河四塞，地肥饒，可都以霸。』項王見秦宮室皆燒殘破，又心懷思欲東歸，曰：『富貴不歸故鄉，如衣繡夜行，誰知之者！』說者曰：『人言楚人沐猴而冠耳，果然！』項羽聞之，烹說者。」這便表現了項羽眼光短淺、缺乏深謀遠慮的弱點，以及他不能擇善而從的致命錯誤。所以當劉邦大定天下之後，置酒洛陽，請列侯諸將說出他何以得天下，項羽何以失天下的真正原因時，高起、王陵兩將答道：「陛下慢而侮人，項羽仁而愛人。然陛下使人攻城略地，所降下者因以予之，與天下同利也。項羽妒賢嫉能，有功者害之，賢者疑之，戰勝而不予人功，得地而不予人利，此所以失天下也。」劉邦還補充了項羽的一個致命弱點：不善用人。而在《淮陰侯列傳》中韓信曰：「請言項王之為人也。項王喑惡叱咤，千人皆廢；然不能任屬賢將，此特匹夫之勇耳。項王見人恭敬慈愛，言語嘔嘔，人有疾病，涕泣分食飲，至使人有功當封爵者，印刓敝，忍不能予，此所謂婦人之仁也。」司馬遷筆下的劉邦、項羽形象，顯得非常真實，性格內涵非常豐富，可以說，他們的性格都是二重組合型的。《史記》的文學性在很大的程度上正是得益於塑造人物性格的成功。可惜，《史記》注重表現人的性格的成就，沒有化為中國古代文學的傳統。《史記》之後，有很長的一段時間（一千多年），中國文學一直以詩詞為正宗，沒有塑造人物性格的偉大作品產生。直到明清才出現一批表現人物性格比較成功的小說，如《三國演義》和《水滸傳》。

真正擺脫傳奇性質，真實地寫出平常的人的豐富內心世界，表現人物性格內部的美醜對照和組合，並把表現人物性格的文學推向高峰的是《紅樓夢》。所以魯迅先生在描述中國小說發展史的輪廓時說，《紅樓夢》出現之後，「傳統的思想和寫法都打破了」，它與從前的小說大不相同，所寫的都是「真的人物」[1]。轟

1 《中國小說的歷史的變遷》，見《魯迅全集》，第一版，第九卷，第三三八頁。

紺弩先生說，「《紅樓夢》是一部人書」[1]。可以說，帶有自己心理的整個複雜性的人，真實的、平常的人，在中國文學史上，是在曹雪芹天才的筆下才充份地表現出來的。

我國小說有一個歷史變遷過程，按照魯迅先生的說法，唐以前，並不重寫人，所以也無所謂注重刻劃人的性格。例如漢魏六朝的志怪小說，人們相信人與鬼都是存在的，講人講鬼都不是虛構，「因為他們看鬼事和人事，是一樣的，統當做事實」。「蓋當時以為幽明雖殊途，而人鬼皆實有，做其敍述異事，與記載人間常事，自視固無誠妄之別矣」[2]。而到了唐朝，講鬼怪已退居次要地位，而講人提到首要的地位，「唐人底小說，不甚講鬼怪，間或有之，也不過點綴而已」[3]。唐代傳奇主要就是寫人的故事，傳奇中人的性格，例如《鶯鶯傳》、《李娃傳》、《柳毅傳》，刻劃唐朝文人才子的性格也都自然感人，但仍不豐富。以後，又有宋元話本小說，比唐代傳奇寫得更真實動人，人物性格也更鮮明，明代雖也出現過一些話本小說，但「誥誡連篇，喧而奪主」，沒有生氣，走入公式化，「大率才子佳人之事，而以文雅風流綴其間，功名遇合為之主，始或乖違，終多如意」[4]。人物性格也是千人一面，毫無生氣。直至《紅樓夢》產生，才完全改變以往才子佳人的俗套。《紅樓夢》一開頭借空空道人之口進行評價：「石兄，你這一段故事，據你自己說來，有些趣味，故鐫寫在此，意欲聞世傳奇；據我看來，第一件，無朝代年紀可考，第二件，並無大賢大忠、理朝廷、治風俗的善政，其中只不過幾個異樣女子，或情或癡，或小才微善，我縱然抄去，也算不得一種奇書。」這種似乎否定的批評裏，恰恰肯定了《紅樓夢》擺脱

1 聶紺弩：《小紅論》，載《讀書》，一九八四年，第四期。
2 《魯迅全集》，第一版，第九卷，第四三頁。
3 同上，第三一五頁。
4 同上，第一八九頁。

過去大忠大賢、大奸大邪的俗套。石頭的回答中特別批評以往才子佳人的小說：「至於才子佳人等書，則又開口『文君』，滿篇『子建』，千部一腔，千人一面，且終不能不涉淫濫。——在作者不過要寫出自己的兩首情詩艷賦來，故假捏出男女二人名姓，又必旁添一人撥亂其間，如戲中的小丑一般。更可厭者，『之乎者也』，非理即文，大不近情，自相矛盾；竟不如我這半世親聞的幾個女子，雖不敢說強似前代書上所有之人，但觀其事跡原委，亦可消愁破悶……」

有的同志依據《紅樓夢》的成就，而否認中國古代文學忽視表現人的內心複雜性的根本弱點。這種否定不太符合我國文學發展的實際。因為：

（1）《紅樓夢》作為劃時代的作品，它的成就是我國文學表現人的創舉，可以說，它是中國古代文學描寫人物性格內部的美醜對照和組合的偉大開端。它的勝利，正是克服中國古代文學忽視表現人這個根本弱點的勝利，正是衝破那種「敍好人完全是好，壞人完全是壞」的傳統格局的勝利。

（2）從中國古代文學的整體性着眼，《紅樓夢》只是這個整體系統中的一個要素，它還不足以代表這個系統的性質。《紅樓夢》這樣的作品，即使在中國古代小說總體中，也還是屬於特殊現象，而不是一種普遍現象，也就是說，還未形成《紅樓夢》式的小說群。這與十九世紀的西方以及俄國不同。

（3）《紅樓夢》之外，中國還有一些比較傑出的作品，例如《三國演義》、《水滸傳》、《西遊記》等，這些作品中的某些人物也表現出一些人的複雜性，但從整體性角度來加以觀察，就會發現他們塑造的性格還不是完全真實的、深邃的性格，而基本上還是平面化的性格。特別是他們表現的人還是帶有傳奇性的人，而不是現實生活中最平常最大量的也是最真實的人。他們表現的人還是一種「特例」，而不是普遍現象。這些作品從嚴格的意義上說，都還沒有像《紅樓夢》那樣把筆觸深入到人的心理世界，展現人的靈魂的深邃，還沒有把人的性格深層結構中真實的矛盾內容充份地展示出來。這些小說中的某些人物，例如《水滸傳》中的宋江、《三國演義》中的曹操，也都表現出性格的複雜性，但是，這種人物描寫藝術在這些小說中未能成為作品的主要美學傾向。而且，與《紅樓夢》人物相比，這些人物性格的二重結構，仍然在很大程度上帶有表面性，而未能像《紅樓夢》那樣，寫出性格深層結構中的美醜交織、善惡並舉。《紅樓夢》就不同，賈寶玉的內心常常痛苦到出現癡呆現象，而林黛玉既有充滿着軟弱眼淚的陰柔，也有充滿着尖酸刻薄的陽剛。即使莊重靜穆得像石雕似的寶釵，當賈寶玉無意中把她比作楊貴妃時，她也「不由得大怒」，冷笑了兩聲說：「我倒像楊貴妃，只是沒有一個好哥哥好兄弟，可以作得楊國忠的。」她的內心並不像表面那樣端莊凝重，她的靈魂在封建思想體系的重壓下仍然有着兩種感情的掙扎和拼搏。可以說，中國文學發展到《紅樓夢》，表現真實的人，才進入自覺的時代，才在一部作品中出現了性格豐富的優秀形象體系。這是一個偉大的成就。它標誌着中國文學進入一個新的時代，進入一個新的審美價值層次的時代。《紅樓夢》所開拓的審美方向，特別是體現在人物性格塑造上的審美方向，應該帶給中國文學以更深遠的影響。可惜，「五四」以後，《紅樓夢》研究的一些代表人物如胡適等，未能充份注意到《紅樓夢》是一部「人書」，未能注意通過《紅樓夢》的研究深入到對人的研究，對人的內心世界的研究，而把自己研究的重心放在瑣碎的考證上。因此，《紅樓夢》及其研究，在五四新文化運動中，未能作為人的解放的一種旗幟，而起到它應起的歷史作用。

如果我們從性格的三種對照方式這個角度綜觀我國古代文學，我們就會發現，我國以塑造性格為主的文學的弱點，恰恰在於只注重性格外部的美醜對照和組合，忽視性格內部的美醜對照和組合。而由於忽視性格內部的美醜二重組合，外部的美醜對照方式往往是低級的對照方式。

注意性格的外部對照，這是我國小說的一大特點。近代一些小說理論家在對我國小說與西方小說作比較時就發現了這點。例如徐念慈就認為，西方小說，多述一事；中國小說，多述數人數事，而中國小說顯得更為高明。他說：「事跡繁，格局變，人物則忠奸賢愚並列，事跡則巧絀奇正雜陳，其首尾聯絡，映帶起伏，非有大手筆、大結構、雄於文者，不能為此，蓋深明乎具象理想之道，能使人一讀再讀即十讀百讀亦不厭也。」[1] 徐念慈及當時的一派小說理論家，很主張人物形象應當體現作者的社會理想，應當成為作者表現改革主題的工具，因此，以為人物愈合理想愈好，愈鮮明愈好，忠奸分明、賢愚分明的極其鮮明的性格外部對照最合審美理想。但這是一種很幼稚的看法。他們沒有看到這種低級的性格外部對照方式的弱點。而這種「忠奸賢愚並列」的鮮明對照，在我國戲曲中表現得尤其突出。由於我國長期處於封建專制之下，人們的思維空間不夠廣闊，與此相應，人們的審美觀念與嚴酷的封建倫理觀念結合在一起，封建的、界限森嚴的善惡道德規範和政治規範都在人們的審美意識中起着支配作用。在這種歷史條件下，中國的戲劇人物，也逐步形成黑白鮮明、忠奸分明的極端臉譜化傾向。忠絕對化，奸也絕對化。關於這點，阿甲同志曾這樣概述過：「誇張鮮明的美學評價——戲曲舞台上對善惡的褒貶，態度特別鮮明。它如歌頌一個人，總是把美好的東西集中在他身上。請看舞台上：關羽莊嚴威武，孔明飄逸安詳。開甚麼臉，如何打扮，怎麼坐，怎麼站，都是選擇最完美的形象來表現他。如果反對一個人，總是把醜惡的東西集中在他身上。如對湯勤之流，一出場就看出這是一個脅肩諂笑的勢利小人。《劉備招親》裏的東吳大將軍賈華，那種虛張聲勢的醜樣，簡直是一幅非常出色的漫畫。《法門寺》裏的小太監賈桂，

1　徐念慈：《小說林緣起》，見郭紹虞、羅根澤編：《中國近代文論選》，下冊，第五零三頁，人民文學出版社，一九五九年版。

那副奴才嘴臉，真是奴顏婢膝的典型。民間藝人對善惡的美學判斷，不僅表現在人物的造型上（如臉譜、身段等），也表現在整個舞台處理上，特別是正面人物和反面人物的舞台調度，有鮮明強烈的對比。這種鮮明突出的美學思想，也體現在戲曲的程式裏面。」[1] 阿甲同志準確地描述了我國戲劇中極端鮮明的外部對照，肯定了按照這種審美意識創造出來的舞台形象，卻未能指出這種外部對照在美學上的不足之處。

對於我國小說、戲劇中鮮明的外部對照，金聖歎在更早的時候就從理論上加以總結。他在評點《水滸傳》時，曾經提出「正墨」與「反墨」的觀念，把人物描寫概括為「正墨」「反墨」兩大類。「正墨」可稱為「正犯法」，就是正面對比，比如把李逵殺虎和武松打虎加以比較，可看出武松勇中有智，而李逵則勇中帶蠻。「反墨」，又稱「背面鋪墊法」，這就是正面人物與反面人物性格外部的強烈對照。金聖歎說：「如果襯宋江奸詐，不覺寫作李逵真率。要襯石秀尖刻，不覺寫作楊雄糊塗是也。」金聖歎在評點中處處強烈地把宋江的「奸詐」與李逵的「真率」加以對照，帶有自己的偏見。但是，他所說的這種性格外部的對照方式，即「反墨」的方法，在中國的小說、戲劇中確實是普遍使用的。所以，我們談起《三國演義》，會自然地把曹操與劉備對照起來看，一個是處處奸詐，一個是處處長厚，曹操奸詐得近乎魔，劉備長厚得近乎偽。這種反墨的手法，當然可以使性格顯得更加鮮明，但是如果反墨的手法過於強烈，過度地誇張，就會造成「溢惡」和「溢美」的現象，造成性格的畸形單一化，失去性格的真實。溢美到了極點，人就變成神；溢惡到極點，人就變成了魔。

---

1 阿甲：《戲曲表演論集》，第一四八—一四九頁，上海文藝出版社，一九七九年版。

最集中地表現出我國小說這種弱點的是俠義小說、公案小說和譴責小說。這些小說的量很大，影響也很廣，直到今天還在產生廣泛的社會效應。但這幾類小說，審美價值很低，書中的俠客、清官和其他英雄，大多是非常片面的性格。這種性格實際上只是帶有離奇性的觀念圖式，並沒有真實的內在生命。他們或是忠的範式，或是義的範式，或是「士為知己者死」的範式，或是「路見不平，拔刀相助」的範式，或是「劫富救貧」的範式。在這一點上，俠義小說與古典主義的那種「慳吝」的化身、「偽君子」的化身有相似之處。

過去我國文學史和文學評論文章中分析俠義小說的已經不少。魯迅先生在《中國小說史略》中的《清之俠義小說及公案》一節，精闢地總結了俠義小說發展的歷史，並從美學上分析了它們的得失。在《中國小說歷史的變遷》中，魯迅曾表示自己的「疑惑」，他說：「現在《七俠五義》已出到二十四集，《施公案》出到十集，《彭公案》十七集，而大抵千篇一律，語多不通，我們對此，無多批評，只是很覺得作者和看者，都能夠如此之不憚煩，也算是一件奇蹟罷了。」[1] 俠義小說確實「千篇一律」，這類小說中的俠客，及其鬥爭的對象（壞人），其性格都是一種模式。俠客的性格大約集人間美德，其鬥爭對象，則集人間一切惡習。魯迅在分析文康的《兒女英雄傳》的主角十三妹時說，這個人物「純出作者意造，緣欲使英雄兒女之概，備於一身，遂致性格失常，言動絕異，矯揉之態，觸目皆是矣」[2]。文康自身的美學觀點，就是反對《紅樓夢》描寫人物的二重組合，而主張描寫好人要絕對的好，壞人絕對的壞，因此他筆下的正面人物，幾乎個個是封建道德的理想範式，而他筆下的理想人物，更是如此。十三妹就

1 《魯迅全集》，第一版，第九卷，第三四零頁。
2 同上，第二七零頁。

是一個超人，她婚前是一個飛檐走壁、具有萬夫不當之勇的女俠客，婚後（同安公子結婚）又是一個懂得名份、非常賢惠的少奶奶。她同張金鳳兩人共事一夫而毫無嫉妒之心，處處符合夫榮妻貴、二女一夫的封建家庭理想。在以男性為中心的封建社會中，十三妹是一個理想女性。因此，從封建道德的眼光看來，十三妹是一種理想範式，但從我們的審美眼光看來，則感到她的性格畸形極端化了。

更為畸形理想化的是《野叟曝言》。這部小說的主人公文素臣，正是封建時代「高大完美」的典範。關於文素臣，聶紺弩先生把他描述得極為清楚，他說：「舊禮教那東西，要建築在像文素臣那樣的英雄的鐵腕上。既有豪傑肝膽，又有聖賢心腸，有伊呂之志，孔孟之學，孫吳之略，武穆文山之至忠至正，而又才高子建，勇邁孟賁，貌勝潘安，功壓韓信，天文地理，醫卜星相，三教九流，諸子百家，十八般武藝無一不精，連生殖器也與眾不同，只有嫪毒薛敖曹之流可比。這真把古今中外的偉大人物冶於一爐，也造不出這樣一個大英雄。」[1] 這種極端的英雄化導致作品的荒唐化，正是我國一些傳奇小說的教訓。

俠義小說中另有一些人物，例如包公，給人留下的印象較好。他不畏豪強、廉潔正直，是人民心目中的理想人物。但是，這種理想，只是人民的政治理想、法制理想與道德理想的化身，是為民請命的理想官吏的象徵，而不是審美理想性質的藝術形象。從文學的審美角度來看，包公只是一千崇高性格因素的單一化形象，他的性格由於缺乏與崇高因素相結合的其他性格因素，仍然顯得缺乏內在生命。可以說，包公的性格，也只是一種抽象的寓言品。他後來變成了神，正是這種性格畸形化的必然邏輯。

此外，俠義小說中也有個別人物寫得稍好一些，如《三俠五義》中的白玉堂，而白玉堂所以寫得較

1 聶紺弩：《再談〈野叟曝言〉》，見《聶紺弩雜文集》，第一零二——一零三頁，三聯書店，一九八一年版。

好，也正因為他不是被描寫得絕對的好。他的性格中除了具有英雄性的一面，還有他的非英雄性一面。也可以說，他的性格中除了崇高因素之外，還有滑稽的因素。魯迅說《三俠五義》「構設事端，頗傷稚弱，而獨於寫草野豪傑，輒奕奕有神，間或襯以世態，雜以詼諧，亦每令莽夫分外生色」[1]。魯迅所指的草野豪傑，就是白玉堂這類人物。胡適在分析《三俠五義》時認為，作品的成功處在於其中白玉堂、蔣平、智化、艾虎等四個人物，特別是白玉堂寫得較好，他認為，《三俠五義》寫出了「白玉堂的為人很多短處」。例如他的「驕傲，狠毒，好勝，輕舉妄動」等，胡適說：「這都是很大的毛病。但這正是石玉昆的特別長處。向來小說家描寫英雄，總要說得他像全能的天神一樣，所以讀者不能相信這種人才是真有的。白玉堂的許多短處，倒能教讀者覺得這樣的一個人也許是可能的；因為他有這些近情近理的短處，我們卻格外愛惜他的長處。向來小說家最愛教他的英雄福壽全歸；石玉昆卻把白玉堂送到銅網陣裏去被亂刀砍死，被亂箭射的『猶如刺蝟一般……血漬淋漓，漫說面目，連四肢俱各不分了。』這樣的慘酷的下場便是作者極力描寫白玉堂的短處，同時又是作者有意教人愛惜這個少年英雄，憐念他的短處，想念他的許多好處。」[2] 胡適認為《三俠五義》較之以前的俠義小說是一個進步。以往的俠義小說，是不敢寫出英雄的短處的。他考證了從《包公案》（又名《龍圖公案》）到《三俠五義》公案俠義小說發展的歷史，以及仁宗生母李辰妃的故事九百多年的演變，這種歷史幾乎把人間美德不斷地積到李辰妃身上，使得李辰妃從人幾乎變成了怪。胡適說：「包公身上堆着許多有主名或無主名的奇案，正如黃帝周公身上堆着許多大發明大製作一樣。李辰妃故事變遷沿革也就同堯舜桀紂等古史傳說的變遷沿革一

1 《中國小說史略》，見《魯迅全集》，第一版，第九卷，第二七三頁。
2 胡適：《三俠五義序》，見《胡適文存》，三集卷六，第六九九—七零零頁，上海亞東書局，一九二七年版。

樣……堯舜桀紂的傳說也是如此的。古人說得好，『愛人若將加諸膝，惡人若將墜諸淵。』人情大抵如此，古人又說，『紂之不善，不如是之甚也。是以君子惡居下流，天下之惡皆歸之』，古人把一切罪惡都堆到桀紂身上，就同古人把一切美德都堆到堯舜身上一樣。這多是一點一點地加添起來的，同李辰妃的故事的生長一樣。堯舜就是李辰妃，桀紂就是劉皇后。」[1]

《三俠五義》之後，還有《小五義》、《續小五義》，這之外，又有《永慶昇平》、《七劍十三俠》、《英雄大八義》、《英雄小八義》以及《劉公案》、《李公案》、《施公案》、《彭公案》等，這些俠義小說與公案小說，藝術更為拙劣，所有的俠客性格，更是畸形可笑。他們大都是神出鬼沒的超人，而且逐漸失去前輩俠客崇高性格因素，而蛻化為卑劣的但有超常本領的官府的幫兇，其性格實際上是超世間的單一化的卑劣性格，魯迅評述這些俠義小說時說：「故凡俠義小說中之英雄，在民間每極粗豪，大有綠林結習，而終必為一大僚隸卒，供使令奔走以為寵榮，此蓋非心悅誠服，樂為臣僕之時不辦也。然當時於此等書，則以為『善人必獲福報，惡人總有禍臨，邪者定遭凶殃，正者終逢吉庇，報應分明，昭彰不爽……』」[2] 這些小說的文學價值已經進一步喪失。

我國的俠義小說，其美學上的教訓，就是小說的人物性格都失去二重組合，從而失去活人的真實血肉。其中一些帶有崇高性格的主角，如包公、李辰妃，是崇高性格的片面化。其反面，則是卑鄙性格的絕對化。結果使人物失真，如同傳統中的堯舜桀紂，只能在人們的幻想世界中才能找到，而在現實世界上並不存在，我們無法在他們身上感到活人的情感、活人的生氣，更無法感應到活人豐富的內心世界。

---

1 胡適：《三俠五義序》，見《胡適文存》，三集卷六，第六八六—六八七頁，上海亞東書局，一九二七年版。
2 《中國小說史略》，見《魯迅全集》，第一版，第九卷，第二七九頁。

第三節　對於我國性格美學觀念的反思

我國的小說戲曲創作過於重視低級的性格外部對照，忽視人物性格內部的二極對照、交融和組合，這與我國文學的整體結構的特點有關。我國古代的文學創作，一直是以韻文與散文為主的。韻文包括三四言詩、楚辭、賦、樂府、格律詩和非格律詩、詞、曲等，散文則包括駢文、古文、傳記、筆記等。構成我國文學主流的各時代的典型文學現象，正如王國維概括的：「凡一代有一代之文學，楚之騷，漢之賦，五代之駢語，唐之詩，宋之詞，元之曲，皆所謂一代之文學，而後世莫能繼焉者也。」[1]儘管明清出現了一些傑出的小說和戲曲作品，但仍然沒有像西方那樣被視為主要的文學形式。因此，能夠比較充份地表現人物性格的小說和戲曲始終未能在中國文學史上佔主導地位。這正如魯迅先生所說：「小說和戲曲，中國向來是看作邪宗的。」[2]由於我國文學整體結構的這種特點，我國文學理論的重心也在於詩詞散文的研究，文學理論中形成的特殊範疇，如「氣」「體」「風骨」「神韻」「意境」等，也都是從小說戲劇之外的抒情文學中抽象出來的。特別是「意境」論，它作為我國古代文論中的代表性理論，是具有巨大理論價值的，但它也不是研究人的本體的理論，因而不能成為開拓人的內心世界的理論武器。而西方文論的重心與我國不同，它所以會出現「典型」論的高度發展，就在於西方作家較注意表現人，相應地，文學批評家和理論家也注意研究和發展表現人的理論。因此，在西方，人們對於人物性格的二重組合原理，早已習以為常，在現實主義作家中，早已成為普遍性的創作原則。他們儘管也注意

1 王國維：《宋元戲曲考序》，見《王國維遺書》，第十五冊，上海古籍書店，一九八三年版。

2 《徐懋庸作〈打雜集〉序》，見《魯迅全集》，第一版，第六卷，第二九一頁。

性格外部對照的表現方法，但更注意性格內部對照的表現方法，更注意對人的複雜內心世界的開掘。在理論上，西方現實主義文學論，早就主張作家應當真實地反映全面的人性，不應迴避性格內部的美醜因素的互相對照、滲透和轉化。我國文學整體結構在明清發生某些變化之後，儘管出現了一些把眼光投向人物性格的評點式的文學理論家，如李贄、金聖歎、毛宗崗、張竹坡等，但總的說來，他們的評論重心仍然停留在淺顯的性格外部對照和性格表裏對照，仍然沒有邁進性格內部的深層結構中，仍然沒有提供關於性格內部二極的對照和組合的較為切實的理論。這些批評家中，應當給予充份評價的是金聖歎，他已開始注意到同一人物性格兩種對立因素的對照，例如他特別讚賞表現李逵「鹵莽」的同時，也偶爾表現他的「奸猾」，注意到李逵既「率真」亦「奸猾」的二重組合。還有高俅，他最初聽到高衙內為了霸佔林沖之妻而準備殺害林沖的計劃時，並不贊成，覺得這種手段未免過份。這就是說，高俅這個壞人並非絕對地壞，他在做壞事之前也有矛盾，也有猶豫。對於這段描寫，金聖歎非常讚賞，特別提醒人們注意。這說明金聖歎的小說美學思想已觸及到人物性格的內部對照和組合。可惜，金聖歎的這種思想，還是一種樸素的直觀，還沒有形成自覺的理論。他更重視的是低級的性格外部對照方式，他處處不放掉的是指出宋江與李逵的對照，以至宋江與其他水滸英雄的對照，而且這種評論帶有很強的主觀性。例如他在第二十五回回首總評裏說：「或問於聖歎曰：魯達何如人也？曰：闊人也。宋江何如人也？曰：狹人也。曰：林沖何如人也？曰：毒人也。宋江何如人也？曰：甘人也。曰：楊志何如人也？曰：正人也。宋江何如人也？曰：駁人也。曰：柴進何如人也？曰：良人也。宋江何如人也？曰：歹人也。曰：阮七何如人也？曰：快人也。宋江何如人也？曰：厭人也。曰：李逵何如人也？曰：真人也。宋江何如人也？曰：假人也……」這段評點相當集中地反映了金聖歎的美學觀。金聖歎的評點始終把李逵當做可愛的典型，把宋江當做可惡的典型，人為地把兩人的性格到處進行對照。這種評點，實際上並沒有反映《水滸傳》塑造宋江的成就。從審美的觀點來看，宋江是《水滸傳》中塑造得最複雜的形象，這個形象是中國農民起義軍領袖的悲劇形象，他的性格大體上也是二重組合的。宋江一方面突破了小生產者的弱點，表現出自己的組織才能，善於團結來自各階層的起義者，使他們組成一支戰鬥隊伍。他自身對於貪官污吏，對於社會邪惡和壓迫現象，也是憎恨的。他是一個具有正義感的有才幹的英雄。但是，他性格中也有懦弱的一點，也帶有小生產者那種缺乏遠大目標的致命弱點。這種弱點導致他的搖擺，導致他的思想只能達到「替天行道」（替皇帝行道）的水平，而未能達到徹底摧毀封建制度的水平，最後又導致他走上招安的悲劇道路。對宋江的真實性格的描繪，是《水滸傳》藝術上成功的一個重大因素。施耐庵沒有主觀地把宋江理想化，把他寫成完美的英雄，也沒有把他醜化，寫成一個惡魔。施耐庵對宋扛的態度也是帶有二重性的，他既對宋江的英雄行為加以讚美，對他的動搖行為也確實有所鞭撻（當然這種鞭撻不是由作家直接出面）。而金聖歎對宋江的評論，沒有反映施耐庵的審美觀中最有價值的部份，也未能正確地肯定塑造宋江形象的藝術成就。他把藝術的宋江形象描繪成各種反面特徵的集合，描繪成一個由狹人、甘人、駁人、歹人、厭人、假人、呆人、俗人、小人、鈍人匯合起來的十足的壞蛋，一個極端化的單一性格，這顯然是人為地醜化宋江的形象，這種藝術觀是不足取的。

而毛宗崗對《三國演義》的評論，更是對性格單一化的絕對肯定。他說：

> 吾以為《三國》有三奇，可稱三絕：諸葛孔明一絕也，關雲長一絕也，曹操亦一絕也。歷稽載籍，賢相林立，而名高萬古者，莫如孔明。其處而彈琴抱膝，居然隱士風流，出而羽扇綸

巾，不改雅人深致，在草廬之中而識三分天下，則達乎天時；承顧命之重而至六出祁山，則盡乎人事。七擒、八陣，木牛、流馬，既已疑鬼疑神之不測；鞠躬盡瘁，志決身殲，仍是為臣為子之用心。比管、樂則過之，比伊、呂則兼之，是古今來賢相中第一奇人。歷稽載籍，名將如雲，而絕倫超群者，莫如雲長。青史對青燈，則極其儒雅；赤心如赤面，則極其英靈。秉燭達旦，人傳其大節；單刀赴會，世服其神威。獨行千里，報主之志堅；義釋華容，酬恩之誼重。作事如青天白日，待人如霽月光風。心則趙抃焚香告帝之心而磊落過之；意則阮籍白眼傲物之意，而嚴正過之，是古今來名將中第一奇人。歷稽載籍，奸雄接踵，而智足以攬人才而欺天下者莫如曹操。聽荀彧勤王之說而自比周文，則有似乎忠；黜袁術僭號之非而願為曹侯，則有似乎順；不殺陳琳而愛其才，則有似乎寬；不追關公以全其志，則有似乎義。王敦不能用郭璞，而操之得士過之；桓溫不能識王猛而操之知人過之。李林甫不能制祿山，不如操之擊烏桓於塞外；韓侂胄不能貶秦檜，不若操之討董卓於生前。竊國家之柄而姑存其號，異於王莽之顯然弒君；留改革之事以俟其兒，勝於劉裕之急欲篡晉。是古今來奸雄中第一奇人。有此三奇，乃前後史之所絕無者。故讀遍諸史而越不得不喜讀《三國志》也。[1]

毛宗崗論諸葛亮、關羽、曹操，是《三國演義》中塑造出來的三大奇人，這確實是事實。但是，把人的某種特徵，例如諸葛亮的智、關羽的忠、曹操的奸一味加以渲染，以致使他們的這種特徵超出人的

1 毛宗崗：《讀三國志法》，見北京大學哲學系美學教研室：《中國美學史資料選編》，下冊，第二一九頁，中華書局，一九八零年版。

本來面口，變成「奇人」，是否可稱為人物性格塑造之「絕」，就值得一議了。事實上，像諸葛亮、關羽，奇是奇了，但奇得過份，處處無不超絕，反而見不到他們的內心世界，見不到他們心靈的衝突。特別是諸葛亮簡直就像神仙，難怪後人都稱「神仙諸葛」，把諸葛亮與神仙連在一起。而毛宗崗正是特別欣賞這點，他在第三十七回中對羅貫中把諸葛亮寫得如縹緲之仙極為讚賞。他說：「善寫妙人者不於有處為，正於無處寫。寫其人如閒雲野鶴之不可定，而其人始遠；寫其人如威風祥麟之不易睹，而其善始尊。」《三國演義》在孔明出現之前，先從各個側面極力寫出孔明的神妙，在這點上確實有獨到的藝術功夫，但是各種藝術手段所達到的目的，卻是要渲染諸葛亮的神仙性、神妙性，這樣，愈是渲染，諸葛亮離人就愈遠。因此，出現在讀者面前的諸葛亮，便是一種超絕的非凡的外在圖景，而看不到心靈的真實圖景。這種看不到心靈圖景，特別是看不到心靈搏鬥的圖景，確實是《紅樓夢》之前我國古典小說人物塑造上的基本弱點。

《紅樓夢》產生後。出現了與《紅樓夢》的審美傾向相適應的脂硯齋的文學批評。脂硯齋批評的根本價值，就在於較準確地總結了《紅樓夢》的美學傾向。脂硯齋在分析《紅樓夢》的藝術時，最可貴的是他已經看到《紅樓夢》在美學上的根本價值所在，看到曹雪芹創造的人物性格內部的二重對照和二重組合。他曾在對《紅樓夢》四十三回的評語中表明自己的美學觀點，說「最可笑世之小說中，凡寫奸人則鼠目鷹膽等語」。又說：「最恨近之野史中，惡則無往不惡，美則無一不美，何不近情理之如是耶。」脂硯齋認為在《紅樓夢》形象系統中寫得最成功的，可稱「古今未有之一人」者，是賈寶玉。脂硯齋是理解曹雪芹的。他在中國文學理論史上，第一次批評了「惡則無往不惡，美則無一不美」的美學觀念，把《紅樓夢》衝破傳統美學觀念的根本價值揭示出來，第一次注意到人的性格內部的複雜圖景，從而把小說理論提高到新的水平。魯迅關於《紅樓夢》塑造人物「美惡並舉」的見解，與脂硯齋是相通的。脂硯齋對於我國古典小說弱點的認識是正確的，但在當時仍然是孤立的現象，尚未形成一種社會性的見解，即形成一種文學思潮，尚不足以打破「惡則無往不惡，美則無一不美」的局限。

我國小說、戲劇中忽視性格內部的二重組合而只作低級的性格外部對照，導致人物描寫的表面化和人物形象的臉譜化，極大地限制了我們民族文學藝術水平的提高。近現代倡導文學改革的思想家，對我國文學傳統中的這種弱點開始逐步地有所認識。例如提倡近代新小說的夏曾佑，在他的《小說原理》中就曾指出中國小說的幾大弊病：「所寫主書之生、旦，必為至好之人，是寫君子也；必有平番、救主等事，是寫大事也；必中狀元、拜相封王，是寫富貴也；必有驪山老母、太白金星，是寫虛無也！」[1]但是，由於當時的思想家和文學家改革之心異常迫切，大力倡導政治小說、倡導把小說作為社會改革的器具，因此又簡單化地把政治理想當成審美理想，主張人物形象應當體現作者的社會理想，他們認為：「有如何之理想，則造如何之人物以發明之」，「撰一現社會所極需而未有之人物以示之」，這樣的「一人焉，一事焉，立其前而樹之鵠」，使讀者加以仿效，「望風而趨之」，從而也使「思想瞬息而普及於最下等之人，實改革社會之最妙法門」。徐念慈認為我國小說的團圓主義以及忠奸分明的強烈對比合乎理想，其實正是合乎政治理想。像《野叟曝言》，寫一個全知全能的文素臣，他也認為這正是圓滿的，而愈圓滿，則愈合理想。他說：「試以美學最發達之德意志徵之，黑搿爾（黑格爾）氏於美學，持絕對觀念論者也。其言曰：『藝術之圓滿者，其第一義，為醇化於自然。』簡言之，即滿足吾人之美的慾望，

---

1 郭紹虞、羅根澤編：《中國近代文論選》，上冊，第二零六頁。

而使無遺憾也。」他根據自己對黑格爾美學的這種理解，認為合理想美學的小說是最上乘的，而我國的團圓主義小說、忠奸對照的小說就是最上乘的，所以他說：「曲本中之團圓（《白兔記》、《荊釵傳》）、封誥（《殺狗記》）、榮歸（《千金記》）、巧合（《紫簫記》）等目，觸目皆是。看演義中之《野叟曝言》，其卷末之躊躇滿志者，且不下數萬言。要之不外使圓滿而合於理性之自然也。」徐念慈還把中國小說與西方小說加以對比，認為人物「忠奸賢愚並列」，是最合乎理想美學的。對此，當時就有與之相左的意見，認為「小說雖屬理想，亦自自分際，若過求完善，便屬拙筆。……若《野叟曝言》之文素臣，幾乎全知全能，正令觀者味同嚼蠟。」為了反對寫「全知全能」性格單一的「完人」，反對者還以《水滸》、《儒林外史》為例說：「《水滸》、《儒林外史》，我國盡人皆知之良小說也。其佳處即寫社會中殆無一完全人物」；而「視尋常小說寫其主人公必若天人」[1]。可惜這種思想還是直觀的、朦朧的，而且也缺乏有說服力的分析。

晚清時期借西方美學觀點來反對性格單一化的，值得注意的是王國維。他實際上接觸到了典型這個問題，並認為典型形象，不應當把人類的某種共同的特點，抽象地放在某一名字之下。他說：「美術之所寫者，非個人之性質，而人類全體之性質也。惟美術之特質，貴具體而不貴抽象。於是舉人類全體之性質，置諸個人之名字之下。譬諸『副墨之子』、『洛誦之孫』，亦隨吾人之所好名之而已。善於觀物者，能就個人之事實，而發見人類全體之性質。」[2]王國維基於這種理解，反對悲劇寫一種「極惡」的「蛇蠍之人」，特別是以這種人物為悲劇發展的動力，而使人們忘記悲劇的真正社會原因。這樣，人們才不

1 觚庵：《觚庵漫筆》見《晚清文學叢鈔．小說戲曲研究卷》，第四三零頁。
2 王國維：《紅樓夢評論》，見《中國近代文論選》，下冊，第七六二頁。

會以為人間之不幸，乃是意外的、偶然的事，如果不遇到極壞的人，社會人生就安然無恙了，這種見解是非常深刻的。

直到五四新文化運動，我國文學藝術界才充份意識到人物塑造單一化、臉譜化的弊病。新文化運動的倡導者開始對舊的文學傳統進行深刻的自我反省，用開放性的眼光重新審視我國的文學藝術。那時，從美學角度上，以魯迅為代表的批評家普遍批評了我國小說、戲劇中兩種明顯的、不利於我國民族文學前進的審美傾向：一是缺乏悲劇觀念的團圓主義；一是缺乏人物性格內心矛盾的、只顧性格外部對立的臉譜主義。對於後一方面，魯迅當時一面讚揚《紅樓夢》打破了我國文學的傳統格局，一面又批評俠義小說、公案小說和譴責小說中的根本弊病。對於在近代尚有爭論的《野叟曝言》這種性格畸形理想化的小說，魯迅作了徹底的批評。他指出：「《野叟曝言》龐然巨帙，回數多至百五十四回，以『奮武揆文天下無雙正士熔經鑄史人間第一奇書』二十字編卷，即作者所以渾括其全書。至於內容，則如凡例言，凡『敍事，說理，談經，論史，教孝，勸忠，運籌，決策。藝之兵詩醫算，情之喜怒哀懼，講道學，闢邪說，……』無所不包，而以文白為之主。白字素臣，『是錚錚鐵漢，落落奇才，吟遍江山，胸羅星斗。說他不求宦達，卻見理如漆雕；說他不會風流，卻多情如宋玉。揮毫作賦，則頡頏相如；抵掌談兵，則伯仲諸葛，力能扛鼎，退然如不勝衣；勇可屠龍，凜然若將隕谷。旁通曆數，下視一行；間涉岐黃，肩隨仲景。以朋友為性命；奉名教若神明。真是極有血性的真儒，不識炎涼的名士。……』」魯迅又指出：「《野叟曝言》云是作者『抱負不凡，未得黼黻休明，至老經猷莫展』，因而命筆，比之『野老無事，曝日清談』（凡例云）。可知衒學寄慨，實其主因，聖而尊榮，則為抱負，與明人之神魔及佳人才子小說面口似異，根柢實同，惟以異端易魔，以聖人易才子而已。意既誇誕，文復無味，殊不足以稱藝文，但欲知當時所謂『理學家』之心理，則於中頗可考見。」[1] 魯迅很討厭這部書，他在《尋開心》一文中講這部小說乃是「道學先生的悖道淫毒心理的結晶」。

魯迅之外，還有不少人進行過批評。如傅斯年在《論編制劇本》中主張「舊戲當廢」，其六條理由中，前三條就是陳述舊戲的團圓主義等弊病，而後三條，則是攻擊戲劇中人物塑造的弊病。第四條指出：「劇本裏的人物總要平常，舊戲裏最少的是平常人，好便好得出奇，壞便壞得出奇。——簡直是不能有的人，退一步說，也是不常有的人。弄這樣人物上台，完全無意義。小孩子喜歡這個，成年人卻未必喜歡這個。若說拿這些奇怪人物作教訓，作鑒戒，殊不知世上不常有的事，哪裏能含着教訓鑒戒的效用。平常人的行事，好的卻真可作教訓，壞的卻真可作鑒戒。因為平常、所以可以時時刻刻，作個榜樣。況且人物奇異，文學的運用，必然粗疏：人物愈平常，文章愈不平庸。」第五條理由則是：「中國人恭維戲劇，總是說，善惡分明；其實善惡分明，是最沒趣味的事。……新劇的製作，總要引起看的人批評判斷的興味，也可以少許救治中國人無所用心的毛病。」[2]

「五四」之後，直到一九三一年，瞿秋白在提倡大眾文藝的時候，還特別批評那種輕率地對待大眾文藝的人把團圓主義和臉譜主義搬到新文學中來。他的批評很值得我們在思考文學傳統時重溫一下。他認為，才子中狀元，佳人嫁大臣，好人得好報，惡人得惡報，這固然是團圓主義，而大眾文學中寫群眾鬥爭，沒有失敗，只有勝利，沒有錯誤，只有正確，「一些百分之百的『好人』打倒了一些百分之百的『壞人』」，也是團圓主義。對於臉譜主義，他更是作了精彩的描述，他指出：「京戲裏面奸臣畫白臉，

1 《中國小說史略》，見《魯迅全集》，第一版，第九卷，第二四二—二四三頁。
2 傅斯年：《論編制劇本》，見《中國新文學大系．建設理論集》，第三九一頁。

忠臣畫紅臉，小丑畫小花臉……同樣，可以把帝國主義者，地主，紳士，資本家，工人，農民……一個個的規定出臉譜來。這不但可以，而且的確有人這樣寫！甚至於可以更詳細的說：布爾塞維克，孟塞維克，盲動主義者等，都可以有臉譜。反革命的一定是隻野獸，只要升官發財，只要吃鴉片討小老婆；而革命的一定是聖賢，刻苦，堅決等等這種簡單化的藝術，會發生很壞的影響。生活不這麼簡單！工人，勞動群眾所碰見的敵人，友人，同盟者，動搖的『學生先生』，也都不是這樣紙剪成的死花樣，而是活人。工人農民自己也是活人！反革命的人，一樣會有自己的理想，自己的道德……假定在文藝之中尚且給群眾一些公式化的籠統概念，那就不是幫助他們思想上武裝起來，而是解除他們的武裝。」[1]

瞿秋白的批評給我們的啟發是，即使帶有強烈階級性的兩個階級營壘的人物的性格對照，也必須是人與人的性格對照。革命階級的英雄和反動階級的壞蛋，他們之間的性格對照，也不應當處理成神與魔的對照，他們的性格對照方式也應當採取高級形態的對照方式。惟其如此，才不會把性格變成抽象的寓言品，才不會把社會的階級鬥爭抽象為好人與壞人的鬥爭。也惟其如此，作品才具有它的深刻的思想意義和藝術意義。

不幸，五四運動以及其後的左翼革命文化運動所衝擊的臉譜主義，在「文化大革命」中竟漫無邊際地發展起來。低級的性格外部對照方式，被當時的文化操縱者推到極端離奇、極端荒唐的程度。對照的雙方，一方被美化突出到神的地位上，一方被醜化和縮小到魔鬼的地位上。對照雙方性格內部畸形地單一化、片面化，失去任何真實的矛盾內容。他們的所謂英雄形象，不過是他們的政治觀念的工具，為極

1 《霍秋白文集》，第二冊，第八七零—八七一頁，人民文學出版社，一九五三年版。

左主題服務的毫無個性的傀儡。這是我國文學藝術在現代時期所遭逢到的最大不幸。這種慘重的歷史教訓，在今天倒使我們能冷靜地從美學上總結一些有價值的東西。我國新時期的文學，正是在這種清醒的認識中獲得了新生，在對性格極端化的批判中創造了自己嶄新的形象體系，從而贏得了社會主義文學創作的巨大進步。考察人物性格的三種對照方式在我國文學史上的浮沉變遷之後，我們對祖國文學未來的道路就更加清楚了。

第七章

性格組合的若干結構類型

第一節　善與惡的組合及其組合的複雜性

人物性格二重組合可以有很多獨特的結構類型，這就是說，從性格結構上看，典型性格的二極性特徵並不是單一的，它的正負兩極可以有無窮的變化形態，而且一個具有豐富性格內涵的藝術典型，可以有多種二極性特徵的互相交叉融合。二極因素的互相碰擊會產生燦爛多彩的性格光輝。像雨果提倡的崇高與滑稽的組合，僅是一種角度，一種結構類型，除了這種結構類型外，最常見的輻射範圍、最大的結構類型是善與惡、美與醜、悲劇與喜劇、陽剛與陰柔的組合。善、惡、美、醜、悲、喜的涵蓋率最大，廣義的善惡內涵簡直無法說盡。這些二重組合的基本結構類型，又可以派生出無窮無盡的結構類型，例如善與惡，可以派生出聖潔與鄙俗、崇高與卑下、忠厚與圓滑、利他與利己、勤奮與懶散、英勇與怯懦、瘋狂與冷靜、熱情與冷漠，還可以在惡中又超越惡，在庸俗中又超越庸俗，在善的行為中包含有惡的動因，在惡的行為中包含着曾產生過制止惡的善的力量。此外，也可以從目的與手段、動機與效果、理智與感情的衝突中展示善惡組合，這裏沒有現成的公式。我們所講的這些基本結構類型，只是根據大量的豐富現象所作的抽象表述，因此，我們所使用的概念與人的複雜現狀總是有很大的距離，現實中的人要比理論描述中的人複雜得多，有許多現象只可意會，難以言傳。儘管這樣，我們作些抽象表述，仍有利於作家去感知人的各種複雜現象。筆者不準備對二重組合的基本類型一一加以論述，只選擇善與惡、悲劇性格與喜劇性格、崇高與滑稽以及某些派生現象來加以說明。有的基本類型我們在其他章節中也會涉及，例如人的自然性與社會性，我們將在談論心理依據的有關章節中來闡明，而美與醜的組合，則貫穿於全書。

關於善惡的組合，即承認一個人往往具有善的一面，又有惡的一面，任何一個人都是善惡組合的矛盾體，這是世界範圍內的作家早已注意到的。有的作家甚至用寓言式小説來説明人的這種本質。例如意大利作家伊塔諾·卡爾維諾所著的《一個分成兩半的子爵》就是這種善惡組合觀念的形象説明。這部小説以奥地利與意大利的一次戰爭為背景，貴族出身的梅達爾多子爵（被授予中尉軍銜），在一次戰鬥中，被敵人的一顆炮彈擊中胸膛，結果被分成兩半，每一半僅有半個額，一隻眼睛，一隻耳朵，半個臉頰，半個鼻子，半張嘴巴，一條胳膊，還有一條大腿，但仍然活着。右的一半被軍醫所救活，回到城堡，淨幹壞事，不斷地給城堡帶來不幸，不僅樹上的果子、地上的蘑菇都被他掰成兩半，而且在夜間，他還縱火燒毀了農民的牲口、農具、茅屋，甚至人也被燒死，人們都在背地裏罵他是「邪惡的子爵」，原來梅達爾多身上的全部邪惡都集中在這一半了。而梅達爾多的左面的半身被拋棄在戰場上之後，被兩個隱士發現，經用油膏和香料治療也救活了。他從自己的痛苦中體驗到人世間的痛苦，並從痛苦中昇華為一種博愛的精神，決心在醫治別人的創傷中醫治自己的創傷，因此，他回家鄉後從早到晚地看望老人、窮人，不斷地做好事。這半身集中了梅達爾多善良的部份，成了「善良的子爵」。邪惡的子爵非常仇恨這個善良的子爵，並且因為兩人都愛上了鄉村姑娘帕梅拉，便展開了一場決鬥，而在決鬥中兩人又相互劈開原來的傷口，並扭成一團，黏在一起，後來經過醫生的精心治療，又變成一個健康、完整的人。這個人雖然還是原來子爵的樣子，但是，他已好壞相兼，同時具有善良者的品格和邪惡者的品格。這部小説，恰好是善惡組合觀念的寓言品。它告訴人們一個道理，每個人身上都有善良和邪惡，只有當這兩者組合在一起時，這個人才是完整的人，也是真實而有智慧的人，這種觀念無疑是正確的。這部小説的價值，也正在於它運用高度的想像力，別開生面地構思了這樣一個故事，創造了這樣一個形象，從而生動地闡述了作者關於人的觀念。但這部小說畢竟是觀念性的小說，梅達爾多的形象畢竟是抽象的寓言品，並不是我們所說的那種真實的二重組合的典型形象。我們所講的善惡二重組合型的典型性格，確實有善與惡兩極性特徵的交融，但並不像寓言那樣簡單，只是兩半的相加，而是人的內在世界的善惡兩重因素通過一定中介的互相交織、互相滲透、互相轉化，讓人意會到善，意會到惡，又幾乎看不到善與惡的明顯界線。即使能夠比較明顯地看到界線，也使人覺得這是活生生的人，而不是善惡組合的寓言品。例如我們所看到的王熙鳳的形象，她的身上無疑帶有很多的邪惡，她可以心狠手毒地置人於死地，心冷酷得令人戰慄，但是，她卻又是一個活生生的人，並不擺着一副兇惡的、令人討厭的面孔。讀着《紅樓夢》，我們會有這樣一種審美感受：覺得王熙鳳這個人很兇惡，很狠毒，但又不是很討厭她，她在作品中一出現，總是表現出某種魅力，這個人很美，很聰明，很有智慧，而且她出現在哪裏，哪裏就有笑聲。丫鬟們一方面很害怕她，另一方面又很喜歡聽她講話。她要置人於死地的時候可以不擇手段，非常狠毒，但是，在抄檢大觀園的時候，她發現惜春的丫鬟入畫替別人藏了東西，惜春當時要懲罰入畫，可王熙鳳呢？她平時的狠毒此時不見了，而表現得非常有人情味，替丫鬟說話——哪個人沒有錯啊，改了就好了。她對劉姥姥，一方面是取笑，同時，也讓人覺得她這個人並不是非常可怕。這就是一種「美惡並舉」。在《紅樓夢》中連最惡的人也是美惡並舉，更不用說薛寶釵等人了。

蒲松齡《細侯》中的女主人公細侯，她的性格也是很典型的善惡交織。這篇僅僅一千五百字的小說，塑造了一個令人難以忘卻的、性格豐富的婦女形象。細侯原是餘杭妓女，身價頗高。當時一個名叫滿生的窮書生真心地愛上她之後，她與滿生訂下終身誓約。細侯獻出自己的私蓄，仍然不足以使滿生贖她出去。於是，滿生決定到湖南向朋友借債，約定三四個月後便返歸浙江來娶她。沒想到滿生一去道路坎坷，他要找的朋友已被免官，宦囊空虛，不能資助。滿生落魄難返，就在小城中當家庭教師，一當就是三年。一次偶然教訓弟子，弟子竟自溺水而死，結果被捕入獄。而細侯自從滿生別走之後，「杜門不交一客」，一直等待滿生回來。就在這個時候，有個富商慕細侯之名，願以高價買細侯，細侯拒不答應。這個富商知道細侯的心思，便到湖南買通官吏，使將獲釋的滿生繼續坐牢。富商回餘杭後又欺騙鴇母說，滿生已死。但細侯不相信。鴇母勸她，無論滿生死與不死，嫁給富商總比嫁給窮書生強，可是細侯還是堅貞不移。說：「滿生雖貧，其骨清也；守齷齪商，誠非所願，且道路之言，何足憑信！」富商遭拒絕後，又唆使另一個商人，偽作滿生絕命書寄給細侯，以絕其望。細侯得書後朝夕哀哭。此時，鴇母苦勸細侯，說她自幼把細侯撫養，但細侯成人後還沒有報答，現在不願隸籍，又不想嫁，「何以謀生活」，細侯不得已便嫁給這個富商，並在一年後生下一個孩子。而就在這個時候，滿生得到別人的幫助回到餘杭，並託人告訴細侯，細侯知道後，極端悲痛，才知道自己已經上當。她在悲憤中，殺了和富商生的孩子，然後去找滿生。而富商的東西，她一件也不要了。

細侯最後殺了自己的親生兒子，這無疑是一種惡，可是，在這種惡裏又包含着細侯善的方面，這就是她對愛情無比的堅貞，對自己受騙的悔恨，對富商的憤怒。細侯的可惡處，正是細侯的可愛處，在同一種性格表現中既是惡的，又是善的。不完全是善，也不完全是惡。魯迅所說的「美惡並舉」，除了性格內部善惡的明顯對立之外，還包括像細侯這種善惡難分的互相滲透。

哈代著名的小說《德伯家的苔絲》中也與細侯有相似之點。人們都熟悉這個故事：單純美麗的十七歲的姑娘苔絲為了幫助家庭擺脫貧窮，就認了「本家」並在這個家中做工，但是這個「德伯」家的少爺，是個輕浮浪蕩的紈絝子弟，在苔絲到他家還不到三個月，就在一個晚上把苔絲誘騙到樹林裏姦污了，使她懷了孕。苔絲離開這個家後在被人蔑視的惡劣環境中，帶着沉重的精神重擔生活了兩三年。當嬰兒死後，她為了改變環境，離開了自己的村莊到外地牛奶廠當了擠奶工。在廠裏，她與一個「特別的工人」、牧師的兒子安璣·克萊發生了熱烈的愛戀。克萊拒絕了父母要他娶一個門當戶對的小姐的主張，決心娶沒有社會地位的苔絲，而苔絲也深深地愛着克萊，把他看得像天神一樣神聖，但由於她曾有過恥辱的往事，內心一直矛盾着，想告訴克萊又沒有勇氣，直到新婚之夜，苔絲才下了決心，可是沒等她開口，克萊卻先向苔絲坦白了自己的一樁罪惡，苔絲馬上原諒了他。但是苔絲同樣向克萊坦白時，克萊卻遺棄她而遠走巴西。克萊到巴西後，那個少爺亞雷又來糾纏苔絲，苔絲還是堅貞地等着克萊，並寫了一封誠懇的長信，要克萊回來保護自己的妻子。克萊到巴西後生了一場熱病，經受了各種磨難，並在磨難中產生了悔悟，終於回到了英國，並經過許多周折找到苔絲，但是，時間過去太久了，他回來得太晚了。原來，正當克萊開始悔悟、準備回國的時候，苔絲的一家又蒙受了新的災難，她的父親去世，她的一家被趕出租典的房子，在走投無路的時候，亞雷乘虛而入，用甜言蜜語和金錢誘逼苔絲同居。克萊在這種情境下出現，使苔絲非常絕望，但她最後選擇了絕望中的一條罪惡的道路：殺死了亞雷而追上了克萊。這樣，他們就在荒野中度過了幾天神奇的逃亡生活，然後苔絲被捕，並被處以死刑。

苔絲和細佚一樣，最後用惡（殺人）的手段來實現愛，用惡的手段懲罰惡。苔絲的殺人行為，明顯地表現為雙重性，既是惡的，又是善的。她的殺人行為，使她的「惡」走上了高峰，同時也使她的善走上了高峰。她犧牲了別人，也自我犧牲。她躺在愛情的祭壇上是善的，但是在社會法庭面前，她是惡的。社會法庭宣判着她的惡，愛情法庭則宣揚着她的善，社會法庭用死刑證明着惡的絕路，而愛情法庭卻用愛的實踐證明着善的凱旋。像細侯和苔絲的性格，就是一種善惡二重組合結構。

從這兩個形象身上，我們可以看到善惡觀念和善惡組合的極其複雜性。這裏我們首先發現一個重要的道理，就是善的性格因素和惡的性格因素其性質常常決定於他們處於怎樣的價值系統中。例如「殺人」的行為，在抽象的道德系統中，它無疑是一種惡，但是，如果在具體的價值系統中，就另有無數種複雜的情況。處於戰爭的價值系統中，殺人的行為，可能是高度的善，可能是高度的英雄主義和高度的愛國主義的表現。處於愛情的價值系統中，像細侯與苔絲所表現出來的「殺人」行為，恰恰表現出一種深邃的人性的善。苔絲在被捕之前，克萊就深深地感到這一點，於是，他對因疲倦而倒臥着的苔絲說：「你困啦，親愛的，我覺得你正躺在祭壇上面。」的確，殺過人的苔絲，在克萊面前，是偉大而神聖的。

這種善惡處於不同價值體系中具有不同的性質，在社會人生中到處都可以遇見，在文學作品中也到處可以見到。例如，關羽在華容道放走了敵軍之首的曹操，這在政治法庭和軍事法庭中無疑是惡，是叛變行為，但是，在道德法庭面前，這又正是關羽不忘曹操往昔的知遇之情而表現出來的一種道義力量，它又是善的。而我們今天把關羽形象作為審美對象，把他放在審美法庭上，則能發現關羽的一種矛盾感情，一種真摯而複雜的感情，一種二重組合的性格，從而覺得很美，很動人。《三國演義》在總體上把關羽神化，但這段描寫卻入情入理，精彩動人。所以魯迅先生說：「然而究竟它有很好的地方，像寫關雲長斬華雄一節，真是有聲有色；寫華容道上放曹操一節，則義勇之氣可掬，如見其人。……所以人都喜歡看它；將來也仍舊能保持其相當價值的。」[1] 再如劉備，當他的結義兄弟關羽被孫權的

1 《中國小說的歷史的變遷》，見《魯迅全集》，第一版，第九卷，第三二三—三二四頁。

部下殺死之後，無限悲痛和憤怒，決定打荊州討伐孫權，但是當時從戰略上看是不宜這樣做的，諸葛亮竭力勸他，劉備還是執意採取這種冒險的軍事報復行動，結果造成慘重的失敗。劉備這一行為，如果放在當時國家利益的價值系統中，或放在軍事價值系統中，無疑都是惡的行為；但是，如果放在倫理道德的價值系統裏，則是善的行為，這是他的一種真實的兄弟情誼的表現，是高度的善。劉備在《三國演義》中，由於被表現得過份謙恭，處處謙恭，確實有魯迅所說的「近偽」之感，但這段描寫，則表現出他的真實人性的一面，即與他的謙恭性格相反的決斷和固執的一面，這反而反映出他的性格的真實。

魯迅先生在《陀思妥夫斯基的事》中說：「忍從的形式，是有的，然而陀思妥夫斯基式的掘下去，我以為恐怕也還是虛偽。因為壓迫者指為被壓迫者的不德之一的這虛偽，對於同類，是惡，而對於壓迫者，卻是道德的。」[1] 但這並不意味着沒有善惡之分。我們把善惡放在不同的價值系統中來考察，正是比抽象地籠統地講善惡更為清醒，而不是一種不分善惡的糊塗主義。糊塗主義一不分清同一價值系統中有善惡之分，二不承認善惡在不同的價值系統中具有不同的價值和作用。按照科學的系統論的觀點，同一事物，處於不同系統中總是帶有不同系統的系統質。我們注意到善惡因素在不同系統中所表現出來的變化，正是為了更好地而且更全面地把握善惡的流動性質。人的性格之所以豐富複雜，也正是因為人生活於一個非常複雜的社會，他在實際上處於多種互相交叉的價值系統中。例如從大的方面來說，他處於自然系統、社會系統、宇宙系統、歷史系統、時代系統，從小的方面來說，他又處於家庭系統、家族系

1 《陀思妥夫斯基的事》，見《魯迅全集》，第一版，第六卷，第四一二頁。

統、階級系統、友情系統、政治系統、文化系統、道德系統、審美系統、工作系統，而每個系統又有子系統，子系統又可再分，因此，一個人的性格不可能是單一的，它的每種性格表現，其實都是多種因素的綜合結果，是系統質的總和顯現。他所表現出來的任何一種善的行為，事實上都包含着另一種潛在的惡的可能性。人正因為這樣，所以才極不簡單。

分清善惡還有一個特殊的難點，就是對客觀存在的善惡進行評價的主體總是要自覺不自覺地滲入自己的主觀因素，即使一個非常公正的善惡評判家，在他自己，也許是在努力克服自身的任何偏見，決心像鏡子似地反映客觀，但在實際上，他仍然不以自己的意志為轉移地要偏離客觀存在物，只是偏離程度不一樣而已。特別是對善惡的深層現象的測定和評價更是如此。當善惡作為行為在社會生活中表現出來的時候，還是比較容易測定的，特別是一些在任何意義上對人類社會進步都只有負價值的行為，例如無故地殺害無罪的兒童，就造成一種確定性的效果，這不管從哪一種意義上說，都是惡。但是，一進入測定人們廣義的心靈的善惡，就不容易，例如作為精神現象的善惡，一種思想、一種觀點、一部文學作品所表現出來的善惡，就比較困難。判斷一種行為需要結合其動機進行考慮的時候，也涉及測定性格深層的善惡現象，例如一個醫生因誤用藥物而致使病人死亡，就可能有多種原因。也許是出於救人但因醫學水平低，也許是急於救人而在匆忙中拿錯了藥，也許是極度疲倦而一時疏忽，也許是因個人不幸的事產生幻覺而以甲為乙，也許是別出心裁想做試驗而引出相反的後果，也許本來就是極不負責地亂用藥物，也許受人賄賂而着意害死病人。這裏當然可以尋找事實來作為判斷的根據，但是，如果是屬於因幻覺而誤下藥物就不是那麼簡單可以判斷的了。特別是在很大程度上屬於精神現象範疇的善惡，更是難以判斷。例如會做人的薛寶釵希望佔據「寶二奶奶」的位置，這無疑是薛寶釵的人生計劃，而她的這種想法，包括着多少具體內涵呢？在這些複雜的動機中，哪些是愛，哪些不是愛，哪些是屬於獻予，哪些是屬於佔有，哪些是她合理的追求，哪些是侵犯他人的利益，哪些是純潔的理想，哪些是虛榮的夢幻；總之，在動機中，哪些內容是屬於善的，哪些是屬於惡的，像這種精神現象就顯得錯綜複雜，人物心理與人物的行為之間不是純因果性地那麼明明白白，它帶有很大的不確定性。讀者對這種本來朦朧的現象硬要給一個斬釘截鐵、非此即彼的善惡判斷就難免會簡單化。但是，即使評論家們不想簡單化，而想心平氣和地加以分析，也不是就能很容易地像演算數學題那樣準確地計算出來。評論家在評論過程中不可避免地要放射出自己的主觀的眼光。

我國的倫理學剛產生時，就曾展開過對善惡的探討。許多聰明的哲學家、倫理學家也注意到了善惡判斷的主觀性，因此，有人主張動機和效果的統一論。但是，線性的因果性描述往往與事實不符，這裏的原因，是他們還不了解有些深層的具有高度活潑性質的精神現象，是測不準的。現代量子力學的測不準原理有利於說明這一點。測不準原理是一九二七年由德國物理學家海森堡從量子力學的普通定律推導出來的。這個原理說明，用光學儀器對微觀世界，即物質深層結構中的粒子運動進行絕對準確的測量是不可能的。經典的物理學認為，借助高倍的觀察儀器（超顯微鏡），人們可以在任何瞬間以絕對的準確度（至少在理論上）測出任何粒子的位置和速度。但是，海森堡則發現，這是不可能的。因為用超顯微鏡來觀察微觀世界與用望遠鏡觀察宏觀世界不同，望遠鏡觀察的是宏觀現象，一點也不影響天體的運動。可是，用儀器觀察物質深層結構中的粒子運動時卻會因為儀器發出的光子而直接干擾被觀察的對象，並改變它的本來過程。因為觀察儀器是通過短波光子作用於客觀對象的，而光子本身也是粒子，也有自己的微小能量，這樣，當它對客體測量時，實際上同時對客體施加了一份能量，這份能量在這個微觀世界中是一份相當可觀的不準量，因此，當它碰撞電子時，便把不準量引進其電子速度中，並造成電子動能的不準量，於是，在同一瞬間，既要準確地測得粒子的動能又要準確地測得其位能是不可能的。但是，這並不意味着粒子運動的不可測定。量子物理學家們由於覺悟到不可能把對象的實在運動從被干擾狀態中分離出來，便放棄對粒子進行牛頓式的決定性的因果論描述，而代之概率處理，他們相信，儘管運動速度變化具有不規則性質，但在確定的條件下，每一瞬間都存在着分子的某種平均的、穩定的速度。對於一個分子而言的不規則性，當應用於大數量的分子時，則轉化為規則性。

我們對善惡，甚至包括美醜的測量都碰到物理學上所碰到的難點，而海森堡的測不準原理卻給我們一種思維啟示，這就是要求絕對準確地測量善惡、美醜是不可能的，當我們講到我們所認定的純客觀的美與醜、善與惡的現象時，實際上已注入我們主觀上的「光子」了，客體已不是純客體了。因此，我們不應當以牛頓式的決定論和線性的因果論來看待非常複雜的善惡、美醜現象，而應當善於對這類現象進行整體直觀，對它們進行整體分析，或者說系統分析，確定它們在不同的價值體系中的不同位置；從各個側面、各個角度來考察善惡的具體內涵，以免對善惡作出簡單化的判斷，同時又能給予概然性的描述，盡可能地把握善惡的基本趨向，避免無是非觀和無善惡界限。作家對善惡進行觀察時，也只有注意善惡這種精神現象的複雜性，才能表現出精神現象的無限活潑性。

宇宙中不存在孤立的事物或現象；應把研究或處理的對象置於一個「系統」以內，從整體考慮問題，在注意局部的同時，更應注意大系統內各局部間的相互關係，把相互聯繫、相互影響、相互制約的它們看成同一終極在不同方面的表現。

第二節　悲喜劇性格的二重組合

朱光潛先生在《談美書簡》中說：「審美範疇往往是成雙對立而又可以混合或互轉的。例如與美對立的有醜，醜雖不是美，卻仍是一個審美範疇。……美與醜之外，對立而可混合或互轉的還有崇高和秀美以及悲劇性與喜劇性兩對審美範疇。既然叫做審美範疇，也就要隸屬於美與醜這兩個總的範疇之下。」[1] 這種成對的對立範疇，同樣可以表現在同一人物的性格世界中，即同一個性格，既有悲劇性格因素，又有喜劇性格因素，這兩種因素在同一性格內部互相對立，互相滲透，互相轉化，形成一種非常生動的性格二重組合形態。

有心人大約都會發現，生活中有一種奇特的交錯現象，這就是悲喜交錯。在社會生活中，在個人的行為中，在內心情感中，在心理世界中，隨時都可以發現悲喜交錯的現象。悲喜也許同時存在，也許相繼而至，也許渾然一體。悲與喜的界限有些非常明確，有些非常模糊。人的情感世界非常豐富，一種幸福降臨，開始則喜，轉而想到早逝的親人未能同享幸福，喜即化為悲。一種災難降臨，開始感到悲哀，但是想到一個至愛的孩子免於劫難，便會在悲中感到一種僥倖的欣喜。悲中有喜、喜中有悲、悲喜交錯、悲喜轉化、於此為悲、於彼為喜的現象，在人類社會生活中，到處都可以看到。愛爾蘭非常善於創作悲喜劇的作家旭恩．奧凱西，在他的巨著《夕照與晚星》中，曾經這樣描寫他母親逝世的情景：葬禮正待開始，

1　朱光潛：《談美書簡》，第一四八—一四九頁。

而運棺的人忽然不走了，堅持非先付腳錢不可，結果旭恩不得不臨時跑到雜貨店去兑他的支票。好容易把錢付了，等到跳上馬車，馬車夫卻又不肯走了，原因是他認為在出殯時，車子只載一個窮小子是件極不體面的事。一位辛勤一生的工人母親去世了，而這些鐵石心腸的小市民還在吵着芝麻大的小事，真是可笑之極，又令人悲憤之極。像旭恩．奧凱西所講述的這種現象説明，在現實生活中悲喜轉化的事情隨時都可能發生，即使最可悲傷的時候也潛伏着滑稽的因素。有人説，「世界對愛動情感的人是個悲劇，對愛思考的人是個喜劇」，完全沒有錯。人類的歷史也正是在悲劇與喜劇的不斷交錯中前進的。馬克思説：「在埃斯庫羅斯的《被鎖鏈鎖住的普羅米修斯》中已經悲劇性地因傷致死希臘諸神，還要在琉善的《對話》中喜劇性地重死一次。」[1]黑格爾把現實生活中的許多事物從悲劇向喜劇、從崇高向滑稽的轉化稱為「歷史的諷刺」，對此，馬克思又補充説：「黑格爾在某個地方説過，一切偉大的世界歷史事變和人物，可以説都出現兩次，他忘記補充一點：第一次是作為悲劇出現，第二次是作為笑劇出現。」[2]

悲喜交錯的現象，體現了人類社會生活的正常面貌。契訶夫説：「在生活裏……一切都是摻混在一起的——深刻的或淺薄的，偉大的與渺小的，可悲的和可笑的。」[3]現實生活中悲劇性與喜劇性的交錯現象，為作家、藝術家提供了無限生動的審美對象和馳騁才能的廣闊天地。社會主義的文學藝術，如果從這個角度，繼續打開自己審美創造的廣闊空間，將會使自己的事業獲得新的生機。

在中外文學史上，一些很有作為的作家、藝術家，早已對單純的悲劇與單純的喜劇感到不滿足，

1 《〈黑格爾法哲學批判〉導言》，見《馬克思恩格斯選集》，第二版，第一卷，第五—六頁。
2 同上，第五八四頁。
3 葉爾米洛夫：《契訶夫傳》，第一零一頁，人民文學出版社，一九六零年版。

開始探索悲劇性和喜劇性相互組合的問題。僅僅在戲劇這個領域，我們就可以看到他們的巨大努力。在希臘羅馬時代，悲劇與喜劇的界限是非常嚴格的。那時只有名門望族的上層人物才能作為悲劇主角，因此，當時的悲劇一般都是英雄悲劇。而喜劇的主角則是下層人物。這種劃分正是當時森嚴的等級觀念的反映。到了文藝復興時期，政治上打破了等級觀念，隨之而來的就是藝術上悲喜劇的嚴格界限的消除。這反映了新崛起的資產階級的要求。當時英國的莎士比亞與意大利的瓜里尼都是以自己的創作打破悲喜劇界限的先驅者。瓜里尼創造了悲喜混雜劇這一新劇體，還寫了《悲喜混雜劇體詩的綱領》，為自己創作上的突破辯護。莎士比亞則以自己輝煌的藝術創造，把悲喜混雜劇推向一個為世界所注目的階段。

在莎士比亞的許多戲劇中，悲劇因素與喜劇因素已經大量結合，但這種組合，主要還是表現在戲劇情節中的悲劇場面與喜劇場面的組合，悲劇角色與喜劇角色的組合，即在一個悲劇主情節中插入一個喜劇副情節，在一個悲劇主角色中插入一個喜劇的副角色，而不是表現在一個角色性格內部的悲劇性格因素和喜劇性格因素的組合。他筆下的人物性格，儘管有許多是二重組合的典型（如奧賽羅等），但這種組合不是悲劇性與喜劇性的二重組合形態（更多的是善與惡、美與醜、勇敢與怯懦等）。他筆下的悲劇人物與喜劇人物大部份還是悲喜分明的，或屬於悲劇典型，或屬於喜劇典型，顯得非常明晰。但是，應當看到，莎士比亞的戲劇中某些人物的性格已經具備了悲喜劇性格因素二重組合的結構形式，突破了單純悲劇性格和單純喜劇性格的單一性格範式。例如《威尼斯商人》中的猶太商人夏洛克，就是這樣的性格。莎士比亞的評論家們對於這個人物常有爭論，有人認為他是喜劇人物（這種主張的人較多），有人則認為他是悲劇人物。應當說，他的喜劇性格因素是很明顯的。作為一個高利貸者，他的自私貪婪已成為他的習性，為了財產，為了報復安東尼奧，他不惜使用「殘暴的手段」，要安東尼奧身上的肉，這無疑是喜劇性的。但是這個喜劇性格裏又包含着悲劇性格因素。在他的殘暴的報復手段裏，包含着他的合理的呼喚，包含着被歧視的猶太民族的抗議。在他心中所顫動的那種猶太民族的尊嚴和權利，帶有無可懷疑的正義性。當他聽到安東尼奧因商船觸礁而不可能按約償還借款的消息時，他惡狠狠地講了一段話，這段話是薩拉里諾規勸他不要當真按照協定去索取安東尼奧身上的肉時說的。他說：「拿來釣魚也好，即使他的肉不中吃，至少也可以出出我這一口氣。他曾經羞辱過我，奪去我幾十塊錢的生意，譏笑着我的虧蝕，挖苦着我的盈餘，侮辱我的民族，破壞我的買賣，離間我的朋友，煽動我的仇敵；他的理由是甚麼？只因為我是一個猶太人。難道猶太人沒有眼睛嗎？難道猶太人沒有五官四肢、沒有知覺、沒有感情、沒有血性嗎？他不是吃着同樣的食物，同樣的武器可以傷害他，同樣的醫藥可以療治他，冬天同樣會冷，夏天同樣會熱，就像一個基督徒一樣嗎？你們要用毒藥謀害我們，我們不也會死的嗎？那麼要是你們欺負了我們，我們難道不會復仇嗎？」夏洛克這段慷慨激昂的辯白，申明了自己靈魂的價值，這種靈魂確實是被歧視的、被凌辱的、被踐踏的靈魂。夏洛克以很難爭辯的理由說明，猶太人也是人，猶太人的靈魂也是人的靈魂，它理應受到社會的尊重，理應像基督教徒那樣得到做人的權利和地位。他對安東尼奧執意的報復，是對民族歧視的報復，也是對猶太人的尊嚴和權利的一種殘酷的肯定。這種正義的要求無疑應當得到文明人類的同情。夏洛克性格中所噴射的這種力量，是滲進他的喜劇性格中的悲劇因素。正因為這樣，出身於猶太族的大詩人海涅被夏洛克深深感動，甚至流下眼淚，並且想過「要把《威尼斯商人》列入悲劇中去」[1]。但是，夏洛克的要求畢竟過了頭，他應當了解，對猶太人的偏見不是安

1 方平譯：《威尼斯商人》附錄，平明出版社，一九五四年版。

東尼奧個人的責任，猶太人在爭取自身的權利時，也應當尊重他人的權利。要割安東尼奧身上的「肉」，這種野蠻的報復手段，越過了正義的界限，走上了對自己的否定和對悲劇性的否定。莎士比亞嘲笑他，把他撕毀給人們看，正因為他身上確實存在着一些無價值的喜劇因素。

在莎士比亞之後，中間又經歷了古典主義重新構築悲喜劇之間的森嚴壁壘和博馬舍、狄德羅對這種森嚴壁壘的鬥爭歷史。儘管因博馬舍、狄德羅提出「嚴肅劇」的主張而恢復了悲喜劇的結合，但是對於同一人物性格內部的悲喜因素的結合問題還未來得及探討。直到萊辛在評價莎士比亞「哥特式」的混雜劇時才注意到悲喜因素同時注入人的內心世界的問題。他說：「說哥特式的悲喜劇忠實地摹仿自然，這話也對也不對；它只摹仿現象的自然，絲毫沒有注意體現在我們情感和心靈力量中的自然。」而這種人的情感和心靈世界中的自然，又是二重組合結構的。這種「自然中的一切都是相互聯繫着的；一切事物都是交織在一起，互相轉換，互相轉變的」[1]。萊辛在這裏把哥特式的悲喜交織從外部自然引入人的內部自然，在理論上比博馬舍、狄德羅前進了一大步。

同一人物性格內部悲劇性格因素和喜劇性格因素進行二重組合達到自覺的程度，即成為作家的一種自覺堅持的美學方向的程度，是到了十九世紀俄羅斯的現實主義大師們的筆下才得以實現的。更具體地說，是到了果戈理、契訶夫才達到非常自覺、非常成熟的程度。可以說，是俄羅斯這兩位偉大作家，才真正實現了同一人物形象中悲喜劇性格因素的二重組合，從根本上突破了單一喜劇性格或單一悲劇性格的人物塑造法。這種組合的實現不僅表現在戲劇上，而且表現在小說上。他們已超越戲劇類型的意義，

1 萊辛：《漢堡劇評》第七十篇，見伍蠡甫主編：《西方文論選》，上卷，第四三三頁。

而把悲劇與喜劇作為一對審美範疇廣泛地在自己的各種文體中和人物中進行組合，並以此構成自身創作的根本審美特徵。為了描述的方便，我們還是從戲劇人物談起。著名的契訶夫研究家葉爾米洛夫在《論契訶夫的戲劇創作》中對格利高里耶夫的《契訶夫劇本的舞台結構》一文的觀點作了重要的修正和補充，這種修正和補充對於我們了解契訶夫與果戈理的創作特點是很有幫助的。格利高里耶夫曾指出：「在契訶夫的劇本裏有許多悲劇性的東西，但它不是用悲劇形式表達出來的；他的作品裏的悲劇事物是和一些偶然的、荒謬的、因而也是可笑的事物糅合在一起的。就這方面說來，契訶夫和莎士比亞很接近，在莎士比亞的作品裏悲劇因素也是和喜劇因素結合在一起的，比如《哈姆雷特》……但也必須指出他們的區別：莎士比亞把喜劇場面和悲劇場面結合在一起，而契訶夫是把喜劇性和悲劇性結合在同一個場面裏。」而葉爾米洛夫對這一論斷作了補充說：「我們可以稍微修正一下：不是在一個場面裏，而是在同一情勢裏，同一情境裏，或者說是在兩種情境的同一個交錯點上。」[1] 對於葉爾米洛夫的修正和補充，我們現在完全可以說得更加明確，這就是：在契訶夫的作品中，悲劇因素和喜劇因素的結合，不僅是在同一情境或兩種情境的同一交錯點上，而且是在同一人物的性格世界內部正反兩極的交錯點上，即悲劇性格因素和喜劇性格因素成為同一性格整體的兩個側面，兩個側面互相依存，互相滲透，互相轉化。而這正是契訶夫、果戈理筆下許多典型性格運動的內在槓桿。正是這種槓桿，使這兩位俄羅斯作家，又一次地撥動了文學史的乾坤。對於果戈理的特點，別林斯基曾作過非常精闢的分析，他說：「你把果戈理君的幾乎全部的中篇小說拿來看：它們的顯著特點是甚麼？差不多每一篇都是些甚麼東西？都是些以愚蠢開

1 葉爾米洛夫：《論契訶夫的戲劇創作》，第二四一—二四二頁，作家出版社，一九五七年版。

始，接着是愚蠢，最後以眼淚收場，可以稱之為生活的可笑的喜劇。他的全部中篇小說都是這樣：開始可笑，後來悲傷。我們的生活也是這樣：開始可笑，後來悲傷。」[1] 別林斯基稱果戈理的小說為「含淚的喜劇」。葉爾米洛夫還說：「世界文學史上還沒有一個人像契訶夫這樣深刻地挖掘過幽默的寶藏，展現了它的數之不盡的種類、形式和細緻入微的色調。契訶夫是偉大的探險家，他在喜劇性的廣袤無垠的大陸上發現了許多新的國土和領域。呈現在喜劇形式裏的悲傷的內容和包藏在正劇、甚至悲劇形式裏的喜劇內容——這兩種生活的和美學的矛盾，無可抗拒地吸引了契訶夫，從他的少年時代起，直到他生命的盡頭。」[2] 契訶夫比果戈理晚出生半個世紀，他進一步發展了果戈理悲喜結合的創作特點，特別是在同一人物性格中悲喜結合的特點，使這種性格組合形態發展到非常深入的程度，並成為在戲劇創作中和小說創作中把人物的悲劇性格和喜劇性格結合起來的大師。契訶夫所處的社會是很腐敗的社會，他看到，主宰這個社會的是一群極其愚蠢的壓迫者，他們帶有荒謬可笑的特性，但是，從更高的歷史視覺點來看他們，他們又是很值得憐憫的，又帶有悲劇性，因此，要反映當時的社會真實，就必須反映悲劇性格和喜劇性格的交叉。契訶夫對社會和人的深刻認識，使他獲得了許多劃時代的藝術發現。

人物性格中悲劇因素與喜劇因素的二重組合，有兩種不同性質的形態。一種是帶崇高性質的悲喜組合，一種則是非崇高性質的悲喜組合。崇高性質的悲喜組合是人物性格中的悲劇性格因素與喜劇性格因素帶有崇高的特性或英雄的色彩，例如堂吉訶德的性格。非崇高性質的悲喜組合，則是人物性格中的悲喜因素都不帶任何英雄的色彩或崇高的特性，例如阿Q的性格。前一種悲喜組合有時就是崇高與滑稽

1 別林斯基：《別林斯基選集》，第一卷，第一八三頁，上海譯文出版社，一九七九年版。
2 葉爾米洛夫：《論契訶夫的戲劇創作》，第二四三頁。

這一範疇的性格組合，但是不能把帶崇高性質的悲喜劇因素的組合等同於崇高與滑稽的組合，因為崇高與滑稽的組合，有的帶悲劇性，有的並不帶悲劇性。例如堂吉訶德與庫圖佐夫都是崇高與滑稽的二重組合，但是，堂吉訶德的性格，可以說是帶悲劇性的崇高與滑稽因素的組合，而庫圖佐夫卻不帶悲劇性。

果戈理與契訶夫的小說和戲劇中的悲劇性與喜劇性二重組合的人物，大多屬於非崇高性質的悲喜二重組合形態。果戈理或契訶夫筆下的人物都是很平凡的人，他們發生的悲劇，用魯迅的話說，都是「幾乎無事的悲劇」。魯迅在評論果戈理的《死魂靈》時舉了地主羅士特來夫和另一個地主乞乞科夫在酒店裏相遇的情景。惡少式的羅士特來夫向乞乞科夫誇示自己的小狗，勒令乞乞科夫摸過狗耳朵之後，還要摸狗鼻子，並且誇獎這狗。這一小段描寫，就把兩個地主的喜劇性格活生生地呈現在我們面前。他們的性格中的喜劇性是不言而喻的，但魯迅又把它看成是悲劇性格的表現，認為「在被笑的一方是悲哀的」，而且分析說：「羅士特來夫並沒有說謊，他表揚着瞎了眼的母狗，看起來，也確是瞎了眼的母狗。這和大家有甚麼關係呢，然而世界上有一些人，卻確是嚷鬧，表揚，誇示着這一類事，又竭力證實着這一類事，算是忙人和誠實人，走過了他的整一世。……這些極平常的，或者簡直近於沒有事情的悲劇，正如無聲的言語一樣，非由詩人畫出它的形象來，是很不容易覺察的。然而人們滅亡於英雄的特別的悲劇者少，消磨於極平常的，或者簡直近於沒有事情的悲劇者卻多。」[1] 果戈理所刻劃的這種人物性格最富於喜劇性，而同時又富於悲劇性。魯迅說《死魂靈》第一部第二章至第六章所寫的五個地主典型，諷刺固多，實則除一個老太婆和吝嗇鬼潑留希金之外，都「各有可愛之處」。他們一生一世都是「忙人和誠實

1 《幾乎無事的悲劇》，見《魯迅全集》，第一版，第六卷，第三七一頁，人民文學出版社，一九八一年版。

人」，這不是很可愛嗎？然而，他們卻在猥瑣的忙碌中消磨着生命，造成幾乎無法覺察的悲劇。這種悲喜組合體，不帶任何英雄色彩與崇高特性，但這種性格，往往帶有更高、更典型的意義。

契訶夫筆下的人物性格，也是這種特點的悲喜組合，例如《小公務員之死》、《普里希別葉夫中士》、《苦惱》、《套中人》等著名篇章，其主人公的性格都是非常荒謬可笑的，他們的可笑程度與莫里哀筆下的喜劇典型人物有相似的一面，但是，莫里哀筆下的喜劇性格，不包含悲劇性。而契訶夫的人物性格卻充滿着悲劇性內容。他們不像慳吝人那樣想剝奪他人、損害他人以養肥自己，他們只求在那個很艱難的社會中平安無事，甚至不想踩死腳下的任何一隻無辜的螞蟻，也決不想招惹任何人，但是他們卻在社會中無法生存。他們愈想討好社會，社會愈是愚弄他們。他們的性格史，是在可笑的形式中發展的悲劇史，又是在可悲的內核中發展的喜劇史。他們既使人憎惡，又使人同情，既使人愉快，又使人沉重，令人說不清他們的哪些行為是屬於喜劇性的，哪些行為是屬於悲劇性的，他們的所有表現都是喜劇的，同時又都是悲劇的。像小公務員在戲院裏打噴嚏並不想攪擾別人，可是無意中卻把唾沫星子噴到文職將軍的身上，從而造成最後死亡的悲劇。這種悲劇的動因本身就是喜劇性的。小公務員在企圖擺脱恐怖的掙扎過程中，每向前推進一步，喜劇性就增加一分，而悲劇性同時也跟着增加一分。到了最可笑的時候，也是到了最悲慘的時候，最後是可笑而悲慘的死亡。

像果戈理、契訶夫筆下的這種悲喜組合的人物性格，在我國文學中也有許多獲得成功的例證。《紅樓夢》中的賈寶玉、王熙鳳、劉姥姥等，都是這種性格組合形態的範例。此外，《儒林外史》中的許多人物性格塑造，也在這方面表現出獨特的色彩和成就。魯迅在評價《儒林外史》時，稱讚「其文感而能諧，婉而多諷」。所謂「感」，這就是悲劇因素，所謂「諧」，就是喜劇因素。《儒林外史》所以能夠使悲喜劇氣氛互相交融，給讀者以雙重的審美感受，其中一個重要的原因，是作者刻劃的人物性格是很真實的。他雖然無情地指摘時弊，但不像晚清那些譴責小說「過甚其詞」，而是真實地展示這些士林階層中人物性格的二重結構，即「感」與「諧」二重因素的組合。書中寫得最成功的人物，如范進、王玉輝等，他們性格中「諧」的因素表現得最充份的時候，「感」的因素也表現得最深刻。例如范進聽到中舉的消息時，高興得發瘋，瘋得讓人們不知所措，為了使他鎮靜下來，只好請他平常最害怕的岳父兼屠夫給他一巴掌，於是，他清醒了。這可以說是最可笑之處，但也是最可傷心之處。這種喜劇性格中所包裹的是封建時代知識分子最悲慘的命運，在這種喜劇性的興奮（瘋）中，我們看到范進已被科舉功名悲慘地浸透了骨髓，以致忘記自己作為人的存在。魯迅很欣賞《儒林外史》對王玉輝悲喜劇性格的描寫，他說：「其述王玉輝之女既殉夫，玉輝大喜，而當入祠建坊之際，『轉覺心傷，辭了不肯來』，後又自言『在家日日看見老妻悲慟，心中不忍』（第四十八回），則描寫良心與禮教之衝突，殊極刻深。」[1]當了三十年秀才的王玉輝，愈讀愈迂拙，愈老愈呆，竟勸他的三女兒餓死殉節。當他的女兒死後，他的妻子大哭不止，而王玉輝走到床前面說道：「你這老人家真正是呆子；三女兒他而今已是成了仙了，你哭他怎的？他這死的好，只怕我將來不能像他這一個好題目死哩！」吳敬梓在表現悲中之「諧」時，又表現諧中之「感」。王玉輝在女兒死去之後，並不是那麼簡單地一笑了之。一種奇怪的、神秘的天性，使他不能忘卻他的女兒，而且執意地把他的父愛和良心喚起，於是，隱藏在他心底的憂傷又突然覺醒，當他的女兒被送入烈女祠受隆重祭奠，自己也被邀上宴席時，反而「轉覺心傷，辭了不肯來」。後來他

1 《中國小說史略》，見《魯迅全集》，第一版，第九卷，第二二四頁。

又觸景傷情，幾次落淚。王玉輝從笑到哭，這個感情逐步推進的過程，深刻地展示出禮教與良心的矛盾，悲劇性格因素和喜劇性格因素的矛盾。當王玉輝被吃人的禮教所驅使而撕毀愛的時候，他表現出了喜劇的性格，而當他在撕毀愛同時又感到也在撕毀良心並為此而悲傷時，則表現出悲劇的性格。惟其如此，王玉輝才不是漫畫似的封建觀念的寓言品，而是有血有肉有靈魂的被封建觀念所損害的人。

在塑造悲喜劇性格方面，應該特別提起的，是魯迅取得的輝煌的成就。他筆下的阿Q和孔乙己，就是悲劇性格與喜劇性格二重組合的偉大範本。魯迅先生在給喬南的信中談到《阿Q正傳》時說：「我之作此篇，實不以滑稽哀憐為目的。」魯迅的目的，雖不在於滑稽哀憐，而在於描摹國民的靈魂，以拯救垂危的中國的「死魂靈」，但他的藝術手段卻是通過滑稽與哀憐的組合而實現的。主人公阿Q的性格，正是「滑稽」與「哀憐」的二重組合。關於阿Q，前面其他章節已分析較多，這裏側重分析一下孔乙己。《孔乙己》並不是一個純粹的悲劇，而是一個喜劇性的社會悲劇，可悲與可笑在小說主人公身上融為一體，淚和笑在作品中同時存在，笑使淚更加濃烈，喜劇因素強化了悲劇深度。孔乙己本身就是一個喜劇性的悲劇人物。他本身是矛盾的，是唯一穿着長衫而站着喝酒的人。他已經被社會遺棄，變成了讀書人的異己物，甚至是普通人的異己物，但自己卻未能意識到這種異化，仍以一個讀書人自居，強撐着士族的架子。這就是說，孔乙己的性格，是一個悲劇與喜劇的矛盾交織物，是最可悲與最可笑的兩種不可調和的因素的有機統一體。而聯繫可悲可哀與滑稽可笑這兩極的中介，就是他的「無知」，他的不自知。車爾尼雪夫斯基曾說：「在滑稽戲中所描寫的人物，他們實在是可笑的，但卻不知道自己可笑。」[1] 可

1 車爾尼雪夫斯基：《車爾尼雪夫斯基論文學》，中卷，第九三頁。

笑是喜劇性，而「不知道自己可笑」便形成悲劇性。因此，一個悲喜劇性格，他們的可悲程度與滑稽程度往往與無知的程度成正比。柏格森說：「滑稽人物的滑稽程度，往往等於他的不自知的程度，因為凡是滑稽的人，總是無意識的。世界的人都看見他；他也看見世界的人，但他看不見他自己。」又說：「任何一個滑稽人物，不管他在一言一行中是多麼有意識，他之所以滑稽，是因為在他身上有他自己所不認識的一面，有他自己所忽略的一面。只是因為這一面，所以他才可笑。」[1] 孔乙己正是這樣，他明明是最可悲的，卻不知道自己的悲慘，還自以為比別人多懂一些「之乎者也」，多一件長衫。他自己認識的「自己」和實際的「自己」相去很遠。從哲學上說，在孔乙己身上，實際的「自我」與自我意識中的「自我」，客觀上的「自我」與主觀上的「自我」差距甚大。從心理上說，自我的意識層（自己所知道的）與潛意識層（自己不了解的）形成了尖銳的矛盾。所謂「旁觀者清，當局者迷」，孔乙己的性格正是如此。在別人看來，他是非人，他是賤人，他是完全多餘的人，不合社會的人；而他自己身臨其境，卻完全不知道這一切，不知道自己正處在這種悲慘世界裏，甚至還要炫耀那些把他引入這種悲慘世界的東西。悲慘，是可悲的；不知道自己的悲慘，安於自己的悲慘，是深一層的可悲；而不自覺地炫耀自己的悲慘，則是更深一層的可悲。我們從孔乙己身上一旦發現自己及整個社會中許多值得哀憐的東西，就會產生哀其不幸、怒其不爭的感受，就會從這個形象身上獲得悲劇感。別林斯基說讀了果戈理的小說之後，開始感到可笑，而後感到可悲，也是這個意思。從時間順序上，總是喜劇感在先，悲劇感在後。讀者與批評家審美感受的悲喜二重性，是與審美客體自身的悲喜二重性相關的。

1 柏格森：《笑的研究》，第一五—一六頁，商務印書館，一九二三年版。

柏格森說，產生滑稽的心理機制，對於滑稽人物自身來說，是他的不自知（不知道自己的可笑），即「當局者迷」，而對於讀者與觀眾來說，則是一種優越感，即「旁觀者清」。世界的人看見他可笑，他也看見世界的人，但不知道自己的可笑，這就是產生滑稽的奧秘。這種理論，其涵蓋的範圍是相當大的，十八九世紀大部份的悲喜劇作品都可以這樣解釋。但是，它仍然不能完全概括二十世紀當代文學中產生的新的文學現象和文學經驗。例如，當代美國文學的「黑色幽默」，這種文學思潮下的人物，他們本身並不處於「迷」的狀態。相反，他們倒是清醒地、有意識地用喜劇的眼光來看待嚴肅的事情，看待人間的災難，看待現代世界中的荒唐、醜惡、不幸和瘋狂。他們不是像孔乙己那樣，不知道自己的可笑，而是知道自己行為的可笑，卻又偏偏用可笑的行為去對待可笑的現實世界，以證明自己在可笑的世界中並非傻瓜，並在荒謬的世界中獲得生存和發展。他們的幽默，常常是自己意識到自己被荒謬的無情的力量所壓迫而發出的一種殘酷的幽默，一種無可奈何的自我嘲笑。像海勒《第二十二條軍規》中的許多人物，就是這種悲劇性格與喜劇性格交叉的人物，例如美國空軍投彈手尤索林，他在第二次世界大戰中，千方百計地設法保全自己的生命，在戰爭激烈的時候，老是想點子開小差，他躲到醫院裝病，甚至在執行轟炸任務的時候也編造對話機出故障的假情況，使得自己的轟炸機免於參戰而返航，最後他溜到沒有戰爭的瑞典去。他的行為都是充滿着喜劇性的。但是，他對自己的行為是意識到的，因為他對戰爭中的瘋狂、不幸和苦難看得很清楚。他說：「我看不見天堂，看不見聖者，也看不見天使。我只看見人們利用每一種正直的衝動，利用每一齣人類的悲劇拚命地撈錢。」可見，他所做的荒謬的行為，正是自己對荒謬世界的一種變態的反抗，也是對自己在這種世界中無能為力而發出的嘲笑。在他看來，如果不是用喜劇的眼光來看戰爭這種災難，如果不是與不幸和瘋狂開玩笑，自己就會變成可笑的滑稽角色。當代世界文學中的新現象，把人物性格中的悲喜交叉、悲喜轉化，發展到更複雜的程度，這是很值得我們去進一步研究的。

我們所列舉的果戈理、契訶夫、魯迅筆下的人物性格，他們的悲劇因素都不帶崇高性質，或者說，都不帶英雄的特性和偉大的特性。但是，這並不是說，在他們身上毫無價值可言。他們的性格所以帶有悲劇因素，正是他們生來就具有一種最基本的價值，這就是人的價值，但他們這種本是非常神聖的價值，被不合理的社會力量撕毀了。而且，他們縱然不幸成為世界的戲子而自我作踐和被他人作踐，但仍然保持某些人的品質。例如孔乙己，儘管他僵硬、機械、心不在焉、不合社會、盜竊，但他仍然是善良的、誠實的、正直的。當人們譴責他偷竊的時候，他抗議並以「竊書不算偷」為理由進行辯白，這種辯白恰恰在實際上承認自己的偷竊，這又透露了他靈魂深處的誠實。孔乙己正是保留着一些善的品質，滑稽的性格才帶上深刻的悲劇性。悲喜性格的二重組合所以往往比一般純悲劇性格和純喜劇性格深刻，也在於此。

悲劇性格與喜劇性格的二重組合，還有一種帶崇高性質的組合形態。近代一些美學家，已發現崇高與悲劇性兩者之間極其自然密切的關係，並且發現崇高和悲劇性的交叉點，這就是悲劇英雄的某種偉大性。作家可以把悲劇性描述成為崇高的苦難和沒落，悲劇英雄縱然不幸，但仍然保持高貴的品質。普羅米修斯的悲劇，就是帶崇高性的悲劇。但是，普羅米修斯的性格是純悲劇性格，它不是悲劇性格與喜劇性格的組合。只有像堂吉訶德的性格才可以說是帶崇高性的悲喜性格的組合。這種性格組合形態可稱為崇高與滑稽的二重組合。但是，崇高與滑稽這一美學範疇，儘管與悲劇——喜劇範疇互相交叉，仍然有其自己的獨立性。像堂吉訶德這種崇高與滑稽結合的性格帶有悲劇性，但這種帶悲劇性的崇高與滑稽的二重組合並不是普遍的。例如《戰爭與和平》中的庫圖佐夫，其性格也是崇高與滑稽的二重組合形態，但他並不是悲劇人物。下面，我們就崇高與滑稽的組合問題進一步討論。

第三節　崇高與滑稽的性格交織

崇高有兩種，一是外在的崇高，這是指人身外的巨大存在物，擁有廣大空間的、可見可觸的偉大事物，如高山、大海、原野、森林、星空等。另一種是內在的崇高，這是指人身內的偉大和剛強，是人的身內之「物」，即人的思想、精神、品格、智慧等，也就是人的生命力，包括智慧力、道德力、意志力等。內在崇高不在於形式上的巨大，而在於精神的偉大。這種內在的力的崇高，就是人對自身有限性的超越，顯現出一種內心的精神優勢，一種很高的精神境界和很強的精神力量或優秀的思想品質，並使人因此而消除鄙吝之心，這種力帶有偉大性，這就是崇高。因此，崇高實際上是人征服自然和社會中的障礙所顯示出來的一種本質力量，是現實對人的本質、人的實踐活動的一種肯定形式。人的內在崇高的程度總是與人克服外在條件限制的程度成正比。外在環境條件愈艱苦、愈惡劣、愈危險，人承受外在必然性的擔子愈沉重，人的本質——克服障礙的內心自由的力量，就表現出愈大的威力，崇高就愈是得到昇華。

人的內在的崇高，與人的外在地位的高低沒有必然的聯繫，但與人所處的外在社會條件有關。人的權力、權勢、名聲，並不能給人以內在偉大的精神。一些社會地位不高的人，只要在自己的社會生活實踐中充份地表現出強大的精神力量，也會顯現出崇高。像魯迅在《一件小事》中所描繪的人力車夫，儘管他的社會地位是很低微的，但是，他的優秀品質和正確的道德觀念使他在人們面前顯得很高大，「需仰視才見」。有的人社會地位很高，甚至是帝王將相的地位，但如果他們的倫理追求是渺小的，他們的生命力是委靡的，也不配稱為崇高。

滑稽是與崇高對立的另一個美的範疇。關於滑稽與崇高的區別，李澤厚同志曾說：「如果說，崇高（包括悲劇）是現實肯定實踐的嚴重形式的話，那麼，滑稽則是這種肯定的比較輕鬆的形式。如果說，前者因醜惡的危害巨大而激起人們奮發抗爭之情；那麼後者卻因醜惡的渺小而引起人們輕蔑嘲笑之感。由於在實踐鬥爭中，主客體所佔據的矛盾主導地位的不同，而形成肯定實踐的不同形式，它們以不同的特色分別烙記着實踐與現實相抗爭的深刻痕跡。如果說，崇高作為實踐與現實抗爭的痕跡在於真（規律性）對善（目的性）的壓倒，真好像就是惡，從而在現象形式上表現為對善（主體）的欺凌的話；那麼，滑稽作為實踐與現實相抗爭的痕跡特色，卻在於善（目的性）對真（規律性）的壓倒，善好像是假（不存在），從而在現象形式上表現為對真（客體）的戲弄。」[1]

李澤厚同志在這裏把崇高和滑稽這兩個美學範疇加以比較，使人更清楚地了解到了崇高的特性。但是，對於「滑稽」，他這裏講的只是否定性的滑稽，而不是肯定性的滑稽。而分清肯定性滑稽與否定性滑稽的界限是很重要的，特別是同一人物性格世界中崇高性格因素與滑稽性格因素的組合，更需要注意這一界限。

所謂肯定性的滑稽，是內在真的、善的、美的內容，卻通過醜陋的、異常的、渺小的形式表現出來

1 李澤厚：《關於崇高與滑稽》，見《美學論集》，第二二零—二二一頁。

的滑稽。例如安徒生童話中的「醜小鴨」，就是肯定性的滑稽形象。我們通常所講的與美對立的醜，如醜惡的人物，總是要引起人們的厭惡和不愉快，而「醜小鴨」的「醜」卻相反，它不僅不會引起人的厭惡，而且會引起人的愉快，因為它所包含的「醜」排斥了那種能傷害人，使人恐懼，使人痛苦，使人悲傷的因素，也就是排除了惡的因素。儘管它不表現出巨大的力，顯示不了偉大性，甚至表現為笨拙、醜陋、機械等「醜」的現象，但決不會使人感到恐懼和苦痛，而會使人感到輕鬆和愉快。因此，醜小鴨的醜只是外在形式的醜，而它的內在內容卻是善的、美的。正因為這樣，這種非崇高的因素，非偉大的因素，可以和崇高的因素在一個人物的性格世界中進行巧妙的二重組合，使得性格顯出另一種形態的豐富。

肯定性的滑稽性格在很多文學作品中都存在着。例如《水滸傳》的武松之兄武大郎，他是一個善良的、老實的人，但他的樣子卻是醜陋的，一見到他的樣子，就有滑稽之感，武大郎的滑稽是肯定性滑稽，但他的性格中不具備崇高因素。魯迅所描繪的「無常」形象，也是一種肯定性的滑稽形象，這個「無常」，有很多內在的可貴的品格，他富有正義感和同情心，強烈地同情下層被壓迫的人民，他本身就是勞動人民的化身。他不怕任何強暴，為了安慰哭得很悲傷的阿嫂，他擅自決定讓阿嫂的丈夫還陽半刻，再會一次面。他的正義感，使他不顧閻王的責罰，敢於向權勢者挑戰：「那怕你，銅牆鐵壁，那怕你，皇親國戚！」但是，他卻長得很醜陋，他內心這些真的、善的、美的心靈是通過一種很醜陋的形式表現出來的。他戴着紙糊的高帽子，粉面朱唇，眉黑如漆，蹙着，不知道是在笑還是在哭，而且一上台就打了一百零八個噴嚏，放了一百零八個屁，因此，顯得非常滑稽。魯迅對這個形象很有好感，說他「常常這樣高興地正視過這鬼而人，理而情，可怖而可愛的無常；而且欣賞他臉上的哭或笑，口頭的硬語與諧談」[1]。我國豫劇《七品芝麻官》的主人公，雖然是一個小小的知縣，卻有「當官不與民做主，不如回家賣紅薯」的抱負，他不畏權勢，敢於面對強暴而為民請命，親自剝去誥命夫人的鳳冠誥服，給她戴上枷鎖，他的精神確實表現出偉大性，顯示出崇高。但是，他的崇高性格卻是寓於滑稽性格之中的，他內在的善，表現出來的往往是粗魯笨拙的，他的語言、動作、行為都帶着醜陋的形式，這就實現了崇高與滑稽的二重組合，這種性格比純粹崇高的單一性格的「清官」形象更有生氣，更不一般化。

純粹的肯定性滑稽因素，本身並不就是崇高，像安徒生的醜小鴨，只能說它內在是善的、美的，但不能說它是崇高的，因為她還不包含偉大性。因此，崇高與滑稽的組合，總是包含着某種偉大的英雄的素質與滑稽素質的組合。

而否定性滑稽則是假的、惡的、醜的內容，硬要通過美的、莊嚴的、神聖的形式來炫耀。車爾尼雪夫斯基曾給滑稽做過這樣的本質規定，他說：「醜只有到它不安其位，要顯出自己不是醜的時候才是荒唐的，只有到那時候，它才會激起我們去嘲笑它的愚蠢的妄想，它的弄巧成拙的企圖。說老實話，只有不得其所的東西才是醜的，否則，這事物雖然可能不美，卻不是醜的。因此，只有到了醜強把自己裝成美的時候這才是滑稽。」[2]在文學藝術作品中，這種否定性的滑稽形象是很多的。例如，魯迅《補天》中所描繪的那個站在女媧兩腿之間，頂着長方板，指責女媧「裸裎淫佚，失德蔑禮敗度，禽獸行」的假道學家，他們本來就是女媧用泥土捏成的，在女媧面前，他們是非常渺小、醜惡和微不足道的，但是，他們卻「不安其位」，硬要爬到女媧的大腿之間去裝成美的、神聖的正人君子，從而顯得非常滑稽可笑。

1《魯迅全集》，第一版，第二卷，第二七二頁。
2 車爾尼雪夫斯基：《車爾尼雪夫斯基論文學》，中卷，第八九頁。

這種「醜」與「醜小鴨」的「醜」不同，它是在美與莊嚴形式掩蓋下的內在的醜、真正的醜。

我們所說的人物性格內部崇高性格因素與滑稽性格因素的二重組合，主要是指崇高因素與肯定性滑稽因素的組合。世界文學史上，第一個在理論上提出崇高和滑稽可以在同一人物的性格內部進行組合的是法國的雨果。他在《〈克倫威爾〉序》中明確地提出一個著名的論點，這就是「醜就在美的旁邊，畸形靠近着優美，醜怪藏在崇高的背後，美與惡並存，光明與黑暗相共」。他認為，就藝術中如何運用滑稽醜怪這個問題，足足可以寫一本新穎的書出來。他說：「滑稽醜怪作為崇高優美的配角和對照，要算是大自然給予藝術的最豐富的源泉。」他認為，莎士比亞所以能夠創造天才的藝術，就因為莎士比亞「以同一種氣息融合了滑稽醜怪和崇高優美、可怕和可笑、悲劇和喜劇」，在自己的作品中放射出天才的雙重返光。雨果認為，戲劇藝術中這種二重組合，來自人本身的雙重性。他認為，基督教早已對人類這樣說：你是雙重的，你是由兩種成份構成的，一種易於毀滅的，一種是不朽的；一種是肉體的，一種是精神的；一種束縛於嗜好、需求和情慾之中，一種則寄託於熱情和幻想的翅翼之上。前者始終俯身向着大地，他的母親，後者則不斷飛向天空，他的故國。自從基督教說了這些話的那天起，戲劇就創造出來了。在生活中，在從搖籃到墳墓的人生中，存在着兩種敵對的原則之間無時無刻不存在的對立和鬥爭，這實際上不就是戲劇嗎？雨果認為文學藝術的主要表現對象——人，本身就帶着二重性。

雨果關於崇高與滑稽組合的思想包括兩方面的意義：一是指在同一藝術作品中崇高人物與滑稽人物可以在同一舞台，構成性格的外部對照。例如在莎士比亞的戲劇中，它使羅密歐碰到了賣藥者，麥克白遇上了三個女妖，哈姆雷特遇到了掘墓人。另一個更為重要的意義，則是在同一人物的性格世界中，同時包含着崇高的性格因素與滑稽的性格因素。在雨果看來，正如最可笑的東西也常常能達到崇高的境界一樣，最高尚的事物也總免不了有凡俗和可笑的時候。一個人的性格也是如此。雨果分析了英國資產階級革命領袖奧列威．克倫威爾，說這個偉大的歷史人物，「是一個複雜的、混合的、多樣化的個性，充滿着矛盾，混雜着善與惡，兼有天才和渺小；是一個悲喜劇的人物，整個歐洲的暴君，自己家庭的玩偶；這個老弒君者凌辱各國君主的使臣，卻被自己信仰王權的小女兒折磨；他習性謹嚴而沉鬱，但常在身邊豢養着四個弄臣；還要做幾首歪詩；他有時簡單、樸素、淡泊，但有時在禮儀方面則喜愛鋪張；既是一個粗魯的軍人，又是一個精明的政治家；善於作神學的論辯並且樂於此道；他的演說沉悶、冗長、隱晦，但卻善於遊說他想要引誘的人；既虛偽又狂熱；他是一個被童年時代的幻想所支配的幻想家；相信星相家又常放逐他們；他疑心病極重，總是令人恐懼不安，但殘酷的時候很少；他嚴格遵守清教徒的一切戒律，但每天總要正正經經在滑稽取樂中打發幾個鐘頭；他對親近的人粗暴傲慢，對他所害怕的黨徒則懷柔討好；他巧妙地緩解自己的悔恨，向自己的良心玩弄狡計；他的妙策、暗算和手段層出不窮；他以明智來控制他的想像；既滑稽醜怪又崇高優美。」[1] 雨果對克倫威爾豐富的性格世界作了非常精彩的解剖。經過這番解剖，我們看到克倫威爾的性格世界是由互相對立的兩極，即善與惡、美與醜、陽剛與陰柔、天才與渺小、悲劇與喜劇、崇高與滑稽互相滲透、互相轉化而構成的。而這兩極中，最根本的一組矛盾，則是崇高性格因素與滑稽性格因素的組合，即「既滑稽醜怪又崇高優美」。雨果提出崇高與滑稽的組合，儘管實際上包括外部對照和內部組合兩個方面，但是，在理論上，他主要是側重於前一方面，而後一方面，只是在分析克倫威爾的性格中才反映出來。雨果沒有從克倫威爾這個形象塑造的經驗

1　雨果：《雨果論文學》，第七三—七四頁。

中進一步加以理論抽象，因此，也未形成較完備的同一性格內部崇高與滑稽的二重組合理論。

在雨果之前，塞萬提斯成功地創造了崇高性格因素與滑稽性格因素組合一體的偉大藝術典型，這就是堂吉訶德。堂吉訶德性格中的滑稽因素是無可爭議的。他是以一個騎士的身份出現的，但是，騎士時代早已被歷史所埋葬，騎士身份及騎士的一切行為早已失去現實根據，也就是說，這種非騎士的時代注定要給硬想當騎士的堂吉訶德的實踐活動以無情的否定，而堂吉訶德卻又主觀地以各種假想和行為給自己作肯定，結果形成了歷史對他的無窮盡的戲弄，從而具有無窮盡的滑稽內容。由於堂吉訶德性格中帶有這種滑稽因素，而且在一定程度上，這種因素又形成堂吉訶德的性格主體，因此，像屠格涅夫那樣，把堂吉訶德作為一種政治理想，是很片面的。但是，堂吉訶德的性格確實不是單一的滑稽性格，他還有豐富的崇高性格因素，這種崇高因素表現在他身上確乎存在着一種偉大的精神，一種超越常人的意願而獻身於他人的偉大精神。他是那樣正直，那樣不容許任何邪惡，那樣不滿人間的不平和苦難，時時覺得自己負有「解危濟困，鋤強扶弱」的神聖使命，為了實現這種使命即使犧牲自己也在所不惜。他確實像桑丘所說的，是一個「危險的擔負者，侮辱的忍受者，善之模仿者，惡之懲罰者」，是一個懷有崇高道德原則、正義感和博愛心的人。他不像阿Q那樣：不僅已喪失崇高的理想，而且失去自我的尊嚴。與阿Q性格相反，他極愛護自己的名譽和他的愛人（虛構的天使）的名譽，並且為此而披荊斬棘。在他的心靈中一直堅守着自己的人格，這種人格令人尊敬，在倫理上也帶有「不朽」的性質。他在很多非理性的行為中恰恰表現出崇高的理性，也就是說，在他的滑稽性格中恰恰閃耀着崇高的性格火光。崇高性格因素與滑稽性格因素的二重組合形態，與悲喜因素的二重組合形態，其差別之處，我們可從阿Q與堂吉訶德這兩個典型形象的對比中看得很清楚。阿Q的性格，是悲劇性格與喜劇（滑稽）性格的組合，但是不能說阿Q性格是崇高因素與滑稽因素的組合，這是因為，無論如何，阿Q性格中不包含着崇高因素，不包含着任何超越平常人一般精神價值水準的特性。包括他的「革命」，也是阿Q式的革命，而不是具有偉大動機和偉大精神的革命。他的革命理想只是小生產者的天堂——「我歡喜誰就是誰」，完全沒有戰勝醜惡的莊嚴內容和莊嚴形式，也不會激起人們任何崇高的激情。阿Q追求吳媽，並不是把吳媽作為一種理想形式，而是他的潛在慾望的表露。而堂吉訶德心目中的杜爾西內婭，卻是無比神聖、無比純潔的，她的名字就是堂吉訶德的理想的範式。這種理想的範式是他一切俠義行為的動因。他把她的名字看得比自己的生命還重要，隨時都準備為她獻身，因此，堂吉訶德與杜爾西內婭的關係，表現出崇高性質。而阿Q對吳媽的情感卻純粹是一種鄙俗的、滑稽的情感，這種情感固然帶有悲劇性，但不帶崇高性質。

在魯迅的《吶喊》、《徬徨》中，人物性格的二重組合，主要是悲喜因素的組合。阿Q、孔乙己、閏土、祥林嫂、子君、涓生、魏連殳都是悲喜交織的性格。而《故事新編》中的人物性格，則主要是崇高、滑稽因素的組合。例如《奔月》中的羿、《理水》中的大禹、《非攻》中的墨子等等。但《故事新編》中的人物又可分為兩類，一類是以崇高因素為主導性格的，如晏之敖、羿、大禹、墨子；一類是以滑稽因素為主導性格的，如伯夷、叔齊、老子、莊子。像墨子這個人物，他為了實現制止楚國發動不義戰爭以免生靈塗炭的崇高目的，不遠千里地跋涉，入龍潭虎穴，不顧自己生命安危，鎮定自若地應付各種挑戰，表現出超常的智慧。他的才能、品格都帶着偉大性，但他又是滑稽的。他的崇高行為總是充滿着滑稽感。他穿着舊衣破裳，用布包着兩隻腳，走在楚國的大街上，像一個老牌的乞丐，站在楚國宮廷裏，像一個「高腳鷺鷥」，他在制止楚國發動不義戰爭、為宋國立了大功之後又是一副狼狽的滑稽相。但是，「墨子在歸途上，是走得較慢了，一則力乏，二則腳痛，三則乾糧已經吃完，難免覺得肚子餓，四則事情已經辦妥，不像來時的匆忙。然而比來時更晦氣：一進宋國界，就被搜檢了兩回；走近都城，又遇到募捐救國隊，募去了破包袱；到得南關外，又遭到大雨，到城門下想避避雨，被兩個執戈的巡兵趕開了，淋得一身濕，從此鼻子塞了十多天。」[1] 這裏墨子顯得遲鈍、笨拙、迂腐、機械，脱離生活常規，失去正常人的「聰明」。但是，也正是在這種滑稽現象中，我們看到崇高的墨子並不意識到自己的崇高，完成了偉大業績的墨子並不意識到自己的偉大，這恰恰說明，他的崇高已成為他的血肉，他的偉大精神是從內心深處自然放射出來的。這樣，墨子的崇高特性便成為一種自然本性。

還有像《奔月》中的羿，他作為一個武藝高強、曾經上射十日、下殺猛獸的英雄，處處表現出力的美、力的崇高。他在「困境」中射碎麻雀，射中雞心，用嚆箭法打破叛徒逢蒙惡毒的暗算，都說明他的非凡的勇武和威力，不減射殺封豕長蛇的當年。但是，這位英雄的崇高性格裏，也包含着滑稽因素，他在好吃懶做、精神空虛的妻子嫦娥面前總是遷就着，簡直沒有半點大丈夫的氣概。當嫦娥指責「又是烏鴉炸醬麵」的時候，他馬上命令使女「把那一匹麻雀拿來請太太看！」並討好嫦娥說，這是他遠繞了三十里路才獵到的。當嫦娥責問說：「你不能走得更遠一點的麼？」他馬上答應再遠走五十里去找獵物，但是，當他到五十里外打獵時卻把鄉下老太婆的一隻黑母雞誤作鵓鴣射死（英雄也有失誤），從而被老太婆嘲笑和要挾，以至將自己僅有的五個白麵炊餅、五棵葱和一包辣醬作賠償，而帶了死老母雞回來之後，嫦娥已經吃了他的金丹拋棄他了。他在苦悶之中，對使女嘆氣說：「那麼，你們的太太就永遠一個人快樂了。她竟忍心撇了我獨自飛升？莫非看得我老起來了？但她上月還說：並不算老，若以老人自

1 《魯迅全集》，第一版，第二卷，第四六四頁。

居，是思想墮落。」並帶着同情嫦娥的口吻說：「不過烏老鴉的炸醬麵確也不好吃。」這種英雄在美人面前的反常和失去妻子後冷靜的認知，令人產生一種滑稽感，這種狀態與這位英雄所向無敵的氣概形成一種對照。這種性格對照和組合，使得羿的性格更為豐富，人們看到這位英雄的剛勇裏包含着溫柔，他的妥協裏包含着忠貞，他的忍讓裏包含着對人的尊重和對自己的自我解剖精神，於是，這種滑稽性格因素不僅不會削弱性格的崇高因素，反而強化了崇高因素。

伯夷、叔齊這些人物，以滑稽性格為主，他們為了維持過時的觀念和傳統，最後不食周粟而餓死於首陽山，是極可笑的。但他們也有某種崇高因素，他們沒有喪失內心的勇敢和忠誠，在他們的靈魂中仍然保持着某種崇高的抽象形式。他們並未意識到自己所維護的東西是應當死亡的，反而固執地以為那些東西是神聖不可侵犯的，因為，就他們本身而言，他們仍然是一種獻身於神聖事業的高尚行為，因此，如果就其抽象形式來說，他們不肯失掉氣節的精神，仍然具有崇高性質。而且，周武王伐紂的行為，也不是完全神聖和正義的。在牧野之戰中把商人殺得「屍橫遍野，血流成河，連木棍也浮了起來」，而且一進入商都，見到殷的百姓在郊外歡迎，宣告自己是「順民」，就高興得叫「大人們招呼他們」「納福」，並且未見安民之策，就先運走了鹿台的寶貝和巨橋的白米，《採薇》中的周王的討紂，既然不是一種正義的行為，伯夷、叔齊的諫阻也就含有一些崇高的莊嚴的形式。

《故事新編》中以滑稽性格為主的人物，如《出關》中的老子和孔子，《起死》中的莊子，性格都顯得不如以崇高性格為主的墨子、晏之敖、大禹、羿等幾個人物豐富。這裏的原因，恐怕是他們性格結構中的滑稽成份過重，絕對地壓倒性格的其他對立成份，使人感到性格的單一化，甚至有點漫畫化。老子好像是「無為而無不為」的化身，莊子的形象幾乎是鞭撻無是非觀的工具，作為一種諷刺喜劇，這是很生動的。但是，從人物性格豐富性這個角度來觀照，他們卻好像是某種觀念的抽象品，使人感到某些不足。這些作品所以仍然很有價值，主要是隱藏在作品中的一種歷史哲學，一種發人深省的理趣以及流動在作品中的喜劇性氣氛，而不是在性格塑造上的成就。《故事新編》中以滑稽性格為主的幾篇，似乎都可以稱作沉思性喜劇，它們仍然是有很高的藝術價值的。

崇高因素與滑稽因素的巧妙組合，在托爾斯泰筆下也獲得很大的成功。例如他心愛的人物彼埃爾．別祖霍夫的性格，就是在崇高性格中放入一些滑稽因素的。按照托爾斯泰的觀點，沒有純樸、善良和誠實，就沒有偉大。彼埃爾的身上正是閃耀着這種偉大的光輝的，他非常純真、溫柔、善良、羞怯，微笑時就顯出一種溫順的、孩子氣的神情，不懂得官僚社會的欺詐、詭譎與陰險，也不懂貴族社會那一套煩瑣虛偽的禮節。他好像一個天真的孩子，總是用無邪的眼光看待世界，一切虛偽與邪惡，對他來說不僅是隔膜的，而且簡直不知道罪惡為何物。因此，他連恐懼心都沒有，他所關心的只是「甚麼是壞事，甚麼是好事？甚麼應當愛，甚麼應當恨？人究竟為甚麼生活？我究竟是甚麼？甚麼是生？甚麼是死？是一種甚麼力量在支配着一切？」他以自己全部旺盛的心力，不斷地尋求着真理和生活的意義。這種性格裏沉澱着一種真正嚴肅的東西，一種發自心靈深處的強烈的倫理追求和理智的思考，這種追求和思考，不是任何力量外加給他的，而是他的生命的一部份，是他的靈魂本身。在這種高潔的心靈面前，龐大的邪惡想吃掉他，但總是又奇怪地消失了，因為他的孩子般的純潔，使他連罪惡是甚麼也不知道，於是，他確乎成了一種高大的東西，這就形成他的獨特的崇高性格。但是，這個崇高的人物，是完全站在平凡的土地上的人，他簡直比誰都更平凡，比誰都更「無知」，他秉性遲鈍，體力強壯，發起怒來叫人害怕。他在許多事情面前的表現都叫人不能不發出輕輕的笑聲。當他因為妻子問題而不能不和朵羅豪夫決鬥時，還是想得很天真，他覺得決鬥這件事並不能解決任何問題，生活仍舊跟從前一樣亂作一團，他心裏連仇恨也沒有，只有一種想「逃到甚麼地方去躲藏起來」的願望。他從來沒有摸過槍，卻要與一個惡棍決鬥，他帶着簡單而又混亂的心情開槍，竟射傷了對手。而對手當時已逼到他的身前，準備向他射擊，他毫不躲閃地坦然地立在對方的槍口下，臉上「帶着惋惜和悔恨的溫順的微笑」，他的「逃路」只有「死」，然而，他卻活着——對手沒有打中他。於是，他譴責這種在他絕望時閃現出來的「逃路」說：「胡鬧……真胡鬧……死……這是說謊。」彼埃爾在決鬥時，對於面前的邪惡輕蔑得連「輕蔑」都沒有，對「死亡」征服得連「征服」叫做甚麼都不知道，對死嘲弄得使人笑而又難以笑出聲來。彼埃爾，偉大得像小孩，純真得像小孩，也滑稽得像小孩，這是一個多麼迷人的崇高與滑稽的統一體。他常常缺乏最起碼的常識，在包羅金諾戰役中，本來沒有他的事，他不是軍人，也不是後勤人員，但他卻驅車闖入戰場，到處礙手礙腳地幫倒忙，成了一個徹頭徹尾的累贅，最後，為了保住生命，只好偷偷溜出戰場。當俄國軍隊從莫斯科撤退以後，俄國人都跟着撤走，而他卻執意不肯走，結果被法軍抓了起來，當做縱火犯判了死刑。後來減刑而改判為監禁。當法國人從莫斯科撤離之後，他同其他人一起被帶去，最後被一支游擊隊救了出來。這些行為都是非常滑稽的。

當代英國著名作家毛姆在分析《戰爭與和平》時曾說，彼埃爾這個人物最難以理解。他說：「要理解這個人（指彼埃爾），是很困難的。他善良、平易；他的秉性溫柔可愛得出奇；他又軟弱得厲害。我敢說他是非常真實的。我認為，應該把他看成是《戰爭與和平》的男主人公。因此，最後他娶了那個迷人的可人兒娜塔莎。我想托爾斯泰是喜愛他的；他在寫他時滿懷柔情和同情。」但是，毛姆懷疑，托爾斯泰是否有必要把彼埃爾「寫得那麼笨拙」。毛姆這樣描敘投入他腦中的彼埃爾的「笨拙」印象：「他是個大塊頭，其貌不揚，深度近視使他不得不戴眼鏡，很肥胖。他暴飲暴食，還是個追求女性的能手。他笨拙，不諳世故，可是脾氣極好，待人的誠懇是顯而易見的；他善良，體貼，毫不自私；因此凡是認識他的人，沒有不愛他的。他很有錢。他容忍一幫食客（不管他們怎樣卑鄙）隨時把手伸進他的腰包。他嗜賭，卻總是受到他所屬的那個莫斯科貴族俱樂部的成員毫無情義地誆騙。他聽任別人把他誘入圈套，年輕輕地就娶了一個美麗的女人……」毛姆這些描述都是準確的，彼埃爾的性格確實非常豐富，他極善良，極有同情心，而且毫不自私，這就是他的崇高素質。而且，他的確被描寫得相當「笨拙」。毛姆懷疑是否有必要把他描寫得這麼「笨拙」。但我認為，彼埃爾的可愛，恰恰在於這種「笨拙」，這就像「醜小鴨」那樣，這種「笨拙」是一種肯定性的滑稽。他的「笨拙」中包含着他的天真，他的古怪，他的不諳世故，這是可笑的。但也正是他的「笨拙」包含着崇高。他笨拙得不會去爭他的生身父親、俄羅斯貴族別祖霍夫老伯爵的遺產，當老伯爵危在旦夕時，他從國外被召回，並且有承受巨大產業而成為俄國最大富翁的希望，圍繞這筆遺產，老伯爵的三個女兒勾結起來和他鬥爭。而他卻滿不在乎，壓根兒沒有為這些產業轉過念頭。他根本沒有感覺到，甚至也沒有希望自己就是這批財產的主人。他回國是因為被叫回來的，他不知道為甚麼要他回來，也顧不得去探聽要他回來的原因。他忙着想歐洲的戰局，忙着想「人為甚麼要活着」，這是多麼滑稽、可笑，然而，在笑他之後我們又覺得他是多麼崇高。是啊！在一個人們都拜倒在金錢、為金錢可以出賣靈魂、出賣肉體的社會中，他的靈魂卻是那麼高尚、純潔。當他成為最大富翁時，他本來可以拿這些錢來花天酒地，佔有他想佔有的一切，滿足他自己的各種慾望，然而，他心中卻任憑別人隨便把手伸進他的腰包，他還只懂得追求人生的意義，還是那麼謙恭，那麼隨和，那樣總是把生死置之度外，他的「笨拙」，是那麼出奇和缺少常識，又是出奇地缺乏人的貪婪，人的殘忍，人的無窮盡的野心和慾望。這個其貌不揚的大塊頭人物，我們想笑他，可是，冷靜下來，我們覺得對他還是應當仰視才行。而且，由於這種「笨拙」，我們感到他的善良，他的仁厚，他的無私，就像他的天真，他的暴躁的脾氣一樣，是他生命本來的一部份，是他生命的血肉，靈魂的血肉，他的崇高精神就是他的靈魂自然昇華起來的，誰也不會懷疑這種崇高精神會羼上一點假，誰也不會懷疑這是大作家托爾斯泰主觀揑造給這個私生子的。這樣，我們反而為他所感染，不僅為他的崇高精神，甚至也為他的滑稽精神所感染，願意有像他這樣一個笨拙的人，作為自己的偉大的朋友。一個人性格中崇高因素與滑稽因素的組合，反而使崇高因素變得更加真實，變成人物的無可懷疑的自然本質。這與那種人為地給人物帶上「崇高」的面貌、「偉大」的面貌、「完全」的面貌（所謂高大全）不知道要高明多少倍。只有人們不懷疑人物的崇高精神，才能無意識地接受這種精神，為這種精神所潛移默化，所浸染。馬克思、恩格斯所說的傾向性應當讓他自然地流露出來，也正是這個意思。

《戰爭與和平》中的另一個人物庫圖佐夫，也是一個崇高性格與滑稽性格糅合為一的形象。托爾斯泰把他描繪成純樸、善良和真實的化身，描繪成具有輝煌軍事才能和高度智慧的英明統帥，正如《托爾斯泰評傳》的作者貝奇柯夫所說的，一切真正俄國的、愛國主義的、忠於祖國的事物的線索都集中於庫圖佐夫。他戰勝拿破崙的豐功偉績，他洞察一切的戰略思想，他傑出的組織才能和驚人的毅力，他放棄莫斯科誘使拿破崙走入莫斯科大火場的戰略決策，都令人信服地構成他的崇高形象。但是，在偉大的現實主義作家托爾斯泰筆下，這個偉大神奇、斬釘截鐵的衛國英雄，卻也有他的另一面，那簡直是另一個庫圖佐夫，一個肥胖的、疲倦的、愛發脾氣的滑稽老頭子。托爾斯泰這樣描繪他不得不指揮塔路齊諾會戰的行軍途中的情景：

……庫圖佐夫坐在車裏，時而打盹，時而清醒，傾聽着是否右邊有了槍聲，是否已經開戰。但一切還是靜靜的。這是一個潮濕的陰濕的秋日，天上剛剛發白。快到塔路齊諾時，庫圖佐夫看見騎兵們牽馬過路去飲水，他的馬車正在這條路上走着。庫圖佐夫注視着，停了馬車，問他們屬於哪一團。這些騎兵屬於一個應該在前面很遠的地方已經埋伏着的縱隊。「也許弄錯了」，年邁的總司令想。但是又坐車向前駛了一會，庫圖佐夫看見了各步兵團都架着槍，兵士們穿着襯褲在煮粥，在取柴。他叫來了一個軍官。這個軍官報告說，並沒有接到任何進攻的命令。「怎麼會沒有……」庫圖佐夫開始說話了，但立刻又沉默着，命人去把上級的軍官找來。他下了車子，垂着頭，費力地呼吸着，來回地走着，沉默地等待着。在被找來的參謀本部的軍官艾蓋亨出現時，庫圖佐夫的臉色發紫了，這不是因為這個軍官是這個錯誤的原因，而是因為他夠資格做洩怒的對象。老人顫抖着、喘息着，發出他氣得在地上打滾時的那種大怒，他向艾蓋亨面前衝去，用雙手向他指着，叫喊着，用粗話罵他。另一個偶然出現的上尉不羅生，毫無過失，也觸了同樣的霉頭。「這又是一個甚麼樣的混蛋？槍斃！混蛋們！」他沙啞地喊叫着，揮着手臂，蹣跚地走着。他感覺到身體的痛苦。他，總司令，殿下，大家都相信在俄國從來沒有人有過像他這樣大的權力，他被弄到這樣的地步——成了全軍的笑柄。他想到自己：「徒然地那樣忙着為今天作祈禱，徒然地夜間未睡，考慮一切！當我還是年輕的軍官時，沒有人敢這樣嘲笑我……但現在！」

托爾斯泰對自己心愛的英雄，完全摒棄了戲劇舞台上的誇張，還原為歷史舞台的白描，他沒有把自己心愛的英雄絕對崇高化，沒有過份地渲染人們早已了解的歷史事實，而是如實地把他這種衰老、打盹、遷怒於人、相信上帝的滑稽性格逼真地表現出來，塑造了一個年邁的統帥在嚴酷戰場上的活生生的形象，獲得性格創造的巨大成功。有了這種滑稽性格的真實描繪，庫圖佐夫才是一個人，而不是神，而且，在這種滑稽中也使他的偉大顯得更加可信，更加自然，使人感覺到他的偉大，他的高度智謀與膽略，也如同他的這些弱點一樣，都是他的性格世界中真實的一部份。

崇高性格因素與滑稽性格因素的組合，對於塑造真實的英雄性格，具有特殊意義。真正偉大的英雄，必定也是一個普通的人，他往往沒有意識到自己的偉大。英雄性格已成為他的靈魂的一部份，已成為他的血肉，他的英雄行為，就像脈管裏自然流出來的血，他自己並沒有意識到這樣，他們的崇高性格，就變成他們的自然本性。作家在表現出英雄性格時也表現他的平常人的滑稽性格，就能使這種自然本性得到更充份的表現，就能使英雄性格顯得自然，從而獲得英雄性格更大程度的真實性。

與庫圖佐夫的形象相比，拿破崙的形象則顯得不夠豐富。這是因為托爾斯泰出於愛國主義的激情，更多地從政治角度、而不是從審美角度來描繪拿破崙的緣故。他把拿破崙當成庫圖佐夫對立的形象，把一切歐化的、名利主義的、腐化墮落的壞的方面都集合在拿破崙身上。他把拿破崙當成一個狂妄自大、盲目自恃、矯飾做作的戲子，他認為拿破崙的一切都是虛偽的。「他，這個由天意注定來扮演各國人民的劊子手這樣一種悲慘、不自由的角色的人卻努力使自己相信他的行為的目標乃是造福於人民。」因此，在托爾斯泰看來，他只是一個滑稽的戲子，他任何時候都在做戲，連觀賞兒子畫像時也不例外。拿破崙走到畫像面前，自己覺得「現在所說所做的便是歷史」。總之，在托爾斯泰筆下，拿破崙在顯示「父愛」

時也沒有真實感情，也是為了載諸史冊而做出的樣子，也在演戲。總之，他只是純粹的滑稽角色，沒有偉大可言。「代替英明獨創而出現的，是無可比擬的愚蠢和鄙俗」，於是，托爾斯泰在塑造拿破崙形象時就着意地拋開他性格中確實存在着的崇高因素，從而使人看不清拿破崙的真實歷史面目和這個在歷史上曾產生巨大作用的生龍活虎般的巨人。這樣，拿破崙的性格便是單一化的，甚至多少有點漫畫化，和庫圖佐夫的性格塑造相比，顯得不那麼成功了。我國的著名作家茅盾曾批評說：「至於拿破崙，托爾斯泰把他描寫成過於自負和自信的法國統治者，他充滿冒險精神和利令智昏。作家把他和庫圖佐夫對照起來：庫圖佐夫對祖國忠貞，拿破崙則充滿虛榮心；庫圖佐夫淳厚朴實，拿破崙則裝腔作勢。同樣的，托爾斯泰也否定拿破崙的歷史作用，並嘲笑說：『拿破崙只是像一個抓住馬車裏的帶子的小孩，就認為自己在駕駛這輛馬車前進了。』這裏的馬車，指的是歷史。這樣，托爾斯泰在肯定人民的同時，完全否定個別傑出人物的歷史作用，體現了他歷史觀的偏頗的一面。」

英國著名作家毛姆也認為：「托爾斯泰的歷史哲學，至小部份地是產生於他要貶低拿破崙的願望。拿破崙在《戰爭與和平》中很少以個人的面貌出現，但只要他出現，他就被寫成似乎是褊狹、輕信、愚蠢和可笑的。托爾斯泰稱他是『歷史中無限小的工具，他從來沒有、甚至在流放中也沒有表現出任何大丈夫的氣概』，托爾斯泰忿忿不平地看到，甚至俄國人也把他看成偉大人物。」[1] 毛姆指出托爾斯泰歷史觀的偏見，是正確的。很明顯，這種歷史偏見，終於導致他審美觀念的偏頗，他未能客觀地把拿破崙看成是一個偉大的歷史人物，而把他看成是一個歷史小丑，完全排除拿破崙的崇高性格，用單一的滑稽

1 陳桑編：《歐美作家論列夫・托爾斯泰》，第二五九頁，中國社會科學出版社，一九八三年版。

性格，代替崇高性格與滑稽性格的二重組合。這樣，作為文學形象的拿破崙的性格就缺乏豐富的歷史內涵、哲學內涵和心理內涵，缺乏足夠的審美價值。這實在是托爾斯泰在藝術上的美中不足。

與拿破崙這種單一的滑稽性格相反，我國的《三國演義》在某種程度上則把諸葛亮寫成較單一的崇高性格。這是從總體上説的。如果從局部上説，與諸葛亮的崇高性格因素同時存在的還有秀美性格因素，即陰柔的因素，關於這點，我們留待本章第五節再詳述。但從總體上加以觀照，我們仍嫌諸葛亮的性格過於崇高。大約是作者太愛這位神機妙算的統帥，不願意破壞自己完美無瑕的理想英雄，因此，也不願意把諸葛亮天性中一些難免帶有普通人特點的性格因素表現出來，當然，不能要求諸葛亮也一定要像庫圖佐夫那樣氣得在地上打滾，但是他必定也有某種與崇高對立的其他活生生的性格因素，如果這些因素能在恰當的位置上表現出來，就不會形成魯迅先生所批評的「狀諸葛之多智而近妖」的弱點，而將會把人物形象推向更高的審美價值層次。

第四節　浪漫性的崇高與怪誕

和崇高——滑稽這種二重組合形態相近的組合形態，是崇高與怪誕的二重組合。這種形態的組合，在現實主義文學中是不存在的。現實主義美學體系中，一般地說，不允許怪誕性格因素的存在，因為怪誕性格總是帶有超現實的特點。因此，同一人物性格內部崇高因素與怪誕因素的組合方式，主要是發生在浪漫主義藝術中。它不像崇高與滑稽的組合方式，既可存在於浪漫主義藝術中，也可存在於現實主義藝術中，它只可存在於浪漫主義藝術中。

怪誕，與滑稽一樣，也是喜劇性的一種構成因素。但它是滑稽的極端化，是滑稽的極度誇張形式。因此，它表現得更為畸形、可怕、尖銳。由於這一特點，它在與崇高發生對照時，往往也使崇高顯得更為突出，更為尖銳。關於怪誕這一美學範疇的本質，斯坦尼斯拉夫斯基有一個很好的說明，他說：「真正的怪誕是賦予豐富的包羅萬象的內在內容以極鮮明的外部形式，並加以大膽的合理化，而達到高度誇張的境地。不僅應該感覺和體驗到人的熱情的一切組成元素，還應該把它們的表現加以凝聚，使他們變成最顯而易見的，在表現力上是不可抗拒的，大膽而果敢的，像諷刺畫似的。怪誕不能是不可理解的，帶問號的。怪誕應該顯得極為清楚明確。」[1]他強調的是怪誕雖然誇張，但仍要合理。所謂合理，就是怪誕儘管是一種現實的變形，但仍然要求有內在的現實精神和現實內容。那種缺乏現實精神和現實內容的怪誕，那種「虛有其表的、憑空臆造的怪誕的巨大的像吹得鼓鼓的肥皂泡一般膨脹，也像肥皂泡般完全缺乏內在內容的形式」，就像「不帶餡的餡餅，沒有酒的酒瓶，沒有靈魂的軀殼」[2]。這不是真正的美學意義上的怪誕。因此，斯坦尼斯拉夫斯基認為，在談怪誕的時候，一定要「分辨真正的怪誕和僅為掩蓋其空虛的心靈及無法施展的江湖藝人的身軀而穿着騙人的小丑戲裝所玩的花招」[3]。

關於崇高與怪誕的組合，雨果在《〈克倫威爾〉序》中明確地提出來，他在論述崇高與滑稽互相組合時，就總是把滑稽與「醜怪」連在一起談，他說「滑稽醜怪作為崇高優美的配角和對照，要算是大自然給予藝術的最豐富的源泉」。「滑稽醜怪」，包括「滑稽」與「怪誕」兩個美學範疇。他說：「在近

1 斯坦尼斯拉夫斯基：《斯坦尼斯拉夫斯基論文講演談話書信集》，第二七九頁，中國電影出版社，一九八一年版。
2 同上，第二八零頁。
3 同上，第二八一頁。

代人的思想裏，滑稽醜怪都具有廣泛的作用。它無處不在；一方面，它創造了畸形與可怕；另一方面，創造了可笑與滑稽。」這兩個方面，前一個方面就是怪誕，後一個方面就是滑稽。

在雨果之前，黑格爾在《美學》中也探討過藝術中崇高因素與怪誕因素的組合問題，但他把崇高與怪誕的混合看成是較低級的藝術。他認為這是人類歷史最早出現的不成熟的藝術的表現，而且又突出地表現在東方藝術上。這種象徵型藝術一般具有崇高的性格。黑格爾認為，當時的人類，也是要把理念體現為一定的藝術形象，但是這種理念本身還是未能找到它所需要的個別形式，因此，理念本身還是漫無邊際的、未被定性的，它還無法從具體現象中找到定性的形式，以完全恰當地表現出這種抽象的普遍的內涵。就是說，它本身仍然是欠缺的、不真實的肯定。這樣，理念就越出它的外在形象，不能與形象完全恰當地融為一體，二者之間只能構成抽象性關係。這種理念一方面越出有限事物的形象，表現出崇高的一般性格，另一方面，又因為它不能與形象完全恰當地結合，結果將自然的外形和自然的現象無限誇張，以至扭曲自然的形狀而背離真實，結果不論外形怎樣巨大都不能使現象升高到理念的水平，有如醉漢東搖西擺。他認為，某個時期的印度藝術就是這樣。他說，印度藝術「只是人與自然這兩個因素的怪誕的混合，結果這兩個因素都沒有得到正當的權利，每方都對對方起了歪曲的作用」[1]。他還批評這種印度藝術在表現自己關於神和宇宙的抽象觀念時，把感觀形式無限誇大，以至編出英譯者不好意思譯出的濕婆和烏瑪交媾一次達一百年之久的故事，以及製造千手千眼佛像這種把形式複雜化的反自然的藝術現象，黑格爾認為，像印度這種表現崇高的藝術，不是真正的崇高。他說：「我們既不能把這種誇大看

1 黑格爾：《美學》，第二卷，第五四頁。

作是真正象徵的和崇高的，也不能把它看作是真正美的。它固然也有許多優點：主要是在單就人而描寫人方面，其中很多的溫柔和藹的人物，許多可喜的圖景和恩愛的情緒，最鮮明的自然描繪以及愛情與純潔天真的最動人的最孩子氣的特質，而同時也寫出許多偉大和高貴的東西；但是另一方面，涉及普遍的基本的意義處，它總不免把精神性的東西寫成完全感性的，讓最枯燥的和最高尚的東西混在一起，把事物的定性消滅掉，使崇高變成僅僅是沒有界限的，使凡是屬於神話體系的東西大半只是一種動盪不寧的漫無節制的想像力和缺乏知解力的創造形象的才能所產生的妄誕離奇的產品。」[1] 黑格爾從「美是理念的感性顯現」這一基本觀念出發，從理念內容與它所展現的感性形式之間的矛盾來論述崇高與怪誕的混合，指出怪誕乃是感性外形被無限誇大的超自然或神秘勢力所佔有的畸形現象。因此，怪誕乃是一種粗野的形式。

然而，怪誕這種美學範疇，並非像黑格爾所說的，一定是原始的、粗野的形式，在現代藝術中，它仍然是一種具有喜劇性審美價值的形式，正如喜劇可以與悲劇相結合，怪誕這種尖銳的喜劇因素同樣可以與崇高因素相結合。事實上，在浪漫主義藝術中，藝術形象的玄妙幻想性就是怪誕形式。只要藝術形象的內容具備現實主義的明確目的性，這種尖銳的喜劇形式完全可以取得藝術的成功。例如拉伯雷的諷刺長篇小說《卡岡都亞和龐大固埃》，薩爾蒂科夫—謝德林的《一個城市的歷史》和斯威夫特的《格列弗遊記》。在現代西方戲劇中，尤奈斯庫、貝克特等也用怪誕的喜劇形式寫悲劇和塑造人物形象，並取得了公認的成就。

1 黑格爾：《美學》，第二卷，第五二頁。

魯迅《故事新編》中寫得最好的，而且是用浪漫主義手法寫作的《鑄劍》，就塑造了黑色義士晏之敖這樣一個崇高而怪誕的復仇英雄。這個英雄的性格就是崇高因素與怪誕因素組合起來的（這種怪誕，是肯定性滑稽的變形和尖銳化）。他的性格的主要因素是崇高的。他不是一般的、以義氣為道德旗幟的俠客，而是不畏任何強暴、勇於為被壓迫者復仇的猛士，自覺地為民請命、反抗專制的英雄。他對眉間尺說：「我一向認識你的父親，也如一向認識你一樣。但我要報仇，卻並不為此。」「你的就是我的；他也就是我。」他把替被壓迫者報仇的事業作為自己的自覺要求和神聖的天職，而不是報答個人的私情。他表面上很冷，像青冷而鋒利的寶劍，而內心卻很熱，渾身都在燃燒着正義的火焰。他用冷靜的理性與強暴鬥爭，設置一個讓國王在鼎邊呆看「異術」的復仇機會，然後當機立斷地拿出寶劍輕輕一擊，把國王的頭顱砍入鼎中。當眉間尺的頭與國王的頭進行驚心動魄的搏鬥而處於劣勢時，他又毅然地舉起寶劍，削下自己的頭顱，投入熱湯沸騰的、生死鏖戰的戰場。然後以一種奇特的韌性，緊緊咬住國王的頭不放，直至致敵於死命。他的性格在與強敵的拼搏中昇華，顯示出巨大的智慧力量和意志力量，令人驚嘆他的崇高精神。晏之敖如此崇高，卻不會使人感到他是神，也不會使人感到他是一種復仇理念的化身。他的性格獨特而有立體感，原因就在於他的崇高性格中巧妙地放入一種怪誕的性格因素。他的行為是超常的、怪誕的。為了替眉間尺伸張正義，他向眉間尺借用兩件東西，一件是寶劍，一件竟是眉間尺的頭顱。他用各種聲音唱出來的，那種使人困惑、使人戰慄的歌曲，每一首都充滿着正義感和怪誕感。他的怪誕是對強暴的敵人最高的嘲弄和蔑視，它使崇高性格帶上更奇特、更尖銳，同時也是更樂觀的色彩，使正義的復仇精神帶上了更悲壯的力量。在《故事新編》中，《鑄劍》是寫得最有特色的。這是魯迅運用浪漫主義手法進行的一次大膽的藝術創造，而且是非常成功的創造。魯迅自己也很滿意，他在致增田涉的信中說：「《故事新編》中的《鑄劍》，確是寫得較為認真。……在《鑄劍》裏，我以為沒有甚麼難懂的地方。但要注意的，是那裏面的歌，意思都不明顯，因為是奇怪的人和頭顱唱出來的歌，我們這種普通人是難以理解的。第三首歌，確是偉麗雄壯，但『堂哉皇哉兮噯噯唷』中的『噯噯唷』，是用在猥褻小調的聲音。」[1] 魯迅承認他所寫的人是「奇怪」的人，即帶有怪誕性質。但他們的心靈，不管是晏之敖還是眉間尺，又都是崇高的，因此，從他們心靈迸射出來的歌，也是「偉麗雄壯」的。晏之敖和眉間尺這兩個英雄形象，是理想型的典型性格，是誇張的、超現實的形象，但又有強烈的現實精神和改造現實的精神，因此，我們感到形象的豐富而不會感到他們是「不帶餡的餡餅」。

《西遊記》中的孫悟空形象，所以被人們所喜愛，而且具有經久不衰的審美價值，其重要原因之一也在於這個形象的性格，是崇高因素與怪誕因素二重組合成的性格。由於這兩種因素的互相交織和互相轉換，使得孫悟空的性格內容的現實性與幻想性交織生輝。孫悟空的性格無疑帶有強烈的崇高因素，他具有無窮的力量，無窮的本領，以至敢於向最神聖的權威——玉帝挑戰，真不愧為「齊天大聖」。但是，他這種崇高內容又是通過外表的玄妙幻想性表現出來的。他的外表是古怪的，他的行為是無限誇張的，充滿神奇色彩的。他對玉帝的蔑視，對太上老君的愚弄，對王母開的玩笑，對一切神仙妖魔的挑戰，都超越滑稽的範圍，表現出一種極尖銳的怪誕形式。孫悟空的性格，正是因為具有怪誕的因素，所以成為非常獨特的個性。他不同於如來佛、南海觀音等神的形象，神的形象都是單一的崇高，都是一種完全淘汰了人的氣息的崇高和靜穆；他又不同魔的形象，因為在他身上又存在一種人的崇高的因素。在孫悟空

1　魯迅：《魯迅書信集》，下卷，第一二四六——一二四七頁，人民文學出版社，一九七六年版。

的性格中，由於具有與崇高因素相對照的怪誕因素，孫悟空的性格便顯得更加豐富。

魯迅說，《西遊記》中的「神魔皆有人情，精魅亦通世故，而玩世不恭之意寓焉」[1]。魯迅舉了孫悟空大敗於金兜洞兕怪，失掉金箍棒，因謁玉帝，乞求發兵收剿一節，說明《西遊記》表現了孫悟空的人情美。孫悟空在失敗之後，為了救師父，不得不謙恭地請求過去並不看在眼裏的「玉帝老兒」，「伏乞天尊垂慈洞鑒，降旨查勘凶星，發兵收剿妖魔，老孫不勝戰慄屏營之至。」在旁邊的葛仙翁取笑他說：「猴子是何前倨後恭？」行者道：「不敢不敢。不是甚前倨後恭，老孫於今是沒棒弄了。」這裏表現出孫悟空的愛師的人性，也表現出孫悟空身上的「人」的局限性，而這正是孫悟空性格中，與崇高因素相對立的滑稽因素，這兩種因素的組合使孫悟空的性格顯得更加豐富。而孫悟空的性格中除了滑稽的因素，更多的是滑稽的尖銳化，刁頑的尖銳化，這就形成了性格中的「怪誕」因素。林語堂在分析孫悟空的形象時說：「最可愛最受歡迎的角色，當然是孫悟空，他代表人類的頑皮心理，永遠在嘗試着不可能的事業。他吃了天宮中的禁果，一顆蟠桃，有如夏娃吃了埃第樂園中的禁果，一顆蘋果，乃被鐵鍊鎖禁於岩石之下受五百年的長期處罰，有如盜了天火而被鎖禁的普羅米修斯。適值刑期屆滿，由玄奘來開脫了鎖鏈而釋放了他，於是他便投拜玄奘為師，擔任伴護西行的職務，一路上跟無數妖魔鬼怪奮力廝打戰鬥，以圖立功贖罪，但其惡作劇的根性終是存留着，是以他的行為的現形表象一種刁悍難馭的人性與聖哲行為的爭鬥。」[2] 孫悟空這個形象所以會成功，確實是作者並沒有把他寫成神的形象或魔的形象，而是寫成一種具有動物外殼的而又兼有神性與魔性的人的形象的緣故。他的性格，既有「聖哲」性的崇高，

1 《中國小說史略》，見《魯迅全集》，第一版，第九卷，第一六五頁。
2 林語堂：《吾國與吾民》，第二四四頁，遠景出版社，一九七四年版。

又有「人性」的滑稽和怪誕。他的崇高可與夏娃、普羅米修斯相比，而他的「刁頑」又是完全奇特的，他甚至可以化作蚊子鑽入鐵扇公主的肚子裏，叫具有強大本領的妖魔受不了。而對待神仙，他也總是用怪誕的方式開他們的玩笑。這樣，在孫悟空的性格中就構成一種崇高因素與怪誕因素的二重組合。與孫悟空比較，沙僧的性格就缺乏二重組合形式，他只是理念的符號。

還有像《聊齋志異》中的《嘉平公子》，塑造了兩個可以說是怪誕的形象，一個是外表溫文爾雅極使人愛慕，而內裏荒蕪、沒有半點墨水的嘉平公子，一個則是有膽有識有情的鬼妓溫姬。後一個形象的性格，就是崇高因素與怪誕因素的組合。她是一個拋卻世俗觀念、大膽追求自由的女性，她仰慕嘉平公子的風流儀表，判定他是世家文人，便蒙羞自薦，向公子求愛。公子答應後，往來既頻，僕輩皆知；有一天公子的姐夫揭穿她乃是個死鬼。當嘉平公子問她時，她不僅不慌張，而且坦然地說：「誠然，顧君欲得美女子，妾亦欲得美丈夫。各遂所願足矣，人鬼何論焉？」嘉平公子覺得有理，戀情繼續下去，不管公子父母怎樣告誡，怎樣擔憂，終於也沒有辦法把溫姬驅走。有一天，溫姬偶然看到嘉平公子的「諭僕帖」，中間竟然錯謬連篇，「椒」寫成「菽」，「姜」寫成「江」，「可恨」寫為「可浪」，溫姬終於看出嘉平公子風流外表裏包藏的是空虛的靈魂，大失所望，於是，就在帖後寫道：「何事『可浪』？『花菽生江』。有婿如此，不如為娼。」並自嘲說：「以貌取人，乃為天下笑矣。」溫姬是極有個性的，她的所作所為，都大膽地背逆世俗觀念，她的蒙羞自薦，她被揭發出鬼身份後的大膽表白，她對嘉平公子追求的突然逆轉，都反映出她內心有一種抗拒世俗的強大的力，表現出崇高。同時她的這一切又表現為非常奇特、非常尖銳的滑稽形式，以至簡直使人感到離奇古怪，因此，她的性格又有怪誕的一面，正是這二重因素的組合，溫姬成了一個很獨特的女性形象。

在文學藝術中，「怪誕」是一種變形。像無常、晏之敖、孫悟空、溫姬等形象，都帶着神鬼的外殼，但是，他們的性格內涵都有現實的明確性，都有人的生命和情感。因此，他們又不同於神的純崇高與魔的純怪誕。神是一種絕對超越，它超越一切之上而永遠不滅、無處不生。因此，神帶全知全能性，無所不知，無所不能，而且「知」和「能」對於神來說是完全同一的。所以神表現為無限的崇高，純粹的崇高。像晏之敖、無常這種性格，都不是神的全知全能。晏之敖必須削下自己的頭，才能戰勝國王的頭。無常的人道行為則受到閻王的責罰。孫悟空也沒有自由，他被緊箍咒所限制，而且他還有許多難以戰勝的磨難，他還必須求助於神，他們都表現出人的局限性，而惟其如此，他們的情感便和人的情感相通，使人產生共鳴。而我國當代曾經出現的「無不超絕」的英雄，往往帶有萬能的武器，即階級鬥爭之「弦」，這根「弦」，一抓就靈。這就是一種超絕一切的形式，它沒有生命，而且也無須生命，結果卻使人物變成了玩偶。

「怪誕」因素可以與崇高因素組合，也可以與非崇高性質的一般的悲劇性格因素組合。例如迪倫馬特的《貴婦還鄉》中的主人公，女億萬富翁克萊爾．察哈納西安的性格，就是一種悲劇性格因素與喜劇性格因素的組合，而她的喜劇性因素，又是一種極誇張、極畸形的喜劇因素，即「怪誕」的因素。克萊爾的怪誕性格是很明顯的，僅僅在她回鄉後拿出十億鎊為她自己「買得公道」——殺死她年輕時的情人阿爾弗雷德．伊爾這一行為，就夠「怪誕」的，而其他行為，用金錢獲得一個又一個有地位、有名聲的丈夫等等，也都充份地表現出她的怪誕性格。迪倫馬特在《作者後記》中談到這個人物時說：「只有那個老太太的確是個惡棍。」並說：「克萊爾．察哈納西安既不代表正義，也不代表馬歇爾計劃，甚至也不代表甚麼上天的啟示，簡簡單單一句話，她就是她，世界上最有錢的一個女人。由於她有那麼多錢，所以她能像希臘悲劇中的女主人公一樣行動，專橫跋扈，不顧一切，幾乎有些像美狄亞。她可以甚麼都不在乎。」又說：「儘管她始終置身於人類之外，她卻已經變成了一個完全僵化、無法改移的人物，她本身已不可能再有任何發展，因而她等於是已用一個石頭模子鑄定，她自己實際也就代表一個石頭偶像。」克萊爾像美狄亞殺死自己親生兒子一樣，執意要殺死自己年輕時的情人伊爾，在這一點上她們是相似的，但是，克萊爾卻是用一種極怪誕的方式來實現她的復仇計劃的，在這一點上，她又表現出美狄亞所沒有的怪誕性格。這裏，重要的問題不是「做甚麼」，而是「怎樣做」，克萊爾的行為方式是一種最大膽、最誇張的行為方式，這一點構成她與其他人物無法重複的個性。克萊爾這種怪誕的凶狠行為以及她愚弄世界、報復世界，要把世界也變成大妓院的瘋狂，充份地表現出她的惡和醜，但是，非常奇怪的是，這個形象並不像作者自己所說的，只是一尊石頭偶像，她仍然可以使我們體驗到包含在她身上的現實內容。

克萊爾的形象並不會使我們感到她是一個內容空虛的做戲的小丑，而感到她的性格的現實性和具體性。這裏的關鍵，是在她的怪誕性格中還包含着她的悲劇性格因素。這種悲劇性格的根源來自兩個方面：（1）她自身曾經有過悲劇的命運。她在青年時代與伊爾戀愛，但懷孕後卻被遺棄，她終於蒙冤流落他鄉淪為妓女。她暗暗發誓：「有一天我還要回來的。」（2）在無情報復過程中，在毀滅人性的過程中又常有人性的反光。這就是在克萊爾即將提出捐款條件之前，她和伊爾一起重遊舊地，對着這裏的樹林，克萊爾對伊爾說：「這就是刻着咱們名字的那顆紅心，阿爾弗雷德。差不多已經慢慢被磨掉，兩個名字愈離愈遠了。這樹已經長得很大了。樹幹和樹林已經比從前粗了很多。正如我們自己一樣。」這些在克萊爾身上已經死亡了的感情重新反光，是真實的。這種因素都帶有悲劇性，它說明，克萊爾的靈魂，並非生來就是惡的，也並不是在對社會進行報復時已經滅絕了人性，相反，她曾經也是善的，而且在她的靈魂的底層，仍然有尚未最後死亡的善的灰燼，這些灰燼有時還會放出人性的溫熱。正因為這樣，我們不會感到克萊爾是惡的觀念的化身，是簡單的惡的容器，因此，對她並不會「深惡痛絕」，反而在某種程度上同情她，感到她既可笑又可悲，既可厭惡，又可同情。這種美感的二重性，又正是來自人物形象性格本身的二重性。

在浪漫主義藝術中的性格二重組合，有自己的特殊形態，但也有根本弱點，這就是這種組合往往很難進入人的性格的深層結構，這個問題還有待於進一步探討。

第五節　崇高與秀美等因素的組合

崇高性格因素除了與滑稽性格因素可以組合之外，還可以和秀美性格因素組合。

崇高與秀美的組合，用我國通常使用的語言，就是陽剛與陰柔的組合。這種組合形態，還有許多變形，有些無比勇武的英雄也帶有很濃厚的情感，有些剛直無私的法官也常常帶有高度的同情心，有些魯莽粗豪的綠林豪傑，也有細微的思索，有些溫柔的、充滿着愛的女性也會作出人們意想不到的剛烈行為等，這些都屬於崇高因素與秀美因素的組合。

像《三國演義》中的諸葛亮，從整體來說，他的智慧被過於突出，但是，他的「揮淚斬馬謖」，卻寫得十分動人。這段故事使我們看到諸葛亮性格中一些豐富、深邃的東西。在與司馬懿的嚴重鬥爭中，諸葛亮洞察到街亭戰略位置的極端重要性，預見到馬謖的弱點而派陳平去扶助等等，都表現出他作為一個偉大統帥的崇高性格。但是，在這一戰役中，他選擇重用馬謖這個關鍵點發生錯誤，於是陷入失敗，失去街亭。他按照軍令決定斬馬謖，但在作出這種決定時他流下了眼淚，而且安撫馬謖的家屬。這種細節和行為，透露了諸葛亮的人性，這是諸葛亮性格中秀美的部份。

《水滸傳》中的李逵，他的性格中的崇高因素使他成為一個可愛的英雄，他比水滸英雄群中的任何一個英雄都對統治者表現出更深的仇恨，並實行更無情的決裂，他根本聽不得「招安」這種軟弱的呻吟，他天不怕地不怕，在最劇烈的戰鬥中總是充當急先鋒的角色。這個形象在讀者心中總是產生一種力的美，崇高的美。《水滸傳》寫得最使人難忘的是他返回故鄉接母親的那一段故事，他在路上竟然遇到一個自稱「李逵」的攔路搶劫者，這是非常滑稽的。按照李逵那種「排頭砍去」的性格，對這個冒名行劫的人，本來是非一刀砍去不可的。但是，冒名的李鬼卻編造了自己家中有一老母的鬼話來騙李逵，一打着母親的神聖名義，馬上觸動這個千里尋母的豪傑之心。他不僅不殺李鬼，而且贈給他一些銀子，讓他回去好好供奉母親。直到他發現自己上當時，才無情地殺了這個江湖騙子。這段故事，與黑格爾所分析的希臘英雄阿喀琉斯差不多，阿喀琉斯的性格，也是崇高與秀美的組合。黑格爾分析阿喀琉斯的性格時說，在荷馬的作品裏，每一個英雄都是許多性格特徵的充滿生氣的總和。阿喀琉斯是個最年輕的英雄，他一方面有年輕人的力量，但是另一方面也有人的一些其他品質，荷馬借種種不同的情境把他的這種多方面的性格都揭示出來了。他一方面是個最漂亮最暴躁的少年，既會跑，又勇敢，可是另一方面他也很尊敬老年人。他所信任的僕人，忠實的腓尼克斯躺在他的腳旁，在帕特羅克洛斯的喪禮中他對老人涅斯托表示最崇高的敬禮；但是對於敵人，他也容易發火，脾氣暴躁，愛報復，非常兇惡，例如他把赫克托爾的屍體綁在他的車後，繞着特洛伊城拖了三個圈子，但是赫克托爾的父親、老普里阿摩斯來到他的營帳時，他的心腸就軟下來了，他暗地裏想到自己的老父親，就伸出手來給哭泣的老國王去握，儘管這老國王的兒子是他親手殺了的。黑格爾評論說，荷馬筆下的人物，就是這樣，每個人都是一個整體，本身就是一個世界，每個人都是一個完滿的有生氣的人，而不是某種孤立的性格特徵的寓言式的抽象品。阿喀琉斯的多種性格元素，如暴躁、凶狠、報復心強、重感情等等，都是崇高與秀美兩極的表現，也可以說是陽剛性格與陰柔性格兩極的表現。他的英勇善戰、無所畏懼、無比凶狠，都與李逵的性格相似，表現出崇高的一面，而他又是那樣愛自己的母親、父親，當仇敵赫克托爾的父親來到他的營帳，他的心軟了下來，因為他暗地想起自己的老父親，這與李逵想起自己的老母親而寬恕李鬼，在感情方式上是相同的。這正是他們性格中陰柔的一面，即秀美的一面。由於這種互相對立的不同的性格元素組合於一個人物的性格世界之中，這個性格世界便顯得生氣勃勃。

而《水滸傳》中的另一個英雄魯智深之所以成為魯智深，也是因為他有自己的個性。這種個性又是來源於他性格中陽剛因素與陰柔因素的組合。他的陰柔有自己獨特的表現，這就是他的機智和精細。而李逵往往只是魯莽，而魯智深雖然也有魯莽，卻還有李逵所沒有的謹慎。金聖歎對魯智深性格的評點中未能深入到魯智深性格的深處，是我們今天應當加以補充的。例如魯智深打人，在打人的行為中，既表現出魯智深的勇敢、正直、魯莽，但也表現出他的機智、精細、聰明，有後一種性格元素，魯智深的性格才有自身獨特的結構，才成為成功的藝術典型。金聖歎在批點魯智深的打人時，只注意到他的「闊綽」，這是遠遠不夠的。在《水滸傳》第三回中，魯智深打鄭屠確實描寫得很精彩。於是，金聖歎作了這樣的評點：「一路魯達文中，皆用『只一掌』，『只一拳』，『只一腳』，寫魯達闊綽，打人亦打得闊綽。」但是，打得闊綽，只是魯智深性格的表象，即性格中容易被了解的一面，這一面可以說與其他魯莽英雄如李逵、武松等沒有太大差別。李逵打人，何嘗不是打得很闊綽呢？施耐庵在塑造魯智深性格中，還有更高明之處，就是寫出魯智深性格結構中的另一面，這就是他的機智，即李逵所沒有的一面。魯智深打死了鄭屠之後，施耐庵接着寫：「魯達看時，只見鄭屠挺在地下，口裏只有出的氣，沒了入的氣，動彈不得。魯提轄假意道：『你這廝詐死，洒家再打。』只見皮漸漸的變了，魯達尋思道：『俺只指望痛打這廝一頓，不想三拳真的打死了他。洒家須吃官司，又沒人送飯，不如及早撒開。』拔步便走，回頭指着鄭屠屍道：『你詐死，洒家和你慢慢理會。』一頭罵，一頭大踏步去了。街坊鄰舍並鄭屠的火家，誰敢向前來攔他。……魯提轄回到下處，急急捲了些衣服盤纏，細軟銀兩，但是舊衣粗重都棄了。提了一條齊眉短棒，奔出南門，一道煙走了。」魯智深的性格，不僅表現在痛打鄭屠的過程中，而且表現在打死鄭屠的事件發生後的自我解脫中。他是用「你這廝詐死……」來迷惑觀眾而後自己一溜煙而走的，這種巧妙的自我解脫把魯智深魯莽中的機智、勇猛中的謹慎寫了出來，這樣，魯智深的性格就擺脫了單一的貧乏，而顯露出二重組合的豐富來。

魯智深這種性格在「倒拔垂楊柳」一節中也表現得非常精彩。倒拔垂楊柳這一行為，就足以表現魯智深的崇高性，但《水滸傳》在表現這一崇高行為的前前後後中，卻把魯智深的性格全面地展示出來。魯智深到大相國寺管菜園子時，對付那二三十個破落戶潑皮所表現出來的對策和態度，是很有意思的。魯智深對待他們很有分寸，可以說是恩威並加，最後完全把他們制服。當那些潑皮假裝慶賀，誘他在糞窖邊想把他推下糞窖去的時候，他一點也不留情，「智深不等他佔身，右腳早起，騰的把李四先踢下糞窖裏去；張三恰待走，智深左腳早起，兩個潑皮都踢在糞窖裏掙扎」，這時候魯智深用的是威，但魯智深所以成為魯智深，還有加威之後懂得對這批刁頑而不幸的人加一點「恩」，給他們生路（這點是李逵做不到的）。於是，當張三李四在糞窖裏求饒的時候，「智深喝道：『你那眾潑皮，快扶那鳥上來，我便饒你眾人。』眾人打一救，攙到葫蘆架邊，臭穢不可近前。智深呵呵大笑道：『兀那蠢物，你且去菜園池子裏洗了來，和你眾人說話』……」之後，魯智深又在他們面前訓話，「休說你這三二十個人直甚麼，便是千軍萬馬隊中，俺敢直殺的入去出來」，之後，又在他們面前倒拔垂楊柳，使這些潑皮「匾匾的伏，每日將酒肉來請智深」。魯智深對待這夥潑皮與對待鄭屠這種惡霸不同，他對他們既憎惡又同情，這說明魯智深並不是那種純粹魯莽的人，而是一個機智的、而且懂得分寸的莽漢。

崇高性格因素還可與鄙俗性格因素進行組合，這種組合使許多人物性格的塑造獲得很大的成功。特別是一些被社會打入最底層的風塵女子的形象，具有高度同情心的作家，在表現她們的性格時，往往努力地表現她們這種性格的二重結構，即努力寫出被人視為沒有人格的崇高人格，在鄙俗的重壓下的高潔的靈魂。這一點中外作家不約而同地這樣做。我國的小說戲劇中也有若干感人的形象，如《二刻拍案驚奇》中的《硬勘案大儒爭閒氣　甘受刑俠女著芳名》一節所寫的嚴蕊，《警世通言》中的《杜十娘怒沉百寶箱》一節所寫的杜薇，都是具有崇高性質的。聶紺弩在《〈聊齋志異〉的思想性舉隅》一文中說：「中國小說戲劇，對於娼妓，多同情其遭際，歌頌其美德，而極少視為淫賤，加以譴責的，如《李娃傳》、《桃花扇》、《玉堂春》、《青樓夢》、《海上花》等等。但寫娼妓人格高大者，莫如《二刻拍案驚奇》的嚴蕊，寧受朱熹的酷刑而死，不招認唐仲友與之有私，使朱熹陷唐之計不逞，故書中稱之為「俠女」[1]與嚴蕊、杜薇相比，《賣油郎獨佔花魁》中的莘瑤琴，儘管她的性格中有一種超勢利的美的、善

1　聶紺弩：《中國古典小說論集》，第二三二頁，上海古籍出版社，一九八一年版。

的因素，但不屬於崇高的範疇。與嚴蕊、杜薇相似，在世界文庫中，倒有一批性格中跳動着崇高脈搏的苦難姐妹，例如法國小仲馬《茶花女》中的瑪格麗特，莫泊桑《羊脂球》中的艾麗薩貝特．魯西，美國《魂斷藍橋》中的瑪拉，她們的性格結構都以崇高與鄙俗這二重因素為基本成份。但是，由於她們所處的歷史環境不同，她們表現出不同的命運和不同的個性。

這幾個人物，她們都帶有很強的悲劇性。她們都有一副天生麗質，但是，被生活所迫，她們都走向賣笑生涯，變成被侮辱、被玩弄的女性。她們用自己的美貌和活力去換取生存的條件，走着最黑暗的腐化墮落的痛苦的路，在一般世人看來，她們是最不值錢的、鄙俗到極點的可憐的生物。她們確實有鄙俗的一面，但是，有眼光的作家卻能看到這種鄙俗包裹着的、處於靈魂深層的東西，這就是她們性格底層中被社會所窒息的、無法生長的崇高的、聖潔的因素。作家發現這些因素，並把它放大給人們看，呼籲人們拯救她們的苦難，拯救她們身上那種正在掙扎的不死的靈魂，於是，我們看到杜十娘在負心漢李甲面前顯得那麼高大，當她指責李甲說：「我櫝中有玉，恨你眼內無珠」，我們感到杜十娘不僅擁有價值無量的金銀寶「玉」，而且擁有一種更可貴的未被風塵所腐蝕的精神上和人格上的「玉」，這種玉在污穢中閃着聖潔的光，可惜渺小的李甲看不見。但它被作家發現了，於是，作家把杜十娘性格中污穢的因素與聖潔的因素組合起來，而且最後聖潔的因素昇華到頂點，產生了非常動人的力量。茶花女瑪格麗特在那一群追逐、玩弄、踐踏她的公爵、伯爵面前，甚至在阿爾芒和阿爾芒父親面前，不也顯得更高大一些嗎？她超越了充塞那個污濁社會的自私、虛偽和醜惡。她讓人們為她流淚，不正是因為在她內心世界中確實也燃燒着一種崇高而聖潔的東西嗎？莫泊桑的《羊脂球》中那個酷愛自己的祖國和鄉土的艾麗薩貝特，她被人們嘲笑為「賣淫婦」，可是，她在馬車上，在那群又要嘲笑她、又要吃她、又要向她求援的貴婦人和其他男男女女面前，又顯得多麼有力量，多麼有良知，多麼有道德啊。當她被花言巧語所哄騙，不得不以自己的苦痛和恥辱換來那一車人的自由時，我們最初為她再次落入鄙俗與污穢的泥坑而悲憤，但是，仔細想想，不正是她，超越了那車上充滿着險惡、無恥與無聊的世界嗎？

我國當代傑出的中篇小說《綠化樹》中的馬纓花，不同於上述這幾個女性形象，她是以自己獨特的性格風貌出現於世界文壇的。她是一個在新的時代裏帶有鄙俗因素的崇高性格。她在嚴酷的艱難的環境中，為了孩子的溫飽，為了自己所愛者靈與肉的復活和崛起，不得不以自己的姿色去敷衍那些擁有小小權力而追逐她的人，以換得一點求生的口糧。這種行為本身就帶有二重性。然而，她與杜十娘和瑪格麗特們不同，她沒有被生活壓垮，她始終是個強者。她在極其艱辛的高山危崖中，始終不屈地攀登着，帶着一種堅定的、粗糙的信念一直向前走。她的靈魂之火不僅照着自己，還照着他人。她的靈魂中有一種強大的、無形的力量，這種力量使她的所愛者的靈魂獲得再生。她的無聲的安魂曲，帶着偉大的旋律，震盪着作品中人物的心靈，也震盪着我們的心靈。這樣一個個性，這樣一個崇高與鄙俗、陽剛與陰柔、文明與野蠻、粗獷與秀美、聖潔與污穢組合而成的性格，不僅是我國現代文學中少有的，而且也是世界文學中的一個很獨特的形象。

崇高性格因素還可以和很平凡的其他性格因素組合成很有獨特個性的形象，甚至可以與慵懶、隨和組成一種很有意思的性格。《約翰．克利斯朵夫》中的薩皮納就是這種形象。這個慵懶的年輕寡婦，在人們心目中並沒有甚麼重要位置，但在克利斯朵夫心目中，一直是一個很崇高的形象，他為她而傾倒，以至在她死後仍然無法磨滅這種崇高的印象。這並不奇怪，在薩皮納身上，確實有一種超越世俗的高雅，她不僅超越了人生的功利境界，而且超越了過時的禮教倫理境界，好像進入一種人生的天地境界。這種境界使克利斯朵夫接近她時，心裏會感到很平靜，很安寧，甚至可以使人從煩惱的磨難中解脫出來，從緊張的心緒中鬆弛下來。她又是那麼坦白純真，當克利斯朵夫問她愛不愛音樂時，她一點也不想討好克利斯朵夫，而坦率地回答說，她對音樂感到厭煩，她根本就不懂得音樂。這使耳朵早已灌滿謊言和讚詞的克利斯朵夫感到震驚，而且被她的坦白心胸所折服。薩皮納這種超越，是對一般道德水準和一般世俗觀念的超越，因此，她就顯得崇高。克利斯朵夫所以那樣熱烈地愛她，正是他透過她的慵懶而發現她的崇高，即發現她的慵懶正是她對市儈式的地獄的一種高度的輕蔑，連眼珠也懶得轉過去看一看的輕蔑。天才的作家，在塑造自己的高貴形象時，總是不拘一格的，他們絕不會被埋葬在一種模式，例如「高大全」的模式中。

第八章

性格組合的實現

第一節　性格的模糊性特徵

人是世界上最複雜的事物，也是文學最基本的表現對象。愈來愈多有見識的作家開始意識到：研究人，研究人的性格以及人的整個內心世界，不斷更新關於人的觀念，不斷體味人的內心世界中更細微的東西，對於提高文學藝術的水平是極為要緊的。我國古代文學理論，有自己獨特的色彩和成就，比如關於「意境」理論，就是一種獨特的創造。但是，對於人的研究，特別是對人的內心世界的研究，卻是一個弱點。我國古代缺少完整的人物典型的理論。新中國成立以來，我們對人以及人的內心世界的研究，仍然是非常薄弱的。

所謂人物性格的二重組合，從性格結構上説，是指具有較高審美價值的藝術典型的性格二極性特徵。從性格表象來看，典型性格是一個包含着豐富性格側面的整體。它類似一個圓球，既不是線性的善惡並列的結構，也不是平面的雙色板。這種道理並不難理解，比如心理學上有所謂情緒的二極性原理，如悲—喜、愛—恨等，但是，由各種情緒因素構成的人的複雜情感狀態則是多維的立體結構，它帶有一定的模糊性。這種情緒，很難用明確的語言概念表達，説不出是悲是喜，是愛是恨。它是一個複雜感受的集合體。

從哲學角度看，所謂二重組合原理是對典型性格的內在矛盾性的抽象概括和通俗表述。藝術實踐證明，要塑造出具有較高審美價值的典型人物，就必須深刻揭示人物性格的內在矛盾性。如果不把握和揭示人物靈魂深處的真實和社會歷史的真實，不把人物性格的內在矛盾性成功地揭示出來，不個性化地把人的本質力量與社會關係的衝突表現出來，就沒有活生生的真實的人，就沒有真正深刻的典型。所謂立體感，所謂多側面，這是人們一致承認的人物典型化的基本要求，但是，立體感和多側面的內在機制卻是人物性格內部的對立統一運動。只有在各種性格因素的對立統一運動中產生的立體感和多側面，才是真正的典型化要求。當我們對那些優秀的人物典型進行抽象的簡化處理之後，我們就發現了性格內部的運動軌跡，發現了矛盾雙方的存在，這樣我們就找到了「二重組合」的表述方式，以此通俗地概括典型性格的內在機制。

有些作家在克服性格單一化的惡劣傾向之後，又發生機械拼湊的傾向，這是一個很值得重視的問題。巴金曾經指出：「為了應付新的需要，有人注意到了優點和缺點，於是在正面人物身上加入一些缺點，在動搖人物身上加入一些優點，總之使得每個人甚至反面人物都帶有『人情味』。但是作品裏面的那些人仍然沒有血色，不像真人。為甚麼呢？我想有一個原因是：除了優點和缺點以外，活人的身上還有別的東西。而那些東西都是單靠訪問所不能了解的。」[1] 顯然，這是為了使我們的性格描寫藝術擺脱機械論影響的一種美學呼籲。

產生機械拼湊的原因，是作家還沒有真正地理解複雜萬分的人，還未了解人的性格世界並不是「優點加缺點」那樣分明，那樣確定。一個活的人，一個真實的人，其性格世界比這種情況不知要複雜多少倍。作為最複雜事物的人的性格世界，其內心圖景，不是用幾筆鮮明的色彩可以描畫清楚的，不是「優點」「缺點」這種具有確定範圍的現實性語言和概念性語言可以概括的。事實上，人的性格世界帶有很

1　巴金：《巴金論創作》，第四九零—四九一頁，上海文藝出版社，一九八三年版。

大的模糊性特徵。

人物性格的二重組合過程，不是一個機械組裝的過程，不是性格元素的疊合與拼湊的過程，而是各種性格元素的一個模糊集合過程。這個過程的有機性和複雜性，這個過程的千姿百態和各種奇觀，也就在於它是一個模糊集合過程。了解人物形象的模糊性，了解人物性格二重組合過程模糊集合的特點，對作家在人物性格塑造中擺脱機械論將產生巨大的積極影響。文學與科學的一個根本區別，也恰恰在於，科學是依靠數字和概念語言來描述的。這種概念性特徵使科學帶有極大的準確性和明確性。而文學是通過審美的語言，即形象、情感、情節等來描述的，它是非概念性的。這種非概念性，便形成文學的模糊性和多義性。這種模糊性和多義性在典型性格世界中表現得特別明顯。可以説，模糊性是藝術形象的本質特點之一，也是人物形象的本質特點之一。巴金所説的，除了優點和缺點以外，活人身上還有別的東西；這種東西，是「優點」、「缺點」這種概念語言所無法言傳的東西，這種東西，正是人身上最豐富的東西，最複雜的東西，最能體現人的本質的東西。所有把活人寫成死人的低劣之作，恰恰是拋棄了這種東西。

人物性格的模糊性，既是構成性格的各種元素不確定性在整體上的總和，又是各種元素不穩定性在整體上的總和。眾多的性格參數形成性格的複雜性，從而也形成性格內涵的不確定性；眾多的變量（性格元素的變動流遷）形成性格的流動性，從而也形成性格的不穩定性。而複雜性與流動性的不斷綜合，便使人的性格運動形成一種極為複雜的動態過程，從而使人物性格不可能獲得科學概念那種精確性。

具體來説，產生人物性格模糊性主要有兩個原因：

（1）構成人物性格整體的各種性格元素本身帶有模糊性。

（2）各種性格元素圍繞性格核心的組合過程是一個模糊集合過程。

性格元素模糊性包括兩層意思：一是構成性格整體的各種性格元素之間往往是不同向的，甚至是彼此矛盾對立的。即一部份性格元素表現為肯定性方向，表現為善，表現為美，表現為真，表現為崇高，表現為聖潔；另一部份性格元素表現為否定性方向，表現為惡，表現為醜，表現為偽，表現為滑稽，表現為鄙俗。這種種雙向性，使一個人的性格表象變得紛紜複雜，使一個人有時像他自己，有時又不像他自己，有時忠實於他自己，有時又背叛他自己；有時表現得很聖潔，有時則表現得很鄙俗；有時表現得很傑出，有時又表現得很平庸；有時顯得很嚴肅，有時顯得很隨便；有時顯得很暴躁，有時又顯得很溫柔。一個吝嗇鬼有時也會顯得很慷慨；一個很認真的人，有時也會很馬虎；一個意志剛強的人，有時也會感傷；一個很懦弱的人，有時也會殺人放火。這就是說，構成性格整體的各種元素往往不能按照同一確定的方向運動，而正是這種非同向發展的各種性格因素，才形成人物性格的模糊性。例如，構成阿Q性格整體的元素是非常複雜繁多的，而這些雜多的性格元素，又表現為雙向性。這種雙向性，有的研究者作了這樣的描述：質樸愚昧又狡黠圓滑，率真任性又正統衛道，自尊自大又自輕自賤，爭強好勝又忍辱屈從，狹隘保守又盲目趨時，排斥異端又嚮往革命，憎惡權勢又趨炎附勢，蠻橫霸道又懦弱卑怯，敏感禁忌又麻木健忘，不滿現狀又安於現狀。[1] 阿Q性格元素一部份表現為肯定性方向，一部份表現為否定性方向。這些元素在自身運動的過程中，互相碰撞，互相交叉，形成複雜的性格表象。這些互相交叉的性格表象，既不完全屬於「正面」，也不完全屬於「反面」，也不能說是屬於「中間」狀態。而且，

1 林興宅：《論阿Q性格系統》，載《魯迅研究》，一九八四年第一期。

許多魯迅研究者對阿Q性格元素的描述，只是道破其眾多性格元素的一部份，事實上並沒有真正展示其性格表象的全部內容，而惟其無法展示其全部內容，才是正常的，因為繁多而極不確定的各種性格元素之間的複雜關係是明確概念難以窮盡的。

性格元素模糊性的另一層意思，則是每一個性格元素內部都帶有二重性，或者說，都包括着正反兩極。同一性格元素，既是A，又不是A，既是這一點，又不是這一點，肯定中包含着否定，否定中包含着肯定。比如阿Q的「要革命」這一性格元素，既表現出被壓迫者的反抗性，又表現為小生產者通過革命佔有私有財產的局限性。「要革命」這一性格元素內部就不是純粹的，並非只有單一的意義。我國著名的翻譯家傅雷曾說：「事情總有正反兩面：追得你太迫切了，你覺得負擔重；追得不緊了，又覺得不夠熱烈。溫柔的人有時會顯得懦弱，剛強了又近乎專制。幻想多了未免不切實際，能幹的管家太太又覺得俗氣。」[1] 這就是說，肯定性的性格元素也包含着否定性的因子，否定性的性格元素也包含着肯定性的因子。因此，性格元素自身的性質不可能完全確定，它處在不同的關係中總是顯示出不同的內容和形式，不斷變化。例如，當一個人在追求真理時，「倔強」的性格元素就表現為肯定性質的「韌性」，而當真理不復存在時還要硬去碰撞，「倔強」元素就轉化為否定性質的「固執」。一個人的勇敢，在某種情況下可表現為見義勇為的善，在某種情況下則又可能表現為不義亦為的惡。李逵的勇猛有時表現出非常可愛的鬥爭精神，但有時則表現為「排頭砍去」的魯莽。節儉，可以表現為珍惜勞動成果的美德，也可以表現為保守和不思進取的惡習。譚嗣同指儉德為惡習，就是指後一種。

1　傅雷：《傅雷家書》，第一四八頁。

性格元素在不同的人身上，在不同的時空位置上，可以表現出很不相同的內涵。這就形成性格元素本身的模糊性。關於性格元素內部這種不確定的、內涵常常發生轉化的現象，我國古代學者早就有所察覺，三世紀初的劉劭在《人物志》中就作過說明。劉劭繼承先秦樸素的唯物主義陰陽五行說，認為「凡有血氣者，莫不含無一以為質，稟陰陽以立性，體五行而著形」[1]。人的本性就是由元氣、陰陽五行所形成的。劉劭關於人性分析的精華部份，是他看到人的性格元素內部都存在着相反相成的陰陽兩極。他看到，任何一個肯定性的性格元素，都包含着否定性的因子，甚至性格元素的長處往往是通過其短處反射出來的。他發現，一個直率的人往往帶有喜歡攻擊別人短處的弱點，一個剛強的人往往帶有過於嚴厲的缺陷，一個具有和藹性格的人往往同時具有懦弱的短處，一個具有耿介性格的人又往往帶上拘謹的毛病。劉劭還指出每一種性格中都包含着正反兩種因素。他把人劃分為十二種類型，每一種類型的性格都有其二重性。他指出，強毅性格的人，「厲直剛毅，材在矯正」，但「失在激訐」；柔順性格的人，「柔順安恕，每在寬容」，但「失在少決」；雄悍性格的人，「雄悍傑健，任在膽烈」，但「失在多忌」；謹慎性格的人，「精良畏慎，善在恭謹」，但「失在多疑」；堅韌性格的人，「強楷堅勁，用在楨幹」，但「失在專固」；善辯性格的人，「論辯理繹，能在釋結」，但「失在流宕」；其他各種性格的人也都有二重性。他說：「普博周給，弘在覆裕，失在溷濁；清介廉潔，節在儉固，失在拘扃；休動磊落，業在攀躋，失在疏越；沉靜機密，精在玄微，失在遲緩；樸露勁盡，質在中誠，失在不微；多智韜情，權在譎略，失在依違。」[2] 劉劭天才地看到了人的性格元素中的辯證內容。由於每一種性格元素都既是A

1 劉劭：《人物志・九徵（一）》，文學古籍刊行社，一九五五年版。
2 同上。

又不是A，既是這點又不是這點，因此，性格元素本身便顯示出模糊性。

造成性格元素自身模糊性還有一個原因，是性格元素的本質往往不是直接袒露着的。它往往被假象包裹着，從而顯現出表裏矛盾、似是而非的情狀，使人們感到難以捉摸。性格的難知，與此有關。劉劭在說明才性鑒別之難時，列舉了七種難以捉摸的似是而非的情況，稱為「七似」。他說：「若乃性不精暢，則流有七似。有漫談陳說，似有流行者。有理少多端，似若博意者。有回說合意，似若贊解者。有處後持長，從眾所安，似能聽斷者。有避難不應，似若有餘，而實不知者。有慕通口解，似悅而不懌者。有因勝情失，窮而稱妙，跌則掎蹠，實求兩解，似理不可屈者。凡此七似，眾人之所惑也。」[1]

性格元素自身肯定內容與否定內容互相包含與互相轉化的現象，一些外國的心理學家也作了詳細的描寫。譬如德國心理學家弗洛姆就對各種性格元素排列過它們正反兩面互相滲透難以分割的內容。他認為構成不同性格傾向的各種性格元素，自身都具有正反互相滲透的二重特性。「接受傾向」性格的肯定性內容與否定性內容對應情況如下：領受——被動、無創意；負責——無主張、平凡；忠實——順從；謙虛——無自尊心；討人喜歡——奉承；可適應——不講理；社交上適應——卑屈、無自信；理想主義——不切實際；敏感——怯懦；彬彬有禮——沒有骨氣；樂觀——自以為是；信任——易欺；仁慈——善感。「剝削傾向」（取得）的性格，正反兩面如下：積極——剝削；能主動——好生事端；能提出要求——自私自利；自重——自大；有衝勁——魯莽；自信——傲慢；有吸引力——善誘惑。「儲積傾向」（保存）的性格正反兩面如下：重實際——無想像力；節儉——吝嗇；謹慎——多疑；保守——

1 劉紹：《人物志·材理（四）》。

冷淡；有耐心——無生氣；慎重——焦慮；堅定、不屈不撓——頑固；沉重——懶惰；臨危鎮定——遲鈍；整齊有序——賣弄學問；有條不紊——固執；忠義——佔有。「市場傾向」（交換）性格，其正反如下：有目的——機會主義；能變化——無定見；有為——幼稚；眼光遠大——渾渾噩噩；虛懷若谷——無原則與價值；善交際——不甘寂寞；重實驗——無準則；不獨斷——主張相對論；有效率——過份積極；好奇——不老練；聰明——理智主義；能適應——無辨別力；寬大——漠不關心；機智——愚蠢；慷慨——浪費。[1] 弗洛姆的這種排列，雖然不都是準確的，但多少反映了人物性格二重性的某些特徵。

性格元素自身，作為一種存在物，它在自己肯定的規定性中同時又包含着否定的規定性，也就是說，它本身就是一個不確定的、隨時都可以發生轉化的矛盾體。如果一種肯定性的性格元素鮮明到極點，這種元素就會越過肯定性的規定，而變成否定性元素，就像節儉性格鮮明到極點之後就變成了吝嗇。正因為性格元素自身的這種特點，所以，作為性格元素集合體的人物性格整體，總是帶上模糊性，並成為一種模糊集合體。

第二節　性格組合的模糊集合過程

在性格結構中，性格元素首先形成性格表象，而在眾多性格元素中又總是有一種性格元素發展成代表性的性格元素，這種性格元素便形成性格核心，並表現出性格的基本特徵。性格的組合過程，就是性

1　弗洛姆：《自我的追尋》第三章「人性與性格」，志文出版社，一九八一年版。

格的各種元素圍繞着性格基本特徵所進行的一種模糊集合過程。各種性格元素與性格核心之間，有一定的聯繫方式，這就是中介。這種中介，使雜多的性格元素與比較單純的性格核心連接起來，構成一個有機統一體。列寧指出：「要真正地認識事物，就必須把握住、研究清楚它的一切方面、一切聯繫和『中介』。」[1]在性格二重組合過程中，了解這種中介是很重要的。只有了解這種中介，才能了解性格的某種元素與其他性格元素的聯繫方式，也才能了解諸多性格元素怎樣導向性格的統一。性格的二極因素，所以不是線性的善惡並列結構和平面雙色板似的機械結構，就在於性格的二極因素之間沒有一條明確的邊界（機械的分割線）。二極因素總是通過一定的聯繫方式（中介）而渾為一體，這種中介使得對立的二極互相滲透以至使二極模糊化，並最終消失其界線。這樣，通過中介的作用，性格二極的機械界線就不復存在，整個性格就成為活生生的有機體，人就成為有血有肉的非概念化、非圖解化的人。別林斯基曾經指出：「有人想把藝術視為智慧的王國，和凡是不屬於嚴格意義上的藝術的東西清楚地隔離開來。然而，這些界線與其說是實際地存在，毋寧說是想像地存在着；至少，我們不能夠用手指，像在地圖上指點國界一樣地把它們指出來。藝術愈接近到它底或一界線，就愈會漸次地消失它底一些本質，而獲得界線那邊的東西底本質，因此，代替界線，卻出現了一片融合雙方面的區域。」[2]別林斯基所說的這種「一片融合雙方面的區域」，也就是「中介」，這對於性格的二重組合是極為重要的。這種「中介」，不是明確的線性邊界，而是搖擺於兩極之間的交錯性地帶，也就是模糊地帶。性格互相矛盾的內容就在這個地帶中互相衝突、互相交融、互相轉化，形成活生生的生命。正是這種模糊性中介，融化了性格組

1 《再論工會、目前局勢及托洛茨基和布哈林的錯誤》，見《列寧選集》，第三版，第四卷，第四一九頁，人民出版社，一九九五年版。

2 別林斯基：《一八四七年俄國文學一瞥》，見《別林斯基選集》，第二卷，第四四一—四四二頁。

合的機械性。總之，有這種中介，人物形象就會成為具有內在血肉的有機體，而不會成為一個拼盤。

性格組合的中介，就是人物性格各種表象背後的心理內涵。我們不妨以賈寶玉為例來觀照一下這種內涵。

賈寶玉的性格核心是叛逆性格，這種叛逆性格的表象卻是非常複雜的。曹雪芹在核心與表象之間找到的中介，是寶玉的兩項最根本的心理特徵，即精神迷惘和對自由的飢渴。這是處於中國資本主義萌芽時代具有自由發展傾向的青年的典型心理特徵。

賈寶玉作為貴族子弟，他的姐姐是皇帝的貴妃，父親是政府官員並且是貴族府第榮國府的最高統治者，而祖母作為家庭的最高權威又特別溺愛他。按照當時的一般情況，他應當是積極進取，沿着仕途的階梯一級一級地往上爬，他應當是充塞着封建的經書所賦予的觀念，但是他的內心卻非常空虛，經常處於徘徊、徬徨、痛苦的折磨之中，經常處於迷惘之中，他的「癡」「呆」「傻」，正是這種迷惘的精神表象，而他的行為又帶着很大程度的「乖張」性。這種乖張行為，也正是他迷惘的外在表現，他的迷惘隨着家族的逐步衰落，特別是他眼下看到一個一個的死亡，一齣一齣傷心慘目的悲劇，迷惘就愈來愈強烈，最後迷惘無法解決，只好在佛的虛無境界中尋找寄託。稱之為寄託，是因為他的精神迷惘已發展到萬念皆滅、萬有皆空的虛無境界。在賈寶玉所處的時代，這種萬有皆空的觀念，正是對現存價值觀念的一種徹底的否定，一種對封建社會所誇耀的一切的徹底否定。迷惘發展到極端，發展到不迷惘而找到歸宿的時候，正是他的叛逆性格發展到極端的時候。

賈寶玉的另一心理特徵，是他的對自由的飢渴。如果說「癡」「傻」是他精神迷惘心理特徵的表現形態，那麼，他被咒罵為「孽障」「魔王」「不肖」「禍胎」等的各種行為，則是他自由飢渴的表現。

他的「乖張」行為和思想，都表現出對自由的飢渴，他在大觀園裏好像在牢籠中，因此當他聽到一段《寄生草》：「赤條條來去無牽掛」，便「喜得拍膝搖頭，稱讚不已」；當他看到被封建專制主義者視為「淫詞穢語」的《西廂記》、《牡丹亭》時，更沉醉於其中，「若看了連飯也不想吃」，覺得這才是「真正好文章」。大觀園圍牆外的東西，總是使他感到新奇，感到嚮往。在童年時代他看到一個真實品格並不太高尚而長得很美的男子秦鐘時，他竟驚嘆「天下竟有這等人物」，並因此使他產生超越家庭牢籠的渴求，他想：「可恨我為甚麼生在這侯門公府之家？若也生在寒儒薄宦之家；早得與他交接，也不枉生了一世。……『富貴』二字，真真把人荼毒了。」他有一種女性崇拜，並有一種奇怪的哲學，他說：「女兒是水做的骨肉，男人是泥做的骨肉。我見了女兒便清爽，見了男子，便覺得濁臭逼人。」他所以在女子面前會產生一種清爽的心理狀態，正是因為他在女子面前覺得自由，感到美和詩意。在當時，男人更多地追求功名利祿，榮華富貴，帶着更濃的世俗觀念，相比之下，女子要乾淨得多，因此像水一樣清澈。他的這種看法在三種意義上反抗了傳統觀念：（1）在封建夫權社會中女子是最無價值的，而寶玉的這種哲學卻顛倒了傳統的價值觀念。（2）在封建社會中，女子也是分等級的，在大觀園的女兒國裏，奴婢雖是女子，但又是奴隸，從來不被當做人，而寶玉卻發現了「人」，發現奴婢是人，而且比主子們更乾淨。（3）在封建社會中，男女本應授受不親，寶玉偏偏喜歡親近女子，這也是大逆不道。總之，寶玉這種人生哲學，正是他尊重人、追求人的自由的表現，正是他心靈中渴望着衝破世俗觀念的表現。他在薛寶釵與林黛玉這兩個絕世美人面前，感情上倒向林黛玉，把林黛玉視為知己，而和寶釵在感情上保持距離，因為薛寶釵總是勸他走仕途之道，而林黛玉從不說這些話，這正滿足了他心靈中對自由的飢渴。他雖然也傾慕過薛寶釵，但不願意因此而給自己的心靈戴上世俗的鎖鏈。他最後出家去當和尚，既是精神迷惘的一種逃路，也是他心靈中自由飢渴的一種暫時的滿足。綜上所述，我們可以看到，在賈寶玉的核心性格——叛逆性格與種種性格表象之間，由於有精神迷惘與自由飢渴這兩種性格特徵作為中介，整個複雜性格便成為一種複雜而有序的生命有機體。這樣，賈寶玉的這兩種性格心理特徵，便成為封建社會中叛逆者心理的典型範式，帶有很大的普遍意義。

人的心理特徵主要表現在人的感情活動上。性格的心理中介，也可以說是性格的情感中介。精神迷惘和自由飢渴歸根結底是一種情感。我們平常所說的人物形象的血肉，其實正是這種情感中介。如果一個人物形象只有各種複雜的性格表象和一個觀念性的性格核心，這種形象就只能是觀念的化身，而不是豐滿的形象。正是這種情感中介，才把各種性格元素和性格核心凝聚成一個有機的性格整體。但這種情感中介自身是極不確定的。人在一種肯定性行為發生的背後，其內心情感活動並不就是單一的肯定性情感，相反，它往往是兩極情感矛盾搏鬥的結果。我們很難對這種情感進行一種正面與反面的分割，很難用概念準確地說明這種情感的內容，或把這種情感簡單地作正面或反面的規範。真正對情感有較深刻體驗的人，都會承認，人的情感內容是最不確定的、最難捉摸的，因此也是最模糊的。古人「剪不斷，理還亂」的感慨，「抽刀斷水水更流」的感嘆，其實都是對情感的不可捉摸性和極其複雜性的最好概括。他們在萬千情絲中覺得理不出一個頭緒，說不出一種像科學概念那樣確定的內涵。他們愈是整理，感情的奔流愈是不可阻止，愈感到自己的情感難以用語言加以描述。這種情況發展到最高狀態，就是沉默。有許多作家詩人就發現沉默是一種高度的情感狀態，即所謂「此時無聲勝有聲」。情感的特徵，正是一種「剪不斷，理還亂」的非常難以確定的特徵。因此，任何情感都不可能去做定量分析，誰也無法測定一個人痛苦與歡樂的份量，只能作「十分痛苦」、「十分悲傷」這種概然性的表述。「問君能有幾多愁，恰似一江春水向東流」的詩句，就卓越地用模糊語言來描述極不確定的悲愁之情，是一種說不出痛苦的痛苦，能用確定的語言說出來的痛苦，不是最大的痛苦。人世間最大的痛苦之也是說不出的愛，能用確定的語言說出來的愛反而不是最深摯的愛。莫名其妙的愛，連自己也意識不到的傾心，才是真正的愛。有些男女，一見鍾情，互相傾慕，問他們為甚麼這樣，卻說不出道理。父母愛自己的子女，並不覺得自己在愛，如果覺得自己在愛，在給孩子「施恩」，那就不是真的愛。魯迅批判封建倫常時說：「倘如舊說，抹煞了『愛』，一味說『恩』，又因此責望報償，那便不但敗壞了父子間的道德，而且也大反於做父母的實際的真情。」[1] 這種愛的情況正如車爾尼雪夫斯基所說的：「當人戀愛一個人的時候，不是把他當做觀念，而是把他當做活的個性，愛他的整個，特別愛這個人身上的沒有法子確定它、叫出它的名稱來的東西。」[2] 情感正因為具有整體性（「愛他的整個」），因此，它不能進行分割，一旦用科學的概念對情感進行分割，這種情感就會消失。波爾從物理——心理學的角度指出：「在內省過程中，明確區分現象的本身和現象的感受是不可能的……如果我們試圖分析自己的情感，我們就將失掉這種情感。」[3] 由於這種不可切割的整體性，因此，情感只能感覺到，而不可能機械分析，不可能原原本本地說出它的來龍去脈，這就形成車爾尼雪夫斯基所說的那種「沒有法子確定它、叫出它的名稱來」的模糊性。

只要我們留心一下，我們就會發現，許多優秀的典型形象，其情感內容都具有這種不確定性。例

1 《我們現在怎樣做父親》，見《魯迅全集》，第一版，第一卷，第一三三頁。
2 車爾尼雪夫斯基：《車爾尼雪夫斯基論文學》，上卷，第五二三—五二四頁。
3 波爾：《原子物理學和人類知識》，第三零頁，商務印書館，一九七八年版。

如，《牛虻》中的教父蒙泰尼里，這個人物的性格所以刻劃得好，就在於作家不是把他寫成宗教觀念的化身。如果僅僅這樣，形象就一目了然，沒有讀者可以補充、可以思考的餘地。蒙泰尼里形象的成功，就在於他不僅是上帝的奴隸，而且是自身情感的奴隸。他固然愛上帝，但也愛、甚至更愛自己的親生兒子亞瑟（牛虻）。他總是處在這兩種愛的矛盾之中，這就形成他內心情感的特殊內容，形成他性格深層結構中的騷動、不安、痛苦和拼搏，也導致他最後的悲劇結局。以往我國一些評論，總是把他先確定為反面人物或反動人物，然後又把他一切不確定的感情簡單地確定為反動感情，把他的親子之愛確定為「虛偽」。其實，如果他的感情果然這樣確定，他的性格就談不上豐富了。恰恰是他的親子之情中交錯着各種各樣的感情內容，恰恰是他那種難以名狀的父愛，難以言說的內心譴責，難以解脫的無限痛苦，才使這個形象充滿着藝術魅力。在感情的天平上，有時他的親子之愛重於上帝之愛，有時則是上帝之愛壓倒親子之愛。他的情感的內在矛盾發展到高峰的時候，就是他心愛的兒子被捕而且將被判處死刑的時候。這時，他面臨着最痛苦、最尖銳的情感抉擇，是拋棄自己的榮譽和上帝，拯救自己的兒子，還是拋棄親子之愛，把親生的兒子獻予上帝的祭壇？他的感情大起大落，矛盾到極點。他的內心的搏鬥，他的靈魂深處沉重的、無淚的嗚咽，連牛虻本人也能察覺到，感受到。這兩種力量總是勢均力敵，誰也征服不了誰，以至他在重大行為面前顯得猶豫不決。「要上帝」還是「要兒子」？面對着這一抉擇，他無能為力，只好把矛盾推給牛虻。他對牛虻說：「如果贊成開軍事法庭，我就殺了你，如果不贊成，我就冒着殺無辜人民的危險。」他只好讓牛虻自己來選擇。蒙泰尼里這種複雜的感情決不是「虛偽」或「反動」兩字所能概括的，它遠不像莫里哀筆下的偽君子似的虛偽那樣明確。蒙泰尼里最後不能拯救被判了死刑的兒子，是殘忍的。這種殘忍是對他的仁慈的嘲弄，從嚴格意義上說，這確實給他的仁慈蒙上了虛偽的色彩，但他的感情又有很多真摯之處，不虛假之處。這些真摯的情感內容是些甚麼呢？一言難盡。總之，蒙泰尼里的感情是二極情感內容以及萬千情感因素的模糊集合體，它帶有很大的朦朧性。它為讀者留下許多可以想像和可以生發的審美空間，不同感情的讀者可以從中獲得不同的感受。

導致人物性格的情感中介的模糊性，除了情感內容的不確定性之外，還有一個重要的原因，就是人物情境的隨機性。所謂「情境」，按照黑格爾的說法，「情境一方面是總的世界情況經過特殊化而具有定性，另一方面它既有這種定性，就是一種推動力，使藝術所要表現的那種內容得到有定性的外現」[1]。在黑格爾看來，決定藝術形象的除了時代總因素外，還有具體的情境，即人物或情節所產生和發展的具體環境。朱光潛先生對黑格爾的「情境」和「情致」這兩個概念作了這樣的解釋，他說，黑格爾把這種「特殊的」揭開衝突、引起動作、顯現性格的「機緣」叫做「情境」（Die Situation）。「情境」是「一般世界情況」具體化成的推動人物行動的客觀環境，可以說是人物行動的「外因」。「一般世界情況」中的「普遍力量」還要在個別人物身上具體化為推動行動的「內因」，即「普遍力量」或人生理想所形成的主觀情緒或人生態度，黑格爾把它叫做「情致」（Pathos）。「情致」就是「存在於人的自我中而充塞滲透到全部心情的那種基本的理性的內容」。這種內容為數不多，就是「戀愛、名譽、光榮、英雄氣質、友誼、親子愛之類的成敗所引起的哀樂」[2]。這種情境對人物性格也起了一定的決定作用。但是，情境本身的「定性」，並不是一種單一的、平板式的狀態，它的本質仍然是一種矛盾對立的活動狀態，仍然是「亦此亦彼」的各種對立因素互相交織、互相轉化的狀態，也就是說，本身帶有很大的隨機性。黑格爾說：

1 黑格爾：《美學》，第一卷，第二五四頁。
2 朱光潛：《朱光潛美學文集》，第四卷，第五二六頁。

「分裂和由分裂來的定性終於形成了情境的本質，因而使情境見出一種衝突，衝突又導致反應動作，這就形成真正動作的出發點和轉化過程。所以情境是本身未動的普遍的世界情況與本身包含着動作和反應動作的具體動作這兩端的中間階段。所以情境兼具前後兩端的性格，把我們從這一端引到另一端。」[1]由於情境兼有前後兩端的特性，本身便帶有很大的不穩定性，因此處於具體情境中的人物性格、人物情感也很不穩定。同一個人，在此一情境中表現出一種性格的情感特性，在彼一情境中又表現出另一種性格的情感特徵。同一個人，今天的哭笑已非昨天的哭笑，今日的悲哀已非昨日的悲哀。感情所以帶有一次性的特點，人世間所以不可能出現兩種絕對相同的情感狀態，就因為人物情境帶有隨機性。有的作家就抓住情境的隨機性出色地表現出人物性格的複雜性。

譬如《雷雨》中的周樸園，就是典型的一例。他對侍萍的感情在不同的情境中就表現出很大的不穩定性。他年輕時，與侍候他的使女侍萍確實有過一段感情，那時的侍萍年輕、聰明、美麗、善良，為他生下兩個兒子。但是後來他終於屈服於封建門第觀念和自己的虛榮心、自私心，把侍萍遺棄了。他的父母要替他娶一個有錢有勢、門當戶對的小姐，逼迫侍萍抱着剛生下三天的孩子，在大年三十之夜，冒着大風雪去跳河，而他竟不反對，他確實背叛了侍萍。這之後，他產生的是一種更為複雜的情感。他編造了一個故事，說他在三十年前，曾經正式地娶過一個姓梅的很賢惠也很規矩的小姐，有一天夜裏，忽然投水自殺了。三十年來，他一直用各種方式表示對這位梅小姐的懷念。他把梅小姐的照片和她過去喜歡用的傢具，不怕麻煩地從南方搬到北方，照原樣擺設着。還規定家人要保留着「梅小姐」在周萍小時候

1　黑格爾：《美學》，第一卷，第二五五頁。

因生病怕風而在熱天不開窗的習慣，還記得四月十八日是梅小姐的生日。他覺得只有這種紀念，才能使他得到安慰。周樸園這種感情內容是很複雜的，不確定的，僅僅用「虛偽」這個概念來表述顯然過於簡單。周樸園處於一種新的特殊情境中，對侍萍懷念的內容實際是模糊的。這裏有朦朧的懺悔，也有淡淡的思懷，但與其說是緬念死者，不如說是為了安慰生者，使自己犯罪的靈魂得以安寧，傾斜的心理得到平衡。這種感情似乎是以他人為本位，又似乎是以個人為本位；似乎真實，又似乎不真實；似乎是真實的良心自我譴責，似乎又是虛假的道德自我完善；似乎是敬重死者，又似乎是利用死者。周樸園這種感情在另一情境又發生新的變化。當侍萍為了女兒四鳳來到周公館的時候，他的感情又突然處於新的位置上。他感到突兀，感到驚愕，他的靈魂一下子被置於十字路口，置於審判台上。他簡直發呆了。這時，他的感情進入更複雜的階段，他不敢承認侍萍，為了維持自己的面子和「體面」的家庭，他不能承認侍萍，但是各種矛盾都把他逼向更尖銳的困境。蘩漪為了贏得自身的愛情，拉着四鳳向周樸園說「這是你的媳婦」，又指着侍萍要周樸園「認識認識這位太太」，又要周萍過來「當着你的父親給這個媽叩頭」。這時周樸園所處的情境發展到最複雜的程度，於是，他的情感也波動到最複雜的程度。他一方面對侍萍說：「侍萍，你到底還是回來了」，另一方面又要周萍給侍萍跪下，認他的生身母親，並教訓周萍說：「你的生母並沒有死」，「不要以為你同四鳳同母，覺得臉上不好看，你就忘了人倫關係」。此時周樸園的感情，有對自己和侍萍的情感歷史的朦朧的肯定，有對侍萍威脅他的地位的難以説清的憤恨，有對侍萍模糊的同情。這種感情似乎是被迫的，又似乎是自然的；似乎是偶然的，似乎又是不得不然的；似乎是在吞食苦果，又似乎是在吐出苦果；似乎在自我解脱，似乎又在自我埋葬；是悲哀？是同情？是憤恨？是懺悔？是無可奈何？令人難以捉摸，難以確定。一個高明的作家，正是讓自己筆下的形象變成了萬千模糊感情的載體，從而使得人們回味無窮。

情感內容的不確定性與情境的隨機性，使得人的情感不可能做定量分析和邏輯規範。如果用經典數學的方法硬要給感情作精確的定量分析，就從根本上違反了藝術的本質，就會走向藝術的敵對地位。魯迅稱那種用「算盤來算定新詩的樂觀與悲觀」者為「詩歌之敵」，是有道理的。他指出詩歌不能憑仗哲學和智力來認識，一些感情已經冰結的思想家正是這樣認識，所以對於詩人往往有謬誤的判斷和隔膜。陷入這種謬誤最顯著的例子是洛克，他看待作詩，就和看待踢球相同。科學方面的偉大天才巴士凱爾，於詩歌也一點不懂，曾以幾何學者的口吻斷言說：詩者，非有少許穩定者也。而弗洛伊德「專一用解剖刀來分割文藝，冷靜到入了迷，至於不覺得自己的過度的穿鑿附會」。魯迅所舉的這幾個例子，都是用明確的數學邏輯來要求文藝，但是，人的感情本來就是不穩定的、不確定的，它決不是像踢球那樣去求得射門的絕對準確性，也決不能用幾何學的尺度來規範。用最精確的數學方法來要求藝術，反而距離藝術最遠。即要求得愈精確，離藝術的本質、離人物的個性就愈遠，與藝術的敵對性質就愈明顯，愈強烈。我們講一個人性格中具有美醜、善惡、悲喜等二重因素組合並具有不同的比重，但這種比重也只是模糊比重。如果要求作家用經典數學的精密性去表現人的善惡、美醜的精確比重量，那將是極其荒謬的。以往美學家追求的「黃金分割」，在人的情感世界中是不可能存在的。日常生活中所說的對一個人「三七開」、「四六開」，也只能是一個模糊比例，如果作家在創作之前，硬是按照主觀規定的比例尺度去設計自己的人物，就會陷入簡單化的失敗境地。事實上，人的內心世界中的大量模糊現象，是經典數學無法描繪清楚的，用形式邏輯也不可能描繪清楚。企圖用經典數學方法來建立人工智能，企圖創造一種與具有高級智慧的人完全相同的機器人，就像追求永動機那樣，只是一種幻想。

從以上分析，我們可以看到，模糊性正是文學形象極其重要的特徵。以情感為中介的形象思維和以認識為基礎的抽象思維，其根本區別，從一個特殊的角度說，就在於形象思維總是帶有模糊性的特點，而抽象思維卻力求消除模糊性。藝術的魅力，文學形象扣人心弦的力量，恰恰就寓於這種模糊性之中。正如別林斯基所說的：「我們完全同意謝維遼夫君的意見，他說：『令人生畏的東西不能寫得太詳盡；幽靈只有在撲朔迷離的時候，才是可怕的；你如果能看出幽靈是一個黏液質的圓錐體，有着代替腳用的下巴和長在頭頂上的舌頭，那就沒有甚麼可怕了，可怕就變為醜陋了。』」[1] 形象和感情如果成為一種確定的模式，形象特徵一目了然，一切感情都在意料之中，那麼，這種形象就一定是一種膚淺的、蒼白的形象，這種感情就一定是一種枯死的、最乏味的感情，至多也只是一種「有限」的感情。惟有不確定性，才具有無限性，才給讀者提供審美再創造的廣闊空間，即讀者補充、想像和再創造的無限可能性。一切最優秀的藝術典型，如哈姆雷特、阿Q等，所以讓人想不盡、說不盡，讓每一個讀者頭腦中都有一個自己的哈姆雷特、自己的阿Q，就因為這些藝術形象給讀者留下了想像與探究的廣闊空間，這種形象的思想、感情都不是一種確定的模式。我們總是不會忘記林黛玉臨終時的動人情景，她臨死前有千言萬語要說，要向世界傾吐，但她只說了「寶玉，寶玉，你好……」百感交集，但無以形容，這就是萬千複雜感情的一種模糊集合。任何一個學者，如果試圖把這種感情明確化，如果試圖解釋「你好」的內容，不僅是不可能的，而且也是完全多餘的。惟有這種模糊性，才深深地牽動讀者的心靈，才賦予人物性格最迷人的血色。康德曾說過一句很重要的、但比較不被我們所注意的話。他說：「模糊觀念要比明晰

1 別林斯基：《論俄國中篇小說與果戈理君的中篇小說》，見《別林斯基選集》，第一卷，第二零二頁。

觀念更富有表現力。道德。只有把它們弄清楚。思想的助產士。在模糊中能夠產生知性和理性的各種活動。……美應當是不可言傳的東西。我們並不總是能夠用語言表達我們所想的東西。」[1] 這是《康德傳》的作者阿爾森·古留加從康德一七六四年參加徵文比賽的著作草稿中摘出來的一段札記。這段札記所包含的重要思想，正是我們了解藝術表現力以至了解形象思維優越性的關鍵，也是我們了解具有較大美學容量的人物形象何以要帶有某些模糊性特徵的關鍵。

第三節　三種人物類屬的機械劃分及其弊病

由於組成性格整體的各種元素自身帶有模糊性，由於人的性格的情感特徵帶有極大的不確定性與不穩定性，因此，人物性格的二重組合過程就表現為一種模糊集合過程，人物形象也是一種模糊集合體。一些具有較高審美價值的典型性格，就是這種模糊集合體，因此，人們就很難用「好人」「壞人」等明確概念來規範他們，甚至也很難用「正面人物」「反面人物」「中間人物」這種現實語言來規範他們。像薛寶釵、襲人、阿Q、孔乙己、吳蓀甫等許多典型人物，我們就很難說他們是「正面人物」或者「反面人物」。這種情況在文學藝術中是很常見的。因為，正面人物、反面人物、中間人物，都是很大的集合概念。這些概念本來是政治性的普通集合概念。所謂普通集合，是指一事物要麼屬於此集合體，要麼屬於彼集合體，這裏面沒有模稜兩可的情況。從符號學的角度來說，它是政治生活中使用的認識符號，或

1 阿爾森·古留加：《康德傳》，第一一五頁，商務印書館，一九八一年版。

者說是表明一個人政治屬性的認識符號。這種符號有確定的解釋、確定的範疇，都是表達有限的現實屬性，沒有模糊界限。因此，在政治鬥爭與階級鬥爭中可以作正面、反面、中間的明確劃分，在現實的營壘分明的政治鬥爭與階級鬥爭中，紅與白總是分明的（當然，這也只是指一般情況）。但是，這些政治性的認識符號一旦搬入藝術領域，就會發生問題。因為藝術符號（以及其他審美符號）都帶有很大的模糊性特徵，它們沒有確定的解釋、確定的範疇，它表達的是無限的現實屬性。用帶模糊性的藝術形象（符號）表現無限的社會生活內容，恰恰是藝術最根本的特點。文藝界很久以來就談論的「形象大於思想」的命題，基本原理就在於此。因此，我們在使用「正面」、「反面」、「中間」這些政治性的認識符號時，一定要了解，這僅僅是文學批評與文學欣賞中借用的政治性符號，並不是真正的審美符號和藝術符號。決不可用這種政治判斷的符號來代替審美符號和藝術符號，甚至籠統地、機械地要求文學形象符合這些認識符號的要求。硬用現實的普通集合體來取代藝術中的模糊集合體，硬用明確集合體的邏輯排中律籠統地、絕對地、機械地要求模糊集合體，硬把政治鬥爭、階級鬥爭的紅白之分照搬於藝術領域，就必然會把藝術的無限屬性蛻化為有限屬性。這樣，勢必把本來無限豐富的人物形象臉譜化，使文學作品充滿着臉譜化的紅臉與白臉的對立。

有些批評文章，在觀察、批評文學作品的時候，沒有進入審美活動，它們的批評語言，是一些現實語言，或者說是一些一般的認識符號（主要又是政治性的認識符號），這樣，他們就簡單化地用一個統一的、政治的標準來要求文學，不允許文學形象有自己的獨立的個性和無限的豐富性。例如，在我國過去的文學批評中，硬要把薛寶釵劃入反面人物，但總是難以令人信服地解釋薛寶釵的性格內涵，其原因就在於它混淆了政治與藝術的界限，混淆了「政治劃分」與「性格劃分」的界限，混淆了明確集合與模糊集合的界限。在外國文學批評中也有這種現象，例如對安娜·卡列尼娜這個形象的分析，就有人用政治概念和道德概念來批評，用「英雄」「蕩婦」「太太」這種簡單的世俗生活中的認識符號來解釋這個非常豐富的形象，把本來是無限的、深廣的性格內涵確定為非常有限的、極其庸俗的內涵。這種膚淺的機械式的批評自然就糟蹋了安娜這個文學形象。俄國的托爾斯泰研究者格羅梅卡曾反駁這種庸俗的批評，他指出：

> 關於托爾斯泰伯爵的這一完美、充滿生活真實的藝術創造，真可謂眾說紛紜！有些人抬高作者的思想，把安娜捧到與她完全不相稱的理想的俄羅斯婦女的英雄寶座之上；另一些人則走到完全相反的極端，把安娜的性格降低到一個普通蕩婦的水平；還有一些人則堅持毫無見地的中庸之道，認為她不過是一個性情乖戾、蠻橫無理的太太，並無獨特之處，而且情緒難以捉摸。事實上安娜既不屬於第一類，也不屬於第二類，更不屬於第三類。安娜無非是一個充滿激情的婦女，她僅僅為愛情而生，不惜為它犧牲家庭、社會地位，甚至於生命本身。她始終如一、堅貞不移，她堅持自己的基本意圖，決不動搖；她的主要力量也就表現於此。但她性格的激情同時也是她的弱點，她生命脆弱的根源。她是自己激情的犧牲品，因為它不自覺地破壞了人類共同生活和道德的無可爭議的準則。[1]

1 倪蕊琴編：《俄國作家批評家論列夫·托爾斯泰》，第一二二頁。

安娜·卡列尼娜性格的迷人之處在於她的激情，在於她身上所燃燒的愛。她的生命的力量，人性的光彩就寓於這種愛與激情之中。但是這種愛和激情又恰恰是她的弱點，她被愛與激情所征服，所折磨，以至被它所埋葬。愛是她的歡樂之源，但又是她的痛苦之源。她在背叛丈夫愛上渥倫斯基之後也產生過罪惡感，但她的幸福感恰恰蘊藏在這種罪惡感之中。她時時在向道德準則挑戰，又時時在向道德準則妥協；她時時向世俗觀念抗爭，但又時時向世俗觀念投降。她的內心充滿着騷動，充滿着波濤般的互相衝擊與交融的二重內容。她的性格世界，就是各種互相矛盾的情愫的模糊載體。世俗世界中的被視為「正面」「反面」「中間」的各種感情狀態都在她身上匯合、搏鬥，折磨着她的心。這樣的形象，無論是用正面的「英雄」反面的「蕩婦」或中間的「太太」等現實的認識符號都是難以規範的。這種規範都只能抹殺她身上放射出來的美的光輝。

我們反對把政治領域中使用的「正面」「反面」「中間」等認識符號簡單地搬入藝術領域，並不是說，作家在創作中，在塑造自己的人物群時，應當完全放棄從社會政治角度來認識生活、表現生活，使自己的人物毫無政治屬性。不是的。我們僅僅反對把藝術上的性格劃分簡單地等同於現實中的政治劃分，從而丟掉性格塑造藝術的審美要求。實際上，一切嚴肅的作家，他們筆下的人物所以寫得成功，總是既從政治社會的角度，把人物置於正、中、反某一基點上，又賦予人物性格的核心以豐富的社會歷史內涵，但高明的作家總是把社會政治傾向通過一定的審美中介融化在自己所創造的藝術形象之中的。他們總是按照生活的本來面目，寫出人物性格的無限複雜性，寫出正、中、反各種因素在人物性格世界中的矛盾交織，以致使人物性格表現出一種令人思考不盡、欣賞不盡的模糊性質。譬如薛寶釵這個形象，曹雪芹仍然明確地把她放在各種社會關係的特定位置中，把她置於維持中國社會傳統觀念的營壘中。今天，我們把她抽象出來，也可以説她是站在封建禮教叛逆者賈寶玉、林黛玉的「反面」。但是，曹雪芹的高明之處恰恰是沒有把她簡單地寫成反面人物，沒有把她描繪成一個「白臉」，一個令人厭惡的魔鬼。她仍然被寫得很美，很有魅力。我們根本無法用「好人」或「壞人」來概括她，也無法用正面人物、反面人物來規範她。她不完全好，也不完全壞，她是具有無限豐富的獨特性格內涵的「這一個」。她不是那個時代正面人物標準的化身，也不是反面人物標準的化身，她是一個獨特的個性。惟其如此，這個典型才是成功的。

我國現代文學中一些成功的典型，例如魯迅的阿Q、巴金的高覺新、茅盾的吳蓀甫、曹禺的周樸園等，所以寫得好，也在於這些傑出作家既從社會政治的角度，規定了筆下人物在社會關係中的特定地位，但又用審美符號寫出人物性格的複雜性，即性格中正反兩極的對立統一運動。他們都不是作為正面人物而只有「正」的一面，反面人物只有「反」的一面。他們的性格是正、反各種性格因素的模糊集合，內心世界中充滿着偶然的「反向」運動，因此，他們都很難説是正面人物還是反面人物或者是中間人物。以高覺新來説，他是一個處處徬徨矛盾、情願忍辱求和也要保持「孝子賢孫」美名的大少爺。他自己説：「我們生在這個時代，就只有做犧牲品的資格。」他青年時代就挑起掌管高家事業的擔子，對日薄西山的家庭慘淡經營，但他並不是地主階級孝子賢孫沒落特性的單一集合體。他是一個非常善良、非常聰明的人，而且在五四運動發生之後，思想也曾恢復了青春。但他又不是新青年正面特徵的集合體。他喜歡的新思潮不過是托爾斯泰的「不抵抗主義」和劉半農的「作揖主義」。這樣，他對新潮流的尋求，又變成從新思想中尋找維護舊秩序的武器。他是內心充滿矛盾的人，他善良，但「善良」得非常懦弱，「善良」得令人難以忍受，「善良」得讓「惡」的魔鬼奪去自己妻子的生命。他願意做封建制度的犧牲品，卻讓自己的妻子首先犧牲。他在客觀上幫着封建禮教「吃人」，儘管他自己也被吃。高覺新的性格結構，是很典型的二重結構。對於這樣的典型人物，很難明確地把他劃入正面人物或反面人物，甚至也不能說他是中間人物。高覺新也是富有個性的獨特的「這一個」。還有像吳蓀甫這樣一個資本家，從社會政治角度來看，他所處的政治經濟地位是很明確的。但他不是資本家「反面」特性的集合體，他有民族情感，有事業心，有見識，有魄力，有進取精神和冒險精神。他也不是「正面」人物特徵的集合體，為了發展自己的事業，他不惜以「惡」作為自己事業的動力，不惜以吃掉別人作為前進的手段，連他的二姐夫杜竹齋也罵他：「你這人太毒。」在吳蓀甫的性格中，他的「魄力」與他的「狠毒」之間，他的「精明」與他的「狡猾」之間，界限是很模糊的，甚至交織在一起而沒有界限。對這樣一個人物，硬要他作「正面人物」「反面人物」「中間人物」的規範，也是很困難的。

在當代文學中，也有許多寫得成功的人物，例如《許茂和他的女兒們》中的許茂、《陳奐生上城》中的陳奐生，都不是「非此即彼」的明確集合體。在他們身上，集合着正、中、反各種性格因素，形成一種矛盾交叉的性格模糊載體，從而使人感到其性格的豐富性。《創業史》中的梁三老漢、《許茂和他的女兒們》中的許茂、《陳奐生上城》中的陳奐生，這些人物有的同志也許會把他們劃入「中間人物」，可是，他們並沒有作惡，他們都是靠自己雙手勤勞耕耘，為甚麼不能算正面人物呢？但他們有時又顯得落後、自私，在某種意義上說，不也是反面人物嗎？梁三老漢不就是梁生寶的反面嗎？許茂與金東水相比，不也是反面人物嗎？實際上，他們都有獨特的個性，都不能簡單地作非此即彼的判斷。以許茂來說，說他正面人物未嘗不可，因為他是中國土地上一個靠自己的雙手耕耘的農民，他不損害別人、欺壓別人，他的老伴過早地去世之後，自己承擔起養育九個女兒的重擔，在他的家鄉，他是以自己勤勞、儉省的美德深受一般莊稼人敬重的。在農業合作化的年代裏，他甚至得過鄉政府授予他的「愛社如家」的獎狀，忙碌和積極過好一陣子。但是，說他反面人物也未嘗不可，他太自私了，自私得有點殘忍，他為了發點小財，不惜乘人之危，壓價賤買孤兒寡婦的菜油。甚至對自己的女兒也非常無情，「自己還顧不了，哪還顧得女兒呢？」女兒出嫁，他堅持不肯退出自留地，弄得女兒到婆家後沒有自留地。他的大女婿金東水在浩劫中被撤了支部書記的職，又被人燒了房子，他沒有一點同情心，寧可空着自己的三合院，也不肯借給金東水住。說許茂是個中間人物，即「不好不壞，亦好亦壞」的人物，似乎較為貼切，但仔細想想，他也不能算「不好不壞，亦好亦壞」，他畢竟是個好人。他在環境發生了變化，統治中國的極「左」路線消失之後，靈魂深處那些善良的東西又湧出來了，他的腦子裏又開始「思索」，「吵架」，甚至意識到「自己的虛偽和殘忍」，最後把自己辛辛苦苦積攢的錢全部拿出來分給女兒們，連金東水也給一份，他還真誠地對女兒們解剖自己自私的靈魂，「像做了錯事的孩子似的，羞愧地望着他的女兒們」。在許茂的性格世界中，充塞着許多模糊現象。這種性格創造的成功，恐怕不是作者首先把自己的人物先納入正面人物、反面人物、中間人物的框框之內所能奏效的。如果周克芹和高曉聲同志在創作之前，首先把自己的人物劃入這三種明確集合體中的某一種，就不可能寫出這樣真實、這樣豐富的性格。

有些作家在創作中產生簡單化的缺點，往往是由於忽視許多人物性格的模糊性特點，把千差萬別、互相交叉的性格現象，簡單地集合為三種類屬，把本來的模糊集合體硬說成是明確集合體，進而主觀地以明確集合體去套人物形象。有一種奇怪的批評，也是極為簡單粗暴的。這種批評，先主觀地對人物作出正面或反面的屬性規範，然後指責作家為甚麼在屬於正面的人物身上還寫了非正面的東西，最後給作家一個政治性的罪名。這種批評，當然只能給文學創作帶來致命的危害。對於這種簡單化的傾向，巴金曾批評說：「為了使工作簡單化，有人把人分作三類：一是正面人物；二是反面人物；三是動搖人物。正面人物永遠正確，好像從出世起就沒有犯過錯誤；反面人物彷彿一生下來就面帶凶相，或者獐頭鼠目；動搖人物時時處處都動搖。這樣分類之後，寫起文章來的確容易得多了。可是人並不因此而簡單化，生活也並不因此而簡單化，讀者也並不因此而簡單化。」[1] 巴金的批評，當然不是一概否定從社會政治角度去確定正面人物和反面人物。因為，在人類社會中，總是有推動歷史前進的人物，也有阻擋歷史前進的人物，這是顯而易見的事實。但人類生活是極其複雜的，人與人之間的矛盾有各種細緻的表現，人與人的差別情況是無法說盡的。許多情況下，人與人之間的關係，並非全是正面人物與反面人物的關係；即使在特定情況下，人物大體上可分為正面人物和反面人物，但正面人物也不可能都具備「正面」特徵，反面人物也不可能全部具備「反面」特徵，他們的性格中總是帶有亦此亦彼的某些模糊性。

這裏，我們順便談談「問題小說」。問題小說往往興起於思想啟蒙時期。我國近代梁啟超提倡政治小說，其實就是政治問題小說。梁啟超把小說作為解決政治問題、實現政治理想的工具，是因為他所處的時代正是一個用改良派思想啟蒙我國人民的時代。「五四」時期，「問題小說」再次興起，因為當時的小說家也是把小說作為社會改革的器械。「四人幫」垮台後我國的新時期文學，再次出現一批「問題小說」。這些小說，在當時都起了振聾發聵的作用。「五四」時期，新文化運動的倡導者中有的人提倡易卜生主義，介紹易卜生的戲劇作品，也是因為易卜生的文學，帶有問題文學的性質，具有極大的啟蒙

1 巴金：《描寫人》，見《巴金論創作》，第四九一頁。

作用。這種文學作品在注意解決社會問題時，如果同時注意人物性格的塑造，也會獲得很大的成功，像易卜生的《玩偶之家》就是例證。但是，有些作家在創作「問題文學」時，為了說明具體的社會問題，往往用心太切，不得不在塑造人物形象時，就考慮到問題的解決。這樣，人物形象本來應當有的內心矛盾往往變成社會問題的機械反映，或變成某種主題觀念的工具，因而，也就要求人物性格帶上解決問題的確定性，去掉那些與問題無關的帶有模糊性質的性格特徵。但是，刪去性格中那些非確定性的東西、偶然性的東西，性格就失去了血肉。所以，即使像易卜生這樣的大文學家，他的某些作品，例如《羅斯莫莊》，為求其問題的明確，個性反而泯滅了，以致使性格發生某種重複。挪威詩人、作家，一九二零年的諾貝爾獎金獲得者克努特·哈姆遜曾經批評易卜生，認為他的《青年同盟》中的管家婆的性格與《羅斯莫莊》的女管家的性格完全相同。由於易卜生的這些作品從解決社會問題出發，所以，「他筆下的人物命中注定都擔負着某種社會使命」。哈姆遜完全排除人物形象擔負社會使命的可能性，這自然是片面的，但是，他指出的一點，即為了解決社會問題和個人問題，而想求其性格的極端鮮明，反會造成性格的類型化、容易喪失人物個性的看法卻是對的。他說：「人們長期以來相信一種理論，這種理論認為，在每個人身上都有某些起主宰作用的能力。翻開每一部古書，我們都可以看到這種桀驁不馴的所謂主宰能力出現在各種類型的人物身上，如徹頭徹尾的無賴、完完全全的天使、地地道道的騎士與十全十美的美人……可是，這樣一來，人的主要精神境界被拉到同一水平上去了，這樣的人必然是十分簡單的，從感情到靈魂構成不同的性格類型。」他認為易卜生的《羅斯莫莊》也有這個弱點。《羅斯莫莊》裏的羅斯莫只是純粹的貴族，而演員也必須把他的貴族性格演得非常鮮明，鮮明到不僅使包廂，也要使正廳的觀眾能看懂。哈姆遜認為，這種一味追求鮮明的做法往往產生性格的類型化弊病。他說：「人物形象如果太鮮明，就勢必會變成一種性格象徵、一種人物類型。」[1] 哈姆遜的這一見解是有道理的。

第四節　模糊性格與明確性格

我們探討典型人物性格組合的模糊集合過程，並不是主張作家在進行人物性格的塑造時採取一種含糊主義，拋棄人物形象的明確性，也不是美醜不分、善惡不分、是非不分。一個成功的人物性格，總是帶有明確性質與模糊性質的雙重特性。其性格內容儘管有不確定的部份、不穩定的部份，但仍然有相當確定與穩定的部份。成功的典型性格，總是明確性質與模糊性質的辯證統一。

人物形象相對的確定性和相對的穩定性主要表現在兩個方面：

（1）性格核心的內涵是相對明確的。

（2）性格運動的基本指向是相對明確的。

人物的性格核心，與性格的表象不同，性格表象比較具體，而性格核心卻比較抽象。性格表象總是呈現為各種性格元素的互相交叉，而性格核心則顯得比較單純。性格核心作為性格整體的中心，它所輻射的多彩多姿的現象，便形成了性格表象。性格核心與性格表象的關係，有如「月映萬川」，這個核心支配着性格的各種表象。例如賈寶玉，他的性格表象儘管複雜、波動，他的情感儘管極不穩定、極不確定，但他的性格核心的內在意義卻是明確的、穩定的，這就是他的叛逆性格。由於叛逆性格的明確和

1　哈姆遜：《論易卜生》，見高中甫編：《易卜生評論集》，第六三—六四頁。

穩定，因此，他的精神迷惘，他的癡呆傻笑，他的愛恨與悲歡，他的崇拜女性和疏離男性，他的釵黛選擇，他的悲觀出走等現象，都不會顯得混亂。因為，他的各種性格元素都圍繞着一種明確的軸心而集合，這樣，其模糊集合的過程，並不是無序的混合過程，而是有序的集合過程。

一個優秀的典型性格，它的性格核心，總是社會歷史文化的積澱物，它總是帶有某種社會歷史定性。典型的共性，就寓於這種性格核心之中。典型所以能超越自身而發生普遍的社會效應，就因為性格核心中內在的社會歷史意義在起作用。這種社會歷史內容，比人物的情感內容顯得較為確定和較為穩定。然而，在藝術形象中，典型性格核心的內在意義雖然較為確定，但它畢竟不是一種概念性的東西，而是一種象徵意蘊。這種象徵意蘊，並不直接訴諸作品之中，不是由人物直接說出。因此，其蘊涵的意義，不同時代、不同社會地位的人既可能從中體會到相同的東西，也可能有不同的理解，而且它隨着與審美主體的關係的變化，又可能表現出不同的象徵意義。因此，具有比較明確的內涵的性格核心，在明確性中也仍然帶有多義性和某種模糊性。

除了性格核心的內在意義相對比較明確之外，性格運動的基本指向也應當是比較明確的。儘管人物形象帶有很大的模糊性，但無論如何，人物的性格運動應當符合生活的邏輯，應當有一個基本指向。構成性格運動的各種性格元素儘管不斷流動變遷，但整個性格的運動總是一種辯證的運動，一種有規律的、有序的運動。這就像一條大河，儘管流動着的河水有各種浪花、旋渦，很不穩定，很不確定，但總是向東流去，總是向低處流去。例如林黛玉，她時而悲，時而喜；時而愛，時而恨；時而表現出「陰柔」的一面，幾乎是眼淚的化身，時而表現出「陽剛」的一面，幾乎是不能容人的尖酸刻薄。她那麼多愁善感，那麼喜歡使「脾性兒」。這種「脾性兒」，那麼不確定，不穩定，令人難以捉摸，但是同時，人們又能感到這個「脾性兒」的變化無常是合情合理的。因為不管怎樣，林黛玉這種「脾性兒」複雜變化的基本指向卻是明確的。儘管它有很多變化，但她那種「愛的執着」卻是一貫的、穩定的，她的感情變化是有根據的。這種根據最重要的有兩點：（1）她處在社會關係網中一個特殊的點——她是一個失去雙親、寄人籬下的孤單女子。由於這種特定位置，她的高傲，她的孤獨感，她的多愁善感，她的尖酸刻薄就顯得合情合理，因為這是處於這種境遇的人容易自然發生的心理狀態。（2）她處在社會關係網中另一個特殊點——她是一個最理解寶玉、最真摯地愛着寶玉，但又沒有把握實現這種愛的弱女子。由於這種傾注其愛又不得其所愛的特定位置，她便時而和寶玉親親熱熱，時而和寶玉吵吵鬧鬧，時而悲，時而喜，時而是知己，時而是冤家，表現形態多種多樣，讓人感到其性格內涵非常複雜，難以捉摸，但同時又覺得這種性格合情合理，基本指向是明朗的。

人們如果有一定的審美經驗，大約都會承認，對一個典型人物性格，如果從整體加以直觀，特別是同與之發生關係的其他人物性格加以對照地直觀，會感到其總體印象是明確的。例如林黛玉與薛寶釵，我們進行總體觀照之後，對兩人的基本性格（即性格核心的基本內涵）和她們的性格運動的基本指向的不同是看得很清楚的，我們不會感到模糊。人物性格的明確性，正是這種使欣賞者從總體角度上進行審美所獲得的明確性。這種明確性是完全必要的。但是，在要求這種明確性的時候，絕不能要求人物性格內部的具體內涵也只是「非此即彼」的明確性，而不允許「亦此亦彼」的模糊性；也不應在從總體角度上要求性格運動基本指向明確的時候，抹殺人物性格運動中的變化、曲折以及偶然的反向運動現象。如果那樣做，性格就是一種僵死的、毫無生氣的東西。因此，性格組合過程，可以說是比較確定的性格定向運動和不確定的性格曲折運動及反向運動的綜合運動過程，是性格的明確性質與性格的模糊性質的有機綜合表現過程，或者說，是在明確的基本指向下的性格各種因素的模糊集合過程。

性格組合過程既然是一個模糊集合過程，那麼，它實際上是根據概然率來進行組合的過程，因此，不管作家筆下人物性格表現得如何細緻，他都僅僅掌握人物整個面貌的大概，即內容不太確定和不太穩定的大概。但性格運動基本指向的明確性，又要求作家從生活出發準確地掌握這個大概，即掌握典型性格的複雜度和模糊度。這也就是性格刻劃的分寸感。一切嚴肅的作家都很注意這種分寸感，都很注意在不確定的審美感受中找到某種確定性，從而既表現出自己特有的感受，又不會陷入含糊主義的隨意的胡思亂想。黑格爾曾說到的度，用現代系統科學的概念來說，就是系統有序性的程度（標誌），就是系統運動的有序與無序的臨界線。我們通常所說的「合度」、合規律，就是要符合系統有序性的基本要求。人物形象的明確性，就包括這個基本要求，即掌握好一定的「度」。黑格爾說：「度，一如其他各階段的存在，亦可被認作對於絕對之一界說。因此有人便說，上帝是萬物之度。這種看法亦是構成許多古代希伯來頌詩的基調，這些頌詩大體上認為上帝的光榮即在於它能賦予一切事物以度——賦予海洋與大陸，河流與山嶽，並且賦予各式各樣的植物與動物以度。在希臘人的宗教意識裏，度之神聖性，特別在社會倫理方面的神聖性，便被想像為一個司公正復仇之納美西斯女神。」[1] 黑格爾援引希臘人的觀念，把「度」比作司公正復仇的納美西斯女神。就是說，一切人世間的事物——財富、榮譽、權力，甚至歡樂、痛苦等等——皆有其確定的度，超越這個度就會招致毀滅，就要受到懲罰，藝術也是如此。藝術在掌握表現對象——世界萬物，特別是人之時，如果超越「度」，喪失分寸感，就會得到納美西斯的復

1 黑格爾：《小邏輯》，第二四三頁，三聯書店，一九五四年版。

仇。因此，藝術的復仇女神，對於作家、藝術家來説，是非常嚴厲而神聖的。黑格爾把事物之「度」説成是上帝的（上帝的賦予和上帝的光榮），這是我們不能贊成的。但是他所説的天下一切存在物都有一個「度」，特別是人的情感世界中也有「度」，越過這個「度」，事物就會發生質變，卻是完全正確的。而所謂作家、藝術家掌握性格描述的「度」，就是掌握性格的明確度和模糊度。

掌握人物性格明確性和模糊性的對立統一關係，在該確定的時候應當表現出確定性，在無法確定的時候，不要硬去把它確定。明確是一種質，模糊也是一種質。當事物的質該是明確的時候卻把它模糊化，或者事物的質本來就帶模糊性的時候，卻硬把它明朗化，這就違背藝術的規律。王朝聞同志在論藝術形象的一篇文章中，曾提出一個很重要的藝術觀點。他認為，藝術的「內在生命」，用傳統的説法，就是「傳神」。所謂「神」，並不是甚麼神秘的東西，它不過是一定的人物在一定的環境下的性格特徵的流露，是一定的性格特徵在一定的環境裏的行動和心理的活動。既然要傳「神」，那麼，止於外表的準確是不行的。只注意外表的具體和準確，不注意內在生命表現的充份和準確，就容易得「形」而失「神」，這樣，外表的「分寸感」把握了，一點也不模糊，但是，「內在生命」的分寸、「神」的分寸則表現不出來，反而失去了「神」，失去了內在生命。這正是藝術明確性與模糊性之間的辯證法，即某種模糊性反而準確地表現出藝術對象的內在生命。王朝聞同志還以描繪廬山為例，他認為，畫廬山不能像「地理模型」那樣具體地描寫廬山，而應當把它置入雲霧中，也就是放入模糊境界，這樣做不是着意使畫「含糊」，而是要畫出廬山「不見真面目」這一特徵。他説：「所謂傳神或性格描寫等等，無非是為了更準確地描寫對象的內在特徵，從而表現作者對於對象的態度。如果把包圍廬山的雲霧取消，明確地描寫山形，好像很認真，效果上是模糊了藝術家對廬山的特徵的感受。廬山取消了雲霧，廬山的『神』

反而含糊。那麼，哪一種方法比較準確，問題是很明白的。比較起機械的準確來，傳神才是第一義的重要任務。霧裏的廬山的形象，就其特徵的描寫來說，需要明澈，也需要『模糊』。在這兒，『模糊』就是表現方法的明澈。……如果把應當處於雲霧中的廬山變成一覽無餘的地理模型，這就不算是對象得到明澈的描寫，也不能說藝術家的感情得到成功的表現。」[1] 這就是說，性格需要把「明澈」與「模糊」這種矛盾狀態統一起來，該明澈處應當明澈，該模糊處應當模糊。把本來就是模糊的硬要明澈起來，反而不明澈，反而「含糊」。這種藝術的辯證法對於性格的二重組合，是極為重要的。以往我們在文學藝術創作中的一個嚴重教訓，就是在要求人物性格的明確性時，片面地只允許性格的階級特徵的明確性，排除性格的其他特徵。把人的社會關係之和，僅僅歸結為階級關係之和，把人的倫理關係，例如夫妻關係、父子關係、兄弟關係，統統歸結為階級關係，結果這個人物的性格就變成階級關係的抽象圖解，沒有半點血肉，反而片面地簡化了這個人物的面目。其實，人與人的關係，不只是階級關係，還有其他社會關係、倫理關係，離開具體的社會關係，就沒有階級關係。階級關係不可能是孤立的或獨立的存在，階級關係與倫理關係之間甚至很難劃出一條涇渭分明的界限。但是，過去的某些理論模式，卻否認人有其他社會關係，只承認階級關係，把階級關係完全簡單化、抽象化。把這種觀念運用到性格描寫中，就是要求人物性格變成階級特徵的極端明顯的、單一化的集合。表面看來，這個人物的性格鮮明得很，其實，這種人物的性格最含糊，毫無個性，讀者根本無法知道他的內心世界有些甚麼具體內容。只要我們想想所謂「樣板戲」中的江水英、方海珍等，就會感到這些所謂英雄的個性，其實是最含糊的，含糊到

1 王朝聞：《新藝術創作論》，第八二頁，人民文學出版社，一九六三年版。

根本沒有個性。這種主觀地、片面地要求明確，結果是表面明確，而實際上含糊，或者說是局部明確，而全體含糊。這種歷史教訓，對我們認識性格塑造的藝術規律是很有用處的。

第五節 作家、藝術家的感性心理結構

把握性格的明確度與模糊度——分寸感既然如此重要，那麼，是不是作家在創作時就應當陷入一分一寸的計較之中呢？不是。如果這樣，作家必然要失去內心的自由，創作必然要失去應有的氣魄。正如歌德所說的：「一般地說，我們都不應把畫家的筆墨或詩人的語言看得太死太狹窄。一件藝術作品是由自由大膽的精神創造出來的，我們也就應該盡可能地用自由大膽的精神去觀照和欣賞。」[1] 這就是說，作家、藝術家一方面要掌握性格描寫的分寸，另一方面又不能陷入分寸的斤斤計較之中，從而失去創作的「自由大膽」的藝術氣魄，變成一個平庸的、謹小慎微的作家和藝術家。

這樣要求，是不是存在無法克服的矛盾呢？也不是。徐禎卿在談到掌握藝術分寸時說應掌握其「大略」。他說：「夫情既異其形，故辭當因其勢。譬如寫物繪色，倩盼各以其狀；隨規逐矩，圓方巧獲其則。此乃因情立格，持守圜環之大略也。」[2] 掌握「大略」的意思，也就是掌握情感的模糊界限。「大略」與「稍微」似乎是完全不同的要求，一者粗，一者細，一者模糊，一者明確，而其實並不矛盾。就以徐禎卿所講的畫圓來說，畫家畫圓，絕不能畫成方的，不能畫出角來，哪怕「稍微」地畫出一點角來，也

1 愛克曼：《歌德談話錄》，第一八八頁，人民文學出版社，一九七八年版。
2 錢鍾書：《談藝錄》，下冊，第七六七頁，中華書局，一九八四年版。

會越過圓的臨界點，破壞了圓的本質。但是，畫家畫圓又不是真正具有精密度的圓，只是「大略」的圓，即不可能像圓規畫出來的那種絕對精確的圓。畫家如果用圓規畫太陽，就沒有藝術。所以我們說，藝術臨界線的明確性，是帶着模糊性質的明確性。只有掌握「大略」，才能「恆度自若」。所謂「恆度自若」，是指作家、藝術家掌握藝術臨界線（度）進入自然入化的狀態。這與嚴羽所說的「詩之道在妙悟」的意思也相通。妙悟，也是自然入化地感受生活，感受事物的變化，當然也包括自然入化地把握住藝術的各種分寸。那麼，作家、藝術家又憑藉甚麼去「妙悟」、去掌握性格刻劃的分寸呢？

這裏的關鍵是作家、藝術家自身需要培育出一種獨特的藝術感受力，一種合目的性的審美心理結構。憑着這種感受力，作家、藝術家才能夠體貼入微地把握着藝術的各種臨界線。它是一種奇妙的調節器，是政治家、科學家、理論家所沒有的獨特的藝術心理結構。

藝術心理結構可分為三個基本層次，即感覺層次、經驗層次、審美直覺層次。感覺層次的基本構成要素，包括藝術型氣質、藝術感覺器官的完善程度（藝術的耳朵，藝術的眼睛等）、大腦的右半部優勢（科學實驗證明，大腦左半球主要是控制右半身和語言，此外還具有邏輯能力、計算能力；右半球則主要控制人的左半身，並且也是空間感覺和藝術能力的中樞。兩個半球有所分工，而且互相配合、互相彌補）。這一結構層次的外部功能表現為天賦感覺能力、天賦想像能力等。所謂天才，就是天賦感覺能力和天賦想像能力的最高狀態。歷史唯物主義並不是不承認天才，而是強調應注意天才成長的社會歷史條件。

藝術心理結構的第二層次是經驗層次。這個層次的基本構成要素包括意識到的經驗和未意識到的經驗，即意識與潛意識。意識到的經驗包括直接經驗（來自社會實踐）和間接經驗（來自書本等）。潛意識部份也包括性質不同的兩種：一是「集體無意識」，這是民族的社會的群體實踐的歷史積澱，它是審美感受的歷史的、人性的共通性的心理基礎；二是個人後天潛意識，這是個人在自己的社會實踐中積澱下來的無意識。人的感覺器官從童年時代開始每時每刻都在攝取大量的外界事物，而外界信息大多數處在注意的閾下而沉澱為潛意識；另一方面，人們意識到的內容由於時間的推移而被遺忘，但它們並非消失，而是繼續在潛意識中保存着。這兩方面形成潛意識的豐富積累。以上兩種潛意識用榮格的話說，集體無意識並非由個人獲得而是由遺傳所保留下來的普遍性精神機能，亦即由遺傳的腦結構所產生的。而個人無意識則是個人在生活中被遺忘、被壓抑，在閾下被感知、被想到和被感受的東西。這兩種性質的潛意識一旦受到外界的刺激和喚醒，都會默默地起作用。作家進入創作過程情感處於高能態時，它們會不自覺地翻動、激活而湧現出一些經驗表象。這種表象的湧現正是隱藏在潛意識層中的經驗原型浮到意識層的結果。有些作家在創作過程中，有時會感到自己有一支「神來之筆」，各種人物，自己熟悉的和不熟悉的，各種生活細節，自己見過的和沒有見過的，都不招自來，紛紛湧上筆端。其實，它們大多是從潛意識中跳躍出來的。總之，由意識經驗和潛意識經驗構成的經驗層次是作家創作材料的貯藏庫，表象貯藏庫。它的功能表現為對人生的深刻感受、體驗的能力。

藝術心理結構的最高層次是審美直覺層次，這是作家的先天條件與後天條件綜合的結果，是感覺層次和經驗層次的昇華。作家僅僅具有天賦的感覺能力是不夠的，因為這種感覺能力是有限的、初級的，只有以經驗層次作為中介，發展為審美直感能力，才能產生一種高級的頓悟功能。這種直覺能力即斯賓諾莎所說的「直覺智境」，它是藝術發現的非自覺形式的深刻理性。

藝術心理結構的作用，就是作家、藝術家在自己身上造成自然的創作狀態，這種狀態使作家在進入創作時，就像化學家把各種元素加以化合，從中形成新的有機物。斯坦尼斯拉夫斯基所提倡的演員的創作狀態也是這種自然狀態。他說：「在自己身上造成創作狀態，這是甚麼意思呢？這難道不是說，它可以由個別感覺、心境組合起來，就像化學般在自己身上起化合作用，如同把各種有機物放進曲頸瓶裏去嗎？是的，正是這樣。正如化學家把各種元素加以化合，從中形成新的有機物，演員在自己身上把各個個別元素加以組合並形成創作的自我感覺，就（獲得了）正確的、自然的自我感覺，惟有具備了這樣一種自我感覺才可以去進行創作。天才們生來就具有創作自我感覺的一切組成元素。」[1] 這種「創作的自我感覺」與「做戲的自我感覺」是完全對立的，一者是真實的，一者則是虛假的。斯坦尼斯拉夫斯基所講的演員自然創作狀態，就是一種正確的、自然的自我感覺，演員憑藉這種感覺能夠把一切組成元素自然地組合起來，恰到好處，既有藝術分寸，又有藝術自由。作家掌握性格組合的分寸，也應當是這種自然的狀態。

這種自然狀態，也就是一種非自覺的狀態。對於作家、藝術家來說，這種非自覺狀態並不奇怪。許多偉大作家在敍述自己的創作經驗時，都講到自己創作時正是處於這種非自覺的狀態。巴爾扎克曾經直截了當地說，作家「他自己並不知道他才能的秘密所在，這一點是人所公認的事實。他在受到某些環境因素的影響下進行工作，然而這些因素是如何組成的，卻正是問題的奧妙之處。藝術家無力控制自己，他在很大的程度上受一種擅自行動的力量的擺佈」[2]。在談到形象塑造時，他說作家總是從「人的生活的各種場合來描寫他；從各種角度來刻劃他，在各種連貫的或不連貫情況中抓住他，既不是完全善良

1 斯坦尼斯拉夫斯基：《斯坦尼斯拉夫斯基論文講演談話書信集》，第五二一頁。
2 《論藝術家》，見段寶林編：《西方古典作家談文藝創作》，第三一四—三一五頁。

的，也不是完全邪惡的，由於利益關係而與法律鬥爭，由於感情關係而同習俗作戰。他是否合乎邏輯或偉大，全憑偶然」[1]。

與巴爾扎克的說法相似，岡察洛夫在說明自己創作的心理狀態時說：「我在描繪的時候，很少知道，我的形象、肖像、性格意味着甚麼；我僅僅看見它活生生地站在我面前……」[2]他這樣描繪自己塑造奧勃洛摩夫的形象的心理過程：「先是奧勃洛摩夫的懶洋洋的形象，在我自身和他人身上的，投入我的眼簾，而且在我面前變得愈來愈鮮明。當然，我本能地感覺到，俄羅斯人的基本特徵慢慢地都集中到這個人物的身上去了；只要有這種本能存在，就足以使形象忠實於性格。」他還從反面來說明這一點，即如果他不是在本能的情況下塑造性格會產生怎樣的後果，他說：「假如那時有人把杜勃羅留波夫以及別的人，還有，我自己後來在這個人物身上所發現的一切，告訴了我，我一定會相信的，而且一旦相信了，我就會着意突出這個或那個特點來，——當然就會把它弄糟了。」[3]岡察洛夫曾高度評價杜勃羅留波夫對奧勃洛摩夫的評論，但是，他坦率地說，他創作之前並沒有意識到杜勃羅留波夫所發現的一切，即沒有意識到杜勃羅留波夫所分析的奧勃洛摩夫那些複雜而單純的性格內涵，如果他意識到了，或者按照杜勃羅留波夫所提供的性格規範去塑造奧勃洛摩夫，那就一定很糟。他把自己的成功，歸結為自己處於一種本能的自然狀態，這是非常誠實的自白。其實，正是這種本能的自然狀態，使他塑造的形象性格贏得了合情合理的發展。奧勃洛摩夫的性格分寸，就存在於這種自然狀態中。

1 《論藝術家》，見段寶林編：《西方古典作家談文藝創作》，第三二一頁。
2 中國社會科學院外國文學研究所外國文學研究資料叢刊編輯委員會編：《外國理論家作家論形象思維》，第一零七頁，中國社會科學出版社，一九七九年版。
3 同上，第一零八頁。

岡察洛夫用「本能」這種概念來説明創作的非自覺性狀態，並不貼切，但我們不必要求作家使用精密的科學語言。儘管用「本能」的概念不貼切，但他們想説明的創作的非自覺狀態卻是事實。那麼，作家處於非自覺的狀態，是不是排斥創作的自覺性呢？不是。作家的創作既是自覺的又是非自覺的。所謂自覺，包括兩方面的意義：（1）作家在進入具體創作過程之前，是充份自覺的，他有自己的世界觀，有自己的創作目的，有自己的社會責任感，有自己的美學追求；（2）作家在創作過程之中雖然進入一種非自覺狀態，但實際上，積澱於作家頭腦中的理性在起着潛在作用，在默默地幫助作家對一些素材作理性的調節。所謂非自覺性，是指作家在進入具體創作過程之後，也就是進入性格塑造過程之後，支配他的不應當是一些既定的、自己充份意識到的各種理念以及既定的目的和既定的美學觀念，當然也包括我們所説的二重組合的美學原理。這些理念、觀念和原則，都應當化為作家的靈魂和血肉，化作一種直感的力量往前衝擊。作家平常的素養、積累、觀念此時似乎都遠離自己，但其實又沒有離開自己，它們在作家的感情世界中匯聚成一種自然的迷人的力量，支配着手中的筆，這就是直感的力量。正如別林斯基所説：「不管一個人的信念多麼神聖而真誠，他的意圖多麼高尚而純潔，可是要表達它們，或者把它們付諸實行，光靠信念的力量或者善良的渴望，還是不夠的：要達到這一點，非有一種靈感激勵的衝動不可，在這衝動裏，一個人的全部力量混而為一，他的肉體本性滲透他的精神本質，反過來，精神本質又明亮他的肉體本性，理性行動變成了本能行動，反之亦然，思想變成了事實，人的理性的、自由的意志變成了直感的現象。」[1] 巴爾扎克所説的「擅自行動的力量」、岡察洛夫所説的「本能地感覺」以及

1 別林斯基：《藝術的觀念》，見《外國理論家作家論形象思維》，第六五頁。

嚴羽所說的「妙悟」，用比較科學的語言來說，就是這種直感性，就是這種積澱着理性和自覺性的非自覺的感受方式和表現方式。

關於這點，魯迅創作《阿Q正傳》的過程就是一個很好的證明。他創作《阿Q正傳》，早就自覺地定下了雄偉的目的，即要勾畫出中國國民的靈魂。魯迅對中國國民的靈魂早已有了理性的認識。而在美學觀念上，二重組合的原理所包含的實際內涵也早已成為他的自覺的美學追求。但是，魯迅在進入《阿Q正傳》的創作過程之後，並沒有讓阿Q按照自己的國民性觀念和美學觀念活動，而是讓阿Q的性格按照自身性格運動的路線獨立地活動，使阿Q的性格有按照自己的性格發展邏輯獨立發展的自由。當有人責備魯迅隨便給阿Q「大團圓」時，魯迅說：「其實『大團圓』倒不是『隨意』給他的；至於初寫時可曾料到，那倒確乎也是一個疑問。我彷彿記得：沒有料到。不過這也無法。」[1] 不是「隨意」的，這就是自覺的；而「沒有料到」，則又是非自覺的。魯迅在創作《阿Q正傳》之前，便已決定要描畫國民的靈魂，並早已形成反團圓主義的美學觀，因此給阿Q以悲劇的結局，絕不是主觀隨意性，而是一種自覺性。但是，他在進入阿Q形象的塑造過程時，卻沒有被各種理念所束縛，而讓阿Q被槍斃，這又是他自己沒料到的。在這裏，又是一種擺脫自覺觀念束縛的非自覺性。正是魯迅尊重阿Q性格的獨立運動——脫離作者主觀意圖的獨立運動，因此阿Q性格便顯得複雜而自然，沒有半點人工的痕跡。這正是魯迅充份尊重藝術規律的勝利。

作家掌握藝術分寸，如果不是靠藝術心理結構的自然掌握，而是靠主觀規定的一種外在的尺度，就

1《阿Q正傳的成因》，見《魯迅全集》，第一版，第三卷，第三八零頁。

必然要破壞自己創作時的內心自由。這種外在的、先驗的「分寸」，就必然要成為作家和藝術家的桎梏。魯迅介紹自己的創作經驗時，其中有一條是不相信「小說作法」之類的東西，這不是否定理論家和作家對藝術規律的探討，而是正確地指明作家在創作時，不應帶上一些外在的尺度去堵塞自己思維的空間。魯迅的意見是完全符合創作規律的。張賢亮同志曾在《必須進入自由狀態》一文中，對作家掌握分寸的問題發表了很正確的意見。他說：

> 作家沒有從主體的世界觀和方法論上解決問題，對文學創作的一切從社會整體利益出發的要求和設想，都會變成與作家對立的外加的桎梏，使作家愈來愈感到有更多的界限和局限。即使作家自覺地考慮社會效果，在創作中努力把握「分寸」和「尺度」，也可能出現作家在藝術形象中不自覺流露出來的思想感情和他為了追求社會效果加到作品上去的外露的思想感情，形成真假混雜、表裏抵牾的矛盾；光明的尾巴是人為地安在故事上面的，「分寸」成了作家的外在的尺度，「角度」變成了一種巧妙的規避的伎倆。這種二元化的傾向勢必破壞藝術必然渾然一體的和諧一致性，大大降低文學作品的質量和感人的力量。[1]

張賢亮同志的創作經驗說明：藝術分寸，不應當成為作家的外在尺度。作家不應當為了適應外在尺度，而主觀地、人為地改變生活的真實。應當把藝術分寸，化為作家的內在尺度，也就是化為作家的內

1 張賢亮：《必須進入自由狀態》，見《寫小說的辯證法》，上海文藝出版社，一九八七年版。

在心理結構，使作家能夠自然把握藝術的分寸，把握人物性格的明確度與模糊度。因此，作家獨特的藝術心理結構，就是作家代替上帝掌握「度」、支配藝術復仇女神的寶劍。作家的自我鍛鍊和自我培養，最根本的，就是要鑄造出這樣一把足以馴服納美西斯復仇女神的寶劍。文學藝術的許多經驗證明，作家愈是主觀地、人為地追求藝術效果，愈是自覺地去適應教科書中規定的尺度，反而愈容易失去應有的藝術效果，愈容易失去分寸。許多藝術分寸感掌握不好的作品，許多性格組合臨界線把握不好的人物形象，都是因為作家用心過切，主觀願望過於強烈，自覺性過強，違背自然狀態。事實上，作家在進入創作過程之後，不想到社會效果，反而會產生真正的效果，不意識到「分寸」，反而會掌握好「分寸」。車爾尼雪夫斯基說：「每一個有才能的人假使能夠不受外來不相干的想像所拘束，而完全沉潛在他的天性裏，他就會掙得許多東西。關心用語的美，也是屬於這一類不相干想像之列的：在寫作的時候，應該忘記這種美，達到這種用語的美的最可靠手段，在這樣的時候，就是盡我們的才華之力進行寫作。一個人只有在不想到效能的時候，他才會產生真正的效能。甚至在優秀的演員或者歌唱家身上都可以發現這一點。而作家不是演員，他應該更加接近這種除自己的對象之外，把甚麼都忘懷的神往境界。」[1] 塑造人物性格，掌握性格組合的臨界線也是這個道理。作家在塑造性格時，不能保留一種強烈的意識：即意識到要對人物進行某種矛盾性格的組合。如果還保持這種強烈的意識，一開始就從一種抽象的原理和抽象的高度去塑造性格，那麼，他所塑造的人物性格勢必是觀念的化身，是這種意識的化身，也就是黑格爾所說的，成了「抽象的寓言品」。

1　車爾尼雪夫斯基：《車爾尼雪夫斯基論文學》，中卷，第二三一——二三二頁。

魯迅先生在分析晚清譴責小說和狹邪小說「溢惡」和「溢美」的原因，即失去藝術分寸的原因時說：譴責小說「雖命意在於匡世，似與諷刺小說同倫，而辭氣浮露，筆無藏鋒，甚且過甚其辭，以合時人嗜好，則其度量技術之相去亦遠矣」。而狹邪小說，「欲摘發伎家罪惡」，但「大都巧為羅織，故作已甚之辭，冀震聳世間耳目」。清末譴責小說及狹邪小說美學價值不高，確乎在於「過甚」，超過了一定的度。造成過「度」的原因，就是作家主觀上為了迎合「時人嗜好」，希望自己的作品「震聳世間」，用心過切。魯迅還曾引用俄國批評家羅喀綏夫斯奇評價安特列夫和契訶夫的話：「安特列夫竭力要我們恐怖，我們卻並不怕；契訶夫不這樣，我們倒恐怖了。」[1] 契訶夫作為一個非常成熟的作家，他懂得藝術創造主觀上過強，反而會失去反映客觀社會現實的分寸，也失去感動讀者的力量。這種事與願違的現象，在文學史上經常發生。魯迅在分析《三國演義》時，也總結了這種藝術教訓。他說，《三國演義》「寫人，亦頗有失」，「以致欲顯劉備之長厚而似偽，狀諸葛之多智而近妖」，這就是寫人的長厚和多智跨過臨界線。而這種成功中的失誤，其原因就是作家主觀性太強，用心過切，竭力要把劉備、諸葛亮寫得更偉大一些。魯迅指出：「文章和主意不能符合——這就是說作者所表現的和作者所想像的，不能一致。如他要寫曹操的奸，而結果倒好像是豪爽多智；要寫孔明之智，而結果倒像狡猾。」[2] 魯迅所講的晚清譴責小說作家、安特列夫以及羅貫中，創作時，都程度不同地違反了自然狀態，都處於自我意識過強的創作心理狀態。這種與非自覺狀態相反的過度自覺狀態，反而把握不住藝術分寸。斯坦尼斯拉夫斯基在教導演員實現創作自然狀態時，曾批評過演員的用心過切的狀態。他說：「第二個不真實的地方就是你們

1 《鏟共大觀》，見《魯迅全集》，第一版，第四卷，第一零六頁。
2 《中國小說的歷史的變遷》，見《魯迅全集》，第一版，第九卷，第三二三頁。

過份賣勁了。我不止一次地告訴過你們，在舞台上容易失掉分寸感，所以演員總是覺得他表演得不夠，對觀眾還應該表達得更多些。於是他們就使出最後一把勁。其實，應該經常記住，在舞台上不應該給你正在做的加添些甚麼，增強些甚麼，相反，倒該減掉百分之七十五以上。」[1]主觀上過於賣勁就會失掉分寸感，斯坦尼斯拉夫斯基的告誡對於作家是很有借鑒作用的。在我國的一個歷史時期中，那些「冀震聳世間耳目」的作家，極力想使他的理想人物感動讀者、征服讀者，因此，一味突出他的英雄品格，以為愈完美愈好，結果使自己的人物跨過「人」的臨界線，變成了神，而結果反而使讀者感到這些人物戴着假面具而產生厭惡感。反之亦然，跨過了「人」的臨界線，變成了鬼，同樣會失去可信性。

綜上所述，我們可以得出一個結論，這就是作家、藝術家掌握藝術分寸，掌握性格的臨界線，有兩項最重要的東西：（1）要尊重客體，但把握客體時心靈要進入自由狀態；（2）要有獨特的藝術感知器官，敏銳地感知客體的各種「細微」因素及其變化。可以說，這種藝術感知器官，或稱為藝術心理結構，就是作家、藝術家馴服藝術復仇女神的寶劍，代替上帝支配復仇女神的寶劍。作家的自我鍛鍊和自我培養，最根本的，就是鑄造出這樣一把足以征服納美西斯復仇女神的寶劍。

許多著名的作家都自覺意識到這個鍛鍊的極其重要性。他們甚至把這種感受能力和心理結構看成自己的第二天性，他們努力在讀書中、社會實踐中鍛鍊這種天性，使自己能極敏感地、較細緻地感受事物的「細微」變化，發現隱藏於事物之中的各種限度。契訶夫曾教導青年作家，要努力鍛鍊這種作家獨特的第二天性，他說：「作家務必要把自己鍛鍊成一個目光銳敏，永不罷休的觀察家……您明白，要把自

1 斯坦尼斯拉夫斯基：《斯坦尼斯拉夫斯基論文講演談話書信集》，第六零八頁。

己鍛鍊到讓觀察簡直成為習慣……彷彿變成第二天性了！」莫泊桑在《談「小說」》時特別注意作家特殊的感受方式，他認為「作品應該使用一種十分巧妙、十分隱蔽，看上去又十分簡單的手法，使人看不出斧鑿的痕跡，指不出作品的設計，發現不了他的意圖」。而所以能夠達到這種境界，是因為作家「以一種本人所特有的、而又是從他深刻慎重的觀察中綜合得出來的方式來觀看宇宙、萬物、事件和人」。而所謂獨創性，也正是「思維、觀察、理解和判斷的一種獨特的方式」，並且以這種特殊的方式突出表現那些被遲鈍的觀察家所忽視的，然而對作品卻有重要意義和整體價值的一切。因此，作家必然要創造一種特殊的感覺官能。他認為：「官能是外界生活和我們之間的唯一中介人，它使我們不得不接受它的感覺，並且決定我們的感性，在我們身上必然創造出一個和我們周圍的靈魂完全不同的靈魂。」[1]

既然是「第二天性」，就是說，它與天賦的第一天性是有區別的。應該承認，第二天性是作家後天培養起來的習慣，自己創造出來的新性格。孟偉哉同志在《作家素養三題》中談得很好，他認為，「文學習慣」（第二天性）「可以培養，可以訓練，可以長期地形成，可以使它成為自己的一個性格特點」，一些藝術大師的藝術精力、創作才華，所以至死不衰，就在於他們「養成了一種文學創作者、文學事業家的良好的習慣，那已經成為他們自然而然的性格，使他們對生活一直保持着新鮮的感覺」。這種「自然而然的性格」，正是作家的第二天性，從實踐上培養出來的感覺能力，所以他認為，如果要學習這些大師，「那就讓我們認真訓練我們的感官，提高我們的感覺能力：眼睛、耳朵、視覺、聽覺，有時還有嗅覺、觸覺……直至大腦這個總樞紐，讓它們保持高度的靈敏：使感覺器官能隨時隨地攝取各種人、

1 石爾編：《外國名作家創作經驗談》，第三二四頁，浙江人民出版社，一九八一年版。

事、情、景，使大腦能及時處理並善於儲存各種信息資料」[1]。這就是說，作家的感受能力應當成為自己身上的一個特殊性格器官。但作家的感覺能力應包括兩個方面：一種是認識性的想像力、幻想力和感覺力；一種則是實踐性的感覺力，即實際完成作品的能力，也就是凡是他想像中活着的東西好像馬上就轉到手指頭上的能力，這方面是天生的資質，但是，還要經過充份練習，才能達到高度的熟練。因此，後天的自覺的培養是極重要的。上帝是不會賦予作家制服藝術復仇女神的寶劍的，這種寶劍主要還是靠作家自己來鑄造。

培養感受能力，一般有兩種方法：一種是讀書，學習前人的感受世界的經驗和過程，另一種就是在社會實踐中反覆地觀察、體驗。關於第一種方法，茹志鵑同志曾經談了自己的體會，她說，她除實踐多寫外，就是多看，多看些文藝作品，但不能和一般看書那樣作為一種欣賞或享受，還要作些剖析。她說：「我多看，看了就分析一下，作品給我的某一種美妙的感受，是如何組成的，看多以後我產生一種自然的感覺，也就是養成一種藝術的感受能力（這種感受能力，必然是受到自己的性格、水平、世界觀的限制）。這種藝術感受力起很大作用。」[2]王蒙同志提倡多讀書、多積累、多研究，也是培養藝術感受能力的一種手段。另一個方法，就是全身心地撲向生活，在社會生活中不斷感受，不斷體驗，不斷觀察。這一點幾乎是每一個有成就的作家必然要做的，只是程度很不同。例如海明威，他是一個極端敏感的作家，他的作品把人類不可征服的精神力量表現得淋漓盡致而且很有分寸，特別是對戰爭的描述，對死亡的挑戰，都是令人驚嘆的。這是因為他的一生，正是以全副身心去感受生活，他盡可能地感受，

1 彭華生、錢先培編：《新時期作家談創作》，第二六四——二六六頁，人民文學出版社，一九八三年版。
2 同上，第二零頁。

盡可能地體驗，盡可能地觀察，他甚至敢於面對死亡，屢次向死亡挑戰。他一有機會就走向生死搏鬥的戰場，去感受人類那種驚心動魄的生活。他在槍林彈雨中留下無數的傷痕，曾九次中彈，頭部曾六次受傷，腦殼破裂一次，腦部受擊震動十二次，而且還有兩次汽車失事、兩次飛機失事的經歷。最嚴重的是在意大利被炸傷，身上中了二百三十七塊彈片，但死神不僅沒有征服他，反而被他所征服。他的這種經歷，使他對人類的愛憎態度和奮鬥精神有了深刻的體驗。也許這就是所謂「高峰體驗」。他的《老人與海》所表現出來的人類的不可戰勝的精神力量是那樣扣人心弦，而且老人與大自然的搏鬥細節又是那樣準確，那樣可信，就是因為他在最嚴酷的環境下鑄造了自己的非凡的感受能力。那種使死神與復仇女神都嘆服的作家、藝術家的審美心理結構，是以敏銳的感性能力為特徵的，但是，它也積澱着理性的東西，這種理性的東西幫助作家把感受到的東西加以理解，深化自己的感覺，它在感受過程與表現過程中雖不起支配作用，但它的調節作用和深化作用是很重要的。

第九章

二重組合原理的哲學依據

第一節　個性之謎與性格的雙向逆反運動

在本節中，我將從哲學的角度，再次論述人物性格的二重組合原理。我想通過這種論述，進一步闡明二重組合原理的哲學依據。

我的闡述主要是從必然性與偶然性這對範疇來展開的。我很贊成李澤厚同志關於典型哲學範疇要從共性與個性進一步推向必然與偶然的範疇的觀點，他說：「典型作為共性與個性的統一，就不要停留在一種靜止的抽象了解中，應該更加具體地來研究這種統一的特點，由共性與個性的範疇進到更深一層的本質與現象、必然與偶然的範疇上來。」[1] 這就是說，我們通過必然與偶然這對範疇來探究典型，將會更具體、更深刻地了解人物性格的共性與個性，我們將可能在理論上贏得某種前進。

典型塑造的目標是追求個性的豐富性。其實，在文學藝術作品中甚麼樣的人物形象是典型，甚麼樣的人物形象不是典型，這裏並沒有明確的邊界。但一般公認的中外文學史上的典型，它們的成功的基礎，都是在於它們的個性的無限豐富性。有了個性的豐富性，而且在這種豐富的個性中積澱着人類某些普遍的人性特徵，就有可能成為典型。沒有具備審美意義的豐富個性，就沒有藝術典型。人物性格的二重組合原理所尋找的道路正是通向個性豐富性的道路，也是通向具有較高審美價值的典型塑造的道路。世界上許多偉大的作家，並不知道甚麼叫典型，但因為他們追求個性的豐富性，所以，他們自然地達到

1　李澤厚：《典型初探》，見《美學論集》，第二九零頁。

了典型的境界。一個作家不能給典型的本質作完整的、嚴密的答覆並不會影響他的成功，但是一個無視人物個性豐富性的作家，卻非失敗不可。因此，真切地了解藝術規律的作家，總在暗暗地追求着豐富的個性，悄悄地向個性豐富性的目標靠攏，而不是去無謂地照搬教科書上的典型定義，然後把凝固化的定義映射到自己筆下的人物身上。他們知道這樣做，人物一降生，就等於死亡。

在上一章已經談過，人物形象的個性是個模糊性概念，事實上，誰也無法給個性下一個確切的、無所不包的定義。如果從語義學的角度，給個性一種表面上的註釋，說個性就是個別性，就是不可重複性，就是複雜性，這實際上是語義重複，並沒有解決任何問題。

有經驗的作家常常為此苦惱，甚至覺得個性簡直是一個謎。劉心武把個性比作司芬克斯之謎，這不是沒有道理的。林語堂在他的力作《蘇東坡傳》中更明確地說：「個性永遠是一個謎。世上有一個蘇東坡，卻不可能有第二個。個性的定義只能滿足下定義的專家。」[1] 在他看來，給個性下定義，不過是下定義者的自我滿足，不可能帶給作家任何理智上的滿足。他以蘇東坡為例說：「由一個多才多藝、多彩多姿人物的生平和性格中挑出一組讀者喜歡的特性，這倒不難。我可以說蘇東坡是一個不可救藥的樂天派，一個偉大的人道主義者，一個百姓的朋友，一個大文豪，大書法家，創新的畫家，造酒試驗家，一個工程師，一個憎恨清教徒主義的人，一位瑜伽修行者，佛教徒，巨儒政治家，一個皇帝的秘書，酒仙，厚道的法官，一位在政治上專唱反調的人，一個日夜徘徊者，一個詩人，一個小丑。但是這還不足以道出蘇東坡的全部。一提到蘇東坡，中國人總是親切而溫暖地會心一笑，這個結論也許最能表現他的

1 林語堂：《蘇東坡傳》，第一—二頁，遠景出版社，一九七八年版。

特質。蘇東坡比中國其他的詩人更具有多面性天才的豐富感、變化感和幽默感，智能優異，心靈卻像天真的小孩——這種混合等於耶穌所謂蛇的智慧加上鴿子的溫文。」[1]只能會心一笑，意會於心，不可言傳，不可理喻，真正的個性實在太豐富了，它的確是無法用明確的概念加以界定和規範的。而惟其不可能明確地加以界定和規範，個性才有無限的豐富性。

所以，我不想重新陷入個性定義的揣測之中，我只想尋找豐富個性的內在機制。我提出的人物性格的二重組合，正是這種內在機制。而現在，我想用哲學的語言說，二重組合的哲學依據就在於必然性與偶然性的統一。也就是說，在審美意義上的必然性與偶然性的有機組合（不是現實現象中一般的必然性與偶然性的組合），正是個性豐富性的內在機制。當我找到這個內在機制之後，就不得不對流行的典型理論以及流行的關於個性的種種規範提出疑義。我的疑義，不針對任何個人。我只是相當強烈地意識到，以往流行的典型理論和對個性的一些規定，對於文藝創作的公式化與概念化，已經造成相當嚴重的影響，在一定程度它已經成為一種負擔，因此，我不得不嘗試擺脫這種負擔。

以往流行的典型理論，對個性的解釋有一個根本失誤，這就是把個性看成是共性的具體形態，把現象看做是本質的直接表現，把偶然看做未知（尚未認識到）的必然。他們說：個性——真實的偶然的現象形態只是藝術典型的形式，只有共性——高度真實的必然的本質規律才是藝術典型的內容。一切豐富生動的事物形態都是某種必然性的派生形式，任何藝術典型都必須是過濾掉偶然性的「純金」。這樣一來，個性與共性、現象與本質、偶然與必然便只有同一性（共性的同一、必然的同一），而不成其為

1 林語堂：《蘇東坡傳》，第一—二頁，遠景出版社，一九七八年版。

對立統一的範疇，這在實際上就取消了個性、現象和偶然。不幸的是，這種錯誤的觀念一直被認為是無可懷疑的，直到近年來的典型理論還有這種看法。但是，恰恰是這種基本觀念，使新中國成立後許多文學形象成為過濾掉個性的「純金」，許多作家成了共性內容的形象註釋家。而他們理解的共性內容又是那樣簡單，那麼觀念化。例如，工人階級的共性經過抽象之後就是大公無私、最有遠見、最守紀律這幾條。但是，給這幾條抽象化內容作形象的註釋，賦予它若干現象形式，難道就能成為典型了嗎？其實並不這麼簡單。

上述這種哲學觀是斯賓諾莎早已確立的機械論。斯賓諾莎認為一切事物都不過是必然的存在方式和動作，偶然也只是必然內容的反映形式。因此，實際上並沒有偶然東西的存在，他說：「自然中沒有任何偶然的東西，反之一切事物都受神的本性的必然性所決定而以一定方式存在和動作。」[1] 法國的唯物主義者霍爾巴赫也不承認有偶然東西的存在，也認為事物的偶然只是知識缺陷的結果，他說：「事實上，我們是把一切看不出與原因有聯繫的結果歸之於偶然。因此我們使用偶然一詞，乃是為了掩蓋自己的無知。」[2] 這些唯物主義者排斥偶然的看法，其實正是一種形而上學的觀點。辯證法認為，偶然的東西既無根據又有根據，偶然性中有必然性，必然性中也有偶然性。事物的必然性表現為無限的可能性，但這種可能性並不是朝着同一邏輯方向運動，而是雙向逆反運動。只有這種雙向的可能性才是真正的偶然性。也就是說，必然性正是通過雙向可能性的矛盾運動才與偶然性構成一對辯證範疇。在反對斯賓諾莎的機械論時，黑格爾的巨大貢獻，正是闡明了這種正確的辯證內容，道破偶然性就是雙向可能性，必

1 斯賓諾莎：《倫理學》，第二七頁，商務印書館，一九五八年版。
2 霍爾巴赫：《自然體系》，見北京大學哲學系外國哲學史教研室編譯：《西方古典哲學原著選輯：十八世紀法國哲學》，第六零五頁。

然性與偶然性正是統一在這種雙向可能性的矛盾運動之中。他批評了斯賓諾莎排除偶然性單求必然性的趨向，指出：「科學，特別哲學的職責，誠屬不錯，在於從偶然性的假象裏去認知潛蘊着的必然性。但這意思並不是說，那偶然的事物僅屬於我們的主觀的表象（意即把偶然的東西歸之於主觀的無知——引者），因此，為求得真理起見，只消完全予以排斥就行了。任何科學的研究，如果太片面地採取排斥偶然性單求必然性的趨向，將不免受到空疏的『把戲』和『固執的學究』的正當的譏評。」[1] 黑格爾在論述必然與偶然的辯證法時，提出的最重要的觀點就是，凡是偶然的東西，總是既具有這樣的可能性，也具有那樣的可能性。例如一個豌豆莢中可能有五粒豌豆，也可能有四粒或六粒，這是偶然的，不是必然的。他說：「可能與現實的統一，就是偶然。——偶然的東西是一個現實的東西，它同時只被規定為可能的，同樣有它的他物或對立面。」[2] 又說：「偶然的東西，因為它是偶然的，所以沒有根據；同樣也因為它是偶然的，所以有一個根據。」[3] 這裏我們所引的前一段話，張世英同志在他的《論黑格爾的邏輯學》中引述時譯成我們更容易了解的文字：「可能性與實在的統一，就是偶然性。——偶然性的東西是一種實在的東西，同時也被規定為只是可能的，它的另一面或反面也同樣是可能的。」[4] 這段文字讓我們可以更明確地了解，所謂偶然性正是雙向可能性。就是說，凡是偶然的東西，總是既有這樣的可能性，也有那樣的可能性。這種對偶然性的見解是非常重要的，它正是我們打開必然與偶然這對哲學範疇之門的鑰匙，也是我們理解二重組合原理哲學基礎的關鍵。關於黑格爾對於必然與偶然的辯證見解，

1　黑格爾：《小邏輯》，第三一零頁。
2　黑格爾：《邏輯學》下卷，第一九七頁。
3　同上。
4　張世英：《論黑格爾的邏輯學》，上海人民出版社，一九六四年版。

恩格斯曾這樣地評說：「同這兩種觀點相對立，黑格爾提出了前所未聞的命題：偶然的東西正因為是偶然的，所以有某種根據，而且正因為是偶然的，所以也就沒有根據；偶然的東西是必然的；必然性自我規定為偶然性，而另一方面，這種偶然性又寧可說是絕對的必然性……自然科學把這些命題當作悖理的文字遊戲、當作自相矛盾的胡說乾脆拋在一旁，並且在理論上一方面保持沃爾弗式的形而上學的空虛思想，認為一個事物不是偶然的，就是必然的，但是不能同時既是偶然的，又是必然的，另一方面，又堅持同樣思想空虛的機械的決定論，在一般意義上在口頭上否認偶然性，而在每一個特定場合實際上又承認偶然性。」[1]

要承認偶然中有必然、必然中也有偶然這個「前所未聞」的命題，就應當承認偶然性的真正含義在於雙向可能性，也就是說，偶然性包含着可能性的兩極，而這兩極的最終統一，就是必然性。人物性格的二重組合的深刻根源就是事物的必然性與偶然性的矛盾運動，就是這種可能性兩極的對立統一運動。在哲學科學裏，個性與共性、現象與本質、偶然與必然、差異與同一都是同一序列的概念。在典型塑造中，必然性就是人物性格的共性，偶然性則是人物的個性。必然性是抽象的存在，偶然性才是具體的存在。必然性總是寓於偶然性之中，共性總是寓於個性之中。這裏問題的關鍵在於偶然性是雙向的可能性，即既可能這樣又可能那樣，既可能是善的，又可能是惡的，既可能是美的又可能是醜的，既可能是聖潔的，又可能是鄙俗的，等等。因此，偶然性本身是二極的必然性。這就是必然性與偶然性的內在矛盾，因此，任何事物都是必然性規定下的雙向可能性的統一。就一個人來說，每個人的性格都是在性格

1《自然辯證法》，見《馬克思恩格斯選集》，第二版，第四卷，第三二六頁。

核心規定下的兩種性格可能性的統一，這就是二重組合原理的哲學根據。

世界和歷史是由無窮的偶然性構成的，人生活在其中，也必然是由無數的偶然性所構成。以往流行的典型理論的失誤恰恰表現在對偶然性範疇的錯誤理解上，即把偶然性理解為必然性的具體表現形態，並進一步推論，把個性理解為共性的具體表現形態。這樣，偶然性就變成了必然性的演繹，個性也變成共性的演繹。根據這種理解，所謂人物個性，實際上是一種假個性，即被限制在幾個共性抽象概念範圍內的所謂個性。儘管一些作家竭力想創造一些具有個性的人物，但是，由於他們信奉錯誤的理論觀念，因此，總是無法擺脫片面共性觀念的束縛，總是走入雷同化的死胡同。這種理論上和創作實踐上的教訓，可以說是十分慘重的。

現在，我們應當拋開這種錯誤的理論，使偶然性的範疇恢復到它的自身，揭示它本來的內涵，即雙向可能性的內涵。在人的性格領域、感情領域，偶然性是特別重要的。不同的領域，偶然性的表現程度、活躍程度是不一樣的，在人的感情領域，在表現人的感情世界的文學藝術領域，偶然性的活潑程度是最高的。恩格斯曾說：「歷史上所有其他的偶然現象和表面的偶然現象都是如此。我們所研究的領域愈是遠離經濟，愈是接近於純粹抽象的意識形態，我們就愈是發現它在自己的發展中表現為偶然現象，它的曲線就愈是曲折。」[1] 如果說思想領域裏偶然性的活躍程度大大超過經濟領域，那麼，我們可以毫無疑問地說，在人的感情領域——距離經濟領域更加遠的情感領域，其偶然性就更多，偶然性的活躍程度就更使人們驚嘆。幾乎找不到另一個領域，它的曲線能比人的情感領域更加曲折。

1 《恩格斯致瓦・博爾吉烏斯》，見《馬克思恩格斯選集》，第二版，第四卷，第七三三頁。

只有充滿偶然性的人才是真實的、活生生的、現實形態的人，而必然性只有在思辨中才存在。偶然性表現在人的性格的情感領域，就是它的不確定性、不穩定性、不可捉摸性，它隨時都可能這樣，也隨時都可能那樣。而這種偶然性才給文學藝術家提供了無限廣闊的思維空間。十九世紀德國著名的軍事理論家克勞塞維茨在《戰爭論》中談到感情活動特點時，曾經非常精彩地説明偶然性在人的情感領域中的重要位置，他認為戰爭是「概然性的計算」，這種計算「只要再加上偶然性這個要素，戰爭就成為賭博了，而戰爭中是確實不會缺少偶然性的。在人類的活動中再沒有像戰爭這樣經常而又普遍地同偶然性接觸的活動了。而且隨偶然性而來的機遇以及隨機遇而來的幸運，在戰爭中也佔有重要的地位」。「在軍事藝術中，數學上所謂的絕對值根本就沒有存在的基礎，在這裏只有各種可能性、概然性、幸運和不幸的活動，它們像織物的經緯線一樣交織在戰爭中，使戰爭在人類各種活動中最近似賭博。」[1] 他還認為人的情感活動最難捉摸和確定，「雖然人的理智總是喜歡追求明確和肯定，可是人的感情不願跟隨理智走那條哲學探索和邏輯推論的狹窄小道，因為沿着這條小道它會幾乎不知不覺地進入陌生的境界，原來熟悉的一切就彷彿離它很遠了（按：所謂陌生的即不喜歡的——引者），它寧願和想像力一起逗留在偶然性和幸運的王國裏。在這裏，它不受貧乏的必然性的束縛，而沉溺在無窮無盡的可能性中。在可能性的鼓舞下，勇氣就如虎添翼，像一個勇敢的游泳者投入激流一樣，毅然投入冒險和危險中。……在這種情況下，理論難道可以不考慮人的感情而一味追求絕對的結論和規則嗎？如果是這樣的理論，那它對現實生活就沒有甚麼用處了。理論應該考慮到人的感情，應該讓勇氣、大膽甚至蠻幹獲得應有的地位。

1 克勞塞維茨：《戰爭論》，第一卷，第四零頁，商務印書館，一九七八年版。

軍事藝術是同活的對象和精神力量打交道，因此，在任何地方都達不到絕對和肯定。」[1] 克勞塞維茨不是一個軍事教條主義者，他正視人與人之間的戰爭充滿着偶然性，即具有「無窮無盡的可能性」，任何絕對的結論和規範都是徒勞無益的。文學藝術與軍事藝術有一點是相通的，就是他們都是同活的人打交道，都是充滿着人的感情的活動，面對的都是活的對象和最活躍的精神力量，因此，儘管作家、藝術家與軍事家都要尋找明確和肯定，但是，這只是願望而已，實際上，作家的表現對象——人，總是隨時在變化着的、不可捉摸的，也就是說，隨時都存在着這一種可能，又存在着另一種可能。正因為軍事藝術家和文學藝術家面對的不是貧乏的必然支配下的對象，因此，他們才有用武之地、想像之地，才有最充份的表現自己的智慧才能的天地。如果軍事家們面對的是一群殭屍，一群大炮口下的固定靶子，那麼，軍事家也就無從施展它的才能；如果文學藝術家面對的是一些受必然性束縛的機器人，他們也就無從表現出自己的才能與個性。

真正能夠激動人類心靈的文學形象，其實沒有一個是按照死板的公式複製出來的，也沒有一個按照幾點共性概念（本質、必然）去尋找具體形態而獲得成功的。任何成功的藝術形象都是活生生的人的豐富個性形象，他們任何時候都處於雙向可能性之中。像《威尼斯商人》中的夏洛克，他作為一個貪婪的猶太商人，按照貧乏的所謂「必然」的規定，他將無窮盡地追求金錢。金錢慾就是這位資本家的本質、共性，無可爭議的必然性。但是他在履行他和安東尼奧的協議時，卻堅定地要安東尼奧身上的肉，而不要金錢。安東尼奧的妻子和朋友想用大量的金錢，用二十倍的賠償來打動夏洛克的心，以免切割這一磅

1　克勞塞維茨：《戰爭論》，第一卷，第四一—四二頁。

肉，但仍然遭到夏洛克的拒絕。按照機械的必然律，夏洛克必定要在大量的金錢面前瓦解自己的意志（應當承認，這種可能性是存在的）。但是，夏洛克表現出另一種可能性，另一種比金錢慾更執着的慾望——他要顯示一下猶太人的尊嚴，因此，他無情地要這一磅肉，任何金錢的誘惑都不能使他動搖。這種可怕的執着，令人意外的斬釘截鐵的行為，既反映出他性格的狠毒，也反映出他離開了自身原有的最重要的本質必然——貪婪地追逐金錢，而表現出他決心為猶太人鳴不平的一面。夏洛克性格中的這種雙向逆反現象，正是他的個性之所在。

讀過茨威格的小說《一個女人一生中的二十四小時》的人，大約都會強烈地感受到人物性格無窮盡的雙向可能性，都會感到人物內心世界充滿着風采與生氣的雙向逆反運動。關於這篇小說，高爾基給予很高的評價，他在一九二六年十一月九日給茨威格的信中說：「過去談到《一個陌生女人的來信》時，我對您以罕見的溫存和同情來描寫婦女，就已讚賞不已，關於《一個女人一生中的二十四小時》，我要再一次重複這些話，但要補充一點，即這個短篇您寫得比《一個陌生女人的來信》、《阿莫克》、《折磨人的秘密》以及收進這兩本書俄文版裏的所有作品，都更見匠心。……您的小說中的人物所以能打動人，是因為您使他們比我耳聞目睹的那些活人更加高尚，更有人性。」[1] 同年十二月十九日茨威格致高爾基的信中說：「您的話對我產生了無比美好的影響。我認為，自從我們的世界外表上變得愈來愈單調，生活變得愈來愈機械的時候起，就應當在靈魂深處發掘絕然相反的東西，做一個勇敢而又正直的人。我們的責任是要做親眼目睹的這一無休止的進程的見證人，極其真實而又明確有力地說出自己的意見，這

1　高爾基、羅曼·羅蘭、茨威格：《三人書簡》，第一五八—一五九頁，湖南人民出版社，一九八零年版。

就是我們現在所能做的一切。」[1]

茨威格所講的「在靈魂深處發掘絕然相反的東西」，這兩種東西互相碰擊，形成了性格雙向可能性的矛盾運動。他決定自己要作為這種矛盾運動的見證人，因此，他勇敢地寫，寫出了很多動人心魄的優秀小說。

《一個女人一生中的二十四小時》的前奏曲講了一個故事：一個三十三歲上下、聲譽清白（不愛接近人）的女人（亨麗哀太太）突然動了感情，一夜之間變了心，撇開自己的丈夫和兩個孩子，跟隨一個素不相識、從遠方到此旅行的漂亮的年輕男人遠走天涯。事件的發生如此偶然，這對於清白的亨麗哀太太來說，是可能的嗎？同一公寓裏的旅客們進行了激烈的爭辯。作品中的「我」也加入爭辯。所有的人都斷定，一個有身份的太太與一個相識不久的青年相隨私奔，「這是絕不可能的事」。這時作品中的「我」卻覺得「可能」，並竭力為這一種可能性甚至為它的可靠性作辯：「有一種女人，多年對婚後生活深感失望，內心裏因而早已有準備，逢到任何有力的進攻就會立刻委身相從。」小說中的「我」比一般人更聰慧地看到另一種可能性，看到偶然性中有它的必然根據。他的意見雖遭到劇烈的反對，但是卻感動了一個白髮蒼蒼的已經六十七歲的老女人，於是，她向作者講述她自己一生中經歷過一個偶然的但是非常真實動人的故事。這個故事有力地說明偶然中的必然，以及偶然與必然是怎樣地神妙地統一在生龍活虎的人的生命之中的。這個女人（C太太）在四十二歲時，由於失去了心愛的丈夫而心灰意冷地到處旅行，生活處於死水般的寂寞之中。但是，有一天她在觀賞賭博時，卻意外地發現一個漂亮迷人的、充滿着生

1　高爾基、羅曼・羅蘭、茨威格：《三人書簡》，第一六零頁，湖南人民出版社，一九八零年版。

命活力的年輕人，這位手上、臉上都洶湧着生命活力的年輕人，激起了C太太的情感的波濤。但她很快就發現，這個青年因賭博的徹底失敗而絕望，並行將自殺。於是，她跟蹤着他，並把他從自我摧殘中喚醒，把他拉到一個低級旅館裏。她把這個處於懸崖邊上即將粉碎的人拉回到生路上，情感上得到一種滿足。但是，這個時候，她所拯救的這個青年在臨死前卻瘋狂地表現出一種生命的渴念，他把她拖入旅館一起度過一個黑暗的、迷狂的、肉的夜晚。第二天早晨，她從迷亂中醒來，發現身旁睡着這個半裸着身子的陌生人，慚愧、恥辱、憤恨一起湧在心頭，她決定在人們不知道這種醜聞時趕快離開他，可是在離開之前，她偶然地、情不自禁地看了這個青年一眼，這時，她驚呆了。這個還在睡夢中的青年，經過她的愛的滋養之後，竟顯得非常溫柔，一張臉好像有着絕妙的雕塑技巧，全部情緒都在表達他內心的重壓解除之後而呈現出來的天堂福祉般的舒坦、怡適、得救。這時，她的恐慌、羞愧和憤恨突然消失，她意識到，這個充滿生命活力的青年正是她從死神的手裏奪回來的，因此，她頓然感到這個青年人就像自己經受了無邊的痛苦之後而孕育出來的嬰兒，這時，她的污濁感被神聖感所代替了。而這個青年醒來之後，似乎明白過去所發生的一切，他羞愧、感激，心中充滿着對這個拯救者的敬愛，他內心那些文明的純潔的東西重新萌芽了。此時，這位C太太的人性得到一次昇華，她性格中高貴的一切在更高的層次上放射着光輝。可是，當這個青年按照她的安排將要乘車返回家鄉而離開她的時候，她感到大失所望，她失望的是這個青年竟然那麼馴服地聽從她的安排離開她，竟沒有緊緊抓住她，要求留在她的身旁，她深深地失望，這個青年只是尊敬她，把她作為一個聖者，而沒有覺得她是一個女人。這個時候，她發現自己愛上了這個青年。一個清白的女人，一個心灰意冷的中年母親，此時出現一種狂熱的感情，她覺得甚麼都可以不要，甚麼罪名也不怕，只要能得到他。於是，她瘋狂地進行自我拼搏，瘋狂地追到車站企圖喚回這個青年，以扭轉自己心靈中出現的這個大傾斜。先不說之後的情節，僅僅到這裏，我們就可以看到，C太太令人信服地感到，她是人，她是現實形態的充滿着血肉的人，自然地展示着本身全部個性豐富性的人。因此，茨威格通過她的口，對她自己偶然經歷的人生片段作了這樣解釋，這就是，那些常常被我們認為是不可能的（偶然的），恰恰是可能的，必然的。她說：

……

我是一個終生操行無虧的女人，與人交往一向重視合於習俗的身份人品，在這方面要求得最是嚴格，如果先一天有人告訴我，說我會跟一個從來不認識的年輕人，一個比我的兒子大不了多少、而且偷竊過珠寶胸飾的人，非常親密地共坐一起，我一定認為說這話的人精神失常。可是……誰要是像我那樣，前夜親身經歷過那類狂風暴雨一般的意外遭遇，就會覺得「不可能」這個詞忽然失去了意義。

這位太太，在自己經受了一場深刻的生活體驗後承認，她這麼一個女人與這個青年人之間所發生的事——這在未體驗之前一定會覺得是不可能的事，完全是帶偶然性的事，卻是完全可能的，完全必然的。而那個年輕人，在他決心走向死亡之前竟然瘋狂地對一個拯救她的女人發洩那樣的情慾，也是不可思議的，非常偶然的。可是，這位有過痛苦體驗的太太，卻看到這種生命的偶然現象恰恰是人生與自然的必然奇觀，只有那種不了解人的情感世界的神奇性的作家，才會粗野地淨化人在生命歷程中出現的種種偶然現象，蘊藏着必然的偶然現象。她說得多麼好啊：

那天晚上那間屋子裏發生的事……我身上每根神經都有感覺，萬分確切地感覺到這個陌生的人，這個一半已經沉淪的人，像是在絕命的一剎那忽然懼怕死亡，露出了無盡的渴念和激情，要抓牢最後一點希望……拿我來說，如果沒有這一次可怕的意外遭遇，也絕難料想到人生會有這種經歷。一個已經自棄了的人，一個已經沉淪了的人，竟會多麼熱切如焚地、多麼苦痛絕望地露出渴念——何等放縱不羈的渴念，要再吸啜一回生命，想吸乾每一滴鮮紅的熱血！如果不是親自經歷，我在今天，與所有生活的邪魔力量疏遠了二十多年，絕難體會大自然的豪壯和瑰奇，它常常能夠瞬息之間千聚萬匯，使冷和熱，生和死，昂奮與絕望一齊同時奔臨。那一夜是那樣的充滿了鬥爭和辯解，充滿了激情、憤怒和憎恨，充滿了混合着誓言與醉狂的熱淚，我只覺得像是過了一年。

這段散文詩般的內心獨白，把人生的豪壯、瑰麗、迷人表述得多麼精彩！是啊，人，這個世界上最奇異的生命，隨時都包含着雙向的可能性，隨時都有二極相反的東西在匯聚，在奔臨，在互相組合，隨時都有意外的遭遇，一切偶然的激情、憤怒與憎恨，一切情感的鬥爭與辯解，一切意外的沉淪與渴望，在一定的特殊環境中，都是可能發生的。

我們再欣賞一下莎士比亞的悲劇人物麥克白。這是一個謀殺鄧肯王的野心家。這個人物形象所以塑造成功，使人感到他是一個狠毒的然而又是一個生氣勃勃的活人，就因為莎士比亞酣暢淋漓地表現了這個野心家性格中的雙向可能性。他的任何一個行為，好像是必然，但又好像是偶然的，他在實現預定的一種可能時，總是被另一種可能性所牽制，所指責，所抗議。他內心的動盪和搏鬥，正是在兩種可能性之間的一種痛苦的搖擺。他在兩種可能性中對比、選擇、拼搏，讓矛盾打擊着自己的心。麥克白確實是一個壞蛋，但不是一個簡單的、只懂得殺人的壞蛋，因此，他不僅使讀者憎惡，而且使讀者同情。他身上包含着勝利和失敗兩種可能性，如果環境變異，他就可能變成一個英雄。他的妻子一上場就解剖了他的靈魂的雙向性，她說：「我卻為你的天性憂慮：它充滿了太多的人情的乳臭，使你不敢採取最近的捷徑；你希望做一個偉大的人物，你不是沒有野心，可是你卻缺少和那種野心相聯屬的奸惡；你的慾望很大，但又希望只用正當的手段；一方面不願玩弄機詐，一方面卻又要作非份的攫奪；偉大的爵士，你想要的那東西正在喊：你要到手，就得這樣幹！你也不是不肯這樣幹，而是怕幹。」麥克白的天性裏確實有善與惡二極因素的激烈搏鬥，他的性格世界中並非全是邪惡，他作為一個英勇的蘇格蘭大將，在替鄧肯王平息叛亂中表現出非凡的勇敢和高貴的天性，像煞星似地一路上砍殺過去，真是所向無敵。連鄧肯王也稱讚他是「英勇的表弟，尊貴的壯士」。但是，他的善良的天性卻被瘋狂的權慾所撕毀，以致不惜用黑暗的罪惡手段來實現這種權慾。莎士比亞抓住麥克白第一天性與第二天性的搏鬥，既寫出他的巨大罪惡，又寫出他在製造罪惡過程中的猶豫、痛苦、恐怖，令人驚心動魄。

麥克白的自我搏鬥在三個層次上展開，而每個層次都包含着前進與退卻的可能性，前進一步就踏入無底的深淵，退卻一步則保留着自己的良心。

第一層次是在謀殺之前，他強烈地預感到自己的罪惡和這種罪惡將受懲罰：「……要是這一刀砍下去，就可以完成一切、終結一切、解決一切——在這人世上，僅僅在這人世上，在時間這大海的淺灘上；那麼來生我也就顧不到了。可是在這種事情上，我們往往逃不過現世的裁判；我們樹立下血的榜樣，教會別人殺人，結果反而自己被人所殺……」這個時候，他的良知時而沉淪，時而浮起，時而在權慾面前屈服，時而在野心面前抗爭，在良心與野心的互相扭結與掙扎中，他想到鄧肯王對他的信任，想到這位國王的稟性仁慈，想到他一旦殺死了國王，國王的美德仍然將像天使一般地發出喇叭一樣清澈的聲音，向世人昭告他的弒君的重罪；這種內心的劇烈的拼搏，幾乎迫使他從罪惡的陣地上撤退回來。就在這兩種可能性逼迫他進行嚴酷的選擇時，他的惡毒的妻子指責他是一個「懦夫」「一頭畏首畏尾的貓兒」，用令人昏醉的花言巧語，煽動他的權慾繼續燃燒。這時，他的野心由於外在因素的注入又膨脹起來而終於重新戰勝了良心，走上弒君的黑暗深淵。

第二層次是在弒君行為發生時，他的靈魂產生分裂，造成種種幻象，這是他的野心與良心在潛意識層次上的又一次拼搏，他覺得自己已經殺害了睡眠，永遠不得安寧了。這個階段，麥克白一方面完成了罪惡，一方面殘留在他身上的良心的抗議也強烈化。他的罪惡嚴重到了極點，他的靈魂也沉重到了極點，沉重到他沒有剩餘的力量請求上帝保佑。這說明他靈魂深處還有一種與罪惡相敵對的力量在抗爭，這種抗爭，使他永遠失去安寧，失去消除疲勞的沐浴，失去療治受傷心靈的油膏。

第三層次是麥克白當了國王之後，這個時候，他覺得自己戴着的桂冠長滿了荊棘，他為了保持桂冠，又不能不製造更多的罪惡（殺死班柯），於是，他感到良心負載了更大的罪咎，「心病」一天一天地加重，因此，他意識到一種與他的弒君願望完全相反的結果，他感到真正不幸的倒不是被殺的鄧肯王，而是殺人的自己。他恐怖地感受到自己已遭逢到人生「最悲慘的命運」，他的兩足已深陷入血泊之中。但是，他性格中那些邪惡的因素仍然是強大的，仍然逼迫他繼續涉血前進，因為回頭的路也是充滿着黑暗的，於是，他又繼續帶着罪惡而沉重的靈魂走上最後的毀滅。莎士比亞把麥克白的靈魂深處自我搏鬥的歷程寫得像生死搏鬥的戰場一樣，正如英國的莎士比亞的研究家赫士列特說的，麥克白的內心「是猛烈的極端感情的會合，是你死我活的對立天性之間的戰爭。……光與暗被斷然地塗畫出來；從勝利到絕望，從極端恐懼到死亡的安息之間的過渡既突然又驚人；每種強烈感情都引來伴隨它的、與它相反的感情；各種思想像在黑暗中那樣互相推來擠去」[1]。赫士列特把麥克白與莎士比亞筆下的理查三世加以對比，說這兩個人物，「在一般人筆下，而且實際上在任何詩人筆下，這兩個人物都會成為經過或多或少誇張的、同樣的一般概念的重複。因為他們兩人都是暴君、篡位者、兇手，都是心懷異志的、有野心的，都是勇敢、殘暴、陰謀多端的。但是理查之殘暴是出於天性與體質，麥克白之殘暴是由於偶然條件。理查生來身體和思想都有缺陷，並且天生不能為善。麥克白充滿了『人類慈善的乳汁』，他坦率、喜歡交際、慷慨大方。他是讓大好機會、妻子的慫恿和預言的告知引誘犯罪的。命運與超現實的力量共同反對他的美德與忠心。相反，理查並不需要策動者，而是由不可控制的暴烈脾氣和不顧一切的對作惡的愛好……他只有在計劃作惡或作惡成功時才覺得愉快：麥克白一想到暗殺鄧肯——這是費了很大力氣才說服他去幹的——就充滿了恐怖，在事後又充滿了悔恨。」[2] 赫士特列正確地指出，像麥克白與理查三世都是野心家，他們都必然地具有心懷異志、殘暴、陰謀多端這種野心家的必然性，但他們的行為並不是這種野心家必然性的存在方式和動作。同樣是殘暴，理查三世的殘暴與麥克白的殘暴全然不同。麥克白的殘暴所以是充滿着個性豐富性的殘暴，這就是他在實現自己的殘暴過程中處處受到非殘暴一面的抗議，處處受到另一種可能性的牽制，他使人相信，如果不是「由於偶然條件」，麥克白完全可能成為另一個人。

1 楊周翰編選：《莎士比亞評論彙編》，上冊，第二零一頁。
2 同上，第二零二—二零三頁。

他的軀體中積澱着的那些人類慈祥的乳汁完全可能使他成為一個英雄。他的天性的墮落，他悲劇性地變成一個罪惡昭彰的野心家，帶有極大的偶然性，但這種偶然性又是那樣自然，那樣合乎邏輯，由於麥克白性格中的這種雙向逆反運動，他才成為具有獨特個性的「這一個」，不可重複的這一個，與理查三世這種野心家完全不同的「這一個」。如果按照我們以往流行的典型理論，把麥克白的個性作為野心家共性（心懷異志、殘暴、陰謀多端）的具體形態，排除他在實現野心過程中的任何偶然特徵，不敢真實地展示他性格深層中的雙向逆反運動，只寫他的一種黑暗的可能性，一種弒君的必然的邏輯方向，那麼，這個麥克白就只能成為一種野心家的類型，而不會有自己的個性。

描寫麥克白這種大野心家，應當敢於寫出他的性格深層結構中的雙向逆反運動，而描寫英雄人物也應當如此。任何人間的英雄豪傑都是人，他們在展示自身的英雄人生時，絕非每時每刻都朝着同一邏輯方向行走，在他的生活路上，也充滿着偶然，他們的行為也總是包含着相反方向的可能性。布萊希特說：「在塑造英雄人物時要考慮到英雄人物有時也會做出別人意想不到的非英雄行為。在塑造膽小鬼時也要考慮到他有時也是勇敢的。用是英雄或是膽小鬼一句話來概括人物性格，是很危險的。」[1]與這個意見相似，高爾基在一九二三年八月六日致羅曼·羅蘭的信中這樣講述他的一部新小說的構思，他說：「我在發狂地工作，我利用了我的部份《日記》，似可搞一本獨特的東西。我寫完了凶狠的《土匪的故事》。現在我正在寫某個俄羅斯英雄，他是真誠的革命者，同時，又是真誠的陰謀家，他把自己的朋友送上絞架。這不是我所知道的、真有其人的阿瑟夫。在我看來，阿瑟夫純粹是個貪圖安逸的畜生。不，

1　《電影藝術論叢》，一九七九年，第二期。

我的英雄更壞，他真的完成了自我犧牲的功勳，但有一次，他『想幹卑鄙的勾當』。審問他的時候，他就是這樣供認的。」[1] 高爾基接着說：「俄羅斯人的靈魂這個謎折磨着我。」[2] 偉大的高爾基是那樣熟悉俄羅斯人，但他仍然覺得人的靈魂中有許多奇妙的難解的謎正在絞盡他的心血，呼喚他去作新的追求。這就是因為他不滿足於簡單地看人，這正是他永遠無法安寧的原因，也是他的偉大的奧秘。他不像一些膚淺的、自以為是的作家，以為創造了一兩部小説就已經掌握了人的靈魂之謎，輕浮地宣佈作家愛怎樣就怎樣，管它單純還是複雜。在革命歲月中，當俄羅斯人的靈魂可怕而寬廣地在他面前打開之後，他看到這些靈魂的燃燒的光明，也看到這些靈魂的灰燼，於是，他挺進到人的靈魂的更深處，正視了創造歷史功勳的英雄，也難免有偶然的思想和行為出現，也存在着一種與英雄性格方向相反的非英雄行為的可能性。

布萊希特、高爾基所表達的美學思想是一樣的，這就是應當承認，一個現實形態的人，一個現實形態的英雄，他往往可能出現一種偶然的思想和行為，這種偶然性，似乎是背離他性格的常軌，但正是這種背離，證明了這個人是活人，是他真實的自己。因此，他的背離，既是偶然的，又是必然的。這種偶然性與必然性在人的性格世界中的辯證統一，就這樣地反映在一個人的身上，這種反映形態，我們如果用形象一些的語言加以概括，就是：時而像他自己，時而又不像自己；時而忠實於他自己，時而又背叛他自己。像他自己時，他的思想、情感、行為一般都在意料之中；不像他自己，則是他的思想、情感、行為離開他自己，似乎都在別人的意料之外。像他自己，又不像他自己，忠於自己，又背離自己，像他

1 高爾基、羅曼・羅蘭、茨威格：《三人書簡》，第一七—一八頁。

2 同上。

自己時是必然，背離他自己時是偶然。但這種背離又是任何一個活人（現實形態的人）的生命特徵，沒有背離現象，就變成了機器人，因而這種背離（偶然）又是一種必然——活人的生命必然現象。像他自己，又不像他自己的現象的循環反覆，便是性格的雙向逆反運動，必然與偶然的對立統一運動，也正是人的個性豐富性的內在機制。《紅樓夢》中的襲人，這個最守封建禮教的賢淑少女，一直是苦求寶玉規矩做人，不要對丫環有不軌行為，她央求寶玉答應她三件事中的最緊要的一件事，就是要他「不許弄花兒，弄粉兒，偷着吃人嘴上搽的胭脂」，而她自己也是很正經的，但恰恰是她，最不像她自己——她違背了規矩第一次與寶玉同領警幻虛境中所啟示的風流韻事，初試了雲雨之情，第一個與寶玉發生肉的關係。這一偶然行為，襲人好像不像襲人，但正是這個偶然行為，襲人才是現實形態的襲人，而不是倫理觀念的抽象的寓言品。

這種偶然的背離自己的現象，任何活着的人身上都存在的。任何人的性格都有前後不一致、不連貫的地方。只是這些不連貫、不一致的地方實際上又與他的本質必然相聯繫着的。斯達爾夫人曾讚揚過席勒的劇本利用這種不一致的地方獲得了成功。她說：

> 任何人的性格都有前後不一致的地方，即使暴君也是如此；但這些不一致同他們的本性有着不知不覺的聯繫。在席勒的劇本中，有一次很好地利用了這類不一致的現象。美迪納—西多尼亞公爵是一位年事頗高的將領，他所指揮的所向無敵的西班牙軍隊被英國艦隊和暴風雨所驅散；他終於隻身逃回，大家都以為菲力普二世在盛怒之下會將他處決。朝臣們都同他保持距離，誰也不敢接近他。他撲倒在菲力普腳下喊道：『陛下，您託付給我的艦隊和英勇的軍隊，

現在剩下的殘部就是我一人了。』菲力普答道：『上帝在上，我派你們是去對付人，而不是對付暴風雨的；願你仍舊是我忠實的僕人！』這是多麼寬宏大量啊！但這又是何從而來的呢？是出於對老年人的某種尊重，因為這位君主自己也對大自然慨允他如此長壽而嘖嘖稱奇；是出於一種倨傲的態度，這種態度不允許菲力普承認自己用人不當而對失敗引咎自責；是出於對於一個受到命運打擊的人的寬容——然而也正是他菲力普二世希望有某種枷鎖，能折服所有驕傲的人，除了他自己；還有，這也是出於一個專制暴君的性格，他所惱怒的與其說是大自然的障礙，倒不如說是任何微小的自覺反抗。1

在席勒筆下，暴君突然不像他自己，為甚麼會出現這種偶然現象呢？這並不奇怪，因為作為一個人，即使是一個暴君，他的內心世界也有多向發展的可能性。斯達爾夫人猜測菲力普內心動機的種種可能性，這種種可能性都是實在的可能性，正由於這些可能性的交織組合，菲力普成了具有個性豐富性的暴君形象。

古典主義的唯理性，也就是唯必然性，就是不允許性格的不連貫，不允許人物的性格行為有暫時背離自己的現象，不允許性格中有任何偶然的因素。所以斯達爾夫人又對此進行了正確的批評。她說：「在法國的舞台上，激情的不連貫是可以允許的，但性格不連貫卻不行。所有的人都或多或少有過激情，所以對它的迷途往往有所準備，甚至在某種意義上可以事先看準它有哪些矛盾；但性格總是有一些出人意

1　斯達爾夫人：《德國的文學與藝術》，第一零八—一零九頁，人民文學出版社，一九八一年版。

料的成份，不能將它禁錮在甚麼規則裏面。性格有時朝着自己的目標前進，有時卻遠遠離開它。如果在法國說某個人物：『他不知道自己要幹甚麼』，就表示對這個人物失去了興趣；實際上卻正是『不知道自己要幹甚麼』的那種人，其天性才富於悲劇色彩，並以強有力的、獨立的方式表現出來。」[1] 斯達爾夫人這裏所表述的見解是十分精闢的。的確，一個人，如果他的一切行為都只是某種規則的顯現，一切行為都不過是規則的派生現象，一切行為都在意料之中，從不偏離自己的劃定的軌道和偶然偏離自己的目標，這種人絕不具有真正的個性。

人背離自己，不像自己，有時會背離到非常離奇的程度，甚至連自己也不認識自己的程度。萬物之靈長的人，簡直太奇妙了，他有時會身不由己，好像鬼使神差，竟在不知不覺中作出自己也感到不可思議的非常行為。有些英雄，他作出一種英雄行為之後，自己也感到驚奇，說不清當時是甚麼力量把它推向創造奇蹟的境地的。特別是當一個人處於感情衝動的時候，最容易離開他自己，他在某種情感支配下會作出用理智難以說明的行為。人的性格正是具有這種偶然因素，才成了一個千變萬化的獨立的世界，不可捉摸的、矛盾複雜的世界。狄德羅在《達朗貝的夢》中借博爾賨之口，說明人有時不認識自己的有趣的現象，他說：

> 如果你在一瞬間由青年變到衰老，那你就像初生的一剎那一樣，被投擲到這個世界裏來了；你就不管對別人或對自己，或者對另一些在你看來已經不是原來的本人的人，都已經不再

1 斯達爾夫人：《德國的文學與藝術》，第一二零頁，人民文學出版社，一九八一年版。

是你本人了。一切關係便都消滅了，你的全部生命史對於我，我的全部生命史對於你，便都弄糊塗了。你怎樣能夠知道這個彎腰扶杖、雙目失明、舉步維艱、內心和外貌都大異於他自己的人，就是昨天那個步履輕捷、荷負重擔、能作最深刻的沉思、能作最柔和的和最劇烈的運動的人呢？你會看不懂你自己的文章的，你會不認得你自己的，你會一個人都不認識，任何一個人也不會認識你的；整個世界景象都變了。[1]

狄德羅講的是一個突然衰老的人不認識青年時代的自己，也就是說現在的自己不認識往昔的自己。而這種現象，在短時間距離中也常常發生。在很短的時間距離內，自己也可能幾乎無法認識自己，人們常有一種「後怕」的心理狀態，這就是自己在進行某種行為的時候，並沒有意識到行為的嚴重意義和自己在從事這種行為時突然奔湧而出的內在力量，而在行為發生之後，他的理智回復到清醒的狀態，他就會感到這種行為的不可思議，以至感到這種行為不是他自己，而是另一個人所進行的，所完成的，總之，這種行為對於他來說是一種偶然現象。

性格的深邃，就是揭示靈魂深處這種不斷地突破自己（不像自己）又不斷地恢復自身（像自己）的雙向逆反運動過程。一個具有豐富個性的人物性格，總是不斷地突破自己，背離自己，同時，又總是要克服這種突破和背離，從而產生人物的內心世界的衝突、動盪、不安，而人物的個性正在這種衝突中得到生動的表現。

1　狄德羅：《狄德羅哲學選集》，第一六九頁，商務印書館，一九八三年版。

《鐵流》的作者綏拉菲摩維支在談自己是怎樣寫《鐵流》時，答覆了關於主人公郭如鶴的塑造問題。有人說：「在《鐵流》裏有這樣的矛盾：把郭如鶴描寫得是一個不追逐虛榮的人，描寫得他完全把自己犧牲了……而『忽然有幾頁上說他怕他的光榮會暗淡起來了』。」[1] 對於這個問題，綏拉菲摩維支回答說：「因為不能想着一個人完全用一種顏色塗出來的。請你拿一個最純潔，最高尚，一生都獻給革命的一個革命者來說吧，如果你告訴我說在他心靈裏連一點虛榮心的種子都沒有，那我要說你是不對的。一切的問題只在份量上。郭如鶴的虛榮心逐漸地歸於烏有，而獻身於革命的鬥爭的準備擴大到極大的境界。而有些是適得其反……取人應該取活潑潑的，他是甚麼樣就取甚麼樣，帶着一切內心的矛盾，這樣才算真實的，才算有深奧的訓誡的真實，尤其是在文藝作品裏。」[2] 像郭如鶴這樣的革命英雄性格，為共產主義理想而奮鬥的獻身精神，是他的本質必然，但是，他也偶然萌發起個人的虛榮心，這是性格中的偶然因素。郭如鶴的英雄本質不是純粹又純粹，但他戰勝了偶然的因素以後，他的本質必然顯得更真實，英雄的品格發展到更高的境界。英雄的性格正是在這種必然與偶然的矛盾中不斷豐富，而且惟其如此，才是一個活的人，而不是呆板的公式。綏拉菲摩維支說得很好，「把一個活人物畫得好像惡劣的印版印出來的下流畫片上的人物一般的美術家不是好美術家。大概你們還記得隋錦的繪畫吧：那畫上的士兵們都一個樣的舉着腿，腿上塗些藍色，胸上是紅色，臉上塗些黃色就完了。不能夠這樣的——這是不美術的！」「人是複雜而矛盾的。……他是甚麼樣我就寫成甚麼樣……不然的話，郭如鶴要被寫成一個

1 魯迅等：《創作的經驗》，第九二頁，天馬書店，一九三三年版。
2 同上。

理想中的人物，而這樣的人物在世界上是沒有的。」[1] 如果一個英雄性格，沒有任何矛盾，沒有任何自我戰勝、自我克服的過程，這個英雄性格就不豐富，只有真實地表現英雄有時背離自己，而又以強大的力量把自己拉回到英雄的位置上來才特別感人。

魯迅說，一個戰士並不是全部可歌可泣的，但又無不與可歌可泣相聯繫，這才是真正的戰士。既然是戰士，他的英雄行為應當是可歌可泣的，這是性格中的本質必然，但是戰士的性格也有非英雄的偶然因素（非可歌可泣的因素），而這些偶然的非可歌可泣的因素又是與必然的可歌可泣的相聯繫，這樣，便展示出戰士全面的性格。我國文學藝術在極「左」思潮的統治下，就是寫無產階級戰士時，只允許寫英雄「可歌可泣」的一面，而不允許寫非可歌可泣的另一面，不允許英雄有自我克服、自我戰勝的痛苦過程和痛苦的心理活動，要求一切性格因素都服從階級的必然律，把本來不存在的純粹必然性強加到人物身上，結果把性格變成一種沒有個性的死板的公式，變成階級特性的圖解。

第二節　同質環境與異質環境的組合

前面所說的偶然性範疇中的二極性的對立統一，是人物形象的性格運動的內在根據，缺乏這種內在根據，就很難塑造出高度真實的典型，這是我們通過靜態觀察而揭示的問題的一方面。另一方面，性格運動的外部動力則是環境的隨機性，這是偶然性範疇的另一層含義。也就是說，性格的必然性總是通過

1　魯迅等：《創作的經驗》，第九二—九四頁。

雙向的可能性表現出來，這構成性格的內在矛盾性，而這種性格的內在運動又總是處在隨機變異的環境中，環境的變異作為一種外部力量推動着性格的矛盾運動，構成性格雙向可能性的動態過程，即不斷地背叛自己又回歸自己的過程。當人物處於異質環境時，性格就朝着負方向運動，此時人物就背離自己；當人物處於同質環境時，性格就朝正方向運動，這時人物又回歸自己。這就是典型人物的性格世界偶然性的生動形態。

過去流行的典型理論講典型環境，這是應當的。但是，對甚麼是典型環境，理解上卻是非常片面的。其根本失誤在於對人物生活的外在環境的思考往往是用單向的、線性因果聯繫的思維方式，而不是用多向的、多維聯繫的思維方式。因此，隨之也往往用機械整體觀念來代替有機整體觀念，這樣，對外在環境的理解就顯得非常狹窄。這種狹窄性明顯地表現在把外在環境歸結為典型環境，又把典型環境歸結為同質環境（或稱本質環境），同質環境又歸結為階級鬥爭和路線鬥爭環境，更極端地還把階級鬥爭環境歸結為風口浪尖式的階級鬥爭焦點環境。這樣，無論是「英雄」還是「壞蛋」，他們生活的外在環境，名曰「典型環境」，實則並不典型，他們不過是生活於一種人造的、極端片面的畸形環境，這是我國文學中常見的典型環境的變質。今天，我們應當用多向的思維方法審視人物生活的外在環境。如果我們多角度地進行審視，就會發現，外在環境也是一個複雜的網絡結構系統。這個系統包括時間、空間、關係、條件、物境、情境等多種要素，而每一種要素自己又構成雙重結構或多重結構的子系統，它們在環境整體中互相交織，互相影響。這樣，一個人生活的外在環境，實際上是多種環境內容的交匯，這種交匯包括歷史環境與現實環境的交匯，宏觀環境與微觀環境的交匯，客觀環境與主觀環境的交匯，實有環境與虛幻環境的交匯，自然環境與社會環境的交匯，戰爭環境與和平環境的交匯，有限環境與無限環境的交匯，同質環境與異質環境的交匯。有些優秀的文學作品，例如《戰爭與和平》，它的人物個性所以能展示得那麼豐富，其中一個重要原因，就在於它為人物設置了異常廣闊的、互相交匯的外在環境，它首先形成了「戰爭環境」與「和平環境」的基本雙重環境結構，這兩種宏觀環境互相交錯、互相組合，它的主要人物可在這兩種對應的環境中穿梭流動。而在這二重基本環境中，又各自具有時代環境與家庭生活環境的交叉，歷史環境與現實環境的交叉。這樣，其主要人物，如彼埃爾，就具有展示性格的廣闊的可能性，他既可處於兩軍決戰的大前線，也可處於兩人決鬥的小前線，既可處於萬馬奔馳的沙場，也可處於彩裙飛旋的舞廳；既可以處於奢侈豪華的貴族圈子中，也可以處於散亂的普通平民中，總之，他生活的環境本身是非常豐富複雜的。應當承認，彼埃爾無論生活在哪一種形態的具體環境中，都是典型環境。也就是說，典型環境應當是各種具體環境的總體構成，是同質環境與異質環境的總體構成。

而我國流行的典型理論，卻給典型環境一種片面的規定，這就是把典型環境規定為純本質環境。這種典型觀，首先把人絕對化地規定為階級的人，把人與人的關係淨化成單一的階級與階級之間的關係。而與這種人的本質界定相應，為了表現本質的人，就設置一種純本質的環境，即階級鬥爭與路線鬥爭環境，這在邏輯上完全一致，所以我們稱之為「同質環境」。但是，人生活的環境並不這麼簡單，人實際上是生活在複雜的社會中，無論是「英雄」還是「壞蛋」，他們除了生活在同質的環境中，而且還生活在異質的環境中。例如，一個英雄，他除了生活在階級鬥爭環境中，還生活在家庭環境、愛情環境、虛幻環境、孤獨環境以及其他種種特異的環境中，總之，在流行的典型觀念中，所謂典型環境就是同質環境、純本質環境，這樣，就淘汰了「異質環境」。這種異質環境就是偶然出現在人物面前的特異時空環境，這是人類生活中隨時都會遇到的，它帶有偶然性。而把典型環境視為純本質環境的人，則要求塑造人物性格時應當完全剔除人物環境的偶然性，也就是迴避異質環境的描寫，而應絕對地按照必然性的要求來設計環境。一切環境描寫都是人為的實現性格共性的手段，所謂在風口浪尖上塑造英雄形象就是最典型的例子，似乎英雄始終注定要生活在氣勢磅礴的環境裏，而壞蛋出場則注定要生活在陰森森的環境中。在「文化大革命」中，這種典型環境觀念發展到非常極端也非常可笑的地步。《紅燈記》改編成電影劇本後，鳩山一出場，就像在陰暗的洞穴裏飄蕩的幽靈，地獄中的鬼魂，連面目都看不清。而李玉和像天降的神，根本看不到他真實的家庭、真實的妻兒。《海港》中的方海珍、《沙家浜》的阿慶嫂、《龍江頌》中的江水英，也是生活在一種純本質的環境中，她們的丈夫或被打發到遠方或根本不知下落。剔除異質環境是一種對創作危害極大的文學觀念。它不僅把典型化理解為人物性格的淨化（淨化了偶然），而且理解為人物環境的淨化（淨化了異質環境）。然而，淨化了的環境絕不是真實的環境，也不是典型的環境。世界萬物都是不停運動的，人是生活在瞬息萬變的環境中，由於自身的隨機性，因此，也展示為無限的可能性。英雄可能身陷囹圄或在其他特殊環境中表現出非英雄的色彩，懦弱的人在萬分緊急的情境中也可能表現出出人意料的勇敢。

鑒於我國文學藝術發展中的嚴重教訓，我們今天有必要重新認真地探討一下典型環境，有必要特別注意偶然性在典型環境中的作用以及由此產生的對塑造典型性格的影響。我認為，淨化了性格的偶然性，不會有個性的豐富性，而淨化了環境的偶然性，也不會有個性的豐富性。典型環境同樣有必然與偶然的矛盾運動，同樣有雙向的可能性。人物性格正是在這種帶着矛盾性質的環境中才顯得有曲線，有血肉，有生氣。用哲學的語言說，事物的必然性就是該事物自身質的規定性，而偶然性則是事物在異質環境中的非平衡態，這種非平衡態總要被拉回到平衡態，這便構成了必然性與偶然性的對立統一。它們的運動便構成事物的生命（這樣，非平衡態也就是事物的必然的運動形式，即偶然中的必然）。因此，在人物塑造中，除了把握人物性格自身的邏輯外，還要正確地把握該人物性格在異質環境中的非平衡態，比如英雄人物一般都具有崇高的特性，按照他的性格邏輯，他的行為、語言、動作、心理都必須是崇高的，但當他處在與崇高性格不協調的情境中，他的行為、語言、動作、心理就可能表現出滑稽的特性，形成崇高與滑稽的二重組合，這就是性格自身的運動，它是在更深的層次上的性格必然性，即性格的生命特徵。我們所說的人物性格的二重組合原理，正是為了揭示性格必然性與偶然性的辯證運動規律，即必然性表現為偶然性（在異質環境中）和偶然性表現為必然性（揚棄了環境的異質）的矛盾運動過程。

為了具體地描述這個動態過程，我們試以蘇聯作家拉甫連尼約夫的《第四十一》這部小說說明之。這部中篇小說的主人公馬柳特卡是一個紅軍的女英雄，她原是阿斯特拉罕附近一個漁夫的孤女，當村裏號召參加赤衛隊的時候，她放下拿了十二年的破魚刀報名參軍了。她是一個帶有浪漫氣息的熱情淳樸的姑娘，很愛讀詩寫詩，她參加了紅軍隊伍後還常常寫詩，每當隊伍開到有報館去的城市，她總是把自己的詩送到報館，但她的作品總是被認為不成熟而未能發表。她文的不太行，但武的卻很出色。她是一個神槍手，幾乎是百發百中。她在葉秀可夫所率領的一百多人的隊伍中，是最出色的射手。作戰的時候，每射中一個敵人都要數着，飲了她的子彈而倒下的已經是四十個了。而在這之後的一次戰鬥中，她所在的隊伍多數人因為突圍而犧牲，剩下了二十三名戰士，她是唯一的女兵。當這些幸存的戰士在沙漠上艱難地繼續行進時，他們發現了敵軍的駱駝隊。馬柳特卡遵照葉秀可夫的命令，瞄準駱駝隊的軍官打，可是不知道為甚麼，這一槍沒有打中，她的第四十一的目標沒有像以前的目標那樣應聲倒下，這使她懊喪得哭了起來。但是，其他英勇的紅軍戰士卻很快地包圍了駱駝隊，俘虜了這個名叫郭魯奧特羅的中尉軍官。這個中尉是鄧尼金的一個代表，負有特別的使命，但他頑固地保守着秘密。葉秀可夫覺得這個俘虜事關大局，不能立即處死他，而應當把他帶回司令部去，這樣，他就把看管中尉的任務交給馬柳特卡。馬柳特卡非常嚴肅認真地執行這個任務，她用繩子把俘虜緊緊拴住，而把繩子的另一端牢牢地抓在自己的手中。故事發生到這裏，馬柳特卡仍一直表現出她的崇高的特徵，而她所處的環境也是和她的英雄性格相協調的同質環境。而接下的故事則是馬柳特卡生活的環境開始變異，她被逐步推到異質的環境中。那是一天晚上，在戰士們疲倦地睡熟之後，他們的駱駝和糧食被偷走了。這一偶然事件帶給葉秀可夫的紅軍隊伍更嚴重的疾病與飢餓，整個隊伍只剩下十幾個人了。在他們極端困難的時候，眼前突然出現一片綠洲，他們喜出望外，奔向綠洲，並得到當地居民的熱情接待。經過這場苦難之後，馬柳特卡心情鬆弛多了，她一邊看守着中尉，一邊又寫起詩來。中尉同她說起詩，於是，馬柳特卡又給他鬆開了綁，他發誓絕不逃跑。這一節故事，是同質環境向異質環境的過渡。接着便是完全進入異質環境。那是葉秀可夫找到了一隻僅能乘坐四個人的小船，他讓馬柳特卡和另外兩名戰士把俘虜押送到司令部，並叮囑馬柳特卡保存好俘虜的秘密文件，無論如何要送交司令部。但是，意外的事情發生了，開船後不久海上就起了大風暴，兩個戰士相繼犧牲。而馬柳特卡和中尉卻幸存下來，他們倆被海浪衝到一個荒無人煙的孤島上。中尉病倒了，昏迷了一個星期。馬柳特卡在島上生火，烤乾他們的衣服，想盡各種辦法把中尉救過來。一個星期過去了，中尉睜開了眼睛，馬柳特卡馬上被他那雙碧藍碧藍的眼睛迷住了，並很快地對他產生了愛情。在這種荒無人煙的孤島上，天地之間只剩下他們兩人。於是她和他自然地用愛連在一起，為生存而搏鬥。這個孤島，對於女紅軍英雄馬柳特卡來說，就是一種異質環境。在這個異質環境中，由於他們所處的世界全變了。一個非常動盪的、生死搏鬥的戰場突然變成一個碧波環繞的寧靜的海灘，人間好像在縹緲的遠方，又好像就在他們的篝火旁邊，總之，這對幸存者覺得沒有敵對的理由，只有愛的理由了。於是他們相愛了。一個無產階級女英雄竟然愛上一個資產階級軍官，這是多麼令人「難以容忍」的特異現象。這種現象對馬柳特卡崇高的英雄特性是一種否定，也說明，馬柳特卡的英雄性格出現了一種非平衡態，而且是遠離平衡態的非平衡態。但是，在這種異質環境中，這種性格的反常現象（非平衡態）又讓人感到是可以接受的正常現象。不會使我們感到唐突，反而使我們覺得馬柳特卡是一個活人，一個充滿着人的血肉的英雄。

我們早已承認人是社會關係的總和這一見解。那麼，人的性格，在某種意義上，它又是個人與外界關係的特殊方式。每一個人都以某種方式（包括情感方式、思想方式、行為方式等）和外界建立關係，這種關係的特殊方式就表現出人的性格。不可能設想，人可以絕對孤立地生活，絕對孤立的生活是不存在的。人為了生存，為了物質的滿足、精神的滿足、性的滿足，為了進行生產，為了防衛，為了自身的發展和下一代的生存和發展，都必須以某種方式與外界發生聯繫。但是，外界環境是極其複雜的，它本身就是一個龐大的隨時都在變動的動態網絡結構，因此，人在社會中的位置隨時都在發生變遷，隨之而來的是他與外界的關係的方式也發生了變化。像馬柳特卡，她與外界的關係內容，開始是與一百多個紅軍戰士及其敵人的關係，她在這種關係中表現出一種崇高形式。但是，這種關係不斷變化，她的戰友從一百多人，減少到二十三人，又減到三個人，最後剩下她自己一個人。這樣，除了她和大自然的關係之外，她與外界的關係，發展到在孤島上就剩下她與被俘的中尉的關係了。這個時候，她與外界關係的幾個重大因素暫時消失，她的社會責任淡化了（她無能為力），她無法繼續執行她的戰鬥任務，她原來與外界的關係中的所有方式（有的是愛，有的是恨，有的是搏鬥，有的是合作，有的是服從，有的是命令），此時，都具體地表現在她與中尉的關係上。她和中尉的關係已不可能仍然表現為一種仇恨的形式、敵對的押送的形式。她作為戰士的色彩淡化了，而作為一個人的色彩強化了，於是，她與中尉的關係的內容和形式發生了變化，相對於原來的狀態，表現出一種與紅軍英雄的性格方向相反的方向。在異質環境中，人的社會關係就是常常這樣突然發生重大變化，往往使人自身來不及審慎考慮就做出她的行為，發生很多遠離自己、不像自己的行為。一個聰慧的作家，總是細緻地審視人生，把人的這種變化描述出來，創造出豐富的個性化形象。

綜上所述，我們可以看到，在論證人物性格二重組合原理的哲學基礎時，引進偶然性的範疇是極為重要的，離開這個範疇，個性就失去根據。因此，任何作家，儘管他可以宣佈自己愛怎樣寫就怎樣寫，寫單純人物未必比寫複雜人物差，但是，作為文學理論工作者，絕不可能這樣輕鬆，他還必須從文學史得失的總體現象中總結出經驗，並加以科學抽象，回答出哪一種寫法、哪一種人物形象具有更高的審美價值。因此，他必須說，要塑造真實的性格，具有較高審美價值的性格，不應當拋棄偶然性，不應當放棄人物性格及其外在環境雙向可能性的探究。應當說明的是，講偶然性時，並不排除必然性。人物的性格運動正是必然性與偶然性的對立統一運動。具體地說，我們所講的偶然性是帶必然性的偶然性，也就是必然性規定下的偶然性。因此，這種偶然性是必然性與偶然性辯證運動的非平衡態，它總要拉回到平衡態，即必然性與偶然性的統一。儘管平衡統一是相對的，不平衡矛盾是絕對的，儘管人物性格以偶然性的外表生機勃勃地發展着，猶如真實的人的生命（任何生命都是以豐富生動的偶然性的外表呈露在人們感官面前）。但所有的表現都積澱着生命發展中的必然性。而當偶然性表現為性格的曲線運動時，我們仍然可以找到這個人的性格的中軸線，一切非平衡態的東西常常要被拉回到這條中軸線上。正因為這樣，我們把真正的典型化理解為一元化性格的二重組合，把典型理解為具有性格核心的雙向的性格結構。

就以前面我們所列舉的例證來說，馬柳特卡由於她在自己的人生中突然陷入異質環境，結果發生了背逆她的英雄性格的非平衡態，和敵方的軍官戀愛了。但是，在淘汰了環境的異質之後（敵船出現，敵軍軍官奔向自己的營壘，戰爭的本質環境恢復了），馬柳特卡又舉槍打死了這個軍官，此時，她性格中出現的非平衡態，又被拉回到平衡態，馬柳特卡重新回到了英雄性格的中軸線上。作為英雄來說，她打死了敵軍中尉，使英雄性格出現了平衡態；而作為女人來說，她在親手打死了中尉，就是殺死了自己的戀人之後，感情又發生巨大的傾斜，產生新的不平衡態，於是，她在打死了中尉之後，哭着跑向中尉。這一行動，對於英雄來説，是偶然行為，而對於女人來說，又是必然行為。馬柳特卡是個紅軍女英雄，她既是一個英雄，又是一個普通人，她既是戰士，又是個女人。在她的性格深層世界中，有其崇高的一面，也有其鄙俗的一面，有其陽剛的一面，也有其陰柔的一面。但她的性格的主導面是英雄的崇高性格。《第四十一》塑造這個英雄人物所以顯得真實動人，富有個性的豐富性，就在於作家不僅僅描寫她的崇高的特性，不是按照同一邏輯方向發展把她的語言和行為全部納入英雄的必然模式之中，從而把她變成崇高特性的化身，而是大膽地揭示她的性格雙向逆反運動。這種生動的性格運動，又是因為她被推向一個與崇高性格不相協調的異質環境中，從而使她發生某些非英雄性質的行為，這些非英雄行為，又恰恰是人的性格自身合乎邏輯的運動。它看來是一種偶然性運動，而其實是在更深的層次上的性格必然運動形式。這種運動形式，恰恰構成馬柳特卡真實的生命特徵，使她獲得個性的豐富性。如果馬柳特卡的性格一直處於平衡態中，她就只是一個以神射手為特徵的傳奇性英雄，而不是這樣一個充滿着人的血肉的英雄形象。文學藝術中具有較高審美價值的人物形象，其性格運動形式，總是要不斷地突破平衡態，又被拉回到平衡態，回到平衡態之後又總是要突破平衡態。人物的個性就是在這種雙向逆反運動中存在的，性格的豐富性和複雜性也是寓於這種雙向逆反運動之中。如果不承認性格的雙向逆反運動規律，而只談豐富性和複雜性，那麼可以肯定，這種複雜性和豐富性，不過是性格表象的雜多性，不是真正的豐富個性。我們過去在批判《第四十一》這部小說和影片時，所依據的就是政治上的階級論和藝術上流行的典型論，其理論上的失誤就是把典型化理解為人物性格的淨化（淨化了偶然）和人物環境的淨化（淨化了異質環境），把人物性格在異質環境中表現出的另一種可能性看作是對本質必然的否定，然後，把這種觀念推向政治，便認為這部作品是歪曲無產階級的階級本質，宣揚了階級調和論。這種否定顯然是比較簡單的。

《鋼鐵是怎樣煉成的》這部優秀長篇中所塑造的主人公保爾·柯察金，是一個真正的無產階級鋼鐵戰士，他的頑強、倔強的性格達到非常動人的程度。但是，他的頑強性格也並不是一種直線運動，他的性格運動的形式也是雙向逆反運動，也帶有曲線性。他的生命力是強大的，一切艱難困苦都無法使他屈服，但是，當艱難的環境越過一定限度（幾乎越過一個堅強戰士能夠忍受的最大限度），這種環境就進入另一種質，變成異質的艱難環境，這個時候，保爾的倔強性格就發生了非平衡態。這個鋼鐵戰士一度想自殺，就是非平衡態達到最大狀態而產生出來的一種消極念頭。這種偶然性的動機與行為，是可以理解的。當時他所處的環境已惡劣到無法忍受，他在戰爭中受過多次重傷和暗傷之後又發生重病，體質愈來愈壞，以致完全喪失工作能力，黨組織不得不解除他的工作，讓他住院長期治療，但是，他的病情仍然繼續惡化，到此時已經完全癱瘓，而且又雙目失明了。一個充滿着火熱的革命情感的戰士，一個在沙場上萬難不屈的英雄，此時，他眼前是漆黑的一片，只能躺在病榻上，而且甚麼也看不見了。這是比任何打擊都更加沉重的打擊，在肉體與精神的雙重折磨下他產生了一個過去絕對不可能產生的念頭，他想自殺。這個鋼鐵戰士甚麼困難都戰勝了，而此時卻產生這種念頭，這時的保爾，背離了自己，不像原來的保爾，也就是說，出現了非平衡態。此時保爾的倔強的必然性格表現為怯弱的暫時偶然性格，但是，由於產生這種偶然性具有充份的外在根據，即他是處於異質環境中，因此，這種偶然性又是合情合理的，他的偶然表現又是必然表現，而且是更高層次的性格必然性。因此，當他對這種怯弱的念頭進行自我克服和自我戰勝之後，他又回到倔強性格的平衡態，而且是更高層次上的性格平衡態。在這種平衡態出現的時候，偶然性被揚棄在必然性之中，達到必然性與偶然性的暫時和諧。我們看到，這種和諧的特點是必然性與偶然性融合得毫無痕跡，偶然性並非必然性的形象註解，個性並非共性的具體形態；我們看到性格的必然因素在性格世界裏，隱藏在不經意的偶然因素後面，悄悄地起着協調性格各種因素的作用。它在美的對象裏不直接以必然性本身出現，而是積澱在偶然性之中。人物性格如果以赤裸裸的必然性本身出現，就會使美的對象失去具體的、生動的內容，變成抽象的、觀念的化身。盧卡契曾說：「沒有偶然性的因素，一切都是死板而抽象的。沒有一個作家能夠塑造出活生生的事物，如果他完全避免了偶然性。」[1] 但是，盧卡契又指出：「另一方面，他又在創作過程中必須超脱粗野的赤裸的偶然性，必須把偶然性揚棄在必然性之中。」[2] 這種在辯證運動中的性格運動形態也就是所謂的動態平衡。性格的二重組合原理正是為了揭示性格的這種辯證運動規律。

1 盧卡契：《敍述與描寫》，見《盧卡契文學論文集》，第一冊，第四零頁。
2 同上。

恩格斯曾說：「歷史是這樣創造的：最終的結果總是從許多單個的意志的相互衝突中產生出來的，而其中每一個意志，又是由於許多特殊的生活條件，才成為它所成為的那樣。這樣就有無數互相交錯的力量，有無數個力的平行四邊形，由此就產生出一個合力，即歷史結果，而這個結果又可以看作一個作為整體的、不自覺地和不自主地起着作用的力量的產物。」[1] 恩格斯這段話用來解釋典型的創造也是完全可以的，典型的最終結果是它的個性的豐富性，而這種個性的豐富性，則是各種性格元素互相衝突進行雙向逆反運動的產物，當然，在運動過程中所出現的任何一種偶然現象，都是由許多特殊的生活條件（異質環境）所造成的。但是，所有的偶然因素，所有的不自覺出現的非平衡態的東西，他們都融合為一個總的平均數，一個總的合力，即構成無數個力的平行四邊形的總力推動着性格的運動，因此，性格一方面進行着雙向逆反形態的曲線運動，一方面又構成合力沿着隱蔽的中軸線進行着定向（基本指向）的運動，總之，這是一元二重組合的辯證運動。

從以上的分析中，可以看到，我們在探討二重組合原理的哲學基礎時，側重於對偶然性的說明，這是因為我們所講的必然性與偶然性的統一，不是一般的自然現象和社會現實現象的那種必然性與偶然性的統一，而是在文學藝術世界中人的藝術形象在自身性格運動過程中的必然性與偶然性的統一，是在審美高度上的統一，否則就沒有任何意義。因為現實現象都是必然性與偶然性的統一，如果我們僅僅說，個性的豐富性就是必然性與偶然性的統一，那就等於甚麼也沒有說。既然這樣，我們就必須說明文學藝術形象在實現這種統一時的特點，這就不能不側重地闡明偶然性及其在藝術形象塑造中的具體作用。

1 《致約·布洛赫》，見《馬克思恩格斯選集》，第二版，第四卷，第六九七頁。

文學是人學，這個命題永遠不會過時。人，這個宇宙間最輝煌、最瑰麗的生命現象，也是最神奇的現象。當我們看到人可以製造出宇宙飛船，把自己的本質力量延伸到無窮的星空時，當我們看到托爾斯泰的思想活水凝聚成九十卷本的《托爾斯泰全集》時，我們總是禁不住要讚嘆，人啊人，真是不可思議。這個不可思議的輝煌世界，是一個充滿着偶然性的世界，是一個充滿着無限可能性的世界，正是這種展示無限可能性的生命，才是人的生命，才是人的本質必然。人是那樣聰明地認識客觀世界，那樣敏銳地意識到客觀世界的變幻無窮。但是，人對本身中所蘊藏的一個神奇的世界，卻往往遺忘了，疏忽了，看得太簡單了。人竟然常常忘記自己是萬物之靈，是宇宙中各種奇麗現象中最奇麗的現象。中外文學史上的大文豪，他們的成功，他們的傑出之處，恰恰就在於沒有忘記這一點，沒有把人看得太簡單。我想，我們也應當有一個巨大的覺醒，不要再為任何簡單化、概念化辯護，而應當大膽地打開人的世界，展開人的內心世界的萬千圖景，研究這個最偉大、最神秘、最複雜的內在自然，研究這個自然界的各個曲線和各種微妙的組合，感受這個世界的無限可能性。那種只會沿着一種可能性、一種形式邏輯方向去塑造藝術形象的作家，絕不會獲得真正的成功。

第十章

二重組合的心理基礎

第一節　人的形而上與形而下的雙重欲求

本書一開始我就講過，在我國文學藝術領域，對人的研究是非常薄弱的。在很長的時期內，理論上談「人」比談「鬼」還可怕，談鬼比較安全，談人則有被指責為「宣揚資產階級人性論」的危險。即使有些研究人的文章，從整體上看，也是很片面的。這種片面性包括三個方面：（1）研究人只允許講「人的實踐論」，而不准講「人的本體論」。一講本體論就涉及人性的深層，就涉及主觀心理世界，就會陷入所謂的「唯心論和人性論的泥坑」。（2）研究人的實踐論，也只涉及人的階級鬥爭一種實踐，因此，絕大多數的作品都設置了階級鬥爭的單一環境，典型環境被解釋為同質環境，完全排斥異質環境。因此，多數的人物形象都成了蒸發掉個性的階級鬥爭的容器。（3）某些涉及人的本體論的文章，只是浮光掠影，淺嘗輒止，停留在描述本體的表層現象，即處於靜態中的人性，而不敢涉足本體的深處，也就是人性深層中的動態內容（不安、動盪、痛苦、拼搏等等），而個別探討人性深層的文章，也成了批判對象。提出人物性格二重組合原理，正是借這一原理深入對人的研究，以鼓動我們的作家大膽地向人性深層挺進，更輝煌地表現人性的魅力。

人的性格相對於歷史形態的一般人性來說，是人的特殊性，但又是人性的表現。這種表現，不是人性某些抽象特徵（如嫉妒、吝嗇）的具體形態，而是人性深層的矛盾內容。本章將着重從心理學角度來揭示這種內容，以進一步說明人物性格的豐富性和複雜性的內在機制。所謂性格，就是人的個性特徵的重要方面，它包括兩方面的內容：一是現實的行為，一是行為的動機。前者更多地表現為人的實踐，後者更多地表現為人的心理，而且後者更深刻地顯示出性格的特徵。前者是表層的性格觀念，許多心理學家都把行為特徵與性格特徵等量齊觀，甚至把性格看成某種特有行為的習慣模式，這實際上是表層性格觀念。而後者卻是深層性格觀念，或者說是動態的性格觀念。這就不是孤立地把行為特徵視為性格特徵，而是求索行為的動機，看其行為背後追求些甚麼，即行為背後的真實的原動力。因此，從心理學的意義上說，性格是一種追求體系。這一定義正是弗洛伊德的一種精闢的見解。弗洛姆高度地評價這一定義，他說，弗洛伊德首創的最切實最精闢的理論，就是把性格看成是「以行為為基礎（但與行為不相等）的追求體系」[1]。這一規定確實相當有力地把握了性格的本質。這裏至少表現出兩個優點：（1）把性格看成是追求體系，意味着對性格的認識不是停留在表層，而是由表及裏，由淺入深，由現象到本質。如果作家也這樣看待他所表現的人物性格，他就會更深地把握性格。（2）把性格看成追求體系，意味着把性格看成是一個動力系統，把性格運動看成是一個以某種力（能）為內在機制的動態過程。這樣，對性格的認識，就不僅必須知道它是甚麼，而且必須進而了解它為甚麼，即更深地進入人的靈魂。

弗洛姆以「勇敢」性格為例，解釋追求體系。他說，勇敢的行為特徵是為達成某一種目的而甘冒失去幸福、自由或生命危險的行為。但是，假如我們研究這種行為特徵的動機（尤其是潛意識的動機），就會發現行為特徵包括很多完全不同的性格特徵。例如勇敢的行為可能受到野心所激動，因此一個人才會在某種狀況下冒着生命危險而使他被讚譽的慾望得到滿足；勇敢的行為也許是受到自殺的衝動所激發，這種衝動驅使一個人去尋求危險，因為他有意識或無意識地輕視自己的生命想毀滅自己；勇敢的行為也

1 弗洛姆：《自我的追尋》，第四九頁，北方出版社，一九八八年版。

可能由於完全缺乏想像力所刺激，因為他不知道會遭到危險；勇敢的行為也可能是為了真正獻身於理想或目標而激發的，這種動機通常被認為是勇敢的原動力。[1]與這一意見相通，魯迅先生分析同樣是「反抗」行為，卻有不同的動機與追求，他說：「每一革命部隊的突起，戰士大抵不過是反抗現狀這一種意思，大略相同，終極目的是極為歧異的。或者為社會，或者為小集團，或者為一個愛人，或者為自己，或者簡直為了自殺。然而革命軍仍然能夠前行。因為在進軍的途中，對於敵人，個人主義者所發的子彈，和集團主義者所發的子彈是一樣地能夠制其死命；任何戰士死傷之際，便要減少些軍中的戰鬥力，也兩者相等的。但自然，因為終極目的的不同，在行進時，也時時有人退伍，有人落荒，有人頹唐，有人叛變。」[2]魯迅對「反抗行為」的分析，弗洛姆對「勇敢行為」的分析都使我們看到，任何行為，在不同的價值體系中表現出完全不同的性質，它是一個動態的觀念，在不同的系統中帶有不同的系統質。因此，僅僅看到勇敢行為的表象是不夠的，只有把握行為的動機，考察它的內在動力和它處在不同價值體系中的位置和作用，才能真正把握住真實的性格特徵。

所謂追求，就是調動自身的各種內驅力去進行自我實現。為他人，也是一種自我實現。這種追求正是人與動物的根本區別之一。動物沒有追求，至少可以說，沒有自覺的合規律性與合目的性的追求。動物依靠本能的調節，使自身適應大自然。不管環境怎樣變化，它可以依靠本能的調節器在自然界中過着和諧的生活。而人卻一心要支配和主宰大自然，他總是感到不能滿足，總是不能安於現狀，總是想方設法改變自己的環境，改造自己的生活世界，因此，他隨時都在展開自覺的追求，即合規律性與合目的性

1　弗洛姆：《自我的追尋》，第五零頁。
2　《非革命的急進革命論者》，見《魯迅全集》，第一版，第四卷，第二二六頁。

的追求。

人的這種追求不僅是無休止的，而且又是不斷地從低級向高級發展。馬克思和恩格斯在《德意志意識形態》中指出：「已經得到滿足的第一個需要本身，滿足需要的活動和已經獲得的為滿足需要用的工具又引起新的需要」。[1] 馬克思、恩格斯把人的需求看成一個無窮盡的追求過程，而且把需要的滿足看成是暫時獲得的平衡態，而這種滿足本身又是追求新的滿足的起點，也就是產生非平衡態的條件，從這些條件出發，人又向新的更高層次的平穩態追求。列寧在《論所謂市場問題》一書中曾揭示需求上升的規律，他說，資本主義的發展必然引起全體居民和工人無產階級需求水平的增長[2]。人的欲求不斷上升確實是一個駁不倒的真理。奧地利心理學家阿德勒在講到人格的每一方面都在追求優越的時候說：「它與身體的生長並行地發展着。它是生命自身的一種固有的需要……我們所有的機能都遵循這個方向前進；不論是正確的或是錯誤的，它們總是為了征服、安全、增長而鬥爭。從負到正的衝動是永不停止的。從『低級』到『高級』的欲求永不休止。我們的哲學家和心理學家不論想出甚麼樣的前提——自我保存、快樂原則、平等——所有這一切，雖然表達得不清楚，但都是力圖表現這種巨大的上升的內驅力。」阿德勒認為，這是「我們生命的基本事實」[3]。確乎如此，我們很難否認人的生命永不休止的欲求。

就以合目的性的欲求來說，人至少有兩個基本目的。創立原型批評的心理學家榮格說：「人有兩個目的：頭一個是自然目的，即生育子女以及保護孩子的種種職責，這個時期是為了掙錢和獲得社會地

1 《馬克思恩格斯全集》，中文一版，第三卷，第三二頁，人民出版社，一九六零年版。
2 《論所謂市場問題》，見《列寧全集》，中文一版，第一卷，第八九頁。
3 舒爾茨：《現代心理學史》，第三六八頁，人民教育出版社，一九八一年版。

位。當這個目的已經達到，就開始了另外一方面，即文化方面。」[1] 魯迅先生所說的，人「一要生存，二要溫飽，三要發展」，前兩項就是自然目的，後一項是文化目的。而馬克思所揭示的，我們所熟悉的真理，即「人們首先必須吃、喝、住、穿，然後才能從事政治、科學、藝術、宗教等等」，也正是說明人首先有自然欲求，然後才有文化欲求，這兩種欲求有高低之分，但是又密不可分，要求一個人非此即彼是荒謬的。不過人的自然欲求和文化欲求又有巨大的差別，僅以文化欲求來說，其程度的差別所形成的心理境界就具有無窮的層次。我們所說的雙重欲求，只是指最基本的欲求。

人的兩種基本目的所決定的人的雙重欲求，換種說法，就是一方面是合自然目的的形而下的欲求，一方面是合文化目的的形而上的欲求。在我國古代的文化觀念中，「形而上者謂之道，形而下者謂之器」，形而上者的欲求，就是精神方面的欲求，文化方面的欲求，「靈」方面的欲求；形而下者的欲求就是物質方面的欲求，自然方面的欲求，「肉」方面的欲求。

這兩種欲求，形成人的心理世界的兩種內驅力，這兩種內驅力構成一種合力，推動着人的性格運動，但是，這兩種力不是直線運動，而是互相碰擊又不斷趨向統一的雙向逆反運動。這種雙重欲求在人的心理世界中總是要展開拼搏。這個道理，郭沫若在他的歷史小說《孟夫子出妻》中通俗地作了形象的表現。孟子一方面是聖賢，決心做孔子的弟子，決心超脫世俗而養他的「浩然之氣」，這是他的真實的文化欲求，但是另一方面，他又是一個人，他不能擺脫人的生活，人的性愛。這篇故事是描寫了孟夫子的這種心理矛盾。小說描寫說，大清早，孟子正在養浩然之氣，孟夫人卻請他吃早餐，當夫人把菜送到

1 張述祖等審校：《西方心理學家文選》，第四一七—四一八頁，人民教育出版社，一九八三年版。

他眼前時，他異常矜持，「目不斜視」，這是為甚麼呢？「這理由在矜持着的孟子和怡悅着的夫人都是很明白的：因為昨晚上的情形和今晨的是全然不同。……因為有昨晚的愛撫，故爾有目前的矜持。事實本來是這樣矛盾着的。……原來孟夫子立志要為聖賢，他的人手的大方針便是要求『不動心』，要求『存夜氣』，然而在他的夫人的身旁，特別是在夜間，他的心卻不能夠不動。動了，第二天清早便一身都充滿着燥氣，他心目中的孔夫子便要來苛責他，於是便有這矜持的脾氣發作起來，他盡力矜持，一點也不敢正視。然而不正視也不濟事。他夫人的全身，那赤裸的全身，其實是充塞着他的感官的全部。那從葛衫下鼓出的一對隆起的乳頭，那把他的秘密甚麼都看透了的一雙黑鑽石般的眼睛，那和悅，那柔軟，那氣息，那流線……他就給受了千重的束縛一樣，一點也動顫不得。」在這種矛盾中，孟子嘆息了一番，自語一般地說：「魚我所欲也，熊掌亦我所欲也。」（這就是孟夫子的雙重欲求。）聰明的孟夫人理會了他的意思，曉得他這時是把魚來比女色，把熊掌來比聖賢，二者不可得兼。孟子這種「雙重欲求」而產生的兩種心理能量的碰擊，是每個人的心理世界中都存在着的。

二十年代，魯迅先生所翻譯介紹的廚川白村的《苦悶的象徵》，其核心的觀點，就是揭示人的內心世界這種雙重的欲求而形成的兩種力的拼搏。這兩種力的拼搏，形成人的痛苦，而藝術正是這種痛苦的象徵和昇華。廚川白村在《苦悶的象徵》中說：

> 人類是在自己這本身中，就已經有着兩個矛盾的要求的。譬如我們一面有着要徹底地以個人而生活的慾望，而同時又有着人類既然是社會底存在物（social being）了，那就也就和甚麼家族呀，社會呀，國家呀等等調和一些的慾望。一面既有自由地使自己的本能得到滿足這一種欲

求，而人類的本性既然是道德底存在物（moral being），則別一面就該又有一種欲求，要將這樣的本能壓抑下去。即使不被外來的法則和因襲所束縛，然而卻想用自己的道德，來抑制管束自己的要求的是人類。我們有獸性和惡魔性，但一起也有着神性；有利己主義的欲求，但一起也有着愛他主義的欲求。如果稱那一種為生命力，則這一種也確乎是生命力的發現。這樣子，精神和物質，靈和肉，理想和現實之間，有着不絕的不調和，不斷的衝突和糾葛。所以生命力愈旺盛，這衝突這糾葛就該愈激烈。[1]

廚川白村所說的人作為自然存在物的本能欲求和作為社會道德存在物的精神欲求，就是形而下欲求和形而上的欲求，這兩種欲求形成一個人的靈與肉、人性與獸性以及利己與利他等多方面的衝突。這種雙重欲求的衝突，並不奇怪，恩格斯在《反杜林論》中指出：「人來源於動物界這一事實已經決定人永遠不能完全擺脫獸性，所以問題永遠只能在於擺脫得多些或少些，在於獸性或人性的程度上的差異。」[2]這段話很值得注意。愛因斯坦也認為，人從動物中來，與動物有一些共同的欲求，並不可怕，人可以在社會實踐中使自己離動物愈來愈遠，他說：「我們勝過野獸的主要優點就在於我們是生活在人類社會之中。一個人如果生下來就離群獨居，那麼他的思想和感情中所保留的原始性和獸性就會達到我們難以想像的程度。」[3]這兩位偉人都承認人除了具有人性的一面外還帶有獸性的一面。魯迅先生也承認自己有

1 《魯迅全集》（二十卷本），第十三卷，第二九一三零頁。
2 《反杜林論》，見《馬克思恩格斯選集》，第二版，第三卷，第四四二頁。
3 愛因斯坦：《愛因斯坦文集》，第三卷，第三八頁，商務印書館，一九七七年版。

利己與利他的衝突，他說：「我的意見原也一時不容易了然，因為其中本含有許多矛盾，教我自己說，或者是人道主義與個人主義這兩種思想的消長起伏罷。所以我忽而愛人，忽而憎人；做事的時候，有時確為別人，有時卻為自己玩玩，有時則竟因為希望生命從速消磨，所以故意拚命地做。此外或者還有甚麼道理，自己也不甚了然。」[1]

像廚川白村這種把生命看成是兩種欲求（兩種內驅力）互相碰擊的張力場，在西方心理學家中有不少類似的看法，例如，榮格說：「人間的一切都是相對的，因為一切依賴於一種內在對比的條件，因為一切是作為能量的一種現象存在的。能量必須依賴於一種預存對比，無它則不可能有能量。為了使平衡過程——這就是能——能夠進行，總得經常有高度和深度，熱和冷等等。凡生命都是能，因此它也依賴於留存在對立物中的力。」[2] 這裏，我們不是對榮格的心理學說進行總評，但要承認，他這一看法是正確的。即生命是一種能，而且是由對立的兩種心理力量互相碰擊而產生的。這就是說，有生命的世界，特別是人的心理世界，正是一個放射着生命能量的張力場。在這個張力場裏，兩種不同方向的力量不斷地進行對抗，然後又達到統一，從而推動着生命向前發展。

完形心理學派的代表人物，當代美國的心理學家魯道夫．阿恩海姆在他的著作《藝術與視知覺》中，更廣泛地應用現代自然科學的概念去解釋心理現象及心理機制問題，他們把物理學中有關「場」「張力」等概念作為他們理論的基本概念。因此，他也認為，在人的心靈中，確實存在着「力」的基本結構模式，他認為，上升和下降，統治和服從，堅強和軟弱，和諧和混亂，前進和倒退等等，是心靈和宇宙萬物的

1《兩地書》，見《魯迅全集》，第一版，第十一卷，第七九—八零頁，人民文學出版社，一九八一年版。
2《個人無意識與超個體或集體無意識》，見張述祖等審校：《西方心理學家文選》，第四一九頁。

基本的存在方式。「無論是在我們自己的心靈中，還是在人與人之間的關係中，無論是在人類社會中，還是在自然現象中，都存在着這些力的基調。」[1] 在他看來，包括心靈在內的一切存在物，都是一個有雙向可能性的張力場，都存在着對立統一的力的基本結構形式。

榮格、廚川白村、阿恩海姆他們用「力」的概念來解釋文學藝術形象的內在機制，我們感到很有道理，但我們又會感到不足，這是因為「力」的概念畢竟比較抽象，它僅是一種象徵性和比喻性的概念，這個「力」象徵着許多內涵。恩格斯在《自然辯證法》中曾說：「因為我們還弄不清這些現象的『相當複雜的條件』，所以我們在這裏有時求助於『力』這個避難所。」[2] 儘管他們的理論還不夠完善，但是，他們都說破了一個心理的基本事實，即每個人的心理世界中，都是存在着形而上和形而下的雙重欲求，從而形成雙向的生命內驅力互相矛盾拼搏的張力場。這種拼搏形成人的痛苦，形成人的性格的二重組合形態和各種豐富複雜的性格特徵。

人的自然欲求在很大程度上還反映着人受自然的支配，而人的文化欲求則力圖擺脱這種支配，而要支配自然。因而，人在大自然面前實際上是雙重身份，既是自覺主動追求的主體，是有目的、有意識、永遠嚮往着明天的特殊生命，它表現出主宰自然的性格，顯示出支配自然、改造自然的力量。因此，人在自然面前表現出偉大性。另一方面，人又常常表現出渺小性，他不能不受制於自然律，無法超越某些自然界的支配，也無法擺脱某些莫名其妙的命運的支配，他必須按自然律的強制去求得某種本能的滿足，有時簡直是自然的奴隸。正如《浮士德》所説的：「在那幸福的時刻，我感到自己渺小而又偉大。」

1 魯道夫・阿恩海姆：《藝術與視知覺》，第六二五頁，中國社會科學出版社，一九八四年版。
2 《自然辯證法》，見《馬克思恩格斯選集》，第二版，第四卷，第三五八頁。

文學藝術中的悲劇人物無論是怎樣善良、怎樣幸運的一個人，他都被一種既不可理解也無法抗拒的力量，莫名其妙地推向毀滅。另一方面，我們在人對命運的鬥爭中又體驗到蓬勃的生命力，感到人的偉大和崇高，真正優秀的悲劇典型，就具有這種兩重性。

在人的雙重基本欲求中，文化欲求顯得特別複雜。人類自身締造的文化體系，表現了人類對善的追求，但是，也處處有偽善的部份夾在其中，與真實的善的追求形成對抗的力，因此，在人的文化欲求中，總是接受着祖先文化遺產的雙重積澱（善與偽善），這種複雜的情況也使人的文化追求體系本身又有兩種力的拼搏。因此，不僅一個民族具有各種形式的兩種文化的對立，就是在一個人身上也有多種形式的兩種不同文化傾向的拼搏（指廣義的文化）。每一個人都在一定的文化範圍裏生活，沒有一個人不打上文化的烙印（階級的烙印是其中的一種），而這種烙印總是具有雙重印記。

有些心理學家就生動地描述了兩種心理能量的拼搏而形成的帶有二極性特徵的豐富多彩的性格運動。特別是青年時期，表現得更加明顯。他們的感情、情緒、行為的傾向，他們的追求，都在正反兩極中表現出很大的搖擺性。美國的心理學家荷爾在他的著作《青年期：它的心理學及其生理學、人類學、社會學、性犯罪、宗教和教育的關係》第十章中，從十幾個角度描述這種二極性的特徵。他說，青年期間，人表現出「最富有生氣的慾望」，人們所追求的一切——名譽、財富、知識、權力、愛情，都在青年時期特別強烈地表現出來，但是，他們的欲求帶有非常顯著的互相對立的衝動，他們有時幾小時、幾天、幾週或者幾個月精力旺盛，男青年熱衷於訓練或者打破紀錄，睡眠可以減少，學習通宵開夜車，死記硬背，追求某種新風尚，得意洋洋，歡鬧不已；然後走向了反面：軟弱無力，無精打采，呆緩遲鈍，漠不關心，疲倦、冷淡、嗜睡、偷懶，覺得缺乏動力，難於做額外工作和作過度努力，就好像充血和貧血那樣互相交替。與此相聯繫的是在快樂與痛苦——生活的兩極之間的搖擺，時而得意洋洋，容易發笑，放縱於尋歡作樂，常常無緣無故地在任何小事上覺得快活，以至大嚷大叫。但是，不知道為甚麼，又很快會被一種悲哀的、死一般的憂鬱心境所代替，厭世主義的抑鬱心境在一段時間中使他們感到生活黯淡無光，一套新的聯想佔了優勢，像換了另外一個人似的。與此同時，在自我肯定與自我否定的兩個極端上又像漲潮與退潮般地明顯表現出來，一會兒自我肯定，虛榮心上升，意識到自身的美感與誘惑力，覺得自己對於異性具有了不起的吸引力，有時還故意擺架子，把自己放在顯眼的地位，高談闊論，矯揉造作，修飾打扮，以引人注目，或者自鳴得意甚至驕傲自大，自以為比別人高明，身心的發育如此迅速，以致使本人感覺到並作出過高的估計。同一青年在自我肯定的同時也可以感到信心不足和內心虛弱，需要大肆虛張聲勢來加以遮掩。他懷疑自己的力量，擔心自己的前途，他的自愛受到傷害，在各方面深深覺得丟臉，也許內心有所不滿，卻感到無力抗拒。崩潰瓦解的心情，產生一種卑謙和屈辱之感，顯得無精打采。而與這種自我感的雙向性有關的是利己與利他兩種欲求的輪換，青年的生活開始從自我中心轉向利他中心，因此，他們有時可以發誓終生克制自己並從事於艱苦的勞動，以獻身於某種偉大的事業或某種終生的前程而在所不惜，對人慷慨無私，熱衷於慈善事業，然而，最顯著的自私、貪心卻也會與慷慨寬宏同時爆發出來，他們會把別人的所有權、食品衣着粗暴地踩在腳下，與這兩極傾向相聯繫是一般好壞行為之間的交替，即善惡的交替。

在人的一生中，青年時期的善良會表現出特別的動人與純真，德行簡直完美無瑕，良心在道德王國裏扮演着主要的角色，內心充滿着追求正義的渴望，對所有人和生物的慈愛發自內心，對別人共同的個人的幸福表示衷心的祝願。但是，在美德的幼芽蓬勃生長的同一土壤上，也可以雜草叢生，肉體的慾望自然地盡情放縱，有時甚至幾乎達到如同禽獸的地步；說謊的傾向突然發生，一時難以克制；憤怒不能控制，四處發洩，人受其害，一些卑鄙的或想像不到的行徑使旁觀者為之吃驚。而對於文化知識的慾望也常常表現出兩極，一方面是渴望、熱心、熱愛，喚起相應的活動去追求知識，而且只追求有最高價值的知識，熱心讀書，手不釋卷，善於接受；另一方面則又往往會對知識表現淡漠，不能深為激動，對任何知識上的成就都不加以讚賞。無意識地或無目的地走向門外，感到單純的飽學只能徒有虛名，而希望震動現實世界，立功成名，出人頭地等等。這些現象使人清楚地感到，青年時期的人，時而朝這個方向發展，時而朝那個方向發展。心靈變異的可能性達到了最高峰。

荷爾在這裏所描述的、人的心靈兩種欲求的雙向逆反運動現象，在青年時期特別明顯、強烈，但並不是說，這種現象在人的成年時期就不存在。事實上，這種雙向的性格運動，貫穿着人的一生，在人生各階段只是強烈程度的不同，而不存在有無的差別。所有這些兩極現象，正是人的雙向欲求的雙向表現，它正是兩種能量的互相碰擊的結果。[1]

生理能量與天賦性有很大的關係。人出生之後心理能量帶有很大的差別，有的人一出生心理能量就很強大，因此，他能倔強地戰勝惡劣的外部條件，不屈不撓地前進。像約翰·克利斯朵夫，生下來時像醜小鴨，除了他的母親，幾乎所有的親人都不喜歡他，但他卻有一股內在的、強大的心理能量，使他不斷地搏鬥並獲得成功。這並不奇怪，因為每個人的心理都是雙重積澱的成果，即歷史積澱和個人經驗積澱的成果，而首先是漫長的社會心理歷史積澱的成果。每個人的心理世界都帶有這種積澱物，這種積澱

1　張述祖等審校：《西方心理學家文選》，第一一六——一三二頁。

物理伏在人的潛意識層中，在一定的外部條件下，它就會變成一種強大的心理力量。魯迅的小說《離婚》就寫了這種奇異的心理力量。小說主人公愛姑的丈夫自從姘上小寡婦，就不要她了，而她的公公卻只知幫兒子，也不要她。為了此事，他們鬧了三年的糾紛，打了好幾回架，也講過和，但總是不能解決。有一次，愛姑家的六個兄弟，一起到施家去報復，把施家的灶都拆掉了。小地主慰老爺勸愛姑還是走散的好，但愛姑是個不同尋常的鄉下女子，她有陽剛氣，甚麼也不怕，非出這口怨氣不可。這一次，碰到了好機會，慰老爺家裏新年會親，請到了城裏的更大的老爺七大人來了，於是，愛姑和他的父親應了慰老爺之約，到龐莊去交涉這件事。愛姑這一回下了最大的決心，不惜「拼出一條命，大家家敗人亡」。而且她相信，七大人是知書識禮的，不像鄉下人，這個剛強的鄉村女性去作這場爭取女權的奮鬥時是充滿信心的，可是，到了七大人那裏，在這個老爺的威嚴面前，在這個大地主「來……兮」的怪聲怪氣下面，她卻突然敗下陣來，「彷佛失足掉在水裏一般」，她這時又知道七大人實在威嚴，先前都是自己的誤解，所以太放肆，太粗魯了。她非常後悔，不由自主地說：「我本來是專聽七大人吩咐。」勇敢的愛姑此時此刻幾乎是不明不白地自動敗下陣來，這是為甚麼呢?這就因為潛藏在愛姑心中的另一種心理能量在起作用，幾千年來中國奴性基因早已埋伏在她的心靈深處，只是她自己沒有意識到，這種奴性心理能量，在封建專制的權威面前，就會發生作用。於是，在愛姑心裏實際上展開了一場兩種心理能量的拼搏，一是反抗性的心理能量，一是奴性的心理能量，兩種力量在新的外部條件下，反抗的心理能量終於被戰勝，被屈服。魯迅先生對自己這篇小說是比較滿意的，這就因為它深刻地寫出中國農村婦女的深層心理，即潛意識層次中的心理，愛姑兩種心理能量的碰擊，使她的性格時而顯得剛強，時而顯得怯弱，這種剛強與怯弱的二重組合，其實是有深刻的心理依據的。

兩種基本欲求的矛盾，可以使人形成各種不同的欲求層次，例如美國的人本主義心理學家馬斯洛，就將人的需要按低級到高級分為互相交織的五個層次，即生理需求層次、安全需求層次、歸屬需求層次、尊重需求層次、自我實現需求層次。需求的層次愈高，可塑性和變異性就愈大，就愈顯得豐富和複雜，就更具有長久性的文化意義。由這五種需求和它們派生出來的需求，便發展成支配人們行為的動因。有的學者則把人的需求層次作另一種界定，劃分為生物需求（飢渴、性慾本能、自衛等）、認識需求（求知慾望、解決複雜科學課題的慾望）、審美需求（對美的直觀的渴望、對某種水平的藝術的需求）、道德需求（對高尚品德的追求等）。[1]我國哲學家馮友蘭則根據人的不同追求把人的精神世界分為四大境界。他認為，人的境界千差萬別，但根本上有四種，即自然境界、功利境界、道德境界、天地境界。這四種境界實際上正是自我實現的四個不同層次。自然境界就社會發展來說，是原始社會中人的境界，就個人發展來說，是混沌無知的兒童境界。功利境界與道德境界的區別，則是在於一者為私一者為公，公私之分，就是義、利之辨：「利」的含義一是指物質利益，一是指自私自利的動機，而辨別利、義，關鍵仍在於追求的方面，即為甚麼追求，為誰追求。天地境界則是就人和宇宙關係而言的，是人的最高的安身立命之地，獲得這種精神境界的人是站在一個比社會更高的觀察點來看人生，而在思維中把握整個宇宙，這就是站在社會之中又對社會構成某種超脫。這四種不同的境界，反映着人的追求的四個基本層次，問題是馮先生這種劃分，只是對人的精神世界作靜態的分析，這四個境界只是在思辨中才存在，在實際存在物中，並沒有這樣明確的界限和境界，在一個人身上，這四種界限一般表現為模糊性界

1 瓦西利夫：《情愛論》，第一三九頁，三聯書店，一九八四年版。

限。馮友蘭所劃分的四個層次，就是人的心理的相對恆定狀態，或者說是人的精神發展階段，這種階段性的劃分也只是相對性的，實際上，在一個人身上，四個心理境界是可以同時並存的，高一層次的自我實現並不一定要在低一層次的自我實現之後才出現。而一個人即使進入天地境界，也多數離不開自然欲求，也仍然謀求自然目的的實現，這樣就形成一個人的心理境界的既複雜交叉而又相對突出的狀況。可見，由人的雙重基本欲求作為最基本的生理、心理機制，它可以形成人的無限多樣、無限複雜的心理狀況和心理境界。這種心理事實，使人的性格發生二重組合而又呈現出千差萬別的豐富性與複雜性。

但是，這裏必須指出，心理特徵並不完全就是性格特徵。性格除了受心理因素的作用之外，還受環境的作用，還受人身上的其他力量，如知識力和意志力的影響，心理過程可以影響個性，而意志力反過來也可以影響心理過程。例如，一個意志力極強的人，他可以忍受形而下欲求的折磨而從形而上的欲求中得到更多的滿足，而意志力薄弱的人，可能一天也受不了。人的性格正因為受到外部與內部各種力量的綜合作用，因此，它總是呈現出複雜的非恆定狀態。

第二節　兩級心理對位效應

既然生活中真實的人的性格是上述這樣一種追求體系，是充滿着兩種心理能量的衝突和搏鬥的世界，那麼，反映在文學作品中的人物形象，也應當是二重組合的。惟其如此，才能在文學欣賞者心中獲得更多的共鳴。

文學作品中的人物形象一旦產生，便成為一種客觀存在物，一種審美客體，這就發生一個如何使審美主體（藝術欣賞者）接受的問題。這個接受過程首先有一個心理對位效應的問題。如果作為審美客體的人物形象不是真實的人（即使是理想型的典型，雖然外殼不是或不像人，但也必須具有人的真實的內在精神和情感），而是神或魔，那麼，藝術形象與欣賞者所形成的關係就不是人與人的關係，而是神與人或魔與人的關係，這就無法產生人與人的心理對位效應。另一方面，如果審美對象雖然是人，但僅是靜態的、表面的人，沒有波瀾起伏的心理動態，這樣，儘管是人與人的對比，但仍然不會有強烈的心理對位效應，欣賞者仍然無法產生強烈的共鳴。

我們所以認為，典型的塑造，通過人物性格二重組合原理可以走向更高審美價值層次，就因為人物性格的二重組合可以引起欣賞者在欣賞過程中產生心理對位的效應。一個作品激動人心，必定是這個作品所提供的內容的對抗性質擾亂讀者的心理平衡，引起讀者心靈中兩種心理能量的衝突和搏鬥的結果。但是作品內容的對抗性質在許多敘事文學作品中是通過外部事件的進程（即情節的矛盾衝突線索）展開的，通過人物關係的外部對照方式來實現的。它固然可以激發讀者的內心衝突，但由於它是外在的，容易使那些理智力較強的讀者以旁觀者的態度來審視作品的內容，而削弱它的心理效應。而一些優秀的文學形象的二重組合性格更加接近生活中真實的人，因而可以縮短審美觀照時的心理距離，而產生心理對位的效應，即讀者會不由自主地與作品中的人物進行平衡比較，把作品中的人物作為自己的替代，人物的內心衝突（即性格衝突）不知不覺地激起讀者的內心衝突，從而成為讀者心靈的象徵。

這種心理對位效應，就是朱光潛先生早在《文藝心理學》（一九三六年出版）一書中所介紹的谷魯司的「內模仿」原理。朱先生非常清楚明白地描述這個原理，他說，「內模仿」可以說是「象徵的模仿」，象徵作用是一切記性的基礎，以往經驗凝結為記憶之後，再現於意識時便無須和盤托出，其中一個微細的節目就可以替代它，象徵它。內模仿也是以局部活動象徵全體活動，比如說模仿石柱的騰起，我們並不必伸腰聳肩作上騰的姿勢，只要筋肉略一蠕動，甚至於只起一種運動的衝動，就可以引起上騰的情感了。這種內模仿，其實也就是移情作用，不過里蒲士的移情作用偏重「由我及物」的一方面，谷魯司所說的「內模仿」偏重「由物及我」的一方面。這種由物及我的內模仿原理，谷魯司在《動物的遊戲》中列舉了很多例子說明，例如，一個人看跑馬，真正的模仿當然不能實現，他不但不願離開他的座位，而且他有許多理由不能去跟着馬跑，所以他只心領神會地在模仿馬的跑動，在享受這種內模仿所生的快感，這就是一種最簡單、最基本、最純粹的美感的觀賞了。再比如說看戲，扮演的動作和聲調原來不過使我們明瞭劇中所表現的心理的變遷，但是我們的體膚卻有若干模仿戲角的姿態。我們在聽故事時，故事所用的字不過是一種符號，但是，我們卻能感到它們所表現的情感，像詩人席勒所說的：「英雄正流盼，美人亦低眉。」此外，像好讀描寫海上生活的書籍的少年們常想當水手，讀《少年維特之煩惱》的人們想自殺，都是內模仿的例子。

從這裏，我們可以看到，這種內模仿原理，正是由物及我的移情原理。這種原理的核心，實際上是審美主體從審美對象的身上找到一個心靈的對應點，即我與物、主與客（人物形象）之間「心有靈犀一點通」，從而產生一種心理上的相符感覺。此時，審美對象的情感通過這個對應點注入審美主體的心中，進而合而為一，物中有我，我中有物，物我兩忘，引起審美效應。這個過程，我們稱它為心理對位效應的產生過程，也就是心理對位效應原理。

魯道夫·阿恩海姆在《藝術與視知覺》一書中，細緻地探究了人的知覺現象，用「同構對應」的原理來解釋人的知覺現象。他認為，人之所以能感知到美，關鍵在於事物的形體結構和運動與人的生理、心理結構有着相似的對應性。他反對移情説，不是否認移情現象，而是反對「移情説」對移情的那種説明，認為所謂移情的產生，就是由於這種同構對應關係。他認為，在最偉大的藝術作品中已構成的形式的知覺特徵總是以強有力的直接性傳達於人們的眼睛。他所説的形式，包括物象、模式、形體與視知覺的關係，而藝術正是通過這種物質材料造成的完形結構，來喚醒鑒賞者整個身心結構的反應。他還認為，藝術作品或靜態事物中的運動感覺並不像有些人所想像的那樣，是由聯想和移情作用所引起的，而是由藝術作為形象結構所喚起的鑒賞者大腦皮層中的場效應所引起的。阿恩海姆這種假説，還有待於科學實踐的進一步證明。阿恩海姆過份強調大腦組織的天生定律所引起的自然操作作用，沒有注意到人類社會漫長歷史發展過程中所積澱的經驗，這是片面的。但是，他所提出的同構對應的學説，卻是有價值的。他至少説明了一個心理事實，即人的內在心理對於具有同形同構的外在形象更容易產生相符感覺。例如，我們在意氣風發的時候，看到大海的驚濤拍岸的情景，就容易受感動，而在心灰意冷的時候看到這種情景則未必會高興。這裏就有同構對應的關係在起作用。又如我們今天讀《封神演義》，書中的雷震子、土行孫等形象，由於與我們的心理結構已很難產生同形對應關係，因此，總是使我們產生一種疏遠感，卻很難產生一種相符類比。而像《紅樓夢》中真實的、活的人物，我們至今還會超越疏遠感，而感覺到賈寶玉、林黛玉似乎還在我們身邊，在某種程度上，我們自己身上也有賈寶玉或林黛玉的心理素質。

這種心理對位效應，其實並不神秘，用我們今天常用的語言來表達，就是一種在對象中發現了自己的激動，就是因為這種發現而生的一種人我之間、主客體之間情感上的共鳴。

朱光潛先生在《悲劇心理學》中説明，悲劇形象之所以會使鑒賞者感動，就因為我們在悲劇形象中感受到自己，他說：「在悲劇中，我們親眼看見特殊品格的人物經歷揭示內心的最後時刻。他們的形象隨苦難而增大，我們也隨他們一起增長。看見他們是那麼偉大崇高，我們自己也感覺到偉大崇高。正因為這個原因，悲劇才總是有一種英雄的壯麗色彩，在我們的情感反應中，也才總是有驚奇和讚美的成份。」[1] 朱先生引用雪萊《為詩辯護》中的一句話說：「最高等的戲劇作品裏很少給人苛責和仇恨，它使人認識自己，尊重自己。」這就是說，具有最高等審美價值的戲劇形象，也必須產生一種使人「認識自己」，即發現自己的心理效應。可以說，一個人物形象，它使人發現自己的深廣度越大，心理對位的效應率就越高，共鳴度就越強烈。

文學的心理對位效應就好比是氣象中的「同溫層交流」，在不同溫度的空氣層中，有不同水平的溫度交流。較低級的文學作品或文學形象，它可以使鑒賞者獲得一種離奇感，一種刺激性的滿足，但無法像優秀作品那樣，可使鑒賞者發現自己，即無法產生心理對位的美感效應。因為，這種形象不可能深刻地激動鑒賞者深層的靈魂世界，不可能活在鑒賞者心中。而成功的人物形象，卻能達到這樣的效果，我們可不斷地從它身上發現自己，甚至可以無窮盡地發現自己，以至這種形象好像就是我們熟悉的人物，就生活在我們身邊，伴隨着我們度過坎坷的人生，所以不少人都會覺得林黛玉、賈寶玉在伴隨着自己生活。從某種意義上說，真正的典型，就是可在人類的內心世界中產生無窮盡的心理對位效應的個性形象。典型的不朽的力量、永恆的審美價值，就在於它總是可以超越時代、階級、民族而在人類心中不斷地獲得這種心理對位效應。馬克思所說的古希臘史詩，那種人類童年時代的傑作，之所以會使人感到

1 朱光潛：《悲劇心理學》，第二零七—二零八頁，人民文學出版社，一九八三年版。

難以企及，之所以會具備難以消失的藝術魅力，就是史詩中的那些形象能在世世代代人們心中，包括在我們今天，產生一種心理對位效應。我們今天仍然可以從奧德修斯和阿喀琉斯等形象身上發現自身的命運、自身的道路、自身的內心世界；而那些轟動一時的、成千上萬的俠義小說儘管在某個時間與區域中給追求刺激的人們以滿足，但書中的人物，卻一個個被遺忘，人們並沒有從他們身上發現自己。即使和他們發生心理對位效應，也只是表面的、暫時的，正常人很快就會發現這種對應是荒唐的，或者在實踐中碰壁之後也會覺得是荒唐的。

那麼，文學形象怎樣才能使鑒賞者獲得較強烈的心理對位效應呢？這裏大體可以劃分為兩級效應度。第一級對應，是表層心理對位效應。這是對文學形象的基本要求，這種要求，簡單地說，就是必須是人和人的對應，即要求作為客觀存在的文學形象應當是真實的人的形象，它不是神，也不是魔，不是純粹的壞蛋，也不是超絕的英雄。它應當具備人性中兩種相反的東西（儘管程度比例上有千差萬別），既有人的優點也有人的弱點，從而給鑒賞者獲得心理對位效應的可能性。關於這點，不少作家從自己的經驗中已直觀地意識到，譬如菲爾丁，他就認為，如果把人寫成十全十美的天使或十惡不赦的魔鬼，就不可能使鑒賞者獲得教益和產生共鳴。他說：

> 我的可敬的朋友，我們必須警告你（也許你的心地比頭腦要好些），不要因為某某人物並非十全十美，便罵他是壞人。例如你喜歡十全十美的標準人物，有的是能夠滿足你這種嗜好的書，但是在我們一生交際之中從未遇到過這樣的人，因此我們就沒有決定要在本書裏寫這種人。說實話，我有點懷疑，人不過是個人，怎能達到那樣完美的地步呢？正如世界不可能存在

過朱文納爾描寫的那種怪物：「純是罪惡，毫無半點美德。」而且老實說，在一部虛構的作品裏插進這種天使般的完美人物或魔鬼般的墮落人物，我看不出有甚麼好處，因為人們讀到這種人物，思考之餘便會悲不自勝或羞愧難當，而不會從這種榜樣裏得到任何教益。

菲爾丁還說：「事實上，如果人物性格之中有一些善良的成份足以引起好心人的敬仰和愛戴，雖然其中也有一些不留意而犯的缺點，那麼這種人物才會引起我們同情，而不至於引起我們厭惡。這一類的榜樣是不完美的，但是它的確對提高道德是最有用的，因為讀者在好人身上發現缺點，便會感覺驚奇，因而他也就容易影響讀者的思想，縈迴在讀者的腦際，比起惡貫滿盈的壞人的過失，其效力要大得多。」[1]與菲爾丁的見解相似，萊辛與魯迅也有這樣的意見。萊辛說「帝王和英雄的名字能夠使一部劇本顯得壯麗和威風，卻不能使它因此而更感動人。那些處境和我們最相近的人的不幸必然能最深刻地打入我們的靈魂深處；如果說，我們同情國王，那是因為我們把他們作為人看待，而不是因為他們是國王的關係。……我們的同情需要一個個別的對象，一個國家對我們的感情認識說來是一個過於抽象的概念。」[2]而魯迅談《毀滅》中的美諦克形象時說：「他要革新，然而懷舊；他在戰鬥，但想安寧；他無法可想，然而反對無法中之法，然而仍然同食無法中之法所得的果子——朝鮮人的豬肉——為甚麼呢，因為他餓着！」魯迅說：「讀者倘於讀本書時，覺得美諦克大可同情，大可寬恕，便是自己也具有他的

1 菲爾丁：《湯姆．瓊斯》，第十卷第一章，載《文藝理論譯叢》，一九五八年第一期。
2 萊辛：《漢堡劇評》，載《世界文學》，一九六一年第十期。

缺點。」[1] 我國作家何士光則從另一方面來講這個問題，他說：「我不想使我的人物在各自的軌跡出走得更遠，或者成為天使或者成為魔鬼。因為不論天使也好，魔鬼也好，他們都是屬於天堂或地獄的，值不得人世間的凡夫俗子關心。除了對他們雙方都嘖嘖一陣而外，對魔鬼的牙齒或天使的翅膀，都不能引起更痛切的聯想，對他們的命運也自愧弗及，自甘弗及，引不起深深的共鳴。」[2]

菲爾丁、萊辛、魯迅等作家的這些看法都是一些直觀性的意見，表述得較淺顯，但是，卻令人信服。他們共同道破一個審美效應的秘密，這就是文學作品中的人物性格要引起讀者感動，就必須克服審美客體（形象）與審美主體（讀者心靈）之間的疏遠感，而使兩者產生一種心理對應，即讀者能從人物形象性格中發現自己，發現自己心靈世界中那些真實的東西，那些相似的經驗和相似的正負組合心理結構，即相似的優缺點。這樣，就超越了頑固的疏遠感，不再當旁觀者，而會關心人物的命運。

第二級對位效應，則是深層的心理對位效應。這是在人性更深層次上的心理對位效應，這就要求文學形象必須使鑒賞者在更深的層次上發現自己，即發現自己心靈深處的矛盾運動形式，也就是我們所說的心靈深處的雙向欲求和兩種心理能量的碰擊。人物性格二重組合的心理依據包括這二級心理對位效應，而第二級的對應關係是更加深刻、更加重要的。只有深層的心理對位效應，才能使讀者產生更強烈的共鳴，從而獲得更高的審美價值。一切追求人物性格豐富性的作家，不管他是自覺還是非自覺的，實際上，他們都在追求第二級的審美效應。如果一個人物形象不可能使鑒賞者產生這兩級心理對位效應，尤其是第二級心理對位效應，這種形象的豐富性和複雜性就值得懷疑，頂多也只是表面的豐富性和複雜

1 《〈毀滅〉第二部一至三章譯者附記》，見《魯迅全集》，第一版，第十卷，第三三五頁，人民文學出版社，一九八一年版。

2 何士光：《感受．理解．表達》，載《山花》，一九八一年第一期。

性。

從這個角度來審視文學形象，我們可以說，一個優秀的人物形象所以激動人心，必定是這個形象所提供的內容的對抗性質（二重組合內容）擾亂讀者的心理平衡，引起讀者心靈兩種心理能量的衝突和搏鬥，使讀者從形象的內心拼搏中更深地發現自己。二重組合的性格世界充滿着不安、動盪、痛苦、拼搏，這種真實的內心激動，迫使讀者無法當旁觀者，而必須充當對象心靈活動的參與者，從而在不知不覺中把自己置於作品的氛圍中，並和作品中的人物進行平衡比較，與作品中的人物共命運、共悲歡、共愛恨、共懺悔、共期待，作品中人物的內心衝突（即性格衝突）不知不覺地激起讀者的內心衝突。正是從這個意義上說，二重組合原理可以導致典型人物性格獲得更強烈的審美效果。

第三節　文學的人性深度

心理對位效應作的兩級劃分，只是相對地劃分，其實第二級的人性深度帶有無限性，即無限的深廣性，它像無底的深淵一樣，是一個永遠無法窮盡的世界，這個世界可稱為第二自然界，也可稱為「第二宇宙」，它帶有宇宙的無法窮盡的性質。沒有一個偉大的作家能把它寫盡。凡是偉大的作家，他都可以在人性的深層中繼續有獨特性的發現，有創造性的表現。正因為這樣，作家才有發揮自身才能的無限可能性。

以往強調寫人與人的鬥爭就是階級鬥爭和路線鬥爭，於是，人物形象在不同程度上都成了階級鬥爭的工具，政治觀念的容器。人物形象也可能有內心衝突，但是，這仍然是認識範圍內的人性表層的衝突，即兩種不同社會觀念的衝突。因此，一旦有一種啟示，如一段語錄，一段教導，一篇憶苦思甜的說教，就會使你死我活的糾結突然解開，即所謂「豁然開朗」（近乎頓悟），於是，衝突獲得解決。鬥爭如此嚴重，解決如此輕鬆，就因為人物性格的衝突內容是極膚淺的，只是簡單的認識性的矛盾（甚至是常識性的矛盾），這種只有性格表象的人物形象當然缺乏人性的魅力，談不上真正的形象美，也不可能產生強烈的心理對位效應。

近年來我國新時期的文學藝術所以能接近人民，贏得更強烈的社會效應，從根本上說，就是人性的重新發現，從傷痕文學開始，就是如此。傷痕文學的根本優點，就在於它開始接觸到人性深處的矛盾內容，在一定程度上展示了人性的深度。有些較優秀的文學作品，也正是在這方面表現出它的光輝。但是，作家這種努力仍然受到陳腐觀念的嚴重束縛，因此，一些作品剛剛作了嘗試就停止，在這方面仍然需要作家表現出更大的藝術勇氣和氣魄。

我們所說的人性的深度包括兩層意思：（1）寫出人性深處形而上和形而下雙重欲求的拼搏和由此引起的「人情」的波瀾和各種心理圖景。這不是一種靈魂的呻吟，而是直接把靈魂深處的兩極矛盾、雙重欲求產生的內心情感顫動作為審美對象，作為分析、鑒賞、表現的對象。黑格爾說：「生命的力量，尤其是心靈的威力，就在於它本身設立的矛盾，忍受矛盾，克服矛盾。」[1] 文學長久性的魅力之源首先就在於對人性深層中這種矛盾內容的揭示。（2）寫出人性世界中非意識層次的情感內容。非意識的東西潛伏在人性的深層，它只有在某種條件下，才會流露出來。愛因斯坦以科學家特有的誠實承認這一

1 黑格爾：《美學》，第一卷，第一五四頁。

點，他批評他的女婿魯道夫．凱澤爾所寫的《愛因斯坦傳》有一個缺點就是忽略這個方面。他在肯定「書中角色的性格刻劃也恰到好處」之後說：「被作者所忽視的，也許是我性格中的非理性的、自相矛盾的、可笑的、近於瘋狂的那些方面。這些東西似乎是那個無時無刻不在起着作用的大自然為了它自己的取樂而埋藏在人的性格裏面的。但這些東西只有當一個人的心靈受到嚴重考驗的時刻才會分別流露出來。」[1] 愛因斯坦在這裏要求傳記不但要寫得確鑿，恰到好處，而且還要求寫出人性的深度，即那些埋藏在他的性格裏面的與他的偉大理性相反的東西、矛盾的東西，這就是躲藏着的非意識的東西，但在嚴重的時候就會湧入意識層。這個偉大的科學家顯然承認自己的性格是二重組合的，而且希望塑造他的形象的作家們也這樣真實地描繪他，不要寫得比他更高，不要只寫偉大的一面，而應當寫出他的全面的人性。這就告訴我們，要寫出人性的深度必須進入對象的非意識層次。魯迅《野草》中的《頹敗線的顫動》，就是寫人性深層中情感的顫動、非意識層中的顫動、作品中的為兒女獻出一生，為兒女創造了苦痛並被兒女所拋棄的母親，在自己的愛被飲盡之後剩下背後的冷罵和毒笑，於是她在深夜中走向無邊的荒野，「她赤身露體地，石像似的站在荒野的中央，於一刹那間照見過往的一切：飢餓，苦痛，驚異，羞辱，歡欣，於是發抖；害苦，委屈，帶累，於是痙攣；殺，於是平靜。……又於一刹那間將一切併合：眷念與決絕，愛撫與復仇，養育與殲除，祝福與咒詛……她於是舉兩手盡量向天，口唇間湧出人與獸的，非人間所有，所以無詞的言語。」[2] 魯迅在很短的散文詩中也寫出潛意識層中的兩種相反情感的拼搏，這樣不僅詩中的心靈經歷了大顫動，我們讀了作品之後也跟着顫動。所謂寫出潛意識層，也就是要

1 愛因斯坦：《愛因斯坦文集》，第三卷，第四一頁。
2 《魯迅全集》，第一版，第二卷，第二零五—二零六頁。

寫出人性更深更廣的世界。思想藝術容量豐富的小說，更需要表現出人性深處的顫動。

美國的小說家弗．司各特．菲茨傑拉德在他的自傳體小說《崩潰》中有一段包含着非常深刻的見解的話。他說：「測驗一個人的智力是否屬於上乘，只看他腦子裏能否同時容納兩種相反的思想，而無礙於其處世行事。」又說：「人們應該做到：既知某事無望，而決意反其道而行之。」[1]菲茨傑拉德這種「測驗」的標準，同樣可以用於文學藝術中的性格塑造，可以說，測驗一個典型是否具有審美價值較高的「上乘」的豐富性格，只要看這個人物形象是否容納兩種相反的東西，即人性深處具有兩種相反思想情感的碰撞。這種碰撞正是人性美的內在源泉。席勒說：「我們已見到美是從兩種對立衝動的交互作用，從兩種對立原則的結合，才產生的，所以美的最高理想要在實在與形式的盡量完善的結合與平衡裏才可以找到。但是這種平衡永遠只是一種理想，在現實界永遠不能全達到。在現實界，總是某一個因素比另一個因素佔優勢，經驗界所能達到的最高成就總是在這兩個原則之間搖擺，時而是實在佔優勢，時而是形式佔優勢。理想中的美卻永遠是不可分割的、獨特的，因為平衡只能有一個；經驗中的美卻不然，它永遠是雙重的，因為搖擺以雙重方式破壞平衡，不是偏左，就是偏右。」[2]萊辛也有這樣的思想，他把維納斯作為美與愛的象徵，指出文學藝術創作中的維納斯（美的形象）不應該像雕塑中的維納斯形象。雕塑中的維納斯是神的形象、愛的象徵，而文學藝術家表現的維納斯形象則是人的形象，帶着人的全部複雜情感的形象。因此，她的內心總是顫動着兩種相反的情感。雕刻家塑造的愛神維納斯只是「愛」的人格化的抽象品，而藝術家與雕刻家不同，他不是在雕刻愛神的形象，而是創造作為人的維納斯的性格，因

1 托夫勒：《預測與前提》，第七頁，國際文化出版公司，一九八四年版。
2 北京大學哲學系美學教研室編：《西方美學家論美和美感》，第一七七頁。

此，他就不能把一些愛的抽象品質去集合在維納斯身上，而應表現維納斯性格的矛盾內容。萊辛說：「一位發怒的女神，一種由復仇願望和憤恨情緒所驅遣的維納斯，對於藝術家來說，就是一個真正的自相矛盾的名詞，因為愛單就它本身來看，是既不發怒、也不圖報復的。對於詩人來說卻不如此，維納斯固然代表愛，卻還不只是愛，在愛這個性格以外，她還有自己的個性，因而她能愛慕也能怨恨。難怪她在詩人的作品裏往往怒火大發，特別是點燃這怒火的正是受到損害的愛情。」[1] 萊辛還說，當時的詩人弗拉庫斯和斯特修斯筆下的維納斯形象都是具有人的弱點的，在弗拉庫斯的詩中，維納斯失去了和善的容顏，不再用純金纏髮，而是讓頭髮在胸膛上飄蕩，還披着黑袍，活像冥河畔的女冤魂。「只有詩人才有一種藝術技巧，去描繪反面的特點，並且把反面的和正面的特點結合起來，使二者融成一體。」[2]

菲茨傑拉德和他之前的美學大師萊辛、席勒，他們對於美的本質是具有真知灼見的。他們有一個共同的思想，就是要表現人性的美。這種表現並不是在平衡態中（因為這平衡態只有在理想中才存在），而是在現實的非平衡態中，也就是在人的內心世界兩種相反的心理能量互相碰擊之中實現的。一個人追求的過程，也是拼搏的過程，弱者在拼搏中失敗，在獸性的欲求面前低頭，在邪惡的面前低頭，從而表現出醜；而強者在拼搏中前進，不向獸性的欲求低頭，不向邪惡的欲求低頭，不向卑劣的欲求妥協，從而表現出善，表現出崇高，表現出美。沒有人性深處的拼搏，就看不到人物形象美的魅力。

只要我們正視一下安娜．卡列尼娜、阿克西妮亞、包法利夫人等優秀的人物形象，我們就不能不承認，她們的美的魅力正是來自她們身上的人性的魅力，來自人性深層中那種展開劇烈拼搏的情感顫動。

1 萊辛：《拉奧孔》，第五四頁，人民文學出版社，一九七九年版。
2 同上，第五六頁。

像《紅與黑》這樣的作品，所以如此激動人心，就正是以紅為象徵的一種感情力量和以黑為象徵的另一種感情力量的拼搏，愛倫堡給予這部小說以極高的評價，他說：「假如沒有這部書，我真難以想像偉大的世界文學或我自己渺小的生命是怎樣。」[1] 他還說，司湯達把自己內心的拼搏注入這本書，他「在這部長篇小說裏表現出使他痛苦和振奮的一切：愛情和野心、假冒為善和內心的勇敢、教條的黑暗勢力以及大火、戰爭和革命的紅色返照」[2]。一百年來文藝研究家為這個書名進行無休止的爭論，一般都看到紅是代表拿破崙時代的紅色軍裝，黑則代表教會黑暗勢力的教士黑袍，這是沒有錯的，但這僅僅是一個層次上的意義，它還有更深的意義。《司湯達傳》的作者弗里德是這樣看的：「紅」不光是指于連的那些沒有得到實現的關於軍功、榮名的幻想，還指于連的孤高自傲、熾熱的心靈以及他那像一團火一樣的旺盛的精力和因受富人之害而流出來的他這個高貴的窮人身上的鮮血；黑也不光是指復辟王朝的黑暗、偽善、神學院學生于連的服飾，而且還指青年人往往想拿它作為自己第二天性的虛偽，儘管這種虛偽同青年人是格格不入的。我想，這種解釋也絕不背離《紅與黑》的精神，如果我們把《紅與黑》的象徵內容進一步深化，把于連人性深處兩種力量的拼搏進一步揭示，也並不背離司湯達的豐富的思想。事實上，于連這個形象之所以成功，正是他人性深處的真實情感被展示出來的結果。他的心靈深處，有一團火樣的進取力量，一股往着高處湧流的狂奔不息的熱血，但是，在另一方面，又有那個虛偽的黑暗勢力留下的巨大投影，這就是他的虛偽，他為了自己的前進不惜侵犯他人利益的野性的力量，正是這兩種力量的拼搏才顯示出人性的深。在于連對瑞那夫人的征服中，既有真實的愛，這種愛在他的潛意識層中激

1 愛倫堡：《必要的解釋》，第一二九、一三二頁，北京大學出版社，一九八二年版。
2 同上。

還着，也有虛偽的愛，這就是他只不過通過對瑞那夫人的佔有來達到虛榮的滿足和對社會的報復。而瑞那夫人的人性深處也是充滿愛的歡樂和愛的痛苦的搏鬥，她要愛，但又對這種愛的代價感到恐懼，她心中有一種力量要推開愛，而另一種力量又迫使她緊緊地拖回這種愛。當于連第一次佔有了瑞那夫人的那個夜晚，于連走向瑞那夫人的房間時是比走向死亡還要痛苦的。而瑞那夫人呢，她「看見于連像鬼魂似的出現的那一忽兒，心中起了死的恐怖，但是這種憂懼，不久又為最殘酷的痛苦所蒙蔽了。于連的哭泣與絕望，都使她心碎。……甚至於，當她甚麼要求也不再拒絕他的時候，她真實的憤怒，使她用強力將于連推開得很遠，但是頃刻間，她又自動的投入他的懷抱裏了。在他們一切的行為裏，自然得很，絲毫沒有固定的計劃。她覺得自己該受詛咒，罪無可赦，她努力逃避地獄裏可怕的光景，為了這個，她對于連表示出最溫柔最熱烈的愛撫。」當于連回到自己的房間後，瑞那夫人的內心的拼搏仍未停止：「她心裏的歡樂，還沒有減退；雖然她在痛苦，雖然她心中的矛盾和懊悔已經把她的心撕得粉碎。」在這些描寫中，我們看到瑞那夫人把本來隱藏得很深的情感世界這樣驚心動魄地展現在我們的面前，這裏有愛的欲求與愛的恐怖的對抗，有愛的幸福感與愛的罪惡感的交織，有極度歡樂與極度痛苦的碰擊，有天堂與地獄的雙重呼喚。在這個高貴的女人的人性世界中，道德的力量是這麼強大，這種力可以「將于連推得很遠」，但打破道德鎖鏈的力量也這麼強大，頃刻間又把她拉回愛的深淵，「她又自動地投入他的懷抱了」。這天夜晚之後，她的搏鬥一浪高過一浪，「撕裂她的靈魂的衝突掙扎，變得格外可怕了」。而于連呢，他的整個內心搏鬥過程我們無法重述，不過司湯達也這樣告訴我們：「于連的心裏，一向是為懷疑和驕傲兩種觀念痛苦着，他正需要一種自我犧牲的愛情，可是在這樣偉大的、無疑的、每時每刻都會有新的犧牲的面前，卻使他的這兩種觀念不能撐持下去了。他敬愛德．瑞那夫人。『她枉自尊貴！我是工人的兒子！但是，她愛我……我在她的身旁，不是一個兼任情人的僕人』，一旦這恐懼離開他的心裏之後，他便墜入瘋狂的戀愛裏和愛情的劇烈震撼裏。」在于連的人性深處，一方面並沒有真正的愛，因為在他的對瑞那夫人的情慾中帶着功利的打算，帶着一個貧窮工人兒子對尊貴等級的報復，帶着不可告人的目的；另一方面，他又有愛，甚至有敬愛，他覺得自己真實地熱烈地愛着，是個真實的情人，不是兼任情人的僕人，此時，他的功利打算又離開了他，在他們的熱戀中只剩下純粹的瘋狂的愛了。人的內心世界就是這樣充滿着矛盾，充滿着各種可能性，但正是這樣，在文學藝術中，人性才表現出它的美的魅力。

文學藝術是一個特殊的領域，是一個洶湧着人的感情的領域。情感性，是文學藝術最根本的審美特性。因此，在這個領域裏，人性深處兩種力的搏鬥，總是集中地表現在最富有情感性的「愛」與「不得所愛」的拼搏之中。魯迅先生曾說，創作總根於愛。這個偉大的命題並未被我們充份注意，可以說，沒有至深之愛，就沒有人性深度，就沒有感染力。（當然，不應當把愛理解為狹義的愛，還應當理解為更廣泛的愛，包括對生活的愛，對人類的愛，對事業、對祖國、人民的愛等）。像于連、瑞那夫人，他們的痛苦搏鬥，都是愛與不得所愛的搏鬥，他們即使得到所愛，也會很快地面臨着愛的危機，又陷入新的痛苦。因此，他們的心靈永遠處於非平衡態中。人的自然欲求和文化欲求、形而下的欲求與形而上的欲求和由此而派生出來的種種高尚而卑下的欲求，都會在愛中得到反映，愛情本身就是一種矛盾。真正的愛，是對他人的獻予，不是對他人的佔有，但是，柏拉圖式的精神戀愛，卻很少有人願意接受。愛，既有生物性，又有社會性；既不合理性，又合理性；既有自我擴張，又有自我克服；既有自我滿足，又有自我戰勝。在愛裏，常常展開着靈與肉、善與惡、理性與瘋狂、理想與現實、希望與失望、利己與利他、歡樂與痛苦、仁慈與殘忍的搏鬥。人在愛的面前，有時是主人，能夠支配自己的情感和命運，表現出理智和意志的力量；有時則是奴隸，完全被情感所擺佈，只能在愛面前呻吟與哭泣，因此，在愛面前，人有時顯得崇高，有時顯得卑下，有時變得很美，有時變得很醜。正因為愛情帶有無限的可能性，總是波瀾起伏，極不確定，找不到愛的「恆定狀態」，因此，文學才有審美創造的廣闊空間。這裏還應當指出，人能愛，這是人比動物高貴的地方，愛是對動物性性慾的昇華，能昇華，人才偉大。昇華，本質上是一種解放，一種對自由的獲得。極度痛苦近似解放，在感情處於「山重水複疑無路」的時候，往往可以絕處逢生，發現另一境界，從而釋放出積壓於心中的痛苦的心理能量，使情感得到解脱，這就是昇華。因此，昇華的過程本身就是一個矛盾運動過程，一種深層的性格二重組合過程。偉大的文學藝術家在表現人性深度時，不僅表現出愛的痛苦，而且又能表現出愛的昇華。昇華是兩種力量拼搏達到更高層次的平衡，是感性與理性的統一、本能與精神的統一，因此，它總是一個善惡對抗、善惡轉化、善惡泯滅的矛盾過程。因為愛是人性王國的核心，是這個王國中最活潑、最美麗的、充滿生命的根本因素，是人類文明積澱程度的一面鏡子，因此，作家要表現人性的深度，就應當真切地表現愛的真實過程，表現愛的痛苦、掙扎與昇華過程。

這種過程，我們且以郁達夫最成功的兩部小説《沉淪》與《遲桂花》為例來説明。《沉淪》是郁達夫一部具有人性深度的作品，所以有深度，就是這部作品大膽地描寫一個處於異國的青年雙重的欲求、雙重的愛而不可得的雙重苦悶。由於這雙重的愛都極其強烈，而外部條件又無法使這種欲求得到實現，因此，內心極不平衡，形成了變態的雙重苦悶。而《遲桂花》也寫愛的欲求，也寫愛而不得所愛的內心拼搏，但是它不像《沉淪》那樣，表現這種苦悶沒有出路而變態，而表現出性愛的昇華，即脱離本能的動物性的欲求，把性愛昇華為愛情，並把愛推廣到更大的範圍。這篇小說的男主角對友人孀居的妹妹發生愛戀，並起了佔有的念頭，但是，他經過一番內心的拼搏之後，終於意識到真正的愛並非佔有而在獻予，因而經過一番自我揚棄，淨化了情慾，而獻給這位女子以兄長般的愛。這個過程大致像王國維所說：人生充滿着慾望，由慾望而引起了追尋，追尋的途程中不擇手段，因而產生了過惡，由過惡而產生痛苦，由痛苦而產生懺悔的情緒，由懺悔之情的蕩滌，陷於泥淖的靈魂得以淨化，得以升騰。我們且不說王國維思想系統的是非，僅從心理學的角度說，他所描述的是一種真實的過程。《遲桂花》的人性美就表現於情慾的昇華過程，而這個過程又是一個動人的掙扎過程，是一個美醜，善惡的拼搏過程，這個過程使我們感到處於中國特定社會環境下的一種形而上的欲求戰勝形而下欲求的真摯情感，這種情感使我們感受到愛情的美、人性的高貴。它還使我們感到，真正的愛情也是人類社會前進的一種動力。這裏應該說明，表現廣義的愛（如祖國之戀）也與表現狹義的愛具有同樣的過程、同樣的深度，而且往往有更深厚的思想容量。歷史上很多偉大的愛國者都是不幸的，他們的愛往往不能實現，他們的大愛之心、報國之情往往受到摧殘，對於祖國，他們也往往陷於有所愛而不得所愛的深刻矛盾，他們的情感往往表現出動天地、泣鬼神的力量。把這種至深之愛表現出來，當然也是人性的深度。這一點，還可類推到其他的廣義的愛。

《沉淪》、《遲桂花》所表現的人性的深度已達到潛意識層次，這在我國現代文學中可算是「上乘」之作。但是，我們仍然感到郁達夫在表現這個層次的感情時還不夠酣暢，不夠充沛，在某種程度上還帶有靈魂的自我呻吟的性質，它所展示的潛意識的世界，還不夠廣闊，不夠深邃，還缺乏更激動人心的波瀾。我們這樣說，並非苛求，只要將它和法朗士的《泰綺思》比較一下，就更為明白。

關於《泰綺思》，筆者在《魯迅美學思想論稿》中已從「美惡並舉」這個角度談論過了。現在我們再從人性的深度來探討一下。法朗士生前曾獲諾貝爾獎，而《泰綺思》是他的代表作。這部長篇在二三十年代就在我國文學界產生過很大的影響，特別受到魯迅的衷心的讚揚。總觀魯迅對這部書的評價，我們可以了解，魯迅是特別欽佩法朗士寫出人性的深度即人物內心深處的動人的苦痛的。一九二四年江紹原在《語絲》上發表《讀法蘭西氏的小說達綺絲》，認為這部長篇的重要價值在於對「盛宴的情節」的描寫，而魯迅認為主要不在於此。他在給江紹原的信中說：「我不知道先生先前所愛看的是那一些作品，但即以在《語絲》發表過議論的 Thaïs 而論，我以為實在是一部好書。但我的注意並不在饗宴的情形，而在這位修士的內心的苦痛。」[1] 書中的兩個人物，即神父巴弗尼斯和妓女泰綺思的內心都經受着激烈的搏鬥，這種搏鬥，特別是神父內心的搏鬥，表現得極為動人。巴弗尼斯為了使自己的靈魂昇華到宗教的境界，即神靈的境界，曾經無情地摧殘自己的肉，人為地強迫自己熄滅任何人的慾念。他出身於貴族家庭，而且有很高的文化素養，當他被基督所吸引之後，便對基督篤信不疑，並以驚人的虔誠，變賣全部家產施捨給窮人，而且為了驅逐自己的慾念，每天早晚無情地鞭打自己，有時甚至三天不吃飯。他整整十年遠離人群，在尼羅河畔的沙漠中隱居修行。他的高深道行深受宗教界的欽佩，在二十歲左右就擔任修道院院長，他用基督的理性無情地征服自己的情感。這個征服過程是充滿着靈魂的慘烈的戰爭的。他曾想起自己在十五歲的時候，有一次在亞歷山大劇院看戲，看見過一個非常美麗的女喜劇演員泰綺思。這位美麗絕倫的演員曾使許多青年為之墮落，而他自己也受過誘惑，只是因他自己的年齡尚小，而且父母的家

1 《致江紹原》，見《魯迅全集》，第一版，第十一卷，第五九七頁。

教極嚴，才使他在泰綺思門口停住了腳步。他在基督理性的陶冶中，想起自己過去的荒唐，知道自己內心的罪惡，但是，巴弗尼斯愈是感到自己的罪過，愈是想抹掉泰綺思在自己少年時代留下的形象，這個形象就愈是動人。一種與基督莊嚴的神性相反的東西總在他心底呼喚、掙扎，尋求滿足。這種可怕的東西使他的靈魂感到戰慄。他感到自己沒有足夠的力量來戰勝這種人性底層的魔鬼。他祈求神的力量幫助他，也幫助他拯救泰綺思，拯救許許多多為她而墮落的靈魂。於是，他不顧艱難困苦，忍受沙漠中的飢渴，繞過有女人和孩子的城鎮，終於來到亞歷山大城的泰綺思面前。他向泰綺思許諾天堂的幸福，用基督的理性感化泰綺思，泰綺思果然聽信他的話燒毀了自己的珍寶衣飾，跟着他到了女修道院，孤單地在一間寂靜的小房裏，過着只有水、麵包和一支三孔笛子的極其艱苦寂寞的修道生活。但是，當巴弗尼斯用基督理性征服了泰綺思之後，他心底所潛伏的那種可怕的東西又再一次向他挑戰，這種挑戰的力量是那麼強大，那樣強烈地震撼着他心中神聖的基督。他惶恐地回到沙漠中，遠遠地離開泰綺思，然而那種奇異的東西使他無法平靜，無論是讀書、祈禱還是在睡夢中，他總是見到泰綺思。有一天他夢見有個聲音召喚他，叫他爬到石柱上去。他認定這是上帝為了拯救他的靈魂而給予他的啟示。夢醒之後，他看到寺廟的廢墟上有一根大圓柱，他就按照上帝的啟示爬到柱頂上，竟然待了一年多，靠着農民的施捨過日。一年的日日夜夜，他不顧日曬雨淋，皮膚潰爛，決心要驅逐鑽入他內心的那種可怕的誘惑，但是，這樣還是無濟於事，泰綺思的形象還是纏繞着他，於是，他從柱頂下來後，又躲進一座蛇蠍出入的墳墓，然而，即使是這種臨近死亡的泥坑也無法埋葬他心底的那一種罪惡而又偉大的愛，就在這時候，他得知泰綺思快死了，此時，他痛苦得幾乎發狂，也就是這個時候，他情感中一直想撲滅的人性深處的可怕的東西終於輝煌地戰勝了他心中的基督了，他認識到基督理性的虛偽和欺騙，認識到只有人間的理性和情感才是合理的。他向上帝喊道：「燒死我吧……可笑的上帝，你知道我是多麼蔑視你的地獄：泰綺思快死了，她永遠不會屬於我了。」他跑到女修道院的泰綺思床邊，跪在垂死的泰綺思面前，擁抱着她，用一種連自己也辨認不出來的奇怪的聲音大聲叫道：「我愛你，你不要死呀！我的泰綺思，聽我說。我欺騙了你，我原來不過是一個可憐的傻子。天主，天國，這一切都微不足道。只有塵世的生活和眾生的愛情才是真的。我愛你，你不要死呀！這是不可能的事情呵！你太可貴了。來，到我這裏來。我們逃吧。我抱着你到非常遙遠的地方去。來，我們相愛吧，聽我說，我心愛的人，你說：『我會活下去，我要活下去』，泰綺思，泰綺思，你站起來。」法朗士在巴弗尼斯講完這段話後又作了一段描寫：「她沒有聽他的話。她的眼光在無限遼闊的空中移動着。她喃喃地說道：『天堂開了……我看見了天主啦！』她的頭無力地倒在枕頭上。泰綺思死了。巴弗尼斯絕望地抱着她，用充滿慾望、狂想和愛情的眼睛盯住她看着。」

巴弗尼斯的形象，如此激動人心，它在讀者中可能產生的心理對位效應度，將會怎樣強烈，這是不難想見的。而所以取得成功，就因為法朗士大膽地挺進到巴弗尼斯的潛意識層次，把這個深邃層次中情慾因素與理性因素的真實搏鬥淋漓酣暢、毫不忌諱地表現出來。無論是理性因素還是情感因素，對於巴弗尼斯都是真誠的，他對上帝和對泰綺思都懷着一種虔誠，一種執着的追求，但是，這兩種欲求卻是不可調和的，愛上帝就不能愛泰綺思，愛泰綺思就不能愛上帝。上帝和泰綺思都在他的性格裏投下自己強大的力量，於是，兩種力量便在巴弗尼斯性格世界裏互相拼搏，此消彼長，浮浮沉沉，大起大落，從而形成巴弗尼斯形象的無限生命力。塑造個性豐富性的形象，就應當大膽地表現這種人性的深度，要敢於寫出潛意識層中兩種欲求的碰擊和拼搏。我們說二重組合型的典型性格具有更高的審美價值，更強烈的心理對位效應，其心理依據也在於此。

法朗士所展示的人性世界，特別是潛意識世界，是非常廣闊的。這個內在的第二自然界，這個氣象萬千的第二宇宙，還有待於我們去大膽探索。我們不贊成弗洛伊德把原始性慾視為主宰這個宇宙的上帝，這種絕對化也容易導致把這個宇宙簡單化。但是，他所說的被意識到的意識層，只不過是人的精神整體和心理世界的一小部份，與無意識的心理狀態部份相比，它不過是大海中的一個小小的孤島，這就是說，潛意識層次的世界可能是一個洶湧澎湃的更為廣闊的汪洋。這種假說是不是荒唐呢？我們最好不要忙於下結論。就我們現在的認識水平，如果我們揚棄弗洛伊德所描繪的上帝，而注意到歷史、時代、社會在這個宇宙中的巨大投影，那麼，我們倒可以從這一假設中獲得一個啟發，即人的內在世界確實太廣闊了，未知的領域太多了，差別太大了，難道我們可以在人世間找到兩個相同的第二宇宙嗎？這個人與那個人的差異難道可以說得盡嗎？人性的深層世界真是無法窮盡的汪洋大海，千萬不要把人看得太簡單了，千萬不要對內在的大自然作單一化的描繪。我們的作家在表現偉大時代的同時，注意時代在每個人心靈中的巨大投影，注意表現這個世界的萬千氣象，從而把天底下最瑰麗的生命現象——人，表現得更豐富，更美，更有撥動欣賞者心弦的魅力，這有甚麼不好呢？我們已告別文學貧困的時代，有抱負的作家將會展開更多樣更深廣的藝術追求，我為這些嚴肅的追求者祝福！

第十一章

情慾論

為了更深入地了解人物性格的二重組合原理，我們有必要對「情慾」進行剖析。情慾是性格世界的重要組成部份。如果說，性格是一種追求體系，那麼，情慾就是這個追求體系的生理、心理動力。

我們即將闡述的情慾，包括狹義情慾和廣義情慾。所謂狹義情慾，就是指兩性之間的性愛。所謂廣義情慾，則是指從內心深處中迸射出來的各種欲求、慾望、情緒、情感的總和。

德國的莎士比亞研究家席勒格在評論莎士比亞時說：

如果說莎士比亞由於他所創造的人物而博得了我們的敬愛，那麼他也同樣由於他所表現的情慾而博得了我們的敬愛；這是就情慾這個詞的最廣泛的意義來說的，它包括了各種內心活動，從冷淡或者一般的喜悅直到強烈的憤怒與絕望。他為我們創造了一部精神史，一句話，他向我們揭示了上述各種情慾的全部系統。他筆下的各種情慾並不是一下子就以全部的高峰出現在我們的面前，像許多悲劇詩人常有的情形那樣；這些悲劇詩人，用萊辛的話來說，都是精通合法愛情風格的大師。他以一種無與倫比的方式從最初源頭描寫了情慾的逐漸發展，正如萊辛所說的：「他提供了使感情悄悄潛入我們靈魂的一切最精確最神秘的手法的生動實例，提供了使激情在我們靈魂中發生各種潛移默化作用的生動實例，提供了使其他情慾都有助於這種感情的感染作用，直到它成為我們好惡的唯一主宰的全部手段的生動實例。」[1]

1 《莎士比亞研究》，第五四頁，上海譯文出版社，一九八二年版。

席勒格把「情慾」看成是各種內心活動，而且是帶情緒性、情感性和其他欲求性質的種種內心活動，這就是廣義情慾。莎士比亞確實提供了「各種情慾的全部系統」。通過莎士比亞的著作，我們可以看到他所展示的各種情慾的生動形態，可以看到情慾的覺醒，情慾的燃燒，情慾的昇華，情慾的泯滅，儘管我們無法描繪莎士比亞所提供的情慾的全部脈絡，但在本章中，我們卻要把「情慾」本身作為一個複雜的系統，並用系統方法剖析它的基本性質。以往的哲學家、美學家、文學家談論「情慾」的已不少，他們往往從某一角度來規定「情慾」的本質，而我們通過系統方法則可以從多個側面來加以透視，以達到對情慾的整體性認識。下面，我們就分別觀照一下情慾的結構、功能狀態、系統性質。

第一節　情慾的結構

為了說明問題，我們把「情慾」的結構繪圖於下：

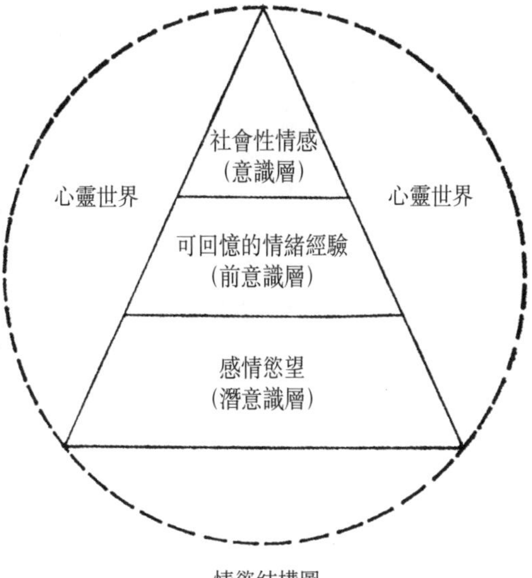

情慾結構圖

情慾是人類心靈世界的重要組成部份，我們用虛線的圓圈代表心靈世界的整體，用圓圈中的錐形代表情慾。

情慾的結構呈錐形。在心靈世界的潛意識層，它擁有最廣大的活動空間；在前意識層，它的活動空間就縮小；到了意識層，活動空間變得最小。這種結構形態與人類的理知恰成反比例，情慾的活動空間隨着意識層的升高愈變愈小，而理知的活動空間則愈來愈擴大。在人類的心靈世界裏，情慾與理知是一對基本矛盾，它們的對立衝突和二級過渡，構成人類心靈世界的最一般的運動形式。

情慾的最低層次就是我們通常所說的「慾」，即感情慾望。這是人的生物生理本性的表現，它包括食慾、性慾。魯迅在《病後雜談》中說，有許多病中人物，懷着一個大願，其中有兩位最特別的：一位是願天下的人都死掉，只剩下他自己和一個好看的姑娘，還有一個賣大餅的；另一位是願秋天薄暮，吐半口血，兩個侍兒扶着，懨懨的到階前去看秋海棠。魯迅說：「這種志向，一看好像離奇，其實卻照顧得很周到。」所謂周到，就是顧及到食慾、性慾，包括了兩種最基本的生物生理需要，這雖然是可笑的一廂情願，但反映了人的生物生理欲求。人具有這種欲求是完全正常的，我國明末清初的思想家王夫之在批判理學家「存天理，滅人欲」的反常觀念時說，「欲即天之理」[1]，又說，「飲食男女之欲，人之大共也」[2]；清代的戴震，進一步為「欲」辯護，認為這是人生的基礎，他說：「飢寒愁怨，飲食男女，常情隱曲之感，則名之曰『人欲』。」[3]這種慾望人人都有，而且「天下必無捨生養之道而得存

1 王夫之：《讀四書大全說》，上冊，第二四八頁，中華書局，一九七五年版。
2 參見《詩廣傳．陳風》。
3 戴震：《孟子字義疏證》下，見《戴震集》，第三二七—三二八頁，上海古籍出版社，一九八零年版。

者。凡事為皆有於欲，無欲則無為矣。有欲而後有為，有為而歸於至當不可易之謂理，無欲無為，又焉有理？」[1] 總之，欲並不是一個黑暗的王國，它是情與理的生物基礎。它的內涵是生命的目的性，即它的一切表現形態（動物性的情緒表現）的意義都是符合生命目的性的，即合自然目的。這是個體生命的保護機制，是情慾其他層次的基礎，它具有巨大的潛在能量，但它是無意識的。這一層次可稱為感性慾望，它主要是生物生理性慾望，但這種慾望中也積澱着人從動物向人過渡時滲入的社會性因素。

情慾的中間層次則主要不是慾，而是情了。這一層次是個體在生活實踐中積累起來的情緒記憶。所謂情緒記憶，也叫做情感記憶。這種記憶所識記的是人體驗過的各種情緒，它可以被意識到，但平時沒有被激發時，只作為一種信息貯存在大腦裏，其中有些則沉澱到潛意識層。例如賈寶玉與林黛玉頭一次見面時，林黛玉產生一種「眼熟」的印象，而賈寶玉則宣佈他早已「見過」黛玉，這種現象，正是沉澱在他們兩人無意識層次中的一種情緒（帶有審美理想性質的情緒），在相見之時被激發出來。這種情緒已不是生物性情緒，它除了追求生物生理需要的滿足，還要追求精神需要的滿足。而追求精神需要的滿足便是情。因此，這個層次是準確意義上的情慾，即情中有慾，慾中有情，是情與慾的二重組合。魯迅所說的那位病者的慾望：希望有侍兒扶着看秋海棠，便包含着情。在狹義情慾論的範圍內，這種情常常表現得很強烈，充滿矛盾，充滿痛苦。馮友蘭在講到民國時期中國留學生的情況時說：「當時的中國學生，男的多，女的少，女的不到男的十分之一，在戀愛問題上競爭是很激烈的。當時就有一個笑話，說是搞一次戀愛，要有一年睡不着覺。先是看中一個滿意的對象，鬧單相思，這要三個月想得睡不着覺。

1 戴震：《孟子字義疏證》下，見《戴震集》，第三二七—三二八頁，上海古籍出版社，一九八零年版。

以後是進行追求，這要三個月忙得睡不着覺。追求有點成功，看起來有點希望，這就要三個月喜歡得睡不着覺。最後是吹了，前功盡棄，這又得三個月氣得睡不着覺。這雖然是誇大其詞，但是搞戀愛確實是極其麻煩的事。」[1] 馮友蘭所講的留學生中的這種追求，主要是「情」的追求，已不是單純的生物生理需要，因為它包含着精神需要。追求中的歡樂與痛苦，希望與失望都已超越生物生理本性。當然，這種追求仍然離不開生物生理的基礎，如果說潛意識層次中是「慾中有情」，那麼，可以說，這一層次的情感是「情中有慾」。真正的情感，包含着精神追求的情感，在追求中包含着對人的尊重，對人的愛，所以這種情感有時自然而然地會抑制某種生物性的粗鄙慾望。例如賈寶玉在有些丫環面前，由於生物本性的驅使，他不太規矩，但在林黛玉面前，卻總是嚴肅的，因為受到了愛的制約。

情慾的最高層次就是社會性情感。它是個體在特定的社會關係中由於理知的作用而產生的。可以說是在「情」中滲入了「理」。這是人們在共同的社會生活中或在追求某種社會性目標的過程中誘發出來的帶理性的情感體驗，如符合某種社會理性規範的愛情行動，同情、友誼、愛國熱情等。社會性情感表現為「推己及人」，就是能把情感移向社會，推廣到社會。這正是人優越於動物的地方。動物也有可記憶的情緒，但它是低級的情緒，它不能廣泛地移情，不可能把自己的情推廣到遠大的領域。而人的情緒則是高級的情緒。人可以把感情深廣化，可以把人的感情推廣到他人，推廣到祖國，推廣到全人類。這就形成社會性情感。人之所以成為人，就在於他有強大的移情力量，有情感向外推移的慾望。由於這種慾望是人們在追求某種社會性目標的過程中誘發出來的情感體驗，因此，它又總是表現為意志力量。意志

1　馮友蘭：《三松堂自序》，第五七頁，三聯書店，一九八四年版。

力量又總是表現為一種行為或行動。意志包含着自我的強制性、自我的方向選擇，而在選擇的過程中，又受到自己追求的社會性目標的控制，因此，它總是帶有某種信念，總是受理知的作用，它的選擇總是理知的選擇，這樣，社會性情感就陷入了社會的關係網中，也陷入了社會各種理知的制約作用網中，也就是說，人把情感推廣到某一目標的時候，並不是一帆風順的。社會關係是極其複雜的，它必須克服社會所設置的種種障礙，因此，「推己及人」的過程總是充滿着矛盾的過程，而且是多種矛盾交叉的過程，就像一個偉大的愛國者，他要實現為國捐軀的時候，就可能要克服敵人的誘惑，克服家庭子女的牽制，克服朋友的勸阻，還可能要克服自身的怯懦，因此，愛國者的崇高社會性情感就表現為多極性特徵。即使最平常的一個人把愛推向另一對象的時候，情感的運動形式也是很複雜的。為甚麼愛一個人時往往說不清愛的原因，就因為這裏面包含着許多複雜的內容，這裏可能有生理因素，有文化因素，有家庭因素等等。

這一層次的特點是「情中有理」。即社會的理性規範要對情慾產生制導作用，社會通過種種控制途徑，例如宗教控制、倫理控制、法律控制等來制約人的情感，這個時候，情與理往往產生矛盾、衝突。社會性規範制導有時表現為進步，有時表現為反動。總之，在這個層次中，個體的生物需要與精神需求又滲入群體的社會需求。我們說一個人的性格必然是二重組合的，就是認為任何一個人的心靈世界都離不開情與慾的矛盾、情與理的矛盾這種基本的矛盾形式。這是心靈宇宙不易的法則。

我們把情慾分為三個層次，是把情慾假設為靜態結構來加以分析，事實上情慾是最富有動態性的，而且是不可分割的。我們所分析的慾、情、理的自然形態，只是在思辨中才成立的。在實際上，三者是不可分的。情與慾之間，情與理之間的界限是模糊的，也就是說，情與慾很難分，情與理也很難分，它們之間的互相交匯與對立統一，構成了活生生的人的心靈世界。

從狹義的情慾看，意識層次中的愛情是處於潛意識層次中的人的感性慾望的昇華，它離不開第一層次的基礎。愛情必須有生理基礎，即使是柏拉圖式的最高雅的精神戀愛也必須有生理基礎（感性慾望），否則精神便無所依附。完全脫離感性慾望的純柏拉圖式的愛情所以帶有很大的空想性，就在於它拋開了這個基礎，這在實際上是不可能的。連魯迅先生都説，柏拉圖式的戀愛做不到。

以往有些哲學家並不把愛情放入情慾的範疇，他們把情與慾完全分開。這樣，愛情就變成柏拉圖式的純精神性的活動。愛情一方面是從感性慾望昇華起來的，只有實現這種昇華，才有人的愛情，這是毫無疑問的；而另一方面，人的愛情在與某種理知結合起來之後，仍然帶着感性慾望的自然特性，即人在愛的時候，不僅僅有靈與靈的交流，還有肉與肉的交流。因此，一個真正的人，他的愛情過程，往往是一種靈與肉的矛盾統一過程，兩者互相補充、互相推進的過程。黑格爾曾説：「和愛情發生矛盾對立的還可以有一些外在的情況和障礙，例如事物的尋常演變，生活中散文性的事物，災禍，情慾，偏見，心胸的狹隘，旁人的自私以及多種多樣的事故。這裏往往夾雜着很多可恨可怕的卑鄙的東西，因為這裏和愛情的溫柔的靈魂美相對立的總是情慾中惡劣的粗鄙的和野蠻的因素。」[1] 在黑格爾的觀念中，愛情與情慾是完全對立的，愛情是建立在精神化的性的基礎之上的，是「溫柔的靈魂美」，而情慾之中則包含着另一種「粗鄙的野蠻因素」。實際上，離開慾的純粹的、只表現在靈魂美的愛情，即柏拉圖式的愛情是不完全的。現實的愛情，恰恰是「溫柔的靈魂美」（靈）與「情慾中的粗鄙的野蠻因素」（肉）的

1 黑格爾：《美學》，第二卷，第三三二頁。

二重組合。絕不能以為革命者就不應當有性愛，有情慾。魯迅也這樣認為，情慾既不是不乾淨的、神秘的，也並非是「革命」的。他說，一個勇士，他的人性是全面的，他戰鬥，但也休息，也飲食，自然也性交，這是極平常的事。把革命者理解為禁慾主義的宗教家，是一種錯誤。但是，愛情又不僅是性慾，如果把愛情僅僅視為性慾，便把人降低為動物了。光有肉沒有靈，就回到動物界，回復到動物本性，而且要比動物還要反常，還要墮落。我國古代有些論著，如《文子．微明》篇中黃子論「天地之間有二十五人」，其「下五」為「眾人、奴人、愚人、肉人、小人」。所謂「肉人」，就是只有肉沒有靈的人，也可以說只有慾而沒有情的人。《真誥》中「肉人」的概念多次出現，在卷十一中云：「肉人喁喁，為欲知之」[1]。可見，只知慾的人，只能是一種最低級的接近動物的人。而「小人」所以比肉人還等而下之，是因為他不但沒有靈只有肉，而且還以這種無靈之肉踐踏別人。所以我們說，人一定要從感性情慾中昇華，這樣，才有人的尊嚴和特性。愛情就是生物體昇華為人的一種表現。生物界第一次把性慾昇華為愛情的，正是人類。因此，愛情是人的本質異於動物本質的一種反映。

按照傳統的看法，人愈是從情慾的低層次向情慾的高層次昇華，即人的無意識的潛在能量愈自覺地接受社會性理知的規範，這個人就愈高尚，他的性格和情感就愈美。但是，現代某些觀念則與此相反，他們認為人的心靈世界本是充滿着精神自由的，他們的情慾本身就是美的，他們充滿着人生欲求的個性總是要力求自由地放射，但是，理性的規範，人的社會習俗的各種規範卻限制了這種內心的衝動，熄滅了個性的燃燒。這是兩種截然不同的看法。但這兩種不同的看法，卻有一點是共同的，這就是他們都承

1 錢鍾書：《管錐篇》，第二冊，第六五三頁。

認在人的內心世界中充滿着矛盾衝突，都有內在欲求與社會規範的衝突，即情與理的衝突。兩種觀點只是對感性慾望的價值判斷不同，一種是把感性慾望看成是粗鄙的醜惡的東西，一種是把感性慾望看成美麗的充滿着生命力的東西。此外，我們還可以從兩種不同的價值判斷中，找到另一個共同點，就是在心靈世界中，無論是感性慾望的昇華還是感性慾望對理性規範的衝破，都會造成人的性格的二級性特徵，都會發生從分裂到統一的辯證運動過程。第一種情況，人的感性慾望昇華為社會性情感，這是人的社會性克服人的動物性的過程，也就是把動物性加以限制、壓抑的過程，因此，在這個過程中，人的內心世界便經歷着靈與肉的拼搏過程。這種看法，我們可稱之為古典式的觀念。這種觀念把人的情慾視為消極的東西，把社會的理知規範視為神聖的、完全積極的東西，而現代人則有另一種看法，他們把人的情慾看成積極的東西，把內心的自由選擇看成是美的東西，因此，它要求給予人的情慾以自由選擇，而把社會理性對這種內心的自由選擇的限制看成是一種消極的東西，看成社會的一種不正常現象。這種現代式的觀念儘管與古典式的見解全然不同，但是，他們從另一個方面也道破了一個重要真理，這就是，我們現在的人類社會還是有缺陷的，不完善的，還是有強大的異化力量。因此，人在自身的發展過程中，還受到外部社會力量的壓抑。在外部異化力量的壓抑下，在人性異化的社會中，人不得不扭曲自己的內心世界，從而使自己在社會中的外部表現與內心要求相矛盾，這樣，人的內心世界就發生分裂，產生二極力量的互相碰擊，互相制約，這樣就構成性格的二重組合。

上述這兩種見解，在於對情慾有着不同的評價，至於人的感性慾望與社會規範的矛盾則都是承認的。只有到了人類社會發展到進入人性的全面發展、人類獲得全面自由的時候、人的內心選擇與社會選擇完全一致的時候，這種矛盾才會消失，人的內心世界的分裂現象才會消失。但是，這種絕對自由的境界，個體選擇與群體選擇、個體欲求與群體欲求絕對和諧的境界，大約只是在純思辨的世界中才存在，在現實世界中可能永遠無法達到。從人類的整體發展角度來看，維護和發展群體利益應當是人類的終極目的，在這個意義上說，群體的選擇比個體的選擇更為重要，因此，為了群體利益，社會總是要迫使個體就範，總是要干預個體的發展，不管到了甚麼時候，個體的選擇都不可能與群體選擇完全一致，這樣，個人總是存在着一個自我克服、自我戰勝的問題。以往我國流行的觀念，非常強調群體的利益、群體的選擇，這有其合理的一面，但是，強調得過份，就會抹煞個體的利益，個體的選擇。事實上，群體的發展也有賴於個體的充份發展，群體的選擇不應當以犧牲個體為手段，而應當通過對個體選擇與群體選擇的協調來解決。到了理想社會，即人性全面發展的社會，人的自主系統（自我調節系統）進一步完善，原來需要群體控制系統來協調的功能便由個體的自主系統的調節功能來代替，個體的自我控制在很大程度上能代替社會的外力控制，然而，儘管如此，群體的控制系統仍然不會消失。為了保持整個社會和自然的生態平衡，社會仍然不得不使用群體控制手段，以協調個體與群體的關係、人類群體之間的關係、人類整體與自然的關係。僅以人與自然的關係來說，人與自然的矛盾將永遠存在，人的充份發展總是要受到自然的限制。因為大自然的承載能力是有限的，自然界的生態平衡律是不可抗拒的。生活在自然界的生物，就有一種增長極限，即必須受整個自然的生態平衡律的制約。大自然並非僅僅是為人而準備的，它還是為其他各種生物而準備的。在終極意義上說，人定勝天是不可能的，人與天（自然）只能和諧相處，即只能天人合一。而要達到這種合一，人類一方面要發現自身的智慧和能力，另一方面又必須自我抑制，也就是必須對自身的能動力、創造力進行抑制。人類的群體為了生存和發展既然必須完成這種抑制，當然也要求對個體的能動性進行抑制。因此，人類的群體與個體也將處於永恆的矛盾中，即群體既要通過對個體的調節，讓個體充份地發展，以壯大人類整體，又不得不通過這種調節限制個體的無限制發展。因此，即使到了共產主義社會，個體的內心世界仍然要反映人與自然的矛盾，個體與群體的矛盾。人的內心世界仍然存在着兩極力量的碰擊，因此，人的性格將仍然是二重組合的。

第二節　情慾的功能狀態

情慾的功能狀態，是指情慾結構的各個層次的運動形式。在三個不同層次中，情慾呈現出三種不同的運動形式。在第一個層次（潛意識層次），情慾是一種生命的內驅力，它的運動是隨機的、不定向的、本能的、無邏輯的，它只服從於生命的目的，無所謂美醜、善惡之別。在第二個層次中，即前意識層次，情慾是人的行為的潛在動機，它的運動形式是二極性的，如愛與恨、悲與喜等，所喚起的情感體驗都是二極分明的。在第三個層次中，即意識層次，情慾昇華為行動的意志。它的運動形式是多極性的，因為人所處的社會關係是極其複雜的，情慾的活動又受理知的制約，因此情慾的運動構成多種多樣的複雜矛盾形式，面對同一社會對象，可能產生各種複雜的、自相矛盾的情感體驗。

在第一個層次中，情慾作為一種生命的內驅力，它的運動形式是極不確定和極不穩定的，它追求的是合自然目的，它往往顯得很粗鄙，但是它說不上善也說不上惡。《約翰．克利斯朵夫》中的「阿達」一節，對這一層次的運動形式作了這樣的描述：「黑夜有如深淵……沒有光明，沒有意識，……只有生命。曖昧的，凶狠的，生命的力。強烈的歡樂。痛快淋漓的歡樂。像空隙吸引石子一般吸引生命的歡樂。情慾的巨潮把思想捲走了。那些在黑夜中打轉的陶醉的世界，一切都是荒唐的，狂亂的……」在這個層次中，思想確實被捲走了，情慾表現出一種狂亂的、凶狠的特徵，這是沒有意識控制的感性慾望的實現。

狄德羅在他的《哲學思想錄》中這樣說：「人們無窮盡地痛斥情感；人們把人的一切痛苦都歸罪於情感，而忘記了情感也是他的一切快樂的源泉。因此，情感就其本身性質說，是一種既不能說得太好也不能說得太壞的因素。但使我感到不平的是人們總是從壞的方面來看情感。如果有人說了一句話對理性的敵人有利，人們就以為傷害了理性了；可是只有情感，而且只有大的情感，才能使靈魂達到偉大的成就。如果沒有情感，則無論道德文章就都不足觀了，美術就回到幼稚狀態，道德也就式微了。」[1] 狄德羅這裏的所謂「情感本身」，事實上是指我們所說的感性慾望。這種慾望確實是一種既不能說得太好也不能說得太壞的東西，它本身就包含着善的走向與惡的走向兩種潛在可能性。羅素也說：「在價值的世界中，自然本身是中性的，不好也不壞，既不應受讚揚，也不該遭指責。」[2] 用「中性」來說明感性慾望的特徵是恰當的。

關於感性慾望的功能性質，魯迅先生也有極明確的看法，他說：「生物為保存生命起見，具有種種本能，最顯著的是食慾。因為食慾才攝取食品，因有食品才發生溫熱，保存了生命。但生物的個體，總免不了衰老和死亡，為繼續生命起見，又有一種本能，便是性慾。因性慾才有性交，因有性交才發生苗裔，繼續了生命。所以食慾是保存自己，保存現在生命的事；性慾是保存後裔，保存永久生命的事。飲食並非罪惡，並非不淨；性交也就並非罪惡，並非不淨。」[3] 在魯迅看來，人的感性慾望並非不淨，並

1 狄德羅：《狄德羅哲學選集》，第一頁。
2 羅素：《為甚麼我不是基督教徒》，第五一頁，商務印書館，一九八二年版。
3 《我們現在怎樣做父親》，見《魯迅全集》，第一版，第一卷，第一三零—一三一頁。

非罪惡，倒是那種把感性慾望籠統地視為「不淨」的思想，才是虛偽、愚昧的封建觀念。當然，人的感性慾望與動物既有相似的一面，又有差別的一面，因為這種慾望總是包含着人類文明的某些積澱物，它的隨意性不是動物式的隨意性。所以魯迅先生又聲明：「我並不是說，——如他們攻擊者所意想的，——人類的性交也應如別種動物，隨便舉行；或如無恥流氓，專做些下流舉動，自鳴得意。是說，此後覺醒的人，應該先洗淨了東方固有的不淨思想，再純潔明白一些，了解夫婦是伴侶，是共同勞動者，又是新生命創造者的意義。」[1] 既然感性慾望並非不淨，那麼，硬把和生命目的的感性慾望籠統地視為惡，就一定會陷入虛偽，就會摧殘人性。魯迅在《寡婦主義》這篇雜文中，就揭露了封建專制下的禁慾主義對人性的摧殘，這種摧殘造成人性的嚴重變態和災難性的效果。他說：「至於因為不得已而過着獨身生活者，則無論男女，精神上常不免發生變化，有着執拗猜疑陰險的性質者居多。歐洲中世紀的教士，日本維新前的御殿女中（女內侍），中國歷代的宦官，那冷酷險狠，都超出常人許多倍。別的獨身者也一樣，生活既不合自然，心態也就大變，覺得世事都無味，人物都可憎，看見有些天真歡樂的人，便生恨惡。尤其是因為壓抑性慾之故，所以於別人的性底事件就敏感，多疑；欣羨，因而妒嫉。其實這也是勢所必至的事：為社會所逼迫，表面上固不能不裝作純潔，但內心卻終於逃不掉本能之力的牽掣，不自主地蠢動着缺憾之感的。」[2] 羅素在批判基督教時說：「基督教信仰最有害的特點，是它對性的態度，這種病態的違反自然的態度，只有與羅馬帝國逐漸衰敗時文明世界的弊病聯在一起才能理解。」又說：

1 《我們現在怎樣做父親》，見《魯迅全集》，第一版，第一卷，第一三一頁。
2 《寡婦主義》，見《魯迅全集》，第一版，第一卷，第二六四頁。

「我認為很清楚，自有基督教以來的許多世紀，它產生的唯一成果就是使人違反天性，變得更自私，更閉關自守；因為自然地促使人們擺脫自我束縛的因素，正是性、親子關係、愛國主義和集群本能這些衝動。」[1] 在人性異化的社會中，社會對人性不合理的壓抑，造成人的內心與外表的分裂。在還存在着人性異化的社會中，人的性格的二重組合所以是一種必然，就在於這種人性分裂還無法完全克服的緣故。我們今天的社會與魯迅生活的時代相比有着巨大的進步，像魯迅所指出的這種封建的「寡婦主義者」已經很少了。但是，這種主義的餘波仍然沒有掃盡，我們的社會還不是絕對完美的，把人的正常的性慾視為絕對惡的現象還是存在的。因此，仍然會發生內與外的衝突、靈與肉的衝突。

馬克思從來也沒有否認過人的感性慾望。他指出：「自然界，就它本身不是人的身體而言，是人的無機的身體。人靠自然界生活。這就是說，自然界是人為了不致死亡而必須與之不斷交往的、人的身體。所謂人的肉體生活和精神生活同自然界相聯繫，也就等於說自然界同自身相聯繫，因為人是自然界的一部份。」[2] 馬克思又指出：「人直接地是自然存在物。人作為自然存在物，而且作為有生命的自然存在物，一方面其有自然力、生命力，是能動的自然存在物；這些力量是作為天賦和才能、作為慾望在於人身上；另一方面，人作為自然的、肉體的、感性的、對象性的存在物，人和動植物一樣，是受動的、受制約的和受限制的存在物，也就是說，他的慾望的對象是作為不依賴於他的對象而存在於他之外的；但這些對象是他的需要的對象；是表現和確證他的本質力量所不可缺少的、重要的對象。說人是肉體的、有自然力的、有生命的、現實的、感性的、對象性的存在物，這就等於說，人有現實的、感性的

1 羅素：《為甚麼我不是基督教徒》，第三四頁。
2 馬克思：《一八四四年經濟學—哲學手稿》，第四九頁，人民出版社，一九七九年版。

對象作為自己的本質即自己的生命表現的對象；或者說，人只有憑藉現實的、感性的對象才能表現自己的生命。」[1] 所以，正像太陽作為保證植物生命的植物的對象，植物作為太陽的喚醒生命的力量的表現、作為太陽的對象性的本質力量的表現也是太陽的對象。「因此，人作為對象性的、感性的存在物，是一個受動的存在物；因為它感到自己是受動的，所以是一個有激情的存在物。激情、熱情是人強烈追求自己的對象的本質力量。」[2] 我們說性格是一種追求體系，而感性慾望又是這一體系的生理本源，就因為感性慾望是人強烈追求自己對象的本質力量。這種力量，具有中性的性質，只有進入社會歷史範疇之後才顯示為美醜、善惡。

關於情慾結構的第一層次，費爾巴哈在《從培根到斯賓諾莎的近代哲學史》的第四章「雅科布．波墨」中，詳細地介紹了波墨關於情慾的一些基本觀點，這些觀點相當精彩地論述了情慾自身的矛盾性質。作為性格本源的情慾，它本身在每個發展環節上，都是二重組合的。在費爾巴哈看來，感性慾望本身雖然並無所謂善，也無所謂惡。但是，它可以成為善的動力，也可以成為惡的動力，因此，感性慾望本身就是雙重本源，善與惡的本源。波墨在分析惡的時候說：「惡是一種絕對的、永恆的因素，是上帝的生命本身中的一種因素；可是，在上帝那裏，惡只不過是力量、能量、嚴格性、強烈性和熱情，也就是主觀性或自我性，是善的形式。惡在這裏所起的作用，相同於情慾在人類生活更加低級的領域內所起的作用。情慾在這裏是惡的原則；可是，只有當情慾與善相分離而變為自身的生命時，情慾才成為惡的原則和惡本身；情慾就其自身來說是愛的原動力、能量、火、形式和精神。可以說，那種在肉體之中沒有魔

1 馬克思：《一八四四年經濟學—哲學手稿》，第一二零—一二二頁，人民出版社，一九七九年版。
2 同上，第一二二頁。

鬼的善，那種在自身之中沒有惡的原則和因素，沒有個性、活力和情慾的火的善，並不是精神的善，而是愚蠢的善。」[1]

費爾巴哈認為，雅科布．波墨不是把人的死亡、靈魂從肉體中抽出，不是把靈魂和肉體的分離看作原始的、基礎的本質，而是把靈魂和肉體的統一、人的生命或有生氣的本質看作原始的、基礎的本質。可是，這種有生氣的本質不是靜止的、封閉的，而是活動的、自我發展的，它不是單純的本質，而是分裂的、對立的本質。「一個沒有感覺到痛苦的人如何能談論快樂呢？一個沒有看見過或經歷過鬥爭的人如何能談論和平呢？」「在一切創造物中，主要在作為上帝的類似物的人之中……我們發現惡和善、生和死、快樂和痛苦、愛情和敵對、憂愁和歡笑。」因此，對立是萬物的源泉，甚至是「上帝生命」的源泉。可是，人之中的鬥爭和分裂是從哪裏產生出來的呢？它們是從慾望中產生出來的。慾望是自由和統一的喪失。慾望是對某物的渴望，這個某物不是離得很近，至少對我來說不是離得很近，而且它只是想像的對象，只是精神的本質，只是純粹的模型或思想，而思想卻與虛無是一樣的。然而，慾望恰恰希望某物存在着；慾望是物質的，它希望能擁有、佔有和享有某物。當我甚麼也不渴望時，我便處於和平、自由和平衡之中；可是我也就沒有任何本質，我成了虛無。只有在慾望中，我才獲得特性，我才成為特定的本質，成為飢餓的、口渴的、好色的、愛好虛榮的和自私自利的本質，成為自我、某物；因為，我在慾望中起初通過想像，然後通過行動把所渴望之物的特性銘刻在我自身之中。可是，正是由於慾望把我固定在某物之上，因此它是自由的死亡，是那與自由相統一的幸福和統一的死亡，是一切痛苦和悲

1 費爾巴哈：《費爾巴哈哲學史著作選》，第一卷，第一四八—一四九頁，商務印書館，一九七八年版。

傷、一切恐懼和不安的源泉。慾望是「猛烈的、火一般的、鋒利的、痛苦的、嚴峻的」；因此它具有某些原始的特性，永恆自然的特性；它是一切本質和生命的基礎。「慾望構成了本質，而不是構成意志」，也就是說，不是構成精神。[1]

這就是說，情慾本來無所謂善，無所謂惡，但是，自身卻具有雙重的積澱，既積澱着善的基因，也積澱着惡的基因，因此，情慾便有雙重的潛在的可能性，既有導向惡的可能性，也有導向善的可能性。這樣，感性慾望就表現為一種統一的本質，但是，當它開始進行自我規定的時候（顯現自己的本質時）又變成二個，波墨在《物的標記》中說：「一切本質的本質只是一種統一的本質，可是它在其誕生（即自我規定）時分裂為兩個原則：分裂為光明和黑暗、快樂與痛苦、惡與善、愛情與憤怒、火與光，並從這兩個永恆的本原中產生出第三個本原，按照兩種永恆慾望的特徵產生出對自己愛情遊戲的創造。一切本質的最大秘密是這樣一種事物，它在自身中是永恆的，可是在它的發展和顯現中，它從永恆的永恆性中變為兩種本質，即善與惡。」[2]

概括地說，人在未有感性慾望產生的時候，生命也未開始。此時，情慾處於一個原始的自由與統一的平衡態，而慾望一旦產生，這種平衡態也就隨之喪失，情慾也就開始它的雙向矛盾運動。

有些作家能微妙而生動地表現人的這種感性慾望，他們並沒有對這種慾望進行價值判斷，而只是如實地表現一種自然情緒，或者說是一種「情意綜」。這種「情意綜」，無所謂善，也無所謂惡。像魯迅所描寫的阿Q，他在戲弄小尼姑，摸了小尼姑的頭皮之後，突然感到自己身上有一種莫名其妙的東西在

1 費爾巴哈：《費爾巴哈哲學史著作選》，第一卷，第一五四——一五五頁，商務印書館，一九七八年版。
2 同上，第一四六頁。

躍動，並使他「飄飄然」起來。這種使他飄飄然起來的、說不出名堂的東西，使他違背自己意識層中的那種「男女之大防」的神聖觀念，而不由自主地想起「女人」來。於是，他竟無法克制自己，也不管「男女之大防」那一套，而跪倒在吳媽的面前，要求和吳媽「困覺」。這種在阿Q身上飄蕩的「情意綜」，其實說不上善惡，它只是一種生命的內驅力，一種合生命目的的自然欲求。因此，我們也看不到魯迅對阿Q此舉的善惡態度。《綠化樹》描寫了馬纓花一段情慾的初級運動形式。作家張賢亮對這種情慾運動也沒有像倫理學家那樣立即給予一種道德價值判斷。他描寫道：

> 她埋下頭，微笑着沉吟着，一會兒在一串輕聲的嬌笑中說：「我不能沾男人，一沾男人就懷……」她的回答使我驚愕不已。她根本沒有正面回答我。我原以為會引起她一個故事，一個或許是哀婉，或許是悲憤的遺恨，然而，她卻輕輕地一抹，把有關這一段的回憶都抹進了時光的垃圾桶裏去，毫不吝惜地把它掩埋了，聽那口氣，她好像覺得這種事對任何人都沒有傷害，對她自己也沒有甚麼傷害……

主人公對馬纓花這種感覺——「對任何人都沒有傷害，對自己也沒有傷害」是對的。這種原始形式的感性慾望，確實是無所謂善也無所謂惡的中性現象。

情慾結構的第二個層次，也是屬於人的內部深層世界，它是個體在生活實踐中積累起來的情緒記憶，它已超越感性慾望而與人的社會實踐結合，但尚未表現為他人可感知的行為。這一層次的情慾受到上下兩方面的牽制，一方面潛意識層次的衝動對它發生一種自然引力，誘導它往合自然目的的方向運動，另一方面它又受社會的各種規範和理知的制導，總是要把它導向合社會目標的方向運動。因此，它的運動形式往往表現為一種雙向逆反運動，即情感體驗表現為分明的二極，表現為肯定與否定的對立性質。

這種情緒記憶，已超越了動物性的感性慾望，而帶上明顯的情感傾向，但還未化為行為的意志。例如，一個青年男子或一個青年女子，已產生一種慕戀對方的情緒，但對方並不知道，而他或她也尚未把這種情緒化為愛的行動意志。但這種情緒已成為愛的行動的潛在動機。當他或她進行內心的搏鬥之後，便將進行一種選擇。人的沉默，也往往是這一層次情慾內容的一種特殊表現，人可以在沉默中爆發，也可以在沉默中滅亡。一旦爆發，就表現為行動意志。而在這之前，人的內心世界必定有一個醞釀的過程，一個行動意志的形成過程，這是一個自我衝動和自我克服的生動過程。例如劉心武的《鐘鼓樓》描寫一個正在「單相思」的女子張秀藻，她的情慾正處於第二個層次中，她對同院子裏的聰明的年青人荀磊悄悄地產生一種情感，這種感情既不是感性慾望的衝動，也沒有化為愛情的行為，此時，在她心中充滿着二極的拼搏，因此，一見到荀磊，感情就顫動起來。劉心武這樣描寫張秀藻在門洞裏忽然見到她悄悄思念着的意中人時的情景：

張秀藻端着盛炸油餅和豆沙包的小竹笸籮，在門洞裏迎面遇上了荀磊。荀磊不知為甚麼一手拿着斜放着小刷子的糨糊碗，另一手提着兩張大紙，他是要張貼甚麼呢？瞬間，張秀藻只覺得自己喉頭發澀，心臟的跳動明顯地失去了均勻。已經有好幾個月了，她嚴厲地命令自己，倘若「狹路相逢」，見到荀磊，只能是微微揚起下巴，淡然地點一下頭，然後不動聲色地擦身而過，但因為她家住在裏院最後面的北房中，而荀磊卻住在過了這門洞的右首偏院中，再加上她平日在清華大學水利系上學，只有星期天才回來（有時連星期天也不回來），所以，她實踐這種自我的命令的機會，這幾個月裏也僅僅三次而已——現在自然可以增添一次；但正當她揚起了下巴，就要以全副的矜持向荀磊微微點頭時，荀磊卻笑吟吟地、熱情地對她說：「你能幫助我嗎？」

如果她的心裏繃着一百條弦，那麼現在每一條弦都在顫動着，而且並非和諧地顫動……她想立刻尋找一個角落，坐下來，用雙手捧住腮，一個人靜靜地安撫自己的心弦，使它們重歸於和諧……

這段描寫真是精彩。作者把一個年輕女人的愛情萌芽狀況寫得有聲有色。張秀藻見到荀磊後，喚起她平時曾經有過的情緒體驗，頓時使自己的感情顫動起來，以致無所措手足。此時在她心裏是充滿着矛盾的，想看看心上人，又故意矜持着，想接近意中人，又裝成疏遠的樣子，內心充滿着熱情，表面卻顯得很冷淡。總之，她心裏繃着一百根弦，每根弦都在顫動，這種顫動一方面帶有生命內驅力的運動特點，無所謂善也無所謂惡，但它的運動形式已和潛意識層次不一樣，不是本能的，無邏輯的、無方向的，而是有方向的、有朦朧意識的，而且帶有兩極分明的特點。

曹日昌先生在他的心理學著作中對情緒的兩極特徵作了很明白的闡述，他說：「情緒具有兩極性。它首先表現為情緒的肯定和否定的對立性質。如滿意和不滿意、愉快和悲傷、愛和憎等等。在每一對相反的情緒中間存在着許多程度上的差別，表現為情緒的多樣化形式。構成肯定或否定這種兩極的情緒，並不絕對互相排斥。客觀事物是複雜的，一件事物對人的意義也可以是多方面的，因此，處於兩極的對立情緒可以在同一事件中同時或相繼出現，例如為崇高事業而壯烈犧牲的烈士的親人，即體驗着對烈士為國捐軀的崇高愛國主義的榮譽感，又深深感受着失去親人的悲傷。」[1] 曹日昌先生還進一步列舉情緒兩極性的種種表現形態，例如可表現為積極和消極、激動與平靜、強與弱等等，兩極中的每一極都可以有許多表現形式，也就是說，兩極的對立統一運動作為一種內在機制，呈現出多樣化的特徵。正是在這個意義上，「二」與「多」並不矛盾，「二」恰恰是「多」的動因。那種把二重組合與複雜組合對立起來的觀點，就在於不懂得這裏有一個內在機制和外部表現形態的關係，他們抓住表現形態的雜多，否定內在機制中的二極對立統一。曹日昌先生在談到情緒的二極性向多極性轉化時說：「在類似這些基本情緒形式的基礎上，可以派生出許許多多種情緒，可以出現很多複合的形式，而且可以賦予各種社會內容。例如，與感覺刺激有關的情緒，可以有疼痛、厭惡、愉快；與自我評價有關的情緒，可以有驕傲與羞恥，罪過與悔恨；與他人有關的情緒，可以有愛與恨，這些情緒又可以分化派生並複合成多種形式。由疼痛引起的不愉快是比較單純的，而悔恨、羞恥則包含着不愉快、痛苦、怨恨、悲傷等複雜因素，它們又由於包含的內容和對人的意義的不同而有着不同的組合。」[2] 曹日昌先生這段話再清楚不過地說明了二重組合與複雜組合的關係。

第三個層次，情慾已昇華為行動意志，它的運動形式也隨之改變。所謂行動意志，是指人有意識

1　曹日昌主編：《普通心理學》，下冊，第四五頁，人民教育出版社，一九六三年版。
2　同上，第六八頁。

地、有目的地支配自己行為的意向。它要求主體做出具有一定目的的行動，以實現情慾的目標。這是人特有的高級的能力。動物只有自然慾望，而沒有自覺的調節系統，沒有意志。動物對環境的適應依靠的是本能的調節，即依靠自發的、隨機的反應系統。而人的意志則是有意識的自我調節的一種特殊形式。意志是人區別於動物的一種屬性，它不再是潛意識層次那種盲目的、隨意的、不定向的、無邏輯的心理運動形式，而是一種有意識的活動，一種受具體社會關係所制約的理性，因此，意志總是表現為一個過程，即人類的行為調節的過程。在這種調節過程中，它必須克服心理和生理的內在障礙；同時還必須克服自然與社會的外在障礙，而在克服障礙的過程中，人才可能獲得自我實現。但是，這個實現的過程是很不平靜的，因為人所處的社會關係是極其複雜的，情慾的活動到處都受到社會關係網絡的制約，也到處都受到社會各種理性規範的制約，而對同一社會對象，可能產生各種複雜的自相矛盾的情感體驗，特別是情與理的衝突所產生的矛盾體驗。

情慾愈是向社會性情感昇華，愈是強化人的社會性，就愈靠近理知，就在愈大的程度上受到理性規範的制約，那麼，隨之而來的情與理的拼搏也就愈加劇烈。這是因為情與理是完全不同的東西。理知受因果律的支配，受線性因果關係的制約。而情感則是發散性的，它總是一廂情願，隨心所欲，不可重複的。情感充滿着偶然性，它是最不穩定、最不確定的因素，最活潑的因素。情感總是不願意受強加給它的理性的制約，而理性卻偏偏要代表社會某一價值觀念來制約它，情感總是「情不自禁」地隨心所欲，不顧事先規定好、設計好的東西往外奔湧，而理知則總是要求情感不可犯禁，要求「己所不欲，勿施於人」，總是要求按照事先規定好、設計好的秩序行動。在理知的制約面前，情感有三種出路：（1）妥協出路：向理知「投降」，馴服地接受理知的規範，從而化為理性情感，形成一種情與理的平衡態。但是，這種平衡態只是暫時的，在時間、地點、條件發生變異的時候，情感又會破壞這種平衡態，引起內心情與理的新的衝突。（2）變形出路：情感在理知壓抑下發生裂變，即情感發生變形，變態，由於無法戰勝理知，又不甘心於屈從理知，真實的情感潛伏於心中，不斷地發生兩種心理功能的碰擊。（3）「合理化」出路：這種出路就是把不合理的感性慾望，採取一種合理化的形式表現出來，即找一個理由，一個藉口，一種「冠冕堂皇」的外表表現出來，從而使慾望得到滿足。夢是這種慾望的一種出路，藝術也是一種出路（慾望被化裝後得到合理的滿足）。這種出路，實際上是在虛幻的世界中尋求宣洩的渠道，以求得感性慾望的滿足。例如賈寶玉在夢中神遊太虛境，聆聽警幻仙曲，並依照警幻所囑，作起兒女事來，以致夢見和秦可卿柔情繾綣，軟語溫存，難分難解，便都是慾望的幻化。《紅樓夢》第八十七回描寫妙玉見了寶玉之後，動起了俗念，慾望在她身上忽然洶湧起來，進行了一番自我抑制後便進入了夢境，夢見萬馬奔馳，禪床晃蕩起來，身子已不在庵中，有許多王孫公子要來娶她，又有些婆婆，扯扯拽拽，扶她上車，自己不肯去。一會兒，又有盜賊劫她，持刀執棍的逼勒，她只得哭喊求救。妙玉作為一個尼姑，生了慾念，這是絕對不允許的，但她卻通過做夢，通過強盜來搶她的藉口，使慾望在幻化中得到滿足。這正是慾望的一種變態。產生慾望變態的人，其內心與外表是不一致的。人常常就是這麼複雜，人世間沒有一個人可以把內心所想的都絕對無保留地向人袒露。人的感性慾望通過某種合理化的形式宣洩出來，是完全正常的。總之，慾望在昇華過程中是極不平靜的，是充滿着本能的感性活動與理性的規範之間的矛盾拼搏的。人的感性慾望是一種強大的生命原動力。死人沒有慾望。感性慾望的強烈，是健康的表現，是具有生命活力的表現。人的才能，人的創造力，人的偉大本質，都首先導源於他本身的感性慾望。最優秀的人物，最傑出的人物，都是一些至情至性的人，都是一些充滿着慾望的人。人的社會化，絕不是絕情滅慾，實行苦行主義，使人變成蒸發掉慾望的傀儡；不是通過滅慾作踐自身，而是把慾望導向有益於人類生存和發展的方向。人的生命力總是要外射出來，也就是說，人在無意識層次中所積蓄的生命潛在能量總是要尋求機會釋放出來，不釋放就會感到不安和痛苦。具有強大生命力的健康人，不僅充滿着食慾、性慾，而且充滿着運動慾、求知慾、創造慾，一旦沒有機會運動，他就會感到痛苦，感到慾望受到壓抑，因此，就在感情上表現出憂鬱，容易發怒。一旦滿足了這種運動慾望，他就會感到愉快。有些人的慾望長期受到壓抑，不能滿足，情感就會產生變態。但是，人的情感既受感性慾望的影響，又受社會理性的影響，因此，人在發怒、激動時，也仍然可以克服，可以制怒，使慾望鈍化，使心理獲得某種平衡，人的感情的無限複雜性，正反映情與慾、情與理的不斷衝突而又不斷調和的互相交織的複雜過程。人的性格所以是二重組合的，歸根到底，是由人的內心世界中理性規範與感性慾望這對基本矛盾所決定的。

黑格爾在《美學》中歸納的愛情衝突的幾種模式，即：榮譽與愛情的衝突（榮譽所採取的內容可能對愛情是一種絕對障礙，榮譽的職責要求犧牲愛情）；政治旨趣、祖國之愛、家庭職責之類永恆實體性力量與愛情的衝突（愛情作為主體心靈中的一種本身重要的權利，就和其他權利與職責發生矛盾對立，內心要麼把這些職責視為次要的東西而拋開，否則就要承認這些職責，而走到自己和自己、即和自己的情慾的威力發生衝突）；外在的情慾和障礙與愛情的衝突（例如事物的尋常演變，生活中的散文性事物、災禍等）。這種種衝突，都是情慾進入社會情感層次必然會發生的衝突，其實質仍然是情感和各種不同的理性規範形式的衝突。

幾乎所有至今還未能被我們所遺忘的文學人物，它們的內心世界，就充滿這種理知與情感的衝突。

但是，有些作家強調情感要服從理性，理性是絕對準則，是最神聖的，在理性主義的指導下，西方文學出現了古典主義文學思潮，因此，我們看到他們筆下的人物，情感不夠豐富，情感在理性的模式中只能發生有限的運動。而在浪漫主義和一部份批判現實主義作品中，情理的衝突則是把情作為第一性的東西，活生生的支配一切的東西，人的感情無窮盡地嘲弄着理性，不顧理性的束縛而向外奔突，他們反抗理性，向理性挑戰，時而戰勝理性，時而投降理性，時而充當情感的主人，時而充當情感的奴隸。他們的感情在與理性的碰擊中迸射出極為豐富多彩的生命的火花。我們看到的《紅與黑》、《紅字》、《泰綺思》、《安娜．卡列尼娜》，都是這樣的不朽的傑作。

第三節　情慾的系統性質

任何人都要在社會中行動，因此，任何情慾都是帶有社會性的情慾。人的情慾不可能離開社會，不可能離開社會的價值體系。它總是存在於各種不同的參照體系中。赤裸裸的情慾本體是不存在的。

情慾一旦進入社會，它就和人的實踐發生聯繫，就帶上人的實踐性，它就可能獲得各種各樣的屬性。列寧在論述辯證邏輯規律時曾舉了一個例子，就是我們在判斷一個玻璃杯的屬性時，應當看其玻璃杯同人的實踐發生何種聯繫而確定，也就是說，要看它處在人的實踐系統中的位置而確定。而人的實踐是一種很複雜的結構，是人的主體與客體多方面互相發生作用的過程，因此，與人的實踐發生聯繫的事物也總是呈現出多重性質，即多義性。列寧說，玻璃杯既是一個玻璃圓筒，又是一個飲具，這是無可爭辯的。可是一個玻璃杯不僅具有這兩種屬性、素質或方面，而且具有許許多多其他的屬性、素質、方面以及同外界的相互聯繫和「中介」。當我們面臨着敵人攻擊的時候，玻璃杯可以用作投擲的武器，當我們平靜地寫作時，玻璃杯可以用作壓紙的工具。玻璃杯還可以成為工藝品，此時，杯子是不是適於喝東西，是並不重要的。其次，如果把玻璃杯作為飲具，那就完全沒有必要知道它的形狀是否完全是圓筒形，或者是不是真正用玻璃製成的，對我們來說，重要的是底上不要有洞，在使用這個玻璃杯時不要傷了嘴唇等等。如果不是為了喝東西，而只是需要一個玻璃圓筒。那麼，就是杯子底上有洞，甚至根本沒有底等等，也是可以用的。列寧這段分析給了我們很大的啟迪。它告訴我們，要真正認識事物，就必然把握、研究它的一切方面，一切聯繫和「中介」，要看其處在主體（人）需求體系中的哪一點上。——同人的實踐處於哪一交叉點上。同樣一個玻璃杯，可以成為飲具，可以成為武器，也可以成為審美對象。而在實用價值系統中，由於它與人的需求關係發生變化，它又可以處於不同的子系統中，而顯示出不同的性質，因此，在某種價值系統中，它的某種缺陷（如杯子沒有底）顯得極其重要，而在另一種價值系統中，這種缺陷則顯得無關緊要。人的情慾也是如此，它的善惡、美醜等性質，其決定點是看其處於何種社會價值體系中，起了何種作用。貪慾，作為情慾的一種表現，它在倫理價值系統或審美價值系統中是醜惡的，而在某個歷史時期的社會進化系統中，則可以起着肯定性的作用（見下文詳述）。但是，我們不能因此而陷入相對主義或折中主義，把情慾的各種作用完全偶然地拼湊起來，而應當具體地考察情慾與人的實踐的全部聯繫點，然後確定它的屬性。列寧說：「辯證邏輯要求從事物的發展、『自己運動』（像黑格爾有時所說的）、變化中來考察事物。就玻璃杯來說，這一點不能一下子就很清楚地看出來，但是玻璃杯也並不是一成不變的，特別是玻璃杯的用途，它的使用，它同周圍世界的聯繫，都是在變化着的。」又說：「必須把人的全部實踐——作為真理的標準，也作為事物同人所需要它的那一點的聯繫的實際確定者——包括到事物的完滿的『定義』中去。」[1] 列寧在這裏對實踐本身作了一個重要的界定，不僅指出實踐是檢驗真理的標準，而且指出它是事物同人所需要它的那一點的聯繫的實際確定者，情慾的性質也被這個實際確定者所確定。情慾在複雜的社會中，呈現出多種形態和多種性質，呈現出無窮的複雜性，我們只有把它放在與人的主體實踐的聯繫點上，放在不同參照系統和價值系統中全面地加以認識，才能防止簡單化和凝固化。

價值體系是人類文明的成果，是文化體系。動物沒有價值體系，沒有文化體系。可以說，文化、文明是人化了的自然和自然的人化的結果，是兩者的統一。情慾也離不開文化、文明。人類在情慾的推動下，不斷地創造社會的文化、文明。而文化、文明產生之後，又反過來要塑造情慾，改造情慾。情慾既是創造文化、文明的力量，也是破壞文化、文明的力量。情慾是文化、文明的重要基礎和動力。我們把它放在社會各種價值體系中加以觀照、評價，正是人的自我反思、自我發現、自我確認。自然的人化，人化的自然這個統一體是二重的（社會性和自然性的對立統一）。上古時期，人剛剛從動物中分離出來，這個時期的人，大體上還是自然的人，他們的情慾基本上是感性慾望。這個時期的人，情慾還無法進入文化價值系統。人成為名副其實的人之後，情慾才開始積澱着人類文明的基因，此後，這種積澱便日益發展。因此，今日的人類的飲食男女，已非古代人類的飲食男女，今日人類的生理感覺，也非古代人類的生理感覺。因為今日的自然慾望，已是人化的自然。而這種人化的自然，在人類文化系統中，又不斷昇華完善，不斷地社會化，這便是自然的人化的結果，就是把動物性不斷地化為社會性，化為帶動物性

1 《再論工會、目前局勢及托洛茨基和布哈林的錯誤》，見《列寧選集》，第三版，第四卷，第四一九頁。

與社會性對立統一的人性，以及更高級的人性——靈性。因此，在文明社會中，人性實際上是人化的自然和自然的人化的二重組合，任何人，都是人化的自然與自然的人化這二級的統一體。一個人，不管它怎樣簡單，也不管它怎樣複雜，在他身上，都包括着這兩重基本內容的衝突。人的一切情感，一切性格表現，都是源於這兩極的有機組合。或者說，都是以這種基本組合為機制而發生的。隨着社會文明的發展，人愈來愈複雜，這正是人的自然慾望中愈來愈多地積澱着人類文化的基因，而自然的人化進程也愈來愈複雜的結果。

自然的人化過程，即人的感性慾望的社會化過程，是社會的各種價值系統，根據自己的價值觀念把情慾或限制、或塑造、或發展、或改造的過程。而人的情慾絕不可能擺脱這種命運，它不僅不能離開社會價值體系，而且只有存在於社會價值體系中，情慾才是一種真實的存在物。在人類社會中，赤裸裸的情慾本體，赤裸裸的不帶文明文化基因的情慾是找不到的，這只有在我們的思辨世界中才存在。情慾不能離開社會價值體系，而且是在社會價值體系中形成、發展、變化的，它受價值法則所左右，但也左右價值法則。正因為這樣，人的內在需求與社會法則，人的內在情慾與社會規範總是不能不發生衝突。

情慾處在不同的價值系統中，就表現為不同的系統性質。這種系統性質，是處於不同系統的人們，用該系統的價值體系對情慾所作的判斷。人們通常對情慾的美醜、善惡爭論不休，往往是站在不同的價值系統中，用不同的參照體系來考察的結果。

情慾處在不同的系統中，產生了不同的新質，這可用下圖來表示：

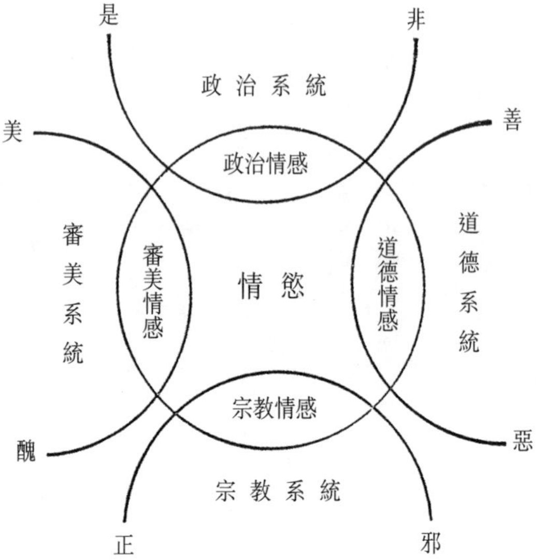

人既然要在社會中生活，是隨時都必須行動着的，而且他總是處在一定的社會系統中，有時處於政治系統中，有時處於審美系統中，有時處於宗教系統中，一旦處於某種系統，就自然進入它的價值體系了。而人不可能處在社會中的單一系統，社會的各種系統充滿着重疊的可能性和現實性，一個人實際上總是處於複雜的網絡結構中。譬如一個藝術家，他不僅處於審美系統中，還處於道德系統中，並且離不開最廣義的政治系統。如果他是一個教授，又可能同時處於教育系統中，如果他的作品出版後進入市場，而他的利益又直接與此有關，他又可能進入經濟系統中。從宏觀的眼光來看，不管甚麼人，又總是必不可免地處於一定的社會發展動力系統中。一旦進入社會，不管處於甚麼系統，都會發生一個價值判斷的問題。這種價值判斷，就表現出善惡、美醜；正邪、是非、崇高與卑下、聖潔與鄙俗等二極性特徵問題。但由於社會異常複雜，人總是處於重疊的互相交叉的各種社會系統中，因此，他的行動又往往不是一種價值判斷的結果，而是多種價值判斷的總和。一個人的性格（可感知的性格現象），就是這種以二極判斷為基礎的多種價值判斷的總和的表現。也可以說，一個人的性格系統，正是社會的多種價值判斷模糊集合的結果。人的性格所以異常複雜，無限豐富，不僅由於形成性格的內在機制，包括情慾在潛意識層次、前意識層次的運動異常複雜，而且還由於情慾進入社會系統之後，即情慾外化為他人可感知的性格現象之後，又呈現出多種價值形態的互相交叉。我們可感知到的一個人的性格表象，正是價值形態在人的心理世界中積澱之後而反射出來的現實表現。人的性格運動，是由人的心靈外化為人的現實行為的過程，而作家的創作，則是一種反向追溯運動，即從性格的可感知的現實行為追溯到人的心靈，他們往往不對自己的筆下人物進行直接的價值判斷，而把這種判斷留給讀者。

情慾進入社會歷史範疇之後，處於不同的系統，可以顯示出完全不同的價值，二重組合之所以極其複雜，其原因就在這裏。簡單地把性格的二重組合視為固定化的善惡的線性排列，其錯誤也在這裏。我們仍以貪慾為例，前面已說過，人對權力、地位、金錢的佔有慾，在不同的價值體系中具有不同的性質。在道德系統中，它表現為邪惡，而在歷史動力系統中，它又表現為進步。一種惡的卑劣的情慾卻起了歷史槓桿的作用，這種現象簡直令人難以思議。一八八四年，恩格斯在《家庭、私有制和國家的起源》裏就講到「卑劣的情慾」在歷史中起了一種在道德眼光下難以理解的作用，他說：「文明時代以這種基本制度完成了古代氏族社會完全做不到的事情。但是，它是用激起人們的最卑劣的衝動和情慾，並且以損害人們的其他一切秉賦為代價而使之變本加厲的辦法來完成這些事情的。鄙俗的貪慾是文明時代從它存在的第一日起直至今日的起推動作用的靈魂；財富，財富，第三還是財富，——不是社會的財富，而是這個微不足道的單個的個人的財富，這就是文明時代唯一的、具有決定意義的目的。」[1] 講了這段話之後兩年，恩格斯又在《路德維希·費爾巴哈和德國古典哲學的終結》中對黑格爾和費爾巴哈的善惡觀進行了比較性評述，他說：「黑格爾指出：『人們以為，當他們說人本性是善的這句話時，他們就說出了一種很偉大的思想；但是他們忘記了，當人們說人本性是惡的這句話時，是說出了一種更偉大得多的思想。』……在黑格爾那裏，惡是歷史發展的表現形式。這裏有雙重的意思，一方面，每一種新的進步都必須表現為對某一神聖事物的褻瀆，表現為對陳舊的、日漸衰亡的、但為習慣所崇奉的秩序的叛逆，另一方面，自從階級對立產生以來，正是人的惡劣的情慾——貪慾和權勢慾成了歷史發展的槓桿，關於這方面，例如封建制度的和資產階級的歷史就是一個獨一無二的持續不斷的證明。但是，費爾巴哈就沒有想到要研究道德上的惡所起的歷史作用。歷史對他來說是一個不愉快的可怕的領域。」[2] 恩格斯這兩篇文章都肯定了惡的歷史作用，這就是說，本來在道德範圍內的惡——貪慾和權勢慾，在歷史動力的範圍裏則表現為善——進步作用。正視這種歷史評價和道德評價的矛盾，正視歷史主義和倫理主義的矛盾，正是歷史唯物主義徹底性的一種表現。這就告訴我們，孤立地給貪慾作單一的惡的判斷，是不科學的。而應當把它放在整個價值系統中來考察。在一個人身上，也總是充滿着這種二重性的，例如「個人主義」，這種性格現象，往往帶有排他性質，甚至往往帶有侵犯性質，因此在道德系統中，總是被視為惡。但是，個人主義也能激發一個人奮鬥的熱情，甚至冒險的精神，因此在社會動力系統中，它變成人類進步的一種激發機制，又可以把它視為善的現象。系統論告訴我們，一個事物處在某一系統的時候，

1 《馬克思恩格斯選集》，第二版，第四卷，第一七七頁。
2 同上，第二三七頁。

就帶有這一系統的系統質，但是，當它流動到另一系統的時候，又帶有另一系統的系統質，因此，質也可以表現為多面性。根據這些道理，我們在觀照情慾的時候，就不能用單向思維的方法，作出簡單化的判斷，而應當多方位、多角度地觀照「情慾」，以達到較全面的認識。

恩格斯在《反杜林論》中有一段重要的論述，認為杜林不懂得區分處於道德系統中的惡和處於歷史動力系統中的惡的質的區別，而用道德化的義憤指責在歷史過程中起作用的惡——暴力行動。恩格斯以奴隸制社會的野蠻行為為例，批判杜林的庸俗的觀點。他說：「講一些泛泛的空話來痛罵奴隸制和其他類似的現象，對這些可恥的現象發洩高尚的義憤，這是最容易不過的事情。可惜，這樣做僅僅說出了一件人所共知的事情，這就是：這種古代的制度已經不再適合我們目前的情況和由這種情況所決定的我們的感情。但是，這種制度是怎樣產生的，它為甚麼存在，它在歷史上起了甚麼作用，關於這些問題，我們並沒有因此而得到任何的說明。如果我們深入地研究一下這些問題，我們就不得不說——儘管聽起來是多麼矛盾和離奇，——在當時的情況下，採用奴隸制是一個巨大的進步。人類是從野獸開始的，因此，為了擺脫野蠻狀態，他們必須使用野蠻的、幾乎是野獸般的手段，這畢竟是事實。」[1]

情慾處於不同的價值體系，帶有不同的系統性質。用不同的參照系統來看情慾，會給情慾下截然不同的判斷。但是，我們不能因此而陷入此亦一是非，彼亦一是非的無是非觀。我們的參照體系應當符合人類進步的方向，或者說，應當採用符合文明發展的參照體系。這裏，對於一個作家來說，參照體系的選擇就成為很重要的問題。一個作家如果僅僅用單一的政治參照體系、單一的宗教參照體系、單一的倫

1《馬克思恩格斯選集》，第二版，第三卷，第五二四頁。

理參照體系來看情慾都會產生偏差，作家對情慾應當選擇審美參照系統，以此為軸心，綜合其他參照系統，使各參照體系互相補充，然後對情慾進行觀照、反思、發現，確認。

綜合以上三節所述，我們可以得出這樣的結論：從情慾的結構的分析中可以看出，情慾具有動物性和社會性的二重性；從情慾的功能形態的分析中可以看出，情慾具有本能的情緒活動與理性的規範的矛盾二重性；從情慾的系統性質的分析中可以看出，情慾具有善惡、美醜、正邪、利弊、崇高與卑下，聖潔與卑鄙的二重性。因此，一個人物形象，只要展示出心靈深處的真實圖景，它就必然表現出二重性特徵，人物性格的發展過程，是一個複雜的辯證運動過程。我們通常所說的英雄性格的運動歷程，一般地表現為社會性克服動物性、理智克服情慾、善戰勝惡，但不是簡單地一方吃掉一方，而是表現為互相對立、互相滲透、互相轉化、互相統一的二重組合。人物的性格美，並非都表現在鮮明的價值判斷中，而是表現在千變萬化的複雜組合中，即在自然性與社會性、情與理、善與惡交叉的模糊地帶中。人的內心世界的無限廣闊，作家用武之地的無限廣闊，就在這種複雜的組合中。

第十二章

圓形人物觀念和二重組合原理

第一節 圓形人物與扁形人物

在西方的文學理論概念中，有人把性格單一化的人物稱為扁形人物，而把具有複雜性格的人物稱之為圓形人物。英國評論家佛斯特就這樣說：「十七世紀時，扁平人物稱為『性格』人物，而現在有時被稱作類型人物或漫畫人物。他們最單純的形式，就是按照一個簡單的意念或特性而被創造出來。如果這些人物再增多一個因素，我們開始畫的弧線即趨於圓形。」[1]

「扁形人物」和「圓形人物」這一概念，朱光潛先生譯為「平板人物」和「圓整人物」。他在《談美書簡》中介紹了佛斯特的觀點，他說：「近代英國小說家佛斯特（E. M. Forster）在《論小說的各方面》（即《小說面面觀》）一書中論述了見不出衝突發展的『平板人物』和見出衝突發展的『圓整人物』之別，認為小說不應寫出前一種人物而應寫出後一種人物。『四人幫』所吹捧的恰是前一種，所禁忌的恰是後一種。在他們眼裏看來，宋江不應有『坐樓殺惜』，李逵也應該莽撞到底，伽利略那樣有重大發明的科學家，就寧可放棄完成他的科學巨著而不應貪生怕死，看到烤鵝肉也不能那樣饞。他們狂妄無知竟到了這種程度！」[2] 朱光潛先生的翻譯和解釋有助於我們理解上述兩種人物形象的區分。

很明顯，扁形人物是指表現了一種「簡單的意念或特性」的人物，也就是我們所說的單一性格結構的人物。而圓形人物則是指單一性格結構的人物身上「再增多一個因素」以至多個因素，這也就是我們

1 曼・摩・佛斯特：《小說面面觀》，第五九頁。
2 朱光潛：《談美書簡》，第七五頁。

所說的二重性格結構或多重性格結構的人物。

佛斯特給扁形人物的本質進一步作了規範，他說：「真正的扁形人物可以用一個句子表達出來。」例如「我永遠不會拋棄米考伯先生」，這句話便點出了米考伯太太的全部思想。佛斯特還舉了瓦特·司各特的小說《蘭墨摩新娘》中的卡萊布·巴德斯東為例，巴德斯東說：「我務必隱瞞主人家的貧困，即使編造謊言也在所不惜。」[1] 這句話就完完整整地表現了一個人物。因為除此之外，巴德斯東沒有別的存在。他沒有歡樂，沒有個人的貪慾和痛苦；而這種貪慾或個人的歡樂和痛苦本來會使最誠篤的僕人的性格變得複雜化的。不管卡萊布·巴德斯東做甚麼事，不管他在哪裏，不管他撒甚麼謊，不管他打碎甚麼樣的碟子，他都是為了掩飾主人家的貧窮。他不是偏執狂，因為他身上沒有任何實體的部份可以讓這種偏執狂的思想在上面扎根。他本身就只是這種思想。他所具有的那種生命是從這種思想的邊緣散發出來的。

按照佛斯特的規範，朱光潛先生指出的「四人幫」所鼓吹那種十全十美的人物，就是扁形人物，或者可以補充一句，是非常畸形的扁形人物。

佛斯特認為，扁形人物有兩個優點。一是他們一出現，人們就能輕而易舉地認出他們，而且對作家也有好處，因為扁形人物用不着一再介紹，他們永遠不會逃跑，人們不用等着瞧他們的進一步發展。二是讀者容易記住他們，他們給讀者的印象是一成不變的。他們並不隨環境的變異而變異，不管環境千變萬化，他們依然如故。佛斯特所說的扁形人物的優點，也恰恰包含着扁形人物最根本的弱點：（1）人

1　曼·摩·佛斯特：《小說面面觀》，第五九頁。

物的特徵太露，太淺，太簡單，未能具備足夠豐富的性格內涵，缺乏再思考、再創造的空間。（2）這種人物的性格是一種靜態的封閉結構。

很明顯，扁形人物實際上就是類型人物，即西方古典主義作家筆下的那種類型人物。儘管扁形人物在作品中也可以存在，而且任何一部結構複雜的作品，不僅有圓形的人物，也一定有扁形的人物。但是，一般地說，圓形人物更真實，具有更高的審美價值。所以佛斯特說：「不過我們必須承認，在成效方面，扁形人物是不如圓形人物的。但要取得喜劇性效果時，扁形人物就大有用場了。一個嚴肅的或悲劇性的扁形人物容易惹人厭煩。這樣的人物一出場就高喊『報仇！』或者『我的心為人性淪落而悲痛啊！』諸如此類的陳詞濫調，就令人心情沉重了。」[1]

十七世紀古典主義的喜劇，例如莫里哀喜劇中的人物，確實都可以用一個詞或一句話來加以概括。例如阿巴公，可以用「慳吝」來加以概括。關於這點，柏格森在他的《笑的藝術》中說得再清楚不過了。柏格森認為，藝術的目的，總是在於個性的東西。普遍性總是來自作品所產生的效果，而不是來自產生這一效果的原因。也就是說，理念是效果，不是原因。而喜劇卻相反，喜劇的人物形象，往往是一種觀念的化身，理念（普遍性）成為產生人物性格的原因。所以，柏格森說：「喜劇的目的，可就完全不同了。在這裏，類型就存在於作品的本身當中。喜劇所描寫的性格，是我們曾經碰到過，而且還會碰到的性格。它注意相似性。它的目的是要把類型呈現在我們眼前。如果需要，它也創造新的類型。在這點上面，它和其他的藝術形成了對比。……某些古典喜劇的標題本身，就是具有意義的。《恨世者》、《慳

1　曼・摩・佛斯特：《小說面面觀》，第六三——六四頁。

吝人》、《賭博者》、《開心人》，等等，都是整個類型的人的名稱。甚至以專有名詞作為標題的性格喜劇，也由於內容的份量，而很快地被捲進普通名詞的洪流中去了。」柏格森認為，悲劇和喜劇的差別，就在於悲劇描寫個性，喜劇描寫類型，悲劇的人物所表現的是一種獨一無二的性格，而喜劇則描寫可重複的性格。他說：「悲劇英雄誰也不像，所以誰也不會像他。可是，相反的，喜劇詩人一旦苦心創造了他的中心人物，他卻有一種很顯著的本能，在創造另一些具有同一類型性格的人物，使他們像衛星一樣環繞着中心人物打轉。許多喜劇的標題，不是用多數名詞，就是用集合名詞。例如《有學問的女人們》、《可笑的女才子們》、《煩惱世界》，等等，它們都是把許多同一類型的人物，聚集在舞台上。每一個劇本，都成為某一類人物的集合點。」[1]

佛斯特所說的用一句話可以概括的扁形人物，正是古典主義喜劇的類型人物，即柏格森所說的可以用一個專有名詞或集合名詞加以概括的類型人物。這種人物的性格不是二重組合的，而是單一化的。這種性格和黑格爾所說的理想性格，正是相反的。這兩種不同的性格，可以以莎士比亞和莫里哀為代表。莎士比亞筆下的人物，是性格極其豐富多樣的「圓形人物」，而莫里哀筆下的人物，則是性格單一的扁形人物。關於這點，普希金說得很明白：

> 莎士比亞創造的人物不是莫里哀筆下的只有某種熱情或惡行的典型，而是具有多種熱情、多種惡行的活生生的人物；環境把他們形形色色的、多方面的性格展現在觀眾面前。莫里哀筆

1 柏格森：《笑之研究》，見伍蠡甫主編：《西方文論選》，下卷，第二八二——二八三頁。

下的慳吝人只是慳吝而已；莎士比亞筆下的夏洛克卻慳吝、敏捷、懷復仇之念，抱舐犢之情，而又機智靈活。莫里哀筆下的偽君子追逐自己恩人的妻子，是假仁假義的；接受財產的繼承權，是假仁假義的；要一杯水，是假仁假義的。莎士比亞筆下的偽君子以虛假的嚴厲態度宣讀判決書，但他卻是公正的；他處心積慮地借對一名紳士的判決來為自己的殘忍作辯解；他用強有力的、引人入勝的詭辯，而不是用雜以虔誠和殷勤的可笑態度勾引童貞的少女。安哲魯是一個偽君子——因為他的公開行動與他的秘密慾望是相矛盾的呵！這個性格是多麼深刻啊！[1]

莎士比亞筆下的偽君子形象，其性格也是二重組合的，他既有虛偽的一面，但不時又表現為公正，而且表現出才能。莎士比亞筆下的典型人物，如哈姆雷特、奧賽羅等確實很難用一句話或一個專有名詞來加以概括，不像莫里哀筆下的人物那麼容易用一句話或一個專有名詞來概括。有人想用「嫉妒」來概括奧賽羅的性格，其實，這只涉及了奧賽羅性格表層的特徵，遠不能概括奧賽羅那種偉大、純潔而褊狹的綜合性格。

佛斯特認為，扁形人物的成就不可能與圓形人物相比，也就是説，扁形人物屬於較低的審美價值層次。確乎如此。扁形人物還只能反映着人類原始思維的某些特點，即它的表層性，簡單性。人類的思維發展過程是一個不斷地由表及裏、由簡入繁、由低級到高級的過程。原始神話傳説中的人物，作為最初文學創作的「典型」人物，如開天闢地的盤古、以頭觸斷天柱的共工、補天的女媧、戰勝洪水的大禹，

1　普希金：《普希金論文學》，第九五—九六頁，灕江出版社，一九八三年版。

都僅僅是一種人類理想觀念的化身，一種普通品格的象徵。他們在廣義上也有自己的性格，但都是單一的、表面的性格。他們沒有內心世界，沒有內在性格的矛盾衝突，因此也沒有個性。這些人物完全可以用一句話來加以概括。當人類擺脱原始思維而開始創造出具有審美意義的人物性格時，例如古希臘史詩中的英雄，便逐步擺脱原始思維的特點。黑格爾所以給阿喀琉斯很高的評價，就因為阿喀琉斯已不是毫無個性的一種理想或能力的象徵，而是突破單一的、表面的思維範圍，表現了人的性格的雙重性：他一方面凶殘地折磨敵人，另一方面又對敵人的父親產生一種憐憫之情。希臘史詩中的英雄，可以説是人類擺脱原始思維後的傑作，但還沒有進入人的深層的性格世界。這種人物是二重組合型的人物形象，但還是屬於表層性的二重組合，也可以説是表層性的圓形人物。黑格爾在《美學》中論述理想性格的時候，給予阿喀琉斯這個形象很高的評價，並指出理想性格必須具有多樣性、堅定性等幾個條件，可惜他沒有區別性格的表層觀念和深層觀念。阿喀琉斯的形象之所以還帶有原始思維的痕跡，就因為他的性格的二重因素，還基本上是屬於表層的範圍。文藝復興時期，人完全站立起來，反映在文學藝術上，人已擺脱了原始思維的特點，把人的個性充份地展示出來，因此，出現在莎士比亞筆下的悲劇人物典型，如哈姆雷特、奧賽羅，就完全是深層性質的圓形人物，此時，成熟的典型性格已經形成。而到了十九世紀現實主義文學，典型進一步深化，進一步進入人的內心世界，於是，扁形人物也進一步退居次要地位。很少有舉世公認的傑出的典型人物是屬於扁形人物的。

在文藝復興之後出現的西方的古典主義典型，雖是一些精神類型，雖是「扁形人物」，但此時的扁形人物已是高級的扁形人物，它與原始的低級的扁形人物有相同點，也有很大的區別。它已不像原始神話傳説中的共工、女媧，僅是一種觀念的象徵，它已具有人的自覺性。但因為這種自覺性（理性）被強調到支配一切的地位，因此人的個性也被理性所淹沒而未能獲得充份的發展，所以，古典主義筆下的人物性格仍然是片面的性格，它既不同於原始思維，又帶有原始思維的某些特點。

第二節 典型共名觀念與圓形人物觀念

「文化大革命」前，我國文藝理論界，對典型問題進行了熱烈的討論。討論的雙方儘管都帶些感情色彩，但態度都是嚴肅認真的。當時參加討論重要的一方是以何其芳同志為代表的。何其芳同志在學術空氣極不正常、文學理論難以有所作為的艱難歲月中，寫了《論阿Q》、《論〈紅樓夢〉》等很有份量的論文，精神是極其可貴的。這些論文精彩地表述了他自己的文學見識，使典型的觀念從凝固的「階級性」的僵死思想中解放出來，使人們注意個性和性格的複雜性。值得我們注意的是他在分析阿Q的形象時，已注意到性格複雜性的統一，也就是一元化的二重結構。他說：「阿Q性格上的最突出的特點是甚麼呢？如大家所熟知的，是他的精神勝利法。文學上的典型和生活中的人物一樣，他的性格總是複雜的，多方面的。阿Q『真能做』，很自尊，又很能夠自輕自賤，保守，排斥異端，受到屈辱後不向強者反抗而在弱者身上發洩，有些麻木和狡猾，本來深惡造反而後來又神往革命，這些都是他的性格。但小說中加以特別突出的描寫的卻是他的精神勝利法。」[1] 這無疑是正確的。甚至像《紅樓夢》中的劉姥姥這樣一個輕描淡寫的喜劇人物，何其芳同志也特別注意到她的性格的複雜性，強調了她不是單一性格的扁形人物。

---

1 何其芳：《論阿Q》，見《何其芳文集》，第五卷，第一七五頁，人民文學出版社，一九八二年版。

他說：「對於劉姥姥這個人物，作者也充份地寫出了她的複雜性，因而好像顯得有些矛盾。一方面描寫了她的鄉氣和見識不廣，因而這個人物流行在生活中就帶有幾分可笑的意味，產生了『劉姥姥進大觀園』這樣一個諺語，並且由於她的善於湊趣，人們有時又用這個名字來稱呼舊社會的統治階級的某些年老的幫閒；但在另一方面，由於作者經歷了貧困的生活，對於下層人物已經有些接觸，他就不但讚賞了醉金剛倪二的豪爽和義氣，而且着力地描寫了劉姥姥這樣一個人物，寫她是忠厚的，健康的，因而激起了我們的同情。」[1] 何其芳同志在這些論述中，讓我們看到了他在典型人物問題上的美學追求。他顯然是在鼓勵作家追求性格的豐富性複雜性，如果用佛斯特的美學概念，可以說何其芳同志是在提倡塑造具有豐富性格內涵的「圓形人物」。

但是，何其芳同志卻給典型性格作了這樣的規範，他說，阿Q、諸葛亮、堂吉訶德都是不朽的典型，而「這一類典型有這樣一個標誌：他們性格上的最突出的特點常常有很深刻的思想意義，這種思想意義可以用一句話或一個短語來概括」[2]。例如阿Q的「精神勝利法」、諸葛亮的「有智慧」、堂吉訶德的「主觀主義」都是一個短詞就可概括他們的性格。何其芳同志還說：「普羅米修斯、曹操、孫行者、哈姆雷特、塔爾杜夫、賈寶玉、林黛玉、奧勃洛摩夫、羅亭，這些著名的典型人物都有這樣的特點。這些人物在有一點上和阿Q、諸葛亮、堂吉訶德不同：他們性格上最突出的特點常常只屬於相同或相近似的階級、階層、集團。普羅米修斯和孫行者的性格只能屬於反抗者，屬於人民。曹操、塔爾杜夫、奧勃洛摩夫的性格只能屬於剝削階級。哈姆雷特和羅亭的性格只能屬於過去統治階級的知識分子。賈寶玉和

1 何其芳：《論〈紅樓夢〉》，見《何其芳文集》，第五卷，第二四九—二五零頁。
2 何其芳：《〈文學藝術的春天〉序》，見《何其芳文集》，第六卷，第三九八、三九九頁。

林黛玉的性格只能屬於中國封建統治階級的叛逆者。但他們的典型性也並不完全等於他們的階級、階層或職業的共性。他們性格上最突出的特點常常只是從一個方面表現了他們的階級、階層和集團的本質。他們在這一點上又是和阿Q、諸葛亮、堂吉訶德相同的：他們性格上最突出的特點都可以用一句有深刻的思想意義的話或一個短語來概括。」[1] 這就是何其芳同志提出的著名的「典型共名說」。何其芳同志這一學術觀點的本質顯然是在於打破關於典型共性的狹隘規定，用「共名」來代替「階級性」的典型共性界定。這實際上是複雜性格的一元化整體內容的抽象表述。這種對共性即階級性的教條主義公式的挑戰，這種對機械的階級理念的超越，在當時是需要科學的膽魄和勇氣的。但我們今天所應該做的不僅是對何其芳同志學術人格和學術個性的禮讚，還要進一步探究這種典型理論在今天如何深化。

比較一下何其芳和佛斯特的觀點，就會發覺一種有趣的現象。何其芳和佛斯特在性格問題上的美學追求實際上是一致的，他們都提倡塑造豐富、複雜的性格，並且都認為豐富、複雜的性格比單一性格具有更高的審美價值。在實際上，他們都主張注意塑造「圓形人物」。但是，當他們把自己的美學追求表現為對性格的規範時，卻發生了很大的差異。這就是他們在作這種規範時，都用了一個準尺，即性格內容是否「可用一句話或一個短語來概括」。佛斯特認為，那種可以用一句話來加以概括的是「扁形人物」，而何其芳同志則認為可用一句話來加以概括的是真正的典型人物。這是怎麼一回事呢？

何其芳、佛斯特在性格美學觀上的這種有趣的交叉，倒為我們進一步研究人物形象提供了很好的理論台階。我覺得，如果把兩種理論互相補充，會變成一種更完整的性格美學理論。

1 何其芳：《〈文學藝術的春天〉序》，見《何其芳文集》，第六卷，第三九八、三九九頁。

佛斯特提出「扁形人物」與「圓形人物」的劃分，其長處是劃清了二重結構或多重結構的典型性格與單一結構的類型性格的界限，現實主義的莎士比亞與古典主義的莫里哀的界限，但是，佛斯特對扁形人物所作的本質規定中，卻發生一種片面性：可用一句話加以概括的，其實未必都是單一性格結構的人物（扁形人物）。有些性格豐富複雜的人物，也完全可以用一句話來加以概括。何其芳同志所說的可以用一句話或一個短語來概括的高級典型人物，確實是存在的。一句話，一個短語，所概括是複雜性格中的核心內容，是多種性格特徵中的基本性格特徵，如阿Q的性格儘管很複雜，但確實可以用「精神勝利法」來概括。不能因為可以作這樣的概括，就說阿Q屬於「扁形人物」。佛斯特似乎沒有考慮到這種情況，因此，他把可用一句話或一個短語概括的性格，籠統地列入「扁形人物」的另冊，這是不妥當的。如果按照他的這個說法，那麼，以懶惰為性格核心的奧勃洛摩夫，以主觀主義為核心的堂吉訶德，以多愁善感為性格核心的林黛玉，都可能被認為是「扁形人物」了。

但是，與佛斯特相比，何其芳關於典型性格的規範，則沒有鮮明地分清「扁形人物」與「圓形人物」的區別，也未注意到用一句話或一個短語可概括的，有兩種很不相同的情況，一種是屬於單一性格的扁形人物，就像莫里哀筆下的那種類型性很強的人物，這種人物也有典型意義，但不是具有較高審美價值的典型。這就是說，某種缺乏性格豐富性和複雜性的人物性格，也可用一句話或一個短語來概括，但未必都是成功的藝術典型。反之，許多典型性格，由於他們性格內容極其豐富複雜，而性格核心又不是特別鮮明，或是說，很難用一句話或一個短語來概括其典型內容的，例如哈姆雷特的性格（弗洛伊德稱之為世界文學史上三個最大的典型之一），即佛斯特所說的「圓形人物」，也完全可以成為具有高級美學意義的典型人物。如果我們因為他們很難用一句話或一個短語來概括他們的共性而否認他們是藝術典型性格，也很難説是恰當的。鑒於上述這種情況，如果我們作一種理論假設，即假設何其芳吸取了佛斯特把圓形人物和扁形人物加以區分的優點，在給典型性格作本質規定時，區分具有較高審美價值的典型形態的性格與僅有一般美學意義的類型形態的性格，那麼，這種規定將會更加圓滿，它將能解釋更加複雜的現象，也不至於把一些具有豐富性格內涵的人物形象排斥在典型之外。例如何其芳同志認為：「《水滸》中的許多人物也是個性很分明的，雖然流行在生活中成為共名的典型人物好像只有一個李逵。」[1]其實，《水滸傳》中的林沖、宋江，性格更加豐富，也是可以視為典型的。

何其芳同志這種典型觀與別林斯基早期的典型觀大致相似。別林斯基在評《同時代人》裏説：「創作中的典型是甚麼？它同時是一個人和許多人，一副面貌和許多副面貌，這就是説，它是這樣一種對一個人的描繪，其中包括多數人，即表現同一理念的一整系列的人，姑舉實例來説明這個意思。奧賽羅是怎樣一個人呢？他這個人有偉大的靈魂，但是情慾還沒有受到教養的節制，還沒有由思想啟發，提升到情感，因此他就成為一個妒忌的人，只因為疑心妻子不忠貞，就把她扼殺了。奧賽羅就是典型。過去有，現在也還會有許多這樣的奧賽羅，儘管在形式上有所不同。」[2]別林斯基把典型看成是表現同一理念的一整系列的人，像奧賽羅就是表現「嫉妒」理念的一整系列的人的代表。別林斯基還認為，把一般性的理念（嫉妒）化為個別現象（嫉妒人物），然後又回到理念的一般性，這就是理想化，也就是典型化。例如有一個人，任何人都可以從他身上認識出慳吝，他就是一個理想，就是「慳吝」這個一般性的屬於同一類的理念的典型的表現，這個理念本來包含它所有的一切偶然現象；所以一旦成為形象，一切

1 何其芳：《論〈紅樓夢〉》，見《何其芳文集》，第五卷，第二五二頁。
2 朱光潛：《西方美學史》，下冊，第一九七—一九八頁。

人都可以從這個形象裏認識出不是某一個慳吝人而是任何一個慳吝人的畫像，儘管這任何一個慳吝人各有完全不同的面貌特徵。

朱光潛先生對別林斯基這種典型觀曾經作過批評。他指出：「這種典型說是把黑格爾的典型即理想說與賀拉斯和多數古典主義者的典型即類型說混合在一起的。」[1] 具體地說，別林斯基也是從理念出發，把典型看做體現一般理念的個別形象，例如奧賽羅體現「嫉妒」的理念，阿巴貢體現「慳吝」的理念。這種典型化正是歌德所說的席勒所採用的「從一般找特殊」，不是歌德自己所採用的「從特殊見一般」。這裏的分別在於前者是從概念出發而後者是從現實出發。從概念出發的典型化總不免有些抽象化。例如別林斯基把莎士比亞所寫的奧賽羅（充滿想像、熱情、原始生命力與高度民族感的英雄），看成只是一個嫉妒人，總未免是削作品之足來就理論之履。朱光潛先生指出，別林斯基把莎士比亞式的典型化和莫里哀式的典型化看成是等同的；用本書的語言來說，就是把二重結構的典型化與單一結構的典型化等同起來；用佛斯特的語言說，就是把圓形人物的典型化與扁形人物的典型化等同起來。黑格爾主張每一個典型人物「都是一個完滿的有生氣的人，而不是某種孤立的性格特徵的寓言式的抽象品」[2]，而扁形人物往往正是孤立性格的寓言式的抽象品，圓形人物則是「完滿的有生氣的人」。

朱光潛先生還指出，別林斯基還有一個失誤，是像賀拉斯一樣，從類型出發，把典型看成代表性或同類事物的共同屬性，或者把典型看成是一種「共名」。別林斯基說：「典型（原型）在藝術裏，猶如類和種在自然界裏。……典型是一般與特殊這兩極端的混合的成果。典型人物是全類人物的代表，是用

1 朱光潛：《西方美學史》，下冊，第一九八頁。
2 同上，第一九九頁。

專有名詞表現出來的公共名詞。……只是赫列斯塔柯夫這一個鼎鼎大名就可以很妥帖地安到多少人身上啊。」[1]

何其芳同志的典型「共名說」，與別林斯基有一點是相同的，就是強調典型是可以用專有名詞表現出來的公共名詞（同類事物的共同屬性）。在這一點上，也未能區分圓形人物與扁形人物的界限，把二重結構的典型性格與單一結構的典型性格等同起來。但是，何其芳同志的典型觀，與別林斯基卻有區別。何其芳同志的「共名」，明顯地是指具有豐富複雜性格內涵的性格整體特徵。

綜上所述，我們可以整理出幾個看法：

（1）圓形人物與扁形人物都可能具有共名現象，即都可以用一句話或一個名詞來概括。「阿Q」與「假洋鬼子」，都可產生共名現象，但前者是圓形人物，後者是扁形人物。因此，用共名現象區分圓形人物與扁形人物並不精當。

（2）具有共名現象的圓形人物，是典型，具有共名現象的扁形人物，一般是類型。前者的審美價值一般高於後者。

（3）不能產生「共名」效果的圓形人物，也可能是藝術典型，而能產生共名效果的人物，卻不一定能成為典型。如《水滸傳》中的一百零八將，都有一個諢名，一個別名，也都是可以用一個名詞加以概括，但他們只有一部份成為典型，而大部份只能算是一種類型，不能算真正的藝術典型。如「神行太保」戴宗、「小李廣」花榮，我們對着走路神速的人，可稱為戴宗，見到神射手，可稱他為花榮，但他們很

1　朱光潛：《西方美學史》，下冊，第一九九－二零零頁。

難說是典型人物，因此，用「共名」來說明典型的本質，仍有不足之處。

（4）一般情況下，悲劇典型是圓形人物，喜劇典型是扁形人物。扁形人物當他是喜劇性人物時更能獲得成功。

（5）在一部內容豐富的作品中，圓形人物與扁形人物可以同時並存，但應當以圓形人物為主。關於這點，佛斯特說：「通常一本構思複雜的小說不僅需要有扁平人物，也要有圓形人物。他們之間的不協調反而使人生顯得比道格拉斯先生所描繪的更為真實。」[1]以魯迅的小說為例，在《阿Q正傳》中，既有屬於圓形人物的阿Q，也有屬於扁形人物的「假洋鬼子」；在《祝福》中，既有祥林嫂這樣的圓形人物，也有「善女人」這樣的扁形人物。魯迅最成功的小說，都是以圓形人物為主角的。如《狂人日記》、《阿Q正傳》、《祝福》、《傷逝》、《孤獨者》，而以扁形人物為主的《高老夫子》、《風波》、《幸福的家庭》，性格都是屬於喜劇性的，內涵都不太豐富。

第三節　遠距離觀照與近距離觀照

性格複雜的圓形人物能否用一個短語或一句話來概括，還與欣賞者觀照的距離有關。如果欣賞者是站在近距離進行觀照，即「入乎其內」地進入人物形象的微觀世界，就會看到這個世界互相矛盾的異常複雜的內容，這個時候，不僅不可能用一句話來概括這種典型人物形象的性格內涵，而且用許多語言也

1　曼·摩·佛斯特：《小說面面觀》，第六二頁。

難以窮盡。所謂「說不盡」，就是指鑒賞者「入乎其內」的情況而言的。就像我們進入阿Q、賈寶玉、哈姆雷特的內在世界之後，就會被這個世界中的萬千氣象所吸引，儘管我們很激動，但卻很難用簡短的語言完整地描述這種氣象。審美價值很高的二重組合型的典型形象，所以讓一代一代人思考不盡，挖掘不盡，讓學者產生一篇又一篇的學術論文，就因為這些學者首先是「入乎其內」地進行近距離的觀照。但是，如果對圓形人物進行遠距離的觀照，即對圓形人物進行整體直觀，給予一種整體性的印象概括，對它的整體內容進行一種抽象的簡要表述，便可能用一句話來說明性格複雜的圓形人物的性格特徵。何其芳同志所講的共名現象，在這個意義上是可以成立的。以何其芳同志所舉的例子而言，阿Q可以看成「精神勝利」的共名，堂吉訶德可以看作「主觀主義」的共名，林黛玉可以看做「多愁善感」的共名，這種觀點所以很難駁倒，就因為它確實是一種實際存在着的精神現象，而且是很有趣的精神現象。產生這種現象，是因為生活中的千千萬萬讀者，他們實際上對這些典型人物只有遠距離觀照的印象概括。

近距離與遠距離的印象差別，導致不同的結論，在人類任何複雜事物中都會產生。例如我們觀照天上的月亮，如果從遠距離來加以觀照，我們就會發現它與太空中其他星星不同，而用一句話來概括其特徵，說天上那顆最明亮的大星星就是月亮。然而，如果科學家對它進行近距離的細部觀察，就會發現月亮上有死的山脈，有焦土，沒有生命，沒有江海，本身並不發光，體積甚至比其他肉眼能見到的星星還要小，還有土壤及土壤的成份，氣候及氣候的變遷等等，總之，愈入乎其內，就愈難用一句話來概括月亮的本質。但科學家一旦入乎其內而又出乎其外，就可能用一句話來概括月亮與地球及其他星體的區別。

錢鍾書先生在《管錐編》中講人類觀察事物有兩種方法：一是登高遠眺：即「乘飛機下眺者」；一

是逼近細察，即「踏實地逼視者」。可以說，前一種是宏觀性的觀照方法，後一種是微觀性的觀照方法。這兩種方法如能兼而得之，互相補充，就能得到最好的效果，但並不容易兼得。錢先生提醒人們要從兩方面結合以全面把握事物，特別要注意站在高遠處觀察事物，以克服近處逼視的局限。他說：「當世治文學老宿，或謂力求以放大鏡與縮小鏡並用平施，庶能真知灼見；或言詩文如景物然，談藝有乘飛機下眺者，有踏實地逼視者，而嘆兩事之難兼。『銖銖而稱，寸寸而度』，即持顯微鏡而槃姍勃窣，步步為行、察察為明是已。魏際瑞《魏伯子文集》卷二《示子》：『凡事不得大意，如隨燈行路，只步尺寸之光，所過阡陌坊衢，瞢然不識，雖身歷之，如未到也』。」[1] 錢先生徵引了許多寶貴的材料，說明居高遠眺的重要，例如《淮南子．說山訓》所云：「視方寸於牛，不知其大於羊，總視其體，乃知其大相去之遠。」[2] 可見古人也知道觀察事物應當注意總體直觀，就像觀察牛一樣，要知道牛比羊大，不和牛保持一定的距離來觀照是不行的，因此，僅僅用微觀性的方法是不夠的，正如錢先生所說：「單視『銖稱』、『寸度』一節，不知其與上下文刺謬，總視三節，乃知其與他兩節背道相去之遠矣。」[3] 何其芳同志所使用的觀照方法就屬於「總視其體」的宏觀方法。

劉大杰先生對《紅樓夢》的人物，也曾作過相當有功力的概括。他說，曹雪芹「經過千辛萬苦的經營，一筆不苟地將人物的性格和形象，通過日常瑣事，真如浮雕一般地在字裏行間突現出來，都是眉目分明，形象如畫，給讀者以非常明確的印象。如賈母的姑息，王夫人的平庸，賈赦的腐朽淫慾，賈政的

1 錢鍾書：《管錐編》，第三冊，第九零四頁。
2 同上，第九零三頁。
3 同上。

頑固迂腐，王熙鳳的奸險陰毒，黛玉的高傲敏感，寶玉的叛逆精神，寶釵的沉着謹慎，湘雲的瀟灑，探春的幹練，秦可卿的風冶，晴雯的倔強，平兒的機警，襲人的深沉，鴛鴦的貞潔，尤二姐的懦弱，尤三姐的堅強，賈珍、賈璉的荒唐腐敗，焦大的憨直粗豪，劉姥姥的老於世故人情，作者用不同的語言和手法，一一寫出他們不同的性格、面貌和嗜好。他們一開口一走路，便顯出個性分明的形象。」[1] 劉大杰先生的概括是非常精闢的，但這也是通過遠距離觀照而產生的一種概括。宏觀地對這些人物加以觀照，確實可以用一個詞組概括其性格的基本特徵。不過，如果近距離觀照，入乎其內，就很難用一個概念或用一句話概括出典型的內容。例如王熙鳳，僅僅用「奸險陰毒」來概括，就顯得很不夠。王熙鳳確實有「奸險陰毒」的一面，但是，王熙鳳如果僅僅是奸險陰毒，那就不是成功的典型。王熙鳳的獨特個性，恰恰是在她還有另一方面的魅力。她非常聰明、美麗，在封建專制、女權薄弱的王國裏，她是一個很有進取心的女性，只是她的進取與開拓，也是不惜以惡為動力，不惜犧牲別人和剝奪別人的利益。由於她的過人的聰明才智，因此，她並不僅僅使人感到可恨，而且常常使人感到可愛。那些奸險陰毒的方面，只是王熙鳳的性格重要構成部份，並不是她的性格的全部。再以薛寶釵來說，說她「沉着謹慎」，也僅僅是她性格系統中的一個因素，這一因素是與所謂「溫厚賢淑」的美德連在一起的，這也可以說是她的善，但是，她還有虛偽世故的一面。例如當她和襲人一起聽到金釧兒被王夫人打了一掌而投井自殺的消息時，襲人生起同情心，「不覺流下淚來」。而薛寶釵卻跑到王夫人面前去討好，說「姨娘是個慈善人」，金釧兒的自殺只怪自己「糊塗」，還說：「姨娘也不勞關心，十分過不去，不過多賞她幾兩銀子發送她，

1 劉大杰：《中國文學發展史》，下冊，第一二六零—一二六一頁，上海古籍出版社，一九八二年版。

也就盡主僕之情了。」而當尤三姐在發生與柳湘蓮的愛情悲劇而自殺後，連賈珍、賈璉這些人也「不勝悲悼」，即使是那個「打死人便如沒事人一般」的「呆霸王」薛蟠，也不勝「悲傷」，而寶釵聽了死訊後，卻無動於衷，並且勸薛姨媽不要為此事而憂傷，這些性格內容確有沉着謹慎的特點，但是，還包含着許多比這一特點更深刻的東西。而以史湘雲來説，她確實有「瀟灑」的一面，但她還有並不瀟灑的一面，這就是她身上還有「祿蠹」的氣味。還有像平兒、鴛鴦，都有很獨特的性格。像平兒這種性格是其他文學作品找不到的，她確實「機警」，她是最靠近王熙鳳的人，如果不是「機警」，恐怕要最先被王熙鳳「吃掉」，但是，與「機警」伴隨着的卻是她的平庸的一面；沒有平庸，又很難對王熙鳳一味盲目地忠誠，也很難容忍王熙鳳的作惡。但是，平兒是王熙鳳的知己、奴隸，卻不是王熙鳳的寵犬，她不僅絕不「吃人」，而且總是心地善良地對待他人，平等地對待丫環，從不損害別人。這裏，平兒的「平庸」中又有着不平庸，她有自己的獨立的對待社會人生的態度。這種性格既很複雜，又很真實，用一個詞或一句話確實極難概括。

附錄

關於「人物性格二重組合原理」的問答

（1）你的論文旨在提倡人物性格的豐富性、複雜性，那麼，你為甚麼不提「多重組合」，而提「二重組合」？

所謂人物性格的二重組合，從性格結構上說，指的是具有較高審美價值的藝術典型的性格二極性特徵。也就是說，這種典型不是單一化的，而是包含着肯定性的性格因素和否定性的性格因素，它們的有機統一，構成真實、生動的性格形態。這種二極性與多重性並不矛盾。因為二極性的具體表現是無限多樣的，例如美——醜、善——惡、悲——喜、崇高——滑稽、勇敢——怯懦、聖潔——鄙俗、高尚——卑下、忠厚——圓滑、溫柔——剛烈，等等。作為一個優秀的文學典型，其性格的構成因素是複雜多樣的，它們往往以其二極性的特徵交叉融合，構成一個多維多向的立體網絡結構。因此，從性格表象來看，典型性格則又是一個包含着豐富性格側面的整體，類似一個圓球，它既不是線性的善惡並列結構，也不是平面的雙色板。這種道理並不難理解，正像心理學上有所謂情緒的二極性，如悲——喜、愛——恨等，但是，由各種情緒因素構成的人的複雜情感狀態則是多維的立體結構，它帶有一定的模糊性，很難用明確的概念語言表達，說不出是悲是喜，是愛是恨，它是一個複雜感受的集成體，甚至是一個萬千情感的集合體。

從哲學角度看，所謂二重組合原理是對典型性格的內在矛盾性的抽象簡化處理之後所作的通俗表述。它企圖向人們表明，要塑造出具有較高審美價值層次的典型人物，就必須深刻揭示性格內在的矛盾性，即人在自己性格深層結構中的動盪、不安、痛苦、搏鬥等矛盾內容。通過這種揭示才能把握人物靈魂深處的真實和社會歷史的真實。沒有矛盾就沒有世界，同樣的道理，沒有性格的內在矛盾性，就不能個性化地把人的本質力量與社會關係的衝突表現出來，就沒有活生生的真實的人，也就沒有真正深刻的典型。所謂立體感，所謂多側面，這是人們都一致承認的人物典型化的基本要求。但是我們應該進一步承認，它的內在機制是性格內部的對立統一運動，在各種性格因素的對立統一運動中產生的立體感和多側面，才是真正的典型化要求。當我們對那些優秀的人物典型進行抽象的簡化處理之後，我們就會發現性格內部的運動軌跡，發現矛盾雙方的存在，發現它的二重性的特徵，這樣我們就找到了「二重組合」的表述方式，以此通俗地概括典型性格的內在機制。

如果不能揭示性格內在結構的特徵和典型性格矛盾運動的內在機制，就不能真正地展示人物性格的豐富性和複雜性，就可能在追求性格的多側面時只反映了性格表象的某些特徵。

（2）現代的世界文學中已出現不少小說，這些小說幾乎看不到人物性格，只看到人物的內心活動、意識活動，對這些作品你作怎樣的評價？這類作品的人物是否也存在着二重組合？

我國當代一些生氣勃勃的小說作家，他們不安於現狀地努力探索，相當一部份作家已開始注重描寫人物的內心圖景，即通過人物對外部世界的感受來刻劃人物的思想、情感和心理。我覺得這種探索正是我國新時期小說富有生氣的一種表現。小說形式是人創造出來的，人完全可以改變這種形式，而不必反被自己所創造的已有的形式束縛死。作家的探索帶有實驗性，因此，他們都是小心翼翼的，沒有一個人宣稱他們的實驗性的作品是新時期文學的主流。我覺得一個非常健康、非常有責任感的作家，在創作方法上作些實驗性的探索是應當得到鼓勵的，當然也應當允許人們對他的實驗進行積極的、科學的分析和評論。我覺得小說這種文學形式，大體上經歷了三個「美的歷程」。第一個歷程，是以情節為作品重心的階段，可稱為「生活故事化的展示階段」。這個階段的小說基本是以故事情節吸引讀者，以外部事件作為作品的動力，儘管也刻劃人物，但是人物性格不是作品的重心，而只是為作品的主題觀念和故事情節服務的工具。而且，即使作品中出現一些較吸引讀者的人物形象，也都是帶傳奇性的，不是現實生活中真的人物。他們往往是現實生活的「特例」。這種傳奇性的人物，性格基本上都是類型化的，說不上美學意義上的二重組合，因此，這些人物形象總是處於一種較低的審美價值層次。我國小說經歷過這個幼稚階段，而且相當長。

第二個歷程，作品重心從情節轉移到人物，這個階段可稱為「人物性格的展示階段」。這個階段的小說以刻劃人物性格為主導傾向，人物不再為情節、故事服務，而是情節、故事為人物服務。人物的性格、命運上升為情節發展的槓桿。而且，人物也不再是傳奇性的人，而是現實中真實的人，平常的人，帶有普通人的特性。這種人不是超越現實的人的特例，既不是超人，也不是魔鬼，這些人物的性格是二重組合的。這個階段的作品故事情節也不再離奇，往往就是日常的生活場面。總之，這階段，故事情節的刻劃退居到次要地位，而對人的性格刻劃進居到主要地位。我國的小說《三國演義》、《水滸傳》是第一階段向第二階段過渡期的傑作，而到了《紅樓夢》才真正地進入第二階段，才從寫離奇情節到寫日常生活，才從寫傳奇性的人物轉入寫普通人物，才真正把作品的重心轉到寫人。它的劃時代意義正是在這裏。聶紺弩老先生說《紅樓夢》是一部「人書」，這是非常精闢的。世界上的偉大作家，在這個階段取得了輝煌的成就。

第三階段，可以説是多元化的階段，它寫人的進一步深化，進一步由外到內，以描寫人的內心圖景為重心。可稱為「內心世界審美化的展示階段」。這個階段比起第二階段來，已進一步擺脱作家講故事的格局。作家不直接去再現人物的環境、人物的行為、人物的性格以及人物之間的關係，而是由作品中的人物自身對自己的內心世界進行表現或袒露。即通過描寫人物自身對外部世界的主觀感受、自由聯想、感情衝突、心理衝突等等直接地展示人物的內心圖景，在展示中，也看到人物的經歷、人物所處的環境、人與人的關係，但主要的是使人們看到人物靈魂深處的矛盾內容。對這種作品的美學評價是看其人物內心圖景展現的深廣度，而不是像第二階段那樣考察其性格的典型化程度。第二階段的作品，如《紅樓夢》也表現人的內心世界，但是它還是由作家出面去再現、描摹和評價，而不是由人物本身去直接表現、袒露自己的內心世界。這個階段小說作品的重心和手段與第二階段有很大的不同。但是，如果把性格的概念廣義化，把內在的心理活動看成性格的表現，那麼，這個階段也可以説是性格進入深層結構的表現階段，而且是通過人物自身的意識活動來表現的階段，因此，在廣泛的意義上，性格二重組合原理也適用於第三階段。當代世界上已有許多作家進入這個階段，而且出現一批很優秀的作品，如托馬斯·曼的《沉重的時刻》、沃爾芙的《牆上的斑點》、海明威的《乞力馬扎羅山的雪》等。我國有些作家已開始注意到這種方法，如王蒙的《蝴蝶》、《雜色》等。恩格斯所說的：「古代作家的性格描繪在我們的時代裏是不夠用的。」[1] 恐怕也正是他預見到「人物性格化展示階段」還要往前邁進。

我提出的人物性格二重組合原理，主要還是着眼於第二階段。因為在嚴格的意義上，我國文學還處

1 《恩格斯給斐迪南·拉薩爾的信》，見《馬克思恩格斯論藝術》第一卷，第三八頁，人民文學出版社，一九六零年版。

於第二階段。儘管有幾位作家已開始第三階段的探索，但主要還是立足於第二階段的創作實踐。而且有的作家自身的創作過程就包括這樣三個階段，或在後兩個階段上來回往復，情況遠比我們作靜態分析複雜得多。

（3）文學作品中有些人物的性格是二重組合的，有些則不是，那麼，你為甚麼把「二重組合」作為一種普遍性「原理」？

我們說要塑造具有較高審美價值的典型人物，要求人物性格是一種一元化的二重組合形式，這不意味着在一部作品中只能寫二重結構的人物，不能寫單一性格結構的人物，不能說只允許阿Q的存在，不允許小D、小尼姑的存在。儘管現實中的人，其性格都是正反兩極組合成的性格張力場，但是，有限的藝術作品不可能把每個人物的內心世界都充份表現出來，作家往往在有限的篇幅裏，只寫了人物的一面，或只寫了人物性格的表面。這樣就形成性格的不同審美價值層次。西方小說美學所規範的「扁形人物」和「圓形人物」，並不是說不能寫扁形人物，或扁形人物完全沒有性格美，而是相對地說，圓形人物比扁形人物處於更高的審美價值層次上。扁形人物也可以成為典型，但一般都是類型化的典型，審美價值較低的典型。典型的模式，依照其性格結構，大體上可分為四種：

第一，單一型性格：性格結構只有一極，它表現出來的只有單一的性格特徵。例如，《水滸傳》中的戴宗，只是個「神行太保」，他的行為處處都表現出「神行」的特徵。還有像「白衣秀士」王倫，他的性格只是單一的「褊狹」性格。

第二，向心型性格：這種性格模式，是多種性格特徵同時圍繞着性格核心的組合形式。這種性格比單一化性格豐富一些。例如武松的性格，他的勇武，是通過其他各種正面的性格特徵的合力而構成的，這樣，他的勇武與一般的簡單的勇武就不同。金聖歎在評論武松的性格時說：「武松何如人也？曰：武松天人也。武松天人者，固具有魯達之闊，林沖之毒，楊志之正，柴進之良，阮七之快，李逵之真，吳用之捷，花榮之雅，盧俊義之大，石秀之警者也。」武松的英雄性格是多種英雄性格的集合。我國《紅樓夢》之前的著名小說《三國演義》、《水滸傳》的人物，很多是屬於這種性格模式。例如曹操、關羽、劉備、諸葛亮，他們的性格都是向心型結構。以曹操而言，曹操性格特徵是多樣的，他的性格核心是「奸」，而圍繞奸，他又表現出多智、多疑、愛惜人才、有雄才大略等特徵，因此，性格也呈現出某種複雜性。

第三，層遞型性格：這種性格結構，是性格從縱的方面逐步發展，有一個逐步演變推移的過程。這是因為性格處於外在的、尖銳的矛盾環境中，這種環境迫使性格不斷地改變自身的形式和內容，形成性格運動的若干層次。這種性格也可以寫得很豐富，但豐富的源泉不是性格內在的矛盾，而是以歷史的或者現實的外部衝突為動力的。例如，高爾基作品《母親》中的尼洛夫娜，就是這種性格模式。這種性格，與那種單一的、凝固化的性格不同，她的性格世界是一個動態世界，這個世界有波瀾，有發展，有互相關聯的辯證運動過程，但還不屬於二重組合。

第四，對立型性格：這種性格結構就是我們所說的二重組合，是性格正、反兩極的對立統一。這種性格模式能夠最大程度地反映人的真實性格，揭示人的性格運動的內在矛盾性，因此，能表現得最動人心魄。哈姆雷特、賈寶玉、阿Q就是這種性格。因此，它屬於性格美的最高的一個層次。文學上具有較高審美價值的典型性格，都屬於這種性格組合模式。我們所講的性格二重組合原理，就是作家通向這一最高審美層次的一種橋樑。因此，二重組合原理，對於創造較高審美層次的典型，帶有普遍的意義。

（4）你在論文中提出應當把審美理想與道德理想區別開來，這就是說，觀察人物性格應當有一種審美眼光，這個問題你能再進一步談談嗎？

這個問題是很重要的。對文學作品中的人物性格，我們的觀察的確需要一種開放性的審美眼光。所謂開放性，就是應當超越狹隘的、封閉式的世俗眼光。例如，在一般道德範圍內，懲惡勸善的眼光是合理的，但是，在審美範圍裏，如果還僅僅是這樣的眼光，那就勢必要求文學作品中的種種人物要麼是善，要麼是惡，非此即彼，可是，這樣人物形象就會變成抽象的寓言作品。而開放式的審美眼光，則要求作家和批評家既站在現實的地上，又要站在比現實更高的審美觀察點上，把人看成審美對象。一旦將人看成審美對象，那麼不管是甚麼人，其內心世界都可以具有審美意義。

審美判斷與道德判斷很不相同。席勒在說明審美判斷與道德判斷的矛盾時說：「譬如偷竊就是絕對低劣的……是小偷身上永遠洗不掉的污點，從審美的角度說來，他將永遠是一個低劣的對象。……但假設這人同時又是一個殺人兇手，按道德的法則說來就更應該受懲罰。但在審美判斷中，他反而升高了一級。……由卑鄙行動使自己變成低劣的人，在一定程度上可以由罪惡提高自己的地位，從而在我們的審美評價中恢復地位。……我們面對可怖的大罪大惡時，就不再想到這種行動的性質，而只想其可怕的後果。……我們立即不寒而慄，所有細緻的鑒賞趣味一時都銷聲匿跡。……簡言之，低劣的成份在可怖成份中消失了。」[1] 魯迅先生曾說，他希望他的敵人是獅虎鷹鷲，而不要是癩皮狗。儘管獅虎鷹鷲很兇惡，但他們的兇惡伴隨着一種勇猛，這樣，我們在憎惡它們的兇惡本質時，卻對它們的勇猛表示欽佩，正如

1 朱光潛：《悲劇心理學》，第九七頁。

魯迅先生所說的，會令人神往，消去鄙吝之心。如果從審美判斷來看，此時，獅虎的兇惡反而並不太重要，它們所表現的力的美反而很重要。又如張潔的小說《愛，是不能忘記的》，如果用世俗的眼光去斤斤計較其主人公在依戀一個有婦之夫，那就會抹煞這部作品的價值。如果超越這種眼光，而用一種開放性的審美眼光來觀察，我們就不會這樣庸俗地苛求，而會把小說中的人物那種情感衝突作為一種審美對象，看到這種情感交織中的審美價值，而且看到中國處於特定歷史時期倫理觀念的變化，又具有認識價值。這樣，我們就能認識到作者對生活的評價是一種寬容的，而且是站在更高的歷史與審美的高度上的評價。我們就不會簡單化地去對待這一篇優秀的作品。一個文學批評家最不足取的，是僅僅用道德家的眼光去審視文學形象。五四運動時期有些道德家批評汪靜之的《蕙的風》，痛心疾首其道德的淪喪，魯迅為《蕙的風》辯護，嚴肅地批判這種狹隘的封建式的「含淚的批評」。這種情況，我們還可以借用魯迅《補天》中的故事來作比喻。一個作家對女媧（審美對象）進行評價，應當與女媧保持一點距離，甚至站在比女媧更高遠的藍天上來看她，這就是開放性的眼光。這就會看到女媧的美，女媧的創造，女媧內心的苦悶。如果像那幾個拿着小竹片的小丈夫，站在女媧的胯下，指責她道德淪喪，性格不夠單純，那就是用世俗的眼光來看人，只看到女媧的大腿不符合道德，而看不到女媧的整體形象的美。割裂美，就不能理解美，更不能創造美。對人的性格，如果我們用開放的審美眼光來看，那麼，我們就不難理解人物性格的二重組合，不難理解要塑造出真實的性格，具有較高審美層次的性格，就必須把人物內心世界的二重性充份展現出來。

（5）有些同志認為，把二重組合作為一個原理，也可能導致另一種公式化。你認為這種說法對嗎？

我認為這種可能性是存在的。但是，對於一個聰慧的、有作為的作家來說，這種可能性很小，因而也不必擔憂。因為只有非常簡單地把二重組合原理機械地理解為善惡的線性排列或理解為優點加缺點的拼湊，才會導致公式化。而如果把二重組合過程理解為一種動態的、辯證的組合過程，就不會產生這個問題。二重組合原理，是從文學實踐中抽象出來的，我們的目的在於試圖幫助作家去研究人，去理解人，去打開人的內心世界，而不是希望這個原理成為作家創作的出發點和演繹形象的公式。任何藝術原理都不能代替作家的藝術發現和藝術創造，但是，它有助於作家的藝術發現和藝術創造，否則，我們的任何理論探索都是多餘的。

謝謝《讀書》編輯部關心我們的學術探討，提供一個讓我發言的機會。

原載《讀書》，一九八四年第十一期

第一版後記

一

寫完書稿後，我感到一種精神的解脫，一種說不清的愉快，這是任何別的情感都無法沖淡和代替的愉快。在精神產品的孕育與誕生中，曾經付出的勞動量愈大，這種愉快就愈深。

我很喜歡這個時代，很喜歡這個從痛苦的浩劫中成熟起來的時代。這個時代使人清醒，使人求實，使人愛讀書和愛思考，而且，這個時代還為思考提供了正常的文化心理環境。如果不是這種環境，完成這部著作就更加艱難。儘管還常有干擾這種環境的氣流存在，但時代畢竟不同了，祖國畢竟成熟了，我看到的，更多的還是明朗的天空和溫暖的陽光。記得兩年前的冬末春初，當時的文化氣氛不太正常，人們心裏有些緊張，但是，本書的部份章節還在陸續地發表。在這個過程中，我深深地感受到社會的愛。最近，有的同志給我戴上一些政治帽子，以至認為我的文章「關係到馬克思主義在中國的命運，社會主義文藝在中國的命運」。這真是我始料不及的。一是我向來不太相信文藝真有人們所誇大的那種興邦喪邦的神乎其神的威力，二是我寫人物性格二重組合原理及另一些主張文學觀念變革的文章，也僅僅是為了窺視真理的一角，以增添文學理論研究領域裏的一點活水，認真想起來，甚至是為了給自己尋找一種樂趣。說實在的，我完全想不到我的一點看法竟那麼事關「重大」。如果真的如此，我倒願意當祭品。

不過，我這種聲明也是多餘的，因為儘管有的同志過甚其詞，但社會仍然很平靜。所以，此時我感受到的仍然是社會的激勵與希望，是大地的寬廣與星空的燦爛。我為此感到人生的可戀，生活的可愛。

二

人物性格二重組合原理提出之後，引起了不少同志的思索。兩年來，報刊上發表的支持與商榷的文章已有二三十篇，所有在學術範圍內與我商榷的文章，都使我感到愉快，哪怕是比較尖銳的批評。提出一個新的文學原理，引起人們的爭論、商榷、批評，這本是極正常的。在學術上互相探討，互相磋商，互相駁難，是一件非常愉快的事。有幾位朋友如何西來、杜書瀛、賀興安等，在發表了商榷文章以後，我們都感到彷彿作了一次心靈的交流，而彼此相知更深了。他們既有勇氣駁難我的論點，也有勇氣承認我的一些應當肯定的見解，爭論中不失赤誠與正直之心。除了這幾位同志，其他同志的商榷文章也提供了補充意見，使我的思考得以周密、深化。我感謝一切和我進行誠摯商榷的同志。在嚴肅的學術研究中，持各種不同觀點的學者，只要他們是在虔誠地追求真理，就都是具有存在價值的一家，自然應當彼此尊重一家的地位，尊重一家的發言權和駁難權。要贏得自身一家的地位，就必須尊重其他論者一家的地位。我不相信，學術上只有兩家，只能分為對立的兩個陣營，論爭者只能作一種非此即彼的簡單的價值判斷。

從心底說，我不太喜歡「破」這個概念，因為「破」雖激進，但容易片面，而且這個概念已被人們解釋為充滿火藥味的「破壞」「爆破」「大批判」「徹底決裂」等。因此，一想到「破」，或者已在實施「破」，總要擺出一副極悲壯的樣子，好像天下安危繫於一身，全靠自己這一斧頭下去如何，由於過份自信，用意太切，就容易誇大其詞，化悲壯為滑稽，失去科學性。學術領域中的爆破手，其「破」的內涵向來不包含尊重對方的意義，也不包含分析和肯定對方合理性因素的意義。因此，我更喜歡一些軟性的如「揚棄」「補充」「商討」等概念，這些概念中包含着「建設」的意義，包含着積極性的思維，而且有利於我們共同創造一種寬鬆的、自由的文化環境，體現了科學批評所應有的善意和嚴肅性。現在《性格組合論》即將出版，我衷心地歡迎科學意義上的批評。

三

有些同志除了注意到二重組合原理的普遍性之外，還注意到它的歷史針對性。我應當承認，這個原理除了受到魯迅先生關於《紅樓夢》的見解的啟發以及思考了古今中外一些文藝現象之外，還有一種現實動力，就是我國文學藝術深重的歷史教訓。在「文化大革命」中，「三突出」「高大完美」這一套觀念，把魯迅早已批判的「十全十美」「十景病」的「傳統觀念」惡性發展，並與政治目的相結合，從而把我國文學藝術引向了絕路。「四人幫」垮台後，我們從政治角度清算了這套假馬克思主義的欺人之談，這在當時是完全必要的，而且也取得了明顯的效果，但是，我們還需認真地從文學本身的規律這個角度，即文學的內部規律這個角度來加以清算。否則，就不可能看到這套理論的反科學面目以及它們對文學藝術的巨大危害。所謂內部規律，是指文學藝術自身的內部聯繫、內在特性（主要是指審美特性，也包括它的其他意識形態特性）；所謂外部規律，是指文藝與政治、經濟以及上層建築中其他意識形態部門之間的外部聯繫。近年來，社會科學的各個學科都已開始重視研究對象運動的內在規律，文學理論界把研究的注意力轉向內在規律並不奇怪。注意研究內在規律，並不意味着對外在規律的忽視，只有習慣於非此即彼的簡單判斷的人，才會這樣認為。我們分清「內」「外」，並側重內在規律的研究，是為了克服以往文學研究中的薄弱點，以更注意文學藝術固有的性質和文學本身的內在特點，注意文藝區別於其他學科的特殊的質的規定性。過去我們常常把文學藝術的外部聯繫與內在規律混淆不清，用一般代替特殊，用對文學與經濟基礎以及上層建築中其他意識形態之間的外部聯繫的研究來代替對文學自身特殊規律的研究，輕視以至蔑視文學藝術的審美特點以及整個內在規律，造成以世界觀代替創作方法，以政治上的價值判斷代替文學藝術的審美要求，導致文學藝術的概念化傾向。這種把社會主義文藝引向概念化、公式化的代替論，已被實踐證明是沒有出路的。就像自然科學一樣，它們固然應當研究科學與政治、科學與經濟等外部聯繫，但是，如果把這種外部聯繫代替自然科學各部門（如物理學、生物學等）的內在規律，甚至宣佈這些外部聯繫才是最根本、最深刻的科學的內在規律，就等於取消自然科學的研究，把科學引向末路。

我常想，一個民族經歷了歷史浩劫，這是悲劇，但如果不善於對這種浩劫進行反思，不能從理論觀念上討回付出的巨大代價，從浩劫中吸取經驗教訓，並產生新的理論果實，那就是更深的悲劇。我們的民族其所以有希望，恰恰是因為正在不斷地進行這種反思。有了這種反思，我們才會對傳統的作法、傳統的觀念實行積極的變革。對傳統進行反思，揚棄傳統中的某種局限和阻礙我們繼續前進的東西，並不是對傳統徹底否定，恰恰相反，只有這樣才有可能保留傳統中一些精華。傳統是具體的，而且有遠傳統與近傳統之分。以近傳統而言，我國當代文藝思想鬥爭史傳統的構成，就包括批判電影《武訓傳》、批判蕭也牧、批判俞平伯、批判胡風、反右鬥爭、「文化大革命」等，這些傳統及其形成的觀念，如果不加以反思並否定其中一些錯誤的東西，我們的文學藝術怎麼能繼續前進呢？我國的新時期文學，之所以接近人民，就在於它表現了作家對上述近傳統觀念的反思力。真誠的反思力的存在，是良知未滅的表現。一切正直的知識分子，都具有真誠的內在反思力。因此，他們一旦錯誤地批判了別人，總是感到心靈的痛楚。近兩年來，文學評論界對傳統的某些觀念和思維方式進行宏觀反思是必要的，把這種反思指責為否定我國的政治思想史，只不過是曲解。我們只否定政治思想史中像「文化大革命」這樣的浩劫，而且不僅要否定，還要追尋造成這種浩劫的理論根源。

基於上述認識，我覺得，以往我們尋找文學藝術某些缺陷的原因，只從文學與政治、文學與經濟等外部聯繫中去尋找是不夠的（儘管這是必要的），我們還應當從文學藝術自身的特殊規律上去尋找，也就是說，不僅應當從外因上去尋求答案，還應當從內因上去尋求答案。人物性格二重組合原理的探討，也正是想從這方面作出努力，可以說，它是從文學內部規律的角度對「高大完美」這一套傳統觀念進行反思後而獲得的一種理論昇華。

四

這部書稿的完成，只是我對文學理論研究的一個起點。在研究的實踐過程中，我覺得需要深化的問題很多。因此，在《性格組合論》完成之後，我又進入文學主體性的研究。《性格組合論》主要是研究對象主體的問題，即研究作家筆下的人物如何體現人應有的特徵，其主要鋒芒是針對神本主義。但是，二重組合原理的普遍性，不僅反映在對象主體身上，而且還體現在創造主體（作家）身上。藝術中的人物不是簡單地再現現實中的人物，它必須以創造主體為中介。這就使人物性格的二重組合出現許多複雜情況，因此，研究創造主體這個中介，又成為重要的問題。只有進一步說明創造主體的主體性，才能更深地理解、體現文學作品中的各種人物形象的複雜性以及二重組合原理的普遍意義。

作為創造主體的作家的性格也是二重組合的，也是充滿着矛盾的。作家的精神需求（主觀需求）帶有無限性，任何一個作家都要發揮自己的能動性和想像力，謀求超越時空的限制。作家永遠不知道滿足，他們總是不斷地擴大着自己的精神領域，把自己的心靈生活無限制地向外伸延。但是，客觀條件總是限制着他，制約着他，這就使他們產生一種難以克服的內在矛盾，這種矛盾就成為作家創作的心理動力。因此，作家的作品，總是表現出一種對客觀制約的不滿，總是對不合理的現實要進行某種程度的批判，總是要在自己心愛的人物身上寄託某種理想。作家正是在文學藝術中（作品）超越了時空的限制，提高了自身的主體性，從而克服了現實中的某些內在矛盾，甚至是內心的分裂，以恢復自我意識，達到心理上暫時的和諧，成為比較完整的人格。這種精神需求的無限性與客觀條件的有限性的矛盾，是人類共同的矛盾，從原始人開始就有這種矛盾的存在。這種矛盾的尖銳化，有可能導致人類精神的崩潰，因此，人類便創造了藝術、宗教等手段，來對抗歷史條件的限制，表現自身的自由意志，使自己的心理獲得暫時的平衡。

我在《論文學的主體性》中說：「人具有二重性：一是受動性，一是能動性」，即認為人一方面受客觀歷史條件的制約，另一方面又能通過實踐去超越這種制約，實現對客觀環境的能動改造。而後一種特性，恰恰是人區別於動物之所在。它對於作為自由的精神生產的文學藝術來說，表現得尤為強烈。作家正是超越現實條件的限制，憑藉體現着人的全面發展的自由要求的審美理想，才創造出藝術世界。如果不能突破現實時空的障礙，如果不能超越現實時空的限度而進入自由的審美時空，也就無所謂作家的想像力，無所謂理想、幻想，也就沒有文藝。即使是現實主義作家，也有「觀古今於須臾，撫四海於一瞬」的權利，也可以通過想像來強化自身對現實的感受，這不也是超越嗎？而優秀的文學藝術作品其生命力又可以突破歷史時空的限制，具有永久的魅力，這不也是另一種意義的超越嗎？對於這種常識性的看法，有的同志覺得大逆不道，有悖於馬克思主義。按照被他們的頭腦所變形的「馬克思主義觀點」，人注定只能有受動性，作家只能承認受動性至高無上的地位，只能把人描寫成消極適應客觀環境、機械反映客觀環境的物或動物，而不能描寫成創造世界、創造歷史的人，其實，這種看法，恰恰從總體上忘記了人不僅要認識世界而且要改造世界的馬克思主義觀點。

作家正是意識到人處於現實關係中主體需要與客觀條件的矛盾中，因此，他們筆下的人物形象，特別是主要的人物形象，總是帶上二重組合的特點，特別是現實主義作品中的人物形象，二重組合原理更帶有普遍性，這個原理的輻射面更寬。而在其他思潮流派的作家筆下，對象主體往往受到創造主體更大程度的變形。他們往往誇大現實人的某一方面，如古典主義誇大人的理性的方面，浪漫主義誇大人的理想方面，而現代派則誇大人的非理性方面，即被社會所異化而變得被動、醜惡的一面。這些流派的優秀作家，雖然不像現實主義作家那樣嚴格地描寫人物性格的二重組合，但在他們意識中，仍然不同程度承認人的二重性，只是在表現時他們着意把感受最深而偏偏被人們所忽略的一面揭示出來，這種揭示，已包含着作家對人的另一方面的確認。作家通過強調人們所忽略的一面，給人性以補充，這種補充的本意，也正是為了恢復人的完整性，彌合人格上的分裂，解放人身上被壓抑的一面。而且，即使作家誇大了被人們所忽略的一面，甚至有時誇大到幾乎看不到另一面，但是，只要我們仔細體味一下，他們留下來的成功的人物形象的性格結構，也不是絕對純一的。

總之，對藝術主體的全面研究，有利於人物性格二重組合原理的深化，有利於在更深的意義上探討文學的內部規律。

五

《性格組合論》寫作過程中，我遇到許多難點。這些難點深深地折磨着我的心靈。近二三年中，我常常得病，幾乎每寫完一章，就病一次。人們以為我是受社會的輿論所影響，其實不然。日夜不斷地折磨着我的，還是那些剪不斷、理還亂的難點。關於這種心境，我在散文詩《夜頌》裏作了一些表達。

我很感謝在解決難點過程中，有幾位和我一起商討過的朋友，例如呂俊華、劉夢溪、樓肇明、林興宅、程廣林、楊春時、丘健等，他們在精神上真誠地支持我。我要感謝郝銘鑒同志，他對我的書稿花費了很大的心血。這些朋友的支持，反映着社會對我的關懷。我以對他們的敬意，來作為全書的結束。

一九八六年四月二十五日於北京

再版後記

一

一九八一年，我完成了《魯迅美學思想論稿》和《魯迅傳》之後，便投入到《性格組合論》的思索與研究中，經過大約四年時間的寫作，於一九八五年秋天脫稿。這中間，《論人物性格二重組合原理》等章節陸續在報刊上發表。

二十世紀八十年代前期寫作《性格組合論》，首先確有歷史針對性，即與寫作的歷史語境有關。當時的文壇普遍把人看得太簡單。對於英雄的塑造，則流行一種畸形的完美主義，而在學院裏，典型環境與典型性格又被解釋得過於「本質主義」。本質化也是簡單化。《性格組合論》雖是理論，但不是空頭文章，就因為它是有所指向、有所質疑而發的。然而，此書又不僅是針對性，它還追求一點長久性，這裏貫穿於全書之中的是關於人與人性的思考。日本著名漢學家竹內實先生讀《性格組合論》，特別注意其中的「性慾論」。他注意到此書不僅是文學理論之一，而且是一本關於人與人性的書。竹內實先生非常嚴謹，他幾乎把所有關於人物性格二重組合原理的不同意見文章都加以蒐集並作了提要，放入他的大著《中國近現代論爭年表》中（中文譯本由中國文聯出版社出版，二零零五年第一版，譯者程麻）。竹內實先生的關注點沒有錯，我確實希望自己通過《性格組合論》能夠更深地進入人性的深淵。我在高中時代選擇了文學道路之後，就認定文學確實是人學，就決定要叩問「人」這個星空藍天下最大的謎。古希臘哲學把「認識你自己」當做第一哲學命題，這正是把人之謎作為第一命題。文學比哲學更深地進入人的內心，這個內心是個無比廣闊、無比豐富、無比神秘的情志存在，它廣闊、豐富、神秘到難以言說，所以我姑且稱它為內宇宙。在《性格組合論》上海文藝出版社版的自序中，我就明說：「我們身外是這麼一個神秘的浩茫無際的宇宙，而我們身內不也有一具難以認識窮盡的、充滿着血的蒸氣的第二宇宙嗎？」我還特別引用俄國著名思想與批評家對莎士比亞的評論，他說：「對莎士比亞來說，人的內心世界就是宇宙，他用天才而有力的畫筆描繪出了這個宇宙。」（註釋見《性格組合論·自序》）關於人的內心乃是另一種平行四邊形宇宙的論點曾受到批評，但在海外期間我卻發現西方當代學人也在講述「內心——內宇宙」，彷彿在回應我的性格豐富性理念。法國的埃德加·莫林在《地球，祖國》一書中講了這麼一段話：

每個人都是一個宇宙，每個人都具有眾多潛在性格，每種心理都會分泌出大量幻覺、夢想和念頭。從出世到死亡，每個人都在經歷一場奧不可測的悲劇。這劇中充滿痛苦、享樂、歡笑、哭泣、沮喪、榮華與悲慘的呼喊。每個人身上都有長處、弱點、不足和缺陷。每個人都具備情愛、獻身、仇恨、埋怨、復仇和原諒的能力。承認這一點便是承認人類的特性。生物、文化和個人方面的多重統一性就是人類特性的原則。[1]

1 埃德加·莫林：《地球，祖國》，第五一—五二頁，三聯書店，一九九一年版。

我常暗自感慨，此生能長久地生活在文學的領域中，真是太幸運了。因為我們平常認多了一片太空，一片星辰，多了一分觀賞不盡、思索不盡的宇宙。二十世紀的大宇宙旗手愛因斯坦揭示了外宇宙的相對論，我們在對他高山仰止時受到啟迪，覺得應當認知我們的內宇宙的相對論。人，不是「好人絕對好，壞人絕對壞」這種絕對論可以說的，魯迅在談論《紅樓夢》時道破了這一點。人，是通過雙向逆反運動而活着的生物，每個人都是個矛盾體和複雜體，你說它具有善的無限可能性，完全對；說它具有惡的無限可能性，也完全對。人的性格世界裏，充滿悖論，充滿相對論，充滿喜劇與悲劇的張力場，充滿對命運的多重暗示，充滿相互對立、相互碰撞、相互依存、相互轉化的生命景觀。

二

《性格組合論》問世後引發了許多討論和批評。讓我印象最深的一次是《醜小鴨》雜誌召開的專題討論會。刊物不大，可是參加討論的有許多青年俊才和一些認真的學者。分辨的是性格的「一」「二」「三」。有人說，性格結構和性格運動，從關注「一」到關注「二」，是個進步，但止於「二」遠不夠，性格的豐富性是「三」和「多」；有人說，只講「二」，不講「一」，這不是正常性格，而是病態性格；還有人說，性格不可講組合，只能講化合、講融合，組合論可能陷入機械論，等等，每個人的發言對我都有啟發。可惜我在會後一直找不到時間寫一篇回應文章，現在趁此再版機會，再簡單地表述一下自己的論說。

《性格組合論》雖然突出地講「二」，其實，「一」「二」「三」全都蘊涵於其中。老子在《道德經》中所說的「一生二，二生三，三生萬物」的思想，是我寫作時依據的哲學理念。我講「二」的時候，也是從「一」出發。不過，這個「一」，不是單一性格的「一」，而是生命的「整一」。老子說，「大制不割」，無論是宇宙、大自然、道，還是每個人的生命，本來都是一個整體。人就是一個整體，人性世界也是一個整體。老子的「大制不割」，講的是宇宙整體，禪宗所講的「不二法門」，講的是佛性整體，而筆者的《性格組合論》首先肯定的是人性整體、性格整體。人、性格、人性世界，作為一個整體本來不可分，不可切割。把人界定為好人壞人、善人惡人、君子小人，甚至把人神化鬼化，都是人為的結果，所謂好壞、善惡、尊卑、貴賤等之，都是人造的分別概念。人工的介入，把一變成二。吃了智慧果而發明了二分法，這裏認識世界、認識萬物（包括認識人自身）所需要的。如果沒有文野之分、生熟之分、正負之分、上下左右之分，人就沒有認識的可能與生活的可能。同樣的，如果沒有善惡之別、邪正之別，就沒有建立道德論與倫理學的可能，也沒有進入文明社會的可能。但這種二分法，只是一種人為的方法，人製造出來的手段，並不是「本體」，不是存在。老子齊頭並進的「道」「自然」是一種存在，它本來是沒有名字的，是不可用概念界定的，現在把它命名為「道」。實際上與原來的存在物已經不相符了。同理，「人」「人性」以及「情志」，也是一種本體，一種無比豐富的存在，當我們用「好人壞人」來界定它時，已和它的存在整體不相符了。「人物性格二重組合原理」的邏輯歸宿，恰恰是在作家正視人性整體，不要把好人寫得絕對好，把壞人寫得絕對壞，要確認人性整體原是善惡無分、只是潛在着善惡和各種可能性而已。因此，在塑造人物性格呈現人性真實時，切不可把人工製造出來的概念僵硬化、割裂化，甚至機械地強加在活生生的人物之上，即不可把人工製造的工具、手段強加於生命本體之中。儘管理論歸宿非常明確，但又不能不借用已經製造出來的概念表述，也就是必須進入「二」，說明人的真實性格應是「善惡並舉」，這便是二重組合。並舉不是靜態的並列，而是動態的對立統一運動過程。在此過程中呈現鮮活的生命景觀，這實際上就是融合與化合。

講「二」與講「多」並不矛盾，「二」並不只是性格表層的黑白照，而是人性爆發處雙向逆反運動所呈現出來的多種心理狀態、生命形態。歌德說「性格決定命運」，我作了點修正，改為「性格導致命運」。這樣不僅可以使這一命題更富有彈性，而且可以說明，每一個人的性格都暗示着多種命運，它的發展過程與結局，不應當只暗示一種道德原則，而應當展示生命本身的多彩多姿。

二零零九年二月二十二日
於美國科羅拉多

劉再復簡介

一九四一年農曆九月初七生於福建省南安縣劉林鄉。一九六三年畢業於廈門大學中文系，被分配到中國科學院《新建設》編輯部。一九七八年轉入中國文學研究所，先後擔任該所的助理研究員、研究員、所長。一九八九年移居美國，先後在美國芝加哥大學、科羅拉多大學，瑞典斯德哥爾摩大學，加拿大卑詩大學，香港城市大學、科技大學，台灣中央大學、東海大學等高等院校裏擔任客座教授、訪問學者和講座教授。現任香港科技大學人文學部客座教授。著作甚豐，已出版的中文論著和散文集有《讀滄海》、《性格組合論》等六十多部，一百三十多種（包括不同版本）。中文譯為英文出版的有《雙典批判》、《紅樓夢悟》。韓文出版的有《師友紀事》、《人性諸相》、《告別革命》、《傳統與中國人》、《面壁沉思錄》、《雙典批判》等七種。還有許多文章被譯為日、法、德、瑞典、意大利等國文字。由於劉再復的廣泛影響，冰心稱讚他是「我們八閩的一個才子」；錢鍾書稱讚他的文章「有目共賞」；金庸則宣稱與劉「志同道合」。

「劉再復文集」

① 《性格組合論》 劉再復

② 《罪與文學》 劉再復、林崗

③ 《文學四十講》 劉再復

④ 《文學主體論》 劉再復

⑤ 《告別革命》 李澤厚、劉再復

⑥ 《傳統與中國人》 劉再復、林崗

⑦ 《教育論語》 劉再復

⑧ 《思想者十八題》 劉再復

⑨ 《人論二十五種》 劉再復、林崗

⑩ 《紅樓夢悟》 劉再復、劉劍梅

www.cosmosbooks.com.hk

書　　名　性格組合論（「劉再復文集」①）
作　　者　劉再復
責任編輯　陳幹持
封面題字　屠新時
美術編輯　郭志民
出　　版　天地圖書有限公司
香港黃竹坑道46號
新興工業大廈11樓（總寫字樓）
電話：2528 3671　傳真：2865 2609
香港灣仔莊士敦道30號地庫（門市部）
電話：2865 0708　傳真：2861 1541
印　　刷　亨泰印刷有限公司
柴灣利眾街德景工業大廈10字樓
電話：2896 3687　傳真：2558 1902
發　　行　香港聯合書刊物流有限公司
香港新界荃灣德士古道220-248號荃灣工業中心16樓
電話：2150 2100　傳真：2407 3062
出版日期　2021年3月／初版

ISBN：978-988-8549-16-0